SIE WAREN NIE WEG

Paul Kohl, geboren 1937 in Köln, studierte Germanistik und Theaterwissenschaft, war Buchhändler und Mitarbeiter bei Fernsehproduktionen. Heute ist er Hörfunk- und Buchautor und schreibt über geschichtliche und sozialkritische Themen, insbesondere über die NS-Zeit. 2014 erhielt er den Axel-Eggebrecht-Preis für sein Lebenswerk als Autor für Hörfunkfeatures.

Dieses Buch ist ein Roman. Dennoch sind einige Personen nicht frei erfunden, sondern existierten wirklich. Ihre Handlungen beruhen auf einem historischen Hintergrund. Im Anhang befindet sich ein Quellenverzeichnis.

Paul Kohl

SIE WAREN NIE WEG

Roman

emons:

Bibliografische Information der Deutschen Nationalbibliothek
Die Deutsche Nationalbibliothek verzeichnet diese Publikation
in der Deutschen Nationalbibliografie; detaillierte bibliografische
Daten sind im Internet über http://dnb.d-nb.de abrufbar.

© Emons Verlag GmbH
Alle Rechte vorbehalten
Umschlagmotiv: mauritius images/Mint Images Ltd., Pietschmann2
Umschlaggestaltung: Nina Schäfer
Gestaltung Innenteil: DÜDE Satz und Grafik, Odenthal
Druck und Bindung: CPI – Clausen & Bosse, Leck
Printed in Germany 2021
ISBN 978-3-7408-1326-0
Roman
Originalausgabe

Unser Newsletter informiert Sie
regelmäßig über Neues von emons:
Kostenlos bestellen unter
www.emons-verlag.de

Donnerstag, 3. Mai 1951. Christi Himmelfahrt. Früher Morgen. Wolkenloser blauer Himmel über Opladen. Die Sonne beginnt den Tag zu wärmen. Der Nordwestdeutsche Rundfunk meldet in seinen Nachrichten: In Korea bauen die nordkoreanischen und chinesischen Truppen ihre Stellungen aus. Sie rüsten auf für ihre große Frühjahrsoffensive. Amerikanische Flugzeuge bombardieren in ihrer bisher größten Aktion des Koreakrieges Flugplätze an der Grenze zu China. Zum damenhaften Schick der deutschen modebewussten Frau empfehlen die aufblühenden Modeagenturen farblich sorgfältig abgestimmte Accessoires wie Schmuck, Hüte und Handtaschen. Besondere Hüftmieder betonen den Knick der Wespentaille.

Sebastian Nettelbeck radelt über die eiserne Wupperbrücke, strampelt die Düsseldorfer Straße hinauf zum Frankenberg, zu seinem Stadtarchiv. Schön liegt zwischen hohen alten Bäumen das prächtige Landratsamt vor ihm, mit dem großen Säulenportal, dem breiten Balkon darüber, den beiden herrschaftlichen Etagen und dem mächtigen gewölbten Dach. Unter dieser Haube ist sein Stadtarchiv verstaut. Von der St.-Ulrich-Kirche weht der Klang der Glocken herüber, ruft zum Morgengebet. Christi Himmelfahrt. Mag er hinauffahren in den Himmel, Nettelbeck hat zu tun, Feiertag hin oder her, noch so viel zu tun.

Er schießt sich seinen rechten Zeigefinger weg. Mit seiner Pistole bei Schießübungen während des Drills, aus ihm einen Soldaten zu machen. Es bleibt nur ein Stummel. Mit so einem Stumpf kann er nicht den Abzugshahn einer Pistole, eines Karabiners, eines Maschinengewehrs drücken. In den Krieg will er auf keinen Fall. Diesen Irrsinn macht er nicht mit. Nein, er nicht. Er hat erreicht, was er will, ist wehrunfähig, wird freigestellt. Besser ein Finger weniger als tot im Krieg. In mehreren Ämtern schlägt er sich mit Büroarbeiten durch. In Papieren blättern und mit neun Fingern auf einer Schreibmaschine tippen, das kann er.

Während des Krieges bleibt im Opladener Stadtarchiv alles liegen. Niemand registriert die Ankäufe, die Erbschaften, die Hinterlassenschaften der Toten, stopft die Konvolute, die Dossiers, Urkunden, Korrespondenzen in Regale, stapelt die Dokumente, Chroniken, Aktenbündel auf dem Boden. Auch nach dem Krieg lässt man alles verrotten und verschimmeln. Dringend braucht man jemanden, der Ordnung schafft in diesem Chaos. Da taucht Nettelbeck auf und fragt nach Arbeit. Er wird angestellt als Archivar, was er nie gelernt hat. Macht nichts, Hauptsache, man hat jemanden, der sich über diesen Wust hermacht. Sein fehlender rechter Zeigefinger ist kein Hindernis. Er ist dreißig, nicht verheiratet, keine Familie und ist froh, in den alten Papieren wühlen zu dürfen.

Bei seiner Einstellung sagt man ihm, das Stadtarchiv sei das Gewissen und Gedächtnis von Opladen, und stellt ihm als Hilfe die Kriegerwitwe Elfriede Martens zur Seite. Ihr Mann liegt irgendwo in Russland. Das hätte auch ihm passieren können, wenn er sich nicht den Finger weggeschossen hätte. Mit ihr macht er sich voller Schwung und Elan an die Arbeit. Sie ordnen, registrieren das verrottete, verschimmelte Gewissen und Gedächtnis der Stadt, legen Bestandslisten an mit Signaturen und Standorten. Sie stellen große Lücken fest. Es fehlen wesentliche Teile der Stadtgeschichte. Vor allem aus der Nazizeit.

Nettelbeck geht in die Birkenbergstraße zum alten Anselm und kauft in seinem Antiquariat ein, was er kriegen kann. Alte Bildbände, historische Stadtansichten, Chroniken von längst verschwundenen Firmen, Erinnerungen von Opladenern, die jetzt auf dem Friedhof liegen oder irgendwo in den überfallenen Ländern. Er forscht über die niedergebrannte Synagoge, forscht, wie viele und welche jüdischen Geschäfte hier enteignet und arisiert wurden, wie viele und welche Juden geflüchtet sind, wohin andere Juden deportiert wurden, wie viele Selbstmorde es gab. Und wie viele und welche alten Nazis wieder in Amt und Würden sind, wieder in Wohlstand leben.

Die Chöre der Heimatvereine singen das Bergische Heimatlied:

Wo die Schwerter man schmiedet dem Lande zur Wehr,
wo es singet und klinget dem Höchsten zur Ehr,
wo das Echo der Lieder am Felsen sich bricht,
der Finke laut schmettert im sonnigen Licht,
wo das Wort noch gilt als heiligstes Pfand,
da ist meine Heimat, mein Bergisches Land.

***

Donnerstag, 3. Mai 1951. Christi Himmelfahrt. Vormittag. Die Sonne strahlt, die Luft ist warm. Der Nordwestdeutsche Rundfunk meldet in seinen Nachrichten: Die erste Internationale Automobilausstellung in Frankfurt am Main wird mit großem Erfolg beendet. Großes Interesse fanden neben den Luxuslimousinen auch Klein- und Mittelklassewagen. Als vollberechtigtes Mitglied wird die Bundesrepublik Deutschland in den Straßburger Europarat aufgenommen. Der Bundesminister für Gesamtdeutsche Fragen Jakob Kaiser eröffnet in München die Ausstellung »Deutsche Heimat im Osten«. Der NATO-Oberbefehlshaber General Dwight D. Eisenhower verkündet eine Ehrenerklärung für den deutschen Soldaten.

Am selben Tag, als Sebastian Nettelbeck in seinem Stadtarchiv weggestopfte Dokumente sichtet, steigt Karl Koberling in Opladen aus dem Zug. Er kehrt zurück aus dem Krieg. Er kehrt zurück in sein Heimatstädtchen.

Ein Glück, ein Riesenglück hat der Karl Koberling gehabt. Er hat den Krieg überlebt, er lebt noch. Zwar etwas abgemagert und knochig, aber er lebt noch. Sein buschiger dunkler Schnäuzer ist etwas lichter und heller geworden, aber er hat ihn noch. Er hat auch noch seine dunklen Augen, auch wenn sie jetzt etwas eingesunken sind, tiefer in den Höhlen liegen. Ein bisschen klein war er immer schon, nun hat er das Gefühl, noch ein paar Zentimeter geschrumpft zu sein. Doch sein Körper ist noch sehnig und elastisch, ein Körper für Krieg und Frieden. Nun ist er wieder da. Er hört die Glocken der Remigius-Kirche läuten. Christi Himmelfahrt. Der Christus hat seinen Dienst auf Erden getan und fährt in den Himmel. Er hat seinen Dienst im Krieg getan und kehrt nach Hause zurück.

Mitten im Gedränge steht Koberling vor dem Bahnhof. Menschen kommen von den Zügen, Menschen hasten zu den Bahnsteigen. Diolenanzüge, Trenchcoats und Lodenmäntel zwängen sich von vorne, von hinten an ihm vorbei, stoßen ihn an, schubsen ihn beiseite. So viel Betrieb am Feiertag. Und alle gut und sauber gekleidet, nicht wie er in seinen alten Klamotten. Ihre Leiber und Gesichter wohlgenährt und rund, nicht wie er so dürr. Alle wollen irgendwohin. Er will zu Irma, seiner Frau.

Den Bahnhof haben sie wieder aufgebaut. Schön sieht er nun aus und so neu.

Koberling steht zwischen den Trümmern des Bahnhofs, zerbombt durch einen Luftangriff. Ein paar Tage Heimaturlaub in seiner OT-Uniform. Der Schalterraum ist weg. An einer Holzbude die Liste der Züge, die nicht verkehren. Überall Schutt. Und auf der anderen Seite der Gleise die Stahlskelette des Reichsbahn-Ausbesserungswerks, des RAW. Bombardiert. Völlig zerstört. Da taucht in Koberlings Kopf wieder dieser Splitter auf, dieses böse Lied, das er so oft singen musste: »Und liegt vom Kampfe in Trümmern die Welt zuhauf, das soll uns den Teufel kümmern, wir bauen sie wieder auf.«

Vor dem Krieg zieht er als Maurer und sogar Polier eine der Hallen hoch und verputzt sie sauber. Ist zufrieden mit seiner Arbeit. Jetzt haben sie das RAW zum Teil wieder aufgebaut, arbeitet schon wieder. Er fragt sich, ob sein Haus noch steht. Ob seine Irma noch lebt.

Vor dem Bahnhof noch das alte Telefonhäuschen. Es hat den

Krieg überstanden und glänzt gelb. Auf die Glastür ein Herz geschmiert mit einem durchbohrenden Pfeil. Daneben ein Heil Hitler! gekleckst, durchgestrichen und danebengeschrieben: Hitler kaputt! Er fragt sich, ob er seine Irma anrufen soll, ihr sagen soll, dass er zurückgekehrt ist, am Bahnhof steht und in einer Viertelstunde bei ihr ist. Vielleicht läuft sie ihm sogar entgegen. Etwas Geld in der neuen Währung hat er in der Tasche. Hat man ihm in Friedland gegeben. Da fällt ihm ein, dass er gar nicht weiß, wie viel man jetzt für ein Ortsgespräch einwerfen muss, ob sie noch die alte Telefonnummer hat oder eine neue, ob sie überhaupt noch ein Telefon hat, ob sie jetzt zu Hause ist oder trotz Feiertag bei irgendeiner Arbeit. Er will sie trotzdem anrufen, zieht die verschmierte Glastür auf. Vom Apparat hängt das abgeschnittene Kabel herab, ohne Hörer. Er liegt nicht auf dem Boden, wurde geklaut. So ein Ding braucht jeder. Hitler schneidet das Kabel ab, klaut den Hörer, ruft aus seinem Bunker das Volk auf zum allerletzten Widerstand. Und wenn es dazu zu feige ist, ist es nicht wert weiterzuleben, soll mit ihm zugrunde gehen.

Doch ein Teil des deutschen Volkes lebt noch. Auch er, der Koberling. Er kann seiner Irma nicht sagen, dass er wieder da ist. Nun gut, dann überrascht er sie.

Die Veteranenchöre der Bergischen Gesangsvereine singen das Bergische Heimatlied:

Keine Rebe wohl ranket am felsigen Hang,
kein mächtiger Strom fließt die Täler entlang.
Doch die Wälder, sie rauschen so heimlich und traut,
über grünenden Bergen der Himmel sich blaut.
War ich auch weit am fernsten Strand,
schlägt mein Herz der Heimat, dem Bergischen Land.

***

In seinem Stadtarchiv zieht Nettelbeck aus einem Schrank ein verstecktes Dossier hervor, öffnet es. Dokumente über die Gründung der Bundesrepublik mit einem großen Foto, Datum: 20. September 1949. Bundeskanzler Dr. Konrad Adenauer stellt sein erstes Kabinett vor. Alle Minister im schwarzen Cut, Smoking oder Frack, Adenauer in der Mitte im Stresemann. Alle Minister gut genährt, alle lächeln.

Über drei Köpfen ist mit Bleistift ein Kreuzchen gezeichnet. Das erste über Ludwig Erhard. Dem Foto ist ein Blatt angeheftet, darauf ein Text getippt. Kein Hinweis, wer das getippt hat. Nettelbeck liest über Ludwig Erhard:

Verfasst ab 1938 für das Nürnberger Institut für Wirtschaftsbeobachtung hoch bezahlte Gutachten über die wirtschaftliche Ausbeutung des annektierten Österreich, Sudetenlands und Protektorats Böhmen/Mähren. Enge Zusammenarbeit mit SS-Obergruppenführer Josef Bürckel, Gauleiter in Wien und Lothringen, Bürckel deportiert die Juden aus diesen Gebieten. Erhard erstellt für den SS-Obergruppenführer und Gauleiter Expertisen über die Verwertung ihrer Hinterlassenschaften.

Verfasst 1940 für die Haupttreuhandstelle Ost im besetzten Polen ein wirtschaftspolitisches Gesamtkonzept, wie der neue deutsche Ostraum entwickelt werden muss. Nennt die Deportation und Ermordung von Polen Evakuierung. Die Überlebenden sollen eingedeutscht und für das Reich möglichst produktiv eingesetzt werden. Die konfiszierten polnischen Betriebe sollen an Deutsche übertragen werden. Bekommt für seine Pläne viel Lob von Göring. Erhält von Himmler einen neuen Auftrag für einen hoch dotierten Bericht über die weitere Ausmerzung der Polen.

Gründet 1942 sein eigenes Institut für Industrieforschung, bestehend nur aus ihm und einer Sekretärin, höchst üppig finanziert von der Reichsgruppe Industrie, entwirft einen Plan zur Kriegsfinanzierung. Wird dafür vom Führer mit dem Kriegsverdienstkreuz II. Klasse ausgezeichnet. Verfasst 1944 eine Studie für die Zeit nach dem verlorenen Krieg: Annullierung aller

Schulden, Einführung einer neuen Währung und Neuaufbau der Wirtschaft. Viel Lob dafür von SS-Gruppenführer Otto Ohlendorf. Ohlendorf, Chef des Sicherheitsdienstes Inland, Leiter der SS-Einsatzgruppe Südukraine und Kaukasus, befielt die Ermordung von 90.000 Menschen. Wird nach den Nürnberger Kriegsverbrecherprozessen gehängt. Erhard überlebt. Ist nun Wirtschaftsminister unter Adenauer.

Das zweite Kreuzchen über Hans-Christoph Seebohm. Nettelbeck liest auf dem angehängten Papier: Seebohm, 1941 Aufsichtsratsvorsitzender der arisierten Egerländer Bergbau AG. Seit 1947 stellvertretender Vorsitzender der rechtsradikalen Deutschen Partei. Beauftragter der amerikanischen Organisation Gehlen in Pullach, Abteilung Ostforschung. Fordert 1949 Ehrfurcht vor Fahnen des Nationalsozialismus. Lehnt das Grundgesetz als von den Alliierten aufgezwungen ab. Unterstellt den Sozialdemokraten asiatische Wurzeln, die nicht zum Deutschtum führen. Ist nun Verkehrsminister unter Adenauer.

Das dritte Kreuzchen über Eberhard Wildermuth. Da steht: Beim Einmarsch in Frankreich Bataillonskommandeur. 1941/42 Aufstieg zum Regimentskommandeur in Serbien. 1942 Einsatz in Heeresgruppe Mitte/Sowjetunion. Befördert zum Oberst. 1943 Einsatz in Italien. 1944 Festungskommandant von Le Havre/Frankreich. Ist nun Minister für Wohnungsbau unter Adenauer.

Die haben überlebt, sagt Elfriede Martens. Mein Mann nicht. Der liegt irgendwo in Russland. Und die sitzen jetzt in der Regierung.

Nettelbeck findet auch Papiere über eine Erica Pappritz. Tochter eines Rittmeisters, Mitglied der NSDAP, Ausbilderin des diplomatischen Nachwuchses im Auswärtigen Amt, Leiterin des Referats Zeremonial- und Rangfragen während der Nürnberger Reichsparteitage, Betreuerin des Diplomatischen Corps, heute stellvertretende Protokollchefin in Adenauers Bundeskanzleramt. Sie legt höchsten Wert auf korrektes Benehmen in der Bundesrepublik und beginnt, Empfehlungen zu schreiben. Zum Beispiel über das formvollendete Grüßen in der Öffentlichkeit:

»Grundsätzlich gilt: Lieber zehnmal zu viel als einmal zu wenig grüßen! Wann immer wir einem Gesicht begegnen, das uns vertraut oder irgendwie bekannt vorkommt, grüßen wir. Insbesondere, wenn wir männlichen Geschlechts sind. Denn in Deutschland grüßt der Herr zuerst. Es grüßen also der Herr die Dame, der Jüngere den Älteren, der Einzelne die Gruppe, die Unverheiratete die Verheiratete zuerst. Die Dame erweist ihre Grußbezeigung durch leichtes Senken des Kopfes, während der Herr mit angedeuteter Verbeugung seinen Hut lüftet, etwa bis in Schulterhöhe. Natürlich nimmt man als Herr zum Gruß die zweite Hand aus der Tasche und die Zigarette, Zigarre oder Pfeife aus dem Mund. Der Gruß beginnt wenige Schritte vor dem zu Grüßenden. Man darf den Gruß keinesfalls beenden, den Hut wieder aufsetzen, ehe man an dem anderen vorüber ist.«

***

Donnerstag, 3. Mai 1951. Christi Himmelfahrt. Mittag. Noch immer Sonnenschein über Opladen. Der Nordwestdeutsche Rundfunk meldet in seinen Nachrichten: Wie in Berlin und Köln finden in vielen Städten der Bundesrepublik Demonstrationen gegen die beginnende Wiederaufrüstung statt. Durch ein von der Bundesregierung verabschiedetes, in Kraft getretenes Gesetz werden ehemalige Wehrmachtsangehörige wieder in den Dienst gestellt und erhalten Pensionen. Verkehrsminister Hans-Christoph Seebohm, stellvertretender Vorsitzender der rechtsradikalen Deutschen Partei, nimmt einen ehemaligen Träger des NSDAP-Blutordens in sein Ministerium auf.

Am selben Tag, als Karl Koberling vor dem Bahnhof steht, kehren auch Leonhard Birnbaum und seine achtzehnjährige

Tochter Luise aus Brüssel in ihr Heimatstädtchen zurück. Ohne seine Frau Marianne, ohne Luises Mutter. Die Straßenbahn der Linie O bringt sie von Köln hierher zur Endhaltestelle. Sie sind durch Flittard gefahren, vorbei am Bayerwerk, zum Teil noch in Ruinen, zum Teil wieder aufgebaut, arbeitet jetzt wieder, sind durch Leverkusen gefahren, durch Wiesdorf, Küppersteg. Die Strecke kennt er. Fuhr mit seinem kleinen Auto immer wieder nach Köln, kaufte für sein Foto- und Radiogeschäft neue Fotoapparate ein, Filme, Material für Entwicklungen, neue Radios.

Da stehen sie nun. Eilige drängen aus den Wagen, schubsen sie beiseite, andere hasten hinein, stoßen sie weg, erstürmen die Sitzplätze. Leonhard und Luise treten zurück, stellen sich vor das Schaufenster des Juwelier- und Uhrengeschäfts Beller. In der Auslage Perlencolliers, filigrane Silberkettchen, Korallenketten mit Bernsteinen, goldene Armreife, goldene Ohrringe. Man schmückt sich wieder. Medaillons mit Frauenporträts. Ein Porträt sieht Marianne ähnlich. Auch goldene Eheringe. Man heiratet wieder. Leonhard hat seinen silbernen Ehering nicht mehr am Finger. Den riss man ihm im KZ vom Finger. Goldene Armbanduhren, große prunkvolle Wanduhren, die Pendel schwingen hin und her. Alle Zeiger zeigen auf dreizehn Uhr fünfunddreißig. Die Hälfte des Tages ist vorbei, die zweite Hälfte steht Leonhard und Luise noch bevor. Neben dem Beller-Schmuck eine Ruine, davor ein Bauzaun. Man baut wieder auf. Auf den Bauzaun blau gesprüht: In den funkelnden Scherben unserer Vergangenheit beginnen wir neu zu träumen.

Wovon sollen Leonhard und Luise träumen?

Die Glocken der nahen Remigius-Kirche verkünden Christi Himmelfahrt. Christus fährt in den Himmel, sie kehren zurück in ihr Geburtsstädtchen. Luise sieht ihren Vater an. Sein Gesicht hat sich in den vergangenen zwölf Jahren sehr verändert. Seine fein geschnittene Nase ist breit geworden, seine hellen, prüfend blickenden Augen haben sich getrübt und flackern, als würde er etwas suchen. Seine dunklen Haare, lange nicht mehr geschnitten, ragen an den Schläfen und im Nacken unter seinem schwarzen Filzhut hervor, sind grau geworden. Gebückt nun seine früher immer aufrechte Haltung. Sie kehren heim nach ihrer Flucht aus Opladen Anfang '39. Allein. Seine Frau Marianne, ihre Mutter wird aus Belgien nach Auschwitz deportiert. Leonhard und Luise überleben irgendwie in den KZs Breendonk und Mechelen.

Wohin jetzt? Zu Leonhards bestem Freund Edmund auf keinen Fall. Vielleicht lebt er nicht mehr, ist nicht mehr in Opladen. Und wenn doch, will er ihn nicht mehr sehen, diesen SS-Mann, das Schwein. Nie wiedersehen. Und so was war mal sein Freund. Macht Karriere. Leonhard sah in der Zeitung ein Foto von ihm, als neuer Richter im Amtsgericht Opladen. Erkannte ihn sofort wieder an seinem runden Robbengesicht. Erkannte Ende '38, Anfang '39 seine Unterschrift auf zwei Amtsschreiben. Enteignung seines Foto- und Radioladens und ihrer Wohnung. Höchst amtlich, höchst richterlich. Von seinem ehemaligen Freund hat er die Schnauze voll. Gestrichen voll.

Aber zu den Küppers muss er, zu Hartmut und Amalie. Hoffentlich gibt es ihren Konsum noch in der Steinstraße. Wo er und Marianne immer einkauften. Bis Anfang 1939. Hinter Heringsfässern und aufgestapelten Bierkästen. Er, Marianne und die kleine Luise. Eng zusammengekauert in einer Ecke auf der Ladepritsche von Hartmuts Lieferwagen. Zugedeckt mit alten Kartoffelsäcken. Den Atem angehalten, kein Husten, kein Geräusch. Bis alles vorüber ist.

Zu den Küppers kann er jetzt nicht. Ist noch zu erschöpft von der Reise. Muss erst ankommen in diesem alten neuen Opladen. Aber morgen unbedingt. Trotzdem jetzt in die Altstadtstraße zu seinem ehemaligen Foto- und Radiogeschäft, zu ihrer Wohnung. Da muss er hin. Muss sehen, ob das Haus noch steht, in dem er und Luise geboren wurden, oder weggebombt wurde.

Die Bergischen Gesangsvereine singen das Bergische Heimatlied:

Wo die Wälder rauschen, die Nachtigall singt,
die Berge ragen, der Amboss erklingt,
wo die Quelle rinnet aus moosigem Stein,
die Bächlein murmeln im blumigen Hain,
wo im Schatten der Eiche die Wiege mir stand,
da ist meine Heimat, mein Bergisches Land.

***

Nettelbeck sucht weiter und entdeckt hinter Akten über die Anfänge der Bundesrepublik, zwischen einem Bündel Altpapier versteckt, zwei neue Fotos. Eine Aufnahme zeigt einen Wald. Uniformierte, die Gesichter mit Farbe beschmiert, hocken in einem Schützengraben, überspannt mit einem Tarnnetz, zielen mit ihren Gewehren auf einen unsichtbaren Feind. Das andere Motiv: ein improvisierter Schießplatz, Uniformierte zielen auf Menschenattrappen aus Pappe. Auf der Rückseite der Fotos mit Bleistift notiert: Die Schnez-Truppe.
 Was ist denn das für ein Haufen?, fragen sich Nettelbeck und die Martens. Nie gehört.
 Angehängt an die Fotos ein Text über die Schnez-Truppe. Sie lesen:
 Die Geheimorganisation Schnez umfasst zweitausend ehemalige Offiziere der Waffen-SS und der Wehrmacht, angeführt von General Albert Schnez. Zu ihr gehören auch die Wehrmachtsgenerale Adolf Heusinger und Hans Speidel. Die Truppe will ihre Schlagkraft bis zu vierzigtausend Mann ausbauen. Ihr Ziel: bei einem Angriff der Sowjets Deutschland verteidigen, gegen die Kommunisten kämpfen. Sie bespitzelt linksorientierte Bürger, legt Listen an von zurückgekehrten Juden, um sie im Falle eines Krieges festzunehmen. Finanziert wird die Truppe durch Spenden von Unternehmern. Adenauer will davon lange

nichts wissen, um die Spender nicht zu verärgern, benötigt die Firmen für seinen Wiederaufbau. Lässt die Truppe jedoch später durch die Organisation Gehlen beobachten, unternimmt sonst nichts gegen sie.

Das muss in die Presse, sagt Nettelbeck. Das muss bekannt werden. Das bringe ich hier den Zeitungen.

Das machen Sie nicht, befiehlt die Martens.

Das muss die Presse veröffentlichen.

Wenn das rauskommt, enden Sie wie der heilige Sebastian. Er kennt die Statue in der Remigius-Kirche. Da steht der fast nackte Sebastian, durchbohrt von Pfeilen. Hingerichtet von Bogenschützen.

Nettelbeck geht trotzdem zu den Lokalredaktionen der Düsseldorfer Nachrichten, des Neuen Vorwärts, der Rheinischen Post, sagt: Ich hab da was für Sie, und legt ihnen die Dokumente über Erhard, Seebohm, Wildermuth und über die Schnez-Truppe auf den Tisch. Das sollen sie bringen. Sie nicken.

Als er draußen ist, sind sie sich einig: zu heiße Ware, damit kommen wir in Teufels Küche, und stopfen seine Papiere in die Schublade.

∗

Donnerstag, 3. Mai 1951. Christi Himmelfahrt. Früher Nachmittag. Die ersten Wolken ziehen auf, aber noch schön warm in Opladen. Der alte Anselm hat heute sein Antiquariat erst spät geöffnet und seine Krabbelkiste wieder vor den Laden gestellt.

Eigentlich darf er an diesem Feiertag gar nicht öffnen. Pfeif drauf, sagt er sich, er ist kein Christ, und wenn dieser Christus heute in den Himmel fährt, ist das seine Sache. Er hat damit nichts zu tun. Die Dünnedahls gegenüber halten ihren Fahrradladen geschlossen. Für sie ist Feiertag. Na bitte, sollen sie. Sie machen die Woche über genug Umsatz. Alles neue, teure Fahrräder. Sogar mit Dreigangschaltung. Mit ihnen hinaus ins

Bergische Land. Seine Reiseführer für Radtouren verstauben in der Krabbelkiste und im Fenster.

Ein Bollerwagen rumpelt vorbei, gezogen von einem Pferd, die jungen Männer im Unterhemd saufen Bier aus Flaschen, grölen »O du schöner Westerwald« oder so was. Vatertag. Er ist kein Vater, hat keine Kinder, nicht mal mehr eine Frau. Sie starb ihm weg. Kein Christ, kein Vater, keine Frau. Was ist er denn, der Anselm? Ein alter Antiquar, der nichts verkauft. Wenn ein Schupo vom Revier vorbeikommen sollte und meckert, weil er geöffnet hat, holt er seine Krabbelkiste herein, und wenn er weg ist, stellt er sie wieder raus. Seit einem Jahr gibt es hier einen neuen Schupo mit einem glänzenden schwarzen Tschako. Der war heute noch nicht hier.

Anselm brüht eine große Tasse schwarzen Tee auf, sehr schwarz, sehr stark. Seine tägliche Belebung. Wenn er heiß durch die Kehle rinnt, sich im Körper ausbreitet, hat Anselm das Gefühl, er bewässert seine langsam austrocknenden Organe, erwärmt sie wieder, wenigstens ein bisschen.

Er sieht sich in seiner dämmrigen Höhle um. Mit ihm sind auch seine Bücher gealtert. Sie verstauben, vergilben, vertrocknen. Wie er.

Wenn er zurückdenkt, kommt ihm die Vergangenheit wie ein Traum vor. Aufgewachsen ist er in diesem Antiquariat. Es ist sein Zuhause. Als Kind hockt er in einer Ecke und sieht sich stundenlang die Bilder in den großen Büchern an, die faszinierenden farbigen Bilder aus fremden Ländern. Urwälder, wilde Tiere, Wüsten, Segelschiffe auf tosenden Meeren.

Später, sehr viel später, hilft er seinem Vater beim Sortieren der alten Bücher, beim Einstellen in die Regale, beim Stapeln auf den Tischen und auf dem Boden. Und noch später, ausgebildet als Antiquar, führt er mit ihm das Geschäft. Anselm heiratet seine Erna. Sein kränkelnder Vater stirbt, Anselm und Erna erben den vollgestopften Laden. Das Geschäft läuft schlecht. Noch schlechter während der Inflation und der Wirtschaftskrise. Die Menschen kaufen keine Bücher, sie brauchen Kartoffeln, Brot, Schuhe, Kleider, Brennholz, Kohlen. Wer kauft da antiquarische Bücher, die durch so viele Hände gegangen sind? Alle noch gut erhalten, aber eben gebraucht. Altware. Totale Flaute. Auch aus seiner Krabbelkiste vor dem Laden kauft keiner etwas. Nur wenn er sie abends hereinholt, sind da einige Lücken. Storm, Ganghofer, Löns geklaut.

Die Menschen brauchen Geld, um ihre Familien zu ernähren. Keine Arbeit, aber steigende Mieten. Sie räumen ihre Bibliotheken aus und bieten sie ihm zum Kauf an. Sie schleppen wertvolle Erstausgaben heran, einmalig erschienene Editionen, längst nicht mehr erhältlich. Kostbare Bände, gebunden in Leder, in Schweinsleder, sogar in Pergament. Erbstücke aus mehreren Generationen. Obwohl er und Erna kaum Geld haben, kaufen sie diese Schätze an zum möglichst billigen Preis. So wächst ihr Antiquariat noch weiter, und die Kunden verlassen den Laden mit wertlosen Scheinen, pfundweise in den Händen.

Er stellt mit Erna die angekauften Bücher in die Regale in der Hoffnung, sie später einmal teuer zu verkaufen, wenn die Zeiten besser werden. Sie ahnen, dass ihre Hoffnung trügt. Die Zeiten werden nicht besser, werden noch schlechter, sie halten dennoch an ihrer Zuversicht fest. Ratlos sitzen sie auf ihrem Erwerb, den sie nicht loswerden. Manchmal werden ihnen auch ein Storm, Ganghofer, Löns angeboten. Sie erkennen die geklauten Exemplare aus ihrer Krabbelkiste wieder, kaufen sie zurück von ihrem restlichen Geld.

Bald darauf stirbt Anselms Frau. Aus Verzweiflung. Nun hockt er allein in seinem Chaos, versinkt in seinen Büchern. Insgeheim ist er froh, nichts zu verkaufen. Es sind seine Bücher, seine Kinder, von denen er sich nicht trennen will. Er will sie alle für sich behalten. Von seiner kleinen Erbschaft kann er knapp überleben.

Er fragt sich, was aus seinem Antiquariat mal wird nach seinem Tod. Wie es weitergehen soll mit seinem Bücherschatz. Keine Erben, kein Nachfolger in Sicht. Ein Richter vom Amtsgericht, zuständig für Geschäftsauflösung, wird beschließen, dass irgendjemand den ganzen Plunder übernehmen soll.

***

Donnerstag, 3. Mai 1951. Christi Himmelfahrt. Später Nachmittag. Wolken überziehen die Sonne. Es wird kühl in Opladen. Der Nordwestdeutsche Rundfunk meldet: Nordkoreanische und chinesische Truppen beginnen ihre erwartete Frühjahrsoffensive. Es gelingt ihnen, die amerikanischen Stellungen nördlich des achtunddreißigsten Breitengrades zu durchbrechen und nach Süden vorzustoßen. Der Oberbefehlshaber der US-Streitkräfte in Korea, General Ridgway, fordert seine Soldaten auf, so viele Feinde wie möglich zu neutralisieren und nicht eher zu weichen, bevor nicht jeder Kommunist ausgelöscht ist. Die Bundesregierung verbietet allen Verbänden, eine Volksbefragung gegen die Wiederbewaffnung durchzuführen.

Am selben Tag, als Leonhard und Luise aus der Straßenbahn steigen, kommt auch Luggi mit seiner Mutter Kathi in Opladen an. An diesem Himmelfahrtstag fährt Luggi nicht in den Himmel, er wird als Beifahrer in einem Möbelwagen mit dem Umzugsgut aus dem bayrischen Gauting hierherverfrachtet. Nach einem langen Tag Rumpeln und Hoppeln auf der Autobahn, auf den harten Sitzen durchgerüttelt, steht er nun vor der neuen Wohnung, vor dem grauen Polizeigebäude in der Düsseldorfer Straße. Er kann es nicht fassen, dass er nun hier leben soll. Von irgendwoher weht Glockengeläut.

Ein Jahr davor wird sein Vater, Polizeimeister Hannes Stadler, hierher versetzt und wohnt bis zur Ankunft seiner Familie in Untermiete. Der vierzehnjährige Luggi will in seinem Gauting auf dem Land bleiben, bei seinen Freunden, bei seinem Großvater Jakob, bei seiner Großmutter Walburga und seinem Schäferhund Arko, mit dem er durch den Wald streunt. Es hilft kein Widerstreben, kein Auflehnen, kein Bocken, er muss mit seiner Mutter dem Vater folgen, wird aus seiner Dorferde herausgerissen und in dieses Kaff verpflanzt, umgetopft. Hier soll er nun Wurzeln schlagen, aufwachsen, erwachsen werden, Früchte tragen. In dieser neuen Erde. Soll hier ein neues Leben beginnen, an diesem fremden Ort, wo er niemanden kennt, wo er nicht weiß, mit wem er sich anfreunden wird, in welche Schule er gehen soll. Er ist immer noch zu dick. Etwas weniger als in Gauting, aber noch zu viel. Das gibt sich, sagt der Doktor Hepp. Wenn er sich auswächst in ein paar Jahren, dann ist er wieder normal. Luggi will aber jetzt schlank sein, gut aussehen wie die anderen Jungen in seinem Alter. So wie er jetzt dasteht, findet er hier keine Freundin. Und in ein paar Jahren, mein Gott, das ist noch lange hin. So lang will er nicht warten.

Ratlos schaut er auf das grau verputzte Polizeigebäude. Im Parterre das Revier der Schupos und in der ersten Etage die Kriminalpolizei. Dort sind drei Büroräume für die neue Familie Stadler in eine kleine Wohnung umgebaut worden. Da sollen sie nun einziehen.

Noch immer reitet Luggi wie in Gauting auf seinem wilden Mustang über die Prärie auf der Spur des bösen Santers, der mit seinem Doppellaufstutzen die Indianer abknallt, treibt er auf einem Floß mit Tom Sawyer und Huckleberry Finn auf dem Mississippi, hockt vor Onkel Toms Hütte am Lagerfeuer, sucht auf der Schatzinsel nach dem verborgenen Schatz der Piraten. Vielleicht ist er im Keller dieses Polizeigebäudes versteckt. Da muss er ihn suchen. Vielleicht aber findet er in diesem Keller eingemauerte Leichen, einen Stapel Leichen, nicht aufgeklärte Verbrechen.

Aus dem Hinterhof des Polizeigebäudes rast ein Verkehrsunfallkommando heraus, mit gellendem Martinshorn und blitzendem Blaulicht.

Die Möbelpacker stehen herum und warten auf ihren Einsatz, die Ladung in den ersten Stock zu schleppen. Luggi fürchtet, dass sein schönes rotes Fahrrad Pegasus bei der Rumpelfahrt durch die Schlaglöcher beschädigt wurde. Seine Mutter hat Angst, dass die Spiegel und die Scheiben ihres Wohnzimmerbuffets zu Bruch gegangen sind. Die Möbelpacker trösten sie. Alles gut gehüllt in dicke Decken. Ein Polizist in dunkelblauer Uniform kommt auf sie zu. Hab Sie schon durchs Fenster gesehen, sagt er freundlich und reicht ihnen die Hand. Heger. Bin hier der Revierleiter. Willkommen in Ihrem neuen Zuhause. Ihr Mann musste gerade weg zu einem Einsatz. Verkehrsunfall auf der Wupperbrücke. Na, dann wollen wir mal, brabbeln die Möbelpacker und beginnen ihre Arbeit.

Die Wohnung liegt Wand an Wand neben den Büros der Kripo. Vom Gang geht es direkt in die kleine Küche, von dort weiter zu den anderen Räumen. Die Toilette, zugleich das Klo für die Kripo und für die zu den Vernehmungen Vorgeladenen, befindet sich am anderen Ende eines langen Korridors.

Luggi hat ein eigenes Zimmer, zwar klein, aber es reicht. Von seinem Fenster aus kann er im Hinterhof auf dem schwarzen Granulat die Polizeiautos sehen. In Gauting schaut Luggi durch sein Fenster auf die Wiese mit Apfel- und Birnbäumen, auf die Hühner und den großen bunten Hahn, hört ihn krähen. Sieht die Kaninchenställe, die grauen Pelzknäuel hinter dem Maschendraht, ein Ohr heruntergeklappt. Manchmal gibt es sonntags Kaninchenbraten, der ihm gar nicht schmeckt, wenn er daran denkt, wie er das Karnickel davor noch gestreichelt hat. Und für Arko gibt es die Knöchelchen. Er sieht den Gemüsegarten und den kleinen Kartoffelacker. Sieht seinen Arko vor der Hütte liegen. Wenn er ihn ruft, steht er auf, wedelt mit dem Schwanz. Es geht wieder los in den Wald. Sein Gauting ist so weit weg.

In einer Beilage der Düsseldorfer Nachrichten findet Luggi eine Strophe, die ein Leser als Ergänzung zum Bergischen Heimatlied eingesendet hat:

Wo die Menschen eilen zur Arbeit geschwind,
die Mutter beruhiget das weinende Kind.
Wo der Vater lobet den lernenden Sohn,
empfängt von ihm rühmend Worte als Lohn.
Wo der Knabe im Dickicht findet den Pfad,
der Bauer wirft aus seine trächtige Saat,
wo jeder geschützt ist in sorgender Hand,
das sei meine Heimat, mein Bergisches Land.

***

Ein Radfahrer wird totgefahren. Am selben Tag im Mai, als
Luggi mit seiner Mutter in Opladen eintrifft. Auf der Wupperbrücke totgefahren. Ganz in der Nähe. Fast vor der Statue
des heiligen Nepomuk, des Schutzpatrons der Brücke und des
Beichtgeheimnisses. Sofort versammeln sich Passanten um den
Toten auf dem Asphalt. Dunkelrot, fast schwarz fließt das Blut
aus seinem Kopf. In der Lache liegt seine zerbrochene Brille,
daneben sein zerbeultes altes Fahrrad, seine Aktentasche und
verstreute Papiere. Ein paar Fußgänger sehen, wie von hinten
sehr schnell ein Auto kommt, dann ein Krachen, der Radfahrer
und sein Fahrrad liegen auf der Straße, der Pkw rast davon.
Andere sehen, dass der Wagen kein Kennzeichen hat. An den
Typ und seine Farbe können sie sich nicht erinnern. Alles geht
so schnell. Der einzige wirkliche Augenzeuge des Unfalls ist
St. Nepomuk auf seinem Podest, der Mucki, wie ihn die Opladener nennen. Doch der Patron des Beichtgeheimnisses drückt
nur sein Kreuz an die Brust und schweigt. Er hat nicht vergessen, dass man ihn vor langer Zeit in Prag von der Karlsbrücke
in die Moldau stürzte.

Langsam fährt die Straßenbahn vorbei, aus den Fenstern
schauen die Fahrgäste auf den Toten hinab, auf seinen blutverschmierten Kopf. Ein paar Passanten sammeln seine zerbrochene Brille, seine Aktentasche, die herumliegenden Papiere
ein und schleifen den Toten von der Straße auf den Bürgersteig,

legen das verbogene Fahrrad neben ihn. Eine Frau rennt zum nahen Pförtnerhäuschen der Textilfärberfabrik Schusterinsel am Ufer der Wupper. Der Mann soll die Polizei rufen. Die Fabrikarbeiterinnen haben Feierabend, kommen heran. Was ist passiert? Der Auflauf um die Leiche wird immer größer. Bald hört man das Martinshorn des Verkehrsunfallkommandos, sieht die blau blitzenden Lichter, und schon trifft der Wagen ein. Zwei Polizisten steigen aus, sehen sich um und fluchen, weil die Leute den Toten vom Unfallort auf den Bürgersteig gezerrt haben.

Polizeimeister Hannes Stadler ist verärgert, dass er gerade jetzt zu diesem Unfall muss. Er erwartet seine Frau Kathi und seinen Sohn Luggi mit den Möbeln aus Gauting, will sie begrüßen. Nun muss er auf dem Asphalt mit Kreide die Umrisse zeichnen, wo der Verunglückte gelegen haben könnte. Muss mit seinem Kollegen und Freund Gustav Freese den Unfall aufnehmen, die ganze Prozedur erledigen, den ganzen Papierkram, Augenzeugen befragen.

Dachte, ist 'n Besoffener, sagt man ihm. Hab den Suffkopp liegen lassen. Soll seinen Rausch ausschlafen.

Ein anderer: Ist halt gestürzt. Wird sich schon wieder berappeln.

Keiner kann Genaues sagen. Nur: schnelles Auto, ohne Kennzeichen, weitergefahren. Fahrerflucht. Auch das noch.

Passanten übergeben Hannes Stadler die eingesammelten Papiere und die Aktentasche. Er sucht darin und findet den Personalausweis des Toten: Sebastian Nettelbeck, Stadtarchivar. Geboren 1920. Nicht verheiratet. Keine Ehefrau, die er über diesen Todesfall informieren muss. Er atmet auf. Gott sei Dank. Das bleibt ihm erspart. Das macht er gar nicht gern, einer Familie den Tod eines Angehörigen mitteilen. Das überlässt er einem Kollegen. Und wenn er wirklich dran ist, druckst er herum und weiß nicht, wie er es sagen soll. Morgen soll Freese mit dem Stadtarchiv reden. Heute geht das nicht. Feiertag. Da ist keiner da. Während Freese das Fahrrad in den Einsatzwagen wirft, ruft er das Bestattungsunternehmen Breidschuh an. Es soll die Leiche bis zur weiteren Klärung abholen.

Nach und nach zerstreut sich die Menge. Nur wenige bleiben noch und starren auf das graue Tuch, das den toten Nettelbeck bedeckt.

Der ist über die Wupper gegangen, sagt einer.

Bald rollt der angestaute Verkehr wieder ungestört über die Brücke.

Im Radio und auf Schallplatten singt die kleine Conny Froboess:

Pack die Badehose ein,
nimm dein kleines Schwesterlein
und dann nischt wie raus nach Wannsee.
Ja, wir radeln wie der Wind
durch den Grunewald geschwind,
und dann sind wir bald am Wannsee.

***

Karl Koberling sieht nahe beim Bahnhof den schwarzen, mit einem Palmzweig geschmückten Wagen des Beerdigungsunternehmens Breidschuh vorbeifahren. Die Firma kennt er. Die gab es schon vor dem Krieg. Stabile Existenz. Breidschuh hat immer viel zu tun, so ein Geschäft hat ewigen Bestand. Die Toten sterben nicht aus. Koberling aber lebt noch. Hat den Krieg überlebt. Dass er eingezogen wird, stört ihn nicht. Ist für ihn kein Problem. Er ist Maurer, sogar Polier und Betongießer. Im Krieg arbeitet er weiter in seinem Beruf. Egal ob im Frieden in der Heimat bei Brenner oder an der Front bei der OT. Beruf bleibt Beruf.

Bei der Organisation Todt, diesem Baukonzern, setzt er die Brücken wieder instand, die die Partisanen gesprengt haben, um den Nachschub zu blockieren. Baut die Kasernen und Lazarette für die Wehrmacht wieder auf, die diese zuvor bombardiert hat. Mit seiner OT zieht er durch Polen. Bei Rastenburg hilft er mit beim Bau von Hitlers Wolfsschanze. Er zieht durch Weißrussland. In Minsk betoniert er die Bunker für die SS. Zieht durch Russland. In Smolensk baut er die Flakstellungen und die Rollbahn. Und überall sind Zwangsarbeiter eingesetzt. Besonders Kriegsgefangene und Juden aus den umliegenden Ghettos. Unbehaglich wird es ihm nur, als die Bomben der Russen neben ihm einschlagen und die Minen der Partisanen dicht vor ihm hochgehen, seine Kameraden zerfetzen. Ihm aber passiert nichts.

Dann schnappen ihn die Russen, er muss in Workuta am nördlichen Polarkreis in einem Bergwerk malochen. Nach fünf Jahren lassen sie ihn frei, ab nach Westen. Er gerät in das Durchgangslager Friedland. Heißt wohl so, weil das Land jetzt Frieden hat.

Man kleidet ihn neu ein für ein neues Leben. Nach zwölf Jahren hat er nun wieder Zivilklamotten am Leib. Sein zerfledderter OT-Mantel und seine schief getretenen Stiefel landen in riesigen Körben, zusammen mit Uniformen der Wehrmacht und der SS. Keine benagelten Stiefel mehr. In denen hat er sich lange genug die Zehen wund gestoßen und die Fersen aufgescheuert. Er bekommt ausgelatschte, aber bequeme Lederschuhe, eine ausgebeulte Hose, Hemd, Jacke und einen alten Trenchcoat. Ist ihm egal, Hauptsache, keine Uniform und keine Stiefel mehr. Er kann seinen wuchernden Stoppelbart abrasieren, sich wieder ordentlich waschen und auch wieder satt essen.

Da hat er zum ersten Mal wieder deutsche Zeitungen in der Hand. Großdeutschland heißt jetzt Bundesrepublik, und es gibt eine neue Regierung. Mit einem Kanzler Adenauer. Der war mal Oberbürgermeister in Köln. Bevor die Nazis kamen. Mehr weiß er nicht über ihn. Jetzt ist er der erste Kanzler nach dem Krieg. Keine Ahnung, was er vorhat. Auf Fotos ist er schon sehr alt. Weit über siebzig. So ein alter Sack. In dem Alter noch Kanzler? Das kann nicht gut gehen. Der ist bald weg. Und dann? Haben die keinen Jüngeren gefunden, der anpackt und das zerstörte Land wieder aufbaut? Wer weiß, wie das enden wird mit ihm.

Auf anderen Fotos der neue Bundespräsident. Er heißt Theodor Heuss. Sieht freundlich aus, gutmütig. Wie ein lieber Großvater mit weißem Haar. Und diese neuen Minister. Alle so gut genährt. So kurz nach dem Krieg. Wo hatten die ihre Depots? Da sind auch neue Parteien. CDU, CSU, FDP. Keine Ahnung, was sie treiben werden. Die SPD kennt er noch von früher. Bis die Nazis kamen und sie verboten. Bis '33 gab es eine Menge Regierungen. Schnell eine nach der anderen. Mal sehen, ob das diesmal klappt. Mal sehen, wie lange die jetzt hält.

Vor dem Bahnhof steht wieder ein Kiosk, das Büdchen, vollgehängt mit Zeitungen an Wäscheklammern wie ein Lebkuchenhäuschen. Amerikaner setzen ihre Atombombenversuche fort. Lassen in der Wüste von Nevada ihre dritte Bombe explodieren. Auch die Russen testen erfolgreich neue Atombomben.

In Koberlings Kopf rumort es. Kommt bald der Dritte Weltkrieg? Noch ist nicht der Schutt vom letzten weggeräumt, nun wieder ein neuer? Diesmal mit diesen neuen Bomben. Er glaubt, schon ihr Rauschen zu hören. Na Prost.

Am Kiosk hängt auch die Deutsche Soldaten-Zeitung. Bei einer Zusammenkunft ehemaliger Frontsoldaten in Frankfurt am Main gründen sie den Bund Stahlhelm. Sie sind wieder da. Waren nie weg. Wieder bereit. Es geht wieder los. Immer noch nicht die Schnauze voll vom Krieg. Dazu die Schlagzeilen: Täglich über tausend Flüchtlinge aus der Sowjetischen Besatzungszone in die Bundesrepublik. Anderthalb Millionen Arbeitslose. Das stört ihn nicht. Er ist Maurer, sogar Polier und Betongießer. Da findet er überall Arbeit. Ist doch Wiederaufbau.

Neben der Zeitungsbude hockt auf einem Brett mit kleinen Rädchen ein Krüppel. Beide Beine bis zu den Hüften amputiert. Er kann sich nur fortbewegen, wenn er sich mit den Händen auf dem Boden abstößt. Hätte auch ihm passieren können. Er ist noch mal davongekommen. Schwein gehabt, Karlchen, sagt er sich. Nun muss er weiter. Zu seiner Irma. Er will sie überraschen, will ihr frohes Gesicht sehen, wenn er plötzlich vor ihr steht nach so vielen Jahren des Alleinseins. Will sehen, wie sie sich freut.

***

Rudi Heger freut sich gar nicht, als ihm Polizeimeister Stadler Nettelbecks Aktentasche auf den Schreibtisch legt. Na gut, na schön, als Revierleiter sind Verkehrsunfälle seine Sache. Aber ein tödlicher Unfall, Fahrerflucht, dazu noch ein Wagen ohne Kennzeichen, damit hat er nichts zu tun. Das ist eine Angelegenheit der Kripo. Er hat genug anderes um die Ohren und übergibt die Aktentasche Wipperfürth einen Stock höher.

Nun liegt der Kladderadatsch auf dem Schreibtisch des Kripoleiters Oberkommissar Erwin Wipperfürth. Er öffnet die Tasche und nimmt die Papiere daraus hervor. Auf dem ersten Blatt steht: Dr. Friedrich Bossmann, Rechtsanwalt. Eigene Kanzlei am Frankenberg, nahe Landratsamt. Wohnhaft in Opladen.

Wipperfürth stutzt. Den Bossmann, den Friedrich, kennt er. Gut sogar. Oft sitzen sie abends im Stippchen zusammen, trinken ihr Bier, plaudern über dies und das. Auch über ihre Zeit im Dritten Reich. Bossmann lässt manches anklingen, doch nicht viel. Wipperfürth fragt nicht weiter nach. Interessiert ihn nicht. Manchmal spielt er mit Bossmann am Birkenberg eine Partie Tennis. Im Opladener Tennisclub sind sie beliebte Mitglieder. Hin und wieder fahren sie auch nach München, nach Pullach. Aber immer getrennt, zu verschiedenen Zeiten. Wäre sonst zu verdächtig.

Weiter steht da über Bossmann:

1906 geboren in Opladen. Abitur im Aloysius-Gymnasium Opladen, Studium Jura und Staatsrecht in Köln, Promotion zum Dr. jur., 1933 mit siebenundzwanzig Jahren Eintritt in SA und NSDAP. 1937 Eintritt in SS. Mitglied des NS-Rechtswahrerbundes. Tätig beim Sicherheitsdienst in Aachen. 1940 Gerichtsoffizier und Untersuchungsführer bei der Sicherheitspolizei Wiesbaden. 1941 SS-Hauptsturmführer. Gestapo Wiesbaden und Kassel, Referat Judenangelegenheiten. 1942 Reichssicherheitshauptamt in Berlin im Referat Eichmann, Abteilung IV B4. Sachbearbeiter für die Vorbereitung der »Endlösung der europäischen Judenfrage«. 1943 SS-Sturmbannführer. 1944 von Eichmann zum Befehlshaber der Sicherheitspolizei und des Sicherheitsdienstes nach Verona abgeordnet. Dort im Judenreferat Durchführung der Endlösung der »Judenfrage« in Italien. Auf seinen Befehl bis September 1944 über 6.000 italienische Juden in Vernichtungslager deportiert. Zuständig für das KZ Fossoli. Verleihung Kriegsverdienstkreuz II. Klasse mit Schwertern durch Himmler. In Padua Leiter der Sicherheitspolizei. Auf seine Anordnung Deportation der dort noch lebenden Juden.

Bis Kriegsende Gesamtzahl der durch Bossmann deportierten italienischen Juden: 7.750. Setzt sich Ende April 1945 mit falschen Papieren unter dem Namen Fritz Müller nach Österreich ab. Gerät in amerikanische Gefangenschaft, wird im August 1945 entlassen. Verschweigt 1948 bei seiner Entnazifizierung seine NS-Tätigkeit. Wird als Mitläufer Kategorie IV eingestuft. Lebt seit 1948 in seiner Geburtsstadt Opladen. Führt dort als Rechtsanwalt eine eigene Anwaltskanzlei.

Nun ja, sagt sich Oberkommissar Erwin Wipperfürth, solche gibt es viele. Alle haben mehr oder weniger mitgemacht. Warum nicht auch er? Es war eine schwierige Zeit. Nun gut, manches war nicht sehr schön. Zugegeben, es gab Auswüchse. Gibt es in jedem Krieg. Ist nun mal so. Nicht zu vermeiden.

Er legt das Papier beiseite, nimmt sich das nächste Blatt vor, liest:

Dr. Edmund Rauschenberg, Richter am Amtsgericht. Wohnhaft in Opladen.

Wieder stutzt er. Auch den Rauschenberg kennt er. Kennt

ihn gut. Sitzt mit ihm und Bossmann oft im Stippchen beim Bier zusammen, plaudern auch über ihre Nazizeit. Edmund spricht manchmal davon, welche Schwierigkeiten er hatte. Ging allen so. War eben eine schwere Zeit. Dieses Jahr stand er sogar mit ihm beim Karnevalszug auf dem Prinzenwagen. Und am Wochenende spielt er mit ihm wieder Tennis. Und dann muss er wieder nach Pullach. Der Rauschenberg zwei Tage später. Über Edmund Rauschenberg steht da: 1905 geboren in Opladen. Mit Friedrich Bossmann Abitur im Aloysius-Gymnasium Opladen, Gemeinsames Studium Jura und Staatsrecht in Köln. Zum Dr. jur. promoviert. Erstes und zweites Staatsexamen. Dozent für Strafrecht in der Akademie für Deutsches Recht in Berlin. 1933 Eintritt in NSDAP und SA. 1936 in SS. Mitglied des NS-Rechtswahrerbundes. Trifft dort wieder Bossmann. Rauschenberg wird Richter am Reichsgericht in Leipzig. Versetzt wegen einer unschönen Sache zum Landesgericht Köln. Versetzt wegen einer unschönen Sache zum Amtsgericht Opladen. Dort maßgeblich beteiligt an der Arisierung. Enteignet jüdische Geschäfte und Unternehmen und übergibt sie Ariern. Verschweigt bei Entnazifizierung seine Tätigkeit als Richter. Wird eingestuft als Mitläufer Kategorie IV. Lebt seit 1949 in seiner Geburtsstadt Opladen. Enge Zusammenarbeit mit Rechtsanwalt Friedrich Bossmann.

Nun ja, sagt sich Oberkommissar Erwin Wipperfürth. Solche gab es viele. War eben damals so. Wir mussten alle irgendwie mitmachen. Jeder auf seine Weise. Vorbei ist vorbei. Man hat überlebt, ist wieder gut im Geschäft. Verdient wieder ordentlich. Auch der Rauschenberg. Auch durch Pullach. Großzügig bezahlt. Wie der Bossmann. Es geht weiter. Das Vergangene wird eingeebnet. Die Späne von gestern sind zusammengekehrt, die Stricke von den Hälsen abgenommen.

Wipperfürth besieht sich noch mal die beiden Blätter. Schade, dass sie nur Kopien sind. Er hat immer gern das Original von Dokumenten in der Hand. Aus Prinzip. Wo befinden sie sich? Sicher hat der Bursche die Originale in seinem Stadtarchiv herausgekramt. Er muss sie da verschwinden lassen. Die Kopien stopft er in seine Schreibtischschublade und verschließt sie. Trotzdem lassen ihn die Papiere nicht los. Wipperfürth versteht nicht, dass Nettelbeck so was getippt hat. Was hatte er damit vor? Wollte er es veröffentlichen? Sehr unklug von ihm, das bekannt zu machen. Sehr unklug. Das macht man nicht. Grundsätzlich nicht. Er hätte sich denken können, dass so was Ärger gibt. Nun ist der Nettelbeck über die Wupper gegangen. Das hat er nun davon.

Und jetzt soll er diesen Fahrer ermitteln. Ein Wagen ohne Kennzeichen. Dazu ein tödlicher Unfall mit Fahrerflucht. Wer saß am Steuer? Wer weiß, was da alles rauskommt. Die Sache ist ihm zu heikel. Besser, er lässt die Finger davon.

Plötzlich wird ihm heiß. Im Stadtarchiv könnte auch etwas über ihn liegen. Über seine Gestapo-Zeit in Brüssel. Nun gut, der Nettelbeck kann nichts mehr hervorzerren. Der nicht mehr. Aber da arbeiten auch andere, die schnüffeln. Wenn da einiges über ihn bekannt wird, was dann? Wird nicht. Mein Gott, das ist über sechs Jahre her. Gestapo in Brüssel. Seitdem ist nichts passiert. Schwamm drüber. War nicht der Einzige. Auch bei seinen Kripokollegen Schönlein und Gutbrot ist nichts ans Licht gekommen. Waren in den Einsatzgruppen in Polen, Lettland, Russland. Da ging es auch nicht korrekt zu.

Und wenn die im Stadtarchiv doch was über ihn finden, dann helfen ihm seine Freunde in Pullach. Auf die ist Verlass. Die Amis und der Gehlen haben schon so manchen von damals rausgehauen und in ihren Dienst eingestellt. Brauchen ihre Fachkenntnisse, sind auf sie angewiesen. Das hat sogar der olle Adenauer für seine Regierung öffentlich zugegeben. Man kann nicht auf Beamte verzichten, die beste Erfahrung im politischen Dienst haben, hat der Alte gesagt, als er seinen Globke ins Bundeskanzleramt holte. Seine Regierung, ganz Bonn ist voll von diesen damaligen Professionellen. Was soll er sich da Sorgen machen? Wipperfürth ist beruhigt. Er lehnt sich zurück.

Im Radio und auf Schallplatten singt Willy Schneider:

Schütt die Sorgen in ein Gläschen Wein.
Deinen Kummer tu auch mit hinein.
Und mit Köpfchen hoch und Mut genug
leer das volle Glas in einem Zug! Das ist klug!
Schließ die Augen einen Augenblick,
denk an gar nichts mehr als nur an Glück.
Und auf eins, zwei, drei wirst du gleich seh'n
wird das Leben wieder wunderschön!

***

Die braune Dusche beginnt. In Opladen hängen immer mehr
Fahnen aus den Gebäuden. Rote Fahnen mit schwarzen Ha-
kenkreuzen. Auch drapiert man sie immer häufiger dekorativ
in Schaufenstern. Anselm legt so einen Lappen nicht in seine
Auslage. Bei mir nicht, sagt er sich. Nicht zwischen meinen
Büchern. Kommt nicht in Frage.

SA-Lümmel dringen in sein Antiquariat, beschimpfen ihn,
weil er keine Hakenkreuzfahne im Schaufenster hat, und drücken
ihm ein schön gefaltetes Tuch in die Hände. Bekenntnis zum
Führer, befehlen die Bengel. Sie stöbern in den Regalen, auf den
Tischen, in den Stapeln auf dem Boden, werfen, was ihnen nicht
passt, in ihre Kartons und schleppen sie fort. Als sie weg sind,
schmeißt er den roten Fetzen, das Kreuz mit den Haken in eine
Mülltonne im Hof. Er denkt an seinen Freund in Köln. Sicher
dringen sie auch bei ihm ein, reißen alle missliebigen Bücher aus
den Regalen, raffen sie auf den Tischen und auf dem Boden zusammen, werfen sie in ihre Kartons und schleppen sie fort.

Bei den Dünnedahls gegenüber hängt so ein Lappen über
den ausgestellten Fahrrädern. Sie sehen, wie die SA Bücher aus
seinem Laden herausholt, sagen ihm, dass seine und andere
Bücher von jüdischen Autoren und Regimegegnern im Mai in
Köln verbrannt werden.

Anselm fährt nach Köln. Das muss er sehen, sonst glaubt er es nicht. Vor der Alten Universität am Rhein im Römerpark lodert ein Scheiterhaufen. Studenten mit ihren blöden Mützen schleudern Bücher wie Wurfscheiben in die Flammen. Andere schleppen Dutzende Körbe voller Bücher aus der Universität heraus, wieder andere zerren prall gefüllte Kartons von Lastwagen.

Anselm schaudert es. Da könnten auch die Kartons mit seinen Büchern sein. Die ganze Literatur in die Flammen! Auf einer Tribüne sitzen der Rektor, die gesamte Professorenschaft, der Senat der Universität und handverlesene Ehrengäste. Alle klatschen Beifall. Eine SA-Kapelle spielt einen flotten Marsch. Laut und schräg. Massen von Neugierigen scharen sich um den Scheiterhaufen, glotzen. Bratwürste brotzeln, Kölsch wird ausgeschenkt. Ein gutes Geschäft.

Abseits erkennt er im flackernden Schein des Scheiterhaufens seinen Kölner Freund und Antiquariatskollegen Luzenis. Er geht zu ihm, sie begrüßen sich stumm. Auch er will sehen, wie man seine Bücher verbrennt, sonst glaubt er es nicht. Fassungslos stehen sie da. Sie können sich nicht von ihren Büchern trennen. Die Bücher brennen schlecht. Sie liegen eng aufeinander, leisten dem Feuer Widerstand, lassen es nicht eindringen. Andere ergeben sich, Abwehr sinnlos, öffnen ihre Einbände, lassen sich verschlingen. Den Feuerwehrmännern geht der Brand zu langsam, sie werfen Brandbeschleuniger in die Flammen, kippen Benzin dazu. Nun lodert alles wieder hoch.

Jahre später Anfang November brennt etwas anderes. Die Opladener Synagoge. Dicker Qualm quillt aus den zerborstenen Fenstern, Feuerfontänen schlagen heraus, die restlichen Scheiben zersplittern, Scherben fliegen umher, Balken stürzen herab. Jemand will schützend etwas retten. Schnell wird es ihm von der Polizei abgenommen. Die Feuerwehr steht daneben, lässt das Bethaus niederbrennen, achtet nur auf den Funkenflug, damit die Flammen nicht auf die Nachbarhäuser übergreifen, muss immer wieder die Gaffer zurückdrängen.

Auch sonst brennt in Opladen an diesem Abend noch so einiges. In Anselms Antiquariat wirft die SA keine Fackeln. Er ist kein Jude. Er muss an Birnbaum denken und eilt zu ihm in die Altstadtstraße. Er sieht, wie die SA seinen Foto- und Radioladen plündert, verwüstet und ihn in Flammen aufgehen lässt. Versteinert stehen Birnbaum, Marianne und die kleine Luise da. Er kann ihnen nicht helfen.

Schon seit dem Boykott ihres Ladens und auch der anderen jüdischen Geschäfte in Opladen im April '33 redet er auf sie ein, Deutschland zu verlassen. Anselm weiß, wie es weitergehen wird in den nächsten Jahren. Sie können sich nicht zu einer Flucht entschließen. Auch die Küppers, Hartmut und Amalie, wissen, wie es weitergeht.

An den Ortseingängen die ersten Schilder, an Geschäften und Restaurants die ersten Schilder: Juden unerwünscht. 1935 die Nürnberger Gesetze. Juden sind keine Reichsbürger mehr, keine deutschen Staatsbürger mehr. Was sind die Birnbaums dann? Sind rechtlos. Anfang November 1937 gibt Hitler seine Kriegspläne bekannt. Birnbaum muss im Jahr darauf sein Vermögen über fünftausend Reichsmark anmelden, darf keine Behörde mehr betreten.

Auch die Küppers reden auf die Birnbaums ein, Deutschland zu verlassen. Sie können sich noch immer nicht zu einer Flucht entschließen. Sie zögern.

***

Ihr Zögern ist ein Fehler. Das sehen Leonhard und Marianne ein. Sie hätten auf Anselm und die Küppers hören sollen, schon viel früher fliehen müssen. Auch sie selbst ahnen seit '33, wie es enden wird, und bleiben trotzdem. Es ist ihr Heimatstädtchen, sie sind hier aufgewachsen, haben hier ihre Freunde und ihren Laden Bild und Ton.

Jeden Monat, jede Woche, jeden Tag neue Schikanen. Es geht Schlag auf Schlag. Immer wieder überlegen sie, ob es doch besser wäre zu emigrieren. Sollen sie ihren Laden aufgeben? Und da ist die kleine Luise. Mit dem Kind emigrieren? Wohin? Wie im Ausland ihr Brot verdienen? Sie können sich nicht entscheiden und hoffen gegen alle Vernunft, dass es doch nicht ganz so schlimm kommt.

Bis es dann ganz schlimm kommt, an diesem Abend im November 1938. Ihr Geschäft wird geplündert, verwüstet, sie müssen es wieder instand setzen. Dann die Enteignung ihres Ladens und ihrer Wohnung durch seinen früheren Freund Rauschenberg. Auch die anderen jüdischen Geschäfte und Wohnungen in Opladen werden enteignet. Dass sie nicht mehr in die Stadthalle gehen dürfen für eine Theateraufführung, für ein Konzert, kein Kino mehr besuchen dürfen, darauf können die Birnbaums verzichten in ihrer Situation. Auch dass Leonhard sein Auto und seinen Führerschein abliefern muss, auch darauf kann er verzichten nach dem Verlust seines Ladens.

Was Leonhard und Marianne jedoch schockiert: Ab dem 1. Januar 1939 ist in ihre neue Kennkarte ein großer Stempel geprägt, ein großes rotes J. Jude! Und am 30. Januar verkündet Hitler zum sechsten Jahrestag seiner Herrschaft, dass im Fall eines Krieges die europäischen Juden vernichtet werden.

Jetzt müssen sie mit ihrem Töchterchen fliehen, um ihr Leben zu retten. Raus aus Deutschland, raus aus diesem Land. Wohin? Was müssen sie einpacken? Was ist nötig? Was brauchen sie am dringendsten? Die nächstgelegene Stadt im Ausland ist Brüssel.

Hartmut Küpper schiebt Leonhard, Marianne und die kleine Luise auf die Ladepritsche seines Lieferwagens, schiebt sie ganz hinten in eine Ecke hinter Heringsfässer und aufgestapelte Bierkästen, wirft alte Kartoffelsäcke über sie und fährt los, fährt vorbei an Aachen bis zur belgischen Grenze. Da muss er halten. Ausreise aus dem Reich. Die Birnbaums hören Stimmen. Deutsche Soldaten, Zoll. Sie hören Hartmut sagen: Einkaufstour für meinen Laden. Die Hecktür wird geöffnet. Die Birnbaums unter ihren Kartoffelsäcken wagen nicht zu atmen, unterdrücken Husten, keine Bewegung, kein Geräusch. Ihre Herzen schlagen bis zum Hals, bis in den Gaumen. Ihre Körper drohen zu platzen. Dann wird die Hecktür zugeschlagen. Es geht ein kleines Stück weiter. Wieder Halt. Einreise in Belgien. Wieder Stimmen. Diesmal französische Stimmen. Die Fahrt geht weiter. Sie können wieder atmen. Sie atmen auf, bleiben noch immer versteckt.

Nach längerer Zeit wieder Halt. Hartmut öffnet die Hecktür, sagt: Wir sind in Lüttich.

Sie klettern hinaus. Stehen unter einer Brücke. Neben ihnen die Maas. Hartmut drückt Leonhard ein Bündel belgische Francs in die Hand.

Die hab ich noch von meiner letzten Einkaufstour. Geld für euren Zug nach Brüssel. Da drüben ist der Bahnhof. Viel Glück. Überlebt gut. Wenn ihr wieder in Opladen seid nach diesem ganzen Scheiß, sehen wir uns wieder.

Umarmungen, Tränen. Hartmut fährt zurück.

In Brüssel finden die Birnbaums Unterkunft in der Hutmanufaktur Cohen.

Wir müssen zusammenhalten, sagt der Jude Paul Cohen und versorgt Leonhard und Marianne mit gut bezahlter Arbeit. Sie spannen nassen Filz über hölzerne Hutformen, drücken ihn fest an und lassen vorsichtig die warme Presse darüber hinab, warten, bis es nicht mehr dampft, dann immer wieder die Presse, bis der Hut steif genug ist. So viele verschiedene Hutformen, so viele Modelle. Sie arbeiten sich gut ein, schaffen Tag für Tag eine Menge Filzhüte. Das Annähen der Bänder mit Schlaufen machen andere.

Der sechsjährigen Luise verschafft Cohen einen Platz in der Deutschen Schule in Brüssel. Dort sitzt sie zusammen mit anderen Erstklässlern, mit Jungen und Mädchen der Familien, die in deutschen Behörden und Firmen arbeiten, und der Familien, die aus Nazideutschland geflohen sind. Sie lernt Kinder aus Kassel und Hamburg kennen, aus Nürnberg und Köln. Mit einem Kölner Jungen freundet sie sich schnell an. Er kennt Opladen gut. Seine Großeltern wohnen in der Kanalstraße.

Paul Cohen schenkt Luise das deutsche Kinderbuch »Die Häschenschule« mit bunten Bildern. Schon bald kann sie die fröhlichen gereimten Verse lesen und einige auswendig hersagen. Angst hat sie vor dem gefährlichen Fuchs, der im Gebüsch auf die Häschen lauert, sie fressen will. Er hat so böse Augen. Angst hat sie auch vor dem Jäger mit dem großen Schießgewehr. Er will die Häschen totschießen. Auch Leonhard erhält von Paul Cohen ein Geschenk. Er schenkt ihm einen großen schwarzen Filzhut mit breiter Krempe und einem Lederbändchen, den Leonhard selbst gepresst hat. Den trägt er jetzt immer.

Kurz nach dem Überfall der Wehrmacht auf Belgien im Mai 1940 wird die Deutsche Schule geschlossen, Cohens Hutmanufaktur beschlagnahmt und Paul Cohen verhaftet. Leonhard und seine Familie kommen durch einen Zufall davon. Paul Cohen sehen sie nie wieder. Den schwarzen Filzhut trägt Leonhard als Erinnerung an ihn.

Sie finden Arbeit in Henrik DeDonders Fotolabor und können bei ihm in seiner Dachkammer hausen. Als Fotograf hilft Leonhard mit beim Entwickeln von Filmen, beim Vergrößern und Kolorieren von Porträtaufnahmen. Seine Frau Marianne versorgt die Küche, putzt DeDonders Wohnung und sein Fotolabor, und die siebenjährige Luise sortiert die Fotos und Filme. Die Familie kann sich knapp über Wasser halten. Beim Hin- und Herschwenken eines Bildes im Entwicklungsbad tauchen vor Leonhard zwei markante Gesichter auf, die ihn interessieren.

Zwei Juden, die nach Brüssel geflohen sind und hier versteckt leben, sagt DeDonder. Der mit dem Buch in der Hand ist der Wiener Schriftsteller Hans Mayer. Und der mit der Mütze ist der Maler Felix Nussbaum aus Osnabrück. Der malt hier weiter seine Bilder. Sehr seltsame Bilder. Alle sehr düster. Sein Versteck ist voll davon.

Die beiden will Leonhard unbedingt besuchen, sie kennenlernen, so bald wie möglich.

DeDonder verschafft der Familie Birnbaum gefälschte Ausweise mit dem Namen Vangruiten. Den müssen sie sich einprägen, ihn sich genau merken für Razzien. Wie er diese Fälschungen herstellt, wissen sie lange nicht. Bis er sie einmal in seinem Keller versteckt, kurz bevor die Sicherheitspolizei bei einer Großrazzia Anfang September 1942 das ganze Haus durchsucht. Da sehen sie eine Menge Blankoausweise, viele Stempel, eine kleine Presse, einen Kopierer und einen Stoß Flugblätter. Auf denen steht:

Kampf den Nazibestien! Die Verhaftungen nennen sie Arbeitseinsatz. Die KZs Breendonk und Mechelen sind nur der Anfang. Wir wissen: Von dort gehen die Deportationen nach Auschwitz. Sie enden mit der Vernichtung! Mit dem Tod! Widerstand und Kampf gegen die Okkupanten! Jeder von uns muss gegen sie kämpfen! Mit der Waffe in der Hand, anstatt bei einer Razzia ergriffen und vernichtet zu werden!

Jetzt ist ihnen auch klar, warum DeDonder oft halbe Nächte unterwegs ist. Als sie wieder nach oben dürfen, verschweigen sie ihm, was sie gesehen haben, obwohl er es weiß. Lange sprechen sie nicht darüber. Bei DeDonder hausen sie bis 1943, bis eine Nachbarin sie an die Gestapo verrät. Leonhard, Marianne, die zehnjährige Luise und auch DeDonder werden in die KZs Breendonk und Mechelen verschleppt, Marianne und DeDonder von dort nach Auschwitz transportiert.

Im Herbst 1944 befreien die Amerikaner Breendonk, Mechelen und Brüssel. Leonhard kehrt mit Luise zurück nach Brüssel, findet als Fotograf Arbeit bei der Zeitung La Liberté, und Luise kann ein Jahr darauf die wiedereröffnete Deutsche Schule besuchen. Die Zeitung beauftragt ihn, für einen Bericht über die beiden KZs Fotos zu machen. Als ehemaliger Häftling kann er diese Stätten des Terrors am besten dokumentieren. In Mechelen fotografiert er auch einen Güterzug, einen Waggon, in den Marianne getrieben wurde. Das muss er festhalten. Das muss in seinem Gedächtnis bleiben.

Lange zögert, grübelt er, ob er mit Luise nach Opladen zurückkehren soll. Dann entschließt er sich zur Rückkehr. Seine Kollegen der Liberté bereiten ihnen ein großes Paket Reiseproviant, darunter für ihn zwei Flaschen Wein, für seine Tochter zwei Flaschen belgischer Apfelsaft, verabschieden die beiden herzlich und wünschen ihnen viel Glück.

Da stehen sie nun mit ihren Koffern, am 3. Mai 1951. Luise kratzt wieder an ihrer linken Wange, an ihrer Narbe, die so oft juckt und manchmal brennt.

Nicht kratzen, sonst reißt die Wunde wieder auf, sagt Leonhard. Er hat andere Wunden, doch die sieht man nicht. Er schiebt ihre Hand weg und rückt seinen schwarzen Filzhut mit der breiten Krempe und dem braunen Lederbändchen gerade, seinen schwarzen Filzhut von Paul Cohen. Jetzt schnell los zu ihrem Laden und zu ihrer Wohnung.

Leonhard weiß, dass es völlig sinnlos ist, in die Altstadtstraße zu gehen. Ihr Laden und ihre Wohnung gehören jetzt einem anderen. Völliger Unsinn, sich das anzusehen. Was will er dort? Mit dem neuen Inhaber reden? Sich anschauen, was nun in seiner Auslage liegt, wie er sich in ihrer Wohnung eingerichtet hat? Totaler Unsinn. Er will davon nichts wissen. Und trotzdem will er dahin. Wenigstens sehen, ob das Haus noch existiert, ob da vielleicht ein Neubau steht. Und dann? Was hat er davon?

Er kann nicht anders, er muss zu seinem früheren Leben zurück. Es treibt ihn dorthin. Sie greifen ihre schweren Koffer und ziehen los.

Erica Pappritz, stellvertretende Protokollchefin in Adenauers Auswärtigem Amt, notiert in ihren Empfehlungen für ihre Protokollabteilung und für die Öffentlichkeit zur Reisegarderobe:

»Natürlich kann man in seine Reisekoffer immer ein paar Kleider und Anzüge mehr einpacken als nötig. Wir wollen schließlich am selben Ort nicht zweimal im selben Anzug gesehen werden und wie Landstreicher auftreten. Besonders unsere Damenwelt hat ein Interesse daran, sich so oft wie möglich so nett wie möglich umzuziehen. Meistens aber genügen außer der sportlichen Reisekombination zwei elegante Straßenanzüge, ein grauer und ein dunkler. Wer große Theater- oder Opernpremieren vorhat, wird auch einen Smoking einpacken. Madame nimmt dann ein entsprechendes kleines Abendkleid mit. Ebenso wichtig ist die kleine Garderobe, die man am Strand trägt, beim Wandern, auf dem Tennisplatz, beim Segeln. Hemden und hübsche Krawatten für die Männer, nette Tageskleider für die Damen.«

**

Luggi hat gehört, dass es hier ganz nah einen kleinen Fluss gibt, die Wupper. Die wird er sich morgen ansehen. Vielleicht kann er darin Kaulquappen und kleine Fische fangen, wie in seinem Flüsschen Würm, das durch Gauting fließt. Er hat auch gehört, dass sie manchmal gelblich schäumt, wenn die Chemiefabriken in Wuppertal ihre Abwässer in den Fluss leiten. Seine Würm schäumt nicht. Die ist immer sauber. In der Nähe keine Chemiefabriken. Und er hat gehört, dass es in Leverkusen diese große Fabrik Bayer gibt. Je nach Wind soll ihr Schwefelgestank auch hier zu riechen sein. Bei Gauting gibt es keine solche Fabrik. Da stinkt es nie.

In seinem Dorf steigt der kleine Luggi aus dem Kinderwagen um auf sein Dreirad, von dem Dreirad auf seinen Roller, von dem Roller auf sein Kinderfahrrad, von dem Kinderfahrrad auf sein großes Rad, seinen schönen roten Pegasus. Er stößt sich barfuß auf Kieswegen die großen Zehen auf, dass sie unter den Nägeln heraus bluten. Tritt barfuß auf den Weiden in Kuhfladen, der braune Brei quillt zwischen seine Zehen und bleibt hängen. Das Klo ist ein Plumpsklo mit einer Jauchegrube hinterm Haus, überdeckt mit morschen Brettern. Sein Großvater mahnt: Nicht darüberlaufen. Sonst plumpst du hinein in deine eigene Scheiße. Regelmäßig kommt ein großer Kesselwagen und saugt mit einem dicken Schlauch jeden Monat die Scheiße der Familie heraus.

Als er sieben ist und in die zweite Klasse der Volksschule

geht, ist sein Heimweg außerhalb des Ortes riskant, aber abenteuerlich. Mit seinen Klassenkameraden muss er durch einen Wald entlang einer Bahnstrecke hindurch. Auf den Gleisen stellt die Wehrmacht im Schutz der Bäume Munitionszüge ab. Da kommen 1944 amerikanische Tiefflieger herangebraust, große Hornissen, gefährlich, feuern Granaten auf die Waggons. Er und seine Freunde hören sie erst in der letzten Sekunde, müssen sich in die vorbereiteten Splittergräben werfen, hören die einschlagenden Granaten krachen und die Munition explodieren. Sind die Tiefflieger weg, sehen sie die Wagen lichterloh brennen. Und in den Flammen die schwarzen Stahlgerippe, verbogen, zerknickt.

Bald darauf wird seine Schule geschlossen und als Lazarett für deutsche Soldaten benutzt. Er freut sich, nun schulfrei zu haben, muss aber mit seiner Mutter, seiner Oma und dem Opa in den Keller hinabziehen, weil auf Gauting Bomben geworfen werden. Auch auf München werden immer wieder Bomben geworfen. Nach den Angriffen gehen sie nachts hoch und sehen, wie der Himmel über der Stadt rot flackert.

Einmal nach so einem Bombenabwurf radeln er auf seinem Pegasus und seine Mutter auf dem Rad seines Opas an einem Vormittag zu ihren Verwandten im Süden von München. Zu seiner Tante Hilde und seinem Onkel Josef, dem Peppi, mit nur einem Bein. Das andere liegt in Russland. Er humpelt auf Krücken. Sie haben eine Kohlenhandlung. Briketts, Eierkohlen, Koks und Braunkohle. Das Geschäft blüht, besonders in den kalten Wintern. Im Wohnzimmer hängt an der Wand ein großes gerahmtes Hitlerbild. Jetzt stehen sie, wo die Kohlenhandlung und ihr Häuschen waren, vor einem Schutthaufen. Nebenan, wo zwei Wohnhäuser standen, raucht es noch aus den Trümmern. Davor liegen verbrannte Menschen. Zum ersten Mal sieht Luggi verbrannte Menschen und erschrickt. Kleine Häufchen, geschrumpft und schwarz verschmolzen mit ihren Kleidern. Sie sehen aus wie die Kohlen von Hilde und Peppi.

Ein paar Monate müssen Luggi, seine Mutter, die Oma und

der Opa im kleinen Keller hausen zwischen austreibenden Kartoffeln, geschrumpelten, teils angefaulten Äpfeln, gestapeltem Brennholz. Kaum Licht in diesem Gerümpel, keine schwache Glühbirne, nur eine stinkende Petroleumfunzel und Kerzen. Zwischen den Luftangriffen hinauf in ihren Garten, schnell Karotten und Rüben ausgraben, dann wieder eilig hinab, wenn die Sirenen aufheulen. Jeden Tag Karotten und Rüben. Ende April 1945 keine Sirenen mehr, keine Bomben mehr. Sie können wieder hinauf in ihre Wohnung. Da sehen sie aus dem Küchenfenster auf der Straße eine endlose Kolonne Menschen vorbeiziehen. Männer, Frauen, Alte, auch Kinder. Abgemagert, dürr, fast schon Skelette. Alle mit kahl geschorenen Köpfen. Aus ihren kalkweißen Gesichtern stehen ihre spitzen Backenknochen hervor. In den Augenhöhlen stumpf große Augen, als würden sie nichts mehr erkennen. Haben kaum noch die Kraft, sich über die Straße zu schleppen. Viele in Lumpen und Decken gehüllt. Die meisten in einer Art Schlafanzug aus dünnem Stoff mit Streifen. Wie Zebras. Zerrissen und verdreckt. Alle schlurfen in klappernden Holzpantinen, aus denen Blut schwappt. Den ganzen Tag lang ziehen sie vorüber, und den ganzen Tag regnet es in Strömen. Die Menschen sind klatschnass bis auf die Haut. Wehrmachtssoldaten treiben sie mit ihren Gewehrkolben an. Sie sollen schneller gehen, schlagen auf sie ein. In der Kolonne fallen einige nieder, können sich nicht mehr erheben, wollen sich vielleicht auch nicht mehr erheben. Da knallen Schüsse. Soldaten stoßen die Toten mit ihren Stiefeln an den Straßenrand.

Seine Oma nimmt einen großen Laib Brot, zerreißt ihn in Stücke, will hinaus auf die Straße, sie an die Vorüberziehenden verteilen. Seine Mutter packt sie am Arm, hält sie fest.

Bist du verrückt? Willst du auch erschossen werden?

Nein, das will sie nicht und legt das Brot zurück.

Luggi ist acht und weiß nicht, was das für Menschen sind.

Juden und andere, sagt seine Mutter. Die kommen aus Dachau.

Was sind Juden? Wieso Dachau?

Das KZ.

Was ist KZ?

Die müssen weg, bevor die Amis kommen.

Später hört er, man hat in den Wäldern Massen von Leichen gefunden.

Eine Woche vor Kriegsende hockt er mit seinem Opa in einem Schützengraben, bei einer Eisenbahnbrücke mit hineingestopften Sprengsätzen. Zitternd hält sein Opa eine riesige Panzerfaust auf der Schulter. Zum Volkssturm abkommandiert, eine Binde über den Ärmel gestülpt und die Panzerfaust in die Hände gedrückt. Jetzt soll er das Ding abfeuern, wenn die Amis mit ihren Panzern unter der Brücke hindurchfahren. Luggi will miterleben, wie sein Opa abdrückt und die Panzer unter der Brücke zerfetzt. Schon von Weitem hören sie das Brummen der heranrückenden amerikanischen Panzer, das Rasseln und Knirschen der Raupen. Sein Opa wirft die Panzerfaust weg, reißt die Volkssturmbinde vom Ärmel und rennt mit ihm davon. Zu Hause hängen seine Mutter und Oma weiße Betttücher zur Straßenfront aus den Fenstern. Die Nachbarn in ihrer Villa lassen immer noch ihre Hakenkreuzfahnen flattern, beschimpfen sie, so schnell aufzugeben.

An einem Sonnentag Anfang Mai steht plötzlich ein Schwarzer vor Luggi, schneeweiße Zähne, umgehängte Patronengurte und scheppernde Handgranaten. Luggi erschrickt wahnsinnig. Noch nie hat er einen Schwarzen gesehen. Andere Schwarze kommen hinzu. Sie richten ihre schweren Maschinenpistolen auf seine Mutter, auf Oma und Opa. *Come on!*, befehlen sie. Hausdurchsuchung. Seine Mutter muss vorausgehen. Das ganze Haus, vom Keller bis unters Dach durchsuchen sie nach Scharfschützen, die im Hinterhalt lauern könnten. Wenn sie angreifen, knallen sie sie ab. Sie finden nichts, werden freundlich.

Als sie weg sind, fragt Luggi: Wieso Schwarze? Führen wir auch Krieg gegen Afrika?

Die Amis schicken die Schwarzen als Erste voran, sagt sein Opa. Kanonenfutter.

Und jetzt?

Nichts mehr. Kapitulation.

Was ist Kapilation?

Der Krieg ist aus.

Er muss nun nicht mehr bei Fliegeralarm in den Keller, dafür muss er wieder in die Schule, und alle müssen vom Erdgeschoss in die drei Zimmer im ersten Stock hinaufziehen. Im Erdgeschoss quartieren sich amerikanische Soldaten ein, schwarze Amerikaner. Luggi findet sie aufregend.

Die Nachbarn in der Villa zischeln: Die nebenan haben Nigger aufgenommen. Pack zu Pack.

Sie sind stolz, dass bei ihnen nur weiße hohe Offiziere wohnen, parlieren mit den hochdekorierten Gästen in ihrem Schulenglisch, bieten ihnen in Keramikschalen üppiges Essen an, in Kelchen Wein und Sekt. Ihre Hakenkreuzfahnen haben sie zuvor schnell ganz unten im Wäscheschrank versteckt.

***

Ihre Hakenkreuzfahnen verstecken auch die Opladener, als zuerst die Amerikaner und dann die Briten einmarschieren. Jetzt werden Anselm wieder Bücher zum Kauf angeboten. Alte Nazibücher, die man nicht mehr im Schrank stehen haben will. Hitlers »Mein Kampf«, Goebbels' »Michael. Ein deutsches Schicksal«, Heinz Guderians »Achtung – Panzer! Die neue Kampftechnik«, Rosenbergs »Der Mythus des 20. Jahrhunderts«, Ernst von Salomons »Das Reich im Werden« und »Kämpfe um Deutschland in schwerer Zeit«. Das lehnt er ab. Das kauft er nicht an. Aber Nazibiografien, ihre Lebensläufe, ihre Karrieren und Verdienste im Dritten Reich, die man loswerden will, die kauft er an. Wer weiß, vielleicht sind Opladener darunter, Dokumente, die er mal verwenden kann. Die stellt er nicht ins Regal. Das ist ihm zu gefährlich. Er packt sie in seine Kiste unter der Kellertreppe. Irgendwann wird er sie hervorholen und damit etwas machen. Und einen Bildband des jüdischen Malers Felix Nussbaum kauft er, blättert ihn durch. Es sind traurige Bilder in düsteren Farben. Dunstiger Strand von Ostende, verzweifelte Musikanten mit verzerrten Masken, trostlose Gassen. Irgendwo hat er gelesen, dass Felix Nussbaum nach Brüssel flüchtete, von dort nach Auschwitz deportiert und ermordet wurde. Und den Roman »Die Schiffbrüchigen« des jüdischen Wiener Schriftstellers Hans Mayer kauft er an. Irgendwo hat er gelesen, dass auch Hans Mayer nach Brüssel flüchtete, von dort nach Auschwitz deportiert wurde, überlebte und nach Brüssel zurückkehrte.

Etwas Besonderes wird Anselm wenig später nicht angeboten, das holt er sich aus der Mülltonne im Hof, in die er damals den roten Fetzen mit dem Hakenkreuz geschmissen hat.

An diesem Abend ist es bei ihm wieder spät geworden. Schluss für heute, sagt er sich, steht von seinem Schreibtisch auf und löscht das Licht. Kaum ist er an der Ladentür, da sieht er durch sein Fenster zum Hof, wie jemand so spät noch am Abend etwas in die Mülltonne stopft. Im Dunkeln tappt er zum Fenster und sieht den Heger vom Haus gegenüber, den Revierleiter von der Düsseldorfer Straße. Den Heger kennt er. Vor dem Krieg hat er ihn manchmal bei den Tonnen im Hof getroffen. Jetzt wohnt er anscheinend wieder da. Was schafft der Heger da weg? Zwei dicke Papierbündel drückt er in die Tonne. Das ist ja interessant. Das macht ihn neugierig. Er wartet, bis er durch die Hoftür im Haus verschwunden ist, nimmt seine Taschenlampe und geht hinaus zu dieser Tonne, leuchtet in sie hinein und findet, was Heger weggeworfen hat. Ein fester Band und eine dicke Kladde, am Rand gebunden mit einer schwarz-weiß-roten Kordel, der graue Pappdeckel mit dem Titel zerrissen. Die beiden Hälften liegen unter der Kladde.

Zurück an seinem Schreibtisch sieht er sich seine Funde näher an. Eine schön gedruckte Dokumentation, »Die Sicherheitspolizei in Belgien 1940–1944«. Erschienen im Verlag Das Reich 1945. Eine genaue Chronologie ihrer Einsätze. Er liest und liest über ihre Razzien in Brüssel und anderen belgischen

Städten, über ihre Verhaftungen von Juden, ihre Vernichtung des Widerstandes. Alles mit exakten Zahlen, mit Daten und Ortsangaben. Auch die KZs Breendonk und Mechelen werden genannt. Aufgelistet die Deportationen vom KZ Mechelen nach Ausschwitz. Da stößt er einige Male auf den Namen Wipperfürth. Diesen Namen hat er schon mal gehört. Er hat gehört, dass er hier der Leiter der Kripo ist.

Anselm wird nervös. Er nimmt sich die Kladde mit der schwarz-weiß-roten Kordel vor, legt die beiden Papphälften des Titelblattes nebeneinander. Da steht mit Tintenstift: Meine 2. Kompanie des Polizeibataillons 64. Mein Kriegstagebuch.

Das erste Blatt fehlt. Er kann nicht sehen, wer das geschrieben hat, blättert mit zitternden Fingern weiter, alle Seiten mit Tintenstift, die Zeilen oft verwischt. Er liest über ihre Einsätze in Polen, in Serbien, Griechenland und Belgien, über ihre Erschießungen von Zivilisten und Partisanen, über ihre Bewachung des KZs in Belgrad und der beiden KZs in Belgien. Liest über die Beförderungen eines Hannes Stadler dieser 2. Kompanie. Wer ist dieser Hannes Stadler? Er liest über die Beförderungen des Kompanieführers und entdeckt seinen Namen, den Verfasser dieses Kriegstagebuches: Rudi Heger. Hier der Revierleiter der Schupo. Das also wollte er schnell verschwinden lassen.

Anselms Augen brennen. Genug für heute. Die Dokumentation und das Kriegstagebuch muss er gut verstecken. Am besten in seinem Keller hinter einer der verstaubten Bücherreihen, wo sie keiner findet. Später wird er sie hervorholen und damit etwas machen. Das muss bekannt werden. Anselm geht in seinen Keller hinab, seine Schätze fest umklammert.

***

Karl Koberling geht die Bahnhofstraße hinunter, sein Köfferchen fest im Griff, staunt, wie das Leben rings um ihn weitergeht, als sei nichts gewesen. Um einen Dreiradkarren mit bunten Wimpeln drängen sich Menschen. Ein Eisverkäufer. Vanille.

Schokolade. Himbeere. Einige halten Waffeln mit Eiskugeln in der Hand, schlecken daran. Er weiß nicht, wann er zuletzt Eiscreme geschleckt hat, und hat Lust, wieder zu kosten, wie sie schmeckt. Doch zuerst will er nach Hause, zu seiner Irma. Will ihr überraschtes, freudiges Gesicht sehen.

Der alte Luftschutzbunker in der Bahnhofstraße steht noch. Ein Hochbunker. Den Betonklotz baut der Bauunternehmer Gottlieb Brenner, und er selbst baut mit, gießt den Beton in die hölzerne Verschalung. Drei Meter dicke Mauern und Decken. Auf dem rauen Beton dringt unter einer schwachen Tünche hervor: Die Mauern brechen, unsere Herzen nicht.

Den Bunker brauchen wir vielleicht noch, denkt Koberling. Wenn der Dritte Weltkrieg kommt. Dann muss er wieder mithelfen, ihn herrichten, einsatzbereit machen, ist aber nicht sicher, ob er den Atombomben standhält.

Jetzt dient der Bunker als Bananenreiferei. So steht es auf einer Tafel. Vielleicht haben sich zwischen den Stauden aus Südamerika Spinnen, Skorpione und Vipern verkrochen. Die Giftspinnen kriechen ins Brot, verspritzen ihr Gift, wenn man eine Scheibe kaut. Die Skorpione kommen auf dem Küchentisch beim Schälen hervor und bohren ihren Stachel in die Hände. Die Vipern gleiten in Betten, schlagen ihre Zähne in die Schläfer, leeren ihre Giftblasen. Tote im Frieden. Breidschuh hat wieder viel zu tun. Koberling kauft keine Bananen. Er will leben.

Dann vorbei am Kino Capitol. Er bleibt stehen und schaut sich die farbigen Plakate an. »Kampfstaffel X307«. Amerikanischer Kriegsfilm. Koreakrieg. Der heldenhafte Kampf der Amerikaner gegen die Kommunisten. Jugendliche strömen in die Vorstellung. Als Vorschau ein neuer Kriegsfilm. Okinawa. Immer noch nicht genug vom Krieg? Geht das wieder los? Na Prost. Er will davon nichts mehr wissen.

In der Kölner Straße sieht Koberling ein buntes Plakat: Simsalabim! Da bin ich wieder! Kalanag, der große Zauberer! Gastspiel im Kölner Williamsbau.

Sieh an, sieh an, der Kalanag ist wieder da. Vor dem Krieg

hat er ihn mit seiner Irma in der Opladener Stadthalle gesehen. Die Halle überfüllt, und auf der Bühne zaubert dieser Kalanag. Er zersägt eine glitzernde Kiste, in der seine schöne Assistentin liegt, zersägt sie in zwei Hälften, und dann springt sie fröhlich aus einer der beiden Kistenhälften, völlig unverletzt, und verbeugt sich vor dem verblüfften Publikum. Kalanag gießt aus einer Karaffe Wasser in Gläser, und in den Gläsern füllt sich je nach Wunsch der Zuschauer Cognac, Rum, Whisky, Rotwein, Weißwein, dampfender Mokka und heiße Schokolade. Immer wieder und immer wieder und alles aus einer Karaffe mit Wasser. Er lässt auf der Bühne eine Gruppe Menschen verschwinden. Ein Blitz, weg sind sie. Die Bühne leer. Wieder ein Blitz, und alle stehen wieder da. Das Publikum tobt. Auch er und Irma klatschen begeistert.

Er sieht diesen Kalanag auch 1940 während des Kriegs, als er mit seiner OT Hitlers Wolfsschanze bei Rastenburg baut. Da gibt der Zauberer ein Gastspiel, Truppenbetreuung, Fronttheater, um die OT-Männer aufzumuntern. Und in den Kasernen sieht er später im Völkischen Beobachter Berichte, wie er vor Göring in Carin Hall und vor Hitler auf dem Obersalzberg zaubert. Ein beliebter Mann, der Kalanag, damals und heute wieder.

Neben der Kalanag-Werbung ein neues Kaufhaus. Im Schaufenster gestapelt Kataloge und jede Menge Schuhe, Schuhe. So schöne Schuhe bräuchte er auch wieder. Nicht mehr diese ausgelatschten von Friedland. Koberling liest: Neckermann Versand.

Sieh an, sieh an, der Neckermann ist wieder da. Den Namen kennt er. Von diesem Neckermann stammte seine OT-Uniform. Auch seine Kameraden bei der OT, alle in Neckermann-Kluft gesteckt. Hose, Hemd, Jacke, Mütze, Stiefel, alles von Neckermann geliefert. Auch die Wehrmacht, alle in Uniformen von Neckermann. Und jetzt hat er hier ein neues Kaufhaus, sicher auch in ganz Deutschland, und verschickt seine Kataloge. Dem geht es immer noch gut. Fett schwimmt oben.

In einer Konditorei locken große Sahnetorten mit Zucker-
guss, Windbeutel, gefüllt mit Schlagsahne, Gebäck, überstreut
mit Puderzucker. Der Bauch muss wieder gefüllt werden, muss
wieder prall und rund werden. Daneben eine Metzgerei. Im
Fenster Würste, Würste, Würste, Schinken, Schinken, Schinken.
Ist im Bauch noch Platz, dann hinein mit diesen Würsten und
Schinken. So schnell platzt er nicht. Zwischen den Würsten und
Schinken grinst ein rosa Schweinskopf mit Veilchen im Maul.
Auch das fette glänzende Gesicht des Metzgers sieht aus, als
hätte er Veilchen im Maul.

In der Auslage daneben schön drapierte Pelzmäntel. Man
trägt wieder Pelz, hat's gern wieder warm, hat im Krieg lang
genug gefroren. Er an der Front in den Schützengräben, die
anderen in der Heimat ohne Heizung, in den Kellern. So einen
warmen Pelzmantel will er seiner Irma schenken, wenn er wieder Arbeit hat.

Im Schaufenster eines Textilgeschäftes hängt zwischen bun-
ten Vorhangstoffen ein großes Plakat. Der Kopf eines dicken
Mannes mit rundem rosigem Gesicht, Schnullermund, kleinen
Schweinsäuglein. Mit seiner Zigarre zeigt er auf die angehäuf-
ten Textilien um ihn herum. Dazu die Schrift: Erhard befiehlt.
Wir folgen! So ein Spruch kommt ihm bekannt vor. Da hieß es:
»Führer befiehl! Wir folgen dir!« Wer ist jetzt Erhard? Wohin
soll man ihm jetzt folgen? In ein Land, in dem es uns noch besser
geht, in dem alle im Wohlstand leben. Das hat auch damals der
Adolf versprochen.

Die lebensgroßen Ausstellungspuppen eines Modegeschäfts
sehen alle gleich aus. Jung, blond und alle mit starren glatten
Puppengesichtern. Ihre Arme halten sie kapriziös gespreizt.
Soll wohl Vornehmheit ausdrücken. Ihre Blusen bis oben geschlossen, die Röcke glockenartig und weit, die Kostüme dicht
anliegend mit betonten Hüften. Und die Taille irrsinnig dünn,
dass sich Koberling fragt, wie der dürre Stängel den Oberkörper
halten soll. Die Kleidermodelle heißen Bella, Mira, Tilla, Alina,
Lydia. So was Schönes will er auch seiner Irma kaufen, wenn

er wieder Arbeit hat. Als Überraschung. Sie wird sich freuen, ihn umarmen und küssen.

Ein Männerchor singt das Bergische Heimatlied:

Wo so wunderbar wonnig der Morgen erwacht,
im blühenden Tale das Dörfchen mir lacht,
wo Mägdelein, so wahr, so treu und so gut,
ihr Auge so sonnig, so freudig ihr Blut,
wo noch Liebe und die Treue die Herzen verband,
da ist meine Heimat, mein Bergisches Land.

***

In Luggis Gautinger Kinderzimmer quartiert ein großer stämmiger Schwarzer. Er heißt Odysseus. Luggi will seine Buntstiftmalereien von der Wand nehmen. Die strahlende gelbe Sonne über einem Häuschen, daneben ein kleines Strichmännlein, den grünen Wald, darin ein Männlein mit einem großen Hund, die Wiese mit Obstbäumen, Hühnern und einem bunten Hahn.
Der Schwarze sagt: Lass hängen, sind schön. Seine Stimme klingt dunkel, wohltuend. Meine kleine Tochter und mein kleiner Sohn malen auch so schöne Bilder. Sind ungefähr so alt wie du.
Später zeigt er ihm Fotos seiner Familie, seiner hübschen Frau Peggy und seinen Kindern Grace und Georges. Luggi staunt, dass die Schwärze seiner Finger sich nicht auf die Fotos abfärbt, wenn er sie anfasst. Odysseus zeigt ihm Aufnahmen von seinem kleinen Bungalow in Kalifornien am Pazifik.
Pafizik? Kalifornien? Wo ist denn das?
Ganz im Westen von Amerika.
Von so weit her kommst du?
Odysseus nickt, sagt: Eine große Reise vom Pazifik bis nach Gauting. Zuerst mit vielen in einem Flugzeug nach Philadelphia.
Wo ist denn das?

Ganz im Osten von Amerika. Dann nach Sizilien geflogen.
Du warst in Sizilien?
Odysseus nickt, sagt: Über dem Land mit Fallschirmen ab-
gesprungen.
So hoch aus der Luft?
Und am Boden weiter mit Panzern. Messina, Palermo, Nea-
pel, Kampf gegen die Nazis. Rom.
Du warst in Rom?
Dann weiter nach Florenz bis zu den Alpen. Immer Kämpfe
gegen die Nazis. Hab viele Kinder, Männer und Frauen gesehen,
verschlungen vom Krieg. Dann mit unseren Panzern über die
Alpen.
Luggi hat gelesen, dass Hannibal mit seinen Elefanten die
Alpen überquerte. Nun Odysseus mit Panzern.
Alles voller Schnee und Eis. Mit unseren Tanks die Serpentinen rauf und runter. War gefährlich. Einige sind in Schluchten
gestürzt. Ich musste an meine Frau und Kinder denken. Dann
unten angekommen. Auch da hoher Schnee. Keine Straßen zu
erkennen. Viele sind vom Weg abgekommen und auf den Wiesen im Schnee stecken geblieben. Nach einer Woche endlich
Sonnenschein und kein Schnee mehr. Dann Gauting.
Odysseus schweigt, sagt nach einer Weile: Meine Frau und
meine Kinder warten auf mich, warten auf meine Rückkehr. Ich
sehne mich nach meiner Frau Peggy und meinen Kindern Grace
und Georges. Ich möchte zurück zu ihnen, endlich wieder zu
Hause sein. Wird aber noch dauern. Vielleicht müssen wir nach
Korea, dort gegen die Kommunisten kämpfen. Und dann nach
Okinawa. Japanische Insel. Auch da gegen die Kommunisten.
Korea? Okinawa? Wo ist das?
Weit im Osten. Sehr weit. Bin dann noch weiter weg von
Peggy, Grace und Georges.
Luggi fragt Odysseus, ob er am Mississippi aufgewachsen
ist, sich mit Tom Sawyer und Huckleberry Finn auf einem Floß
über den Fluss treiben ließ, vor Onkel Toms Hütte am Lager-
feuer saß. Doch Odysseus kennt nicht den Mississippi, nicht

Tom Sawyer und Huckleberry Finn. Auch nicht Onkel Toms Hütte. Luggi ist enttäuscht.

Bald geht es der Familie richtig gut. Odysseus lässt ihr aus Amerika große Carepakete schicken. Dosen mit Corned Beef, Mais und Eipulver. Das hat sie noch nie gesehen. Und Camel-Zigaretten, gut für den Tausch auf dem Schwarzmarkt gegen Butter und Bohnenkaffee. Und ihm schenkt er Chewinggum. Den Kaugummi schluckt Luggi ganz hinunter. Odysseus lacht und zeigt ihm, wie man Chewinggum kaut. Er schenkt ihm Bananen, in die Luggi durch die Schale hineinbeißt. Wieder lacht Odysseus und zeigt ihm, wie man sie vorher schält. Luggi verschlingt die hellgelben breiigen Dinger. Sie schmecken ihm. Es ist das erste Mal, dass er so etwas im Mund hat.

Iss nicht so viele Bananen, mahnt seine Mutter. Sonst wirst du noch dicker.

Odysseus schenkt ihm Schokolade. Gierig kaut Luggi die braunen Scheiben, kaut sie wie Brot.

Iss nicht so viel Schokolade, mahnt seine Mutter. Sonst wirst du noch dicker.

Odysseus lässt ihm von seiner Familie sogar Spielzeug schicken. Eine vielgliedrige hölzerne Giraffe auf einem kleinen Podest. Wenn man unten drückt, fällt sie zusammen, und wenn man wieder drückt, richtet sie sich an den dünnen Schnüren innen wieder auf. Odysseus und die anderen Schwarzen aus Florida und Oklahoma in ihren schicken olivfarbenen Uniformen werden seine Freunde. Auch wenn er nicht weiß, wo Florida und Oklahoma liegen. Wo Kalifornien liegt, das weiß er nun.

Odysseus sieht schweigend zu, wie das kleine pummelige Kerlchen versunken mit der gelben Holzgiraffe spielt, wie er sie zusammensinken lässt und wieder aufrichtet. Da schaut Luggi plötzlich hoch, sieht ihn ernst an, fragt: Warst du einer der Tiefflieger, die die Munitionszüge im Wald bombardiert haben? Auf meinem Heimweg von der Schule.

Das waren andere.

Haben die auch die Bomben auf Gauting geworfen? Odysseus nickt. Ein Zufall, dass seine Kameraden nicht auch ihn zerschmetterten. Wäre schade um ihn gewesen. Und auch auf München? Wir haben nachts den Himmel ganz rot gesehen. Das waren wieder andere. Warum haben die das gemacht? Sie mussten Hitler kaputt machen. Der war aber nicht in München. Das weiß ich von meiner Mutter.

Odysseus muss an die anderen Städte denken, die seine Kameraden in Schutt und Asche legten. Köln, Hamburg, Dresden, Berlin. Sie mussten die Bevölkerung kapitulationsreif bomben, um einmarschieren zu können. Doch nicht einmarschieren, um die Deutschen vom Faschismus zu befreien, ihnen die Freiheit und die Demokratie zu bringen. Nein, das nicht. Das ist nicht ihr Ziel. Daran sind sie nicht interessiert. Sie müssen die heranrückende Rote Armee stoppen, sie zurückdrängen, Stalins Kommunismus zerschlagen. Ein Wettlauf mit der Roten Armee, ein Wettlauf mit der Zeit. Sie gewinnen. Sie sind zuerst in Berlin. Sie sind die Sieger nach blutigen Schlachten. Wären sie nicht in Europa gelandet, wäre der Russe bis zum Atlantik durchmarschiert, hätte ganz Europa okkupiert, hätte Stalin seinen Kommunismus in ganz Europa zementiert und wäre dort für immer geblieben. Das darf auf keinen Fall geschehen. Europa muss ihnen, den Amerikanern, gehören. Für immer. Das gelingt ihnen nur zur Hälfte. Sie müssen sich bis zur Elbe zurückziehen. Nach all den Toten. Auch all den toten Amerikanern. Jetzt haben sie den Schlamassel. Der Russe steht an der Elbe. Den müssen sie jetzt bekämpfen. Aber das alles kann er dem kleinen Jungen nicht sagen. Dem kleinen Jungen, der versunken mit der gelben Giraffe spielt, die er ihm geschenkt hat. Er würde es sowieso nicht verstehen.

Luggi imponiert, wie die Amis in den braunen Geländewagen durch den Ort fahren. Später hört er, dass diese Holperkisten mit den dicken Rädern Jeep heißen. Ihm imponiert, wie die Beifahrer ihr rechtes Bein lässig über die niedrige Seitentür legen und es herabbaumeln lassen. Ihre gebauschten Uniformhosen über den hohen Schnürstiefeln haben sogar exakte Bügelfalten. Die Mützen zurückgeschoben, ihre Maschinenpistolen quer über ihren Schoß gelegt kauen sie Chewinggums.

Als die Amis wieder mal ihre Panzer zur Würm fahren, um sie abzuspritzen, sieht Luggi Odysseus' lachendes Gesicht aus dem Turm herausragen. Er stoppt seinen Panzer, winkt ihm, lädt ihn ein, auf seinen Panzer zu klettern, sich vorne auf die Motorhaube zu setzen und mit ihm an die Würm zu fahren. Luggi stutzt einen Moment, hat Angst vor dem Eisenungetüm. Lachend winkt Odysseus nochmals, da klettert er mutig über die Raupen auf die Motorhaube. Das Eisen ist verdammt heiß, hockt sich trotzdem darauf. Odysseus fährt los, sein Panzer rumpelt, rattert, dröhnt, lärmt, die Ketten knirschen.

Luggi muss daran denken, wie sein Opa mit ihm in dem Schützengraben kauert, auf der Schulter die Panzerfaust, auf die Eisenbahnbrücke gerichtet, unter der die heranrückenden Amis hindurchrattern werden, und wie er gespannt ist, wie sein Opa die Panzerfaust abdrückt und die Panzer zerfetzt. Gott sei Dank sind sie vorher abgehauen. In einem der Panzer hätte auch sein Freund Odysseus sein können. Dann hätte sein Opa ihn in die Luft gesprengt.

Jetzt hockt Luggi auf so einem Panzer und rumpelt durch Gauting. Die Erwachsenen schütteln den Kopf über diesen Amifreund, und die Kinder beneiden ihn. Doch ihm brennt auf der heißen Eisenplatte fast sein dicker Hintern an, er wechselt von einer Backe auf die andere, lässt sich nichts anmerken, er hält aus.

**

Anselm hält es nicht mehr aus. Es treibt ihn um, lässt ihm keine Ruhe. Was der Heger vor ein paar Tagen in die Mülltonne stopfte, was er herausnahm und durchblätterte und kurz las, das muss er sich genauer ansehen. Das will er genau wissen. Im Keller holt er, versteckt hinter der verstaubten Buchreihe, die Kladde mit dem Kriegstagebuch und die Dokumentation der Sicherheitspolizei Brüssel hervor. Wieder blättert er darin, liest immer wieder die Namen Heger und Wipperfürth. Seine Finger brennen, als hätte er glühende Kohlen in der Hand. Damit will er etwas anfangen, es bekannt machen. Damit jeder in Opladen weiß, wer da heute nach dem Krieg wieder bei der Schupo und der Kripo ist.

Er wird unsicher. Er zweifelt an seinem Vorhaben. Wenn er diese Eiterblasen aufsticht und sie ihr Gift verspritzen, was dann? Er fürchtet, diese Bombe könnte nicht gegen die beiden Männer losgehen, sondern gegen ihn selbst. Wenn er ihre Vergangenheit bekannt macht, werden sie sich rächen. Sie sind stärker als er, haben mehr Macht. Sie werden ihn verhaften wegen Verleumdung, sein Antiquariat beschlagnahmen und durchsuchen, was er da sonst noch alles hat. Das wäre sein Ende. Oder sie lassen Feuer legen in seinem Laden. Da gibt es sicher jemand, der bereit wäre, alle seine Bücher zu verbrennen. Das hat er schon einmal erlebt, im Mai '33 in Köln, dieser lodernde Scheiterhaufen, in dem auch ein Teil seiner Bücher verbrannt wurde. Aber diesmal würde er seine Bücher retten, wäre er mittendrin in den Flammen und würde mit ihnen verbrennen.

Ihm wird schlecht, wenn er daran denkt, was alles passieren könnte, wenn er seine Funde öffentlich macht. Zu gefährlich. Besser, er lässt die Finger davon. Lässt alles so, wie es ist. Er hat nichts aus der Mülltonne geholt, er besitzt nicht Hegers Kriegstagebuch, nicht die Dokumentation der Sicherheitspolizei mit diesem Wipperfürth, er hat nichts und weiß von nichts. Ach hätte er das Zeug doch in der Tonne liegen lassen. Am besten zurück damit zum Müll, wo es herkommt. Doch nicht jetzt am helllichten Tag. Man könnte ihn beobachten. Am Abend, wenn es dunkel ist. Heute, morgen oder übermorgen.

Er stopft die Kladde und den Band, stopft den Heger und den Wipperfürth wieder hinter die vergammelnde Bücherreihe, presst sie weit nach hinten. Am liebsten möchte er sie vergessen. Sollen sie sich dahinten in Staub auflösen.

Erleichtert steht er wieder oben. Niemand weiß, was in seinem Keller schlummert. Niemand wird seine Schätze beschlagnahmen oder gar Feuer legen, sie verbrennen.

Er sieht sein Fenster zum Hof. Da könnte nachts jemand einsteigen, während er oben in seiner Wohnung schläft, und – er will gar nicht daran denken. Schon oft hat er die Hausverwaltung gebeten, da ein Gitter anzubringen. Immer wieder abgelehnt mit der Begründung: Bei Feuer muss der Fluchtweg frei bleiben. Bis jetzt ist noch keiner eingestiegen. Aber wer weiß? Er lässt es darauf ankommen. Dann wird man sehen.

✳✳✳

Leonhard und Luise sehen an der Ecke Kölner und Lessingstraße eine Aral-Tankstelle. Da stand früher die Synagoge. Mit Marianne ist Leonhard einmal in diesem Bethaus gewesen. Aus reiner Neugier, wie es innen aussieht. Sie sind keine gläubigen Juden. Nie gewesen. Es gehen ja auch nicht alle Katholiken in die Kirche. Die jüdischen Feiertage kennen sie nur aus dem Kalender. Als sie in jener Nacht im November '38 hören, dass die Nazis die Synagoge niederbrennen, laufen sie nicht zu diesen Flammen. In dieser Nacht wird ihr Laden verwüstet, ihre Existenz vernichtet. Neben der Aral-Tankstelle gab es das Jüdische Gemeindehaus. Jetzt wird es abgerissen. Es wird nicht mehr gebraucht. Aber das Grundstück ist viel wert.

Schlag auf Schlag!, lockt ein großes Plakat an einer Litfaßsäule. Die Große Schlagerparade! Stadthalle Opladen. Vico Torriani mit »Addio, Donna Grazia«, Evelyn Künneke mit »Winke, winke« und Rudi Schuricke mit »Tulpen aus Amsterdam«.

Man amüsiert sich wieder.

Zwischen Holzbuden ragen neue Versicherungsbauten hoch, Paläste aus Stahl und Glas. Allianz und Signal Iduna. Wogegen soll sich Leonhard versichern? Wovor schützt ihn eine Versicherung? Vor einer neuen Zertrümmerung seines Ladens, wenn er irgendwann wieder einen hat? Vor einer neuen Enteignung seiner Wohnung, wenn er eine gefunden hat? Vor einer neuen Flucht? Ach wenn er das wüsste.

In einer der Holzhütten hat sich eine Hähnchenbraterei eingerichtet. Dicht an dicht aufgespießt auf Metallstäben brotzeln die Hähnchen, braun gegrillt, knusprig, lecker.

Ich habe Hunger, sagt Luise. Auch Leonhard ist hungrig. Doch bevor sie hier ein heißes Schenkelchen knabbern, muss er zu seinem alten Laden, zu seiner Wohnung und dann ein billiges Hotel finden für die Nacht. Also weiter, weiter, vorbei an Bauzäunen, hinter denen Neubauten in die Höhe wachsen.

Vor einem Bretterzaun haben sich Menschen um einen Tisch angesammelt. Laut preist ein Mann in der Runde sein neuestes Angebot. Sie wollen sehen, was der Schreihals da treibt. Mit theatralischer Geste sprüht er aus einer Tube Schaum auf einen kleinen schmutzigen Teppich vor ihm, kräht: Sie werden staunen! Sie werden staunen, was dieses Wunder kann! Nur kurz einwirken lassen! Dann mit einem Schwamm darüberwischen – und Sie sehen, Ihr Teppich ist wieder blitzeblank sauber! Die alten Farben treten wieder deutlich hervor. Weg mit dem alten Dreck! Ruckzuck ist alles wieder sauber! Alles sauber! So einfach geht das!

Sofort kaufen mehrere Frauen fünf Tuben auf einmal. Freuen sich schon auf die alten Farben.

Sie kommen an einem Zeitungsladen vorbei. Ausgehängt ist die HÖRZU mit einem pfiffig lächelnden Igel, eine Zeitschrift fürs Radioprogramm, auch die Düsseldorfer Nachrichten und die Rheinische Post.

Königliche Hochzeit am Nil! König Faruk I. von Ägypten heiratet die siebzehnjährige Nariman! Daneben ein Hinweis: Hier Toto!

Soll Leonhard mit seinem wenigen Geld tippen, es einsetzen, um einen großen Gewinn einzustecken? Zwecklos. Er hat keine Ahnung von Fußball. Außerdem braucht er seine paar D-Mark, die er vor seiner Abreise aus Brüssel für sein belgisches Geld eingetauscht hat, für ein kräftiges Essen in einer Kneipe und für eine Unterkunft in diesem neuen Deutschland.

Sie kommen an Baracken vorbei, an Nissenhütten aus Wellblech. Davor hocken ärmlich gekleidete Kinder und alte Frauen und Männer.

Was sind das für Leute?, fragt Luise.

Flüchtlinge aus dem Osten. Vertriebene.

Müssen wir da auch wohnen?

Auf keinen Fall.

Wir wurden doch auch vertrieben.

In der Birkenbergstraße stehen sie plötzlich vor dem Antiquariat Anselm. Es existiert immer noch. Seit Leonhard sich erinnern kann, gibt es dieses Antiquariat. Er sieht den alten Anselm ganz hinten sitzen am Schreibtisch, halb verdeckt von Bücherstapeln. Er lebt also noch. Alt ist er geworden in den zwölf Jahren. In seinem Rücken das kleine Fenster zum Hof, durch das etwas Licht fällt. An seiner Silhouette erkennt er ihn deutlich. Bei ihm hat er immer eingekauft. Bücher über Fotografie für seinen Laden, für die Kundschaft, legt sie neben seine Fotoapparate. Auch »Die Fotografie und ich«, »Wie fotografiere ich besser?«, »Das Auge und die Linse«. Und für sich ab und zu Krimis. Wallace, Christie, Poe. Marianne hat bei ihm dicke Romane gekauft. »Vom Winde verweht«, »Krieg und Frieden«, »So grün war mein Tal«. Und für die kleine Luise große Bilderbücher. Die Märchen von den Grimms mit schönen Illustrationen, »Alice im Wunderland«.

Im Schaufenster liegen auch wieder kleine Reiseführer zu den Ausflugsorten um Opladen. An sonnigen Wochenenden sind er, Marianne und Luise mit ihrem Auto zu Schloss Burg gefahren, zum Altenberger Dom, an den See der Dhünntalsperre, zur Müngstener Brücke. Damals, ja damals. Und vor dem Laden steht immer noch diese Krabbelkiste. Jetzt auf dem Karton nicht mehr »Jeder Band 1 RM« geschrieben, sondern »1 DM«. Er hat keine Lust, in den Laden zu gehen und Anselm zu begrüßen. Er will auch nicht in seiner Krabbelkiste kramen, um zu sehen, was er da alles anbietet für eine Mark pro Band. Jetzt noch nicht. Später mal. Wenn er sich besser fühlt. Jetzt fühlt er sich noch nackt in diesem alten neuen Opladen. Leonhard und Luise wenden sich ab, sie müssen weiter.

**

Karl Koberling geht weiter und liest: Gottlieb Brenner baut wieder auf! So verkündet eine große Tafel über einem Bretterzaun. Dahinter ragt ein Neubau hoch mit einem riesigen Kran. In Smolensk war etwas mit diesem Gottlieb Brenner. Irgendetwas war da. Alle sind sie wieder da. Der Kalanag, der Neckermann, der Gottlieb Brenner. Und der Karl Koberling ist wieder da. Vor ihm humpelt einer auf Krücken. Das rechte Bein bis zum Knie weg. Hätte auch ihm passieren können. Er ist noch mal davongekommen. Schwein gehabt, Karlchen, sagt er sich.

Eine Ecke weiter: Heiße Würste! Lecker! Lecker! Menschen umringen einen Wurstverkäufer mit weißer Kochmütze. Um den Bauch gebunden ein schimmernder Aluminiumkasten, aus dem es dampft, und auf einem Brettchen ein Senfpöttchen und Röggelchen. Wurstgeruch sticht Koberling in die Nase. Plötzlich hat er heftige Lust auf so eine heiße leckere Brühwurst mit Senf und Röggelchen. Möglichst mit einem kühlen Obergärigen. So wie früher. Doch er will schnell zu seiner Irma, ihr freudig überraschtes Gesicht sehen.

Auch eine Straße weiter wird ein Neubau hochgezogen. Groß wird angezeigt: Hier baut Czibulski! Czibulski baut auf! – Als Maurer, sogar Polier und Betongießer beste Aussichten für ihn, Arbeit zu finden. Hoffnung und Zuversicht erwärmen ihn. Auf dem Bauzaun wirbt ein schönes Frauengesicht für die Toilettenseife Luxor: Gepflegtes Aussehen – Ihr

Weg zum Glück. – Wenn er Arbeit hat, wird er seiner Irma
Luxor-Seife kaufen. Bei Czibulski wird er nach Arbeit fragen.
Da müsste doch für ihn was zu machen sein. Er kann noch
kräftig zupacken mit seinen dreiundvierzig. Trotz Krieg und
russischer Gefangenschaft. Hat sein Leben lang immer kräftig
zugepackt. Nie was anderes gemacht. Seine Hoffnung wächst,
sein Optimismus blüht. Seine Zukunft ist gesichert. Koberling
streicht sich mit der Hand über seinen Schnäuzer, ist zufrieden.
Endlich in der Münzstraße. Das Haus mit seiner Wohnung
steht noch. Kein Bombenschaden. Er hat wieder ein Zuhause.
Ist wieder bei seiner Irma.

***

Auch Leonhard und Luise stehen vor ihrem früheren Zuhause,
in der Altstadtstraße. Das Haus wie früher. Noch immer der
helle Verputz. Doch über seinem Laden nun groß: Foto Radio
Poensgen. Nicht mehr sein »Bild und Ton«.

Junge SA-Bengels, Milchgesichter mit Pickeln, schmieren
mit weißer Farbe auf seine Schaufensterscheibe: Jude! Daneben
einen Galgen, am Strick hängt ein Männlein. Sie stellen sich
breitbeinig und blöd grinsend vor seine Ladentür, verwehren
seinen Kunden den Zutritt, drücken ihnen Zettel in die Hände:
Kauft nicht bei Juden!

Die braunen Hosen hängen ihnen am Hintern herunter, als
hätten sie sie vollgeschissen. Vielleicht haben sie Krach mit ihren
Vätern, die nicht damit einverstanden sind, was sie da treiben.
Vielleicht halten sie in ihrer Freizeit ein Mädchen im Arm, das
gut unter ihre Achsel passt und von dem sie nicht wissen, dass
sie eine Jüdin ist.

Danach immer weniger Kunden. Sie haben Angst, man beobachtet sie, wenn sie bei einem Juden kaufen, denunziert und
verhaftet sie. Dann ein paar Jahre später mitten in der Nacht
Klirren von Glas. Direkt unter ihnen. Hastig über ihre Schlafanzüge einen Mantel geworfen, in Schuhe geschlüpft, hinab

auf die Straße, der Bürgersteig voller Scherben. Durch das eingeworfene Schaufenster steigt grölend eine Horde SA-Männer, werfen in ihre Säcke seine kostbaren Fotoapparate, seine teuren Objektive, raffen die wertvollen Radios an sich, raffen alles, was ihnen in die Hände fällt, zerschlagen mit Äxten seine Einrichtung. Marianne steht da wie versteinert. Er will sich ihnen entgegenwerfen, will die Horde aus dem Laden jagen, hat Angst, dass sie ihm mit ihren Beilen den Kopf spalten. Die Bande schmeißt Fackeln in die Trümmer, zieht johlend davon. Ihr Laden brennt lichterloh.

Sie müssen ihn auf eigene Kosten wieder instand setzen. Dann liegt in ihrem Briefkasten ein Schreiben vom Amtsgericht mit dem Reichsadler. Sie müssen ihr Auto abliefern. Unterschrieben: Amtsrichter Rauschenberg. Die Handschrift seines alten Freundes. Bald darauf im Briefkasten ein neues Schreiben vom Amtsgericht mit Reichsadler. Ihr Laden ist enteignet. Gehört ihnen nicht mehr. Und: Ihre Wohnung ist fristlos gekündigt. Sie müssen ausziehen. Wieder unterschrieben: Amtsrichter Rauschenberg. Wieder die Handschrift seines Freundes. Den neuen Inhaber ihres Geschäfts und ihrer Wohnung sehen sie nicht.

In Poensgens Schaufenster werden die neuesten Fotoapparate und Radios angeboten. Viele Modelle kennt Leonhard aus seiner Zeit. Die Agfa-Box und die Contax. Doch da ist auch eine Menge neuer Apparate, die er noch nie gesehen hat. Im Fenster liegen Langspielplatten. Bach, Brahms und Beethoven. Auch seine Neunte. »Freude, schöner Götterfunken, Tochter aus Elisium. Wir betreten feuertrunken, Himmlische, dein Heiligtum. Deine Zauber binden wieder, was die Mode streng geteilt. Alle Menschen werden Brüder, wo dein sanfter Flügel weilt. Seid umschlungen, Millionen! Diesen Kuss der ganzen Welt!« Ach ja, dieser Schiller.

Sollte er irgendwann mal wieder einen neuen Laden haben, dann nicht so ein graues Schild wie das von Poensgen, sondern eines wie früher, leuchtend in Rot und Blau mit der Aufschrift Bild und Ton Birnbaum. Dann wird er wieder nach Köln fahren wie damals zur Photokina und die allerneuesten Geräte einkaufen, noch aktueller, als der hier hat. Er wird auch keine Klassiker ausstellen. Nur die neuesten Schlager mit den Singles von Zarah Leander, »Ich weiß, es wird einmal ein Wunder gescheh'n«, Vico Torrianis »Bravo, bravo, beinah wie Caruso«, Lonny Kellners »So ein Tag, so wunderschön wie heute«.

Leonhard will hinauf zum ersten Stock, zu ihrer Wohnung. Luise will nicht. Oben an der Wohnungstür sieht Leonhard das Messingschild mit dem Namen Poensgen. Lange steht er davor und sieht immer noch sein Porzellanschild mit seinem eigenen Namen darauf.

Luise wartet vor dem Haus. Sie kann sich noch gut an die Altstadtstraße erinnern, die nicht mehr ihre Straße ist. Auch an dieses Haus vor ihr, das nicht mehr ihr Haus ist. Da stand manchmal ein Pferd vor einer Karre. Auf der Karre Kiepen mit Briketts. Ein Mann in dunkler Lederschürze und Kapuze und mit geschwärztem Gesicht wuchtet eine Kiepe nach der anderen auf seinen Rücken und trägt sie durch die Kellertür ins Haus. Sie steht vor dem Pferd, reicht gerade bis zu den Knien des Gauls. Das Tier senkt seinen großen Kopf zu ihr herab, neben dem Kopf hängt ein Lederriemen.

Mit so einem Riemen schlägt man ihr im KZ ins Gesicht, hat die Schlafsäle nicht sauber genug gewischt. Der Riemen peitscht über ihre Wange, die Wange platzt auf, brennt, als würde man eine Flamme daran halten, ihr Gesicht voller Blut. Auch jetzt schmerzt ihre Narbe wieder. Sie fasst sich an die Wange, ins Gesicht. Kein Blut mehr, nur die Narbe ihrer Wunde. Luise ist müde. Die verdammte Zeit in Brüssel, der Verlust ihrer Mutter und hier nicht wissen, wohin und was nun.

Im Radio und auf Schallplatten singt Lilian Harvey:

Irgendwo auf der Welt gibt's ein klein bisschen Glück,
und ich träum davon in jedem Augenblick.
Irgendwo auf der Welt gibt's ein bisschen Seligkeit,

und ich träum davon schon lange, lange Zeit.
Wenn ich wüsst, wo das ist, ging ich in die Welt hinein,
denn ich möcht einmal recht so von Herzen glücklich sein.

**

An Koberlings Wohnungstür steht noch sein Namensschild.
Seine Irma lebt noch, ist noch da. Er klingelt. Nichts. Er klingelt
nochmals. Dann Schritte. Irmas Schritte. Sie kommt, öffnet,
steht erschreckt vor ihm. Steht vor ihm im Morgenmantel. So
spät noch im Morgenmantel.
    Das ist ihm neu. Ihre Frisur zerwühlt, ihre schwarzen Haare
hängen ihr halb übers Gesicht. Das ist er gar nicht gewohnt von
ihr. Hastig wischt sie die Strähnen beiseite.
    Du hier?
    Ja, ich hier.
    Damit habe ich nicht gerechnet.
    Man sieht's.
    Wieso bist du plötzlich da?
    Warum bist du noch im Morgenmantel und nicht frisiert?
    Koberling will durch die Tür, doch sie bleibt stehen, verwehrt
ihm den Eintritt.
    Warum hast du nicht geschrieben, dass du kommst?
    Wollte dich überraschen.
    Du hättest mir eine Karte schreiben sollen.
    Er zwängt sich an ihr vorbei in die Diele. An der Garderobe
hängt ein Lodenmantel. So was hat er nie getragen. Am Haken
hängt eine Schirmmütze. Auch so was hatte er nie.
    Du hast Besuch?
    Du hättest mich am Bahnhof anrufen sollen. Ich wäre dir
entgegengelaufen.
    Koberling tritt in die Küche. Ein fremder Mann sitzt auf
seinem Stuhl in seiner Strickjacke.
    Vor ihm ein Strauß roter Tulpen und ein angebissenes Kote-
lett und ein Spiegelei. Erstarrt hält der Mann Messer und Gabel,

stiert ihn an, schiebt hastig Tulpen und Kotelett beiseite, springt auf, zerrt sich Koberlings Strickjacke vom Leib, stürmt in die Diele, reißt seinen Mantel und Schirmmütze vom Haken, rennt aus der Wohnung, schlägt die Tür hinter sich zu.

Koberling wischt sich mit der Hand über seinen Schnäuzer, als wolle er etwas abstreifen.

Wer war der Mann?

Mein Gott, du warst so lange weg.

Hast dich in der Zeit amüsiert.

Hab dich nicht so, Karlchen.

Bin nicht dein Karlchen.

Koberling geht in sein Schlafzimmer. Da liegt auf dem zerwühlten Bett sein Schlafanzug.

Schöner Empfang.

Er geht zurück in die Küche.

Ich mach dir was Essen. Was Warmes.

Hab keinen Appetit.

Du musst doch was essen.

Irma öffnet den Kühlschrank. Ein neuer Kühlschrank. Modern, modern. So einen Kühlschrank hatten sie noch nie. Die Einkäufe immer nur draußen auf den Balkon gelegt.

Hat er bezahlt?

Stell dich nicht so an.

Der Kühlschrank ist vollgefüllt mit Essen und Flaschen. So viel Vorrat hatten sie noch nie. Koberling sieht neben dem neuen Kühlschrank einen neuen Staubsauger stehen. So einen Staubsauger hatten sie noch nie.

Auch er bezahlt?

War nötig.

Klar. Sauberkeit muss sein.

Irma hantiert am Herd. Ein neuer Elektroherd. So einen hatten sie noch nie. Irma hatte immer auf ihrem alten Kohleofen gekocht.

Modern, modern.

Wir müssen mit der Zeit gehen.

Wer war der Mann?

Ein Nachbar.

Soso, ein Nachbar.

Ich werd's dir erklären.

Nicht nötig.

Ich werd's dir erklären.

Wenn ich den Nachbar treffe, werde ich ihn fragen. Er wird's mir erklären.

Koberling setzt sich nicht auf seinen Stuhl, auf dem der Eindringling saß, zieht nicht seine Strickjacke über, die der Fremde am Leib hatte, schläft in dieser Nacht nicht im Ehebett, in dem dieser Kerl mit seiner Irma lag. In dieser Nacht schläft Koberling im Wohnzimmer auf dem Sofa. Als er sich niederlegen will und die Kissen zurechtrückt, findet er unter einem Kissen ein verstecktes gerahmtes Foto: die Aufnahme ihrer Hochzeit. Er und Irma vor der Remigius-Kirche.

**

Ein großes gerahmtes Foto über dem Tresen fällt Leonhard auf, als er mit Luise das Hotel zur Post in der Kölner Straße betritt. Ein Mann mittleren Alters mit entschlossenem Gesicht und einer dicken Brille.

Wer ist das?, fragt er.

Den kennen Sie nicht? Die Wirtin ist entrüstet und streift mit ihrem Holzstab den überquellenden Bierschaum von den Gläsern. Das ist der Middelhauve.

Leonhard hat keine Ahnung, wer Middelhauve ist.

Der hat in unserem Hotel kurz nach dem Krieg die FDP gegründet.

FDP?

Die kennen Sie nicht? Die Freie Demokratische Partei. Aus welchem Mustopf kommen Sie denn, dass Sie die nicht kennen?

Frei ist gut, denkt Leonhard. Und demokratisch ist auch gut. Es wird also besser in dieser neuen Bundesrepublik.

Ein kleines Zimmer ist noch frei. Ein wackeliger Schrank für die Kleider und zwei schmale Betten. Egal, hauptsächlich etwas, um sich niederzulegen und zu schlafen. Dusche und Klo draußen auf dem Treppenabsatz. Das reicht für eine Nacht. Würziger Bratenduft durchzieht das kleine Restaurant. So ein leckerer Rinderbraten mit Zwiebelsoße, das wär jetzt das Richtige. Doch Birnbaum muss sein weniges Geld zusammenhalten, muss sparsam damit umgehen. So bestellen sie nur Kohlrouladen mit Roter Bete, für ihn ein Wicküler und für Luise eine Coca. Beim ersten Schluck des deutschen Bieres nach so langer Zeit sticht es Leonhard in der Kehle, schmeckt bitter. Luise nippt nur an ihrem schwarzen Zeug.

In dieser ersten Nacht zurück in ihrem Opladen schlafen Leonhard und Luise sehr schlecht. Immer müssen sie daran denken, wie sie nach ihrer Flucht in Brüssel zuerst bei Paul Cohen Unterkunft und Arbeit finden und dann Unterschlupf und Arbeit bei DeDonder. Das geht einigermaßen gut. Bis Mai 1940. Da marschiert die Wehrmacht in Belgien ein. DeDonder verschafft ihnen gefälschte Ausweise. Sie heißen nun Vangruiten. Ab 1942 müssen alle Juden in Belgien den gelben Stern tragen. Razzia folgt auf Razzia. Sie trauen sich kaum hinaus auf die Straße, obwohl sie durch ihre gefälschten Ausweise keine Juden mehr sind. Ohnehin haben sie sich nie als Juden betrachtet. Sie müssen keinen Davidstern tragen. Trotzdem haben sie Angst, die Soldaten und Polizisten könnten bei ihren Kontrollen die Fälschung ihrer Ausweise entdecken, ihnen ansehen, dass sie Juden sind. Woran sieht man, dass man Jude ist?

Da verrät sie 1943 eine Nachbarin, die Gestapo dringt nachts ins Haus, sie und DeDonder werden auf einen Lastwagen getrieben, in das Fort Breendonk bei Antwerpen verschleppt. Das Fort steht unter dem Kommando der Sicherheitspolizei und des Sicherheitsdienstes der SS. Sie werden wie alle dreitausend anderen Inhaftierten in alte Uniformen der belgischen Armee gesteckt. DeDonder wird aussortiert, verschwindet. Später erfahren sie, dass die Hälfte der Gefangenen nicht überlebt, verhungert.

Leonhard und Luise wälzen sich in ihrem Bett. Da treibt es Leonhard hoch, er steht auf, macht kein Licht, um Luise nicht zu wecken, geht mit der Taschenlampe zu seinem Koffer und holt seine Fotoabzüge heraus. Seine Aufnahmen für La Liberté. Die Bilder lassen ihn nicht mehr los. Im dünnen Schein seiner Taschenlampe betrachtet er das Fort Breendonk, die alte Festung mit dem Wassergraben um den massiven Bau.

Er sieht die Eisenbrücke, die Wachtürme, das große Schild: Auffanglager. In der Mitte des Forts der Platz für die Morgen- und Abendappelle. Der Erschießungsplatz. Er sieht die beiden Blöcke der Festung. In einem waren sie untergebracht. Wo war DeDonder? Dann die Schlafsäle. In jedem dreistöckige Holzbetten für hundert Personen. Er sieht einen Stapel ihrer Holzpantinen. Die aufgeschütteten Erdwälle jenseits des Wassergrabens. Keine Einsicht in das Lager. Ihre Arbeit in Außenkommandos ab sechs Uhr früh, bewacht von der Wehrmacht. Auch seine zehnjährige Luise muss mit ihrer schweren Schaufel Erde schippen.

Dann der kahle Essraum mit Holztischen und Hockern. Am Morgen und am Abend eine Brühe mit zwei dünnen Scheiben, angeblich Brot. Eine Pampe, zusammengebacken aus Kleie und Sägemehl. Dann seine Aufnahmen von dunklen Kellergängen. Von Folterkammern. Auf Tischen ausgestellt die Folterwerkzeuge. Eisenstangen, Lederpeitschen, Zwingen. Hier wurden die Aussortierten ausgequetscht, befragt nach Mitgliedern der Résistance, nach Komplizen, Adressen, Treffpunkten. Wenn sie schweigen, werden sie geschlagen, geprügelt, ihnen die Knochen gebrochen.

Einmal trifft er zufällig DeDonder wieder. Er erkennt ihn fast nicht mehr. Er sieht entsetzlich zugerichtet aus. Leonhard, Marianne und Luise haben Glück. Sie werden nicht gefoltert. Wieder hört er die Erschießungen im Hof. Angeblich auf der Flucht erschossen. Doch die Gefangenen haben Pistoleneinschüsse in der Stirn. Wieso dann Flucht? Flohen sie rückwärts?

Er hält seine Abzüge vom KZ Mechelen in der Hand. Hierhergeschafft, auf Lkws im März '44. Eine halbe Stunde Fahrt. Auch mit DeDonder. Strahlender Sonnenschein und warm. Dass an so einem Tag die Sonne so wunderbar scheinen kann. Das begreifen sie nicht. Sie erreichen die Dossin-Kaserne, das SS-Sammellager. Ein Durchgangslager. Auch unter dem Kommando der SS-Sicherheitspolizei. Am Eingangstor ein riesiger Reichsadler, der Raubvogel mit dem Hakenkreuz. Bei der Registrierung müssen sich die Frauen, auch Marianne und Luise, völlig nackt ausziehen.

Seine Taschenlampe leuchtet auf einen Haufen Nummernschilder mit Schnüren. Mussten sie um den Hals hängen. Vielleicht liegt da auch seine Nummer und die von Marianne, Luise und DeDonder. Wieder ein Foto vom Innenhof der Kaserne mit dem Appellplatz. Nach dem Morgenappell eine Stunde im Kreis herumgehen. Die SS hetzt Hunde auf sie, wenn sie etwas aus der Reihe treten. Er hört das Gekläff der Hunde. Jeden Tag Warten auf die Deportation nach Osten. Warten, bis man sie abholt. Er und Marianne arbeiten in der Wäscherei, Luise muss Schlafsäle putzen.

Wieder dunkle Aufnahmen von den engen Zellen im Keller. Die Eingekerkerten müssen Tag und Nacht stehen. An den Wänden eingeritzte Namen und Daten. Auch hier Folterkammern. In einer Ecke eine Feuerstelle zum Erhitzen von Eisen. An der Decke eine Zugwinde zum Aufhängen an den Füßen mit dem Kopf nach unten, um Aussagen zu erzwingen. Die Hände am Rücken um den Leib gebunden. Wer nichts gesteht, wird im Hof erschossen. Er hört die Gewehrsalven. Ein kahler Raum wie ein Bunker aus Beton. Die Leichenkammer, in der man die Toten stapelt. Und Fotos von Güterwaggons. In ihnen Zigtausende nach Auschwitz deportiert. Belgische Juden, Juden aus Köln, aus Bochum, Karlsruhe, Rüsselsheim, Hamburg. Auch DeDonder.

Als Leonhard und Luise von ihrer Arbeit zurückkehren, ist Marianne weg. Nach Auschwitz deportiert. Fassungslos stehen sie da. Seine Frau, ihre Mutter abtransportiert. Ihnen ist, als hätte man aus ihnen ein Stück herausgerissen. Seit ihrer Ankunft glauben sie, sie werden eines Tages zu dritt in diese Waggons getrieben. Nun Marianne ohne sie. Lebt sie noch?

Tagelang taumelt Leonhard wie betäubt dahin. Luise weint am Tag und in der Nacht. Er kann sie nicht trösten. Wie denn? Sie, die Elfjährige, jetzt ohne ihre Mutter. So oft streichelte sie Luise, sagte ihr liebe Worte, damals in Opladen, in Brüssel, auch noch in diesem verfluchten, gottverdammten Breendonk und Mechelen. Jetzt keine zärtliche Hand mehr, kein liebes Wort mehr von ihr. Wie weiterleben ohne ihre Mutter? Sie weiß nicht, wie sie darüber hinwegkommen soll. Er versucht ihren Schmerz zu lindern, obwohl auch er stumm leidet, streicht ihr zärtlich über den Kopf, sagt liebe Worte zu ihr. Aber das ist nicht dasselbe.

Anfang September 1944 hauen die Wachen ab, fliehen, kurz bevor die Amerikaner das KZ erreichen. Am Ende betrachtet Leonhard die verlassenen Wachtürme, die leeren Räume der Wachmannschaften. Dann als letztes Foto das offen stehende KZ-Tor.

Luise dreht sich in ihrem Bett, kratzt an ihrer Narbe, sieht, wie der Polizist vor ihr ausholt, ihr mit seinem Lederriemen ins Gesicht schlägt. Ihr Gesicht voller Blut. Ihre Wange brennt wie Feuer. Sie will das Blut abwischen, doch da ist kein Blut mehr. Nur die Haare hängen über ihre Augen. Sie streicht sie beiseite. Irgendwann wird ihre Narbe nicht mehr brennen. Doch eine Wunde wird bleiben. Der Verlust ihrer Mutter. Eine offene Wunde. Sie sieht, wie ihr Vater neben dem Koffer kniet und eine Taschenlampe auf seine Fotos hält. Sie weiß, dass auch seine Wunde sich nie schließen wird. Ein Leben lang wird ihn Mariannes Deportation verfolgen.

Lebt Mama noch?, fragt Luise ihren Vater.

Leonhard dreht sich zu ihr um, sagt: Vielleicht konnte sie fliehen und lebt jetzt irgendwo in Polen. Unter falschem Namen.

Dann hätte ich jetzt eine polnische Mama.
Vielleicht.
Kann ich sie da wiedersehen?
Wir müssten ihre Adresse wissen.
Wie können wir die finden?
Das weiß Leonhard nicht. Er stammelt Möglichkeiten, wie sie die Adresse herausfinden können, und hat ein schlechtes Gewissen, ihr etwas vorzumachen. Luise grübelt, wie sie ihre Mama wiedersehen kann. Sie wälzt sich hin und her, kann nicht einschlafen.

***

Luggi kann nicht einschlafen auf seiner Ausziehcouch in dieser ersten Nacht in dieser neuen Wohnung. Das Zimmer so ungewohnt, die Möbel stehen anders als in Gauting, der hell erleuchtete Hof, das Gejaule der Polizeiwagen, wenn sie hinauspreschen zum Einsatz, die Lichterstreifen, die über die Decke und die Wände huschen, wenn sie zurückkehren.

Immer wieder steht der geheimnisvolle Wald vor ihm, in dem er umherstreift zwischen dunklen Tannen und sonnendurchschienenen Buchen und sich Abenteuer einbildet. Immer mit Arko, seinem großen Schäferhund, der sich freut, durch den Wald zu streunen, überall schnuppert, an Bäume pisst, damit sagt: Hier war ich. Er ist sein Freund, der jeden Quatsch mitmacht, der es geduldig zulässt, auf ihm zu reiten, ihn an den Vorderpfoten zu nehmen, ihn aufzurichten, mit ihm zu tanzen. Doch mit seinen Hinterbeinen kommt er nicht so schnell mit, wie Luggi es wünscht.

In diesem Wald baut er Häuschen aus Baumrinden, bricht aus den Rinden Türchen heraus, bohrt in sie kleine Fenster, stellt sie auf als Wände. Dazwischen kleine Zweige mit einer Gabel in die Erde gesteckt, in sie quer ein Stöckchen gelegt und darüber als Dach ein großes Stück bemooster Rinde. Fertig ist das Haus. So baut er eine Hütte nach der anderen, bis ein kleines Dorf entsteht. Streut mit hellem Sand Wege, breitet mit herausgelöstem Moos Wiesen aus und pflanzt mit Farnbüscheln einen kleinen Wald um sein Dorf. Alles sieht sehr echt aus.

Als er nach zwei, drei Tagen zurückkehrt, ist sein Dorf zertreten, auseinandergestoßen. Überall liegen die Rindenstücke und die ausgerissenen Farnbüschel herum. Wer hat das getan? Arko schnüffelt an den Resten und pisst an den nächsten Baum. Lange überlegt Luggi, ob er ein neues Dorf bauen soll. An einer anderen Stelle. Irgendwas kommt dazwischen. Er baut kein neues Dorf.

Er sieht die große Obstwiese mit den Apfelbäumen, den Birnbäumen, Pflaumenbäumen. Die Früchte hängen an den Zweigen. Und auf dieser Wiese er in seiner kurzen, speckigen, engen Lederhose. Vorne kneift sie seinen Pimmel und hinten in die Arschfalte.

In der Erde ist was los, sagt sein Großvater Jakob. Da krabbelt eine Menge herum. Gut für die Hühner. Mit seinem Spaten sticht er kräftig in den Boden und holt einen Haufen Erde mit weißen Engerlingen und schwarzen Regenwürmern heraus. Er pflückt sie, wirft sie in seinen Eimer, sagt: Die mögen die Hühner so gern und legen danach große Eier. In der Erde gibt es auch, was ich gar nicht mag. Maulwürfe. Da schau. Überall die Mulmhaufen. Schlecht, wenn ich die Wiese mähe mit der Sense.

An ihren Auswürfen kann er ihre unterirdischen Gänge verfolgen. In seinen großen nackten Füßen spürt er, ob unter ihm ein Maulwurf wühlt. Er weiß, wann er herauskommt, und hält seinen eisernen Spaten bereit.

Da arbeitet einer, sagt er.

Sie warten. Kurz darauf wird vor ihnen frische Erde ausgeworfen. Schon sind seine weißen Krallen, seine roten Zehenballen, schwarze Schnauze zu sehen. Sein Großvater wartet ruhig, bis sein Kopf hervorkommt. Da taucht sein Pelzkopf auf mit seinen kleinen Augen, und schon schlägt sein Großvater kräftig zu, spaltet dem Maulwurf mit der Spatenkante den Schädel. Nur ein kurzes Zucken des Fells, noch ein Schlag, dann nichts mehr. Mit dem Spaten drückt er den Kadaver in die Erde zurück, kippt den Aushub darüber und plättet den Erdhügel. Luggi tut das tote Tier leid. Was geschieht jetzt mit ihm? Über den machen sich die Würmer her. Die freuen sich und werden fett davon.

So erschlägt der Großvater einen nach dem anderen. Dazwischen schnäuzt er sich kräftig in sein großes blaues Schnupftuch mit den schwarzen Flecken von seinem Schnupftabak, diesem dunklen Pulver, das er vom Handrücken in die Nase zieht. Scharf juckt es in seinen Nasenlöchern, er muss heftig niesen und sich dann schnäuzen.

Mit seiner Schaufel schlägt er an die Äste der Obstbäume. Dicke Maikäfer fallen herab. Er wirft die zappelnden Viecher zu den Engerlingen und Würmern in seinen Eimer und streut sie den Hühnern vor. Wie wild stürzen sie sich darauf, zerfetzen sie mit ihren Schnäbeln und schlucken sie. Luggi ist nicht klar, wie aus den weißen Engerlingen, den schwarzen Würmern und braunen Maikäfern der schöne gelbe Dotter werden kann. Angewidert kaut er die gekochten, gebratenen Eier mit den Engerlingen, den Würmern und der Käfermatsche darin.

Er kann nicht einschlafen auf seiner Ausziehcouch in diesem neuen Zimmer.

In Gauting sucht er im Schlafzimmer seiner Eltern einen Putzlappen für sein Fahrrad. Da entdeckt er im Wäscheschrank ein dickes Buch. »Die vollkommene Ehe« von Van de Velde. Mit heißem Kopf sieht er, was sich im Unterleib einer Frau befindet. So was hat er noch nie gesehen. Staunt, was der dicke angeschwollene Knüppel eines Mannes in der weiten Muschi einer Frau macht, in welche komischen Stellungen sie sich dabei verrenken. Sehr merkwürdig. Zwischen der Unterwäsche seines Vaters findet er auch graue Gummiringe, ribbelt sie auseinander, bläst die pudrigen Gummis auf wie Luftballons. Da kommt seine Mutter herein. Ein Riesenkrach. Seitdem darf er nicht mehr in ihr Schlafzimmer und malt sich in seiner Phantasie aus, was die beiden da machen.

Luggi will endlich schlafen, endlich einschlafen. Wieder will er fühlen, wie es ist, wenn er einschläft, wenn alles um ihn nach und nach erlischt, verschwindet. Wie er langsam immer tiefer sinkt, immer tiefer, als würde er hinabsinken auf den Meeresgrund, wo alles nebelig ist, rätselhaft, lautlos und dunkel, er aber trotzdem alles genau sehen kann. Die grünen Schlingpflanzen, zwischen denen bunt schimmernde Fische hindurchgleiten, die von Tang überwachsenen Reste von lange Versunkenem. Immer wieder versucht er, dieses Einschlafen zu erleben, dieses unheimliche Versinken, nie gelingt es ihm. Er ist nur plötzlich weg. Einfach weg. Am Morgen wacht er auf, wie nach sehr kurzer Zeit, als hätte er gar nicht geschlafen. Kann nicht begreifen, dass eine ganze Nacht vergangen ist.

So auch jetzt. Er versucht sich zu erinnern, ob er etwas geträumt hat und was er geträumt hat, kramt in seinem Gedächtnis. Nichts. Da taucht ein Wort auf. Ein seltsames Wort. Es klingt wie Luzinde oder so ähnlich. Es kann auch anders geheißen haben. Aber wie? Es kam im Traum von weit her. Ein fremdes Wort, das er noch nie gehört hat. Luzinde oder so ähnlich war nur der Nachklang eines anderen Wortes. Wie hieß das wirkliche Wort? Das hat er nicht gehört. Nur dieses merkwürdige Luzinde. Wer hat es ihm im Schlaf eingeflüstert? Was bedeutet es?

Er grübelt und grübelt. Er kennt niemand, der so ähnlich heißt, ist niemandem mit so einem ähnlichen Namen begegnet. Er kann das wirkliche Wort nicht finden. Vielleicht fällt es ihm später ein. Wenn der neue Tag beginnt.

* * *

Ein neuer Tag beginnt. Wind vertreibt die Wolken, die Sonne scheint wieder auf Opladen. In der Nacht hat es etwas geregnet. Der Regen verwischt die Kreideumrisse des toten Sebastian

Nettelbeck auf der Wupperbrücke und schwemmt sie weg. Wo er lag, ist nicht mehr zu erkennen. Als wär nichts geschehen. Elfriede Martens will heute zur Kripo gehen und fragen, ob sie schon den Autofahrer ermittelt hat, der ihren Mitarbeiter tötete. Wipperfürth und die drei Kommissare Schönlein, Gutbrot und Klingbeil brühen in ihren Büros Nescafé auf und beißen in knusprige Brötchen. Nebenan bereitet Luggis Mutter für ihn und für sich das Frühstück. Im Erdgeschoss schauen Polizeimeister Stadler und Polizeiobermeister Heger auf ihren Dienstplan. Nichts Besonderes heute.

Koberling sucht seinen Meisterbrief und seine Arbeitsnachweise aus der Vorkriegszeit heraus. Anselm stellt die Krabbelkiste wieder vor sein Antiquariat. Amtsrichter Rauschenberg hängt seinen gebürsteten Tweedmantel aus feinem Kammgarn an den Garderobenständer, geht zu seinem breiten, gut aufgeräumten Schreibtisch mit der lackierten Nussbaumplatte, lässt sich in seinen Ledersessel nieder und sieht die Morgenpost durch, die ihm der Hausbote hingelegt hat. Dann macht er sich daran, auf einem amtlichen Briefbogen mit seinem Füller die Rede zu entwerfen, die er heute Nachmittag halten soll.

Leonhard und Luise streichen in dem kleinen Gästeraum Margarine und Himbeergelee aus Plastikschälchen auf die schwammigen Brötchen, kauen lustlos und trinken den lauwarmen dünnen Kaffee. Anschließend gehen sie zum Amtsgericht Am Abtshof. Der mächtige Bau mit seinem geschwungenen Portal ist noch erhalten, steht da wie früher.

Mit klopfendem Herzen fragt Leonhard den Pförtner, wer für die Entschädigung seines geraubten Ladens und seiner Wohnung, für Wiedergutmachung zuständig ist. Der behäbige Mann in Amtskleidung und mit Dienstmütze hat keine Ahnung, ob es so etwas überhaupt gibt. Leonhard soll sich durchfragen.

In den langen Fluren mit ihrem gelblichen Kunststoffbelag, eingeschmiert mit beißendem Bohnerwachs, fragt er sich in mehreren Stockwerken durch. Keiner weiß etwas. Schließlich schickt man ihn zu Zimmer 209. An die dunkle Eichentür mit eingelegten Kassetten ist ein golden blinkendes Schild geschraubt: Dr. Edmund Rauschenberg. Richter.

Erschreckt sieht Leonhard noch und noch mal auf das Schild, liest noch mal und noch mal den Namen seines ehemals besten Freundes. Das kann nicht sein. Oder doch? Rauschenberg immer noch hier Richter oder wieder? Edmund Rauschenberg, der ihm Ende '38, Anfang '39 seinen Laden und seine Wohnung wegnahm und sie dem Nazi Poensgen übergab, jetzt wieder in Amt und Würden. Sofort will er umdrehen, mit Luise dieses Amtsgericht fluchtartig verlassen. Aber seine Forderung auf Rückgabe seines Geschäfts und seiner Wohnung, wenigstens Entschädigung aufgeben? Alles aufgeben, verzichten, sich fügen, Unrecht sein lassen? Auf keinen Fall.

Er klopft an, seine Hand zittert. Keine Antwort. Er klopft noch einmal, diesmal kräftiger. Irgendein Laut von innen.

Leonhard und Luise treten ein. Leonhard nimmt seinen schwarzen Filzhut mit dem braunen Lederbändchen ab. Sie stehen in einem imposanten Salon, ausgelegt mit dicken Teppichen, die Decke verziert mit Stuckornamenten, ein wuchtiger Kronleuchter hängt herab, die Kristalle glitzern, ringsum an den Wänden Aktenordner und dicke Gesetzesbücher. Am großen Fenster zu beiden Seiten Brokatvorhänge, davor sitzt an einem monströsen Schreibtisch sein alter Freund Edmund und schreibt. Er schreibt weiter, Leonhard und Luise warten. Nach einer Weile schaut er auf. Leonhard erkennt ihn sofort wieder, erkennt ihn an seinem runden, glatten Robbengesicht.

Ja, bitte?, kommt es grunzend von der Robbe.

Leonhard tritt einen Schritt vor. Luise bleibt stehen.

Leo, du hier?

Ja, ich hier.

Mit dir habe ich nicht mehr gerechnet.

Ich mit dir auch nicht.

Edmund ist verärgert. Leo stört ihn bei seiner Arbeit. Er muss seine Rede fertig schreiben, seinen Lobgesang auf den Richterkollegen Lehm, seinen Freund. Er muss die Laudatio heute Nachmittag im Festsaal des Gerichts halten, wenn das zwanzigjährige Dienstjubiläum seines alten Mitkämpfers gefeiert wird. Der Direktor, die Referendare, Anwälte, Assessoren, alle werden da sein. Auch sein Freund Bossmann. Und jetzt steht da plötzlich sein früherer Freund im Raum und hält ihn auf. So früh am Morgen schon so eine Belästigung. Er wusste gar nicht, dass er noch lebt. Dachte, er sei längst tot.

Wie kommst du hier herein? Bist du angemeldet?

Nein.

Dann melde dich gefälligst vorher an. Was willst du?, fragt er ihn.

Leonhard tritt an den Schreibtisch heran. Edmund hält immer noch seinen Füller in der Hand.

Ich will meinen Laden zurückhaben! Den du mir weggenommen hast. Und meine Wohnung!

Von was sprichst du?

Das weißt du genau.

Wieso, was ist damit?

Leonhard schleudert seinen Filzhut auf Edmunds Schreibtisch, seinen schwarzen Filzhut von Paul Cohen, und pocht auf die polierte Nussbaumplatte.

Ich will mein Eigentum wiederhaben!

Edmund weiß im Moment nicht, was er darauf sagen soll. Mein Gott, nach so langer Zeit kommt er jetzt mit diesem alten Käse. Da ist so manches passiert. Er hatte mit so vielen Geschäften und Wohnungen zu tun. Da könnte ja jeder kommen. Er schaut kurz auf sein Geschriebenes, wo er unterbrochen wurde, legt seinen Füller beiseite, lehnt sich zurück, versucht zu lächeln, macht eine wegwischende Geste.

Das ist damals alles nach Recht und Gesetz geschehen.

Das ist mir scheißegal! Ich will Gerechtigkeit! Ich will meinen Laden, meine Wohnung wiederhaben! Will Entschädigung! Wiedergutmachung!

Schon öfters sind Leute in sein Büro hereingestürmt, forderten unverschämt Entschädigung, Wiedergutmachung. Er versprach ihnen Prüfung ihrer Fälle, wimmelte sie alle ab. Sie kamen immer wieder, bis er ihnen Strafanzeige wegen Hausfriedensbruch androhte. Da blieben sie weg. Und jetzt Leo hier. Er muss sich wehren, darf sich das nicht gefallen lassen. Er muss ihn weghaben, er soll verschwinden.

Er spürt, wie sein Blutdruck steigt. Seine Beruhigungspillen kann er jetzt nicht nehmen. Ihm fällt ein, dass er auch noch einen großen Strauß roter Rosen besorgen muss für seine Frau. Sie hat heute Geburtstag. Sie ist ihm treu geblieben in der schweren Zeit, hat alles mit ihm durchgestanden. Die Rosen darf er nicht vergessen. Die Feier, seine Rede, der Geburtstag seiner Frau. Dazu nächste Woche wieder nach München, nach Pullach. Sieht sich schon im D-Zug, Nibelungenexpress, erste Klasse, sehr bequem. Muss aber noch seinen Rapport für Pullach aktualisieren. Und jetzt plötzlich Leo hier mit seiner dreisten Forderung. Alles an einem Tag. Edmund bemüht sich um einen nachsichtigen Ton.

Entschädigung oder Wiedergutmachung, wie du es nennst, mein lieber Leo, gibt es nicht. Dafür gibt es kein Gesetz. Kann es auch nicht geben.

Aber ich war doch dein bester Freund!

Freund hin oder her, das spielt hier keine Rolle. Hat nichts mit Justiz zu tun.

Mit was dann?

Was damals Recht war, kann heute nicht Unrecht sein.

Leonhard ist sprachlos. Ihm ist schlecht vor Wut. Er muss etwas machen gegen ihn. Weiß nicht, was.

Hartnäckig bleibt er vor Edmund stehen. Standhaft war er schon immer. Nicht so flexibel wie Edmund, nicht so anpassungsfähig, ging nicht mit der neuen Zeit, um Karriere zu machen. Leonhard trat nicht wie er in die NSDAP ein, nicht wie er in die SS. Er blieb ein einfacher Fotograf, führte seinen Foto- und Radioladen.

Edmund macht es rasend, dass Leo immer noch fordernd dicht an seinem Schreibtisch steht. Er soll verschwinden. Sofort.

Streng richtet er sich hoch, straff und stramm. Seine Augen flackern.

Genug geplaudert, entscheidet Edmund. Ich habe zu tun. Du kannst jederzeit hier oder woanders ein neues Geschäft eröffnen.

Stumm greift Leonhard seinen Filzhut, wendet sich um, nimmt Luise an die Hand, geht hinaus, zittert am ganzen Leib. Als sie draußen sind, beschleicht Edmund Angst. Wenn der nicht lockerlässt in seinem Starrsinn und sich rächen will. Er kann wie dieser verfluchte Nettelbeck im Stadtarchiv seine Akte hervorkramen und nachlesen, was er bis '45 getrieben hat. Wenn er das alles bekannt macht, wie es dieses Schwein Nettelbeck vorhatte, was dann? Hastig schluckt Edmund seine Beruhigungspille, ohne Wasser, würgt sie hinab.

Die Pille scheint zu wirken. Er beruhigt sich. Was soll's? Er hat sich immer zu helfen gewusst. Außerdem hat er seine Freunde in Pullach. So schnell kann ihm keiner was. Er war damals in Person das deutsche Recht. Punktum.

Im Radio und auf Schallplatten singt Hans Albers:

Jawohl, meine Herr'n, so haben wir es gern,
von heut an gehört uns die Welt.
Jawohl, meine Herr'n, die Sorgen sind fern,
wir tun, was uns gefällt.
Und wer uns stört, ist, eh er's noch begreift,
längst von uns schon eingeseift.
Jawohl, meine Herr'n, darauf könn' sie schwör'n.
Jawohl, jawohl, jawohl.

***

Friedrich Middelhauve kommt von seinem FDP-Landesverband Nordrhein-Westfalen in Düsseldorf und steuert seinen schwarzen Mercedes in den Hof seines Verlagshauses in der

Ophovener Straße, jenseits der Gleisanlagen. Sorgfältig parkt er den Wagen ein, holt seine prall gefüllte Ledertasche heraus, verschließt sein Auto, rückt seine dicke Hornbrille zurecht und eilt zur Hintertür seiner Außendienststelle, seiner eigentlichen politischen Zentrale.

Mit seinen fünfundfünfzig Jahren hat Middelhauve eine rasante Karriere hinter sich. Sein Vater war Oberingenieur im Opladener Reichsbahn-Ausbesserungswerk. Sohn Friedrich will höher hinaus. Zielstrebig und ehrgeizig macht er sein Abitur, studiert Literatur, Neue Geschichte und Kunstgeschichte, wird zum Dr. phil. promoviert, möchte am liebsten Professor für Literatur werden, eröffnet in den zwanziger Jahren in Leverkusen seine Buchhandlung Middelhauve, errichtet in Opladen in der Ophovener Straße eine Druckerei. Durch Kredite ausgestattet mit der neuesten Technik, mit Maschinensatz und Rollenrotationsmaschinen. Er druckt Prospekte für Firmen, auch für Bayer in Leverkusen, übernimmt 1938 ein Kölner Papierverarbeitungswerk. Man munkelt, er habe sich diese Papierfabrik durch Arisierung unter den Nagel gerissen. Während des Krieges druckt er für die Soldaten an der Front Groschenheftchen und für die Heimat Lebensmittelkarten und Plakate für das NS-Regime. Sein Unternehmen ist ein kriegswichtiger Betrieb, Middelhauve wird uk-gestellt, von der Wehrpflicht befreit, muss nicht in den Krieg.

Nach Kriegsende steigt er in die Politik ein. Er will Karriere machen und gründet in Opladen in dem kleinen Hotel zur Post in der Kölner Straße eine neue Partei, die Freie Demokratische Partei, die FDP Nordrhein-Westfalen. Er macht sich zum Vorsitzenden, Geschäftsführer wird der Student Erich Mende. Middelhauve zieht mit seiner Partei in den Düsseldorfer Landtag ein, ist nun Landtagsabgeordneter, wird sogar Landesvorsitzender und bringt seine Parteizeitung Westdeutsche Rundschau heraus. Inzwischen hat sich in Bonn die FDP-Bundespartei etabliert unter dem Vorsitz von Theodor Heuss, Middelhauve wird zusätzlich Bundestagsabgeordneter.

Neben seiner Druckerei baut er zwei Verlage auf. Den schöngeistigen Verlag Middelhauve und den sozialwissenschaftlichen Westdeutschen Verlag. Nun besitzt er eine Papierfabrik, zwei Verlage, eine Druckerei und eine Buchhandlung. Alles in einer Hand. Eine profitable Produktionskette. In seinem schöngeistigen Verlag bringt er die ersten Bücher des völlig unbekannten Schriftstellers Heinrich Böll heraus, der eben aus dem Krieg zurückkehrte: »Der Zug war pünktlich«, »Wanderer, kommst du nach Spa« und »Wo warst du, Adam?«. Die Bücher verkaufen sich schlecht. Nach '45 wollen die Menschen keine Kriegserlebnisse mehr lesen. Doch Middelhauve unterstützt Böll großzügig mit saftigen Vorschüssen und monatlichen Unterhaltszahlungen.

Bald ist ihm die Politik wichtiger als die Literatur. Um seine Verlage und sein Papierwerk kümmert er sich kaum noch, überlässt sie Mitarbeitern und stellt seine Zahlungen an Böll ein. Der findet in Köln einen anderen, besseren Verlag. Kiepenheuer & Witsch. Für Middelhauve bleibt seine Druckerei wichtig, er betreibt sie mit Energie und Erfolg, druckt für seine FDP Werbebroschüren, Parteiprogramme, Agitationsblätter.

In seiner Parteikasse aber herrscht Flaute. Kein auffrischender Wind am Horizont. Totale Ebbe. Viel zu wenige Mitglieder, kaum Wählerstimmen. Damit kann er in seiner FDP keine Karriere machen. Er aber will aufsteigen, hoch hinauf. Die ersehnte Flut erhofft er sich durch mehr Mitglieder, mehr Wählerstimmen. Sie sollen seine Parteikasse füllen. Er muss an die Nichtwähler ran. Die sieht er vor allem in den ehemaligen Nationalsozialisten, die sich durch Strafandrohungen und bevorstehende Verfolgungen von der Politik abgewendet haben. Sie muss er gewinnen. Das gelingt ihm nur, wenn er seine demokratische, liberale FDP umkrempelt in eine nationale, vaterländische Partei mit tiefbrauner Färbung. Sein Landesverband ist damit einverstanden, abgesehen von ein paar wenigen Ausnahmen. Doch auf die kann er verzichten.

Für seinen Gesinnungswandel greift Middelhauve etwas auf,

was in der Luft liegt: Die Generalamnestie für alle ehemaligen Nationalsozialisten, gleichgültig welche Verbrechen sie während des Krieges verübt haben. Generalamnestie ist nun sein Ziel. Middelhauve war in der NS-Zeit kein Nazi, war auch nicht in der NSDAP. Doch jetzt geht ihm die Gewinnung der braunen Stimmen über alles. Er biegt ab nach rechts, ganz scharf nach rechts.

Für den Umbau seiner Partei braucht er einen tüchtigen Rechtsbeistand. Er überlegt, ob er den angesehenen und erfolgreichen Anwalt Friedrich Bossmann ins Boot holen soll. Aber das geht nicht. Der Bossmann ist CDU und wird dabei bleiben und bei seinem Adenauer. Schade, den hätte er gern. Aber da sind auch noch andere. Er denkt an Werner Naumann, untadeliger Jurist, SS-Obersturmführer, Staatssekretär bei Goebbels, heute eifriger Kämpfer für die Generalamnestie. Der richtige Mann für ihn. Er wird zu Naumann gehen.

***

Leonhard und Luise gehen zu den Küppers. Zu Hartmut, der ihnen zur Flucht verhalf, und seiner Frau Amalie. Zu ihrem Konsum in der Steinstraße, wo Leonhard und Marianne immer einkauften. Bis Anfang 1939.

Hoffentlich leben sie noch und haben noch ihren alten Laden. Und vielleicht haben sie noch seine Opladen-Fotos, die er ihnen damals anvertraute. Die teuren Fotoapparate mit den Objektiven konnte er ihnen nicht mehr bringen. Die plünderte die SA.

Auf dem Bürgersteig sehen sie Haufen von alten Schränkchen, Tischen, Stühlen, Sesseln, Lampen liegen. Alles noch recht gut erhalten. Dazugeworfen Bettgestelle und Matratzen. Auch eine schöne alte, bauchige Kommode mit großen geschwungenen Schubladen liegt da. Die hätte Leonhard gern.

Luise entdeckt einen alten Schreibsekretär mit kleinen Fächern und winzigen Schubladen. Und ein hübsches hölzernes Schränkchen.

Warum liegt das auf der Straße?, fragt Leonhard einen Vorübergehenden.

Alter Krempel. Sperrmüll.

Das kann man noch gut gebrauchen.

Das braucht kein Mensch mehr.

Ist doch zu schade, es wegzuwerfen.

Können sich ja mitnehmen, was Ihnen gefällt.

Davon hätte er einiges nötig, wenn er irgendwann mal eine
Wohnung hat. Jetzt kann er nichts mitschleppen.

Wie lange liegt das noch da?

Drei, vier Tage. Bis die Müllabfuhr den Plunder abholt.

Das da hätte ich gern, sagt Luise. Den alten Schreibsekretär
und das Schränkchen für meine Bücher, wenn ich welche habe.

Später, später. Erst müssen wir zwei Zimmer haben. Eines
für dich und eines für mich.

Sie kommen am Otto-Versand vorbei. Im Schaufenster
sind eine Menge Schuhe ausgestellt. Leichte Halbschuhe, feste
Straßenschuhe, Sandalen, zierliche Stiefelchen. Auch Kleider,
Hüte, schöne Handtaschen aus Leder. Dazwischen Kataloge.
Neue Schuhe und Kleider hätten auch er und Luise nötig. Ihre
Schuhe sind ausgelatscht, ihre Kleider abgetragen und ärmlich.
In Brüssel fiel das nicht auf. Da liefen fast alle in alten Klamotten
herum.

Endlich stehen sie in der Steinstraße vor Küppers Konsum.
Er existiert noch. Sie treten ein.

An den Wänden die Regale voller Konserven, Flaschen, Gläser mit Gurken und Heringen. Auf einem Tisch gestapelte Eierkartons, Fischdosen, auf dem anderen Obst, Gemüse, seitlich
hängen spitze Tüten aus grauem Papier. Auf der Theke unter
der Glashaube Käse, Butter, Schinken, Wurst. Und hinter der
Theke Hartmut mit seiner alten Schiebermütze und Amalie in
ihrer weißen Schürze. Alles wie früher.

Die beiden schauen auf. Ein Freudenschrei! Fast lassen sie
fallen, was sie in den Händen halten. Herzlich und mit Tränen
in den Augen umarmen sie Leonhard und Luise.

Ihr seid wieder da! Seit wann seid ihr wieder da? Wie war's in Brüssel? Was habt ihr da gemacht? Wie habt ihr überlebt? Wo wohnt ihr jetzt? Habt ihr schon was? Mein Gott, Luise, wie groß du geworden bist! Kenn dich noch als kleines Mädchen. Jetzt eine Jugendliche! Fast schon eine Erwachsene! Nicht wiederzuerkennen! Nach zwölf Jahren! Zwölf Jahre! Mein Gott! Hartmut schließt den Laden ab, hängt ein Schild an die Tür: Vorübergehend geschlossen!

Jetzt darf kein Kunde sie stören.

Kommt mit nach hinten und erzählt, sagt Amalie und führt sie seitlich an der Theke vorbei, vorbei an einem Telefon an der Wand, in einen kleinen Lagerraum mit einer Kochnische. Da sitzen sie nun zwischen Bierkisten, riesigen Blechbehältern für Zucker und Salz, für Mehl und Gries, Kanistern mit Palmöl, Säcken mit Kartoffeln. Amalie erhitzt auf der Gasflamme Wasser im Pfeifenkessel.

Jacobs Kaffee? Bohnenkaffee. Neue Lieferung. Müsst ihr kosten.

Hartmut holt aus dem Laden Brot, Wurst, Schinken, Käse, stellt alles auf den schmalen Tisch. Ihr habt doch Hunger. Greift zu.

Sie greifen zu, während Amalie duftenden Bohnenkaffee in die Tassen gießt.

Wo ist Marianne?, fragt Amalie.

Auschwitz, bringt Leonhard leise über die Lippen. Mehr braucht er nicht sagen. Die Küppers verstehen sofort und reichen ihnen stumm die Hand, halten sie lange fest.

Leonhard berichtet von Brüssel, von Breendonk und Mechelen. Alles nur in Stichworten. Später wird er ihnen Näheres erzählen. Im Laden klingelt das Telefon.

Lass es klingeln, sagt Hartmut. Ihr seid jetzt wichtiger.

Leonhard berichtet von der Befreiung Brüssels, wie sie vor ihrem früheren Laden standen und von der Begegnung mit seinem alten Freund im Amtsgericht. Die Küppers sind fassungslos.

Nebenan der Bertold mit seinen Lederwaren, sagt Hartmut. Der war damals auch plötzlich weg. Das Geschäft hat ein Nazi übernommen. Gott sei Dank ist die Scheiße vorbei. Aber der Nazi hat den Laden immer noch.

Und wie geht es euch?, fragt Leonhard.

Hartmut und Amalie, beide um die siebzig, gehen bald in Rente, geben ihren Konsum auf und ziehen nach Lützenkirchen. Da haben sie in ihrem Schrebergarten eine Laube. Das reicht für sie. Dann können Leonhard und Luise in ihre Wohnung hier einziehen.

Und dir überlassen wir den Laden, sagt Hartmut. Dann kannst du darin dein neues Fotogeschäft eröffnen. Wenn du willst.

Das will Leonhard gern. Für die Einrichtung leihen sie ihm Geld von ihren Ersparnissen.

Und wo schlaft ihr heute Nacht?, fragt Amalie.

Müssen uns noch was suchen.

Ihr bleibt hier. Oben im Dachzimmer ist alles da. Zwei Betten, Waschgelegenheit, Klo. Da könnt ihr so lange bleiben, wie ihr wollt.

Ich hab auch noch deine alten Opladen-Fotos, sagt Hartmut, holt aus seiner Wohnung vier große Alben in rötlichem Kunstleder und legt sie vor Leonhard auf den Tisch. Hab ich gut aufbewahrt. In der Hoffnung, dass ihr irgendwann mal wiederkommt.

Von ihrer Dachkammer hoch oben können Leonhard und Luise einen Teil der Stadt sehen. Auch die Altstadtstraße mit dem Poensgen-Laden und das Amtsgericht. Sehr schöne Aussicht.

Wie es weitergehen soll, bis er unten sein Bild und Ton Birnbaum eröffnet, und wo Luise Arbeit finden kann, ist ihnen ein Rätsel.

***

Wie es mit dir weitergehen soll, ist mir ein Rätsel.

Diesen Satz seiner Mutter kann Luggi nicht mehr hören. Zugegeben, er ist zu dick. Viel zu dick für seine zehn Jahre. Bis '45 ist er mager, aber dann nimmt er zu, nimmt immer mehr zu, wird dicker, immer dicker. Angeschwollene Schenkel, gequollene Arme, aufgedunsenes Gesicht wie ein Vollmond. Weiß der Geier, warum. Seine Mutter weiß es nicht. Er ist ein Pummel. Unmöglich, wie er aussieht. Das erschreckt ihn. Hat sogar dicke Brüste.

Bald brauchst du einen BH, sagt seine Mutter.

Wenn er auf seinem Pegasus in die Pedale tritt, muss er angestrengt strampeln, schwitzt wie Sau. Und wenn er auf der staubigen Wiese mit seinen Freunden Fußball spielt, mehr bolzt als spielt, kann er kaum laufen, muss schrecklich schnaufen, nach Luft schnappen, oft stehen bleiben. Du Gwamperter, du, hänseln sie ihn.

Als Tore stellen sie alte Obstkisten auf. Einmal schafft er es sogar, dicht vor dem Tor zu stehen, und tritt den Ball mit Wucht hinein. Ins eigene Tor! Seine Mannschaft flucht: Du Depp, du!, schubst ihn weg, stößt ihn aus dem Spiel. Da steht er als Idiot, als dämlicher Hund, will vom Rand nicht zuschauen, geht nach Hause, spielt nie wieder Fußball. Er fühlt sich ausgestoßen. Er mag sich nicht, beginnt seinen Körper zu hassen, er ist unglücklich.

Ich muss mit dir zum Doktor Hepp, ordnet seine Mutter an. Mal sehen, was er sagt.

Sie gehen in Gauting zu Doktor Hepp. Der Doktor sagt nichts, nimmt eine Spritze, sticht die Nadel in die Ellbogenbeuge und saugt von seinem Blut ab. Luggi bekommt Ohrensausen, ihm wird schlecht, schwindelig, er sieht alles weiß um sich herum. Ihm ist eiskalt. Er muss sich am Stuhl festhalten, um nicht wegzukippen.

Der Doktor sieht sein kalkweißes Gesicht. He du, reiß di zamm!, klatscht ihm kräftig auf seine dicken Wangen.

Luggi kommt wieder zu sich, ihm wird wieder warm, das

Blut kehrt in den Kopf zurück, er kann wieder sehen, kann ohne Schwindel aufstehen. Sein abgezapftes Blut zeigt: Alle Werte gut. Alles in Ordnung. Nichts Auffälliges. Und warum ist er dann so dick?, fragt seine Mutter. Adipositas. Was ist das? Fettleibigkeit, sagt der Doktor. Das liegt an den Hormonen. Das gibt sich in ein paar Jahren, wenn er sich auswächst. Dann ist er wieder normal. Bis dahin muss er warten. Als Luggi sich jetzt als Vierzehnjähriger im Spiegel sieht, atmet er auf. In der neuen Wohnung steht im Spiegel vor ihm ein Junge, der mächtig abgenommen hat. Trotzdem noch zu dick für sein Alter. Er soll sich jetzt endlich auswachsen, verdammt noch mal, will jetzt so schlank sein wie die anderen Jungen. Nicht später. Will nicht so lange warten.

***

Anselm wartet. Wartet darauf, dass Birnbaum zurückkommt. Wenn der Mann, den er vor ein paar Tagen vor dem Schaufenster gesehen hat, tatsächlich Birnbaum war, kommt er zurück zu ihm. Er kann sich auch getäuscht haben. Der Mann draußen war mager, sein Gesicht knochig und seine Haltung gebückt. So war der Birnbaum nie. Er trug auch nie so einen Filzhut wie der vor dem Fenster. Und neben ihm diese Jugendliche, fast schon erwachsen. Das kann Luise nicht gewesen sein. Als er sie zuletzt sah, war sie ungefähr fünf. Und wenn doch, warum war dann ihre Mutter und seine Frau Marianne nicht bei ihnen? Sie waren sonst immer zusammen. Kauften viel bei ihm, und bevor sie hereinkamen, suchten sie sich immer in der Krabbelkiste etwas aus. Der Mann draußen griff kein einziges Mal nach den verbilligten Büchern. Nun ja, es kommen oft Fremde vorbei und sehen sich die Auslage an. Flüchtlinge aus der DDR, auch Umsiedler aus Polen. Die interessieren sich nicht für die alten Bücher in der Kiste. Haben kein Geld dafür. Kann man ja verstehen. Die beiden sind dann einfach weitergegangen.

Anfang '39 waren die Birnbaums plötzlich weg. Wie andere auch. Anselm weiß, warum. Er hat die Birnbaums oft gedrängt, Deutschland zu verlassen. Es war abzusehen, wie es enden würde. Sie haben lange gezögert, viel zu lange. Dann plötzlich weg. Hals über Kopf. Im letzten Moment vom Zug gesprungen, der sie wer weiß wohin geschafft hätte. Er ist froh, dass sie aus Deutschland abgehauen sind.

Wohin sind sie geflohen? Haben sie überlebt? Das wüsste er gern. Wenn der Mann da draußen wirklich der Birnbaum war und seine Luise, kommen sie sicher später und begrüßen ihn. Das würde ihn freuen. Dann kommt auch Marianne mit. Auch sie würde er gern wiedersehen. Dann erzählen die ihm, wo sie all die Jahre waren, wie es ihnen ging.

Er will seine Grübelei abschütteln und greift nochmals zur Rheinischen Post, zu dieser Todesanzeige des Stadtarchivs: Plötzlich und unerwartet mitten aus dem Leben gerissen. Durch einen tragischen Unfall haben wir an Christi Himmelfahrt unseren tüchtigen Archivar Sebastian Nettelbeck verloren.

Beim ersten Lesen wollte er das nicht glauben. Tragischer Unfall, Nettelbeck tot. Tot vor ein paar Tagen, an dem Tag, als dieser Mann mit dieser Jugendlichen vor seinem Schaufenster stand. Nun liest er die schwarz umrandete Anzeige mit dem Palmzweig nochmals. Da steht tatsächlich: »Sebastian Nettelbeck«.

Was für ein Unfall? Was ist da passiert? Noch so jung und plötzlich tot. So oft kam er nach dem Krieg schwungvoll und begeistert in sein Antiquariat. Anselm erinnert sich gut an ihn, wie er alte Bildbände und Chroniken durchblätterte. Dass ihm der rechte Zeigefinger fehlte, nur ein Stummel war, störte Nettelbeck nicht. Begierig war er auf Dokumente über Opladener Nazigrößen und kaufte alles, kaufte alles für sein Stadtarchiv.

Das ist nun vorbei. Zu seiner Beerdigung geht Anselm nicht. Er hasst Beerdigungen, müsste dabei an den Tod seiner Erna denken und an seinen eigenen. Das will er nicht. Und trotzdem, wenn er sich in seinem Bücherchaos umschaut, geht ihm so manches durch den Kopf. Was wird aus seinen Schätzen, wenn er irgendwann vom Stuhl kippt? Das fragt er sich immer wieder. Keine Verwandtschaft, keine Erben. Sein Freund Luzenis in Köln wird den Laden auch nicht übernehmen. Der hat mit seinem Antiquariat genug zu tun. Außerdem ist er auch schon so alt wie er.

Und er fragt sich, was das für ein Unfall war, der das Leben Nettelbecks so plötzlich ausgelöscht hat. Das will er wissen.

***

Elfriede Martens will von der Kripo wissen, wer dieser Autofahrer war. Sie sitzt auf der Holzbank und wartet auf ihren Aufruf. Der grelle Schein des Neonlichts mitten am Tag belästigt ihre Augen. Von irgendwoher weht der Geruch von Bratkartoffeln und angebrannten Zwiebeln. Brotzeln die Kripos in ihren Büros? Eine dicke Hausmeisterin in einem grauen Kittel leert die Aschenbecher auf den Bänken neben ihr, wischt stöhnend die Stufen des Treppenhauses. Ein Junge eilt auf quietschenden Kreppsohlen über das Linoleum an ihr vorbei zum WC am Ende des langen Flurs. Sie wartet immer noch.

Elfriede Martens ist davon überzeugt, dass Nettelbeck absichtlich getötet wurde. Als seine Mitarbeiterin hat sie die ganze Vorgeschichte miterlebt: In einer alten Kirchenchronik entdeckt Nettelbeck den ursprünglichen Namen von Opladen, Upladhin, zum ersten Mal eingetragen 1222. So beschließt der Rat der Stadt, im nächsten Jahr das siebenhundertdreißigjährige Bestehen der Stadt groß zu feiern und dazu eine prunkvolle Festschrift herauszubringen, die Middelhauve drucken soll. Man beauftragt Nettelbeck, darin alle verdienstvollen Söhne der Stadt bis heute ausführlich aufzuzählen. Von den Töchtern der Stadt ist nicht die Rede. Er macht sich an die Arbeit und sucht in seinem Archiv die stadtbekannten Persönlichkeiten heraus.

Dabei stößt er auf den Namen Bossmann, den renommierten Rechtsanwalt, versorgt mit wohlhabenden Mandanten. Stößt auf den Namen Rauschenberg, den verdienstvollen Richter beim Amtsgericht. In ihren Lebensläufen erfährt er Erstaunliches über sie. Egal, was er da entdeckt, als Stadtarchivar hat er die Pflicht, gewissenhaft zu sein. Ihr Lebenslauf muss vollständig sein. Keine Mogelei. Keine Beschönigungen. Das Archiv und er sind das Gedächtnis und das Gewissen der Stadt, und so tippt er alles in seine alte Adler. Das muss in die Festschrift. Darauf besteht er.

Elfriede Martens ist dagegen. Das geht schief, warnt sie ihn, verbietet es ihm sogar. Sie kennt die Opladener Pappenheimer. Aber nein, er will das bekannt machen.

Denken Sie an den heiligen Sebastian. In der Remigius-Kirche. Von Pfeilen durchbohrt, sagt sie ihm.

Sie war auch damals dagegen, dass er die Dokumente über Erhard, Seebohm, Wildermuth und die Schnez-Truppe zu den Zeitungen brachte, um sie zu veröffentlichen. Zum Glück haben sie das nicht gedruckt.

Nettelbeck bringt seine getippten Funde über Bossmann und Rauschenberg zum Bearbeiter der Festschrift. Der Stadtrat dankt ihm für seine Arbeit, Nettelbeck freut sich und geht.

Der Stadtrat liest die Seiten und ist entsetzt. Er hat den Archivar beauftragt, nur ihre Verdienste ab 1945 zu würdigen. Und nun schreibt er so etwas. Unmöglich, das in der geplanten Festschrift zu veröffentlichen. Ein Skandal wäre das, ein ungeheurer Skandal. Er legt Bossmann und Rauschenberg die Seiten vor. Sie sind entsetzt und beraten, nachdem sie die Unterlagen vernichtet haben, was zu tun ist. Auf dem Parkplatz von Melzers Aral-Tankstelle haben sie schon öfters Personenwagen ohne amtliches Kennzeichen stehen sehen. Schnell sind sie sich einig, kurz darauf ist Nettelbeck tot.

Doch von alldem ahnt Elfriede Martens nichts.

Endlich wird sie aufgerufen, in ein Büro gebeten, sitzt dem Kripoleiter Oberkommissar Erwin Wipperfürth gegenüber.

Wer war der Fahrer, der Nettelbeck totgefahren hat?, will sie wissen.

Schwierig, schwierig, sagt der Oberkommissar und wiegt bedächtig den Kopf.

Sie sind doch Kripo. Sie können doch herausfinden, wer das war.

Schwierig, schwierig. Ein Wagen ohne Kennzeichen. Kein Beweis.

Es gab Augenzeugen des Unfalls! Die haben gesehen, was das für ein Auto war und wer am Steuer saß.

Keine zuverlässigen Augenzeugen. Der Wagen fuhr zu schnell.

Also Fahrerflucht.

Gewiss, Fahrerflucht. Ja.

Das ist doch strafbar!

Gewiss, strafbar. Ja.

Am Wagen muss ein Schaden entstanden sein beim Zusammenprall mit Nettelbeck!

Muss nicht. Muss gar nicht.

Ohne Schaden geht das nicht ab. Haben Sie hier bei Werkstätten nachgefragt, ob der Fahrer dort war und sein Auto reparieren lassen wollte?

Ach, es gibt so viele Werkstätten.

Nicht in Opladen.

Er könnte auch außerhalb zu einer anderen gefahren sein. Nach Quettingen, Lützenkirchen, Schlebusch, Leverkusen.

Dann fragen Sie da überall nach.

Er könnte auch zu einem Privatmann gegangen sein.

Es ist Ihre Aufgabe, den Täter zu finden!

Er muss sie loswerden und entscheidet: Nettelbeck war betrunken auf seinem Fahrrad.

Nettelbeck hat nie getrunken.

Rad fahren im betrunkenen Zustand ist verboten und verkehrsgefährdend.

Nettelbeck hat nie getrunken.

Vielleicht heimlich aus einem Flachmann.

Auch nicht heimlich. Das weiß ich.

Wipperfürth schweigt und sieht auf seine Armbanduhr.

Und jetzt?, will Elfriede Martens wissen.

Wir werden der Sache nachgehen.

Ich glaub Ihnen kein Wort.

Wipperfürth reicht's. Jetzt wird sie auch noch frech. Lästig und frech.

Na gut, dann machen Sie eine Anzeige gegen unbekannt.

Sie müssen diese Anzeige machen, nicht ich!

Elfriede Martens bleibt immer noch sitzen. Wipperfürth ist verärgert über ihre Penetranz, beendet das Gespräch und weist sie hinaus.

Im Radio und auf Schallplatten singt Theo Lingen:

Der Theodor, der Theodor,
der steht bei uns im Fußballtor.
Und rollt der Angriff in unseren Strafraum,
dann kommt die Flanke und Schuss hinein!
Aber nein, aber nein, aber nein!
Der Theodor, der Theodor,
der steht bei uns im Fußballtor.
Wie der Ball auch kommt, wie der Schuss auch fällt,
der Theodor, der hält, der hält!

***

Koberling geht zum Rathaus, dem erhaltenen Bau aus roten Backsteinen im gotischen Stil, zum Einwohnermeldeamt, will sich registrieren lassen als Kriegsheimkehrer. Er überquert auf dem Vorplatz den Wochenmarkt, bleibt bei den Ständen stehen und wundert sich, was es jetzt alles wieder gibt. Orangen, Pfirsiche, sogar Ananas. Und Blumenstände, Blumenstände, Tulpen, Tulpen, rote Tulpen, wie dieser Kerl seiner Irma schenkte.

Neben der alten großen Kastanie steht immer noch das dunkelgrüne Café Achteck. Das achteckige eiserne Pissoir mit seinen spitzen Verzierungen rund um das Dach.

Koberling steht in der Eingangshalle des Rathauses. Vor ihm auf einer Platte ein großes Modell seines Heimatstädtchens aus weißem Gips mit dem blauen Verlauf der Wupper, darüber die Bogenbrücke. Zierlich und kunstvoll hat man die Häuser, Straßen und Gassen nachgebildet und die wichtigsten Gebäude. Sogar den Weiher mit dem Park, wo er sich vor langer Zeit in Irma verliebte. Die Remigius-Kirche, in der er mit ihr getraut wurde. Die Stadthalle, wo sie sich für den Zauberer Kalanag begeisterten. Alles fein modelliert. Er sieht auch die Münzstraße und das Haus mit ihrer Wohnung. Seine Heimkehr möchte er am liebsten vergessen.

Im Einwohnermeldeamt muss er einen Fragebogen penibel ausfüllen. Name, Geburtsdatum, wohnhaft in und seit, geheiratet wann und wen, Beruf, Tätigkeit von bis, Kriegsdienst von bis, wo. Rückkehr wann. Er bekommt einen neuen Ausweis mit seinem alten Foto, unterschreibt mehrere Papiere. Jetzt ist er wieder ein behördlich eingetragener, vollwertiger Bürger Opladens mit amtlichem Ausweis. Zufrieden streicht er sich über seinen Schnäuzer. Jetzt hat alles wieder seine Ordnung.

Im Amt liegen farbige Prospekte des Verkehrs- und Verschönerungsvereins aus, gratis zum Mitnehmen. Koberling nimmt einen Prospekt mit und liest: Das Tor zum Bergischen Land. Das Tor zur Erholung, Besinnung und Lebensfreude.

Du mein Bergisches Land mit deinen Höhen und Tälern, deinen Wäldern und Seen, dir öffne ich mein Herz.

Abgedruckt sind auch die Strophen des Bergischen Heimatliedes in kunstvoll verschnörkelter Schrift. Eine der Strophen gefällt ihm besonders:

Wo die Wupper wild woget auf steinigem Weg,
an Klippen und Klüften sich windet der Steg,
wo der rauchende Schlot und der Räder Gebraus,

die flammende Esse, der Hämmer Gesaus
verkünden und rühmen die fleißige Hand,
da ist meine Heimat, mein Bergisches Land.

***

In der Außendienststelle seines Landesverbandes, seinem Opladener Büro für politische Aktivitäten, sieht Friedrich Middelhauve seine morgendliche Post durch und findet in dem Stapel auch einen Umschlag mit dem Absender Dr. Werner Naumann. Ihn will er gewinnen, nun bekommt er Post von ihm. Er zieht eine Broschüre hervor, verfasst von ihm, ihr Titel: »Unser Ziel«. Middelhauve liest:

Die Anzahl der Nichtwähler ist wesentlich größer als die der Wähler. So rächen sich die Verfolgungen der Nachkriegsjahre. Unsere Opferbereitschaft, unsere Treue und Hingabe an die Tugenden des Nationalsozialismus verdammte man auf die Nürnberger Anklagebank. Viele unserer Freunde darben als sogenannte Kriegsverbrecher im Gefängnis, sind von der Politik ausgeschlossen. Wir können ein Ideal, an das wir so lange geglaubt haben, nicht einfach ablegen wie einen alten Rock. In den Ruinen der Reichskanzlei liegen noch große Werte. Unser Ziel ist die Generalamnestie für alle ehemaligen Nationalsozialisten. Wir müssen die NS-Eliten, die sich als Ausgestoßene fühlen, sammeln und vereinen. Wir müssen uns als tapfere Nationalsozialisten wieder Einfluss verschaffen auf das politische Geschehen. Wir müssen in die existierenden Parteien eindringen, sie unterwandern und die Führung ergreifen.

Generalamnestie ist auch Middelhauves Ziel. Auch er will, um seine Partei zu stärken, die ehemaligen Nationalsozialisten zurückholen. Er muss über diesen Werner Naumann mehr wissen, informiert sich und erfährt so manches über ihn:

Als fanatischer Nationalsozialist mit neunzehn Jahren 1928 Mitglied der NSDAP und der SA, wird SA-Oberführer, Eintritt in die SS. Studiert in Berlin Rechts- und Staatswissenschaften. 1930 in Goebbels Berliner Gauleitung, Propagandaabteilung. Untergauleiter in Schlesien. Promoviert zum Dr. jur. der Rechts- und Staatswissenschaften. 1933 SA-Sturmbannführer, SA-Standartenführer. 1936 Gau-Propagandaleiter in Schlesien. In Goebbels' Berliner Reichspropagandaministerium Ministerialrat, Persönlicher Referent, rechte Hand von Goebbels. SS-Oberführer. Mitglied in Himmlers Freundeskreis Reichsführer SS. Im Propagandaministerium Zusammenarbeit mit dem Anwalt Friedrich Grimm, mit dem Sonderberichterstatter Wolfgang Diewerge und Propagandaoffizier Herbert Lucht.

Nach Kriegsbeginn freiwillig an die Front, in Waffen-SS, in Leibstandarte Adolf Hitler. Als Waffen-SS-Obersturmführer und SS-Brigadeführer Einmarsch in Frankreich und Belgien, in den Balkan und Sowjetunion. 1942 wieder im Propagandaministerium, Ministerialdirektor. 1944 mit fünfunddreißig Jahren Goebbels' Staatssekretär. Sein zuverlässigster Mitarbeiter. Obwohl dort schon viele von der Niederlage überzeugt sind, fanatischer Einsatz für den Endsieg durch die neuen V-Raketen. Treibt die Bevölkerung zum Durchhalten an. Kommandiert während der Schlacht um Berlin ein Volkssturmbataillon zur Verteidigung des Regierungsviertels. Am 29. April 1945 bestimmt Hitler im Führerbunker testamentarisch Goebbels zum Reichskanzler und den sechsunddreißigjährigen Naumann zum Reichsminister für Volksaufklärung und Propaganda. Verharrt bis zu Hitlers Tod bei ihm im Führerbunker.

2. Mai 1945 Flucht aus dem Bunker, reißt sich seine SS-Auszeichnungen und seinen Staatssekretärsrang ab. Will jetzt nur als einfacher Wehrmachtssoldat erscheinen. Mit falschem Namen in russischer Gefangenschaft, wird freigelassen, da man seine Vergangenheit nicht kennt. Schlägt sich 1946 nach Westen durch, arbeitet bei Bauern. 1950 nach dem Straffreiheitsgesetz keine Gefahr mehr für ihn, nimmt wieder seinen Namen Naumann an, lässt sich in Düsseldorf nieder, findet in der Import-Export-Firma Cominbel Arbeit als Exportleiter. Chef der Firma ist

Herbert Lucht, der Propagandaoffizier, mit dem er in Goebbels' Ministerium zusammenarbeitete.

Was Middelhauve über Naumann erfährt, gefällt ihm nicht alles. Trotzdem ist er der richtige Mann für seine FDP. Wenn er seine Partei auf Vordermann bringt, ihr eine Menge neuer Mitglieder verschafft, dann soll's ihm recht sein. Er muss ihn persönlich kennenlernen und lädt ihn zu einem Gespräch ein. Naumann betritt sein Büro nicht, er marschiert ein. Herrisch steht er im Raum und lässt seine NS-Vergangenheit wirken. Für ihn ist seine Nazikarriere selbstverständlich. Warum hätte er nicht bei den Nazis Karriere machen sollen? Für ihn gab es nichts anderes. Es war eine tolle Zeit. Diese Macht, diese Auszeichnungen, die Empfänge und Feste, die Bewunderung, die man ihm entgegenbrachte. Und immer mit den größten Größen der Zeit zusammen. Er war jung, voller Schwung und Tatendrang, wie die anderen, eine neue Ära hatte begonnen, da war noch viel zu tun, die Zukunft stand ihm offen. Er packte es an. Außerdem: Es hat doch geklappt. Bis heute. Konnte also so schlimm nicht gewesen sein.

So steht Werner Naumann vor Middelhauve. Er macht einen ordentlichen Eindruck, sieht gut aus, militärisch kurz geschnittenes Haar, energische Gesichtszüge, sicheres, entschiedenes Auftreten.

Sie setzen sich. Middelhauve bietet ihm ein Glas Cognac an. Naumann lehnt ab. Er ist Antialkoholiker. Middelhauve bietet ihm eine Zigarre an. Naumann lehnt ab. Er ist Nichtraucher. Um die Stimmung zu lockern, macht Middelhauve einen kleinen Witz über seine Abstinenzen.

Naumann lächelt nicht, bleibt ernst, humorlos. Schließlich bringt er kantig sein Anliegen vor. Er will in die FDP eintreten. Das wünscht auch Middelhauve und nimmt ihn in die Partei auf. Naumann dankt militärisch knapp für die Aufnahme und betont, dass er noch andere kennt, die ebenfalls der FDP beitreten möchten. Middelhauve ist daran interessiert.

Naumann nennt die Namen. Ernst Achenbach, ein erfolgreicher Anwalt in Essen. Wolfgang Diewerge, ein hervorragender Publizist. Dr. Friedrich Grimm, ebenfalls ein sehr kompetenter Anwalt. Alle drei gute Freunde von ihm aus seiner Zeit in Goebbels' Ministerium. Und alle von dem Willen beseelt, wieder aufzubauen, was verloren gegangen ist, mit der Entschlossenheit, weiterzumachen wie bisher.

Wann kann ich sie kennenlernen?

Nach Pfingsten hält Friedrich Grimm im Düsseldorfer Industrie-Club eine Rede über die angestrebte Generalamnestie. Da kann er sie kennenlernen. Diese Rede muss Middelhauve hören, muss diese drei treffen.

In seinem Opladener Büro für politische Aktivitäten richtet Middelhauve für Naumann einen besonderen Arbeitsraum ein. Da kann er sich niederlassen, Verbindung aufnehmen mit allen, die er sonst noch kennt. Da können sie dann alle kommen.

✳✳✳

Sie werden kommen. Davon ist Anselm überzeugt. Wenn das der Birnbaum und seine Luise waren, werden sie ihn besuchen, ihn begrüßen. Dann will er ihr ein Buch schenken. Anselm steigt in seinen Keller hinab und sucht für sie etwas Passendes. Sie wird jetzt ungefähr achtzehn sein. Was liest eine Achtzehnjährige heute? Als er in diesem Alter war, mein Gott, welchen Quatsch hat er damals, knapp vor 1890, gelesen? Daran darf er gar nicht denken. So was kann er ihr heute nicht zumuten. Aber was jetzt für sie? Was könnte sie interessieren?

Im Keller glimmen die Glühbirnen zu schwach, um seine dicht gedrängten Bücher erkennen zu können, mit der Taschenlampe tastet er Rücken nach Rücken ab, Titel nach Titel. So vieles leuchtet da auf, von dem er ganz vergessen hat, dass er es besitzt, und er ist froh darüber, dass er es hat. Auch oben im Laden weiß er oft nicht mehr, was da an Büchern herumsteht in den Regalen, wo welches Buch steht, in welchem Stapel sie liegen. Weiß gar nicht mehr, was er an Schätzen hat. Nur durch

Zufall entdeckt er sie und ist immer wieder erstaunt über seinem Fund. Man müsste ein Gerät erfinden, einen Apparat, einen Knopf drücken, und dann erscheint die Anzeige, welche Bücher er besitzt und wo sie stehen. Das würde ihm helfen.

Im Strahl seiner Taschenlampe sucht er weiter. Tief hinter einer Reihe verstaubter Exemplare steht etwas quer. Vielleicht ist es dahintergerutscht. Er greift danach, holt das Verborgene hervor und hat die Kladde mit der schwarz-weiß-roten Kordel in der Hand. Hegers Kriegstagebuch. Und die Chronik der Brüsseler Sicherheitspolizei. Diese giftigen Papiere. Er wollte sie loswerden, sie in die Mülltonne zurückzuwerfen, zum Abfall, wo sie hingehören. Das hatte er sich fest vorgenommen. Immer wieder suchte er dieses Zeug. Er fand es nicht mehr, wusste nicht mehr, wohin er es versteckt hatte. Und jetzt, da er davon nichts mehr wissen will, entdeckt er es wieder. Das erlebt er oft. Immer wenn er etwas finden will, stößt er auf etwas, was er nicht gesucht hat. Er vergisst das Buch für Luise und steigt mit seiner Beute nach oben zu seinem Schreibtisch.

Ausgebreitet liegen das Kriegstagebuch und der Dokumentarband vor ihm. Wieder liest er in Hegers Tintenschrift die Orte Danzig, Belgrad, Saloniki und Wipperfürths Einsätze bei der Sicherheitspolizei in Brüssel, Antwerpen, Lüttich, Breendonk und Mechelen.

Da packt ihn eine Idee, da reitet ihn der Teufel. Aus diesem Material muss er endlich etwas machen. Das darf nicht ungenutzt liegen bleiben. Ein Buch muss er daraus machen. Sein erstes Buch. Sein Leben lang hat er Bücher um sich versammelt, nun muss er selbst eines schreiben. Noch dazu mit diesen brisanten Informationen. Er schiebt seine alte Mercedes heran, spannt einen Bogen ein und tippt gegen alle Vernunft, gegen alle Gefahr zuerst die Eintragungen aus Hegers Kriegstagebuch. Schnell ist eine Seite voll. Und noch eine. Und noch eine. Dabei ist er erst am Anfang.

Er fragt sich, wie er das Ganze schaffen soll. Mit seinen über achtzig wird er nicht mehr lange leben. Aber das Buch muss er noch schaffen, bevor er in der Kiste liegt. Er weiß, dass er dafür keinen Verlag findet. Kein Verleger wird das drucken. Nicht in dieser Zeit. Auch Middelhauve wird es nicht in seinen Verlagen herausbringen. Der schon gar nicht. Das ist Anselm egal. Er muss das Ding trotzdem schreiben. Auch wenn es aussichtslos ist, es je zu veröffentlichen. Er kann nicht anders. Er ist ganz versessen, dieses Buch zu schreiben, und hämmert kräftig in die Tasten. Er tippt und tippt.

Am Abend verschließt er die Tür und tippt weiter. Oft merkt er gar nicht, dass es schon spät in der Nacht ist. Die Birkenbergstraße draußen dunkel, kein Mensch mehr unterwegs und der Hof hinter ihm finster. Er tippt und tippt im Schein seiner Lampe.

Da hat er im Rücken ein merkwürdiges Gefühl. Ein unangenehmes Gefühl. Er dreht sich um. Eine dunkle Gestalt steht hinter seinem Hoffenster. Nur undeutlich zu erkennen. Wie ein Gespenst. Anselm steht auf, tritt heran, da ist die Gestalt weg. Verschwunden in der Finsternis. Er öffnet das Fenster und leuchtet mit seiner Taschenlampe hinaus in den Hof. Niemand zu sehen.

Zuerst redet er sich ein, sich die Erscheinung eingebildet zu haben. Dann ist er sicher: Da stand jemand und schaute herein. Wer war das? Schon mehrmals hatte er die Hausverwaltung gebeten, ein eisernes Gitter anzubringen. Immer wieder abgelehnt. Der Fluchtweg muss bei Feuer frei bleiben.

Nur langsam legt sich sein Schrecken. Er kann sich nicht mehr auf den Text vor ihm konzentrieren, er vertippt sich, die Zeilen der Tintenschrift verrutschen beim Lesen. Genug für heute. Morgen tippt er weiter.

Er schiebt seine Mercedes beiseite. Diesmal wird er sein Dynamit nicht wieder hinter einer Bücherreihe im Regal verstecken. Er wird den Sprengstoff, wird seine getippten Seiten in seine Kiste unter der Kellertreppe legen und die Kiste gut verschließen.

Bevor er die Schreibtischlampe löscht, prüft er, ob das Fenster

gut verschlossen ist. Es ist. Der vertrocknete Holzrahmen liegt
eng an.

***

Ihre neue Wohnung hat Luggis Mutter inzwischen eingerich-
tet. Im Wohnzimmer steht der große schwere Holztisch aus
Gauting, um ihn herum die vier Stühle mit den gedrechselten
hohen Lehnen. In der Ecke das alte Sofa mit den herabhängenden
Fransen, daneben das dunkle Buffet mit den Biergläsern und den
Weinkelchen, verziert mit Trauben- und Weinblätterdekor. Darunter ein Weltatlas, in dem Königsberg und Danzig noch zum
Deutschen Reich gehören, ein Volksbrockhaus aus den vierziger
Jahren, ein Wilhelm-Busch-Album vom Bertelsmann-Lesering,
»Via Mala« von Knittel und »Ein Kampf um Rom« von Dahn.
Die Ostgoten konnten Rom nicht erobern, nicht dort herrschen
und gingen unter. Luggis Vater kann vom »Kampf um Rom«
nicht genug haben und liest ihn schon zum dritten Mal, muss
daran denken, dass auch die Wehrmacht Moskau nicht erobern,
nicht dort herrschen konnte und unterging. Und ein Lösungs-
lexikon steht auch dort im Buffet, in dem er immer nachblättert,
wenn er seine Kreuzworträtsel ausfüllt. Sonst keine Bücher.

Beim Fenster ein Hocker, darauf in einem wuchtigen Por-
zellantopf der Gummibaum mit seinen dicken dunkelgrünen
Blättern, die sein Vater Chlorophylllappen nennt und die seine
Mutter jeden Tag feucht abwischt. Und an den Wänden einge-
rahmte Sprüche: An Gottes Segen ist alles gelegen. Üb immer
Treu und Redlichkeit.

In das Schlafzimmer seiner Eltern darf Luggi nicht mehr
rein, seit diesem Riesenkrach damals. Er selbst hat ein kleines
Zimmer, in dem er als Erstes zwei Filmplakate aus Gauting an
die gelbliche Raufasertapete pinnt. O. W. Fischer in »Liebling
der Welt« und »Verträumte Tage«. Der O. W. imponiert ihm
mächtig. Er ist sein Held. Wie er seine Augenbraue hochzieht,
oft so finster schaut, abrupt wechselt von Zärtlichkeit zu Wut-

ausbrüchen, wie er mit dem Daumen nervös über seine Lippen streicht, sich verzweifelt über das Gesicht wischt. Und dann sein österreichischer Klang in der Stimme. Er bewundert ihn. Nach seinen Filmen fühlt er sich wie O. W. Fischer. Zieht eine Augenbraue hoch, versucht finster dreinzuschauen, streicht imitiert nervös mit dem Daumen über seine Lippen, wischt gespielt verzweifelt über sein Milchgesicht, spürt dabei seine Pickel, die er wegflucht, um endlich erwachsen auszusehen.

Er setzt sich auf seine Schlafcouch, über die seine Mutter immer um neun Uhr das Bettzeug zieht. Auch wenn er jedes Mal betont, dass er das selbst macht. Aber nein, sie will die Couch beziehen, den Bezug schön straff und glatt spannen, was ihm ziemlich egal ist.

Er weiß nicht, was er in sein kleines Bücherregal stellen soll. Seine alten Bücher »Die Schatzinsel«, »Robinson Crusoe«, »Die Reise zum Mond«, auch Tom Sawyer und Winnetou I–III interessieren ihn nicht mehr, er stapelt sie unter das Regal auf den Boden. Er hat sie nur mitgenommen, weil er nicht ganz ohne ein Buch umziehen wollte. Nun muss er sich etwas Neues beschaffen, weiß aber nicht, was.

Wenn er zum Fenster hinausschaut, sieht er unten im Hof das graue Granulat, sieht die Polizeiautos hereinfahren und hinausfahren, oft mit gellendem Martinshorn und blitzendem Blaulicht. Hinter den Bäumen die evangelische Bielertkirche. Vom Kirchturm dröhnen jeden Tag die Glocken hell, laut und lange.

Wenn seine Mutter kocht und brät, dringt der Geruch nach draußen, und alle, die auf ihre Vernehmung warten, riechen, was es zu essen gibt. Wirsing, Rotkohl, gebratene Leber, Fisch, Bratkartoffeln mit Zwiebeln. Und wenn er zur Toilette eilt, muss er auf dem langen Flur vorbei an den Fremden, an den Wartenden auf den Holzbänken, die ihm nachschauen, Kommentare raunen und weiterblättern in ihren Illustrierten.

***

Leonhard blättert weiter in seinen vier Fotoalben mit den rötlichen Einbänden aus Kunstleder. Leonhard ist froh, wenigstens dieses Stück Vergangenheit gerettet zu haben, seine alten Fotos von Opladen, als es noch sein Opladen war, seine alten Fotos der Familie, als es noch die Familie gab. Schwarz-Weiß-Aufnahmen, die sein Vater machte oder er, mit der damals modernen Kodak Box. Auf dem schwarzen Karton die Fotos mit den weißen gezackten Rändern, sorgfältig in aufgeklebte Cellophanecken gesteckt, und zwischen den Kartonseiten immer dünne graue Trennblätter mit Spinnwebenmuster.

Er blättert, blättert, sieht vor dem roten mächtigen Backsteinbau seinen lächelnden kleinen Freund Edmund bei seiner Einschulung in die Opladener Volksschule in der Düsseldorfer Straße mit einer riesigen spitzen Zuckertüte im Arm. Er nimmt das Foto aus den Cellophanecken, schaut auf die Rückseite. Mit Bleistift notiert: September 1911. Ein paar Blätter weiter er, der kleine Leo, bei seinem ersten Schultag vor diesem Backsteinbau, ebenfalls mit so einer Spitztüte im Arm. Er sieht verknatscht drein, verzieht sein Gesicht, wollte wohl nicht fotografiert werden. Auf der Rückseite wieder mit Bleistift: September 1913. Da geht sein Freund schon in die zweite Klasse. Das nächste Foto 1917. Edmund ist zwölf und wechselt von der Volksschule in das Opladener Aloysius-Gymnasium.

Leonhard darf nicht aufs Gymnasium, dafür reicht das Geld seiner Eltern nicht, muss nach seinem Volksschulabschluss mit zwölf bei seinem Vater in seiner Humboldt-Drogerie aushelfen. Irgendwelche Sachen machen. Muss zwei Jahre später in die Goethe-Drogerie zur Lehre, obwohl er nie Drogist werden wollte. Immerhin lernt er da Filme entwickeln. Ist wichtig, sagt sein Vater, der in seiner Drogerie massenhaft Spulen mit Rollfilmen für die neuen Fotoapparate verkauft.

Ein anderes Foto von Edmund: Er ist achtzehn und steht in einem feinen dunklen Anzug vor dem bischöflichen Aloysianum, hält stolz ein Blatt in der Hand. Auf der Rückseite: 1923, Edmund Abitur. Auf dem nächsten Bild: Edmund vor der

Kölner Universität. Beginnt sein Studium in Jura und Staatsrecht.

Leonhard arbeitet im Jahr darauf nach seiner Lehrzeit als Assistent in der Humboldt-Drogerie seines Vaters. Ein Foto sticht Leonhard ins Herz: der Sarg mit seiner Mutter Gertrud in der kahlen Aussegnungshalle des Friedhofs Birkenberg. Sie ist schon lange kränklich und stirbt einfach weg. Wird nur sechsundvierzig Jahre. Auf der Rückseite liest er: April 1926. Sein Vater stellt in diesem Jahr ein Lehrmädchen ein. Sie heißt Marianne.

Die Bilder schmerzen ihn, er hat genug von der Fotoguckerei, will das große Album wegschieben, keine Erinnerungen mehr, nichts mehr. Vorbei ist vorbei. Was soll dieses Zurückrufen der Vergangenheit? Er hat inzwischen anderes erlebt, das ihn quält. Und trotzdem blättert er weiter, magisch angezogen von diesen alten Bildern.

Edmund 1927, ist zweiundzwanzig, zum Dr. jur. promoviert. Im Jahr darauf Erstes Staatsexamen. Im Jahr darauf Zweites Staatsexamen. Bald darauf Dozent für Strafrecht in der Berliner Akademie für Deutsches Recht. Ehrgeizig, zielstrebig wie immer. Und er selbst Drogist mit Marianne bei seinem Vater. Ein Beruf, der ihm fremd ist.

Wieder ein Stich ins Herz. Wieder diese trostlose Aussegnungshalle, diesmal mit dem Sarg seines Vaters. Auf der Rückseite: August 1931. Für Leonhard das entscheidende Jahr. Er ist vierundzwanzig. Kann jetzt machen, was er will. Muss nicht mehr Drogist sein. Schon lange interessieren ihn Fotografie und Radios. Noch im selben Jahr baut er mit Marianne die Drogerie um in ein Foto- und Radiogeschäft. Nun über dem Schaufenster kein Schild mehr der Humboldt-Drogerie, sondern von Bild und Ton Birnbaum. Da ist auch ein Foto aus diesem Jahr: er und Marianne vor ihrem neu eröffneten Laden. Beide lächeln glücklich. Er legt den Arm um ihre Schultern.

Und noch eine schöne Aufnahme: beide vor dem alten Rathaus in Opladen, Bahnhofstraße. Auf der Rückseite von ihm geschrieben: 1932, Heirat. Obwohl beide Juden sind, wollen sie keine Hochzeit nach jüdischem Brauch. Auch keine christliche Trauung. Nur standesamtlich.

Ein weiteres schönes Foto: er und Marianne vor ihrem Foto- und Radioladen. Marianne hält die kleine Luise im Arm, eingewickelt in eine Wolldecke. Leonhard nimmt eine Lupe. Von dem kleinen Wutzelchen sind nur ihre Äuglein zu sehen und ihr Stupsnäschen. Auf der Rückseite: Oktober 1933. Geburt Luise.

Von seinem Freund Edmund keine Fotos mehr. Gleich Anfang '33 tritt er in die NSDAP ein, in die SA, drei Jahre später in die SS. Ehrgeizig, zielstrebig wie immer. Edmund geht nicht mehr zu ihm, diesem Juden, um sich fotografieren zu lassen. Nun fotografieren ihn andere.

Leonhard nimmt die Fotos, auf denen Edmund zu sehen ist, aus den Cellophanecken, zerreißt sie, wirft sie in den Papierkorb. Weg damit.

Lange überlegt Leonhard, ob er an das Bonner Justizministerium schreiben, nachfragen soll nach einer Entschädigung, Wiedergutmachung.

***

Karl Koberling überlegt nicht, er geht sofort zum Bauunternehmer Czibulski und fragt nach Arbeit.

Nichts frei, sagt man ihm.

Nichts frei?, staunt Koberling.

Alles besetzt.

Wieso besetzt?

Durch die Flüchtlinge.

Ich komm aus dem Krieg. Ich brauch Arbeit.

Die Ostvertriebenen brauchen auch Arbeit.

Koberling zieht davon, flucht: Scheißflüchtlinge. Scheißvertriebene. Nehmen mir die Arbeit weg.

Nun also zu Gottlieb Brenner. Gottlieb, komischer Name. Ist er lieb zu Gott oder Gott lieb zu ihm? Ein Glück, ein Riesenglück hat Koberling. Bei ihm findet er Arbeit. Kann nach Pfingsten anfangen. Neu beginnen kann er nun sein Leben. Seine Zukunft ist gesichert. Und das in seinem alten Beruf. Das hat er gelernt, das kann er, da macht ihm keiner was vor.

Koberling schiebt der Sekretärin seinen unterschriebenen Arbeitsvertrag hin und betont, dass er schon vor dem Krieg für die Firma gearbeitet hat. Beim Bau einer Halle des Reichsbahn-Ausbesserungswerks und des Hochbunkers in der Bahnhofstraße. Davon weiß sie natürlich nichts. Da tritt der Chef schwungvoll ins Zimmer.

Aha, ein neuer Kollege, sagt Brenner fröhlich und reicht ihm die Hand. Sehr schön. Wir brauchen tüchtige Arbeiter. Aufbau ist die Devise. Der Neubau am Weiherpark muss in drei Monaten fertig sein.

Als Koberling die Begrüßungshand hält, durchzuckt es ihn. Diesen Brenner hat er schon mal gesehen. An diese Augen erinnert er sich. Auch diese Stimme kommt ihm bekannt vor. Da war was in Smolensk. Weiß aber im Moment nicht, was da war.

Draußen auf der Straße hält er seinen Arbeitsvertrag in der Hand. Dabei geht ihm Brenners Gesicht nicht aus dem Kopf. Sieht wieder seine Augen, hört seine Stimme. Da war was in Smolensk. Das weiß er. Aber was war da?

Plötzlich: OT. Bau der Rollbahn. Beim Bau auch Zwangsarbeiter eingesetzt. Jetzt weiß er es. Der Brenner war damals sein Chef. Die ausgemergelten russischen Kriegsgefangenen und Juden aus dem Smolensker Ghetto können sich kaum noch auf den Beinen halten. Arbeiten zu langsam!, tobt Brenner. Bummelanten, Arbeitsunwillige, Boykotteure, Saboteure. Brenner schießt mit seiner Pistole eine Gruppe der Zwangsarbeiter nieder. Knallt sie einfach ab wie Hasen. Koberling steht daneben, sieht alles genau. Will dafür am liebsten Brenner niederknallen. Hat aber keine Pistole. Will ihn wenigstens zur Rede stellen. Doch dann erschießt er auch ihn. So lässt er es sein. Er schweigt, macht weiter seine Arbeit.

Aber jetzt, wenn er für ihn arbeitet, will er nicht schweigen, will ihn darauf ansprechen. Jetzt kann Brenner ihn nicht erschießen. Jetzt kann er das nicht.

Der war's, sagt Karl zu Hause zu seiner Irma.

Wer?

Der Brenner, der in Smolensk Russen und Juden erschossen hat.

Mein Gott, das war im Krieg. Das ist lange her.

So lange nicht. Ich sprech ihn an.

Das tust du nicht. Das lässt du sein.

Ich sprech ihn an.

Halt bloß den Mund. Du bekommst nur Ärger. Sei froh, dass du die Arbeit hast. Vielleicht entlässt er dich. Wir brauchen das Geld.

Ich find überall Arbeit. Überall wird gebaut. Hier und in der Umgebung gibt es genug andere Bauunternehmer.

Du hältst den Mund!

Ich sprech ihn an.

Du stürzt dich ins Unglück. Und mich mit.

Nach Feierabend schnapp ich ihn mir.

***

Nach Feierabend sitzt Hannes Stadler an dem schweren Holztisch im Wohnzimmer und radiert im Kreuzworträtsel seine Eintragungen von gestern aus. Dann trägt er mit einem weichen Bleistift in die Karos die alten Lösungen neu ein. Immer wieder.

Bei der gefragten Hauptstadt Polens mit acht Buchstaben schreibt er Warschau, bei der Hauptstadt Serbiens Belgrad, bei einer Stadt in Griechenland mit acht Buchstaben Saloniki und bei der Hauptstadt Belgiens Brüssel. Die Städte kennt er. Da war er im Krieg. Was er da gemacht hat, wird nicht gefragt. Da würde er auch nichts eintragen.

Für die alte Bezeichnung für Bauer schreibt er Ackerer. Auch das kennt er. Sein Großvater Korbinian Stadler war ein Ackerer. Seine Großmutter Kreszentia eine Bauernmagd. Sie zeugten in

Gauting den Alois Stadler, seinen Vater. Der Alois wurde Bauer, machte mit Apolonia ihn, den Hannes.

Für das Wort Gehöft mit drei Buchstaben trägt er Hof ein. Auch das kennt er. Auf ihrem Hof ist er aufgewachsen, besucht die Volksschule, lernt das Abc, schreibt das spitze A wie Alois, das bauchige B wie Brot und das geschwungene C wie Christus und lernt Rechnen von eins bis hundert. Alois und Apolonia erziehen ihn nach Christenpflicht streng katholisch. So kennt er auch das Wort mit sieben Buchstaben für »Sündenbekenntnis« und trägt ein: Beichte. Das kennt er. Bevor er mit einer großen mit einer weißen Schleife geschmückten Kerze zur ersten heiligen Kommunion schreiten darf, muss er beichten. Was soll er beichten? Welche Sünden hat er begangen? Ihm fällt nichts ein, erhält trotzdem vom Dorfpfarrer Athanasius die Absolution. Nun darf er zum ersten Mal die heilige Hostie empfangen, die Athanasius ihm auf die herausgestreckte Zunge legt. Eine weiße Oblate, gebacken aus Wasser und Mehl. Die darf er nicht kauen, nur zerschmelzen lassen und dann schlucken. Sie schmeckt pappig, fad. Schmeckt nach gekautem Papier. Schmeckt so der Leib Christi, wie es der Pfarrer im Religionsunterricht behauptet? Er versteht das nicht. Er ist doch kein Menschenfresser.

Der Pfarrer findet Gefallen an dem Bauerssöhnchen Hannes und überredet ihn, ihm bei den sonntäglichen Messen als Ministrant zu dienen, sogar beim Hochamt. Da trägt er ein langes weißes, mit Spitzen verziertes Hemd und lernt, wann er vor dem Altar niederknien, aufstehen, wieder niederknien und wieder aufstehen muss, wann er beim Agnus Dei und Kyrie Eleison mit der Altarschelle klingeln muss, wann er die dicke Bibel vor dem Altar von links nach rechts und von rechts nach links tragen muss. Dabei wird ihm vom Weihrauchgestank jedes Mal schlecht, hält aber wacker durch. Seine Eltern auf der Kirchenbank haben ihre Freude an ihrem wohlerzogenen Söhnchen und sind stolz auf ihn.

Mit zwölf Jahren wird er firmiert. Dafür muss er mit seinem

Taufpaten, seinem Großvater Korbinian, bis nach München fahren, zur großen Ludwig-Kirche in der Ludwigstraße. Mit einer Menge anderer Jungen muss er eine ewig lange Messe ertragen, zelebriert von Erzbischof und Kardinal Faulhaber, einem strengen Mann mit knochigem Gesicht wie aus gelbem Wachs. Wie das Wachs der großen Kerzen um ihn herum. Auch da wird ihm übel vom Weihrauchgestank, den er schon als kleiner Ministrant nicht ertragen konnte, beobachtet aber genau die erwachsenen Messdiener und vergleicht ihr Getue mit dem, was er vor dem Altar in Gauting machte.

Endlich ist es so weit. Zusammen mit den anderen Jungen muss er nach vorne gehen, sich niederknien. Sein Großvater Korbinian hinter ihm legt ihm seine Hand auf die Schulter. Würdevoll schreitet der Erzbischof und Kardinal Faulhaber in seinem roten Talar heran, steht dicht vor ihm, stinkt aus dem Mund nach Fäulnis, schmiert mit seinem kalten Finger ein öliges Kreuzzeichen auf seine Stirn, murmelt dabei etwas, von dem er nur versteht, dass mit dieser geweihten Salbung nun der Heilige Geist über ihm schwebt. Dieser Heilige Geist soll ihn erleuchten und ihm helfen, Gotteskraft tief in ihm zu verwurzeln, seine Verbindung mit der Kirche zu stärken und seinen christlichen Glauben in Wort und Tat zu bezeugen.

Als sie endlich die Ludwig-Kirche verlassen können, wischt er sich das geweihte ölige Zeug von der Stirn, sein Großvater lächelt. Dann gehen sie in eine Wirtschaft. Korbinian trinkt eine Maß Hackerbräu, Hannes eine Limonade.

Nach acht Jahren Volksschule nimmt sein Vater ihn aus der Schule, um auf dem Hof zu arbeiten. Mit vierzehn ist er nun alt genug, den Stall mit den fünf Kühen und den drei Sauen und den Pferdestall mit dem Gaul auszumisten, ihnen neues Stroh hinzustreuen, dazu die Kühe und das Pferd mit Gras und Eimern mit Wasser zu versorgen und die Schweine mit Küchenabfällen.

Hannes liebt Tiere. Jede Kuh hat einen Namen. Liese, Trude, Braune, Agnes und Wuschel, weil sie so ein zottiges Fell hat. Die drei Schweine heißen Moppel, Schnüffel und Frieda. Sie sind lustig und spielen grunzend miteinander. Das Pferd liebt er besonders und pflegt es jeden Tag. Ein schöner Rappen. Er heißt Paule und hat im Winter ein bräunliches, fast rötliches Fell. Er ist freundlich und geduldig und hat sanfte dunkle Augen. Hannes ist gern bei ihm im Stall. Hier ist es warm, und die großen Pferdeäpfel, die Paule fallen lässt, sind voller Körner, dampfen, duften und riechen so sauber. Über sie machen sich die Spatzen her. Auf dem Acker führt er Paule vor dem Pflug, muss mithelfen bei der Ernte des Getreides und beim Einfahren des Heus, wobei die Spreu auf seinem verschwitzten Körper klebt und sticht.

Er lernt, wie oft eine Sau wirft und wie viele Ferkel sie wirft, wie schrill die Sau schreit beim Schlachten, von welcher Seite man eine Kuh melkt, wann und wie man sie deckt. Er lernt, wann die Frühsaat ausgebracht wird und wann die Spätsaat. Er kann mit der scharfen Sense das Korn mähen und das Gras auf der Wiese. Er kann an der Rinde und am Blatt eine Esche von einer Erle unterscheiden, eine Rotbuche von einer Weidbuche, einen Ahorn von einer Linde. Er kann einen Eichelhäher im Flug von einem Habicht und Bussard unterscheiden und am Gesang ein Rotkehlchen von einem Gimpel. Er weiß, wie scharf Pferdeschweiß riecht und wie nasse Hunde stinken, und er weiß, wie man zu viele geborene Kätzchen erschlägt. Das alles weiß und kann jetzt der Hannes.

Nach fünf Jahren hat der Neunzehnjährige genug von der Schufterei auf dem Feld und im Stall, will raus aus dem Elternhaus, will weg vom Hof, will frei sein, will sein eigenes Geld verdienen, sein eigener Herr sein. Da liest er in einer Zeitung, dass Circus Krone in München einen Tierpflegerassistenten für Pferde sucht. Er bewirbt sich bei Krone und wird tatsächlich für ein Probejahr eingestellt.

Er muss die Boxen der gefleckten Schimmel ausmisten, Sägespäne streuen, die Tiere mit Heu, frischem Gras und Eimer voll frischem Wasser versorgen. Das kennt er, das kann er, hat es zu Hause auf dem Hof gemacht. Er darf auch in der Arena des riesigen Zirkusbaus zusehen, wie der Dresseur mit einer Peitsche die Pferde abrichtet, ihnen ihre Lektionen beibringt, wie sie zu Lautsprechermusik Walzer laufen, Gegenlaufen, Steigen, Pirouetten drehen sollen. Exakt im Takt der Musik. Er staunt über die Musikalität der Pferde.

Die sind überhaupt nicht musikalisch, erklärt ihm der Dresseur. Die sind völlig blöd. Sie folgen nur den Bewegungen meiner Peitsche.

Hannes ist ernüchtert. Er hat immer geglaubt, sein Paule lauschte den Melodien, die er ihm vorpfiff, und spitzte deshalb die Ohren. Hier also dressierte Tiere, die nur nach der Peitsche tanzen. Er will kein dressierter Mensch sein. Will sich nicht dressieren lassen, will nicht nach der Peitsche tanzen.

Einmal, als er wieder die verschwitzten Schimmel nach ihren Auftritten in den Boxen abreibt, sie trocknet und bürstet, schlägt plötzlich ein Pferd aus, tritt nach ihm. Sein Huf saust knapp an seinem Knie vorbei, hätte ihm beinahe seine Kniescheibe zertrümmert. Hannes ist nicht verletzt, aber dass ein Pferd, das er so liebt, nach ihm tritt, ihn wegstößt, kränkt ihn tief. Er will von diesen Pferden nichts mehr wissen, mit ihnen nichts mehr zu tun haben. Sein Paule hat ihn nie getreten. Das hätte er nie gemacht.

Kurz darauf erklärt man ihm, dass er nicht genug über Tierpflege weiß, und kündigt ihm schon vor Ablauf seiner Probezeit. Nun ist er arbeitslos und ohne Geld. Was für eine Pleite! Zurück zu seinen Eltern zum Hof will er auf keinen Fall. Er würde als Versager dastehen. Unerträglich für ihn. Er muss sich etwas Neues suchen.

In der Nähe von München findet er Arbeit bei einer Firma, die Strommasten aufstellt. Er wird in einen blauen Arbeitsanzug gesteckt, bekommt als Hilfsarbeiter fünfzig Pfennige die Stunde, muss Gruben ausheben, den Betonmischer für die Fundamente bedienen, beim Abladen und Aufstellen der gigantischen eisernen Strommasten kräftig anpacken. Nachts schläft er mit den anderen Arbeitern in Kammern von Gasthäusern. Sein Arbeitstrupp zieht weiter über Maisach Richtung Augsburg. Überall neue Strommasten aufstellen. Seine Hände voller Blasen vom Schaufeln und Anpacken der Eisenmasten, der Rücken schmerzt, seine Beine zittern von der Plackerei. Und das für fünfzig Pfennige die Stunde. Bin ich jetzt frei?, fragt er sich. Wie ich es wollte, als ich von zu Hause wegging? Bin ich jetzt mein eigener Herr? Er sieht den Vorarbeiter, seinen Vorgesetzten drohend auf ihn zukommen, weil er nicht schnell genug schuftet. Er muss an die dressierten Zirkuspferde denken, die nur nach der Peitsche ihres Dresseurs tanzen. Manchmal sehnt er sich zurück nach Gauting, zu seinen Eltern, zu seinem Bauernhof, seinen fünf Kühen, seinen drei Schweinen und zu seinem Rappen Paule. Aber das geht jetzt nicht mehr. Die Blamage wäre zu groß.

Zwei Jahre hält er noch durch, dann hat er die Schnauze gestrichen voll, haut ab und meldet sich in Fürstenfeldbruck bei der Polizeischule. Er will Polizist werden, nimmt sich vor, sich nicht dressieren lassen, will kein dressierter Mensch sein, will nicht wie die Zirkuspferde nur der Peitsche folgen und sich nicht mehr von einem Vorgesetzten herumkommandieren lassen.

Er wird in eine Uniform gesteckt und muss auf dem Kasernenhof zum Appell antreten. Da wird abgezählt, ob keiner fehlt. Dann Fahnenappell. Da wird eine Fahne hochgezogen, die er in letzter Zeit schon oft gesehen hat. Sie ist rot, in der Mitte ein weißer Kreis und darin ein schwarzes Kreuz mit Haken.

Er muss sich mit der Kompanie im Kasernenhof auf Kommando auf das schwarze Granulat werfen, über den Split robben, auf Kommando aufspringen, ein paar Meter rennen, sich wieder niederwerfen, kriechen, kriechen, bis die Ellbogen und Knie wund sind und brennen, auf Kommando wieder hochspringen, zurückrennen und neu beginnen. Alle sind völlig verdreckt. So geht das jeden Tag. Und jeden Tag das Gebrüll des Spießes: Ich ziehe euch die Hammelbeine lang! Dann Abendappell. Wieder abgezählt, ob keiner abgehauen ist.

Alte Generale bringen ihm und seinen Kameraden in Lehrgängen die neue Weltanschauung bei, die neue Gesinnung. Er muss Auftreten vor den neuen Anwärtern und Befehlsgebung trainieren. In einem Schießstand lernt er auch Schießen. Zuerst mit der Pistole, dann mit dem Karabiner, dann sogar mit dem schweren Maschinengewehr. Jeden Abend muss er die Waffen auseinandernehmen, reinigen, einölen, damit sie schön funktionieren am nächsten Tag, und sie wieder zusammensetzen. Bald kann er das flink, sogar mit geschlossenen Augen.

Zu seiner körperlichen Ertüchtigung gehört auch das Werfen von Handgranaten. Mindestens fünfunddreißig Meter weit. Donnerwetter, das ist ein Beruf. Wieso müssen Polizisten Handgranaten werfen können? Gegen wen? Bei den ersten Würfen schafft er es nicht, verfehlt sein Ziel. Der Spieß tobt. Immer und immer wieder muss Hannes üben, üben, üben, dann kann er die Dinger sogar sechsunddreißig Meter weit schleudern und das Ziel treffen. Der Spieß ist zufrieden. Und Hannes auch.

Auf dem Lehrplan stehen auch Gefechtsübungen, Graben- und Bunkerkampf. Dafür müssen sie aufs Gelände hinaus, in Dreck und Schlamm. Immer wieder fragt er sich, warum Polizisten das alles können müssen, wenn sie später mit ihrem schwarz glänzenden Tschako den Verkehr regeln, Demonstrationen begleiten, Diebe festnehmen, Omas und kleinen Kindern über die Straße helfen. Die Polizei, dein Freund und Helfer.

Nach einem Jahr Drill ist Hannes ein ausgebildeter Wachtmeister der Ordnungspolizei. Und das auf Lebenszeit. Um seinem Vater zu beweisen, dass aus ihm etwas Anständiges geworden ist, lässt er sich nach Gauting versetzen. Stolz geht er in seiner Uniform zu seinem alten Hof.

Den Vater beeindrucken seine neue Stellung im Dorf und seine Polizistenuniform nicht. Er will von ihm nichts mehr wissen. Er hat den Hof verlassen, er ist nicht mehr sein Sohn. Als Ersatz haben sie einen Knecht aufgenommen. Nur seine Mutter Apolonia verdrückt ihre Tränen.

Bevor Hannes geht, schaut er sich um. Die Ställe sind vergrößert. Sie haben nun zehn Kühe und zehn Schweine, alle ohne Namen. Seinen Rappen Paule gibt es nicht mehr. Der Vater brachte ihn zum Schlachthof und fährt nun einen Traktor. Hannes' Dienst als Wachtmeister läuft in Gauting gemächlich ab. Nur hin und wieder ein Einsatz. Mal bei einem Volksfest vor dem Bierzelt Wache stehen, mal einen betrunkenen Autofahrer festnehmen, eine aus der Koppel ausgebrochene Kuh einfangen. Und einmal sogar im Sägewerk Reismühle am Flüsschen Würm einen Holzdieb verhaften. Er hatte versucht, frisch geschnittene Bretter zu verladen.

Hannes ist mittlerweile vierundzwanzig und muss bei einer Versammlung der NSDAP-Ortsgruppe als Ordnungspolizist für Ordnung sorgen. Dabei lernt er eine junge hübsche Frau kennen: Katherina Gropper, die Kathi. Sie hat schöne dunkle, gelockte Haare, geheimnisvolle Augen, eine verführerische Figur und ist zwei Jahre jünger als er. Er verliebt sich in sie. Doch sie ist nicht frei. Sie liebt den Ortsgruppenleiter Xaver und will ihn heiraten. Ihm steht eine große Karriere bevor, und sie wird mit ihm aufsteigen, hoch hinauf, wer weiß, wohin. Auf jeden Fall sehr hoch. Ihren Eltern Jakob und Walburga passt es gar nicht, dass sie einen Nazibonzen heiraten will. Sie sind von Anfang an gegen diese braune Bande. Sie verabscheuen sie.

Einmal war dieser Ortsgruppenleiter sogar bei Jakob im Sägewerk Reismühle. Wollte ihn für seine NSDAP werben. Er ließ ihn abblitzen. Außerdem störte er ihn beim Brettersägen. Von den Nazis hat Jakob die Nase voll. Sie haben seine SPD verboten, an der er so hing. Und nun will seine Tochter auch noch so einen Nazi heiraten. Das wäre ja noch schöner. Kommt gar nicht in Frage. Sie bestehen auf Trennung, und zwar sofort. Doch Kathi hält an ihm fest.

Das stört Hannes nicht, er wirbt um sie, will sie haben, bedrängt sie. Ihre Eltern haben gegen ihn nichts einzuwenden. Einer von der Polizei ist was Anständiges, Ordentliches. Dazu noch Wachtmeister. In diesen unruhigen Zeiten kann es nützlich sein, einen Polizisten in der Familie zu haben. Wer weiß, was noch alles kommt. Dankbar erinnert sich Jakob, dass Hannes einmal in seinem Sägewerk einen Holzdieb verhaftete.

Verzweifelt und gehorsam sagt sich Kathi schweren Herzens von ihrem geliebten Ortsgruppenleiter Xaver los, Hannes hat gewonnen. Als Tierpfleger im Circus Krone hatte er verloren. Auch als Ausschachter von Gruben für die Strommasten und bei ihrem Aufstellen hatte er gegen den Vorarbeiter verloren. Doch jetzt als Wachtmeister hat er gegen den Ortsgruppenleiter gewonnen. Zwei berufliche Niederlagen und ein privater Sieg.

Triumphierend heiratet Hannes seine Kathi. Er in seiner Polizeiuniform, sie unter einem weißen Schleier, hinter dem man nicht sehen kann, wie sehr sie ihrem Geliebten nachtrauert. Aus der Kathi Gropper wird eine Kathi Stadler.

Das neu vermählte Paar kann zu ihren Eltern ziehen, in das Haus etwas außerhalb von Gauting mit einer Obstwiese, einem Gemüsegarten, einem kleinen Kartoffelacker und nahe bei einem Wald. Ein Jahr darauf, 1937, wird ihr Söhnchen Ludwig, der Luggi, geboren. Ein hübsches Bürschlein, das viel lacht. Die Eltern haben ihre Freude an ihm.

Die Herrlichkeit dauert nicht lang. Anfang 1939 wird Hannes plötzlich nach Köln versetzt. Er weiß nicht, warum, fragt nach, keine Auskunft. Er muss der Order folgen, sieht wieder den Dresseur mit der Peitsche beim Dressieren der Pferde, sieht wieder den drohenden Vorarbeiter bei seinem Ausheben der Schächte und Aufstellen der Strommasten. Seine Kathi und sein zweijähriger Luggi bleiben in Gauting zurück. Er tröstet sie, bald kommt er wieder zurück.

In Köln wird er in das SS-Polizeibataillon 64 eingesetzt, in die 2. Kompanie, und lernt wieder was Neues: Luftschutz. Er lernt, wie er sich vor, während und nach einem Bombenangriff verhalten muss, wie er Verletzte und Tote bergen muss. Er fragt sich: Wieso Luftschutz? Wir haben doch keinen Krieg. Wer soll uns in Köln bombardieren? Das angrenzende Belgien, Holland und Frankreich nicht. Mit ihnen leben wir in Frieden. Ob auch Luftschutzübungen im Osten an der polnischen Grenze stattfinden, weiß er nicht. Das kann er sich nicht vorstellen. Auch mit Polen gibt es Frieden.

Dann geht es mit Hannes am 1. September 1939 ab nach Polen. Fröhlich winken die Soldaten und Polizisten aus den Zugfenstern. Auf die Waggons ist gepinselt: Auf nach Polen!, Die Polen versohlen! Auf ihren Koppelschlössern steht geprägt: Gott mit uns. Der Allmächtige steht ihnen also bei. So schlimm kann es nicht werden.

Hannes denkt an seine Firmung. Der Kardinal Faulhaber in seinem scharlachroten Talar salbte ihn mit geweihtem Öl und murmelte, dass nun der Heilige Geist über ihm schwebe, dass er ihn erleuchte und ihm helfe, den christlichen Glauben in Wort und Tat zu bezeugen.

In Polen vom Heiligen Geist keine Spur. Auch nicht von Erleuchtung, nicht von Bezeugung des christlichen Glaubens. Hannes wird nach Serbien versetzt, verflucht Titos Partisanen. Keine Salbung durch das geweihte Öl. Hannes wird nach Griechenland versetzt, verflucht die griechischen Partisanen. Der Segen des Kardinals wirkt nicht. Dann nach Belgien. Auch hier war die Firmung Scheiße. Trotzdem, er kommt viel herum in der Welt, von einem Land zum anderen. Und überall verrichtet er seinen Dienst als Polizist, so, wie er das gelernt hat.

Der Hannes hat großes Glück, hat einen Riesenmassel, er überlebt den Krieg. Viele seiner Kameraden hatten Pech. Die liegen jetzt irgendwo unter der Erde. Aber er hat Schwein. Vielleicht von einem der Schweine in seinem Stall damals. Ein Hans im Glück. Ein standhafter Zinnsoldat.

Im Radio und auf Schallplatten singt Brigitte Horney:

So oder so ist das Leben,
so oder so ist es gut.
So wie das Meer ist das Leben,
ewige Ebbe und Flut.
Heute nur glückliche Stunden, morgen nur Sorgen und Leid.

Neues bringt jeder Tag.
Doch was auch kommen mag,
halte dich immer bereit.
Du musst entscheiden, wie du leben willst,
nur darauf kommt es an.
Und musst du leiden, dann beklag dich nicht,
du änderst nichts daran.
So oder so ist das Leben.

***

Luggi will nicht mehr Luggi heißen. Er hat genug von dieser bayrischen Verniedlichung. Als er zum ersten Mal beim Kramer Denk in seiner Aluminiumkanne Milch holt, fragt ihn der Mann hinter der Theke: Bist du neu hier? Wie heißt du denn? Als er zum ersten Mal ein paar Häuser weiter beim Bäcker Schorn Brötchen holt, fragt ihn die Verkäuferin: Bist du neu hier? Wie heißt du denn? Er will nicht mehr mit »Luggi« antworten. Schluss jetzt. Er ist kein Kind mehr, ist vierzehn, Jugendlicher, und muss ein neues Leben beginnen. Ab jetzt will er nur noch Ludwig heißen, wie es auf seinem Taufschein steht.

Seiner Mutter fällt es schwer, ihn Ludwig zu nennen. Für sie ist es so, als sei er ein Fremder, nicht mehr ihr Kind. Immer wieder rutscht ihr ein »Luggi« heraus. Dann korrigiert er sie. Für mich bleibst du der Luggi, beharrt sie. Auch sein Vater kann sich nicht daran gewöhnen. Was ist denn so schlimm an Luggi? Für Ludwig ist dieser Luggi schlimm. Sie begreifen nicht, dass mit diesem Umzug seine Kindheit beendet ist. Das ist vorbei. Jetzt beginnt etwas Neues.

Auch im Zeitungsladen gegenüber, als er zum ersten Mal die Rundfunkzeitschrift HÖRZU mit dem spannenden Fortsetzungsroman »Die Toteninsel« holen soll und der kleine zerknitterte Händler ihn fragt: Bist du neu hier? Wie heißt du denn?, antwortet er entschieden: Ludwig.

Soso, Ludwig, sagt der Schrumpelige mit einem Gesicht wie

ein alter Aktenordner und sieht ihn durch seine schimmernden Brillengläser an, als würde er ihm nicht glauben.

Ludwig schaut sich in der Bude um. Bunt, grellbunt, schreiend bunt die Revue, Brigitte, Film und Frau, Constanze, die Neue Illustrierte, Quick, das Neue Blatt. Auf den Titelseiten schöne lachende Gesichter von Mädchen, schön gepflegte Gesichter von Frauen. Keine über dreißig. Elegante Fürstinnen, Herzoginnen, Gräfinnen. Dazu jede Menge Schönheitsköniginnen wie dekorierte Torten. Krach im Hause Wittelsbach, Nachwuchsfreuden im Hause Hohenzollern, Schicksalsschläge für Hochadel, für den Niedrigadel, Heiraten in funkelnden Schlössern, unglückliche Lieben von Prinzessinnen. Ihre Sorgen und Nöte. DER SPIEGEL, der Stern, die Rheinische Post, Düsseldorfer Nachrichten, die National-Zeitung/Deutsche Soldatenzeitung mit ihrer Verherrlichung deutscher Kriegshelden, die Ludwig nicht kennt. Er kennt nur die germanischen Helden aus seinem alten Buch der Sagen. Im Laden auch zerknautschte Heftchen mit Lore-Romanen und Landsergeschichten und ausleihbare Bücher. Im Laden auch Annahme von Laufmaschen. Und im Hintergrund ein hübsches junges Lehrmädchen. Sie ist schlank, hat schmale Schultern und ihre rötlichen Haare zu einem Pferdeschwanz gebunden.

Sie ist etwas kleiner als er, unter ihrem grauen Arbeitskittel wölbt sich deutlich ihr Busen. Sie gefällt ihm. Er kann sich gut vorstellen, sie unter seinen Achseln an ihren Hüften an sich zu drücken. Jedes Mal, wenn ihn seine Mutter für die neue HÖRZU mit dem listigen Mecki und der »Toteninsel« schickt, geht er gern in den Laden, nur um dieses Mädchen zu sehen. Gern geht er auch zu ihr, wenn er für seinen Vater neue Hefte mit Kreuzworträtseln und Landsergeschichten holen soll. »Die Hölle von Warschau«, »Vorsicht, Partisanen« oder »Sturm über Hellas«. Sonst fasst er so was nicht an. Jetzt muss er danach greifen und ein paar dieser Groschenhefte kaufen. Während der Händler herumwuselt, tritt das Mädchen lächelnd an die Theke. Ihre hellen Augen funkeln unternehmungslustig. Und schon kommt das verschrumpelte Aktengesicht heran.

Lass das, faucht er sie an und jagt sie weg.

Artig tritt sie zur Seite und wartet auf seine Anordnungen. Er jagt sie die Leiter hoch, da kann Ludwig ihre nackten Beine sehen, schickt sie in den Keller hinab, um etwas zu holen. Mit hochrotem Kopf schämt sie sich vor ihm, so herumkommandiert zu werden.

Inzwischen hat er herausbekommen, dass sie Lotte heißt, im ersten Lehrjahr ist und noch nicht bedienen darf. Er geht auch in diesen Laden, wenn er nichts holen soll, nur um Lotte zu sehen. Irgendwas fällt ihm immer ein. Radiergummi, Schnellhefter, Lineal, Bleistiftspitzer. Wenn sie gerade nicht zu sehen ist, tut er so, als würde er sich das vollgestopfte Regal mit den ausleihbaren Büchern ansehen, und wartet auf sie. Er nimmt die abgegriffenen Schinken mit den farbigen Schutzumschlägen heraus, eingebunden in Cellophan, die Buchrücken schief. »Angelique und die Männer«, »Abenteuer im Orient«. Öffnet sie und spinkst immer wieder, ob Lotte noch nicht auftaucht, blättert in den Wälzern, sieht die Ecken der Buchseiten geknickt oder eingerissen. Das Papier riecht nach Essig. Da ist sie! Schnell stellt er die Scharteken zurück, freudig fragt sie: Ja, bitte schön? Was kann ich für Sie tun?

Wieder lächelt sie ihn an. Ihr gefällt dieser Junge. Er ist nicht so frech wie die anderen, die hereinkommen, herumlärmen und Kleinkram klauen. Er hat so ein zartes Gesicht wie noch nicht aufgebackene Brötchen. Noch ein bisschen teigig und fahl, seine kleinen Pickel werden bald vergehen, aber seine Augen sind so verträumt, so lieb. Irgendwie benimmt er sich linkisch und scheu. Passt gar nicht zu seiner verstrubbelten Frisur. Immer etwas unfrisiert. Auch das mag sie an ihm. Wenn Ludwig den Laden verlässt, sieht sie ihm durch das Schaufenster nach, wie er die Straße zum Revier überquert, die Flügeltür öffnet und eintritt. Er geht zur Polizei.

***

Leonhard und Luise gehen zum Friedhof, zum Grab seiner Eltern. In der Hand hält er ein Foto. Am Friedhofseingang kauft er einen großen Strauß Margeriten. Die mochten sie so gern. Er nimmt seinen schwarzen Filzhut ab, er weiß genau, wo sich ihr Doppelgrab befindet. Ein heller Grabstein aus Sandstein. Nicht Granit. Granit konnte sich sein Vater nicht leisten. Unter der Inschrift »Gertrud Birnbaum 1880–1926« stand eingemeißelt »Heinrich Birnbaum 1873–1931«. Leonhard und Luise suchen diesen hellen Grabstein. Er muss sich nahe einer Wasserstelle befinden, ein Rohr, das aus der Erde ragt. Daneben ein Gestänge für die Gießkannen aus Blech mit einer Brause am Schnabel und drei hohe Birken. Leonhard weiß es von den beiden Beerdigungen. Zuletzt war er im Oktober 1938 hier. Allein. Marianne musste bei der kleinen Luise bleiben.

Nun kommen sie vorbei an der Aussegnungshalle, dem öden Flachbau, der immer noch so trostlos dasteht wie damals. Von hier ist es nur noch ein kurzes Stück bis zum Grab seiner Eltern. Vor Leonhard und Luise rechen zwei Arbeiter den Kiesweg. Etwas abseits findet eine Beerdigung statt. Nur wenig Trauernde im kleinen Kreis. Leonhard fragt die Friedhofsarbeiter, wer da beigesetzt wird.

Ein Radfahrer, sagen sie. Ist auf der Wupperbrücke überfahren worden. Soll noch recht jung gewesen sein. Hat wohl nicht aufgepasst.

Noch ein paar Meter weiter. Hier muss das Doppelgrab sein. Aber da ist kein heller Grabstein aus Sandstein. Auch kein Wasserrohr, das aus der Erde ragt, kein Gestänge mit Blechkannen. Dafür ein Betontrog mit Kunststoffeinlage, daneben hängen grüne und gelbe Gießkannen aus Plastik. Auch keine drei Birken. Dafür steht da jetzt eine akkurat beschnittene Buchsbaumhecke. Immer wieder vergleicht Leonhard sein Foto vom Grab seiner Eltern mit dem Grab, vor dem er steht. Es ist ein ganz anderes Grab mit einer Bronzeplatte. Darauf ein anderer Name. Die Ruhestätte seiner Eltern verschwunden.

Ihr Grab weg. Einfach weg. Dafür liegt da jemand anders. Das kann nicht sein.

Vielleicht liegen sie jetzt woanders, sagt Luise. Frag am Friedhofseingang. Da hab ich ein Häuschen gesehen mit einem Schild »Information«.

Sie gehen zurück zum Friedhofseingang, treten in das Häuschen ein. In einem winzigen Büro sitzt eine dicke Frau in einer Kittelschürze, vor ihr auf dem Tisch belegte Stullen, ausgepackt aus einer Zeitung, eine gefüllte Kaffeetasse und eine Thermoskanne.

Leonhard fragt nach dem Grab seiner Eltern, nennt ihre Namen. Bevor die Frau antworten kann, muss sie fertig kauen und schlucken. Dann kommt von ihr: Lage? Feld, Reihe, Grab?

Das weiß Leonhard nicht. Darauf hat er nicht geachtet.

Sie zieht ein wuchtiges Registerbuch aus einem Regal, beschriftet mit »Wareneingang«.

Gertrud Birnbaum. Wann bestattet?

Auch den Tag der Beerdigung weiß er nicht mehr. Es muss im April 1926 gewesen sein.

Du meine Güte, '26. Das ist ja eine Ewigkeit her. Da kommen Sie erst jetzt?

Ich konnte nicht früher.

Waren wohl beim Kaiser in China.

Ja.

Die Frau blättert und blättert im Register, fährt mit den Fingern über den April '26. Dann findet sie: Gertrud Birnbaum. Beisetzung 20. April.

Leonhard durchzuckt es. 20. April. Da hatte mal jemand Geburtstag.

Und Ihr Vater, wann bestattet?

Auch an dieses Datum kann er sich nicht mehr erinnern. Er weiß nur, dass er am 8. August 1931 gestorben ist.

Noch so ein Uraltjahr, stöhnt sie und geht den ganzen August '31 durch, findet den Eintrag: Heinrich Birnbaum. Beisetzung 14. August 1931.

Die Gräber gibt's nicht mehr.

Nicht mehr?

Sind weg.

Wieso weg?

Na hören Sie mal. Die Ruhefrist der beiden ist abgelaufen.

Also keine Ruhe mehr?

Wir sind doch hier kein Judenfriedhof. Wär ja noch schöner. Ewigkeitsgrab. Na danke.

Wann sind ihre Fristen abgelaufen?

Nach fünfzehn Jahren. Für Ihre Mutter 1941. Für Ihren Vater 1946. Da hätten Sie mal früher kommen müssen.

Und nun?

Nichts, sagt sie, abgeräumt, aufgelöst, eingeebnet, nimmt einen Schluck aus ihrer Kaffeetasse, gießt aus der Thermosflasche nach und kaut wieder ihre Stulle. Wir brauchen Platz für neue Särge.

Leonhard sieht die Särge zerfallen, verfaulen. Dann die Leichen darin. Sie zerfallen, verfaulen, verwesen, lösen sich auf, von ihnen bleibt nur eine dunkle Brühe, die nach und nach in die Erde sickert. Leonhard schüttelt das Bild ab, will nicht daran denken. Er will nicht daran denken, dass seine Eltern verfault, verwest sind, sich aufgelöst haben in eine dunkle Brühe, die in der Erde versickert. Nicht seine Eltern, die nicht. Für ihn bleiben sie wohlerhalten, und sei es in seiner Erinnerung.

Er rennt aus dem Büro, weg von dieser Frau, Luise hinter ihm her. Draußen sieht er sich um, sieht den Friedhof. Eine schön gepflegte Anlage mit Verfaulenden, Verwesenden. Eine Gemeinschaft, einig in der Auflösung. Über die Gräber hinweg sagt er: Meldet euch mal. Lasst von euch hören, wie es euch geht. Seine Margeriten legt er auf irgendein Grab vor ihm. Soll sich darüber freuen, wer da in der Erde liegt und sich verflüssigt.

Luise fragt: Wo ist jetzt das Grab von Mama?

Was soll er da antworten? Wenn sie überhaupt ein Grab hat. Doch das sagt er nicht, setzt mit einem Ruck seinen schwarzen

Filzhut auf, nimmt Luise an die Hand, geht mit ihr durch das Friedhofstor.

**

Am Gartentor ein fremder Mann. Abgemagert, bärtiges Gesicht, verdreckter Mantel wie von der Wehrmacht. Wieder mal ein Bettler. Wild kläfft ihn Arko an.

Arko, versucht der Mann ihn zu beruhigen, kennst du mich nicht mehr?

Wieso kennt er seinen Namen?, fragt sich Luggi. Der Hund kläfft weiter. Luggi will ihn zurückhalten.

Da streckt der Abgerissene die Arme nach ihm aus, sagt: Luggi.

Er erschrickt, weicht zurück, hat Angst vor ihm. Wieso kennt er meinen Namen?, fragt sich Luggi.

Wieder greift der Mann nach ihm, sagt wieder: Luggi.

Er rennt los, entlang der Geißblatthecken zum Haus, in die Küche zu seiner Mutter, keucht: Da ist jemand am Tor. Will rein. Seine Mutter starrt ihn an, weiß sofort, wer das ist, wirft ihre Schürze weg, hastet mit ihm zum Tor, sie liegen sich in den Armen.

Das ist dein Vater, sagt sie.

Dieser Heruntergekommene sein Vater? Er kann sich kaum an ihn erinnern. Er war zwei Jahre, da war er weg. Im Krieg. Danach sieht er ihn nur kurz, als er ein paar Tage auf Heimaturlaub ist. Da trägt er eine schicke Polizeiuniform. Er bringt seiner Mutter eine große abgestoßene Ledertasche mit aus Serbien. Die Mutter fragt: Woher hast du die?

Hab ich geschenkt bekommen.

Man verschenkt keine gebrauchten Ledertaschen.

Die lagen auf einem großen Haufen.

Warum auf einem Haufen?

Konnte sich jeder was nehmen.

Wieso nehmen?

Gehörten niemandem mehr.

Die haben doch mal jemandem gehört.

Davor. Jetzt nicht mehr.

Da weiß seine Mutter Bescheid, beschimpft ihn, ihr so was mitzubringen, wirft die Tasche in die Mülltonne. Er ist wütend. Später bringt er Luggi eine Schildkröte aus Griechenland mit. Ihr Rückenpanzer ist schön gemustert. Während seiner langen Fahrt bewahrte er sie behutsam in einem durchlöcherten Schuhkarton und fütterte sie fürsorglich mit Salatblättern. Aus seinen Feldpostbriefen weiß Luggi nur, dass er im Krieg in einem Polizeibataillon ist. Sonst nichts.

Nun ist er zurück aus dem Krieg, und Luggi fragt ihn, was er da gemacht hat. Sein Vater zeigt ihm Fotos. Auf einem halten er und andere Uniformierte vor einer Ruine Bierflaschen in der Hand und prosten sich zu. Auf der Rückseite mit Bleistift geschrieben: Leslau 1939.

Wo ist Leslau?, fragt er ihn.

In Polen, sagt er.

Du warst in Polen?

Natürlich.

Auf anderen Fotos sitzt er mit seinen Kameraden froh vor einem Zelt an einem Ufer, sie schwimmen lachend in einem Fluss, spritzen sich nass. Auf der Rückseite: Save 1941.

Was ist Save?

Ein Fluss in Serbien. Belgrad. Da fließt die Save in die Donau.

Du warst in Serbien? In Belgrad?

Natürlich.

Dann ein Park mit Palmen. Lächelnd hält er eine Weintraube hoch, knabbert daran. Auf der Rückseite: Saloniki 1942.

Wo ist Saloniki?

Thessaloniki. Griechenland. War schön dort.

Und Fotos, wie sein Vater in Brüssel 1943 grinsend vor dem Manneken Pis steht und stolz auf dem Grand-Place posiert vor hohen mittelalterlichen Häusern.

Du warst auch in Brüssel?

Natürlich.

Wie ein Tourist, denkt Luggi. Nur in Uniform. Der Krieg eine Art Abenteuerurlaub. Zum Abenteuer gehören auch Frauen. So hat er es in seinem Karl May und in Sindbad der Seefahrer gelesen. Schöne Frauen, junge Frauen, sie gehen mit ihrem Helden durch dick und dünn. Und wenn sie von bösen Feinden gefangen werden, befreit er sie in feurigen Kämpfen, und sie ziehen weiter zu neuen Abenteuern. Sie bleiben ihm treu und verlassen ihn nicht.

Sein Vater hat Glück. Er muss nur zwei Jahre in ein kanadisches Kriegsgefangenenlager, wird dort gut versorgt. Jetzt ist er wieder da und arbeitet bei den Amerikanern in ihrer Kantine als Tellerwäscher. Auch da geht es ihm gut und er singt: »O wie herrlich, o wie schön ist der Taler anzuseh'n«. Jedes Mal bringt er goldbraune Pancakes mit, kleine Eierpfannkuchen, locker und cremig. Luggi futtert sie zusammen mit seinem Arko.

In der Villa nebenan fragen sich die Nachbarn, warum dieser Heimkehrer nicht eingesperrt wurde. Er war doch Polizist bei der SS. Das hat man an seiner Uniform gesehen, als er im Heimaturlaub hier war. Und jetzt läuft er frei herum und wäscht bei den Amis fröhlich ihre Teller, putzt ihre Tische.

✳✳✳

Ludwig putzt sein Fahrrad. Seinen roten Pegasus. Neben den Polizeiautos. Mit einem Lappen putzt er den lackierten Rahmen, die silberne Aluminiumlampe, die silbernen Speichen, den Dynamo am Vorderrad, bis alles schön glänzt. Er putzt auch die ledernen Schmutzfänger am Vorder- und Hinterrad. Er ölt die Kugellager und die Kette, legt neue bunte Wollringe um die Vorder- und Hinterachse, die sie beim Drehen polieren. Er drückt seine Klingel, ob sie laut genug läutet. Gern hätte er eine neue Klingel mit einem anderen, melodischen Klang. Er prüft seine Luftpumpe und sieht in der Kunstledertasche unter dem Sattel nach, ob er auch genug Flickzeug hat und den nötigen

Schraubenschlüssel, um das Vorderrad zu lösen, wenn er einen neuen italienischen Wimpel anschraubt.

Er hat schon einen in Grün-Weiß-Rot mit dem blauen Gardasee, doch ihm fehlt noch einer für die andere Seite des Vorderrads. Vielleicht Capri oder so was. Hauptsache, etwas Italienisches und schön bunt, das flattert, wenn er auf seinem Pegasus dahinsaust. Im Fahrradladen Dünnedahl hat er solche dreieckigen Wimpel im Fenster gesehen. Davon will er das nächste Mal einen kaufen und ihn anschrauben. Und es fehlt ihm am Lenker ein schöner Tacho. Da kann er dann sehen, wie schnell er fährt. Zehn, zwanzig, fünfundzwanzig.

Es kommen Kollegen seines Vaters, grüßen ihn freundlich, steigen in ihre Einsatzwagen und preschen davon. Andere Polizeiwagen fahren in den Hof, der Freese und der Dannhoff steigen aus.

Na, Ludwig, geht's wieder los?

Klar. Bei diesem Wetter.

Dann gute Fahrt.

Auch der Revierleiter Polizeiobermeister Heger kommt vorbei. Na, wieder schön putzen?, fragt er grinsend und betont: Muss schön sauber sein. Immer schön sauber.

Ludwig weiß noch nicht, wohin er heute bei diesem Sonnenschein radeln will. Vielleicht wupperaufwärts bis Leichlingen. Oder in das wilde Gelände bei Schlebusch, wo die Ruinen der Dynamitfabrik stehen. Zerbombt im Krieg. Jedenfalls muss er davor nach Quettingen, wieder ein Eimerchen Rübenkraut holen. Diesen schwarzen zähflüssigen Zuckerrübensirup, den er und seine Eltern so gern aufs Brot schmieren.

Auch der Hausmeister Bauer kommt vorbei. Jeden Samstag bringt er die prallen Müllsäcke zu den Tonnen, während seine dicke Frau das Treppenhaus und den langen Flur wischt und den Plastikbelag mit dem ekligen Bohnerwachs einreibt.

Wieder viel Zeug, sagt Ludwig.

So isset, sagt der Hausmeister.

Immer Arbeit.

So isset.

Schön warm heute.

So isset, sagt der Hausmeister.

Ludwig schaut ihm nach, wie er seine Säcke zu den Tonnen schleppt und sie hineinstopft, sieht nicht, dass der Lackreiniger auf seine Hose spritzt.

* * *

Das Gehirn spritzt aus den Schädeln der Erschossenen auf Hannes' Uniform. Auch auf die Uniform von Rudi und der anderen. Graue Matsche. Sie fluchen, wollen das Zeug abwischen mit der Hand, die Schmiere bleibt kleben, wollen die Hand abwischen im Gras. Das Gras so grün, bleibt so fest kleben auf der Hand, wollen es abwischen an der Uniform, das Gras und die Matsche bleiben kleben. Sie müssen weitermachen mit den Gehirnspritzern und Grasresten. Keine Verzögerung. Müssen weiter erschießen, neue Herangekarrte liquidieren. Müssen damit fertig sein bis Feierabend.

Hannes schreit auf: Nicht mehr! Schluss jetzt!

Rudi lächelt. Wieso? Du hast doch bis jetzt mitgemacht.

Er schreckt hoch.

Kathi neben ihm: Was hast du denn? Was ist los? Schlaf jetzt.

Er spürt ihre warme Hand auf seiner Schulter. Lange liegt er wach, bis er endlich einschläft.

Er treibt Männer, Frauen und Kinder, Alte und Kranke zum Gaswagen. Seinen Karabiner im Anschlag. Flucht unmöglich. In den Gaswagen hinein. Die Flügeltür des Kastenwagens wird verriegelt. Luftdicht. Der Schlauch am Auspuff angeschlossen, in den Kasten geführt. Der Gaswagen fährt los. Mit Vollgas. Zuerst noch Schlagen, Hämmern gegen die Wagenwände, dann Stille. Die Eingepferchten vergast, erstickt. Er erstickt, ringt nach Luft, schreckt hoch mit einem Schrei.

Kathi neben ihm: Was hast du denn? Geht es dir nicht gut? Nimm einen Schluck Wasser.

Zwanzig Gruben, schon halb gefüllt. Er steht Wache mit Rudi und den anderen. Wieder der Gaswagen. Kriegsgefangene müssen die Flügeltür öffnen, müssen aus dem Kasten die Leichen zerren, ineinander verkrallt, beschmiert mit Kot und Erbrochenem, müssen sie in die Gruben werfen. Im Kasten zerbrochene Brillen, zertretene Gebisse, ausgerissene Haarbüschel. Er bekommt Kopfschmerzen vom Auspuffgas. Sein Kopf droht zu platzen. Er schreit auf: Nicht wieder! Weg! Weg! Weg!

Er schreckt hoch, atmet schwer, schwitzt, sein Schlafanzug klebt am Körper, will ihn vom Leib reißen.

Kathi neben ihm fasst ihn am Arm: Hannes, komm zu dir. Was hast du denn immer? Gib doch Ruh.

Er wischt sich den Schweiß von der Stirn, atmet ruhiger, liegt lange wach. So geht das nächtelang.

Du sollst nicht töten. Das hat er im Religionsunterricht gelernt. Vor langer Zeit. Das stand im Katechismus. Das fünfte Gebot. Alle zehn Gebote musste er auswendig lernen und konnte sie hersagen. Du sollst nicht töten. Nie hätte er damals einen Käfer, eine Wespe töten können. Und nun hat er Menschen getötet. Massenhaft. Wie ist das möglich?

Hannes wird in Gauting problemlos wieder bei der Polizei eingestellt, als Polizeimeister, seinem Nazi-Dienstgrad. Nur wenige fragen sich, wie ist das möglich? Er war doch bei der SS, und jetzt ist er ohne Strafverfahren wieder bei der Polizei. Zusammen mit den anderen.

***

Wieder zusammen sind auch Middelhauve, Mende und Naumann nach Pfingsten. Sie wollen im Düsseldorfer Industrie-Club die Rede von Friedrich Grimm über die Generalamnestie hören. Naumann macht Middelhauve mit seinen beiden Freunden Achenbach und Diewerge bekannt, beide sehr nützlich für Middelhauve.

Sie schauen sich um im voll besetzten Saal und freuen sich, wen sie da alles sehen. Die ehemaligen Wehrmachtsgenerale Heusinger, Speidel, Kielmansegg, Trettner, Guderian, die SS-Größe Best und den berühmten Schriftsteller Ernst von Salomon. Dazu die Industriebosse Krupp, Flick, Siemens, Stinnes. Ein Auftrieb der Elite Deutschlands wie zum Erntedankfest.

Friedrich Grimm steht am Rednerpult und sieht im Geiste vor sich in der ersten Reihe Hitler, Göring, Goebbels, Himmler, Bormann, Keitel und Rommel. Sowie Speer und Hess auf Freigang vom Gefängnis Spandau, neben ihnen Six und Pohl ebenfalls auf Freigang vom Gefängnis Landsberg.

Grimm hebt an und fordert: Alle Straftaten, die während des Krieges bis 1945 begangen wurden, müssen annulliert werden und ungesühnt bleiben. Alle Täter müssen amnestiert werden. Keine Verurteilungen mehr, keine Freiheitsstrafen mehr. Alle in den alliierten Gefängnissen Werl, Wittlich, Spandau und Landsberg immer noch einsitzenden Kameraden müssen umgehend freigelassen werden. Es ist höchste Zeit für einen endgültigen Schlussstrich.

Das prominente Publikum lauscht höchst interessiert. Middelhauve ist begeistert und sieht sein neues Parteimitglied Naumann an. Naumann nickt zustimmend und sieht Achenbach an. Achenbach ist zufrieden und sieht Diewerge an. Diewerge ist ermutigt und sieht Mende an. Mende, Mitglied des FDP-Bundesvorstandes, gefällt die Resolutheit, mit der Grimm seine Forderungen vorträgt. Er war schon immer der Meinung, dass alle Inhaftierten sofort freigelassen werden müssen. Am Ende applaudieren alle im Saal enthusiastisch, amnestieren sich damit selbst und können nicht mehr belangt werden.

Nach dieser feurigen Rede informiert sich Middelhauve über die Nazivergangenheit dieses dreiundsechzigjährigen Düsseldorfer Anwalts Friedrich Grimm:

1933 Eintritt in NSDAP. Radikaler antisemitischer Publizist im Propagandaministerium. Günstling von Goebbels.

Verteidigt bei Gerichten deutsche antisemitische Interessen. Vom Kriegsdienst freigestellt. Lernt bei Goebbels Naumann kennen. Im Völkischen Beobachter Sonderberichterstatter zusammen mit Diewerge. Versetzt in die Pariser Botschaft. Dort Zusammenarbeit mit dem Gesandtschaftsrat Achenbach. Nach seiner Entnazifizierung 1949 übernimmt Grimm als Anwalt die Verteidigung angeklagter und inhaftierter Kriegsverbrecher.

Für meine Generalamnestie ein nützlicher Mann, sagt sich Middelhauve, lädt diesen fähigen Rechtsanwalt Grimm in sein Büro ein und nimmt ihn mit offenen Armen in seine FDP auf. Wenn auch nicht einstimmig, so ist sein Landesverband doch mit großer Mehrheit damit einverstanden. Sofort lässt Middelhauve in seiner Opladener Druckerei Grimms Rede drucken und an Nichtwähler verschicken. Er wirft sein Netz aus und ist sicher, dass sich darin eine Menge Fische verfangen, die er an Land ziehen kann. Prompt kann sich die Partei vor Anträgen neuer Mitglieder kaum retten.

Im Radio und auf Schallplatten singen Friedel Hensch und die Cyprys:

Die Fischerin vom Bodensee
ist eine schöne Maid, juchhe.
Und fährt sie auf den See hinaus,
dann legt sie ihre Netze aus.
Schon ist ein junges Fischlein drin
im Netz der schönen Fischerin.

***

Plötzlich steht in Gauting eine junge schöne Frau in der Küche. Ihr Haar auf dem Kopf zu einem Kranz geflochten. Neben ihr ein großer Koffer. Sie steht zwischen Hannes und Kathi. Er ist völlig überrascht, fassungslos.

Diana? Was machst du denn hier?

Hannes, warum du so platt?

Mit dir hab ich nicht gerechnet.

Ich mit dir schon.

Auch Kathi ist erschrocken. Wer ist diese Frau?

Diana Petrowa, stellt sich die Überraschung vor.

Was wollen Sie von meinem Mann?

Sie reicht ihr einen Zettel. Kathi liest die Handschrift ihres Hannes' mit der hiesigen Adresse.

Hat mir in Belgrad gegeben.

Ihr kennt euch?

Natürlich, sagt Diana und lächelt.

Kathi weiß, dass es im Krieg Bordelle gab für die Soldaten. Das soll normal gewesen sein. Ihr Hannes in einem Belgrader Puff mit dieser jungen Serbin. Daher kennen sich also die beiden. Ihr schwindelt, sie muss sich am Küchenschrank festhalten. Vielleicht hat er sich von ihr auch noch was eingefangen. Anscheinend aber nicht. Sonst hätte es nach seiner Rückkehr in ihrer Vagina gebrannt.

Sie bleibt nicht lang, will Hannes seine Kathi beschwichtigen. Die geht bald wieder.

Kathi lässt sich nicht beschwichtigen. Diese Serbin geht sofort wieder! Die haut hier ab! Auf der Stelle!

Diana will nicht gehen. Sie will bleiben, sie will bei Hannes bleiben.

Hannes räumt für sein Kriegsliebchen die kleine Holzhütte am Ende der Obstwiese aus, wirft die Gartengeräte heraus, die vollen Laubsäcke, den ganzen Plunder und richtet für Diana eine Unterkunft ein. Ein altes Bett, ein alter Tisch, ein alter Stuhl. Kathi ist entsetzt.

Nur vorübergehend, will er sie besänftigen. Bis sie woanders was gefunden hat.

Kathi lässt sich nicht besänftigen. Wie lange die beiden Krach haben und Diana schmunzelnd danebensteht, weiß Luggi nicht.

Er spielt mit seinem Arko auf der Obstwiese. Da läuft Arko

durch die offene Tür der Hütte. Luggi rennt ihm nach, will ihn herausholen, doch sein Arko läuft weiter. Luggi erstarrt. Sein Vater und Diana stehen vor dem Bett, eng aneinandergeschmiegt. Er umarmt sie, und sie umarmt ihn. Der Oberteil ihres Kleides ist herabgezogen, ihre nackten Brüste liegen frei. Luggi kann kaum glauben, was er da sieht. Steht da mit aufgerissenen Augen und offenem Mund. Die beiden entdecken ihn, schnell löst sein Vater die Umarmung, Diana hält ihn weiter fest umschlungen. Sie wendet sich zu Luggi hin, zeigt ihm ihre Brüste.

Noch nie Brust von Frau gesehen?, fragt sie lächelnd.

Raus!, schreit sein Vater. Raus! Und halt die Schnauze!

Verwirrt rennt Luggi davon, raus aus der Hütte, sein Arko hinterher. Sollen sie doch machen, was sie wollen.

Bald darauf erhält Hannes einen Brief aus Opladen. Einen Brief seines Kriegskameraden und Freundes Rudi Heger, mit dem er in Polen, Serbien, Griechenland und Belgien war. Der Rudi ist jetzt in Opladen Revierleiter der Schupo. Man braucht dringend Leute zum Aufbau der Polizei. Er kann nach Opladen kommen, kann befördert werden, kann, bis Kathi und Luggi nachfolgen, in Untermiete wohnen, in dem Haus, in dem auch Rudi wohnt. Dann wären sie dienstlich und auch privat wieder zusammen. Er schlägt Hannes vor, sich das zu überlegen.

***

Koberling hat es sich überlegt. Gleich am Ende seines ersten Arbeitstages will er den Gottlieb Brenner ansprechen wegen Smolensk, will ihn an seine Erschießung der russischen Kriegsgefangenen und Juden aus dem Smolensker Ghetto erinnern. Und dass er danebenstand und alles gesehen hat. An diesem Spätnachmittag will er Brenner damit konfrontieren, will sehen, wie er darauf reagiert.

Jetzt steht er vor ihm. Diesmal beim Neubau des Wohnhauses am Weiherpark. Um ihn Betonmischer, Sandhaufen, Zementsäcke, gestapeltes Schalholz und gebogene Anschlusseisen. Er in seiner mit Mörtel beklecksten Maurerkluft, Brenner in einem grauen Anzug. Ein günstiger Moment, ihn an sein Verbrechen zu erinnern, denkt Koberling. Jetzt kann er ihn nicht erschießen, wie er es sicher damals getan hätte. Jetzt kann ihm nicht viel passieren.

Damals in Smolensk, beginnt Koberling, bei der OT.

Brenners Augen funkeln. Wie damals, als er mit seiner Pistole einen nach dem anderen abknallte wie Hasen. Wovon sprechen Sie?

Das wissen Sie genau.

Wieso, was ist damit?

Wie Sie die Arbeiter erschossen haben. Ich werde Sie anzeigen.

Sie sind allein auf der Baustelle. Feierabend der Bauarbeiter. Keiner mehr im Rohbau, keiner mehr auf dem Gerüst. Ein günstiger Moment, ihn loszuwerden, ihn und diese Angelegenheit aus der Welt zu schaffen, denkt Brenner. Sehr günstig.

Auf dem Dach ist eine Absicherungslatte locker, sagt Brenner. Müssen Sie reparieren. Ich zeig Ihnen die Stelle.

Er weist ihn zum Bauaufzug, drängt ihn auf die Plattform und drückt den Knopf für ganz oben, für das Dach. Ratternd fahren sie hoch hinauf. Fünf Stockwerke hoch. Die Baustelle unter ihnen wird immer kleiner. Auf dem flachen Dach angekommen, zeigt Brenner zu einer Fassade, an der kein Gerüst mehr steht. Gegenüber der Park. Sie stehen vor der lockeren Absicherungslatte.

Da, sagt Brenner. Sehr gefährlich. Könnte jemand abstürzen, wenn er sich daran festhält.

Koberling schaut hinunter, streicht sich über seinen Schnäuzer.

Auch Brenner schaut hinab in den Park. Kein Mensch zu sehen. Kein Zeuge. Ein kleiner Stoß genügt. Brenner steht dicht hinter Koberling.

Im Radio und auf Schallplatten singen Die 3 Travellers:

Pst! Pst! Hinter ihnen geht einer.
Hinter ihnen steht einer.
Dreh'n Sie sich nicht um.
Tun Sie lieber gar nichts.
Tun Sie so, als war nichts.
Stellen Sie sich dumm.

***

Kurz vor Dienstschluss klingelt das Telefon von Polizeimeister Stadler. Unfall beim Neubau am Weiherpark. Dringend. Wahrscheinlich ein Toter.

Verdammt, muss das jetzt noch sein? Murrend fährt er mit seinem Kollegen und Freund Gustav Freese und Kriminalkommissar Hubert Schönlein los. Als sie eintreffen, hat sich schon eine Menge Schaulustiger am Unfallort angesammelt. Spaziergänger eilen mit ihren Hunden aus dem Park herbei. Sie drängen sich um einen am Boden liegenden Mann. Seine mit Mörtel bekleckste Maurerkluft hat sich halb über seinen Kopf gestülpt, die Ärmel weit zurückgeschoben, man kann seine nackten, seltsam verdrehten Arme sehen, sein Kittel am Rücken aufgeplatzt. Nur ein bisschen Blut ist aus seinem Mund auf den Sandweg gelaufen.

Die Polizeimeister Stadler und Freese weisen die Neugierigen zurück und sperren mit rot-weißen Flatterbändern ab. Wieder muss Stadler die Umstehenden fragen, ob sie etwas gesehen haben. Keiner hat etwas gesehen. Kein verdächtiger Lärm, kein Schrei. Nichts. Kinder haben den Mann zuerst auf dem Fußweg liegen sehen, feixen: Ein betrunkener Bauarbeiter. Die saufen ja oft nach der Arbeit. Aber der hatte keine Bierflasche bei sich.

Ist wahrscheinlich vom Gerüst gefallen, sagt ein Spaziergänger und muss seinen Hund an der Leine immer wieder zurückziehen, der an dem Liegenden schnuppern will.

Ist oben bei der Arbeit ausgerutscht, sagt eine junge Mutter und schiebt den Kinderwagen mit ihrer Kleinen davon. Die soll so was nicht sehen.

Kriminalkommissar Hubert Schönlein beugt sich über den Verunglückten. Tastet seinen blutigen Hals nach Pulsschlägen ab. Nichts. Im Polizeiwagen wischt er sich seine Finger ab, ruft den Notarzt an und protokolliert das Vorgefundene.

Schnell trifft die Ambulanz ein, der Arzt stellt den Tod des Bauarbeiters fest, ruft in seinem Wagen das Beerdigungsunternehmen Breidschuh an. Breidschuh kommt, Träger laden den Toten auf eine Bahre, schieben ihn in ihren schwarzen, mit einem Palmzweig geschmückten Wagen und fahren davon.

Zu Hause zieht sich Polizeimeister Stadler seine Polizeiuniform aus, schlüpft in seine privaten Kleider und berichtet seiner Kathi: Ein Bauarbeiter ist vom Gerüst gestürzt. Ist ausgerutscht. Wieder einer über die Wupper gegangen.

Kurz darauf ruft Brenner Bossmann an. Friedrich Bossmann, den angesehenen Anwalt in seiner vornehmen Kanzlei mit zwei Sekretärinnen in seiner Villa am Frankenberg.

Brenner und Bossmann kennen sich gut. Sie sind Mitglieder des hiesigen Freundeskreises zur Förderung der regionalen Unternehmer und des Tennisclubs, spielen hin und wieder an Samstagnachmittagen zusammen Tennis in der Sportanlage Birkenberg, speisen mit dem Bürgermeister in ihrem Lieblingsrestaurant Milano, geben sich so manchen Tipp über Steuern und künftige Bauvorhaben der Stadt. Bossmann hat Brenner schon aus so mancher Patsche geholfen.

Kann ich Herrn Bossmann sprechen?

Tut mir leid, sagt eine seiner Sekretärinnen, der Herr Rechtsanwalt hat außerhalb zu tun.

Geht's denn gar nicht?

Wer ist am Apparat?

Brenner.

Ach, Herr Brenner, Sie sind's. Moment, ich stell Sie durch.

Kurzes Knacken in der Leitung, dann: Hallo, Gottlieb. Was gibt's?

Du musst mir helfen.

Worum geht's denn?

Schlecht am Telefon. Eine dumme Geschichte. Wann hast du Zeit?

Komm jetzt.

In wenigen Minuten ist Brenner bei ihm und schildert ihm das Unglück. Und sagt, wie sehr ihm sein Tod besonders für seine Frau leidtue.

Worin siehst du das Problem?, fragt Bossmann.

Die Kripo war vor Ort.

Und?

Sie wird ermitteln.

Wird sie nicht. Du kannst nichts dafür. Wenn er ausgerutscht ist, hast du damit nichts zu tun.

Und wenn doch?

Wer soll dich anklagen? Warum? Wo kein Kläger, da kein Richter.

Brenner ist erleichtert. Er hat Vertrauen zu seinem Freund.

✳✳✳

Die Kripos haben Vertrauen zu Kathi. Sie darf nach Feierabend ihre vier Büros nebenan putzen und die vollen Papierkörbe mit oft heiklen Schriftstücken leeren. Sie fühlt sich geschmeichelt und ist sehr stolz darauf. Nie kommt sie auf den Gedanken, in den weggeworfenen Papieren zu lesen, etwas zu erfahren. Außerdem kann sie durch diese Putzerei zusätzlich etwas Haushaltsgeld verdienen.

Wenn sie ihre Arbeit beendet hat und Hannes keinen Spätdienst hat, zu keinem plötzlichen Einsatz gerufen wird, sitzen sie am Abend zusammen mit Ludwig vor ihrem neuen Radio, das im Wohnzimmer auf der Kommode prunkt. Ein großer Loewe-Opta mit einem kastanienbraunen Holzgehäuse. Über den Lautsprecher ist ein braungelber Stoff gespannt, links und rechts Drehknöpfe für die Sender auf der Skala. Und in der

Mitte Elfenbeintasten für Langwelle, Mittelwelle, Kurzwelle und auch schon UKW. Der Apparat hat auch einen Klangregler, ein Magisches Auge. Wenn man daran dreht, leuchtet es grün und gelb. Hannes hat dieses schöne Gerät bei Radio Poensgen gekauft. Ein feiner Mann, betont er und fühlt sich sehr geehrt, dass Poensgen ihn beim Kauf so freundlich, so zuvorkommend beraten hat und ihm sogar Ratenzahlung gewährte. Die Familie sitzt vor dem prächtigen Loewe-Opta, wenn die Krimiserie »Paul Temple« von Durbridge läuft. Dann lauschen alle gespannt der rauchigen Stimme von René Deltgen.

Dieses Mal muss der Kommissar Paul Temple den merkwürdigen Tod eines Bauarbeiters aufklären, der angeblich unter die Planierraupe seines Chefs geraten ist. Temple verdächtigt den Chef, den Arbeiter absichtlich zerquetscht zu haben.

Das gibt's nicht, behauptet Hannes. Das macht kein Chef. Am Ende stellt sich heraus: Temple hatte recht mit seinem Verdacht.

Die Familie sitzt vor dem Radio, wenn die Funklotterie kommt mit dem Just Scheu und seiner sympathischen Stimme. Von vier Geräuschen ist das richtige zu raten. Nun vier verschiedene Geschwindigkeiten eines Autos. Man muss herausfinden, ob das Auto sehr langsam fährt, normal, schnell oder ob es rast. Hannes weiß es sofort: Es rast. Dann viermal das Fallen eines Gegenstandes: einer Schachtel, einer Dose, eines Stuhles oder eines vollen Sackes. Auch das weiß er sofort: Das ist ein voller Sack. Dann ein Knallgeräusch: das Zuklappen einer Holzkiste, das Aufeinanderklatschen von zwei Brettern, das Zuschlagen einer Tür oder ein Schuss. Klar, ein Schuss. Das kennt Hannes.

Nun? Haben Sie richtig geraten?, fragt Just Scheu mit seiner liebenswürdigen Stimme. Dann schicken Sie Ihre Lösungen an den Nordwestdeutschen Rundfunk Köln. Es erwartet Sie ein schönes Überraschungsgeschenk. Herzlichen Glückwunsch.

Hannes hat alle Geräusche richtig geraten. Er überlegt, ob er seine Lösungen einschicken soll. Über ein schönes Überraschungsgeschenk würde er sich freuen.

Es darf nicht das Telefon läuten, auch keiner an der Tür klopfen, darf keiner stören, wenn »Das ideale Brautpaar« mit Jack Königstein gesendet wird. Heiratskandidaten werden eine Woche vor ihrer Heirat getrennt Fragen gestellt. Antworten die Paare absolut gleich, bekommt jeder Heiratskandidat einen Punkt. Bei ähnelnden Antworten einen halben, bei völligem Unterschied keinen Punkt. Das ideale Brautpaar ist, bei dem die meiste Übereinstimmung herrscht. Die Mutter ist begeistert, wenn Braut und Bräutigam genau denselben Geschmack haben. Der Vater findet das blöd. Es muss doch Unterschiede geben.

Nun die Fragen: Wer von Ihnen beiden wird morgens die Schuhe putzen? Wie denken Sie über Verwandtschaftsbesuche? Stören Sie Kosenamen in Gegenwart anderer? Was ist für Sie in Ihrem künftigen Hausstand das wichtigste Möbelstück? Für Ludwigs Vater ist das wichtigste Möbelstück der Tisch, an dem er seine Kreuzworträtsel lösen kann, für die Mutter das Bett. Was ist Ihre Lieblingsmusik? Der Vater hat keine Lieblingsmusik, die Mutter liebt Walzer. Und Ihr Lieblingsessen? Der Vater mag am liebsten Eisbein, die Mutter Apfelstrudel. Weiter geht es mit Fragen nach Lieblingstier, Lieblingsfarbe. Da klopft es an die Tür.

Jetzt keine Störung, sagt Hannes verärgert. Wir öffnen nicht.

Und wenn es etwas Wichtiges ist?, wendet Kathi ein.

Kann nichts Wichtiges sein. Will die Sendung hören.

Wieder klopft es an der Tür. Diesmal heftiger.

Vielleicht von deiner Dienststelle.

Der Freese und der Dannhoff sind unten. Ich mach nicht auf.

Noch mal Klopfen, sehr kräftig.

Verdammt noch mal!, flucht Hannes, steht auf, geht zur Tür, öffnet. Diana!

Diana steht vor ihm, wie in Gauting ihr blondes Haar auf dem Kopf zu einem Kranz geflochten, wie in Gauting neben ihr ein großer Koffer.

Du wieder? Was willst du denn?

Du weg ohne Abschied. Diana traurig. Sehr traurig. Diana ohne Hannes. Musste dir nach.

Woher hast du meine Adresse?

Von Polizia in Gauting.

Wer ist denn da?, ruft Kathi aus dem Wohnzimmer.

Hannes antwortet nicht, will schnell die Tür schließen, zurückkehren, will zu Kathi sagen: Der Hausmeister. Nichts Besonderes. Da tritt Kathi heran, starrt auf Diana.

Schon wieder diese Serbin!

Sie wollte nur was wissen.

Wollte nicht wissen, beharrt Diana. Will hierbleiben.

Schick sie weg, diese Nutte.

Diana bricht in Tränen aus.

Waren gezwungen von Faschisten. Sonst Tod.

Sie tut ihm leid, als er sie so schrecklich weinen sieht, muss sie aber loswerden. Geh zurück nach Belgrad.

Kann nicht.

Warum nicht?

Dort Kommunisten. Bringen mich um, weil ich mit Faschisten hatte.

Kann ich auch nichts machen. Jetzt verschwinde.

Ist das Dank, dass ich so lieb war zu dir in Belgrad?

Jetzt wird Kathi resolut: Wenn die nicht geht, dann ich!

Mit einem Knall schlägt sie die Tür zu. Hannes fürchtet, Diana könnte die ganze Nacht vor der Tür liegen bleiben, auf der Fußmatte, dort bis zum Morgen auf ihn warten, hat Angst, sie nicht mehr loszuwerden. Was dann?

Sie kehren zurück in ihr Wohnzimmer, setzen sich wieder vor das Radio, vor »Das ideale Brautpaar«, beide aufgewühlt. Schweigen. Die Sendung ist ihnen versaut. Die Harmonie der Paare wollen sie nicht mehr hören, lassen trotzdem den Apparat laufen.

In ihrem Kopf: ihr Hannes in Belgrad in einem Bordell! Und seine Nutte verfolgt ihn, zuerst in Gauting und jetzt hier.

In seinem Kopf: seine Diana draußen vor der Tür. Liegt auf

der Fußmatte. Stolpert über sie, wenn er morgen früh hinaustritt. Dazu der Ärger mit Kathi.

Bleiern sitzen sie nebeneinander.

***

Irma Koberling sitzt Kriminalkommissar Hubert Schönlein gegenüber.

Der Brenner hat meinen Mann vom Gerüst gestürzt.

Schönlein wehrt ab. Seien Sie vorsichtig mit einer solchen Behauptung.

Ich weiß es.

Können Sie das beweisen?

Nein.

Dann behaupten Sie so was nicht. Das könnte gefährlich werden für Sie.

Der Brenner hat ihn vom Gerüst gestürzt.

Vorsicht. Brenner könnte Sie anzeigen wegen Verleumdung.

Der Brenner war's.

Woher wollen Sie das wissen?

Mein Mann hat ihn wiedererkannt. Er hat in Smolensk Zwangsarbeiter erschossen!

Das behaupten Sie.

Er hat's gemacht.

Woher wollen Sie das wissen?

Mein Mann hat es gesehen.

Das behaupten Sie.

Er hat's mir gesagt. Er wollte den Brenner damit konfrontieren. Ich hab zu ihm gesagt: Lass das. Das bringt nur Ärger. Aber nein, er hat's ihm auf den Kopf zugesagt. Und dann war er tot.

Schlimm, dass Ihr Mann so verunglückte, sagt Kommissar Schönlein. Aber solang Sie keinen Beweis dafür haben, dass der Brenner ihn hinabstürzte, können wir da nichts machen.

Und nun?

Es könnte doch sein, dass Ihr Mann oben auf dem Gerüst unglücklicherweise ausrutschte.

Er ist nicht ausgerutscht.

Oder dass er sich an die unsichere Brüstung lehnte.

Er hat sich nicht angelehnt.

Oder dass er einen Fehltritt machte.

Er hat keinen Fehltritt gemacht. Der Brenner hat ihn runtergestürzt.

Behauptungen. Behauptungen. Kein Beweis.

Sie sind der Kommissar. Sie müssen das beweisen. Nicht ich.

Jetzt wird sie auch noch frech. Lästig und frech. Schönlein plustert sich auf, rückt sich auf seinem Sessel zurecht, kehrt seine Autorität hervor.

Wir werden das Nötige unternehmen.

Ich glaub Ihnen kein Wort.

Schluss jetzt! Draußen warten noch andere. Sie sind nicht die Einzige. Sie haben mich lange genug aufgehalten. Meine Zeit ist kostbar.

Irma Koberling taumelt hinaus, findet kaum die Tür. Schönlein ist froh, dass sie weg ist.

Erica Pappritz, Protokollchefin in Adenauers Auswärtigem Amt, notiert weitere Anstandsregeln für die Öffentlichkeit, zum Beispiel über Trauerkleidung:

»Ehefrauen tragen zur Beerdigung einen Witwenschal. Auch die übrige Kleidung, einschließlich der Schuhe, Strümpfe, Handtasche und Handschuhe, ist schwarz. Schmuck wird, mit Ausnahme des Eherings, zur Beerdigung grundsätzlich nicht getragen. Eine Witwe trauert im Allgemeinen ein Jahr, wobei sie während des ersten Halbjahres tiefe Trauer trägt. Im zweiten Halbjahr und darüber hinaus kann sie sogenannte Halbtrauer tragen, bei der das Schwarz ihrer Kleidung durch Grau ersetzt sein darf. Laut Gesetz darf sie vor Ablauf von zehn Monaten nicht wieder heiraten. Ausnahmen sind nur nach ärztlicher

Untersuchung möglich, um gegebenenfalls Vaterschaftsfragen zu klären.«

✻✻✻

Jeden Morgen muss Ludwig zu seiner Realschule nach Langenfeld radeln. In Opladen gibt es keine Realschule. Bleibt ihm nur Langenfeld. Sieben Kilometer entfernt. Jeden Tag strampelt er auf seinem roten Pegasus eine halbe Stunde hin und am Mittag wieder zurück. Über die Wupperbrücke, dann über die Autobahn hinweg, sieht unter sich die schweren Lkws und flotten Pkws dahinbrausen, dann durch das Kaff Reusrath. Vorbei an großen Backsteingebäuden. Hinter dem Maschendrahtzaun stehen merkwürdige Menschen. Verkrüppelte mit deformierten Gesichtern, mit schräg stehenden Augen, Kleinwüchsige, einige auf Krücken, sogar in Rollstühlen. Alle erbärmlich gekleidet. Durch den Maschendraht halten sie Grünzeug und Blumen, winken fröhlich und lachen. Galkhausen, sagt sein Vater verächtlich. Idiotenanstalt.

Ludwig schaut sich in der Klasse um. Er schaut sich die Mädchen an, ob da eine für ihn dabei ist. Da ist Margret, ein ausgewachsenes Mädchen mit einem großen Busen, auf den die Jungen gern linsen und darüber witzeln. Vielleicht trägt sie einen BH mit Einlagen, damit ihr Busen größer scheint. Da ist Ruth. Mit ihren langen schwarzen Haaren, großen dunklen Augen und ihren langsamen Bewegungen wirkt sie sehr geheimnisvoll. Die fahrige Elli schreibt während des Unterrichts alles mit, lernt alles auswendig und hat keine Ahnung, was sie da in ihren Kopf hineinpaukt. Die hübsche Hannelore, die Lore, mit ihrem braunen Zopf. Ständig hängt sie mit der Margret zusammen, sie tuscheln und kichern. Ludwig fragt sich, ob sie auch über ihn tuscheln und kichern.

Dann die Ilse, groß und mager, kurz geschorene braune Haare. Sie trägt eine billige dünnrandige Brille. Alle nennen sie Brillenschlange, nur Ludwig nicht. Sie schreibt nur Einsen und ist sehr lieb zu ihm. Sie mag ihn. Ihr gefallen seine wässrigen Augen, sein träumerischer Blick, seine widerspenstige Frisur, seine Schüchternheit. Doch er will nichts von ihr wissen. Sie ist ihm zu groß, zu dürr. Als Klassenbeste schüchtert sie ihn ein. Er hat sogar etwas Angst vor ihr. Ilse, Bilse, keiner willse, kam der Koch, nahm sie doch, steckt sie in das Ofenloch.

Marlies und Günter sind ein merkwürdiges Paar. Sie wohnen im selben Haus, kommen gemeinsam zur Schule, sitzen in der Klasse nebeneinander, fahren gemeinsam mit der Straßenbahn nach Hause. Die Jungens frotzeln: Pennt ihr auch zusammen in einem Bett? Werden eure Eltern nicht angezeigt wegen Kuppelei?

Da ist auch ein besonders hübsches Mädchen. Die Angelika, die Angela. Braune Locken, schöne volle Lippen, Busen, dunkle, weiche Stimme. Trägt seidene Strümpfe, sogar mit einer schwarzen Naht in der Mitte der Waden. Ziemlich kurzer Rock. Sie gefällt Ludwig. Ihr würde er sich gern nähern, mit ihr anbandeln. Doch sie scheint unnahbar. Würde er sie einmal zu einem Eis einladen, zu einem Kinobesuch oder zu einer Radtour, hat er Angst, dass sie ihm eine knallt.

Und dann ist da Doris, die Tochter des Kripos Gutbrot von nebenan. Mit ihr will er schon gar nichts zu tun haben. Mit ihr redet er grundsätzlich nicht. Sie würde alles ihrem Vater weiterquatschen, dann weiß es die ganze Kripo und dann seine Eltern. Das wär ja noch schöner.

Unter all den Mädchen ist nichts dabei, was er sucht. Er sucht eine, die etwas kleiner ist als er, eine Kuschelige, die sich an ihn schmiegt, die er drücken kann.

Und dann sind da die Jungen. Der Ulrich, der Ulli Melzer. Er schwärmt für Autos, kennt alle Automarken, kennt die neuesten Modelle. Er kann die Vor- und Nachteile aller Pkws aufzählen. Was sein Vater im Krieg gemacht hat, verschweigt er. Wahrscheinlich weiß er es nicht. Da flattern die wildesten Gerüchte, aber keiner kann etwas Genaues sagen. Jetzt besitzt der Melzer die Aral-Tankstelle an der Ecke Lessingstraße, wo früher die

Synagoge stand. Daneben ließ er das ehemalige jüdische Gemeindeshauses abreißen, wird sowieso nicht mehr gebraucht, und kaufte das wertvolle Grundstück. Was er darauf bauen will, ist noch nicht klar. Vielleicht eine Erweiterung seiner Tankstelle oder eine Reparaturwerkstatt für Pkws. Jedenfalls etwas mit Autos. Hat ganz schön Kohle, der Melzer. Kein Wunder bei dieser Tankstelle, vor der die Wagen Schlange stehen. Jeden Morgen bringt Ulrichs Mutter ihren Ulli in einem Auto zur Schule. Mal in einem neuen Borgward Isabella, mal in einem neuen VW oder Mercedes. Alle mit langen Antennen auf dem Dach und Autoradios. Und nach Schulschluss holt sie ihn wieder ab. Immer mit einem anderen Wagen. Er hat seinen eigenen Fahrdienst. Alle nennen ihn Taxi-Ulli.

Bernie rechnet gern. Während des Unterrichts addiert die kleine Rechenmaschine hurtig Geldbeträge. Vielleicht hat er so viel auf seinem Sparbuch. Keine Ahnung. Ludwig hat kein Sparbuch. Ganze Zettel schreibt Bernie voll mit Zahlen. Er rechnet sogar die Zinsen von Summen zusammen. Und die Zinseszinsen. Was sind Zinseszinsen?, fragt Ludwig. Bernie antwortet gar nicht. Für ihn steht fest: Er will zur Stadtsparkasse, da eine Banklehre machen, will Bankkaufmann werden, Filialleiter und später zur Deutschen Bank, dort ins profitable Investmentgeschäft einsteigen. Was ist Investmentgeschäft?, fragt Ludwig. Bernie schüttelt nur den Kopf über so viel Unwissen. Will da Direktor werden. Die Deutsche Bank ist für ihn das Größte. Er schwärmt von Josef Abs, dem Chef der Deutschen Bank und Adenauers Finanzberater, hält ihn für den Größten. Wer ist Abs?, fragt Ludwig. Darauf reagiert Bernie gar nicht mehr. Später will er auch noch ein Pferdegestüt haben.

Volker bewundert das Militär. Am liebsten sieht er Kriegsfilme, ist ganz versessen darauf und schlägt Ludwig vor, mit ihm ins Capitol zu gehen, da laufen solche Filme, Koreakrieg und so tolle Geschichten. Ludwig hat keine Lust auf so eine Ballerei. Ihn interessiert etwas anderes. Aber vielleicht geht er doch mal mit ihm ins Capitol.

Bei Werner weiß man nie, was er denkt. Er redet kaum, und wenn man ihn etwas fragt, schweigt er. Nur einmal ließ er wie durch einen Spalt eines Theatervorhangs durchblicken, dass sein Vater als Chemiker bei Bayer in Leverkusen arbeitet und mit dem Zauberer Kalanag oft unterwegs ist. Manchmal schickt er einen Furz los, völlig lautlos, aber kräftig. Dann stinkt es hinter ihm nach faulen Eiern, und alle wedeln mit ihren Heften. Von Bayer weht bei Südwind auch so ein Gestank über Opladen.

Helmut ist etwas älter und auch größer als alle anderen. Er hat dunkle Haare, dunkle Augen und überragt alle mit seinem ernsten, nachdenklichen Wesen. Wenn er spricht, überlegt er jedes Wort. In den letzten Sommerferien hat er als sogenannter Werkstudent bei Henkel in Düsseldorf gearbeitet und wird auch in diesen Ferien da arbeiten.

Hubert, der Schweißfurt, sitzt in der ersten Bank und hebt immer als Erster den Finger. Ein Streber. Ihn mag keiner, hat keinen Spitznamen. Schweißfurt, das klingt nach Fährtensucher auf der Spur von Tieren, die Futter schnüffeln oder hinter dem Duft eines Weibchens her sind.

Richard, den Ritschi, braucht man gar nicht erst was fragen, der sprudelt von allein los und hört nicht mehr auf. Er will raus aus dem Kaff Opladen. Ihm ist hier alles viel zu eng. Er will die Welt erleben, die fernen Länder sehen. Er will reisen, reisen, schwärmt von Abenteuern. Will Krokodiljäger werden in den Sümpfen Australiens, Schlangenfänger im Dschungel von Borneo, Schrumpfköpfe sammeln im Amazonas. Er will auf einem Schiff mit großen Segeln über die Weltmeere schippern. Auf der Pamir, dem Schulschiff der Marine. Viermaster.

Und dann ist da Kurt Schidan. Nur seine engsten Freunde dürfen ihn Kurti nennen. Andere hält er verächtlich auf Abstand. Ein schmächtiges sehniges Kerlchen, der immer drastische Sprüche loslässt wie: Eins in die Fresse, Eier polieren, abmurksen. Immer trägt er am Gürtel seiner kurzen Hose in einer Lederscheide einen langen, breiten Dolch mit einem Griff aus Elfenbein. Gern führt er ihn vor und streicht dabei grinsend mit dem Daumen über die blitzende Klinge und die scharfe Schneide. Alle bewundern ihn und seinen Dolch. Man munkelt, er habe mit seinem Dolch einmal einem Schäferhund die Gurgel durchgeschnitten. Zuzutrauen wäre ihm das. Mit Schaudern muss Ludwig an seinen geliebten Arko denken. Schidan ist die Schule schnuppe, er pfeift auf den Unterricht. Am liebsten würde er sofort abhauen. Einmal ist er sogar eine Woche lang weg. Als er wieder auftaucht, prahlt er herum, er sei in Marseille gewesen bei der französischen Fremdenlegion. Habe sich für Indochina gemeldet, werde dort mit seinem Dolch die Kommunisten abstechen. Ob er wirklich in Marseille war, weiß keiner. Jedenfalls tut er so, als sei er aufgenommen worden.

***

Aufgenommen worden in die FDP ist der kompetente Rechtsanwalt Ernst Achenbach. Middelhauve kann den zweiundvierzigjährigen gefuchsten Juristen gut gebrauchen. Gemeinsam mit Naumann und Grimm will er mit ihm seine geplante Generalamnestie durchboxen. Außerdem versorgt Achenbach die Parteikasse mit großzügigen Spenden. Bis weit über den Rand des Geldtopfes. Sie stammen von seiner erfolgreichen Verteidigung und Rehabilitierung der angeklagten Ruhrindustriellen Alfried Krupp von Bohlen und Halbach und Hugo Stinnes junior, Erbe des Stinnes-Imperiums. Für diesen Geldsegen ist ihm Middelhauve überaus dankbar. So ein Mann mit derartigen Kontakten zur Ruhrindustrie und ihrem Spendenfluss ist ein Treibsatz für ihn und seine Partei. Er kann damit neue Ufer ansteuern.

Achenbach verschweigt Middelhauve nichts über seine Nazivergangenheit. Warum sollte er? Er hat eine beeindruckende Karriere geschafft und ist stolz darauf: seit 1933 promovierter Jurist, NSDAP-Mitglied, Beitritt zum Bund Nationalsozialistischer Deutscher Juristen. 1936 in Ribbentrops Außenministerium. Für das Außenministerium Attaché in der deutschen Botschaft in Paris, Gesandtschaftsrat. Lernt dort Friedrich Grimm kennen. Nach der französischen Kapitulation 1940 Leiter der Politischen Abteilung in der Pariser Botschaft. Hier Zusammenarbeit mit Werner Best, SS-Obergruppenführer aus Heydrichs Reichssicherheitshauptamt, Chef des Verwaltungsstabes beim Militärbefehlshaber in Frankreich. Achenbach und Best ordnen das Tragen des Judensterns im besetzten Teil Frankreichs an. Befehlen die Verhaftung und Deportationen der in Frankreich lebenden Juden, requirieren jüdisches Eigentum, lassen Geiseln erschießen.

Nach Kriegsende bei Entnazifizierung durch Persilscheine entlastet. In den Nürnberger Prozessen Verteidigung prominenter Angeklagter der Konzerne IG Farben, BASF, Bayer. Während seiner Plädoyers Bekanntwerden seiner NS-Vergangenheit. Warnung vor drohender Verhaftung. Kein großer Auftritt wie ersehnt, sondern panische Flucht aus dem Nürnberger Gerichtssaal. Für ihn jedoch keine juristischen Folgen, wieder dank glänzender Persilscheine, beste Leumundszeugnisse von Freunden und Weggefährten, die behaupten: kein Nazi, ein anständiger Mensch, sogar im Widerstand. Mit diesen Beglaubigungen wieder als unbelastet eingestuft. Nun steht ihm nichts mehr im Weg, er hat wieder freie Hand, baut in Essen seine Anwaltskanzlei auf, boxt als renommierter Verteidiger belastete Nazigrößen frei. Und auch seine Freunde und Weggefährten, die ihm halfen.

Middelhauve wiegt den Kopf. Zugegeben, Achenbachs Nazizeit ist nicht sauber. Da ist er mit vielem nicht einverstanden. Aber was soll's. Vorbei ist vorbei. Schwamm drüber. Er macht Achenbach zu seiner rechten Hand, befördert ihn zum außenpolitischen Sprecher der Partei und verschafft ihm sogar einen Sitz im nordrhein-westfälischen Landtag in Düsseldorf.

Für Achenbach eine ideale Position. Nun kann er seine Nazifreunde in die Partei einschleusen, damit sie wieder in der Politik aktiv werden können. Als Außengeschäftsführer besetzen sie nach und nach fast alle Stellen in den Kreis- und Bezirksverbänden. Auch damit ist der Landesverband einverstanden. Für Middelhauve geht alles nach Wunsch. Durch Achenbach kommen neue braune Mitglieder in die FDP und zusätzliche Stimmen bei den Wahlen.

Im Radio und auf Schallplatte singt Kurt Seifert:

Wer sich die Welt mit einem Donnerschlag erobern will,
der muss drauf achten, dass er immer feste sitzt.
Er könnt sonst auf der kugelrunden Welt hinten runterrutschen,
wenn's hier auf Erden einmal donnert oder blitzt.

* * *

Ludwig mag seine Lehrer nicht. Sie stecken in abscheulich korrekten dunklen Anzügen, mit zugebundenen Schlipsen unterm Kinn, mit scharfen Kniffen in den Hosen, mit sehr kurz geschnittenen Haaren, ausrasierten Nacken. Ihre Gesichter wie glatt gebügelt. Als hätten sie sich jeden Morgen vor ihrem Auftritt geschniegelt und gestriegelt. Ekelhaft. Keiner kommt mal in lockeren Knickerbockers, in einem lustigen Hemd, mit einem Strohhut auf dem Kopf, mit einer Pfeife im Mund.

Während des Unterrichts gehen sie neben den Pulten hin und her, diktieren etwas, schauen auf die Hefte, ob alle exakt mitschreiben, was sie von sich geben. Keiner setzt sich mal im Klassenzimmer auf eine freie Bank, lässt seine Beine baumeln, erzählt etwas Spaßiges und hört zu, was die Schüler erlebt haben. Ludwig würde sich freuen, wenn einer mal einen Hund, einen großen wie Arko, mitbringen und ihm eine Schale Wasser hinstellen würde. Oder mit einem bunten Papagei auf den Schultern kommen würde. Da hätten sie wenigstens was zu lachen. Nichts davon.

Der Geschichtslehrer Dörner zum Beispiel. Er kommt herein, die ganze Klasse muss aufstehen, er sagt: Setzen, legt seine Mappe aufs Pult, schaut ins Klassenbuch, sucht Ermahnungen, prüft mit Adlerblick, ob alle da sind, ob keiner fehlt, wie bei einem Appell, trägt zufrieden ein: Alle da. Dann legt er los.

Wo waren wir gestern stehen geblieben?

Sein Sohn Volker meldet sich: Belagerung von Troja und Leningrad.

Dörner lächelt. Das sind seine Lieblingsthemen. Der Trojanische Krieg und der Krieg '39 bis '45. Begeistert und ausführlich schildert er die Belagerung Trojas durch die Griechen und die von Leningrad durch die Wehrmacht. Für ihn das Gleiche. Von Volker hat Ludwig erfahren, dass er als Soldat vor Leningrad lag, um die Stadt auszuhungern. Das war ihre Pflicht. Das haben sie damals alle gemacht.

Er schwadroniert auch viel über die Germanen, Hunnen, Goten, über Friedrich den Großen, Bismarck und Wilhelm Zwo. Im Unterricht ruft er immer wieder und gern seinen Sohn Volker auf. Da ist er sicher, dass er auf seine Fragen richtig antwortet, alles, was er von ihm gelernt hat.

Auch beim Hereinkommen des Biologielehrers Herweg, den sie Hinweg nennen, muss die Klasse aufstehen. Er sagt: Setzen, und ist ganz versessen auf Rassen. Streng betont er bei Pflanzen, Tieren und Menschen die jeweiligen Rassen, die höheren und die niedrigen, die hochwertigen und die minderwertigen, die gesunden und die kranken. Als Ilse fragt, ob auch Pflanzen wirklich eine Rasse haben, weist er sie zurecht: Sie gehören einer Rasse an, wie die Menschen. Wie die Juden. Ilse kann es nicht glauben und schweigt.

Aufstehen auch beim Mathematiklehrer Hammer. Nach seinem »Setzen« lässt er Parabelbogen errechnen. Vielleicht war er im Krieg bei der Artillerie. Am schlimmsten ist es für Ludwig, wenn er von Hammer zum Rechnen an die Tafel gerufen wird und den Ballistikbogen einer Granate berechnen soll, die von einer Kanone abgeschossen wird. Kilogewicht der Granate mal Feuerkraft des Geschützes mal Entfernung des Ziels ergibt den Winkelgrad des aufzurichtenden Kanonenrohrs.

Wie zum Schafott schleppt er sich nach vorne. Er weiß, dass es eine Katastrophe wird. Schon bei der ersten Zahl bricht ihm die Kreide auf der Tafel auseinander. Und dann weiß er überhaupt nichts mehr. Alles schwarz und weiß vor den Augen. Schweiß tritt aus seinem Körper, seine Finger sind nass. Er versagt total. So eine Blamage vor der ganzen Klasse. Vor allem vor den Mädchen. Was für eine Schande für ihn! Die Jungen juxen, und die Mädchen halten sich die Hand vor die Augen, kichern. Der Mathelehrer stöhnt und holt seinen Lieblingsschüler, die kleine Rechenmaschine Bernie, an die Tafel. Wie ein geprügelter Hund schleicht Ludwig auf seinen Platz zurück. Ihm ist sauschlecht. Der Bernie macht das ruckzuck.

Gott mit euch, grüßt der Pfarrer, wenn er zum Religionsunterricht hereinkommt. Er sagt nicht: Setzen!, sondern: Bitte setzt euch. Der Thomas Schimmel, von allen Thomas Himmel genannt, ist ein spindeldürres Kerlchen mit gutmütigen Augen. Er legt seinen schwarzen, steifen Hut aufs Pult und schaut in die Klasse, sieht nach, wer heute Morgen um acht nicht bei ihm in der Frühmesse war.

Ludwig war nicht da. Er mag nicht jede Woche vor dem Unterricht in die Kirche gehen. Er mag überhaupt nicht in die Kirche gehen, weiß gar nicht, warum er das sollte. Da stört ihn so viel. Vor allem stört ihn dieser gekreuzigte Christus, der mit schmerzverzerrtem Gesicht groß hinter dem Altar am Kreuz hängt, angenagelt mit dicken Nägeln am Holz. Schön gemalt das dunkle Blut, das ihm an den Handflächen und Füßen aus den Wunden tropft. Er stellt sich so eine Kreuzigung grauenhaft vor. Er mag diese Brutalität nicht sehen, mochte sie noch nie sehen. Er versteht nicht, warum in allen Kirchen diese Folter so groß ausgestellt wird, warum sie so angebetet wird. Gefällt den Frommen diese entsetzliche Tortur? Gefällt ihnen diese Qual, an der sie sich weiden?

Auch in seinem Klassenzimmer hängt so ein Kreuz an der Wand hinter dem Pult. Ein kleines schwarzes Kreuz, doch deutlich zu sehen die Nägel in den Handflächen und Füßen. Soll es die Schüler einschüchtern, ihnen drohen, wenn sie nicht ordentlich lernen?

Genüsslich holt der Pfarrer aus seinem schwarzen Anzug das Neue Testament und den Katechismus hervor. Glühend schwärmt er von der Unfehlbarkeit des Papstes, schwärmt von der Unbefleckten Empfängnis Mariä und ihrer Keuschheit. Er verdammt den Juden Judas, der Jesus verraten hat, und verabscheut die Sünde, wenn junge Menschen schon vor der Ehe sich beiwohnen.

Beiwohnen, was ist das denn? Die Mädchen schauen ratlos, die Jungen frotzeln leise. Er verabscheut die Sünde der Selbstbefleckung der Jungen. Sie kichern hinter vorgehaltener Hand. Wenn er Schülern zu nahe kommt, wenden sie den Kopf ab. Er riecht aus dem Mund. Am Ende verteilt er in der Klasse Büchlein über das Leben Jesu, die keiner bis zum Einsammeln nächste Woche liest, klappt seinen Katechismus zu und sein Neues Testament, steckt sie zufrieden in seinen schwarzen Anzug, nimmt seinen schwarzen Hut vom Pult und grüßt beim Verlassen der Klasse: »Gott mit euch!«

»Mit Gott« stand auch auf dem Koppelschloss seines Vaters. Das hat Ludwig gesehen, als er auf Heimaturlaub war.

Nur seine Erdkundelehrerin mag Ludwig, die Liselotte Diepholz, die Lilo. Sie ist jung, hat langes, gewelltes dunkles Haar, nur mit einer Spange locker zusammengehalten, und leuchtende blaue Augen. Sie ist eine hübsche Frau, hat eine schöne Figur mit einem Busen unter der Bluse und einem runden Po unter dem engen Rock. Er mag sie auch, weil sie manchmal so unsicher und hilflos ist, wenn sie nicht DDR sagen darf, nur sowjetisch besetzte Zone, SBZ. Einmal rutscht ihr tatsächlich ein DDR heraus, da widerspricht ihr Volker: Das ist Ostdeutschland. Oder wenn sie Gdansk sagt statt Danzig. Auch da korrigiert er sie frech: Das ist nicht Polen. Das ist immer noch Deutschland.

Die Lilo stammelt etwas. Ludwig tut sie leid, er will ihr am liebsten helfen, weiß aber nicht, wie. Leid tut sie ihm auch, als sie vor einer Landkarte die Dreiteilung Deutschlands in Polen,

SBZ und Bundesrepublik erklärt und Volker darauf besteht, dass Deutschland nicht dreigeteilt ist und ewig geeint bleibt.

Ludwig mag auch seinen jungen Deutschlehrer, den Lutz Linde. Ludwig geht das rätselhafte Wort Luzinde oder so ähnlich durch den Kopf. Dieses Wort, das er im Traum gehört hat. Luzinde und Lutz Linde klingen sehr ähnlich. Hieß das geheimnisvolle Wort damals Lutz Linde? Das kann nicht sein. Oder doch? Ludwig ist irritiert.

Er ist ganz anders als seine Kollegen. Er kommt in einem offenen Hemd in die Klasse, nur eine Jacke darübergeworfen, zerbeulte Hose. Ein bisschen schlampig, aber sympathisch. Die Haare bis tief im Nacken. Über der linken Hand trägt er einen dunklen Lederhandschuh. Warum das? Es flattern die wildesten Gerüchte umher. Krätze, verkrümmte Finger, verkrüppelte Hand. Darüber rätseln alle.

Bei ihm ist immer Schwung in der Klasse. Er lässt den Faust mit verteilten Rollen lesen. Die schöne Angela weigert sich, das Gretchen zu lesen. Gretchen wird von Faust verführt und geschwängert, tötet ihr Kind und muss dafür ins Gefängnis. Damit will die schöne Angela nichts zu tun haben. Na gut, dann liest Marlies das Gretchen. Sie ist immer mit ihrem Günter zusammen, wohnt im selben Haus, weiß, wie's geht. Werner macht den Alchemisten, weil sein Vater bei Bayer mit Chemie zu tun hat. Und Ludwig liest den Faust:

»Einst hatt ich einen schönen Traum. Da sah ich einen Apfelbaum. Zwei schöne Äpfel glänzten dran, sie reizten mich, ich stieg hinan.«

Die Jungen kichern.

Ulli will den Mephisto am liebsten in einem blitzenden Chevrolet durch die Wolken jagen. Er liest den Mephisto:

»Einst hatt ich einen wüsten Traum. Da sah ich einen gespaltnen Baum. Der hatt ein ungeheures Loch. So groß es war, gefiel's mir doch.«

Die Jungen quietschen vor Vergnügen, die Mädchen drehen sich geniert zur Seite. Gejauchze, Gejohle schwappen durch die

Klasse über »Der Tragödie erster Teil«. Der olle Goethe macht ihnen richtig Spaß. Und Lindes Augen blitzen vergnügt. Er hat erreicht, dass sie den Goethe toll finden.

✳✳✳

Goethe war nie in Opladen. Nie kaufte er hier in einer Apotheke eine Pille, kaufte hier nie in einer Drogerie eine Wärmflasche, fuhr nie in seiner Kutsche durch eine Straße, schrieb hier nie auf einem Platz ein Gedicht, kaufte hier nie in einer Buchhandlung ein Buch. Was sollte Goethe auch in diesem Kaff? Opladen lag nicht auf seiner Route nach Italien. Trotzdem gibt es in Opladen eine Goethe-Apotheke, eine Goethe-Drogerie, eine Goethestraße, einen Goetheplatz und eine Goethe-Buchhandlung, als wolle sich die Stadt mit diesem Namen schmücken.

Luise muss Geld verdienen, sie will ihrem Vater nicht länger auf der Tasche liegen. Sie bewirbt sich bei Neckermann als Verkäuferin, beim Otto-Versand als Adressenschreiberin für Kataloge, auch beim Eisenbahn-Ausbesserungswerk als Tippse im Büro. Doch nirgends findet sie Arbeit. Alles von Flüchtlingen und Heimkehrern belegt. Auch sie ist ein Flüchtling, eine Heimkehrerin, doch für sie ist nichts frei.

Sie geht über den Goetheplatz. Auf einem alten Denkmalsockel sitzen Jugendliche, trinken aus Dosen Coca-Cola, rauchen Lucky Strike, hören in ihrem kleinen Radio auf AFN laut aufgedreht schrillen Rock, *Music in the air*, schauen vorbeigehenden Mädchen gierig nach, kommentieren ihre Figur.

Luise steht vor der Goethe-Buchhandlung. Vielleicht findet sie da eine Arbeit, irgendwas, um etwas Geld zu verdienen. An der Ladentür steht: Inhaber Ewald Wasmuth. Zaghaft tritt sie ein. Ein hageres Gestell mit dünnen Haaren auf dem Schädel und einem dicken Adamsapfel in der Kehle kommt auf sie zu.

Ich suche Arbeit, bringt sie schüchtern hervor. Vielleicht als Lehrling.

Ohne zu antworten, geht der Hagere zu einem großen gebückten Mann an der Kasse und flüstert ihm etwas zu. Anscheinend der Chef. Er schaut zu ihr herüber, nähert sich ihr. Luise schätzt ihn auf fünfzig, findet ihn unsympathisch. Aufgedunsenes Gesicht, großporige Nase, glasige Augen, weiße Wimpern, pissgelbe Haare, hängende Unterlippe, hängendes Kinn. Wasmuth reicht ihr die Hand, sie ist weich wie Watte. Er blickt auf ihre Narbe an der linken Wange. Nicht schön anzusehen, wenn sie vor Kunden steht mit diesem Makel, kalkuliert er. Nicht günstig fürs Geschäft.

Trotzdem bittet er sie in sein Büro, sie sitzt ihm gegenüber, hinter ihm ragt eine Bücherwand hoch. Luise nennt ihren Namen.

Birnbaum, Birnbaum, nuschelt Wasmuth. Früher gab es hier mal einen Fotoladen Birnbaum.

Luise schweigt.

Aber das können Sie ja nicht wissen. Haben Sie Abitur?, will er wissen.

Luise bedauert: Nein.

Mittlere Reife?

Luise weiß nicht, was das ist.

Das wissen Sie nicht? Sie haben doch ein Abschlusszeugnis.

Luise holt ihr Zeugnis aus Brüssel hervor, von der Deutschen Schule.

Sie waren im Ausland? Die Noten sind ja sehr anständig. Warum in Brüssel?

Sie muss etwas erfinden, ohne einen roten Kopf zu bekommen.

Mein Vater wurde dorthin versetzt.

Was für einen Beruf hatte er da?

Jetzt will er auch das noch wissen. Sie rutscht auf ihrem Stuhl herum, sagt schnell: So vieles. Alles Mögliche.

Er schaut sie an. Ein junges hübsches Ding, das er gut brauchen könnte. Wenn nur nicht diese Narbe an ihrer Wange wäre. Doch wenn sie Puder darauf streut und vor Kunden ihren Kopf etwas abwendet, sie nur die andere Gesichtshälfte sehen, dann halb so schlimm.

Luise schaut die Buchrücken hinter ihm an, versucht, die Titel zu lesen, sind aber zu weit weg, kann nur auf einem Rücken das Wort Flandern erkennen. Das macht sie neugierig. Flandern kennt sie, da war sie. Das interessiert sie.

Luise hat Glück. Er stellt sie ein als Lehrmädchen, als Volljährige unterschreibt sie ihren Lehrvertrag selbst. Luise ist froh. Sie verdient zwar im ersten Lehrjahr nur fünfundvierzig Mark im Monat, nur etwas über eine Mark pro Tag, aber immerhin etwas Geld, um ihrem Vater zu helfen.

Wieder muss sie auf den Buchrücken mit dem Wort Flandern schauen.

Interessiert Sie meine Bibliothek?

Luise nickt.

Was denn da besonders?

Sie zeigt auf das Buch über Flandern.

Natürlich der Scheu, sagt Wasmuth. Er war in Flandern und Sie in Brüssel. Der Just Scheu macht im Radio die Funklotterie. Dieses Quiz, in dem man ein Geräusch erraten soll. Eine sehr beliebte Sendung. Haben Sie sicher schon gehört.

Luise verneint.

Müssen Sie hören, den Scheu mit seiner liebenswürdigen Stimme. Sehr angenehm.

Irgendwie muss sie an sein Flandern-Buch rankommen, will wissen, was er darüber schreibt.

Zurück in ihrer Wohnung berichtet Luise ihrem Vater voller Freude, dass sie heute eine Lehrstelle gefunden hat. In der Goethe-Buchhandlung am Goetheplatz.

Leonhard schreckt hoch. Beim Wasmuth?

Du kennst ihn?

Nicht persönlich, aber ich weiß, wie er an diese Buchhandlung rankam. '33. Bis dahin hieß sie Das Rote Buch. Eine kommunistische Buchhandlung. Gehörte einem Otto Plaschke. Der kannte sich aus mit linker Literatur. Da hab ich oft eingekauft.

»Wer finanziert Hitler?«, »Der Schurke Göring«, »Die Stadt ohne Juden« von Bettauer. Nach dem Reichstagsbrand hab ich erlebt, wie Edmund Das Rote Buch verbot und einem Ewald Wasmuth zuschob. Es hieß nun Goethe-Buchhandlung und gehörte deinem jetzigen Chef. Zum Wasmuth bin ich nicht mehr reingegangen. Nur noch in das Antiquariat vom Anselm.

Da also geht sie jetzt in die Lehre. Dabei hatte sie sich so gefreut, bei ihm arbeiten zu dürfen. Nun graut es ihr vor ihrem ersten Arbeitstag, wenn sie diesen Wasmuth sieht. Sie darf ihn nicht auf Plaschke ansprechen, sonst wirft er sie raus.

Früher stand auf dem Platz eine schöne Goethe-Statue, sagt ihr Vater. Sie wurde abgerissen. Für Krupp. Der brauchte das Eisen, schmolz es ein und machte daraus Kanonenrohre. Nur der Sockel blieb übrig.

Auf diesem Sockel hockten die Jugendlichen, tranken Coca, rauchten, hörten lauten Rock, schauten ihr nach und machten blöde Bemerkungen, als sie voller Hoffnung zu dieser Goethe-Buchhandlung ging. Sie muss sich so schnell wie möglich das Flandern-Buch dieses Just Scheu schnappen. Das muss sie lesen.

**

Lutz Linde lässt in der Klasse Günter Eich lesen, seine Gedichte.

»Nein, schlaft nicht, während die Ordner der Welt geschäftig sind! / Seid misstrauisch gegen ihre Macht, die sie vorgeben für euch erwerben zu müssen! / Wacht darüber, dass eure Herzen nicht leer sind, wenn mit der Leere eurer Herzen gerechnet wird! / Tut das Unnütze, singt die Lieder, die man aus eurem Mund nicht erwartet! / Seid unbequem, seid Sand, nicht das Öl im Getriebe der Welt!«

Ludwig staunt. Das ist Aufruf zum Widerstand, zum Aufruhr, zur Rebellion. Und das von einem Günter Eich. Noch nie gehört. Aber seine Gedichte gefallen ihm, sind so anders als die Gedichte, die er von Eichendorff und Mörike kennt. In seinem Gehirn beginnen sich Rädchen zu drehen.

Linde fordert die Schüler auf: Legt euren Gedanken keine Zügel an, engt sie nicht ein. Lasst eure Gedanken los von der Leine, lasst ihnen freien Lauf, lasst sie fliegen. Linde muss zum Direktor, zum Rex. Er wird verwarnt, seine Schüler nicht aufzuhetzen, ihre Gedanken frei fliegen zu lassen. Bei einer Wiederholung droht der Direktor mit Entlassung.

In der Klasse sitzen die Mädchen und Jungen gemeinsam, in den Pausen aber stehen sie getrennt auf dem Schulhof. Jede Gruppe hat ihre Ecke. Die Mädchen stehen in einem Pulk unter der großen Kastanie, reden über die Jungs. Ludwig möchte gern wissen, was sie da reden. Er fürchtet, sie lästern auch über ihn. Die Jungen versammeln sich bei den Fahrradständern neben den Mülltonnen, in die sie heimlich ihre Zigarettenkippen werfen.

Manchmal schaut die schöne Angela zu Ludwig herüber. Er nimmt das als Aufmunterung, mit ihr anzubandeln. Heimlich schraubt er den Deckel ihrer Fahrradklingel ab, steckt verliebte Zettelchen hinein. Wenn sie unterwegs klingelt, ist ihre Klingel verstopft, muss sie öffnen, findet seine Zettel, zerknüllt sie vielleicht und wirft sie weg. Nie spricht sie ihn an, obwohl sie weiß, dass die Zeilen von ihm stammen. Wenn sie ihn ansprechen würde, würde er sich ertappt fühlen und einen roten Ballon bekommen.

Einmal bringt Ulli ein Heftchen mit Sexbildern mit auf den Schulhof. Während er Farbfoto nach Farbfoto langsam durchblättert, steht Ludwig mit Ritschi, Bernie, Volker und Werner um ihn herum. Sie starren auf die Bilder. Der Mathelehrer Hammer hat Pausenaufsicht, tritt heran und wirft einen Blick auf die Fotos.

Das ist nichts für euch, sagt er, nimmt Ulli das Heft weg und steckt es ein.

Wenn die Lilo und der Lutz zusammen in der Pause über den Hof schlendern und die Jungen wieder eng beisammenstehen und neugierig etwas bestaunen, was Ulli wieder mitgebracht hat, kümmern sie sich nicht darum. Sollen sie doch machen, was sie wollen.

Einmal muss Ludwig zum Dachgeschoss hinauf, in die Kartenkammer und für die nächste Erdkundestunde eine Karte holen. Da überrascht er die Lilo mit dem Lutz. Erschreckt lösen sie sich voneinander, die Lilo streift ihre Bluse und ihren Rock zurecht, Lutz zieht sein Hemd und die Jacke gerade.

Kannst du nicht anklopfen!, fährt er Ludwig an.

Hab hier noch nie angeklopft.

Nimm, was du holen musst, und verschwinde, zischt die Lilo.

Hastig nimmt er die eingerollte Karte vom Haken, rennt davon, eilt die Treppen hinab. Na schön, warum sollen sie nichts miteinander haben? Sollen sie doch machen, was sie wollen. Aber was? Das wüsste er gern.

In der folgenden Erdkundestunde bemüht sich die Lilo um sachlichen Unterricht. Man sieht ihr an, es fällt ihr schwer. Sie ist nervös wie sonst nie. Was hat Ludwig den anderen erzählt?

Wissen die Schüler nun von ihrem heimlichen Treffen mit Lutz in der Kartenkammer? Sie ignoriert ihn, schaut ihn nicht an, Luft ist er für sie. Das tut Ludwig weh.

Auch Lutz Linde beachtet Ludwig in der folgenden Deutschstunde nicht, lässt ihn links liegen, tut so, als sei er gar nicht da. Auch das schmerzt ihn. Ludwig mag ihn, aber Lutz mag ihn nicht mehr. Diese Abfuhr, diese Kränkung muss er überwinden. Er muss etwas machen, um nicht mehr daran zu denken.

Er geht zu Dünnedahl, will den zweiten Italienwimpel fürs Vorderrad kaufen, den mit dem Capri-Motiv. Doch der Laden hat geschlossen. Weiß der Kuckuck, warum. Er geht zu Lotte in den Zeitungsladen, will sie ins Kino einladen. Lotte ist nicht da.

Ist in der Berufsschule, weist ihn das Aktengesicht ab.

Pleiten, Pleiten, Pleiten. Dann, wenn nicht mit Lotte, mit Volker ins Kino, egal, was gespielt wird.

***

Gespielt wird ein Kriegsfilm. »Kampfstaffel X307«. Kriegsfilme mag Ludwig gar nicht. Aber jetzt ist es ihm egal. Als sie im Capitol an der Kinokasse stehen, druckst Volker herum.

Ich hab mein Portemonnaie vergessen. Kannst du für mich auslegen? Bekommst es später zurück.

Auch das noch. Volker ist in der Klasse bekannt dafür, dass er immer von anderen Geld leiht, und auch bekannt dafür, es nie zurückzuzahlen. Ludwig bleibt nichts anderes übrig, er muss von seinem wenigen Geld seine Karte mitbezahlen. Noch eine Pleite.

Volker erzählt ihm, wie versessen er auf Kriegsfilme ist und dass er schon eine Menge gesehen hat. Jetzt also dieser amerikanische Film, in dem die Amis gegen die Kommunisten kämpfen. So was interessiert Ludwig überhaupt nicht, aber mitgegangen, mitgefangen. Selber schuld. In seiner Phantasie sieht er, wie er mit Lotte im Germania sitzt und mit ihr »Träumerei« ansieht oder in der Scala »Unsterbliche Geliebte«.

Wo spielt denn der Film?, will Ludwig wissen.

In Korea.

Wo liegt denn das?

Auch Volker weiß es nicht.

Irgendwo in Asien. Hauptsache, es wird kräftig geballert und es fliegen die Fetzen.

Der schwere rote Samtvorhang rauscht auf. Mit viel Getöse beginnt die Neue Deutsche Wochenschau. Vermischt mit brüllender Musik werden Demonstrationen gegen die Wiederbewaffnung in mehreren Städten gezeigt. Auch in Köln große Demonstrationen, die von der Polizei niedergeknüppelt werden. Dann in Großaufnahme Bundeskanzler Adenauer, wie er eine Volksbefragung gegen die Remilitarisierung der Bundesrepublik verbietet. Dann Bilder, wie braun gebrannte Bundesminister gut gelaunt um den Kabinettstisch stehen, sich freudig die Hände schütteln, lachen und sich begrüßen, als hätten sie sich monatelang nicht mehr gesehen. Bilder, wie Kommunisten von der Polizei verhaftet werden, die gegen die verbotene Volksbefragung demonstrieren.

Bilder vom persischen Schah Mohammad Reza Pahlavi, Herrscher auf dem Pfauenthron, in seinem Elfenbeinsaal des königlichen Marmorpalastes in Teheran mit seiner neu vermählten achtzehnjährigen Prinzessin Soraya. Ein deutsches Mädchen. Sogar von hier irgendwo aus der Gegend. Die USA zünden innerhalb einer Woche ihre vierte Atombombe. In der Wüste von Nevada steigt ein riesiger Atompilz auf.

In Bonn verkündet ein Regierungssprecher, dass alle ehemaligen Angehörigen der Wehrmacht und der Polizei wieder in Amt und Würden eingestellt sind und im Staatsdienst eine Pension auf Lebenszeit beziehen werden. Der vor einigen Monaten begnadigte und aus dem Landsberger Gefängnis entlassene Industrielle Alfried Krupp von Bohlen und Halbach erhält sein gesamtes Vermögen zurück.

So ein politischer Kram interessiert die beiden nicht. Sie langweilen sich. Volker wartet ungeduldig auf seine Kampfstaffel.

Rauschend wird der Vorhang zugezogen. Nun erscheinen junge hübsche Verkäuferinnen mit weißen Spitzenhäubchen, kleinen weißen Schürzen und sehr kurzen Röckchen und bieten aus ihren Bauchläden Eis am Stiel an. Im Kino heben sich die Arme, die Mädchen zwängen sich durch die Reihen und verkaufen. Auch Volker meldet sich. Eines der Mädchen kommt lächelnd heran, steht dicht vor Ludwig, drückt ihre Beine gegen seine Knie. Er riecht ihren Körper, ihr Parfüm, glaubt den Geruch von Orchideen oder reifen Feigen in der Nase zu haben. Er weiß nicht, wie Orchideen, reife Feigen riechen, jedenfalls duftet sie sehr aufreizend. Trotzdem kauft er von ihr kein Eis. Er will sein weniges Geld sparen. Volker kauft ein Kokoskrokant.

Hilf mir aus, sagt er. Du weißt ja.

Ihm bleibt nichts anderes übrig, muss für ihn zahlen. Noch eine Pleite. Bald hat er nichts mehr.

Gib ihr auch Trinkgeld, sagt Volker.

Auch das noch. Ludwig gibt, das hübsche Mädchen dankt lächelnd, löst ihre Beine von seinem Knie und geht davon. Volker reißt das Papier auf, verknüllt es, wirft es auf den Boden und schleckt. Ludwig ist sauer auf ihn.

Dann Vorhang wieder auf. Reklame. Auf der Leinwand ein Foto vom neuen Neckermann, eine begeisterte Stimme empfiehlt einen Besuch und die neuen Kataloge. Ein Foto von Radio Poensgen mit der Empfehlung: Poensgen sorgt für gutes Bild, sorgt für guten Ton! Dann ein Foto der Aral-Tankstelle Melzer. Einmal Melzer – immer Melzer! Noch ein Reklamefoto und noch eins und noch eins. Volker meckert, wird ungeduldig. Wann kommt endlich der Koreakrieg? Vorhang wieder zu.

Vorhang wieder auf. Ein Kulturfilm. Eine Biene sammelt von Blüte zu Blüte Nektar für den Honig. Vorhang wieder zu.

Vorhang wieder auf. Endlich mit wilder, dröhnender Musik, in flammender Schrift: Kampfstaffel X307. Volker atmet auf. Was dann folgt, will Ludwig gar nicht sehen. Amerikanische Panzer rattern über Stacheldrahtverhau, über Schützengräben, feuern Granaten ab. In der Ferne hochschießende Explosionen. Amerikanische Jagdbomber vernichten einen Hafen, große Schiffe saufen ab. Nordkoreanische Kämpfer stürmen mit kleinen Gewehren voran, stürzen im Kugelhagel nieder. Triumph auf amerikanischen Soldatengesichtern, verdreckt mit Erde. Befehle, Befehle. Neuer Angriff der Amis. Geschrei, Geschrei. Feuersalven aus MPs, aus MGs. Berge von kommunistischen Leichen.

Ludwig muss an seinen Odysseus denken, an seinen schwarzen Freund. In Gauting sagte er ihm, dass er nach Korea muss, um dort gegen die Kommunisten zu kämpfen. Ist er jetzt einer der Amis, die da aus ihren Panzern Granaten abfeuern, aus ihren MGs Salven herausballern. Überlebt er die Gegenangriffe? Lebt er noch?

Ludwig hält sich die Hand vor die Augen. Volker stößt ihn mit dem Ellbogen an: Da, schau hin! Ludwig ist froh, wenn der Film endlich zu Ende ist. Volker versteht das nicht.

Draußen auf der Bahnhofstraße sagt Volker: Mein Vater hat gesagt, die Amis müssen in Korea für unsere Freiheit kämpfen.

Müssen die Kommunisten dort vernichten. Müssen nachholen, was mein Vater und die anderen vor Moskau und Leningrad nicht geschafft haben. Er schlägt Ludwig vor, mit ihm nächste Woche den Kriegsfilm »Okinawa« anzusehen. Ludwig muss daran denken, dass Odysseus ihm sagte, nach Korea werde er auf Okinawa eingesetzt, auf dieser japanischen Insel, um dort weiterzukämpfen. Wenn er Korea überlebt hat, überlebt er dann Okinawa?

Ludwig hat keine Lust auf einen neuen Kriegsfilm. Keine Lust, ihm wieder das Kino und das Eis zu bezahlen. Da sieht er sich lieber allein »Dick und Doof« an oder »Pat und Patachon«. Da gibt es wenigstens was zu lachen. Vorerst aber kann er sich einen weiteren Kinobesuch nicht mehr leisten. Seine Mutter will er nicht immer um ein paar Mark anbetteln. Jetzt muss er ran, selbst irgendwie ein bisschen Taschengeld verdienen, irgendwo aushilfsweise arbeiten.

✳✳✳

Zum ersten Mal arbeiten, das macht ihm nichts aus. Zum ersten Mal eigenes Geld verdienen, da fühlt er sich fast schon wie ein Erwachsener. Wenn es auch nicht viel ist, aber immerhin etwas. Auch für sein Fahrrad. Er überlegt: In aller Früh Austragen von Zeitungen. Das geht nicht. Er muss in die Schule. Aber nach der Schule nachmittags nur für ein paar Stunden, da kann er was machen.

Er rennt herum und fragt nach einer kleinen Arbeit. In der Färberfabrik Schusterinsel hält man ihn für zu schwach zum Wälzen der wuchtigen Tuchballen und Farbtonnen. Im Wicküler-Lager dürfen sie keine Schüler einstellen zum Stapeln von Bierkisten. Auf dem Wochenmarkt vor dem Rathaus haben sie genug Flüchtlinge aus dem Osten, um nach dem Abbau der Stände den Müll zusammenzukehren. Dann hat Ludwig eine Idee: Samstag und Sonntag Fahrräder bewachen während der Fußballspiele am Birkenberg.

Er geht zur Wach- und Schließgesellschaft, sie stellt Fahrrad-wachen ein. Da klappt es tatsächlich. Er bekommt eine Uniform verpasst. Schwarze Hose, schwarze Jacke, schwarze Schirm-mütze mit gekreuzten silbernen Schlüsseln als Abzeichen. Die Hose ist zu kurz, die Jacke zu weit, die Mütze zu klein. Doof sieht er aus. Macht nichts, Hauptsache, er verdient ein bisschen. Dazu eine Umhängetasche für die Blöcke der nummerierten Versicherungsscheine und für das Geld. Er ist sogar an den verkauften Billetts beteiligt.

Am ersten Wochenende beim Spiel des TSV Opladen gegen Bayer Leverkusen strahlender Sonnenschein, ein Massenan-sturm von Radfahrern, er kommt kaum nach mit dem Abrei-ßen der Billetts, mit dem Einkassieren und der Rückgabe des Wechselgeldes. Bei der Abrechnung in der Wach- und Schließ-gesellschaft stellt man fest: Er hat ein riesiges Manko. Die Leute sind mit ihren Zetteln abgehauen, ohne zu bezahlen, oder er hat falsch herausgegeben. Den Fehlbetrag muss er aus eigener Tasche zahlen. Totale Pleite. Am zweiten Wochenende Opladen gegen den SSV Lützenkirchen. Es regnet in Strömen. Kaum Fahrräder, die er bewachen soll. Er nimmt nichts ein, kein Ver-dienst, durchgepladdert bis auf die Haut. Er hat genug von diesem Job und schmeißt die Klamotten hin.

Zu Hause liegt allerlei Kram von der FDP herum. Werbe-broschüren, Parteiprogramme, Hinweise auf Veranstaltungen. Ludwig sieht sich so einen Prospekt an, blättert darin, liest: Druckerei Middelhauve. Druckerei! Daran hat er noch gar nicht gedacht. Vielleicht könnte er da als Aushilfe arbeiten.

Er läuft durch den riesigen Neubau in der Ophovener Straße, sucht das Personalbüro und findet es. Er kann anfangen als Packer in der Druckerei, einmal in der Woche drei Stunden am Nachmittag. Der Lohn: nicht viel, aber wenigstens ein paar Mark.

Ein Vorarbeiter in einem blauen Arbeitskittel, ein sympathi-scher älterer Mann, führt ihn durch die Halle, führt ihn vorbei an gewaltigen Papierwalzen, ratternden Setzmaschinen, mächtigen rauschenden Rotationsmaschinen. Ludwig ist fasziniert, wie die breiten Papierbahnen zwischen den Zylindern hindurchsausen und am Ende farbig bedruckt, geschnitten und gefaltet ausgestoßen werden.

In einem Packraum zeigt ihm der Vorarbeiter, was er zu tun hat. Auf einem großen Tisch soll er die Stapel der FDP-Parteiprogramme, der Hinweise auf Veranstaltungen und Werbebroschüren eintüten. Dazu die riesigen Stöße einer Grimm-Rede und einer Broschüre von einem Naumann über die Notwendigkeit einer Generalamnestie. Was ist das denn? Irgendwas Politisches. Dann alles im Haus zum Postausgang, zur Expedition bringen.

Einmal kommt der Vorarbeiter mit einem Mann in einem schicken Anzug vorbei. Er ist groß, hat einen rechteckigen Kopf, ein kantiges Kinn und eine dicke Hornbrille. Sie bleiben bei ihm stehen, schauen ihm zu, wie er fleißig eintütet und verpackt. Sie sagen nichts, der Mann nickt zufrieden, dann gehen sie weiter. Als der Vorarbeiter zurückkommt, fragt Ludwig: Wer war der Mann?

Das war der Middelhauve. Dein Chef.

Zu Hause fragt er seinen Vater: Was ist Generalamnesie?

Amnestie?

Oder so was.

Wie kommst du darauf?

Hab ich eingetütet.

Ist wichtig, sagt sein Vater. Muss sein.

Warum?

Das verstehst du nicht.

Ludwig erzählt seinem Vater auch, dass Middelhauve ihm bei der Arbeit zugesehen hat.

Oh, der Große Friedrich. Hast du ihm gesagt, dass ich dein Vater bin?

Nee.

Das hättest du ihm sagen sollen.

Warum?

Ich kenn ihn. Du hast ihm hoffentlich die Hand gegeben.
Nee.
Das hättest du tun sollen. Das verlangt der Anstand.
Musste eintüten. War in Eile.

***

Luise muss sich beeilen mit dem Ausklopfen der Bücher im Hinterhof. In einer Stunde muss sie mit zehn Fächern fertig sein. Jeden Morgen zuerst einen grauen Kittel überziehen, den Staub von den Büchern klopfen, dort anfangen, wo sie gestern aufgehört hat, dann ein Fach nach dem anderen von oben nach unten. Streng systematisch. Sonst passiert es, dass sie eine Reihe zweimal ausklopft und eine andere gar nicht. Beim Aneinanderschlagen der Bücher schallt es im Hinterhof. Sie wundert sich, dass sich noch niemand über den Lärm beklagt hat. Man hat sich wohl bei ihrem Vorgänger daran gewöhnt. Zurück in den Laden, die Fächer sauber auswischen und Bücher wieder einstellen. Dabei penibel auf das Autorenalphabet achten. Nächster Stapel. Eine Stunde lang. Am nächsten Tag weiter.

Die beiden Buchhändler klopfen keine Bücher aus. Nur sie, die Neue. Für die Belletristik ist Fräulein Arnold zuständig. Die dicke, etwa fünfzigjähre unverheiratete Frau möchte mit Fräulein angesprochen werden. Die Jura- und Gesetzessammlungen hat der hagere, knochige Herr Eichhorn unter sich. Sie lesen im Börsenblatt für den Deutschen Buchhandel die aktuellen Informationen und in den Zeitungen die Rezensionen über die Neuerscheinungen. Das alles müssen sie wissen, wenn sie Kunden beraten und bedienen. Luise braucht das nicht wissen. Sie ist nur Lehrling. Und wenn sie dann doch mal das Börsenblatt oder eine Zeitung in die Hand nimmt, fauchen die beiden: Sie haben wohl nichts zu tun. Waren Sie schon zur Post?

Natürlich nicht. Wann denn? Der Chef kommt um zehn,

dann muss sie mit ihm zur Post. Jetzt ist er da, der Wasmuth. Der gute Freund von Edmund, dem früheren besten Freund ihres Vaters. Der von ihm diese Buchhandlung zugeschoben bekam. Sofort mit ihm im Wagen los, Pakete der Verlage abholen, sie in das Auto wuchten, wobei er auf bestimmte Pakete zeigt, die sie im Laden zuerst öffnen soll.

Angekommen, muss sie die schweren Bündel in den Keller schleppen, zu ihrem Packtisch. Und schon stürmen das Belletristik-Fräulein und der Jura-Gnom die Treppe herab und fordern, dies und das Paket zuerst zu öffnen. Wenn Luise zaghaft darauf hinweist, dass der Chef ihr angewiesen hat, andere Pakete zuerst zu öffnen, widerspricht Fräulein Arnold: Nix da. Das zuerst. Der Eichhorn befiehlt: Nein, das zuerst! So geht es hin und her: Nein, das ist wichtiger! Nein, das ist dringender! Als Prellbock steht sie zwischen den Streitenden und lernt, vier Pakete zugleich aufzureißen.

Nicht zerreißen!, schreien sie. Das Papier muss noch verwendet werden.

Wie aufgeschlagene Eier liegen die geöffneten Sendungen auf dem Tisch, die beiden grapschen nach ihren Büchern. Sie lassen ihr kaum Zeit, die Verlagsrechnungen, die Lieferscheine zu kontrollieren, ob die Stückzahl stimmt oder etwas fehlt, was nachgeliefert werden muss, ob der Rabatt, der Nettopreis, der Subskriptionspreis korrekt ist. Dann schnell die Exemplare auszeichnen. Den Ladenpreis mit weichem Bleistift oben rechts auf das Vorsatzblatt notieren. Bei Loseblattsammlungen der Gesetze Lieferung und Blattzahl kontrollieren. So hastig die beiden herunterstürmen, so flugs eilen sie mit ihren erwarteten Kundenbestellungen wieder nach oben.

Nach einer kurzen Verschnaufpause muss Luise die restlichen Bücher und die Beipackungen in den Laden schaffen. Lagerbestellungen alphabetisch einordnen, das Prospektmaterial zur Bestellabteilung, Werbematerial zur Schaufensterdekoration, die Ansichtsexemplare dem Chef auf seinen Schreibtisch im Büro. Dabei schnappt sie sich, als Wasmuth gerade weg ist, aus der Bücherwand den Flandern-Band von Just Scheu, liest den Titel »Die Stunde X – Mit Panzern in Polen und Flandern«, huscht hinab in ihren Keller, öffnet diesen Tatsachenbericht und liest: »Unsere Panzer brausen los. Ziel Brüssel. Vor mir wimmelt es von schweren feindlichen Panzern. Zehn kommen in meinen Schussbereich. Ich eröffne einen mörderischen Feuerhagel gegen den Feind. Schuss auf Schuss jage ich aus meiner Kanone. Wild und verwirrt fliehen die Feinde. Wir mit unserer deutschen Kraft hinter ihnen her. Bald sind die Ersten erledigt. Auch den Rest bringen wir zum Schweigen. Unsere Staffel richtet ein fürchterliches Blutbad an. Kein Mann überlebt, keiner kommt unseren Panzern davon. Ein deutscher Soldat ist nicht zu besiegen. Er ist zum Siegen geboren. Wenn er nicht siegt, ist er kein Soldat.«

Das also ist dieser Just Scheu mit seiner so beliebten Funklotterie, der Scheu mit seiner so liebenswürdigen Stimme.

Unter dem Vorwand, dem Chef noch ein Ansichtsexemplar auf den Tisch zu legen, hastet sie in sein Büro, stellt diesen Tatsachenbericht zurück, wieder hinab in den Keller, die Bestseller holen, sie neben die Kasse legen. Stapel neben Stapel. Dann wieder runter in den Keller zu ihrem Packtisch. Rechts Leimtopf, Pinsel, Aufkleber, Schnurrolle und Schere. Links die gebrauchte gefaltete Wellpappe und altes Packpapier für die Bücher, die sie verpacken und versandfertig machen muss.

So gern möchte sie die Bücher lesen, die sie jeden Tag in den Händen hält. Doch sie kommt nicht dazu. Keinen Moment Ruhe, immer Galopp, Galopp, fest im Geschirr zerrt man an ihren Zügeln, mal rechts: Mach dies, mal links: Mach das. Und am Abend in ihrer Dachkammer ist sie zu müde, zu erschöpft, um in einem Buch zu lesen.

Sie könnte im Laden von Fräulein Arnold dies und jenes ausleihen, müsste es drei Tage darauf zurückbringen, doch ihr Kopf ist voll von anderen Pflichten. Den Haushalt machen mit ihrem Vater, die Wäsche waschen, das Abendessen kochen mit dem, was er tagsüber eingekauft hat. Da kann sie es sich nicht in Küppers altem Sessel bequem machen und endlich die Beine ausstrecken.

⁂

Ludwig macht es sich im Kinosessel der Scala bequem und streckt die Beine aus. In diesem größten und modernsten Kino Opladens in der Uhlandstraße läuft der erste deutsche Farbfilm nach dem Krieg: »Schwarzwaldmädel« mit Sonja Ziemann und Rudolf Prack. Mit seinem verdienten Packergeld kann er sich sogar einen schönen Parkettplatz leisten.

Doch bevor sein Schwarzwaldmädel kommt, muss er ertragen, dass der große rote Samtvorhang auf- und zugeht, auf und zu, muss sich auf der Leinwand die großen Reklamefotos von Melzers Aral-Tankstelle ansehen, von Foto Radio Poensgen, von Quelles Billigangeboten. Dann die Vorschau: demnächst in diesem Theater. »Heidelberger Romanze« mit seinem bewunderten O. W. Fischer und der fröhlichen Liselotte Pulver. Den Film will er unbedingt sehen. Bevor jetzt endlich sein Schwarzwaldmädel kommt, muss er noch die Wochenschau über sich ergehen lassen.

Groß flammen die Bilder auf. Lächelnde Bundesminister verbieten die Vereinigung der Verfolgten des Naziregimes, die VVN, mit der Begründung, sie betätige sich verfassungswidrig. Wieder die fröhlichen pausbackigen Gesichter der Minister um den Kabinettstisch herum, immer gut gelaunt, schütteln sich freudig die Hände. Wir sind wieder ein gutes Stück vorangekommen. In Köln wird feierlich die neue Mülheimer Brücke eröffnet, die längste Hängebrücke Europas, gestrichen in Kölner Brückengrün. Bundeskanzler Adenauer, umgeben von den Kölner Stadtoberen, durchschneidet ein Band und schreitet ernst seine ersten Schritte ein paar Meter über die neue Brücke, wobei er seinen steifen Hut festhalten muss, damit der Wind ihn nicht vom Kopf bläst. Von fern grüßen die Türme des Kölner Doms. In Bonn vereinen sich Angehörige der ehemaligen

Wehrmacht im Verband Deutscher Soldaten. Der Verband fordert von der Bundesregierung Maßnahmen gegen eine soziale Diskriminierung der einstigen Wehrmachtssoldaten. König Baudouin I. besteigt in Brüssel feierlich den belgischen Thron. Konrad Adenauer wird bei seinem ersten offiziellen Besuch in Rom zu einer siebzigminütigen Audienz von Papst Pius XII. empfangen. Der Kanzler küsst dem Papst die Hand. Nicht die Füße küsst er ihm, aber die Hand mit dem dicken Diamanten. Die Füße hätte er ihm auch geküsst, wenn der Papst sie ihm hingestreckt hätte.

Rom, da würde auch er gern mal hinfahren. Nicht die Paläste sehen, sondern die Ruinen des alten Cäsar. Aber wie denn?

Ludwig ist froh, wenn der ganze politische Kram vorbei ist. Es soll endlich sein Mädel aus dem Schwarzwald kommen. Doch dann ein Kulturfilm über Steinböcke in den Hochalpen. Immer noch keine Ziemann. Dafür wieder hübsche Mädchen in kurzen Röckchen mit ihren Bauchläden voll Eis am Stiel. Gern lässt er eines dicht an ihm vorbeizwängen. Sie duftet, duftet, er weiß nicht, nach was.

Dann endlich sein Schwarzwaldmädel. Der Himmel so blau, der Schwarzwald so grün, die fröhlichen Menschen so bunt kostümiert. Und da ist sie, sein Bärbele, seine Sonja Ziemann mit großen roten Bollen auf ihrem Hut, in einem roten Mieder, blauen Rock und einer weißen Bluse mit Puffärmeln. Bei einer Tombola zieht sie mit einem Los den Hauptgewinn, ein kleines Auto. Auch Ludwig möchte mal einen Hauptgewinn ziehen. Kein kleines Auto, sondern das hübsche Bärbele. Aber im Film singt man: »Mädle aus dem schwarzen Wald sind nicht leicht zu habe. Nur ein Schwabe hat die Gabe.« Er ist kein Schwabe. Aussichtslos.

Im idyllischen Dorf St. Christoph wird sie beim Cäcilienfest unter blühenden Obstbäumen zur Schwarzwaldkönigin gekrönt und führt den Festzug an. Sein Opladen ist nicht idyllisch. Er wurde noch nie gekrönt und zog auch noch nie an der Spitze eines Festzuges. Im Sonnenschein geht sie mit dem Maler Rudolf Prack spazieren. Über blühende Wiesen, vorbei an einem rauschenden silbernen Bach, die Lerchen trillern. Seine Wupper rauscht gelb aufgeschäumt, und im Weiher quaken die Enten. Im Film in der Ferne eine Mühle. In Opladen die Tuchfärberfabrik Schusterinsel. Der Prack nimmt Bärbele in die Arme und küsst sie. Ludwig ist neidisch auf ihn. Er ist kein Maler, nur ein Schüler, der bei Middelhauve ein paar Groschen verdient. Am Ende wiegen sich die beiden im Walzertakt. »Erklingen zum Tanze die Geigen, wie das jauchzt, wie das lockt, wie das fliegt.« Frohsinn, Lachen, Küsse. Ein wunderbares Happy End. So eine wie das Bärbele stellt er sich als Freundin vor. So ein liebes Mädchen, das lächelt und sich an ihn schmiegt. So ein Bärbele hätte er auch gern.

Als er aus dem Kino kommt, ist er noch ganz benommen vom Sonnenschein, vom blauen Himmel, den blühenden Wiesen, dem grünen Schwarzwald und der hinreißenden Sonja Ziemann. Es gießt in Strömen. Regenschirme werden aufgespannt, die Menschen springen zurück, um nicht nass gespritzt zu werden von den vorbeisausenden Autos. In seinem Kopf singt es immer noch: »Erklingen zum Tanze die Geigen, wie das jauchzt, wie das lockt, wie das fliegt. Dann führe dein Mädel zum Reigen, halt sie fest in den Arm eng geschmiegt.«

Er sieht auf die Uhr, es ist spät am Abend, er muss nach Hause.

***

Luise sieht auf die Uhr, es ist Mittag, sie muss auf dem Gaskocher das Wasser zu erhitzen und darin die Henkelmänner aufwärmen für die Arnold, den Eichhorn und für sich.

Das Kabuff im Keller, in dem sie ihr Essen einnehmen, ist eine winzige Kammer neben dem Lager und Luises Packecke. Die Wände blanker Beton mit den Mustern der Holzverschalung. Ein schmaler Blechspind für ihre Mäntel, ein kleiner Tisch und zwei Stühle. Nur zwei Personen haben Platz. Zuerst essen die beiden Buchhändler, anschließend Luise allein. Der Chef fährt zum Essen nach Hause, erst am Nachmittag kommt er wieder. Die Arnold und der Eichhorn öffnen ihre heißen Henkelmänner, die ovalen, mit Gummiringen abgedichteten Aluminiumtöpfchen, und löffeln ihre Bohnensuppe mit Würstchen, ihre Reissuppe mit Rindfleisch. Dabei muss die Tür geschlossen bleiben, damit der Essensgeruch nicht nach oben zur Kundschaft steigt.

Wenn die dicke Belletristin und das knochige Juragestell umgeben vom Kochdunst im Kellerraum beisammensitzen, kauen und schlucken, darauf achten, sich nicht ihre Münder zu verbrennen, reden sie darüber, dass die Bundesregierung auf ihren Alleinvertretungsanspruch gegenüber der sowjetisch besetzten Zone bestehen muss, dass sie berechtigt ist, auch über die SBZ zu bestimmen, dass Stalin zur Wiedervereinigung wieder gesamtdeutsche Wahlen vorgeschlagen hat. Wär ja noch schöner. Dann würde das ganze Gesocks drüben die Kommunisten wählen und wir hätten den Kommunismus im Land. Sie reden darüber, dass hier wieder Kommunisten verhaftet wurden, und das zu Recht, dass die drei Besatzungsmächte zwar den Kriegszustand mit Deutschland für beendet erklären, doch noch keinen Friedensvertrag unterschrieben haben und dass in Bayreuth wieder gesungen wird.

Wenn Luise endlich vor ihrem Möhreneintopf sitzt, wird sie öfters nach oben gerufen. Sie muss der Arnold für die neue Dekoration die Bestseller ins Schaufenster reichen, Plakate von Autoren und als Ausstellungsstück eine alte Schreibmaschine mit einem eingespannten Bogen. Oder sie muss dem Eichhorn helfen, seine Brille zu suchen, die er irgendwo verlegt hat. Manchmal muss sie zum Dolmetschen hoch. Belgische Soldaten wünschen ein Buch. Sie sprechen nur Französisch, die Arnold, der Eichhorn und der Chef verstehen kein Wort. Luise muss übersetzen. Dass sie in Brüssel war, wissen das Belletristik-Fräulein und der dürre Jura-Knochen von Wasmuth. Oder der Arnold fällt plötzlich ein, dass sie keine Margarine mehr zu Hause hat, oder der Eichhorn stellt fest, dass seine Wasserflasche für seinen trockenen Hals leer ist, da muss Luise schnell los, um die Ecke bei Edeka einkaufen.

***

Eingekauft hat auch Ludwig wieder mal bei Dünnedahl in diesem alten Fachwerkhaus in der Birkenbergstraße. Flickzeug, eine neue Luftpumpe, ein Fläschchen Öl für die Kugellager, Putzzeug, eine neue Klingel mit einem schönen melodischen Klang. Alles, was er so braucht für seine nächste Tour mit seinem Pegasus. Und einen zweiten Wimpel in Grün-Weiß-Rot mit der Felseninsel Capri hat er endlich gekauft. Den wollte er schon lange haben. Von Rom hatten sie keinen Wimpel. Sonst wäre ihm die Wahl schwergefallen. Jetzt kann er Capri am Vorderrad anbringen. Einen mit dem blauen Gardasee hat er schon. Jetzt wird Italien beim Radeln an beiden Seiten flattern. Der eine Wimpel rechts, der andere links.

Er war noch nie in Italien. Nicht mal am Gardasee. Alle fahren dahin und erzählen davon. Erzählen auch von Florenz, vom Ewigen Rom, von Neapel und Capri. So gern würde auch er da mal hinfahren, das alles mal sehen. Auch seine Mutter schwärmt von Bella Italia. Aber daraus wird nichts. Sein Vater hat kein Auto und interessiert sich nicht für Italien. Ludwig tröstet sich damit, dass nun wenigstens an seinem Vorderrad der Gardasee und Capri wehen.

Bevor er auf seinen Pegasus steigt, schiebt er sein Fahrrad auf die andere Straßenseite zu diesem Antiquariat gegenüber, lehnt es an die Krabbelkiste vor dem Laden und fingert in der Holzkiste herum. Alte Romane. Jedes Buch eine DM. »Der Zug war pünktlich«, »Wanderer, kommst du nach Spa«, »Wo warst du, Adam?«. Alle von Heinrich Böll. Wer ist Böll? Auch von Koeppen, Hemingway und Andersch ist da einiges. Noch nie gehört diese Namen.

Er schaut sich das Bändchen von Andersch an. »Die Kirschen

der Freiheit«. Komischer Titel, stellt die Kirschen wieder zurück. Auch »Vom Winde verweht« ist da. Davon hat er schon mal was gehört. Im Schaufenster liegen vergilbte gewellte Bücher. »Upladhin – Die Geschichte von Opladen. Eine Stadtchronik«, »Opladen im Nationalsozialismus«, »Opladen – Bilder aus alter Zeit«. Alle Bücher ohne Preisschilder. Vielleicht kann man verhandeln.

Da liegen auch Reiseführer für die Umgebung und eine farbige Fahrradwanderkarte. »Die schönsten Touren durch das Bergische Land«. Schon etwas angestaubt, aber schön bunt. Auch ohne Preisschild. Die muss er haben. Noch hat er etwas Geld in der Tasche. Mal sehen, was sie kostet.

Ludwig tritt ein, die Ladenbimmel klingelt hell. Im Halbdunkel tippt ganz hinten ein alter Mann auf einer Schreibmaschine. Um ihn herum hohe Bücherstapel, im Rücken ein kleines Fenster. Er tippt weiter, scheint ihn gar nicht zu bemerken. Ludwig bleibt stehen, schaut sich um. Ringsum die Regale vollgestopft mit Büchern, dass sich die Bretter biegen unter der Last und zu brechen drohen. Auf den Tischen gehäuft mächtige Bildbände über Fotografie, Malerei, Architektur. Bücher türmen sich auf dem Boden, oft so schief, als würden sie jeden Moment umkippen. Überall Bücher, Bücher. Wohin Ludwig schaut, überall Bücher. Alte und neue, dicke und dünne, große und kleine. Gebunden in Leder, in Leinen. Auch Taschenbücher. Alles kreuz und quer. Eine Chaosbude.

Jetzt erst bemerkt ihn der Alte, lugt zwischen seinen Bücherstapeln hindurch, setzt langsam eine andere Brille auf, schiebt seine Schreibmaschine beiseite, erhebt sich schwerfällig und schlurft auf ihn zu. Ein kleines Männlein, etwa achtzig Jahre, in einem viel zu großen Anzug. Er scheint seinen Körper nur mit Mühe aufrecht halten zu können, wild wuchert seine weiße Haarmähne. Dann steht der Alte vor ihm. Seine Brillengläser sind so dick, dass Ludwig den Eindruck hat, er sei halb blind.

Sie wünschen?, fragt er mit brüchiger Stimme.

Was kostet die Radwanderkarte im Fenster? Die farbige.

Und schon trippelt der Alte zum Schaufenster, mit einer Geschwindigkeit, die er ihm nicht zugetraut hat, angelt die Karte heraus, bläst den Staub ab, reicht sie ihm, sagt: Ich hab Sie immer gesehen, wenn Sie gegenüber bei den Dünnedahls eingekauft haben.

Ludwig fühlt sich ertappt, stottert etwas zusammen, will bezahlen, fragt nochmals nach dem Preis.

Lassen Sie mal, winkt der Alte ab. Sie haben sicher nicht viel Geld. Und weil Sie zum ersten Mal bei mir sind, schenk ich Ihnen die Karte. Viel Spaß damit beim Herumradeln in unserer Gegend.

Freudig bedankt sich Ludwig. Eigentlich hätte er jetzt gehen können. Er hat, was er wollte, dazu noch geschenkt. Er könnte jetzt wieder gehen, doch er bleibt stehen. Er ist überwältigt von so vielen Büchern um ihn herum. Ist fassungslos über so viele Bücher. So eine Flut, so eine Überflutung, so eine Wucht hat er noch nie gesehen.

Bitte, sehen Sie sich um, lädt ihn der Alte ein und zeigt mit seiner mageren Hand umher. Suchen Sie sich aus, was Ihnen gefällt.

Ludwig weiß gar nicht, was er möchte. Er zögert.

Woher haben Sie all die Bücher?

Weiß ich auch nicht mehr. Das meiste von meinem Vater übernommen. Ist schon lange her. Vieles durch Ankauf von Nachlässen. Von Verstorbenen, wenn die Erben die Bücher nicht haben wollten. Durch Zwangsräumung. Oder wenn man umzog und den alten Plunder nicht mitnehmen wollte. So manches auch nach dem Krieg angekauft. Wenn die Opladener Geld brauchten für Kartoffeln, Kleider und Schuhe. Bücher konnte man nicht essen, nicht anziehen. Jetzt steht das alles bei mir herum.

Er nimmt ein paar Bände aus einem Regal und betrachtet sie. Schöne Ausgaben von früher. Hesses »Siddhartha«, Rilkes »Duineser Elegien«, Lasker-Schülers »Die Wupper«, Nelly Sachs' Gedichtsammlungen »In den Wohnungen des Todes« und »Sternverdunkelung«. Alles gutes Leinen, mit Lesebändchen.

Er stellt sie zurück und seufzt: Wahnsinnig, wie Bücher nachwachsen. Es werden immer mehr. Immer mehr. Überall. In den Antiquariaten, Bibliotheken, in den Buchhandlungen. Die Verlage drucken wie verrückt neu, neu, neu. Immer neue Bücher. Kein Mensch kann das alles lesen. Viele werden gekauft, die wenigsten gelesen. Sie stehen herum, werden lästig, man will sie loswerden. Kann man sie doch nicht wegwerfen zum Müll. Dann landen sie bei mir, und ich nehme sie auf, als wären sie meine Kinder. Bei mir finden sie alle eine neue Unterkunft. Wo sollen sie denn sonst hin? Ich bin ihr Altenheim, ihr Pflegeheim. Bei mir sind sie gut aufgehoben und fühlen sich wohl und dämmern dahin. Und wenn ich einmal nicht mehr bin, weiß Gott, wohin meine Gäste dann wandern.

Er schaut auf seine vollgestopften Regale, auf seine Büchertürme auf den Tischen und auf dem Boden, schweigt, versinkt in Gedanken.

Jedes Buch eine Galaxie, sagt er dann. Ein Sternenhaufen. Wenn du eintauchst in Dostojewskis »Schuld und Sühne«, eintauchst in diesen Raskolnikov, allein dieser Mensch eine monströse Galaxie, du verlierst dich darin. Wenn du eintauchst in Musils »Der Mann ohne Eigenschaften«, in diesen Mann, der aus so vielen Eigenschaften besteht, ein gigantischer Sternennebel. Oder Joyce »Ulysses«, du verlierst dich in ihm. Oder Tolstois »Anna Karenina«, eine Sonne mit so vielen Nebensonnen. Oder Prousts »Auf der Suche nach der verlorenen Zeit«. Oder Balzacs »Die menschliche Komödie«. Da explodiert ein Stern nach dem anderen. Wenn du dich darin versenkst, da ergreift dich ein Sog, reißt dich mit. Da kommst du nicht mehr raus. Ein Wirbel. Phantastisch. Wie bei Poe in seinem »Malstrom«. Alles um dich herum ein unendlicher Kosmos. Er dreht sich, dreht sich. Und wir drehen uns mit. Wir müssen uns irgendwo festhalten, um nicht zu stürzen. Ich an meinen Regalen. Und du, wo hältst du dich fest? Wenn ich meine Bücher anschaue, schwindelt es mir.

Haben Sie die alle gelesen?, fragt Ludwig.

Nicht alle. Kannst du den Ozean austrinken?

Wieder versinkt Anselm in Gedanken, sagt: Zum Raum wird hier die Zeit.

Versteh ich nicht.

Wagners »Parsifal«. Er hat den Satz umgedreht, um ihn besser singen zu können. Auch du kannst ihn umdrehen, da wird er deutlicher: Die Zeit wird hier zum Raum.

Ludwig versteht immer noch nicht.

Du wirst es noch begreifen. Später mal. Er verstummt. Dann abrupt: Kannst du mir ein neues Farbband besorgen?

Ludwig stutzt. Hat er richtig gehört?

Ein neues Farbband für meine Schreibmaschine. Nicht schwarz-rot. Nur schwarz.

Ludwig nickt. Klar, kann er besorgen.

Mein altes ist schon durchlöchert. Hat kaum noch Farbe. Ich kann ja nicht raus aus meinem Laden.

Für ihn macht Ludwig alles.

***

Für Diewerge macht Middelhauve alles. Mit dem fünfundvierzigjährigen Wolfgang Diewerge hat Middelhauve einen guten Fang gemacht. Er ist Naumann dankbar, dass er ihn nach der Grimm-Rede im Düsseldorfer Industrie-Club mit diesem Diewerge bekannt machte. Da stand für ihn fest: Auch ihn kann er gut gebrauchen. Ist Jurist, ein geschulter Redner. Genau der richtige Mann für den Ausbau seines FDP-Landesverbandes.

Schon beim ersten Treffen in seinem Büro legt Diewerge seine Karten auf den Tisch und bekennt offen: von Anfang an Antisemit. 1930 NSDAP. In Goebbels' Gau Groß-Berlin im Presseamt und in der Rechtsabteilung, dann ab 1934 in seinem Propagandaministerium. Hauptstellenleiter in der NS-Auslandspresse. Regierungsrat. Zusammenarbeit mit Friedrich Grimm, mit Ernst Achenbach und mit Werner Naumann, dem persönlichen Referenten von Goebbels. Aufstieg zum

Reichsredner, Leiter der Rundfunkabteilung im Propagandaministerium. Seit 1936 in der SS. 1939 Beförderung zum Leiter
des Gau-Propagandaamtes Danzig, Aufbau eines Netzwerkes
von Reichs-, Gau- und Kreisrednern. Oberregierungsrat und
Intendant des Reichssenders Danzig.

Auf eigenen Wunsch Fronteinsatz. Bei der Waffen-SS in den
SS-Divisionen Wiking und Leibstandarte Adolf Hitler. SS-Stan-
dartenführer.

1942 Rückkehr nach Berlin zu Goebbels' Propagandaministerium. Ministerialrat. Dann Sonderberichterstatter für den
Völkischen Beobachter und den »Angriff«. Hetzschriften gegen
die Juden. Millionenauflagen. Bei Goebbels Leiter der Rundfunkabteilung, Beauftragter für den Großdeutschen Rundfunk.
Auszeichnung mit dem Goldenen Parteiabzeichen, mit dem
SS-Ehrendolch und SS-Totenkopfring.

Mit Naumann bis zuletzt bei Goebbels im Führerbunker.
Dann am 2. Mai mit Naumann Flucht aus dem Bunker. Abreißen ihrer Auszeichnungen, müssen jetzt unverdächtig sein.
Bedauert, dass er seinen SS-Ehrendolch und SS-Totenkopfring
wegwerfen muss. Hätte sie gern behalten.

Trennung von Naumann. Jeder geht seinen eigenen Weg.
Untertauchen in Hessen, unerkannt Geschäftsführer einer Kaf-
feerösterei. Trifft Naumann wieder in seiner Essener Kanzlei,
erfolgreiche Entnazifizierung.

Am Ende sagt Diewerge: Der Russlandfeldzug war richtig
und notwendig. Es war ein Kampf der anständigen deutschen
Soldaten gegen das jüdisch-bolschewistische Mordgesindel.
Entweder siegten die jüdischen Untermenschen, oder es gab
den Sieg der weißen Rasse mit ihren kulturellen Werten und
ihrer Schöpferkraft, mit ihrem Fleiß und ihrer Lebensfreude.

Middelhauve ist damit nicht einverstanden und schweigt.

Diewerge setzt nach: Das wird man doch heute noch sagen
dürfen.

Middelhauve gefallen Diewerges antisemitische Hetzschriften nicht, sagt aber nichts, will ihn nicht verprellen. Ihm ge-

fällt aber sein Einsatz für das Straffreiheitsgesetz. Er denkt an Achenbachs und Grimms dringende Empfehlung, den aufrechten Wolfgang Diewerge in seine Partei aufzunehmen. Er nimmt ihn in seine FDP auf. Als qualifizierter Jurist und Propagandaredner ist er nützlich für ihn. Auch als erfahrener und verdienstvoller Goebbels-Mitarbeiter bestens geeignet, neue Mitglieder zu werben für seinen Landesverband. Der Vorstand stimmt zu.

Mit Diewerges Arbeit ist Middelhauve sehr zufrieden und macht ihn zu seinem persönlichen Sekretär und zum außenpolitischen Sprecher der Partei. Dazu beauftragt er den in alter Zeit so professionellen Rhetoriker Diewerge, eine Rednerschule zu gründen, zur Ausbildung von Propagandisten. Das hat er schon bei Goebbels gelernt. Das kann er. Der Vorstand stimmt zu.

Da hat Middelhauve nun eine schöne braune Mannschaft zusammen. Gemeinsam mit seinem Naumann, Grimm, Achenbach und Diewerge erarbeitet er einen Gesetzentwurf für eine Generalamnestie. FDP-Geschäftsführer Erich Mende beharrt auf völliger Löschung aller Spruchkammerakten und Strafregister. Ihr Gesetz wollen sie im Bonner Bundestag durchziehen. Der alte Adenauer hat sicher nichts dagegen. Sie sagen sich: Wenn der Kanzler den Hans Globke, den Verfasser und Kommentator der Nürnberger Rassegesetze von 1935, zu seinem Personalchef und zu seinem engsten Berater berufen hat, dann können auch wir die alten Nazis aufnehmen.

Im Radio und auf Schallplatten singt das Hazy-Osterwald-Sextett:

Geh'n Sie mit, geh'n Sie mit.
Geh'n Sie mit der Konjunktur.
Geh'n Sie mit auf diese Tour.
Dreh'n Sie mit an dieser Uhr.
Laufen Sie. Raufen Sie.

Schöpfen Sie Ihr Teil, schröpfen Sie.
Die anderen köpfen Sie sonst später ohnehin.
Holen Sie sich die Kohlen wie Krupp von Bohlen.
Geld, das ist auf dieser Welt der einz'ge Kitt, der hält.
Geh'n Sie mit der Konjunktur. Geh'n Sie mit.
Geh'n Sie mit auf diese Tour. Geh'n Sie mit.

***

Kaufkräftige Kunden kommen in die Goethe-Buchhandlung. Studienräte und Oberstudienräte des Gymnasiums, Anwälte und Referenten des Amtsgerichts, die Filialleiter der Sparkasse und der Deutschen Bank, die Direktoren des Landratsamts, die Ressortleiter des Rathauses.

Allen voran der Major a. D. Dr. Erich Mende. Er sieht sehr attraktiv aus in seinem korrekten dunklen Maßanzug, mit seiner gepflegten, mit Brillantine eingeschmierten Frisur. Stolz trägt er am Hals sein Ritterkreuz des Eisernen Kreuzes für seine Kriegsverdienste als stellvertretender Regimentskommandeur einer Infanteriedivision. Sein Deutsches Kreuz in Gold bewahrt er sorgfältig zu Hause in einem mit rotem Samt ausgelegten Kästchen. Heute ist er angesehenes Mitglied des FDP-Landtags und des Bundesvorstandes, strikter Gegner der Ostverträge mit der sogenannten DDR und Spezialist für parlamentarisches Immunitätsrecht. Bis vor einem Jahr war er Mitglied des Opladener Stadtrates.

Der schöne Erich, mokiert sich die Arnold über ihn, Eichhorn runzelt über ihren Spruch missbilligend die Stirn. Nur der Chef darf ihn bedienen, spricht ihn mit »Herr Doktor« an. Wenn der Chef nicht da ist, hat Eichhorn den Vortritt bei dem Herrn Doktor.

Es kommt der Rechtsanwalt Friedrich Bossmann. Er lässt sich nur von Eichhorn beraten und reckt bei jedem Anfassen eines Buches seine Arme so weit vor, dass die Perlmuttknöpfe seiner Manschetten deutlich zu sehen sind. Es kommen der

Bauunternehmer Brenner, der Tankstellenbesitzer Melzer, Geschichtslehrer Dörner, der Leiter des Polizeireviers Heger. Sie kaufen von den Stapeln neben der Kasse »Schicksalsstunden der deutschen Armee« von Adolf Heusinger, »Invasion 1944« von Hans Speidel, »Soldat bis zum letzten Tag« von Albert Kesselring, »Erinnerungen eines Soldaten« von Heinz Guderian, »Der Fragebogen« von Ernst von Salomon.

Und es kommt der Richter Dr. Edmund Rauschenberg vom Amtsgericht. Da haut Luise ab, will den Edmund nicht sehen, den Wohltäter ihres Chefs, den Lump. Sie verschwindet hinter dem Vorhang an der Kellertreppe und kann durch einen Spalt erspähen, wie Wasmuth mit ihm in seinem Büro verschwindet und die Tür schließt. Über was reden die beiden da? Was planen sie nun? Was haben sie als Nächstes vor? Das wüsste sie gern.

Erst als das Robbengesicht wieder weg ist, kommt sie hinter dem Vorhang hervor und fragt den Eichhorn, wer die berühmten Autoren all dieser Bestseller sind. Da ist er in seinem Element, da weiß er Bescheid. Sein graues Gesicht leuchtet auf. Vor Erregung hüpft in seiner Gurgel der Knorpel seines dicken Adamsapfels auf und nieder.

Bereitwillig klärt er sie auf, damit sie etwas lernt: Heusinger – General der Wehrmacht, Deutsches Kreuz in Gold und Kriegsverdienstkreuz I. und II. Klasse mit Schwertern. Berater Adenauers bei der Gründung der Bundeswehr und der Wiederbewaffnung. Speidel – General der Wehrmacht, Deutsches Kreuz in Gold und Ritterkreuz des Eisernen Kreuzes. Kämpft für den Ruf der »sauberen Wehrmacht«, für die Freilassung der Inhaftierten, berät ebenfalls Adenauer bei der Gründung der Bundeswehr und der Wiederbewaffnung. Kesselring – Generalfeldmarschall, Ritterkreuz zum Eisernen Kreuz mit Eichenlaub, Schwertern und Brillanten, von den Briten zum Tode verurteilt, wird begnadigt und aus dem Zuchthaus Werl entlassen, wird dann Präsident des Stahlhelms, Verband der Frontkämpfer. Guderian – Panzergeneral, Ritterkreuz des Eisernen Kreuzes mit Eichenlaub. Seine Devise: Nicht kleckern, sondern klotzen.

Hat große Siege errungen in Polen, Russland, Frankreich und in Belgien.

Luise muss an Breendonk und Mechelen denken und an ihre nach Auschwitz deportierte Mutter. Also auch der Guderian in Belgien.

Ein sehr verdienstvoller Mann, sagt Eichhorn. Hilft mit beim Aufbau der neuen Bundeswehr.

Luise zeigt auf das Buch von Guderian, »So geht es nicht!«.

Was geht so nicht?, fragt sie.

Der Verzicht auf die Ostgebiete! Er fordert die Wiederherstellung der Grenzen von 1937.

Luise staunt, was der Eichhorn alles weiß. Eichhorn staunt über ihre Unkenntnis. Und so eine arbeitet hier in der Buchhandlung.

Und wer ist der Ernst von Salomon mit seinem Fragebogen?, fragt Luise.

Der Eichhorn schnappt nach Luft, sein faltiger Hals schlottert, seine dünnen Haare zittern auf dem Schädel, sein dicker Knorpel springt aufgeregt. Da hat sie in ein Wespennest gestochen.

Plötzlich hat er keine Zeit mehr und wendet sich ab. Warum will er nichts sagen über diesen Salomon, von dem sie seinen Fragebogen so massenhaft verkaufen? Was verschweigt er ihr?

Er lässt sie einfach stehen.

***

Anselm steht da und kann es nicht fassen. Sein Antiquariat in Flammen! Seine Bücher schreien um Hilfe. Seine brennenden Bücher strecken ihm ihre Seiten entgegen. Rette uns! Er stürmt ins Feuer, will sie retten, seine Haare, seine Augenbrauen, seine Wimpern schmelzen weg. Er fasst in die Flammen, will nach seinen Büchern greifen, da schmelzen seine Hände in der Hitze, sind nur noch schwarze Knochen. In der Lohe zittern die Bücher, als würden sie tanzen.

Die Flammen schießen hin und her, toben gelb und rot und gierig. Das Feuer frisst und frisst.

Sein Grimmelshausen und sein de Coster sahen im dreißig Jahre dauernden Krieg so viele Dörfer, so viele Städte niederbrennen, sahen Feuer wie dieses, und jetzt stecken sie selbst mittendrin. Sein Defoe sah London niederbrennen, jetzt verbrennt auch er. Sein Tolstoi sah das brennende Moskau, jetzt löst er sich in den Flammen auf. Sein Döblin sah auf Grönland die feuerspeienden Vulkane, wie das Eis zu Wasser kochte. Jetzt liegt er selbst in diesen Feuerfontänen. Sein Bradbury hat mit 451 Grad Fahrenheit Bücher verbrannt, mit zweihundertdreißig Grad Celsius, ab da brennt Papier. Jetzt verbrennt er selbst. Sein Heine, sein Kafka, sein Tucholsky, Brecht, Remarque, Feuchtwanger, Kästner. Alle in Flammen. Wie schon auf dem Scheiterhaufen in Köln.

Die wütenden Flammen packen sie, schütteln sie, drücken sie nieder, wollen sie verschlingen. Die Bücher wehren sich, bäumen sich auf, sacken nieder, sind nur noch lodernde Fackeln. Die Holzregale zerfallen, stürzen mit den Büchern zu Boden, die Deckenbalken brechen herab, erschlagen ihn. Er versinkt im Inferno, verbrennt mit seinen Büchern, wird mit ihnen zu einem Haufen Asche. Asche zu Asche. Jetzt ist er mit ihnen vereint. Schreit: Hilfe!

Anselm wacht auf, reißt die Bettdecke vom nass geschwitzten Leib. Keine Erna neben ihm, die ihre Hand auf seine Schulter legt, ihn beruhigt. Er torkelt hinab zu seinem Laden, taumelt zwischen den Regalen, streicht mit den Fingern über die Rücken seiner Bücher. Sie sind noch alle da. Schlafen ruhig. Er will sie nicht wecken. Auch er ist noch da. Liegt nicht mit ihnen in der Asche.

Den ganzen Tag muss er am Schreibtisch an dieses Feuer denken, an diesen entsetzlichen Traum. Immer wieder fragt er sich, warum er so etwas geträumt hat. An seinem Hoffenster immer noch kein Gitter. Er muss noch einmal die Hausverwaltung bitten, einen Schutz anzubringen. Den ganzen Tag kann er sich nicht auf seinen Text konzentrieren, vertippt sich ständig, muss sich zwingen weiterzuarbeiten.

***

Das Aktengesicht arbeitet in einer Ecke des Zeitungsladens, Lotte eilt zu Ludwig, blickt ihn erwartungsvoll an.

Ja, bitte?

Er ist froh, endlich mal mit ihr sprechen zu können, und bittet um ein Farbband.

Nur ein Farbband?, fragt sie enttäuscht.

Ein schwarzes.

Am liebsten wünscht er von Lotte eines ganz in Rot, röter als Rot, dunkelrot, dunkler als Dunkelrot. Er hat auch noch andere Wünsche. Mit ihr am Weiher bummeln, womöglich Hand in Hand, mit ihr in die Scala gehen. Da läuft der umstrittene Film »Die Sünderin« mit der Knef, über den man so viel Buhei macht. Den will er sich auf jeden Fall ansehen. Doch mit ihr? Heikel, heikel. Vielleicht lehnt sie empört ab. Vielleicht aber wäre auch sie neugierig auf die Sünden dieser Sünderin. Sie sieht nicht sehr keusch aus mit ihren lebenshungrigen Augen.

Seide oder Baumwolle?, fragt Lotte.

Er weiß gar nicht, dass es beides gibt.

Was ist denn besser?

Seide natürlich, sagt sie lächelnd.

Gut, dann Seide. Für seinen Antiquar nur das Beste. Lotte kramt in einem eingerissenen Pappkarton herum, findet das Richtige, will es ihm reichen, da tritt dieses Ekel heran und reißt ihr das Farbband aus der Hand. Lotte tritt errötend zurück.

Verdammt, er wollte noch weiter reden mit ihr, ihr irgendwas vorschlagen, ihm wäre schon etwas eingefallen. Sicher wäre mit ihr was zu machen gewesen. Aber jetzt nicht mehr. Verflucht!

Als er den Preis erfährt, erschrickt er, schluckt und zahlt. Schließlich hat der Alte ihm die Radwanderkarte geschenkt.

Der Gnom schickt Lotte die Leiter hoch, eine Schachtel herunterzuholen. Lotte steigt die Sprossen hoch. Ihr Rock ist kurz. Ludwig kann ihre nackten Beine sehen bis hinauf zu den Oberschenkeln.

Noch was?, knurrt der Chef.

Ja, noch was, aber nicht von ihm. Ludwig zieht mit seinem schwarzen Farbband davon. Aus Seide. Seidene Strümpfe würde sie sicher gern über ihre Beine ziehen, seidene Unterwäsche sicher gern auf ihrer Haut fühlen.

Im Radio und auf Schallplatten singt Gerhard Wendland:

Das machen nur die Beine von Dolores,
dass die Señores nicht schlafen geh'n.
Denn die Toreros und die Matadores,
die woll'n Dolores noch tanzen seh'n.
Und jeder wünscht sich dann nur das Eine,
sie möcht alleine für ihn sich dreh'n.

***

Hartmut und Amalie gehen schon früher in Rente als geplant, geben ihren Konsum in der Steinstraße auf, entrümpeln ihr Häuschen in ihrem Schrebergarten in Lützenkirchen und ziehen dort ein. Nun können Leonhard und Luise ihre Dachkammer verlassen und in der frei gewordenen Wohnung der Küppers im ersten Stock einziehen.

Drei schöne Räume mit Bad, Dusche und Toilette. Nun hat auch Luise ein eigenes Zimmer. Und Leonhard kann im Konsum sein neues Foto- und Radiogeschäft einrichten. Dafür leihen ihm die Küppers wie versprochen Geld von ihren Erspar-nissen, und die Sparkasse gewährt ihm einen Kredit für seine Existenzneugründung, wie es in den Formularen der Raten-zahlung heißt. Neuer Anfang, neuer Start, neue Hoffnung auf ein neues Leben in Opladen.

Für ihre Wohnung können sie die meisten Möbel der Küppers übernehmen. Auch die große alte Standuhr aus angedunkeltem Holz, ein Erbstück aus früheren Zeiten. Auf dem Porzellanblatt römische Ziffern, zierliche schwarze Zeiger und ein langes Pendel, das langsam hin- und herschwingt. Mit einem Schlüssel aus Messing mit einem breiten Griff können sie die Feder aufziehen. Dann tickt die Uhr leise im Takt ihrer Herzschläge und schlägt dunkel, wohltuend. Um viertel einmal, um halb zweimal, um dreiviertel dreimal und zur vollen Stunde jeweils nach der Stundenzahl. Leonhard und Luise freuen sich über dieses Geschenk und genießen den feinen Takt und die beruhigenden Klänge des Glockenwerks.

Trotzdem hätten sie gern so manches neu. Die Opladener Möbelgeschäfte bieten in ihrem überreichen Angebot einiges an, was sie gut brauchen könnten. Doch viel zu teuer. So viel Geld hat Leonhard nicht. Mit dem geliehenen Geld und dem Sparkassenkredit will er so sparsam wie möglich umgehen. Fremdes Geld, gehört ihm nicht, muss er zurückzahlen.

Sie erinnern sich an den Sperrmüll, der auf den Straßen lag. Davon könnten sie jetzt so manches gebrauchen. Sie würden das Weggeworfene säubern, schrubben, grün, rot und blau anmalen, dann würde es wie neu aussehen. Mit Luise geht er durch die Straßen, doch keine Tische mehr, keine Stühle, keine Kommoden. Wo ist die alte Kommode für Leonhard geblieben? Wo der alte Schreibsekretär für Luise? Kein Schränkchen mehr, das sie sich für ihre Bücher wünschte. Nur Kleinkram, verbogene Töpfe, durchlöcherte Eimer, kahle Besen, kaputte Grammophone.

Sie gehen durch die Kanalstraße und sehen ein Geschäft mit der Aufschrift: Alles neu von Anton Mai.

Ein Jahr lang arbeitet Anton Mai bei der Stadtreinigung, wirft mit seinen Kumpels den Sperrmüll von den Straßen auf den Wagen, schafft ihn zur Müllzentrale, wo er zerstampft und zermahlen wird. Eigentlich schade um das schöne Zeug, denkt der Mai. Vieles wäre noch gut zu gebrauchen. Wenn man es reinigen würde, neu anmalen, Defektes reparieren würde, könnte man es profitabel verkaufen. Der fuchsige Mai sucht einen billigen Werkstattraum und findet ihn. Die Halle des NS-Kraftfahrerkorps beim Friedhof steht immer noch leer. Erstaunlich, dass noch keiner nach dieser Halle gegriffen hat. Genau das Richtige für ihn.

Dann sucht er für den Verkauf seines aufgemotzten Abfalls einen billigen leer stehenden Laden und findet ihn. Die Räume des Nazi-Winterhilfswerks in der Kanalstraße. Erstaunlich, dass auch sie sich noch niemand unter den Nagel gerissen hat. Wo doch alle so wild sind auf Wiederaufbau und alles raffen, was sie ergattern können. Genau das Richtige für ihn. Nun sollen die bedürftigen Volksgenossen hier bei ihm kaufen.

Er kündigt bei der Stadtreinigung, unterschreibt für die Halle und den Laden sehr günstige Mietverträge, mietet einen Leihtransporter und zieht los. Immer zwei, drei Tage, bevor die Stadtreinigung für den Sperrmüll kommt. Die Termine kennt er ja. Eifrig wählt er aus den Haufen die besten Stücke aus, schiebt sie in seinen Transporter, schafft sie in seine Werkstatt. Als darauf die Stadtreinigung eintrifft, ist sie froh, nur noch Kleinkram zu finden. Weniger Arbeit für sie. Mai spekuliert: Die Leute wollen keinen alten Kram von der Straße, sie wollen was Neues.

So putzt der Händler der Täuschungen in seiner Werkstatt alte Tische, Stühle, Kommoden, repariert Defektes, malt neu an, montiert glänzende Beschläge und Griffe. Alles sieht nun sehr schön aus. Alles neu macht der Mai. In seinem Laden präsentiert er die hergerichteten Möbel gut übersichtlich, stellt die Schmuckstücke ins Schaufenster, bringt über dem Eingang ein Schild an: Alles neu von Anton Mai, und eröffnet. Der Ansturm ist groß. Immer wieder betont er, dass alles fabrikneue Ware ist, verhandelt mit den Interessenten die Preise, macht ein dickes Geschäft. Bald kann er seinen Leihtransporter zurückgeben und einen neuen kaufen.

Auch Leonhard und Luise treten in den Laden ein und sind

überrascht von dem großen Angebot. Als Erstes fällt Leonhard eine schöne Kommode auf. So eine sah er auf dem Sperrmüll. Sie war ramponiert, etwas angeschmutzt, es fehlten ein paar Beschläge und Griffe. Sie hatte ihm gefallen, und er hätte sie am liebsten gleich mitgenommen. Doch das ging damals nicht. Sie hatten noch keine Wohnung und kaum Geld. Sie war so schön wie diese neue hier.

Und Luise fällt ein glänzender Schreibsekretär auf, vielleicht aus Birke oder Nussbaum, mit vielen kleinen Fächern und winzigen Schubladen, wie man ihn früher hatte. So einen sah sie auf dem Sperrmüll, matt und etwas abgestoßen, und hätte ihn gern gehabt. Sie entdeckt auch ein hübsches neues Schränkchen, schön lackiert mit blinkenden Knäufen, das sie gut für ihre neuen Bücher brauchen könnte. Es ähnelt sehr dem etwas demolierten Schränkchen auf dem Haufen, das sie sich so sehr wünschte.

Mai tritt an sie heran und lobt: Alles fabrikneu. Alles beste Ware.

Leonhard überlegt. Die Kommode kaufen, die ihm so gut gefällt? Und für Luise den Schreibsekretär und das Schränkchen, die sie gern hätte? Er überlegt, rechnet. Mit einem Ruck entschließt er sich: Wir nehmen die Kommode, den Schreibsekretär und das Schränkchen.

Luise ist glücklich, und Leonhard ist froh, dass sich Luise freut, und verhandelt mit Mai den Preis. Mai geht rauf, Leonhard geht runter, Mai geht zur Hälfte rauf, Leonhard geht zur Hälfte runter. Dann einigen sie sich in der Mitte. Für Leonhard schmerzlich, für Mai profitabel. Er steckt das Geld ein, liefert ihnen den Kauf gratis mit seinem Transporter.

In ihrer neuen Wohnung betrachtet Leonhard die neue schöne Kommode. Er stellt sich vor: Wäre sie alt, was hätten dann Generationen vor ihm in den Schubladen verstaut? Leinene Bettwäsche mit gestickten Monogrammen. Handgewebte Wolldecken mit Orientmustern. Tischtücher aus Batist. Oder alte Akten von Behörden. Vielleicht auch Geheimnisse, versteckte Liebesbriefe, Vorladungen vor Gericht. Er weiß nicht, was nach ihrer Flucht aus ihren Möbeln geworden ist. Poensgen wollte sicher nicht dieses herrenlose Judengut übernehmen, wollte es loswerden. Es gab damals öffentliche Versteigerungen von jüdischen Hinterlassenschaften, sehr billig zu haben. Die alte geschenkte Standuhr schlägt beruhigend.

Luise betrachtet ihren neuen Schreibsekretär und ihr Bücherschränkchen. Wäre der Sekretär alt, wem hätte er früher mal gehören können? Wer hätte darauf geschrieben? Eine alte Gräfin? Eine berühmte Filmschauspielerin? Oder vielleicht Proust in Paris. Oder Musil in Wien. Oder Thomas Mann in Lübeck. Und was hätten sie darauf geschrieben? Vielleicht einen ihrer Romane oder einen Brief. Sie hat niemanden, dem sie auf so einem wertvollen Möbel einen Brief schreiben könnte. Oder ihre Erinnerungen an Brüssel, an die KZs Breendonk und Mechelen. Das will sie nicht aufschreiben. Das will sie wegschieben. Doch ihrer vielleicht nun polnischen Mama würde sie gern einen lieben Brief schreiben, wenn sie ihre Adresse wüsste.

Luise betrachtet ihr Schränkchen, ihr erstes Bücherschränkchen. Jetzt gleich will sie ihre Bücher hineinstellen, die sie in der Buchhandlung von ihrem kleinen Lehrlingslohn gekauft hat. Koeppen, »Tauben im Gras«. Sie fragt sich: Bin ich eine Taube im Gras, die verscheucht wird und sich irgendwo wieder niederlässt? Hemingway, »Wem die Stunde schlägt«. Schlägt mir wieder die Stunde? Dazu sein »Über den Fluss und in die Wälder«. Muss ich demnächst über den Fluss und in die Wälder? Die alte geschenkte Standuhr schlägt beruhigend.

Sie will auch all die Bücher hineinstellen, die sie noch kaufen wird. So viele Bücher hat sie jeden Tag in der Hand. So viele Bücher interessieren sie, hätte sie gern. Dann wäre ihr Schränkchen bald zu klein, und sie müsste sich ein großes Regal anschaffen und noch ein zweites. Dann wäre auch ihr Zimmer bald zu klein.

Luise wird aus ihren Träumereien gerissen. Ihr Vater steht

vor ihr und hält das Schreiben des Gewerbeamtes in der Hand: die Erlaubnis, einen Foto- und Radioladen zu eröffnen.

**

Anselm wird aus seinem Tippen gerissen. Vor ihm steht dieser Junge und hält eine kleine Schachtel in der Hand. Schnell legt er von seinem Stapel Bücher auf seine Schreibmaschine und auf den Band der Sicherheitspolizei in Belgien 1940 bis 1944, erschienen im Verlag »Das Reich 1945«. Er soll nicht sehen, was er da schreibt.

Hoffentlich das richtige, sagt Ludwig und reicht ihm das Farbband.

Anselm öffnet das Schächtelchen, holt die Spule heraus und nickt zufrieden.

Wie viel bekommst du?

Ludwig wehrt ab. Farbband gegen Karte.

Na schön. Anselm lächelt. Tausend Falten erscheinen auf seinem Gesicht.

Für Ludwig ähnelt seine Haut den alten Einbänden der Bücher rings um ihn, dem trockenen, brüchigen Leder, dem ausgeblichenen Pergament.

Such dir was aus. Was dir gefällt.

Ludwig sieht sich um. Welches Buch möchte er? Was soll er sich aussuchen aus dieser Fülle?

Anselm erhebt sich mühsam, schlurft zu einem Regal und greift hinein.

Montaigne. Essais.

Er sieht Ludwig an, dass er davon keine Ahnung hat. Kann er auch nicht. Hatte er in seinem Alter auch nicht. Mit den Fingerkuppen streicht er über den Einband. Saffianleder. Sehr fein und weich, aus Ziegenleder.

Ludwig sieht seine Finger, die wie mit Ziegenleder überzogen scheinen. Anselm öffnet den Montaigne, streicht mit den Fingern über die Seiten, betastet das alte Papier.

So wunderbares Papier, sagt Anselm. Nicht zu glauben, dass es aus Lumpenbrei hergestellt ist.

Anselm holt neue Bücher hervor.

Ein Vergil von 1676, sagt er. Großdruck. Sehr, sehr selten. Und hier ein Boccaccio von 1527. Einband aus venezianischem Pergament. Unbeschnittene Blätter. Leider schon etwas von Säure angefressen. Bücherfraß. Auch ich bin schon etwas angefressen.

Immer wieder staunt Ludwig, wie der Alte aus seinem Chaos einen kostbaren Band nach dem anderen hervorzuzaubern. Für ihn ist er eine wandelnde Büchergalaxis. Dann ein uraltes Buch mit dicken Wülsten auf dem Rücken und bronzenen Klammern. Wieder diese Ähnlichkeit der Metallklammern mit der Brille des Alten.

Ich kann durch Tasten den Ledereinband Derômes des Älteren von einem Derômes des Jüngeren unterscheiden, sagt Anselm. Wenn ich über eine Seite streiche, spüre ich, ob das Papier lebt. Es muss ein klein wenig aufgeraut, ein bisschen grob sein, dann ist es echtes Papier. Wenn ich die Seiten zwischen Daumen und Zeigefinger gleiten lasse, höre ich, wie das Buch singt.

Er nimmt einen uralten Band hervor und lässt die Seiten zwischen seinen Fingern durchflattern.

Hörst du, wie das Buch singt? Hörst du es? Bei Fotobänden ist das natürlich etwas anderes. Da muss das Papier schön glatt und schneeweiß sein. Ist aber langweilig. Ist totes Papier. Es müssen darin noch Spuren von Holz und Leim zu sehen sein. Dann ist es sattes Papier. Wenn ich in Bände hineinschnuppere, rieche ich den Duft der Druckerschwärze und des Leims, rieche, ob der Band zweihundert oder sogar dreihundert Jahre alt ist, eine Originalausgabe der ersten Auflage ist oder eine viel spätere, vielleicht sogar ein Raubdruck. So viele seltene Ausgaben. Rara. Kostbare Exemplare. Nur ein Mal erschienen, nie wieder aufgelegt.

Für Ludwig ist auch dieser Alte eine seltene Ausgabe. Eine Rara. Ein kostbares Exemplar, das nicht wieder aufgelegt wird.

Was möchtest du davon?

Nichts davon kann sich Ludwig leisten. Unmöglich. Viel zu teuer für ihn. Unbezahlbar. Sein Geld reicht höchstens für ein altes, abgegriffenes Taschenbuch.

Musst es nicht bezahlen. Ich schenk es dir. Wie wär's denn damit?

Aus einem Regal holt er einen Band von Prousts »Auf der Suche nach der verlorenen Zeit«.

Wer ist Proust?, fragt Ludwig.

Marcel Proust. Kannst du noch nicht wissen, sagt Anselm. Französischer Dichter. Paris. Um neunzehnhundert. Hab alle sieben Bände. Dazu ein paar Originalausgaben. Kauft keine Sau. Musst du lesen. Proust sucht nach seiner verlorenen Zeit. Wär doch was für dich. Vielleicht suchst auch du deine Vergangenheit. Wahrscheinlich verlierst du dich darin, wie der Proust darin umherirrt in diesem Labyrinth.

Er holt aus einem Regal Balzacs »Die menschliche Komödie« heraus.

Wer ist Balzac?, fragt Ludwig. Und die menschliche Komödie?

Lies es, sagt Anselm und lächelt dabei etwas schief. Der Mensch ist eine Komödie.

Und das soll er lesen? So einen dicken Schinken. Schwer wiegt das Buch, gebunden in weichem Leder, in seiner Hand.

Eine schöne Ausgabe. Insel. 1908. Die Gesamtausgabe sechzehn Bände. Hab sie aber nicht vollständig. Nicht komplett kauft es keiner. Da hast du wenigstens den ersten Band. Nimm ihn mit und sag mir, wie er dir gefallen hat, wenn du wiederkommst.

Auf einem Tisch sieht Ludwig alte, verstaubte Filmplakate liegen. Anselm zeigt auf »Orphée« und »Kinder des Olymp«. Kennst du die?

Die Filme kennt er nicht. Nie gesehen, nie davon gehört.

Bei »Orphée« von Cocteau, sagt Anselm, geht der Marais durch einen großen Spiegel ins Jenseits. Der kann das. Ich kann das nicht. Schade. Würde ich gern. Sehen, wie es da drüben ausschaut. Und in »Kinder des Olymp« von Carné erlebt Barrault als trauriger Pierrot eine bittere Liebesgeschichte. Hoffentlich erlebst du so etwas nicht. Schau dir die Filme an. Musst sie unbedingt sehen.

Zum Balzac drückt er ihm die beiden Plakate in die Hand.

Ich hab noch eine Bitte. Ich brauche neues Kohlepapier.

Wieder Tausch, Balzac und Plakate gegen Kohlepapier. Einverstanden?

Einverstanden.

Als Ludwig gegangen ist, muss Anselm weitertippen für sein Buch. Weitertippen aus der Dokumentation der Brüsseler Sicherheitspolizei, ihre Einsätze, ihre Razzien, Verhaftungen von Juden und der Résistance, ihre Deportation in die KZs Breendonk und Mechelen und von dort nach Auschwitz. Alles exakt mit Zahlen, mit Daten und Ortsangaben. Auch Namen werden genannt. Wipperfürth und Heger.

Er tippt bis spät in die Nacht, beleuchtet nur von seiner Tischlampe. Da hat er plötzlich wieder dieses unangenehme Gefühl im Rücken. Wie schon einmal. Langsam dreht er sich um zum Hoffenster. Wieder diese Gestalt in der Finsternis. Ein Mann. Schwarzer Mantel, schwarze Kapuze tief im Gesicht. Nicht zu erkennen, wer es ist. Er steht auf, reißt mit einem Ruck das Fenster auf, will sehen, wer ihm da über die Schulter schaut. Der Mann rennt weg über den dunklen Hof, ist nicht mehr zu sehen.

Anselm zittert am ganzen Leib. Zwei Mal jetzt schon dieser Schreck. Was will dieser Kerl? So spät in der Nacht. Unfähig weiterzutippen, versteckt er die Dokumentation und das Getippte in seinem Geheimfach unter der Platte des Schreibtischs, stellt seine Mercedes und einen Stapel Bücher darauf.

Bevor er seine Bücherhöhle verlässt, prüft er, ob das Fenster gut geschlossen ist. Er ist. Der Holzrahmen liegt eng an.

In seinem Zimmer pinnt Ludwig neben O. W. Fischers »Liebling der Welt« und »Verträumte Tage« und neben »Schwarzwald-

mädel« seine beiden neuen Filmplakate an die Wand. »Orphée«
mit Marais, der durch einen großen Spiegel ins Jenseits geht, und
»Kinder des Olymps« mit Barrault, der als trauriger Pierrot eine
bittere Liebesgeschichte erlebt.
Ludwigs Eltern schütteln den Kopf.
Sein Vater: Was soll das denn? So ein Unsinn.
Seine Mutter: Du schnappst noch über und wirst plemplem.
Die alten schönen Plakate nimmst du nicht weg. Die bleiben
hängen.
Ludwig lässt seinen O. W. Fischer und das Schwarzwald-
mädel hängen, schaut aber immer wieder auf die beiden neue
Plakate daneben.

***

Leonhard lässt den Kupferstich von 1890 an der Wand hängen,
die Ophovener Mühle mit ihren zwei Geläufen, und befestigt
daneben den neuen Werbedruck für die Leica. Viel muss er in
Küppers Konsum nicht umbauen. Das meiste kann er lassen,
wie es ist. Nur die Theke muss er rausnehmen, und anstelle der
Regale mit den Dosen, Flaschen und Gläsern voller Gurken
und Heringe bringt er gläserne Schränke an und Stellagen für
seine Radios, Plattenspieler und Schallplatten. Und statt der
Tische mit den Eierkartons, Obst und Gemüse hüfthohe Vitrinen für seine künftigen Fotoapparate, kostbaren Objektive,
Schmalfilmkameras.
     In einer Ecke einen Stuhl, davor ein Spiegel, abgeschirmt
mit einem olivgrünen Kunststoffvorhang, in der Kabine eine
große Kamera auf einem Stativ für Ausweisfotos, Passbilder.
Und im Lagerraum, wo früher die Bierkisten standen, die riesigen Blechbehälter mit Zucker und Salz, mit Mehl und Gries,
die kleinen Kanister mit Palmöl und die Säcke mit Kartoffeln,
installiert er zum Entwickeln von Fotos und Filmen seine Dunkelkammer.
     Als Leonhard vor dem Laden seine neue Einrichtung aus

einem Kleintransporter auslädt, tritt ein Polizist heran, beanstandet, dass sein Fahrzeug einen halben Meter über den Parkplatz hinausragt, und holt einen Strafzettel für ein Bußgeld hervor.

Leonhard erstarrt. Steht wie gelähmt. Der Mann kommt ihm bekannt vor. Dieses breite Gesicht hat er schon einmal gesehen. Im KZ Breendonk. Er trug einen Stahlhelm und hielt eine Maschinenpistole im Anschlag. Wieder hört Leonhard das Brüllen von Befehlen, das Knattern von MPs, sieht Häftlinge in den Salven niederstürzen. Jetzt hat dieser Polizist keinen Stahlhelm auf dem Kopf, sondern einen schwarz glänzenden Tschako mit der Hoheitspflaume obendrauf und eine Pistole in der Ledertasche am Gürtel. An seinen Schulterklappen erkennt Leonhard, dass er ein Polizeimeister ist, und beteuert, als er sich wieder gefasst hat, dass er den Wagen sofort ein Stückchen zurücksetzt.

Na gut, sagt der Polizeimeister gutmütig und steckt seinen Strafzettel wieder ein.

Wollen mal nicht so sein. Ausnahmsweise.

Immer wieder schaut Leonhard nach, was Poensgen im Schaufenster liegen hat. Da sieht er die modernen Apparate. Wenn er Anfang Oktober zur Photokina nach Köln fährt, zu dieser großen Messe für Foto- und Filmbedarf, will er die allerneuesten Fotoapparate, Kameras und Rundfunkgeräte einkaufen, die Poensgen noch nicht hat. Er will auch nicht wie Poensgen Langspielplatten mit den ewigen Klassikern ausstellen, sondern aktuelle Schlager. Singles mit Rudi Schurickes »Heimat, deine Sterne«, Vico Torrianis »Addio, Donna Grazia«, Willy Schneiders »Schütt die Sorgen in ein Gläschen Wein«. Er will sie als Köder auslegen, damit die Kunden anlocken. Als Eröffnungstag entscheidet er sich für Samstag, den 20. Oktober. Da hat Luise Geburtstag und den ganzen Tag frei von der Arbeit in der Buchhandlung.

Leonhard bestellt ein großes Firmenschild und lässt es anbringen. Wie früher: Bild und Ton Birnbaum, mit roter Schrift auf blauem Grund. Poensgen hat nur ein langweiliges Schild in Grau. Bei Woolworth kauft er eine Tüte bunter aufblasbarer Luftballons und Pappteller, Gabeln, Messerchen und Becher aus Plastik für den Willkommensimbiss. Küpper hat ihm von seinem nicht verkauften Vorrat genügend Bier, Remscheider Sprudel und sogar ein paar Flaschen Henkell Dry überlassen. Und der Metzger gegenüber wird Würste und Kartoffelsalat liefern. Am Abend vor der Eröffnung blasen Leonhard und Luise die bunten Luftballons auf, binden sie an Schnüren zu Girlanden und stellen die sechs Flaschen Henkell kalt.

Pünktlich zum Vormittag bringt der Metzger die bestellten brotzelnden Bratwürste und die Schüssel Kartoffelsalat und überreicht Leonhard die Rechnung. Schon kommen die ersten Neugierigen. Auch weil es gratis etwas zu futtern gibt. Und es kommen immer mehr. Sie drängen sich im Geschäft zwischen den Vitrinen.

Die meisten kennt Leonhard nicht. Im Vorübergehen hört er sie raunen: Zwei so 'ne Geschäfte bei uns. Ob das gut geht. Und: War der nicht schon mal hier? Vor dem Krieg. Und: Sieh an, der Jude ist auch wieder da. Dass der noch lebt.

Leonhard fühlt einen Stich ins Herz. Er glaubt, frühere Kunden wiederzuerkennen und auch jene, die schnell umkehrten, als sie die SA damals beim Boykott vor seiner Tür stehen sahen. Doch wenn sie sich nun mit ihm geziert unterhalten, kein Wort über '33, '38, über sein Verschwinden und seine jetzige erstaunliche Rückkehr.

Um die kleinen Radios drängen sich die Jugendlichen. Auch der Sohn von Poensgen. Sein Vater hat ihn geschickt, um nachzusehen, wie es beim Birnbaum aussieht und was er an Fotoapparaten und Radios anbietet. Auch der Polizeimeister, der Leonhard gerügt hat, weil sein Wagen ein bisschen zu weit über die Parkplatzbegrenzung ragte, schaut sich die Neueröffnung an. Im Gedränge ist er nicht zu übersehen mit seinem schwarz glänzenden Tschako und der Hoheitspflaume.

Auch Luise durchzuckt ein Schock, als sie dieses breite Gesicht des Polizisten sieht. Auch Luise kommt es bekannt vor. So einen Polizisten hat sie schon einmal gesehen, im KZ Mechelen. Sie glaubt, ihn wiederzuerkennen. Bei ihrer Einlieferung in Breendonk, als sie und ihre Mutter sich zur Kontrolle nackt ausziehen mussten, stand so ein Polizist vor ihnen. Mit Stahlhelm und Maschinenpistole. Auch im KZ Mechelen, als sie im Hof im Kreis herumgehen mussten, stand so einer als Wache, an der Leine einen großen Hund, löste die Leine, hetzte ihn auf sie. Und jetzt wieder dieses Gesicht.

Jetzt fragt er ihren Vater: Alles in Ordnung?

Alles in Ordnung, Herr Polizeimeister.

Na, dann ist ja alles in Ordnung, sagt der Polizeimeister grinsend.

Leonhard bietet ihm ein Glas Sprudel an. Bier dürfen Sie ja im Dienst nicht trinken.

Gott bewahre, entgegnet er. Dienst ist Dienst und Schnaps ist Schnaps.

Insgeheim aber hätte er gern einen kräftigen Schluck vom Henkell Dry runtergespült. Aber wie schaut das aus, er mit seinem Tschako und Dienstgesicht und dann ein Glas Sekt in der Hand? Vielleicht auch noch eine spritzende Bratwurst zwischen den Fingern. Unmöglich.

Es kommen auch Hartmut und Amalie. Herzliche Umarmung. Sie gratulieren Leonhard zu seiner Eröffnung, bewundern, was er geschafft hat. Erkennen ihren Konsum nicht wieder, freuen sich, dass ihr Laden weiter existiert, wenn auch in anderer Form.

Reicht das Bier? Der Henkell?, fragen sie besorgt.

Genug, genug, winkt Leonhard ab.

Immer wieder müssen er und Luise Pappteller, Gabeln und Messer aus der Dunkelkammer holen, darauf Bratwürste und Kartoffelsalat häufen, dazu neue Plastikbecher, neue Flaschen Bier und Sprudel, immer wieder eine Flasche Henkell Dry und immer wieder nachgießen. So geht es den ganzen Nachmittag. Luise kommt kaum nach, von den Abstellflächen der Vitrinen verschüttete Getränke, verkleksten Kartoffelsalat und Fett-flecken der Bratwürste abzuwischen.

In den darauffolgenden Tagen und Wochen läuft Leonhards Geschäft gut an. Es kommen immer mehr Kunden, kaufen reichlich, bringen Filme zum Entwickeln, lassen Porträts für Ausweise und Pässe machen. Leonhard schafft es sogar, dass in den drei Opladener Kinos vor den Filmen ein Werbefoto für Bild und Ton Birnbaum auf der Leinwand erscheint. Noch vor Poensgen.

Dennoch fühlt er sich nicht angekommen in seiner Heimat-stadt, fühlt sich immer noch fremd. Gewiss, die Kunden sind höflich. Er ist es auch. Doch da ist etwas zwischen ihnen. Etwas Unsichtbares, er spürt es deutlich. Das Glas hat einen Sprung. Vielleicht geht das mal vorüber, in ein paar Jahren, hofft er.

***

Ludwig hofft, dass die Frau an der Kasse der Scala ihm nicht ansieht, dass er noch keine achtzehn ist. Er ist vier Jahre dar-unter. Und wenn sie seinen Ausweis verlangt, hat er ihn eben gerade nicht dabei. Irgendwie muss er sich durchschummeln, muss reinkommen in diesen nicht jugendfreien Film, muss un-bedingt »Die Sünderin« mit der Knef sehen. Heimlich geht er in die Nachmittagsvorstellung. Da sind keine Erwachsenen, die ihn kennen und seinen Eltern verraten, wo er war. Die dürfen das nicht wissen.

Seit Wochen hat er viel gelesen und gehört über diesen Sexfilm. Die Zeitungen sind voll mit den Schlagzeilen: Skandal! Skandal! Unfassbarer Skandal! Die Knef nackt! Sexszenen! Im Radio wird darüber berichtet. Die katholische und evangeli-sche Kirche protestiert heftig gegen diesen Schund. Im Kölner Dom wütet der Erzbischof Kardinal Frings auf seiner Kanzel: Schande! Schande!, und ruft auf zum Boykott dieses Films. In mehreren Städten werfen empörte Priester Stinkbomben in die Kinosäle. In Köln veranstaltet die CDU einen großen Sittlichkeitskongress und fordert das Verbot dieses Films. Auch in anderen Städten beharren Sittlichkeitsvereine auf die Absetzung dieses skandalösen Machwerks. Tausende demonstrieren in den Großstädten vor den Kinos, skandieren: Boykott! Boykott! Christliche Politiker verteilen Flugblätter mit dem Text: Die Sünderin – Ein Faustschlag ins Gesicht jeder deutschen Frau! Ein Anschlag auf die anständige Bevölkerung! Deutsche fordern eine saubere Leinwand! Wir fordern Volkszensur!

Auch Ludwigs Eltern sind empört. Besonders seine Mutter. Das macht ihn noch neugieriger. In den Zeitungen steht, es geht um Hurerei, um wilde Ehe, Prostitution, Sterbehilfe und Selbstmord. Um unsittliche Szenen, unanständige Bilder und um eine Nacktaufnahme der Knef. Sie spielt eine Prostituierte. Eine vom horizontalen Gewerbe. Hurerei, wilde Ehe, Prostitution, Sterbehilfe und Selbstmord interessieren Ludwig nicht. Er will die nackte Knef sehen.

Er kann sich durchschummeln, kommt rein und hockt voller Spannung auf seinem Sitz. Verstohlen schaut er sich um. Da sind auch noch andere Jungen, die keine achtzehn sind. Na also. Was soll's. Er kann es kaum erwarten, bis die Sexszenen kommen. Der große rote Samtvorhang geht auf. Wieder diese Reklamefotos, die er schon kennt. Dieses Mal erscheint ein neues Foto: Bild und Ton Birnbaum. Dazu die beschwörende Werbestimme: Birnbaum sorgt für gutes Bild und guten Ton.

Vorhang zu und wieder auf. Er muss die Wochenschau über sich ergehen lassen. Atombombenbesitz: Amerika tausendfünfhundert, Sowjetunion etwa fünfzig. Stalin bestätigt seinen zweiten Atombombenversuch und kündigt weitere Entwicklung der Atombombe an. In Wolfsburg läuft der zweihundertfünfzigtausendste Käfer vom Band. Amerika lässt wieder auf einem Testgelände eine Atombombe explodieren. Sie kann taktisch zielgenau eingesetzt werden. Der tschechoslowakische Wunderläufer Emil Zátopek erreicht neuen Traumrekord. Formschöne Toaster, Mixer, Pressen und Fritteusen helfen der deutschen

Hausfrau in der Küche. Wann kommt denn endlich die nackte Knef?

Vorhang zu und wieder auf. Nun auch noch ein Kulturfilm über einen Tag mit einem Heringsfänger auf der Nordsee. Wieder Vorhang zu, wieder bieten Mädchen mit ihren Bauchläden Eis am Stiel an. Ludwig will kein Eis. Er will die Knef.

Vorhang wieder auf. Endlich kommt die Knef. Und was ist? Nichts ist. Es gibt zwar schöne Aufnahmen von Rom, Neapel und vom hübschen Malerdorf Positano. Aber nichts, was Ludwig erwartet. Wo bleiben die unsittlichen Szenen, die unanständigen Bilder? Wo bleibt die Nacktaufnahme der Knef? Er langweilt sich. Große Enttäuschung. Da plötzlich sieht man ihre nackte Brust. Nur für drei Sekunden. Viel zu kurz, um richtig hinschauen zu können. Ist das alles? Er hat sich mehr erhofft. Und darüber das ganze Getue, das ganze Gedöns. Ludwig versteht das nicht. So eine nackte Brust zeigen oft die Titelseiten der ausgehängten Revue, der Neuen Revue, der Quick. Mit einem schmalen Papierstreifen verdeckt. Drückt man ihn vorsichtig ein wenig weg, kann man die Brust sehen. Die kann man dann länger als drei Sekunden vor der Ladentür anschauen.

* * *

Ludwig schaut auf Anselms Ladentür, schaut auf das Schild: Geschlossen. Er stutzt. Sonst ist das Antiquariat um diese Zeit immer geöffnet. Auch die Krabbelkiste steht da. Er will ihm das versprochene Kohlepapier bringen, dazu dünnes Durchschlagpapier, nun hat er zu. Vielleicht ist er gerade auf dem Klo oder im Keller.

Ludwig drückt die Klinke herunter, die Tür ist geöffnet, die Ladenklingel bimmelt, er tritt ein. Der Platz des Alten am Schreibtisch ist leer. Merkwürdig. Er tritt näher. Holzsplitter liegen auf dem Fensterbrett, beim Griff ein Stück vom Rahmen weggespalten. Sieht aus wie mit einem Stemmeisen aufgebrochen. Das Glas ist nicht zersprungen.

Ludwig ruft: Hallo! Hallo!, lauscht. Keine Antwort. Auf dem Schreibtisch klingelt das Telefon. Wenn er im Keller ist, kann er das Klingeln hören und kommt hoch. Doch keine Schritte auf der Treppe. Das Telefon läutet lange, dann Stille.

Ludwig legt die Hülle mit dem Kohlepapier und dem Durchschlagpapier auf die Schreibmaschine. Er klopft an die Toilettentür. Nichts. Also doch unten im Keller. Er steigt die Stufen hinab. Im Keller brennt kein Licht. Alles dunkel. Er tastet nach einem Schalter, findet ihn, drückt. Drei, vier schwache Glühbirnen glimmen auf, verbreiten dämmriges Licht. Immerhin kann er sehen, dass es mehrere Räume gibt. Ein Raum führt in den nächsten und von da wieder in einen anderen.

Wo ist der Alte? Nochmals ruft er: Hallo! Hallo! Wieder keine Antwort. Ihm wird mulmig zumute. Ängstlich geht er durch die Räume, alle vollgepackt mit Büchern, aber kein Anselm. Er will wieder nach oben, da sieht er ihn im Dämmerlicht unter der Treppe vor einer Kiste knien. Ludwig tritt näher. Er bewegt sich nicht. Sein Kopf hängt über der geöffneten Kiste. Mit dem Gesicht nach unten. Ludwig dreht den Kopf etwas zur Seite. Anselms Kopf ist voller Blut. Seine beiden Schläfen aufgeplatzt. Sieht nach einem Kopfschuss aus. Er wurde erschossen.

In der Kiste liegen ein paar Bücher und seine zerbrochene Brille, bedeckt vom herabgeflossenen Blut. Ludwig erstarrt. Ihm wird heiß und kalt zugleich. Es schaudert ihn. Sein Anselm, den er so bewundert hat, tot. Sein Wissen über Bücher, seine Großzügigkeit, Freundlichkeit, Liebenswürdigkeit und jetzt sein Kopf voller Blut, seine Bücher in der Kiste voller Blut. Schwarz, so schwarz. Wie lange liegt er schon da? Wer hat ihn erschossen? Warum? Warum musste er weg?

Jetzt muss Ludwig schnell verschwinden, bevor man ihn entdeckt und ihn zum Mörder macht. Jetzt schnell weg von hier. Mit diesem Tod will er nichts zu tun haben. Auf seiner Flucht lässt er die Ladentür offen, zieht sie nicht hinter sich zu. Will keine Fingerabdrücke hinterlassen. Wischt hastig mit seinem

Taschentuch das Blut von der Hand, stopft es in die Hosentasche, reißt sein Fahrrad von der Krabbelkiste weg, strampelt los.
Schnell, schnell weg. Er muss sich darauf konzentrieren, nicht
bei Rot über eine Kreuzung zu sausen, beim Überholen nicht
andere Radfahrer anzurempeln. Er geht nicht zur Polizeiwache,
meldet nicht, was er entdeckt hat. Er hat nichts gesehen, er weiß
von nichts, will nicht in diesen Mord verwickelt werden.

Hoffentlich haben die Dünnedahls gegenüber nicht gesehen,
wie er zu Anselm ging und aus dem Laden flüchtete. Hoffentlich hängen die ihm nichts an.

Ludwig kann nicht schnell genug in sein Zimmer verschwinden, schließt die Tür, würde am liebsten zusperren, damit niemand reinkommt. Aber das geht nicht. Er sinkt auf den Stuhl.
Im Regal vor ihm »Die menschliche Komödie« von Balzac und
an der Wand »Orphée«. Anselm tauchte nicht wie der Marais
durch einen großen Spiegel in die ferne Welt ein. Er ist nicht
durch einen Spiegel ins Jenseits hinübergegangen, wie er es
wünschte. Er wurde erschossen. Immer wieder fragt er sich,
ob er sich den Erschossenen nur eingebildet oder ihn wirklich
gesehen hat.

Aus der Küche ruft seine Mutter: Essen ist fertig!

Er will nichts essen, ihm ist schlecht von dem Erlebten. Muss
in die Küche. Muss sich dazu zwingen.

Am Tisch schweigt er. Sonst erzählt er immer was. Jetzt kein
Wort.

Wo warst du so lang?, fragt seine Mutter.

Er darf nicht sagen, dass er im Kino war und sich »Die Sünderin« angesehen hat. Auf keinen Fall. Er darf nicht sagen, dass
er im Antiquariat den erschossenen Anselm entdeckt hat. Das
schon gar nicht.

War mit dem Rad unterwegs.

Seine Mutter und sein Vater sehen, dass er verwirrt ist.

Was ist los?, fragen sie.

Nichts, sagt Ludwig und kaut lustlos.

Schmeckt's dir nicht?

Doch, nuschelt er.
Ist was passiert?
Nee. Nichts.
Da ist doch was.
Es ist nichts.

***

Es ist nichts mehr zu sehen. Dichter Nebel liegt über der Wupper, verdeckt den gelblichen Schaum. Alles ist eingehüllt von diesem wabernden Weiß. Neben ihm der Weiher weg, die Parkbäume verschwunden. Die ersten Betonstufen der Himmelsleiter zum Frankenberg hinauf sind nur zu ahnen. Die eiserne Bogenbrücke nicht zu sehen. Alles verschwunden im Nebel. Das grelle Weiß blendet ihn, füllt seine Augen, nichts mehr zu erkennen. Keine Orientierung mehr. Irgendwo muss die Düsseldorfer Straße sein, das Polizeigebäude, seine Wohnung.

Der Weg vor ihm verläuft im Dunst und löst sich auf im Nebel. Und alles so still um ihn. Kein Hundebellen, kein Vogelschlag, kein Rufen von Menschen. Nichts. Er geht durch eine nebelverhangene Wüste. Die Sonne ist im Nebel verschwunden. Das Gebröckel unter seinen Füßen sticht in seine Sohlen. Kann nicht erkennen, worauf er tritt. Kann im weißen Gewaber nicht sehen, ob er auf eine giftige Schlange tritt, die ihm ins Bein beißt. Auf einen Skorpion, der seinen tödlichen Stachel in seinen Fuß stößt. Keinen Schritt weiter.

Er taumelt, hält sich an einem Strauch neben ihm fest. Die Dornen reißen seine Haut auf. Er hat Blut an den Händen. Er tappt durch ein nebelumhülltes Gebirge. Nebel, Nebel um ihn. Keinen Schritt weiter. Jeder Schritt in das Ungewisse eine Gefahr. Absturz in eine tiefe Gletscherspalte. Stürzen auf Eis und Felsen, Hängen über einer Kiste, Hängen über einem tiefen schwarzen Loch, kann nicht sehen, wie tief. Rufe sinnlos. Keiner wird antworten. Nur Eis und Nebel, Nebel.

Er fällt aus einem Flugzeug. Er fällt, fällt. Unter ihm dichter

Nebel. Fall in das gleißende Weiß, in das Unbekannte, in den Nebel hinein, Aufspießen auf Tannenspitzen, seine Schläfen durchlöchert, sein Kopf voller Blut. Er fällt, fällt. Zerschmettern auf Geröll, Versinken in einem reißenden Fluss. Nebel, Nebel. Er rudert in einer stillen Meeresbucht. Rudert in einem Kahn. Nur der Rand des Bootes ist zu sehen und die Gabel, in der das Ruder liegt, und das hölzerne Blatt. Das Holz ist gespalten. Wie von einem Stemmeisen zerbrochen. Holzsplitter treiben auf dem Wasser. Beim Eintauchen in das Wasser wird es auseinanderbrechen. Er kann nicht mehr rudern, muss sich treiben lassen, eingehüllt vom dichten Nebel. Alles weiß um ihn herum. Wo das Festland? Wo die offene See? Wohin weiter? Geradeaus? Zurück? Wo ist zurück? Der Kahn dreht sich. Was ist nun vorne, was hinten? Nebel, Nebel.

＊

Wie im Nebel auch seine Klassenkameraden um ihn herum am nächsten Tag. Immer muss er an den toten Anselm denken. Er hört nicht hin, was sein Geschichtslehrer Dörner über Bismarck erzählt. Was ein Biolehrer Herweg über die Entstehung der Rassen vorträgt. Wieder und wieder sieht er in dem dämmrigen Keller den Alten über der Kiste liegen, sieht seinen blutverschmierten Kopf, diese aufgeplatzten Schläfen. Er hört nicht hin, was sein Mathelehrer Hammer da an der Tafel vorrechnet. Wenn er ihn jetzt an die Tafel ruft, versagt er völlig.

Zweimal muss ihn seine Erdkundelehrerin Lilo aufrufen. Ludwig! Hier spielt die Musik! Immer wieder vor ihm die durchlöcherten Schläfen, der durchschossene Kopf, die Bücher und die Brille in der Kiste, bedeckt von schwarzem Blut. Auch sein Deutschlehrer Linde ermahnt ihn, bei der Sache zu sein, und fordert ihn auf, seinen letzten Satz zu wiederholen. Ludwig weiß nicht, was Linde eben gesagt hat. Er musste daran denken, wer Anselm erschossen hat. Warum?

Endlich das schrille Scheppern der Klingel. Ende des Unterrichts. Jetzt schnell weg. Kein Wort mehr wie sonst mit anderen. Hastig strampelt er auf seinem Rad nach Hause, als würde ihn jemand verfolgen.

Angekommen, herrscht ihn seine Mutter an: Die Kripo war hier! Die Kripo! Der Gutbrot! Er kommt wieder!

Ludwig kennt den Gutbrot, den gemütlichen Willi, der oft mit den anderen Kripos in ihrer Küche sitzt, der sein Wicküler trinkt, das ihm die Mutter eingießt, sich den Schaum vom Mund wischt und einen deftigen Witz loslässt.

Du sollst zur Vernehmung!, fährt sie ihn aufgebracht an. Was für eine Vernehmung? Warum? Mein Gott, Luggi, was hast du nur angestellt!

Ludwig ahnt Übles. Fest nimmt er sich vor, nichts gesehen zu haben, von nichts zu wissen.

Zur Vernehmung!, schreit seine Mutter. Zur Vernehmung! Er versucht, eine ahnungslose Maske überzuziehen. Warum? Tu nicht so unschuldig!, platzt sie heraus. Sie kann kaum atmen, so aufgewühlt, so außer sich ist sie.

Gutbrot hat in seinem Büro nebenan das Geschrei der Mutter gehört und kommt in die Küche. Da ist ja der Jung, sagt er behäbig. Na, dann wollen wir mal. Komm mit.

Der Gutbrot führt ihn aus der Küche. Die Mutter schlägt die Hände vors Gesicht. Was für eine Schande! Abgeführt! Ihr Luggi abgeführt! Was hat er verbrochen? Sie will mit zu seiner Vernehmung, will dabei sein, will hören, was er gemacht hat, drängt sich mit den beiden durch die Tür.

Gutbrot wehrt ab. Ich muss mit ihm allein sein.

∗∗∗

Allein mit ihm in seinem Büro zeigt Gutbrot auf einen Stuhl vor seinem Schreibtisch.

Setzen Sie sich, Herr Stadler.

Er siezt ihn. Eben noch in der Küche per Du, nun siezt er ihn. Immer war er für ihn der Jung, auf einmal der Herr Stadler.

Gutbrot lässt sich in seinen Sessel nieder, rückt seine Krawatte gerade und glättet seine kurz geschorenen Haare, die auf seinem Schädel kleben. Ludwigs Hände sind schweißnass.

Die Dünnedahls haben uns heute früh angerufen, beginnt Gutbrot langsam. Ihnen fiel auf, dass die Tür des Antiquariats seit gestern spätem Nachmittag und die ganze Nacht offen stand. Da stimmt was nicht, sagten sie. Ich bin heute früh hin und fand den Toten im Keller. Was sagen Sie dazu?

Nichts.

Scharf blickt der Gutbrot ihm in die Augen: Wo waren Sie gestern am späten Nachmittag?

War mit dem Fahrrad unterwegs.

Wo?

Quettingen, Lützenkirchen.

Soso, ist ja interessant, nickt Gutbrot. Die Dünnedahls von gegenüber haben gesehen, wie Sie in das Antiquariat gegangen sind und es bald darauf fluchtartig verlassen haben.

Diese Scheiß-Dünnedahls. Die sehen alles. Zu denen geht er nicht mehr, wenn die ihn verpetzen und ihm einen Mord anhängen.

Die Dünnedahls haben auch beobachtet, dass Sie davor zweimal in diesem Antiquariat waren. Ist doch seltsam, nicht wahr?

Ist das verboten?

Da haben Sie sich wohl die teuren Bücher ausgesucht, die Sie stehlen wollten. Das ging aber nur, wenn Sie vorher den Alten beseitigen.

Ich habe ihn nicht umgebracht!

Wir kennen das. Der Täter leugnet immer seine Tat.

Der Scheiß-Gutbrot will ihm die Ermordung Anselms andrehen. Dieses Schwein! Ihm einen Mord andrehen. Dieser Drecksack! Er ein Mörder! Der Gutbrot erzählt es seiner Tochter, die Doris verbreitet es in der Klasse. Ein Mörder sitzt da zwischen ihnen. Es kommt zu den Lehrern, zum Rex. Er fliegt von der Schule!

Am Türgriff habe ich Fingerabdrücke gefunden und abgenommen.

Ludwig erinnert sich. Als er den Laden betrat, hat er die Klinke angefasst.

Und Fingerabdrücke auf dem Umschlag mit Kohlepapier, der auf der Schreibmaschine des Toten lag. Als Sie heute in der Schule waren, hab ich sie mit Ihren Fingerabdrücken auf Ihren Schulbüchern verglichen. Stimmen überein. Exakt.

So hinterhältig, dieser Kerl. Schnüffelt in seinem Zimmer herum. Soll er jetzt sagen, wie alles wirklich war? Das geht diesen Dreckswilli einen Furz an. Ich habe ihn nicht erschossen!, schreit er. Er ist erschossen worden!

Erschossen von Ihnen.

Ludwig im Schwitzkasten, schreit: Ich habe keine Waffe!

Die Dienstpistole Ihres Vaters. Wäre doch möglich.

Die rühr ich nicht an.

Wir können nachsehen, ob sich darauf Ihre Fingerabdrücke befinden.

Da können keine Abdrücke von mir sein.

Sie haben sie natürlich nach Ihrer Tat abgewischt.

Jetzt reicht es Ludwig. Er lässt sich vieles gefallen. Aber das nicht.

Vor der Ladentür hab ich das hier gefunden, sagt Gutbrot. Mit spitzen Fingern hält er Ludwigs Taschentuch hoch. Kennen Sie das?

Verdammt, es ist ihm aus der Hosentasche gefallen, als er es hineinstopfen wollte.

Es ist voller Blut. Merkwürdig, nicht wahr?

Ich hab meine Finger daran abgewischt.

Wieso hatten Sie Blut an den Fingern?

Ich hatte seinen Kopf zur Seite gedreht.

Um zu sehen, ob er wirklich tot ist, nachdem Sie ihn erschossen haben.

Ludwig gibt auf. Er berichtet Gutbrot, warum er zweimal in diesem Antiquariat war und wie er gestern, als er dem Alten das Kohlepapier bringen wollte, ihn tot im Keller fand. Und dass er aus Angst alles verschwiegen hat.

Na gut, sagt Gutbrot plötzlich wieder gutmütig, ich glaub dir. Du warst es nicht.

Jetzt duzt er ihn wieder. Er lehnt sich in seinen Sessel zurück und spielt mit seinem Bleistift.

Dieser Mistkäfer. Wenn er wieder mit den anderen mittags bei ihm in der Küche sitzt oder abends im Wohnzimmer, will er mit ihm nichts mehr zu tun haben. Für ihn ist er erledigt.

Gut, dann nehmen wir mal an, er hat sich selbst umgebracht. Kommt ja öfters mal vor.

Er hat sich nicht umgebracht.

Warum nicht Suizid? Wäre doch verständlich. Sein Laden lief sehr schlecht.

Er hat sich nicht erschossen.

Woher willst du das wissen?

Dann hätte er eine Waffe in der Hand gehabt. Eine Pistole oder so etwas.

Vielleicht ist sie heruntergefallen.

Da lag nichts.

Vielleicht hast du nicht richtig geguckt. Verständlich in deiner Aufregung.

Er wurde erschossen.

Von wem? Wer hätte ein Interesse daran gehabt?

Das müssen Sie herausfinden, nicht ich.

Gutbrot steht auf und verabschiedet sich freundlich von Ludwig. Ich war von Anfang an von deiner Unschuld überzeugt, sagt er und lächelt schief. Wollte nur mal hören, was du zu dieser Sache sagst. Hätte ja sein können, dass dir irgendwas rausplatzt. Du kannst jetzt nicht mehr in dieses Antiquariat gehen.

Hatte er auch nicht vor.

Wir werden die Tür versiegeln und das Schloss auswechseln, damit keiner reinkann.

Im Radio und auf Schallplatten singt das Hazy-Osterwald-Sextett:

Und sie tanzen einen Tango,
Jacky Brown und Baby Miller.
Glühende Blicke, steigende Spannung.
Und in die Spannung, da fällt ein Schuss.
Und die Kripo kann nichts finden,
was daran verdächtig wär.
Nur der Herr, da mit dem Kneifer,
dem der Schuss im Dunklen galt,
könnt vielleicht noch etwas sagen,
doch der Herr, der sagt nichts mehr.

***

An der Tür ist das Kriposiegel weggerissen, das Schloss aufgebrochen. Irgendjemand ist eingedrungen, vielleicht um noch anderes zu suchen und Spuren zu beseitigen. Diesmal haben die Dünnedahls niemanden gesehen. Die Kripo lässt ein neues Schloss anbringen und versiegelt den Laden ein weiteres Mal.

Czibulski und Brenner wollen den Altbau mit dem Antiquariat abreißen und auf dem Grundstück etwas Modernes errichten. Czibulski eine Kaufhalle und Brenner für den Aral-Tankstellen-Melzer ein großes Autohaus. Dafür müssen die Mieter in den oberen Stockwerken rausgeschmissen werden. Für die Entmietung, den Abriss und den Neubau reichen sie beim Stadtrat einen Antrag nach dem anderen ein. Czibulski unterstützt durch seinen Anwalt, Brenner durch Bossmann. Eine Weile geht das hin und her. Schließlich setzt sich nach zähem Kampf Bossmann mit seinen Beziehungen durch. Die Mieter müssen raus, Brenner darf abreißen und für Melzer das Autohaus bauen.

Wohin nun mit Anselms Büchern? Für Brenner nutzloser Plunder. Ein Bücherfriedhof. Jedes Buch ein kleiner Grabstein. Weg mit dem Zeug.

Ewald Wasmuth ist daran interessiert. Er möchte einen großen Teil übernehmen, dafür im hinteren Teil seiner Goethe-Buchhandlung ein Antiquariat einrichten. Doch wie ist das mit eventuellen Erben? Wasmuth geht zu seinem Freund Rauschenberg, zuständig auch für Erbfolge. Er stellt fest: kein Testament, keine Erben. Rauschenberg übergibt Wasmuth Anselms gesamten Bestand. Wieder mal günstig für Wasmuth. Wie schon damals '33 bei Plaschkes Buchhandlung.

Nun gehen er und Luise in das Antiquariat und sehen sich um. Wasmuth interessieren besonders die teuren bibliophilen Bände aus vorigen Jahrhunderten, gebunden in Pergament, Leder und Halbleder, und die Erstausgaben neuerer Zeit. Alles, was er gut verkaufen kann. Luise sucht nach billigen Büchern, die ihr persönlich wichtig sind.

Drei Tage durchstöbern sie Anselms Schätze, wählen aus, stapeln ihre Beute zu hohen Türmen. Während Wasmuth den Keller ausforscht, durchsucht Luise Anselms Schreibtisch. In den Schubladen nur Papierkram, abgelaufene Rechnungen, Quittungen von angekauften Büchern, ein fast leeres Kassenbuch. Da entdeckt sie, dass man die Tischplatte bewegen kann. Ein Versteck. Sie schiebt die alte Mercedes beiseite und klappt die Platte auf. Ein Geheimfach. Da liegt eine dicke Kladde mit einer schwarz-weiß-roten Kordel. Die Titelseite aus Pappe, zerrissen in zwei Hälften, darauf geschrieben mit Tintenstift: Meine 2. Kompanie des Polizeibataillons 64. Mein Kriegstagebuch. Und ein Band mit dem Titel »Die Sicherheitspolizei in Belgien 1940–1944«.

Auf der Kladde und auf dem Band klebt je ein Zettel mit Anselms Handschrift »Wichtig! Opladen! Auswerten!«.

Hastig blättert sie darin, stößt auf die Worte Brüssel, Breendonk, Mechelen. Ihr wird heiß. Das muss sie haben. Schnell steckt sie die beiden Funde in ihre Tasche. Dazu den Packen der Seiten, die Anselm getippt hat. Verwirrt klappt sie die Schreibtischplatte zu und stellt die Mercedes wieder auf ihren Platz.

Wasmuth kommt nach oben. Was Wertvolles gefunden? Nur Papierkram, sagt Luise und muss sich Mühe geben, ruhig zu bleiben.

Bald darauf schafft ein Transporter die ausgewählten Bücherberge in mehreren Fuhren in die Goethe-Buchhandlung. Was Wasmuth nicht will, holt die Müllabfuhr ab. Wenige Tage später errichtet Brenner um den geräumten Altbau einen Bretterzaun und stellt eine große Tafel auf: Hier baut Brenner. Brenner baut auf!

Das Gebäude wird abgerissen, eine Fassade nach der anderen.

***

Ludwig kann das Niederreißen der Fassaden nicht ansehen. Trübsinnig sitzt er in seinem Zimmer, schaut auf Balzacs »Die menschliche Komödie«, auf seine Plakate zu »Orphée« und »Kinder des Olymp«. Was er erlebt hat, war keine menschliche Komödie, er ist kein Kind des Olymp. Seine Mutter putzt die Kripobüros. Ludwig ist froh, allein zu sein. Er rafft sich aus seiner Lähmung und nimmt endlich den Balzac aus dem Regal, schlägt ihn auf und liest die ersten Sätze.

In der Rue Saint-Denis stand vor Kurzem noch ein kostbares Haus. Die alten Mauern waren mit seltsamen Hieroglyphen bemalt, die keiner enträtseln konnte, und durch das Mauerwerk zogen breite Risse, die sich zu bewegen schienen.

Es klopft an der Küchentür. Seine Mutter kann es nicht sein, sie hat einen Schlüssel. Ludwig öffnet.

Der etwa dreißigjährige Klingbeil steht vor ihm.

Kommste mal rüber? Ich möchte mit dir reden.

Nicht wieder so ein hinterlistiges Verhör, befürchtet Ludwig. Muss das sein?

Es muss.

Sie gehen in den letzten der vier Büroräume, ganz vorne putzt seine Mutter.

Setz dich, sagt Klingbeil und zeigt auf einen Stuhl vor seinem Schreibtisch. Wieder sitzt Ludwig einem Kripo gegenüber. Diesmal Klingbeil.

Es geht um Anselm, beginnt er. Gutbrot hat sehr schlampig gearbeitet. Eigentlich gar nicht. Er hat keine Spuren gesichert. Keine Fingerabdrücke. Nichts.

Und meine Fingerabdrücke?

Nichts hat er gemacht. Vergiss es. Ich möchte von dir wissen: Ist dir irgendetwas Besonderes aufgefallen? Hast du irgendetwas entdeckt, was mir helfen könnte?

Ludwig staunt. Ihm helfen?

Ich gehe diesem Mord privat nach. Nach meiner Dienstzeit. Die anderen wollen nicht, dass ich mich in ihre Sache einmische. Haben es mir verboten. Merkwürdig, nicht wahr? Also, ist dir etwas Besonderes aufgefallen?

Das Fenster zum Hof war aufgebrochen.

Ach, interessant. Klingbeil ist überrascht. Davon hat mir Gutbrot nichts gesagt. Wie aufgebrochen? Mit Gewalt? Der Rahmen zerstört, verbogen? Das Glas zertrümmert? Oder das Fenster nur aufgedrückt?

Nicht aufgedrückt. Aufgebrochen. Holzsplitter lagen auf dem Fensterbrett.

Mit einem Stemmeisen?

Weiß ich nicht. Sah nur beim Griff das weggeplatzte Holz. Ich frag mich, warum der Anselm kein Gitter anbringen ließ. Da hätte keiner nachts einsteigen können. Da wäre er sicher gewesen.

Das weiß auch Ludwig nicht.

Sonst was aufgefallen?

Sonst nichts. War viel zu aufgeregt, um mich näher umzusehen.

Übrigens, sagt Klingbeil, was der Gutbrot mit dir getrieben hat, war natürlich gemein. Er hat dir eine Falle gestellt. Fingiertes Verhör nennen sie das. Das haben sie bei den Nazis gelernt. Kennen es nicht anders. Wollen damit Verdächtige in die Verzweiflung treiben, hoffen, dass sie in ihrer Verwirrung etwas ausplaudern, was sie verwenden können. Ist nicht meine Methode. Ich mach das anders. Ich biete dem Vernommenen eine Zigarette an, eine Tasse Kaffee, frage ihn, wie es ihm geht, was er macht, welche Sorgen er hat, spreche mit ihm ganz ruhig. Auch ganz schön hinterhältig, kritisiert Ludwig. Von mir nicht. Vor mir sitzt ein Mensch, den ich kennenlernen möchte. Er muss Vertrauen zu mir haben. Nur so erfahre ich etwas oder auch nicht. Die anderen schütteln den Kopf über meine Methode. Halten mich für unfähig. Mir egal. Irgendwann werden sie mich abschieben in ein noch finstereres Kaff. Hier fühl ich mich sowieso nicht wohl.

Nein?

Kannst dir doch denken. Schau sie dir an, diese Herrschaften. Die waren alle im Krieg. Was haben sie da gemacht? Ich weiß es. Die quatschen so manches aus, wenn sie angetrunken sind. Kein Wunder, dass sie zu den Morden an Nettelbeck, Koberling und Anselm nicht ermitteln. Da könnte auch einiges über sie herauskommen, was ihnen nicht passt. Wipperfürth ermittelt nicht zu Nettelbeck, Schönlein nicht zu Koberling und Gutbrot nicht zu Anselm. An ihre Akten lassen sie mich nicht ran. Da hab ich sie mir nach Dienstschluss mit nach Hause genommen. Darf ich natürlich nicht. War mir aber egal. Still ruht der See in diesen Akten. Hab sie am nächsten Morgen früh, bevor sie kamen, wieder in ihren Schrank gestellt.

Und?

Ich hab privat ermittelt. Auch über Nettelbeck. Nach Feierabend. Hab noch mal die Zeugen des Unfalls damals auf der Wupperbrücke befragt. Die deinem Vater gegenüber angegeben hatten, sie hätten nichts gesehen. Eine Frau sagte mir, sie hat doch etwas gesehen. Sie hat den Fahrer dieses Autos erkannt. Wollte mir aber den Namen nicht nennen. Hat Angst, dass Bossmann und Rauschenberg ein Auto mit diesem Fahrer auf sie losschicken. Versteh ich, nachdem ich über ihre Nazikarrieren gelesen habe. Die halten den Deckel drauf. Und in Sachen des angeblichen Arbeitsunfalls von Koberling: von wegen ausgerutscht. Ich hab einen Bauarbeiter gefragt. Er hatte seine Jacke oben liegengelassen, ist noch mal rauf und sah, wie Koberling vor der Latte stand und Brenner hinter ihm den Koberling hinabstieß. Der Bauarbeiter griff schnell seine Jacke und haute ab. Hatte Angst, dass Brenner auch ihn schnappt. War doch Zeuge. Er will nicht gegen Brenner aussagen. Aus Angst, dass ihm dasselbe passiert wie dem Koberling. Der Gutbrot hat sich dich nur vorgeknöpft, um zu hören, was du zur Erschießung Anselms sagst. Nur damit er ein Vernehmungsprotokoll anfertigen kann. Etwas Schriftliches hat, was er in den Akten zu den beiden anderen Protokollen abheften kann. Zu den Aussagen der Martens über Nettelbeck und der Koberling über ihren Mann. Auch für Gutbrot ist eben wieder einer über die Wupper gegangen.

Ludwigs Mutter kommt herein, Putzeimer, Wischer und Lappen in der Hand.

Dauert das noch lang mit euch? Ich muss da rein.

Klingbeil und Ludwig verlassen den Raum, draußen legt Klingbeil den Finger auf die Lippen.

Ludwig hat verstanden, nickt. Klar.

Zurück in der Wohnung fragt seine Mutter: Was wollte der Klingbeil von dir?

Nichts Besonderes.

***

Besonderes liest Luise, als sie an ihrem Schreibsekretär mit glühendem Kopf den Band »Die Sicherheitspolizei in Belgien 1940–1944« aufschlägt. Auf der ersten Seite steht:

Der Beauftragte des Chefs der Sicherheitspolizei und des SD in Belgien, Brüssel. Avenue Luise.

Da also war das Hauptquartier der Sicherheitspolizei und des Sicherheitsdienstes. Diese schöne Avenue in der oberen Stadt, eine Kastanienallee, kennt sie. Hin und wieder kam sie mit ihrem Vater an den prächtigen Villen vorbei, wusste aber nicht, was sich in diesen alten Prunkbauten verbarg. Sicher wusste es ihr Vater, verschwieg es aber. Aufgewühlt blättert sie um. Sie liest: Nach unserem Einmarsch in Belgien hat das Brüsseler Judenreferat 56.186 jüdische Frauen, Männer und Kinder registriert. Darunter befanden sich aus dem Deutschen Reich etwa 25.000 jüdische Flüchtlinge. Dabei ist völlig ungewiss, wie viele Juden sich nach unserer Besetzung nicht registrieren ließen und kurz vor und sogar noch während unseres Einmarsches flohen. Auch sie, ihr Vater und ihre Mutter haben sich nicht registrieren lassen. Auf dringendes Anraten von Paul Cohen. Hastig blättert Luise weiter. Es folgt ein Bericht nach dem anderen. Sie liest weiter:

Kennzeichnung aller jüdischen Unternehmen und Gaststätten. Verhaftung der Inhaber. Ausschluss von Juden aus dem öffentlichen Dienst und aus Ämtern. Sperrstunden für Juden von zwanzig bis sieben Uhr. Während dieser Zeit dürfen sich in Belgien keine Juden auf der Straße aufhalten. Lange haben sich lokale Kommunalbehörden gegen eine Kennzeichnung der Juden gewehrt. Auch die Sipo hat mit dieser Maßnahme gezögert. Sie befürchtete, damit die nichtjüdische Bevölkerung zu mobilisieren und eine Mitleidsbewegung zugunsten der Juden zu entfachen.

Dann steht da weiter:

Schließlich ist es uns nach renitenten Weigerungen der kommunalen Stellen gelungen, das Zwangstragen des Judensterns durchzusetzen. Es wird der in Deutschland verwendete Judenstern übernommen und mit der Aufschrift JUIF – JOOD gekennzeichnet. Durch die Einführung des Judensterns wird die Absonderung des Judentums nach außen hin sichtbar gemacht. Sie dient zur Endlösung der europäischen Judenfrage. Bei eventueller Zuwiderhandlung der betreffenden Personen ist eine Einweisung in ein KZ vorgesehen.

Wieder folgt ein Bericht nach dem anderen. Luise blättert und blättert und liest:

Als Vorwand für Arbeitseinsätze sollen zuerst 10.000 Juden

im vorbereiteten Sammellager Malines (Mechelen) interniert werden, die schubweise mit wöchentlich drei Transporten nach Auschwitz abbefördert werden. Um die Sternträger zu täuschen, es handele sich um einen einfachen Arbeitseinsatz, werden offizielle Arbeitseinsatzbefehle erteilt. Bisher ist jedoch nur ein geringer Teil der Juden ihrer Vorladung zum Einfinden im Lager gefolgt. Übereinstimmend wird aus allen Teilen des Landes gemeldet, dass sie unter Ausnutzung aller Mittel versuchen, die Befehle zum Arbeitseinsatz zu umgehen. Trotz der Androhung, bei Zuwiderhandlung in ein KZ eingewiesen zu werden, wurden die Gestellungsbescheide von den meisten ignoriert, und sie erschienen nicht zum angegebenen Termin in Mechelen. Dadurch wurde die Sipo gezwungen, Festnahmen vorzunehmen und darauf zu achten, den Juden möglichst unauffällig habhaft zu werden, um jedes Aufsehen zu vermeiden. So konnten Ende Juli in Mechelen genügend konzentriert werden, um den ersten Transport mit 998 Männern und Frauen und 140 Kindern (unter 16 Jahre) zu füllen. Die Sicherheitspolizei wurde dabei angewiesen, die Abbeförderungen ohne Aufsehen durchzuführen, um in der Bevölkerung keine Sympathien für die Juden zu erwecken. Der Transport ging ohne große Schwierigkeiten am 4. August 1942 nach Auschwitz ab. Sollte der Widerstand der Juden andauern, sieht sich die Sicherheitspolizei genötigt, ihr Vorgehen zu verschärfen und zur Erfassung in Brüssel und in anderen Städten Großrazzien durchzuführen.

Luise wird kalt, als sie das liest. Zu dieser Zeit konnten sie, ihr Vater und ihre Mutter bei DeDonder unterschlüpfen und trugen seine gefälschten belgischen Ausweise mit dem Namen Vangruiten bei sich. Sie blättert weiter:

Großrazzia in Brüssel vom 3. bis 4. September 1942 durch unseren Befehlshaber der Sicherheitspolizei Brüssel mit Hilfe der Polizeikräfte, der Feldgendarmerie, der Geheimen Feldpolizei, von Wehrmachtsangehörigen und unserer Gestapo, angeführt vom Referatsleiter Abwehr, Oberkommissar Wipperfürth, und des aus Griechenland neu eingetroffenen SS-Pol.-

Btl. 1 mit seiner 2. Kp. unter der Leitung des Kompanieführers Polizeiobermeister Heger. Insgesamt konnten in Brüssel ca. 2.000 Männer und Frauen und 466 Kinder (unter 16 Jahre) in ihren Wohnungen erfasst und auf Lkws der Wehrmacht nach Mechelen abtransportiert werden. Von dort wurden sie mit dem 8. und 9. Transport am 8. und 12. September 1942 nach Auschwitz abbefördert.

Luise erinnert sich. Genau an diesem Tag hatte DeDonder sie während dieser Großrazzia in seinem Keller versteckt. Auch in der Nacht. Da hatten sie diesen Stapel Blankoausweise, die vielen Stempel und die eine kleine Presse entdeckt. Sie liest weiter:

Dazu konnte unsere Gestapo zahlreichen belgischen Widerständlern habhaft werden, die im Untergrund gegen die Besatzungsmacht ihr Unwesen trieben. Auch sie wurden mit diesen beiden Transporten von Mechelen nach Auschwitz geschafft.

Wieder sieht Luise den Stoß von DeDonders Flugblättern und seinen Vervielfältigungsapparat in diesem Keller vor sich. Sie hat den Text noch gut in Erinnerung: Nazibestien am Werk! Das KZ Mechelen ist nur der Anfang. Jeder von uns muss gegen sie kämpfen!

Noch hatte man DeDonder damals nicht geschnappt. Luise blättert weiter und liest:

Großrazzia in Antwerpen vom 11. bis 12. September 1942 mit Unterstützung der Feldgendarmerie und Gestapo. Die Razzia unternahm man absichtlich an diesem Tag, am Tag des jüdischen Neujahrsfestes. Die Einsatzkräfte beschränkten sich nicht auf die Judenwohnungen, sperrten alle Straßen ab und durchkämmten Suppenküchen, Lokale, die Ämter für Markenausgaben und das Antwerpener Arbeitsamt. Dabei konnten insgesamt 745 Männer, Frauen und Kinder festgenommen werden. Sie wurden noch am 12. September 1942 von Mechelen nach Auschwitz abtransportiert. Großrazzia in Lüttich am 25. September 1942 wieder mit Zuhilfenahme der Feldgendarmerie und der Wehrmacht. Bedauerlicherweise konnte man nur 100 Juden einfangen. Den meisten gelang tückischerweise durch ein geheimes Informationssystem die Flucht. Die Festgenommenen wurden sogleich am nächsten Tag, am 26. September 1942, mit dem 11. Transport weggeschafft.

Unsere Gestapo hat in Brüssel an zahlreichen belebten Orten, im Zentralbahnhof, Bahnhof Midi und Nordbahnhof, vor dem Arbeitsamt, vor allem im Rathaus am Grand-Place Massen von Flugblättern gefunden, die zum Widerstand gegen die Besatzungsmacht aufriefen. Auch diese Hetzschriften haben dazu beigetragen, dass immer weniger Juden unseren Befehlen zum Arbeitseinsatz Folge leisteten.

Luise muss an DeDonder denken, an seine Aufrufe zum Widerstand. Wo ist er jetzt? Hat er überlebt? Irgendwie? Sie liest weiter:

Wenn heute das in Belgien verbliebene Judentum immer noch unsere Anordnungen der Sipo missachtet, mit allen Mitteln versucht, seinen jüdischen Charakter zu verschleiern, und sich in schwer zu säubernde Schlupfwinkel verkriecht und wenn schließlich aktiver Widerstand gegen die Besatzungsmacht erfolgt, dann muss ein noch energischeres Zugreifen eine weitere Ausbreitung dieses Gefahrenherdes verhindern. Eine endgültige Säuberung Belgiens von Juden muss früher oder später auf alle Fälle durchgesetzt werden. Nach ungefährer Schätzung halten sich z. Zt. noch 10.000 Juden in Belgien auf.

Ihr kommt Paul Cohen in den Sinn, der gleich nach dem Einmarsch der Wehrmacht verhaftet wurde. Wo ist er geblieben, dem sie es verdankte, nach ihrer Ankunft in Brüssel in die Deutsche Schule gehen zu können? Was ist mit ihm geschehen, der ihr das Bilderbuch mit den komischen Reimen schenkte? Was haben sie mit ihm gemacht?

Weiter in der Dokumentation:

2. Großrazzia in Brüssel in der Nacht vom 3. zum 4. September 1943. Wieder gemeinsam mit dem SS-Pol.-Btl. 1 und seiner 2. Kp. unter Kompanieführer Polizeiobermeister Heger. Bei der Erfassung brach bei den Juden eine erhebliche Panik

aus. Massenhaft flohen sie vor unserem Eintreffen aus ihren Wohnungen, verkrochen sich in Verstecke. Wieder hatte unsere Aktion nicht den gewünschten Erfolg. Dennoch konnten in dieser Nacht 750 Juden festgenommen werden. Dazu machte unsere Gestapo unter Oberkommissar Wipperfürth eine große Menge Widerständler dingfest.

Zum Schluss liest Luise:

15. Juni 1944. Die Landung der Angloamerikaner in Nordfrankreich hat bei den in Mechelen auf ihren Abtransport wartenden Juden große Freude ausgelöst. Sie glauben an einen Sieg der Alliierten. Immer wieder konnten Sicherheitspolizei und Gestapo in den Schlafsälen der Juden heimliche Notizen mit dem Frontverlauf aufspüren. Anscheinend verfügen die Juden über einen Nachrichtendienst der Feindseite.

Luise erinnert sich. Auch ihr Vater und ihre Mutter zeichneten auf, wie die Amerikaner und Engländer näher rückten. Sie hofften so sehr, dass sie schnellstens in Belgien einmarschieren.

Weiter im Text:

Am 31. Juli 1944 wurden mit dem letzten Transport nach Auschwitz 563 Juden abgeschoben. Darunter 47 Kinder. Insgesamt wurden vom 4. August 1942 bis 31. Juli 1944 aus Belgien nach Auschwitz 24.811 Juden abbefördert. Darunter ca. 5.000 Kinder unter 16 Jahren.

Mit diesem letzten siebenundzwanzigsten Transport wurde Luises Mutter nach Auschwitz deportiert. Auch sie und ihr Vater hätten dabei sein können. Sie war damals elf Jahre. Sie hätte eines der Kinder sein können.

Luise wird schwindelig. In ihr dreht sich alles. Sie kann nicht mehr. Sie schiebt den Band beiseite.

Seit sie wieder in Opladen ist, hat sie von keinem gehört, dass er bei der SS war. Keiner war bei der Sicherheitspolizei, keiner beim Sicherheitsdienst, keiner bei der Gestapo, auch keiner bei der Wehrmacht. Wohin sind sie alle verschwunden? Haben sie sich in Luft aufgelöst?

Sie weiß nicht, ob sie in dieser Nacht schlafen kann. Sie

erinnert sich, dass sie bei der zweiten Großrazzia in Brüssel schon mit ihren Eltern im KZ Breendonk war. Da traf sie einmal DeDonder. Sie hat ihn fast nicht wiedererkannt. Er sah entsetzlich zugerichtet aus. Die SS hatte aus ihm eine Schaukel gemacht. An den Knien kopfüber an eine Stange gehängt, Fuß- und Handgelenke gefesselt und dann auf seinen nackten Körper eingeschlagen, dass er hin- und herschaukelte.

Im Radio und auf Schallplatten singt Hans Albers:

Komm auf die Schaukel, Luise!
Es ist ein großes Pläsir.
Du fühlst dich im Paradiese
und zahlst nur 'n Groschen dafür.
Komm auf die Schaukel, Luise.
Ich schaukel dich her und hin
und zeig dir nachher auf der Wiese,
wie gut ich dir bin.
Auf der Schaukel schweben, das ist wie im Leben,
macht Spaß und macht Bange und dauert nicht lange.
Mal rauf und mal runter,
bisschen Schwindel mitunter.
Da ist es das Beste,
's hält einer dich feste!

***

Die Neue Deutsche Wochenschau flammt auf, Bilder rasen über die Leinwand, mit kräftiger, fast drohender Stimme verkündet der Sprecher: In den Kölner Ford-Werken laufen die ersten Autos vom Typ Taunus 12M vom Band. Der Nordwestdeutsche Rundfunk strahlt die erste Fernseh-Versuchssendung der Tagesschau aus. Das Statistische Bundesamt Wiesbaden teilt mit, dass in der Bundesrepublik neun Komma sechs Millionen Flüchtlinge leben, zwanzig Prozent der Bundesbürger. Wieder lächelnde, gut gelaunte Bundesminister um den Kabinettstisch, die sich freudig die Hände schütteln. Der Bundestag beschließt einen deutschen Verteidigungsbeitrag innerhalb der Europäischen Verteidigungsgemeinschaft EVG. Dann ein Fußballspiel. Männer rennen in Schlapperhemden und Schlapperhosen hinter einem Ball her. Ludwig erinnert sich, wie er einmal in Gauting Fußball spielte und die Kugel ins eigene Tor bolzte. Da war es für ihn Schluss mit Fußballspielen.

Auf der Leinwand der Schah von Persien. Wieder ein Attentat auf den Schah, man behauptet, durch einen Kommunisten. Wieder überlebt er und lässt die gesamte Opposition verhaften. Dieser ganze Kladderadatsch interessiert Ludwig nicht. Er will seine Sonja Ziemann sehen.

Der schwere rote Samtvorhang der Scala schließt sich und öffnet sich wieder. Endlich der wunderbare Farbfilm »Grün ist die Heide«. Endlich seine Sonja Ziemann. Die sieht er gern. Doch zuerst sieht er Birkenlaub, einen bärtigen Schäfer mit seinen Heidschnucken, eine alte reetbedeckte Scheune, blauen Himmel, die weite rosafarbene Lüneburger Heide und drei komische Landstreicher, die durch die Gegend stromern, zur Klampfe ein fröhliches Lied trällern und lustige Streiche treiben. Da ist sie, seine Sonja. Jetzt heißt sie Helga und ist ein Flüchtlingsmädchen aus dem Osten. Und da ist auch wieder dieser Rudolf Prack. Den mag er nicht. Der hat ihm schon im »Schwarzwaldmädel« sein Bärbele weggenommen. Diesmal ist er ein Förster in grüner Kluft.

Sie stehen dicht beieinander. Seine Sonja hält einen Strauß Heidekraut in der Hand, um Pracks Schulter hängt ein Gewehr. Er umarmt sie, sie küssen sich. Da knallt ein Schuss! Sie schrecken auf. Der Förster weiß sofort: Das war wieder dieser Wilderer, den er verfolgt. Er entdeckt ihn, legt an, will ihn erschießen, da schlägt ihm Sonja die Flinte aus der Hand. Warum? Der Wilderer ist ihr Vater. Sie sind Heimatvertriebene aus Schlesien. Sie müssen sich durch seine Wilderei über Wasser halten. Im Riesengebirge hatten sie ein riesiges Rittergut. Wieder mal. Ludwig weiß durch seinen Vater, dass alle Flüchtlinge aus dem Osten ein Rittergut besaßen und sehr reich waren.

Am Ende des Films eine Kirmes, bei der die schlesischen Heimatvertriebenen fein herausgeputzt in ihrer bunten frisch gebügelten und gestärkten Sonntagstracht wehmütig singen: »O mein liebes Riesengebirge, deutsches Gebirge, meine liebe Heimat du!«. Helgas Vater wird von seiner Wilderei freigesprochen, er wird als Ersatz für sein verlorenes Rittergut von den Einheimischen freundlich aufgenommen, und das arme Flüchtlingsmädel Helga bekommt ihren Förster, den Prack. Dazu singt jemand mit knödelnder Stimme: »Ja grün ist die Heide, die Heide ist grün. Und rot sind die Rosen, wenn sie erblüh'n.«

Hier gibt es nur die Fixheide. Eine verkommene Gegend. Die kennt Ludwig. Durch die Fixheide ist er mal geradelt, sah nur verdorrtes Gestrüpp, weggeworfene Kühlschränke, verrostet und mit herausgerissenen Fächern, ihre metallenen Innereien, geplatzte Autoreifen und jede Menge Blechdosen. Auch alte Matratzen mit großen gelben Pissflecken, aus den Schlitzen quoll Holzwolle heraus. Das war nicht die Heide wie im Film. Kein Birkengrün, kein bärtiger Schäfer mit seinen Heidschnucken, keine reetbedeckte Scheune. Und keine Sonja Ziemann.

Ein Stück weiter durch abgestorbenes Krüppelholz kam er an einer Ruine vorbei. Trümmer einer zerbombten Munitionsfabrik. Und noch weiter alles sumpfig, in seine Speichen verwickelten sich Schlingpflanzen. Mit seinem Pegasus sackte er in den Morast. Er hat sich verfahren, wusste nicht mehr, wo er sich befand. In Gauting hat er sich mit seinem Pegasus nie verfahren. Da kannte er sich aus. Jetzt kam er nicht mehr weiter in diesem Sumpf, musste umkehren. Doch wohin? In seiner bunten Radwanderkarte, die ihm Anselm geschenkt hatte, war eingezeichnet, wo es wieder festen, sicheren Boden gab. Aus seiner Windjacke holte er Anselms Karte hervor.

***

Luise nimmt sich die Kladde vor, die sie unter Anselms Schreibtischplatte gefunden hat, und sieht auf den zerrissenen Papphälften den Titel: »Meine 2. Kompanie des Polizeibataillons 64. Mein Kriegstagebuch«. Sie öffnet die Kladde. Das erste Blatt fehlt. Sie kann nicht sehen, wer das geschrieben hat. Sie blättert in den verbliebenen Seiten. Alle Seiten sind mit Tintenschrift beschrieben, teils verschmiert. Die erste Eintragung am 2. Oktober 1939:

Eintreffen in Gotenhafen/Danzig. Unser Quartier in einer ehemaligen Schule. Gleich am ersten Tag geht es los mit einer Säuberungsaktion in der Stadt. Juden und andere Subjekte, alle an die Wand gestellt.

Es folgen mehrere Eintragungen mit verschiedenen Daten: So geht das tagelang. In der Woche darauf nach Leslau, darauf nach Lipno. Die Exekutionen werden immer nach dem gleichen Schema durchgeführt. Das hat sich gut eingespielt und darf nicht geändert werden. Jede Abweichung würde den ordentlichen Ablauf gefährden. Auf Lastwagen werden sie an die vorbereiteten Gruben herangefahren, auf dem Umsiedlungsgelände. Polnische Kriegsgefangene, Juden, Zivilisten, Kommunisten, Zigeuner, auch Jugendliche, Alte und Kinder. Alle, die man verdächtigt, Partisanen und Widerständler zu sein. Vor jeder Grube zehn Schützen. Die Herangekarrten müssen sich nackt ausziehen, ihre Kleider ordentlich falten und sortiert übereinanderlegen und sich an den Grubenrändern in einer Reihe aufstellen. Manchmal fassen sie sich an den Händen. Das ist verboten. Oft springen einige schon vor dem Aufstellen in die Gruben. Das schafft Verwirrung. Wenn sie in einer Reihe stehen, drücken wir mit unseren Karabinern und Pistolen ab, die Erschossenen stürzen rücklings in die Gruben oder werden von uns hinabgestoßen.

Luise ist erschüttert, als sie das liest. Dieses Grauen, dieses Morden. Sie hat zwar in den beiden KZs auch schon einiges erlebt, aber bei diesen Schilderungen stockt ihr das Blut. Trotzdem liest sie weiter:

So geht das bis Mitte Dezember '39. Immer in anderen Orten, aber immer nach dem gleichen Schema. Um meine Schützen zu schonen, habe ich bei den Erschießungen alle zwei Stunden einen Schichtwechsel angeordnet. Zur Erfrischung steht für sie ein Imbisswagen bereit mit Getränken, belegten Broten und heißen Würstchen. Dann geht es weiter mit den Exekutionen. Unsere 2. Kp. jetzt Einsatz in Graudenz. Wieder Durchkämmung und Säuberung des Ortes. Wieder Juden, Kommunisten, Alte, Junge und so weiter. Hin und wieder kommt es vor, dass einer unserer Schützen durchdreht, seine Knarre wegwirft und schreiend davonrennt. Doch er kommt nicht weit. An den Absperrungen fängt man ihn wieder ein und übergibt ihn der Sipo. So ein Zwischenfall ist sehr unangenehm. Könnte ansteckend sein. Der ganze Ablauf gerät dadurch in Unordnung. Zeitverzögerungen entstehen, Chaos kann ausbrechen mit unabsehbaren Folgen. Der korrekte Ablauf kann dann nur mit Mühe wiederhergestellt werden. Doch allgemein verhalten sich meine Leute untadelig. Bis Ende Mai '40 Sonderaktionen in anderen Orten. Immer die gleiche Prozedur.

Auch jetzt fehlen wieder Blätter. Was stand da? Auch wenn es sie schockiert hätte, hätte sie es gern gewusst. Es geht erst weiter mit dem Eintrag vom 30. Juni 1941:

Das ganze Pol.-Btl. 64 mit unserer 2. Kp. nach Belgrad verlegt. Die Stadt fast vollständig zerbombt. Unsere Luftwaffe hat volle Arbeit geleistet. Dumm für uns. Wir finden kaum Quartier. Nur in einem leer geräumten Krankenhaus, das noch zur Hälfte steht. Hannes Stadler ist jetzt Zugwachtmeister in unserer Kompanie. Ein tüchtiger Mann. Er hält die 40 Mann seines Zuges gut zusammen.

Mitte Juli 1941: Gemeinsam mit Wehrmacht, SD und Sipo Einsatz in Valjevo. Partisanen hatten die Bahnstrecke und die Brücke gesprengt. Wir erschossen 200 Banditen und Verdächtigte und hängten sie an Bäumen auf zur Abschreckung.

18. Juli 1941: Auf nach Užice. Attentat auf den österreichischen General Lontschar. Der General unverletzt, aber sein

Adjutant schwer verwundet. Als Sühnemaßnahme und Säuberungsaktion in Užice und in den umliegenden Ortschaften je 50 Kommunisten, Juden und Verdächtigte festgenommen und erschossen. Anschließend Befriedungsfahrten in der Umgebung. Mehrere hundert Juden, Kommunisten, Zigeuner und Bandenverdächtige erschossen. Die Leichen aufgehängt und hängen lassen. August 1941: Abgestellt zur Bewachung des KZs Sabac (100 km südl. Belgrad). Wieder fehlen Seiten. Warum? Hat der Tagebuchschreiber die Seiten herausgerissen? Was stand da? Dann: 12. August 1941: Als Kompanieführer werde ich vom Hauptwachtmeister zum Polizeimeister befördert und zugleich unser Wachtmeister Hannes Stadler zum Hauptwachtmeister. Für unsere Verdienste. Haben ordentlich mit Slibowitz gefeiert. Die Kameraden: Hoch sollen sie leben, unser Spieß Rudi Heger und Hannes!

Jetzt weiß Luise, wer dieses Kriegstagebuch geschrieben hat: ein Rudi Heger. Doch wer sind dieser Heger und dieser Hannes Stadler? Luise muss an Anselms Notiz denken: Wichtig! Opladen! Auswerten! Wenn diese beiden Männer Opladener sein sollten, würde sie verstehen, warum Anselm an diesem Kriegstagebuch interessiert war, es bewahren wollte. Zugleich fragt sie sich, ob sie ihnen hier schon mal begegnet ist, ohne zu wissen, wer sie sind. Ihre Wangen glühen, ihre Finger zittern, sie muss weiterlesen: 15. August 1941: Vergeltungsmaßnahme in Skela. 50 kommunistische Partisanen wegen Überfall eines deutschen Pkws erschossen und aufgehängt und 15 Dorfbewohner wegen unterlassener Meldung von anwesenden Banden. Den Ort mit seinen 350 Häusern niedergebrannt.

Wieder fehlen mehrere Seiten. Dann wieder ein Eintrag vom 5. Dezember 1941: Weitere Sühnemaßnahmen in verschiedenen Orten. Für 1 verwundeten deutschen Soldaten Erschießung von 25–50 Serben. Für 1 toten deutschen Soldaten 50–100 Serben. Partisanen-einsatz, Razzien in Bosnisch-Dubitza. Die Festgenommenen der Sipo übergeben.

Wieder sind Seiten herausgerissen. Was sollte da verschwiegen werden? Es geht erst weiter mit dem 6. Februar 1942: Unser Pol.-Btl. 64 wird dem Befehlshaber der Sicherheits-polizei Serbien unterstellt. Unsere Aufträge erhalten wir nun von der Sicherheitspolizei. Damit wird unser Pol.-Btl. 64 um-benannt in SS-Pol.-Btl. 1. Jetzt gehören wir also zur SS. Zugleich werde ich als Kompanieführer zum Pol.-Obermeister befördert und unser Hannes Stadler zum Pol.-Meister.

In Luise tickt es. Wieder dieser Name. Wer ist dieser Hannes Stadler? Sie zwingt sich zum Weiterlesen:

Unsere Beförderungen kräftig gefeiert. Meine Kameraden hoben immer wieder die Slibowitzgläser und riefen: Hoch! Hoch! Hoch unser Rudi und Hannes! Leider konnte nur ein kleiner Teil meiner 160 Mann mitfeiern, die anderen mussten zum Einsatz. Unsere 2. Kp. bewacht nun das Polizeihaftlager, das Judenlager, das KZ Sajmište. Wir nennen es Semlin. Ist ein-facher. Für den SD Belgrad das zentrale KZ in Serbien. Auf dem Belgrader Messegelände am anderen Ufer der Save. Habe er-fahren, dass Sajmište von der Organisation Todt errichtet wurde und dass Sajmište auf Deutsch Messegelände heißt. Um das KZ Stacheldrahtzaun. Hauptsächlich Juden, Zigeuner und Kom-munisten. Mehrere tausend. Seit Mitte März kommt jeden Tag außer sonntags dreimal täglich ein Gaswagen. Man sagt, es sei ein Entlausungswagen. Wir wissen es aber besser.

Was ist ein Gaswagen?, fragt sich Luise. Noch nie gehört. In Breendonk und Mechelen gab es keine Gaswagen. Dann steht da weiter:

Mit ihm kommt ein kleiner Lkw. Der fährt in das Lager hinein zum Gebäude des Lagerkommandanten, holt das Gepäck der Abgeschobenen und schafft es in ein Depot. Der Lager-Kdt. Oberstuf. Waffen-SS Andorfer, ein gemütlicher Österreicher, hält an die 50, manchmal bis zu 80 Häftlinge eine freundliche

Ansprache, sagt ihnen, sie sollen sich ruhig benehmen, es sei nur eine Umsiedlung in ein besseres Lager zur Arbeit mit einer guten, sehr guten Verpflegung sogar.

Dann eskortieren wir die Auserwählten, auch Kinder, dreimal die Woche zum Kastenwagen am Lagereingang, stehen Wache, bis alle rasch und ohne Störungen hineingetrieben sind. Die Fahrer des Gaswagens, Götz und Meyer, kennen wir inzwischen gut und unterhalten uns mit ihnen. Sie verriegeln die hintere Flügeltür, schließen einen Schlauch vom Auspuff des Motors an in das Innere des fensterlosen, luftdichten Kastens. Dann fährt der sogenannte Entlausungswagen los mit Vollgas über die Savebrücke. Ziel: Avala zu den Gruben, 15 km südwestlich von Belgrad. Nach ein paar Minuten rührt sich keiner mehr im Kasten. Alle erstickt.

Luise wird schlecht vor Entsetzen, will am liebsten das Kriegstagebuch beiseiteschieben, nichts mehr davon wissen, doch es treibt sie weiter, sie liest:

Mitte April 1942: Abstellung unserer 2. Kp. in Avala. Dort unter meiner Führung Bewachung des Häftlingskommandos, das die Gruben aushebt. Auch absichern, damit niemand flieht. Nach Eintreffen des Gaswagens am Grubenrand Bewachung des Kommandos, das die vergasten, ineinander verkrallten Leichen aus dem Wagen zerrt, in die Gruben wirft und den Kasten nach jeder Aktion reinigt von Kotze, Blut, Kot, Urin, Gebissen, zerbrochenen Brillen, Kleiderfetzen und ausgerissenen Haarbüscheln. Meine Männer klagen über Kopfschmerzen, wenn sie neben der geöffneten Flügeltür stehen. Wahrscheinlich vom noch ausströmenden Autoabgas. Es gibt 80 Gruben, in jede passen etwa 100 Vergaste. Bin auch verantwortlich dafür, dass Chlorkalk über die Leichen geschüttet wird, damit sie nicht auch noch nach ihrem Tod Seuchen verbreiten. Trotzdem überall ein süßlicher Geruch. Und verantwortlich für das ordentliche Zuschütten und Planieren der Gruben. Unser täglicher Dienst beginnt am frühen Morgen und endet am späten Nachmittag. Dann Feierabend für diesen Tag.

Das Ganze dauert über 2 Monate. Alles lief problemlos ab. Außer einmal bei einem Achsenbruch des vollgeladenen Wagens. Konnte aber trotz der Fracht repariert werden. Zur Beendigung der Aktion in Avala erschießen wir mit unseren MPs das Arbeitskommando und werfen es in die letzte Grube. Ende Mai ist das KZ ausgeräumt. Von den 8.000 keine Seele mehr in Semlin.

Wieder fehlen Seiten. Der nächste Tagebucheintrag stammt vom 7. Juli 1942:

Unser SS-Pol.-Btl. 1 mit meiner 2. Kp. wird nach Griechenland verlegt. Nach Saloniki, zum Einsatz gegen Juden und Partisanen.

11. Juli 1942: Schon am ersten Tag treiben wir in Saloniki die ersten 1.000 Juden der Stadt auf einem Platz zusammen für den Abschub nach Auschwitz. Insgesamt soll es Zehntausende in Saloniki geben. Noch viel Arbeit vor uns. Anscheinend ein jüdisches Zentrum. Wir planieren den jüdischen Friedhof. Aus den Grabplatten lassen wir von Zwangsarbeitern für uns und unsere Wehrmachtskameraden ein Schwimmbecken bauen. Dann geht es im Land weiter auf Jagd nach Juden und Partisanen. Auf Anordnung des Sicherheitsdienstes Brüssel soll es im August nach Belgien gehen.

Hier endet plötzlich das Kriegstagebuch des Polizeiobermeisters Rudi Heger.

Luise schiebt die Kladde beiseite. Ihr ist schlecht von dem, was sie gelesen hat.

Im Radio und auf Schallplatten singt Heinz Rühmann:

Ein Freund, ein guter Freund,
das ist das Schönste, was es gibt auf der Welt.
Ein Freund bleibt immer ein Freund,
auch wenn die ganze Welt zusammenfällt.
Sonnige Welt! Wonnige Welt!
Hast uns für immer zusammengestellt!

Lachendes Ziel, lachender Start, herrliche Fahrt!
Ein Freund bleibt immer dir Freund.

✳✳✳

Im Lokalteil der Rheinischen Post, die jeden Morgen vor Ludwigs Wohnungstür liegt, findet er in der Spalte Sonstiges einen Hinweis, dass Anselm durch unglückliche Umstände zu Tode gekommen ist und seine Beerdigung auf dem Friedhof Birkenberg stattfindet. »Unglückliche Umstände« steht da. Sehr merkwürdig. Und jetzt seine Beerdigung.

Was soll er dazu anziehen? Etwas Schwarzes hat er nicht. Auch keinen Anzug. Den schon gar nicht. Nur zwei alte Hosen, eine Jacke und eine zerbeulte Windbluse fürs Fahrrad. Sonst nichts.

Als Ludwig durch das Friedhofstor geht, fährt gerade der schwarze, mit einem Palmzweig geschmückte Wagen des Bestattungsunternehmens Breidschuh heraus. Am Eingang kauft er einen großen Strauß gelber Chrysanthemen.

Er ist der Erste in der kahlen Aussegnungshalle und setzt sich in die zweite Stuhlreihe. Vor ihm der aufgebahrte einfache Sarg, grob gehobelt aus Fichtenholz, in dem Anselm liegt. Er hört Anselm: Zum Raum wird hier die Zeit. Die Zeit wird hier zum Raum. Das sagte er ihm damals in seiner Bücherhöhle. Und jetzt ist er in diese enge Kiste eingepfercht. Ludwig begreift langsam.

Zu beiden Seiten brennt je eine lange Kerze. Darauf hätte Anselm sicher gern verzichtet. Er mochte keine brennenden Kerzen. Schon gar nicht in seinem Antiquariat. Er hatte Angst, sie könnten umkippen, Feuer entfachen, seine Schätze in Asche verwandeln. Kein Kranz, kein Gesteck, kein Strauß. Auch darauf verzichtet er gern. Kränze und solches Trauergetue verabscheute er.

Auf der Totenkiste nur ein großes eingerahmtes Foto mit seinem Porträt. Wo hat man das aufgetrieben? Ludwig sieht seine wild wuchernde weiße Haarmähne, seine Gesichtsfalten, seine

Haut, die dem trockenen, brüchigen Leder und dem gelblichen Pergament seiner Bücher ähnelt. Immer wieder schaut er auf Anselms Gesicht, auf seine buschigen grauen Augenbrauen, die über die oberen Brillenränder drängen, auf seine gutmütigen Augen, die ihn direkt anblicken.

Nach und nach hört er Schritte auf dem Steinboden. Langsam kommen zwei Frauen herein, ein Mann, der einen schwarzen Filzhut in der Hand hält, und eine blonde Jugendliche. Sie bringen Blumen mit, Margeriten, Astern, Moosröschen, und setzen sich in eine hintere Reihe. Sonst kommt niemand. Auch die Dünnedahls nicht.

Stille. Nur kurzes Hüsteln, Wispern in dem kalten Raum, dann wieder Stille. Bald darauf schreiten durch eine Seitentür der Pfarrer in einem farbigen bordierten Kostüm herein und ein Knabe in einem langen weißen Hemd, das wie ein Nachthemd aussieht, nur dass es am unteren Rand mit feinen Spitzen verziert ist. Der Pfarrer murmelt ein Gebet und spricht dann salbungsvoll über das vollendete Leben dieses Dahingeschiedenen, über seinen gnadenvollen Tod. Der Herr gibt es, der Herr nimmt es.

Ludwig kann diesen Unsinn nicht hören. Am liebsten würde er aufspringen, den Pfarrer anschreien, nicht so einen Stuss zu verzapfen. Das war kein gnadenvoller Tod! Nicht der Herr hat ihm sein Leben genommen, ein Mörder hat ihn erschossen!

Da sieht er Anselms gutmütige Augen, hört seine brüchige Stimme: Lass ihn quatschen, Junge. Du weißt es besser. Ludwig fragt ihn: Hast du den Mann gesehen? Nein, sagt Anselm. Ich hörte nur den Schuss, dann war alles schwarz. Ludwig: Wenn du ihn gesehen hättest, könnte ich der Kripo einen Hinweis geben. Anselm: Lachhaft. Nie werden sie etwas unternehmen. Sie wissen warum. Denk an den Nettelbeck und den Koberling. Die Akten ruhen sanft. Ich wünsche den beiden, dass sie ebenso sanft ruhen neben mir in der Erde.

Auf einem holpernden Wägelchen wird Anselms Leiche zu seiner ausgehobenen Grube gezogen. Voran der Pfarrer und der

Knabe und hinter der Sargkarre Ludwig, die beiden Frauen, der Mann mit dem Hut und die hübsche Jugendliche. Aus Grabstätten rupfen Frauen Unkraut, gießen irgendwelche Pflanzen, Friedhofsarbeiter kehren Laub von den Wegen, kippen es zu den Abfallhaufen. Als die kleine Prozession an ihnen vorbeikommt, schauen sie auf, halten einen Moment inne, machen dann weiter.

Die ausgeworfene Erde aus Anselms Grube ist feucht und dunkel. Die beiden Männer, die das Wägelchen gezogen haben, heben den Sarg herab auf den Boden und legen zwei Seile darunter, eines unter das Kopfende, das andere unter das Fußende. Sie winken zwei Friedhofsarbeiter heran, ihnen zu helfen, den Sarg an den Seilen hinabzulassen in die Erde. Als er unten aufstößt, legen sie die Seile beiseite und gehen zurück zu ihrer Arbeit.

Wieder murmelt der Pfarrer ein Gebet. Der Herr hat's gegeben, der Herr hat's genommen. Amen. Er reicht Ludwig ein Schäufelchen. Er soll von dem Aushub etwas hinabwerfen. Das mag er nicht. Das widerstrebt ihm. Er möchte viel lieber ein Buch zu Anselm hinabflattern lassen. Doch ihm bleibt nichts anderes übrig, er muss von dem Schäufelchen Erde rieseln lassen. Dazu lässt er sachte seine gelben Chrysanthemen zu ihm hinabgleiten. Bald wird man sein Grab zuschaufeln bis zum Rand. Dann liegt er dicht eingeschlossen in der Erde.

Er hört Anselm: Zum Raum wird hier die Zeit. Die Zeit wird hier zum Raum. So ist das. Ludwig hat ein schlechtes Gewissen, weil er immer noch nicht Balzacs »Menschliche Komödie« gelesen hat. Nur die ersten Sätze. Wieder hört er Anselm: Macht nichts, Junge. Lass dir Zeit. Irgendwann wirst du. Die Sterne drehen sich und du dich mit ihnen.

Auch die beiden Frauen, der Mann mit dem Hut und die Jugendliche lassen nur widerwillig ein bisschen vom feuchten Erdhaufen hinabrieseln und geben ihre Margeriten, Astern und Moosröschen hinzu. Dann stehen sie vor der Grube, schweigen. Nach der Beisetzung stellen sie sich vor. Ludwig erfährt, dass der Mann mit dem schwarzen Filzhut Birnbaum heißt. Von seinem neuen Foto- und Radioladen hat er von seinem Vater gehört. Er war bei der Einweihung. Und die hübsche Jugendliche neben ihm heißt Luise und ist seine Tochter.

Luise, Luise. Wieder taucht in Ludwig das Wort Luzinde oder so ähnlich auf, das Wort, das er damals im Traum gehört hat. Luzinde – Luise, das klingt sehr ähnlich. War Luise das verborgene Wort? Die Lösung dieses rätselhaften Wortes Luzinde? Das kann nicht sein. Da kannte er sie noch gar nicht. Ludwig ist irritiert.

Als Ludwig seinen Nachnamen nennt, stutzt Luise. Stadler? Stadler? Diesen Namen hat sie in dem Kriegstagebuch gelesen. Kam da öfters vor. Ein Hannes Stadler, in der 2. Kompanie des Polizeibataillons 64 eingesetzt. Stadler können viele heißen. Ein Zufall, dass dieser Jugendliche, der da vor ihr steht, auch so heißt.

Auch die beiden Frauen stellen sich Ludwig vor, er erfährt ihre Namen. Elfriede Martens und Irma Koberling. Nur langsam beginnen sie ein Gespräch.

Mein Mitarbeiter, sagt Elfriede Martens, der Sebastian Nettelbeck, liegt nebenan.

Und mein Mann, sagt Irma Koberling, liegt gleich daneben.

Auf dem Weg zum Friedhofstor geht Ludwig neben Luise her. Sie gefällt ihm. Sie hat lange blonde Haare, schöne volle Lippen und grünliche glänzende Augen. Schade, dass sie in ihrem hübschen Gesicht auf der Wange eine Narbe hat. Was hat sie da gemacht?

Diese Luise gefällt ihm sehr. Er möchte ein Gespräch mit ihr beginnen, zögert aber. Mit seinen fünfzehn fühlt er sich der älteren Jugendlichen unterlegen. Zwar sind seine Pickel im Gesicht verschwunden, er ist auch nicht mehr so dick wie früher, ist fast schon schlank, fühlt sich aber ihr gegenüber noch lange nicht erwachsen. Außerdem, auf einem Friedhof mit ihr anbandeln, das gehört sich nicht.

Warum nicht?, hört er Anselm. Wenn sie dir gefällt. Ob

Friedhof oder nicht, ist doch egal. Wer sagt denn, dass sich das hier nicht gehört? Heuchelei. Bandle mit ihr an. Lern sie kennen. Wird gut sein für dich. Sie wird dir einiges beibringen. Alter spielt keine Rolle. Mut, Junge, Mut.

Hast du Anselm gekannt?, fragt er Luise.

Ich hab ihn nur einmal gesehen. Vergangenes Jahr durch das Schaufenster, als er hinten an seinem Schreibtisch saß. Aber mein Vater kannte ihn. Er hat oft bei ihm gekauft. Auch Fotobücher. Und für mich Kinderbücher.

Kinderbücher?

Früher. Vor dem Krieg.

Und später nicht mehr?

Da waren wir nicht in Deutschland.

Wo dann?

Im Ausland.

Wo denn?

In Brüssel.

Was hast du da gemacht?

Mit meinen Eltern. Mein Vater war beruflich dort.

Hastig dreht sie sich zu ihm um, der hinter ihnen geht. Er nickt ihr zu und setzt seinen schwarzen Filzhut auf.

Und du?, fragt Luise. Hast du Anselm gekannt?

Ich war nur zweimal bei ihm. Eigentlich dreimal.

Warum eigentlich?

Da war er schon tot. Ich habe ihn in seinem Keller gefunden.

Du hast ihn gefunden?

Als er über einer Kiste lag.

Er wurde erschossen, sagt Luise.

In die Schläfe.

Hat man den Mörder schon geschnappt?

Nein.

Warum wurde er erschossen?

Weiß nicht.

Vielleicht hatte er brisante Dokumente, sagt Luise. Die für andere gefährlich waren.

Wieder dreht sie sich zu ihrem Vater um, wieder nickt er. Als würde sie von dieser Sache ablenken wollen, erzählt sie ihm, dass sie in der Goethe-Buchhandlung in der Lehre ist und dass ihr Chef von Anselms Antiquariat einen Teil übernommen hat, den sie nun sortieren soll.

Ludwig kann nur von seiner Realschule in Langenfeld berichten. Die drei Stunden in der Woche Packen in Middelhauves Druckerei verschweigt er ihr lieber. Würde nicht sein Ansehen bei ihr erhöhen.

Besuch mich doch mal, schlägt sie vor. Ich darf dich zwar noch nicht bedienen, aber dann könnten wir uns wiedersehen. Wär schön.

Mach nur, Junge, hört er Anselm. Mach nur weiter. Besuch sie. Wirst schon sehen.

Beim Abschied am Friedhofstor ist Luise nahe daran, Ludwig zu fragen, ob sein Vater mit Vornamen Hannes heißt, lässt es aber sein. Jetzt will sie ihn noch nicht fragen. Aber das nächste Mal, wenn sie sich wiedersehen, da will sie es wissen. Wenn er in die Buchhandlung kommt.

✳✳✳

Als Ludwig nach Hause kommt, sitzen in der Küche wieder die Kripos von nebenan. Wie so oft in ihrer Mittagspause. Der Wipperfürth, der Schönlein, der Gutbrot. Alle Freunde seines Vaters. Seine Mutter schenkt ihnen Kaffee ein aus einer Kanne mit Tropfenfänger aus rosa Schaumstoff an der Tülle und tischt selbst gebackenen Apfelkuchen auf und nebenan gekauften Bienenstich. Die Kripos greifen freudig zu.

Manchmal, wenn sein Vater dienstfrei hat, sitzen sie abends mit ihm im Wohnzimmer beisammen. Wie immer ohne Klingbeil. Aber der Revierleiter Heger ist dabei. Ihn scheint sein Vater besonders gut zu kennen. Sie trinken Bier, sie duzen seinen Vater, der Erwin, der Hubert, der Willi, der Rudi. Sie reden über die Tarife der Besoldungsgruppen, Ortszuschläge und über

Trennungsgelder. Die fallen nun für seinen Vater weg, seit seine Mutter und er zu ihm nach Opladen gezogen sind. Sie erzählen Privates über ihre Familien, ihre Frauen und was die Kinder so machen. Über ihre Ausflüge an Wochenenden nach Schloss Burg, zur Müngstener Brücke, zum Altenberger Dom.

Als Ludwig jetzt wieder diese Versammlung mit dem widerlichen Gutbrot sieht, will er sofort abhauen. Diesen Kerl will er nicht mehr sehen.

Bleib doch, sagt seine Mutter. Setz dich zu uns.

Ludwig greift nach einem Stück Apfelkuchen, den er so gern mag, und will gehen.

Wie war's denn auf der Beerdigung?, möchte Wipperfürth wissen.

Ludwig schweigt und kaut.

Wer war denn da?

Die Elfriede Martens. Vom toten Nettelbeck.

Ach ja, nickt Wipperfürth. Der betrunkene Radfahrer auf der Wupperbrücke.

Und wer noch?, fragt Schönlein.

Die Irma Koberling. Die Witwe.

Ach ja, nickt Schönlein. Der auf dem Dach ausgerutscht ist.

Wer war von Anselms Familie da?, fragt Gutbrot.

Hat keine, knurrt Ludwig in sich hinein.

Nein? Und von seinen Verwandten?

Hat keine.

Aha. Interessant.

Was ist daran interessant?, fährt ihn Ludwig an.

Gutbrot grinst. Wenn er sein Grinsen sieht, da hat er schon genug.

Schaust du dir den Rosenmontagszug an?, fragt Wipperfürth.

Weiß noch nicht.

Den musst du dir ansehen. Ich steh auf dem Prinzenwagen.

Komm doch, ermuntert ihn Heger. Ich bin auf dem Schützenwagen. Bei den Sportschützen. Bin Vizepräsident. Dann kannst du mit uns auf die Gipstauben schießen. Wär doch schön.

Zu den Schützen will Ludwig auf keinen Fall. Und schon gar nicht mit ihnen auf Tauben schießen. Auch wenn sie aus Gips sind. Er nimmt kein Gewehr in die Hand. Grundsätzlich nicht. Ich geh neben den Schützen, sagt sein Vater. Kann dir auf dem Wagen einen Platz verschaffen. Schau dir den Zug an.

***

Ludwig schaut sich den Rosenmontagszug an, mitten im Gedränge an der Kölner Straße. Wenn er die Straße hinaufsieht, stehen an beiden Seiten die Menschen fast auf dem Fahrdamm. Ganz Opladen ist auf den Beinen. Alle wollen den Zug sehen. Da hört er schon die Musik, da kommt der Zug.

Voran blasen, tröten und trommeln die Altstadtfunken, laut und kräftig, was das Zeug hält: »Wir kommen alle, alle, alle in den Himmel. Weil wir so brav sind. Das sieht selbst der Petrus ein. Ich lass gern euch rein. Ihr wart auf Erden schon die reinsten Engelein.«

Hinter der Kapelle ihr geschmückter Wagen mit dem Motto »Et jeiht widder loss!«. Der Elferrat, auf den bunten Spitzkappen wippende Pfauenfedern, jubelt. Stolz zeigt der Präsident seine riesige umgehängte Präsidentenkette.

Traktoren ziehen ratternd die Festwagen vorbei. Auf einem Wagen Hochhäuser aus Sperrholzplatten. Darauf der Spruch: Opladen will hoch hinauf! Wahrscheinlich gestiftet von Brenner oder Czibulski. Auf einem anderen Wagen ein grauer Panzer aus Pappe mit der Aufschrift: Wer soll das bezahlen?, mühsam gezogen an einem Strick von Rekruten. Dann Adenauer als Indianerhäuptling, auf dem Kopf ein riesiger Federschmuck in Schwarz-Rot-Gold und in der Hand einen Tomahawk schwingend. Um ihn hopsen Volksschüler in Indianerkostümen, stoßen wilde Schreie aus. Dann lüstern, fast nackt hingestreckt die Sünderin Hildegard Knef, hält die Aufforderung hoch: Herbei! Herbei! Es folgt in weißer Turnerkluft der Turn- und Sportverein TUS 82, mimt Athleten.

Jeder Wagen von der Menge beklatscht und bejubelt. Im Zug auch eine Menge komisch kostümierter Opladener als Räuberhauptmann, Teufel, Hexe, Zigeunerin. Einer als Charlie Chaplin mit schwarzem Schnurrbärtchen, Melone und Latschenschuhen. Er verheddert sich mit seinem dünnen Stöckchen, stolpert, watschelt weiter und streckt immer wieder seinen rechten Arm aus zum Hitlergruß. Alle lachen.

Plötzlich steht Luise neben Ludwig. Er ist glücklich, dass sie nun bei ihm ist, überlegt, wie er mit ihr Kontakt knüpfen könnte. Auf dem Friedhof hatte sie ihm vorgeschlagen, sie in ihrer Buchhandlung zu besuchen. Doch da kann er mit ihr nicht über Persönliches reden. All die Leute um sie herum. Außerdem hat sie da sicher viel zu tun. Wieder sieht er ihre Narbe an der Wange.

Was hast du da gemacht?

Ein kleines Malheur. Nichts Besonderes.

Er überlegt, wie er ihr näherkommen könnte. Über ein Buch reden? Nicht beim Rosenmontagszug. Unmöglich. Außerdem zieht gerade lärmend die Kapelle der freiwilligen Feuerwehr vorbei, und der Männerchor des Eisenbahn-Ausbesserungswerkes singt: »Wir sind die Eingeborenen von Trizonesien, wir haben Mägdelein mit feurig wildem Wesien. Wir sind zwar keine Menschenfresser, doch wir küssen umso besser.«

Anschließend der Prinzenwagen, dekoriert mit bunten Papiergirlanden und roten Lampions. Das Dreigestirn winkt den Klatschenden zu, wirft massenhaft Kamelle in die Menge und grüßt fröhlich Freunde. Ludwig erkennt den Karnevalsprinzen – tatsächlich der Middelhauve, jetzt Prinz Friedrich, umhüllt von glitzerndem Brokat, mit weißen Strümpfen und einer Narrenkappe auf dem Kopf. Er ist platt, dass sein prominenter Chef, den er in der Druckerei als so ernsthaften, seriösen Mann erlebt hat, diesen Karnevalquatsch mitmacht und sich nun so komisch kostümiert.

Den kenn ich, sagt Ludwig. Der stand mal neben mir am Packtisch in seiner Druckerei.

Du arbeitest in seiner Druckerei?

Ludwig winkt ab. Nur nebenbei.

Und neben Middelhauve verkleidet als Jungfrau Seine Lieblichkeit Erwin Wipperfürth.

Da ist der Wipperfürth, sagt Ludwig, zeigt auf ihn. Den kenn ich auch.

Wipperfürth, Wipperfürth, geht ihr durch den Kopf. In dem Band über die Sicherheitspolizei in Brüssel kam auch ein Wipperfürth vor. Der von der Gestapo.

Den kennst du?, fragt Luise.

Na klar. Von der Kripo bei uns nebenan. Ist der Kripoleiter. Kommt oft zu uns rüber in die Wohnung.

Der ist bei euch?

Warum nicht?

Vielleicht ein anderer Wipperfürth, denkt Luise. Können viele so heißen. Oder doch derselbe? Der von der Gestapo in Brüssel, der bei den Razzien die Juden festgenommen hat, jetzt hier Kripoleiter?

Als Dritter im Dreigestirn ist einer als Bauer kostümiert. Luise erkennt ihn sofort an seinem Robbengesicht. Sie erschrickt. Der Edmund vom Amtsgericht. Schroff hat er ihren Vater abgefertigt, die Rückgabe seines Fotogeschäfts und ihrer Wohnung verweigert, barsch eine Entschädigung abgelehnt. Und jetzt steht er da oben auf dem Prinzenwagen.

Ludwig sieht ihr an, dass sie diesen als Bauer ausstaffierten Typ kennt. Wieso kennst du den?, fragt er.

Luise will es nicht sagen.

Dann marschiert der Schützenverein vorbei. Die St.-Sebastianus-Schützenbruderschaft. Alle marschieren stramm, alle in prächtigen Uniformen mit ihren umgehängten Flinten. Voran der Schützenkönig. Stolz trägt er auf einem Stab die silberne Statuette ihres Schutzpatrons, des heiligen Sebastian. Ludwig weiß, dass in der Remigius-Kirche der heilige Sebastian steht, durchbohrt von Pfeilen. Nun tragen die Schützen keine Pfeile, sie tragen Flinten. Hinter ihnen ihr Wagen mit dem Motto

»Glaube, Sitte, Heimat«. Das Präsidium mit Schärpen, Medaillen, Orden und mit roten Pappnasen schießt auf Gipstauben, dass es nur so spritzt nach allen Seiten. Bei jedem Volltreffer zerfetzt es die Tauben, Begeisterung am Straßenrand: Noch mal! Noch mal! Und neben dem Präsidenten in seiner glänzenden Schützenpracht Heger.

Den kenn ich auch, sagt Ludwig. Den Rudi Heger.

Rudi Heger?

Na klar. Ist Reviervorsteher bei uns auf der Wache.

Luise muss an den Rudi Heger im Kriegstagebuch denken. An seine Erschießungen in Polen, Serbien, Griechenland. In Belgien war er eingesetzt bei den Deportationen. Jetzt schießt er lachend auf Gipstauben.

Der ist jetzt hier Reviervorsteher?, fragt sie.

Warum nicht?

Luise will abhauen. Er hält sie fest.

Da ist auch mein Vater, sagt Ludwig. Der mit dem Tschako.

Der neben dem Schützenwagen? Das ist dein Vater?

Sie erkennt den Polizisten mit dem breiten Gesicht wieder. Er war bei der Ladeneinweihung, trug auch so einen schwarzen Tschako und eine Pistole. Vor so einem mit Stahlhelm und Maschinenpistole mussten sie und ihre Mutter sich in Breendonk nackt ausziehen, so einer hat sie in Mechelen bewacht, den Hund auf sie gehetzt.

Das ist dein Vater?

Natürlich.

Heißt er Hannes?

Ja. Warum?

Hannes Stadler?

Ja. Warum?

Luise starrt Ludwig an.

Ich muss weg, sagt sie.

Du gehst schon?

Muss weg.

Hastig wendet sie sich ab, verschwindet in der Menge.

Ludwig ist enttäuscht, dass sie so plötzlich gehen muss. In dem Moment winkt ihm sein Vater zu, ruft: Komm auf den Wagen! Komm!

Er will nicht zu den Schützen, die lustig Tauben zerfetzen. Verständnislos zieht sein Vater weiter.

Der Zug ist vorüber, es kommt nichts mehr. Die Straßen leeren sich. Auch Ludwig geht. Gern wäre er noch eine Weile mit Luise zusammengeblieben. Vielleicht hätten sie etwas unternommen, wären sich nähergekommen. Er hätte einiges über sie erfahren.

Er bleibt stehen. Woher weiß sie den Namen seines Vaters? Wahrscheinlich hat sie ihn gehört bei der Einweihung des Ladens. Wieso kennt sie diesen als Bauer Verkleideten auf dem Prinzenwagen? Warum hat sie sich erschreckt, als er ihr den Heger und den Wipperfürth zeigte? Das muss er sie das nächste Mal fragen.

Jetzt denkt er daran, dass er übermorgen wieder zu Middelhauve muss, in die Druckerei, wieder eintüten muss. Vielleicht trifft er ihn da wieder. Am Aschermittwoch wieder ernsthaft und seriös und ohne dieses blöde Kostüm. Soll er dem Hanswurst dann sagen, dass er ihn auf dem Prinzenwagen gesehen hat als Prinz Friedrich? Vielleicht ist er stolz darauf.

☙❧☙

Middelhauve ist stolz auf seinen Plan. Die Nation soll sich rechts versammeln. Dazu muss er seine FDP umformen. Als Grundsatzerklärung für seine Nationale Sammlung verfasst Middelhauve ein Manifest: sein Deutsches Programm, ohne Absprache mit seinen Parteigremien. Am Text seines Deutschen Programms schreiben sein Sekretär Diewerge und seine drei Rechtsanwälte Naumann, Grimm und Achenbach mit.

Mit von der Partie sind auch drei seiner Freunde: Hans Fritzsche, einst Chefkommentator des Großdeutschen Rundfunks, und Alfred Six, einst SS-Obergruppenführer und SS-Brigadeführer, wegen Massenmordes zu zwanzig Jahren Haft verurteilt, vorzeitig freigelassen, entnazifiziert, seitdem in Achenbachs Essener Anwaltsbüro tätig. Und Werner Best, einst mit Achenbach in der Pariser Botschaft, SS-Obergruppenführer, im Reichssicherheitshauptamt Stellvertreter von Heydrich, beim Militärbefehlshaber in Paris mit Achenbach zuständig für die Verfolgung von Juden, ihre Deportation und Bekämpfung der Résistance, dann Reichsbevollmächtigter im besetzten Dänemark, nach kurzer Haft freigelassen, dann Anwalt und Kompagnon ebenfalls in Achenbachs Essener Kanzlei. Auch er schreibt mit am Deutschen Programm, arbeitet eng zusammen mit Middelhauve und seinem FDP-Landesverband als kompetenter Rechtsberater für die geplante Generalamnestie. Auch in eigenem Interesse.

Im Text des Programms fehlt der Parteiname »Freie Demokratische Partei«. Es fehlen die Worte »frei« und »demokratisch«. Auch von Demokratie ist nicht die Rede, nicht von Liberalismus. Dafür ein mit nationalem Pathos formuliertes machtvolles Bekenntnis zur deutschen Einheit und zu einem neuen Großdeutschland. Middelhauve und seine Mitverfasser bekennen sich in diesem Deutschen Programm zum Deutschen Reich, verharmlosen die nationalsozialistischen Verbrechen, beklagen die Unterdrückung und das Leid des deutschen Volkes durch die Alliierten, kämpfen gegen die Verurteilung und Diskriminierung der deutschen Soldaten. Sie fordern Wiedergutmachung des Unrechts durch die Siegerwillkür und setzen die alliierte Besatzungspolitik mit den Nazi-Gewaltverbrechen gleich.

Middelhauve weiß, dass es in seinem Landesverband und in Bonn Ablehnung geben wird, ist aber bereit, für den höheren Zweck einer Nationalen Sammlung seine FDP zu opfern. Wem seine neue Richtung nicht passt, kann aus der FDP austreten. Er will sogar bei der nächsten Bundestagswahl für seine Nationale Sammlung werben.

Inzwischen bildet Diewerge in seiner Rednerschulung Propagandisten aus. Sie sollen für die Generalamnestie, die Nationale Sammlung und das Deutsche Programm werben. Durch seine Arbeit im Propagandaministerium und seine Erfahrung als Leiter des Danziger Gau-Propagandaamtes ist er dafür der qualifizierte Mann. Zu seinen Seminaren lädt Diewerge auch Paul Hausser ein, den hochdekorierten SS-Oberstgruppenführer und Generaloberst der Waffen-SS. Middelhauve ist damit einverstanden. Für ihn ist Hausser einer der saubersten und anständigsten Menschen, die er kennengelernt hat. Ein wahrhaft ritterlicher Mann. Im Grunde ein echter FDP-Mann.

Im Radio und auf Schallplatten singen Heinz Rühmann und Hertha Feiler:

Mir geht's gut, ich bin froh,
und ich sag dir auch, wieso:
weil du mich gut verstehst
und mit Rat und mit Tat
als mein treuer Kamerad
mit mir durchs Leben gehst.
Ich will Freud und auch Leid mit dir teilen.
Ohne dich fang ich gar nichts mehr an.
Mir geht's gut, ich bin froh,
und ich sag dir auch, wieso:
weil ich dein Freund sein kann.

***

Ulli war in den Osterferien mit seinem Vater beim Nürburgring, hat sich das Autorennen angesehen. Volker mit seinem Vater bei einer imponierenden Flugschau der Amerikaner in Ramstein. Schidan im Bayrischen Wald, hat mit seinem Dolch einen geschossenen Hasen zerlegt und auf dem Lagerfeuer gebraten. Ritschi an der Nordsee, bewunderte eine Segelregatta. Helmut hat wieder als Werkstudent bei Henkel gearbeitet. Die braun gebrannte Margret war am Lago Maggiore, mit ihren Eltern im neuen Campingwagen, angehängt an ihrem VW, hat auch die Isola Bella besucht. Ilse war in Venedig. Was für eine aufregende Stadt!, schwärmt sie Ludwig vor. Da musst du auch mal hin. Bevor die Paläste auf ihren Pfählen im Meer versinken. Auch die schöne Angela hat eine zarte Bräune im Gesicht. Sie war in Dänemark. Bei den alten Wikingern?, feixen die Jungen. Begeistert berichten alle am ersten Schultag nach den Osterferien von ihren Erlebnissen. Nur Ruth verrät nicht, wo sie war. Geheimnisvoll wie immer.

Ludwig war nirgends. Er musste in Opladen bleiben. Seine Eltern haben nicht das Geld für eine Reise.

Klassenlehrer Linde verkündet: Wir haben einen neuen Mitschüler. Willkommen, Anton Hübner!

Der Neue steht auf. Eine merkwürdige Gestalt. Schmales Gesicht mit einer spitzen Nase, viel zu weite helle Jacke, viel zu weite weiße Hose, die Haare wirr und wuschelig. Er sieht aus wie der Pantomime Pierrot in seinem weiten weißen Gewand auf dem Filmplakat zu »Kinder des Olymp«. Sieht aus wie ein Luftikus.

Der Wuschelkopf korrigiert Linde: Ich heiße nicht Anton. Ich heiße Florian.

Verdutzt schaut Linde auf ein Papier.

Hier steht Anton.

Ist mein Geburtsname. Aber Anton gefällt mir nicht. Ich habe mich Florian genannt.

Geraune bei den Jungen, Getuschel bei den Mädchen.

Na gut, sagt Linde. Dann eben Florian.

In der Pause legt Florian auf dem Schulhof seinen Arm um Ludwigs Schultern und drückt ihn leicht an sich. Für die umstehenden Klassenkameraden steht fest: schwul. Warmer Bruder. Verboten. Schidan wendet sich verächtlich ab: Hundertfünfundsiebziger. Ludwig ist diese Freundschaftsgeste peinlich, schiebt aber Florians Arm nicht weg, will ihn nicht kränken.

Fröhlich imitiert Florian die quetschige Stimme Rudi Schurickes. Er knödelt »Heimat, Deine Sterne«, »Wenn bei Capri die rote Sonne im Meer versinkt«. Er imitiert die dunkle Stimme von Zarah Leander, »Kann denn Liebe Sünde sein?«. Alle kugeln sich vor Lachen. Florian ist der Klassenclown. Offen bekennt er: Bin durchgerasselt. Muss das Jahr bei euch nachholen. Hab zu wenig gepaukt. Pauken mag ich nicht. Mich interessiert was anderes. Er schwärmt vom Theater. Will Regieassistenz bei Gründgens in Düsseldorf werden, will ein großer Regisseur werden wie Gründgens.

Ein Windbeutel, sagen seine Lehrer. Ein Phantast. Ein Komödiant.

Auf dem Heimweg radeln Ludwig und Florian an Galkhausen vorbei. Wieder stehen hinter dem Maschendrahtzaun Kleinwüchsige mit deformierten Gesichtern, manche auf Krücken, sogar in Rollstühlen. Wieder strecken sie Blumen durch den Maschendraht, winken fröhlich und lachen. Florian hält sein Damenfahrrad an.

Wenn du mit denen sprichst, sagt Florian, sag ihnen nicht, dass die vor ihnen vergast wurden.

Ludwig versteht nicht, was er da meint.

In einer Euthanasieanstalt.

Was für eine Anstalt?

Weißt du nicht, was Euthanasie war?

Ludwig weiß es nicht.

Da wurden sie hingefahren und vergast. Gnadentod nannten es die Nazis.

Woher weißt du das?

Von meinem Vater.

In den Tagen darauf gesteht Florian Ludwig, dass er Geschichten schreibt. Die Grimm'schen Märchen mal ganz anders.

Rapunzel soll nicht ihr Haar herablassen. Der Jüngling, der zu ihr will, hat ein scharfes Messer im Gürtel mit einer langen Klinge. Das schlafende Dornröschen soll nicht auf den erweckenden Kuss des Prinzen warten. Er kommt nicht. Er ist auf der Autobahn in seinem Mercedes-Benz tödlich verunglückt. Rotkäppchen soll den Wolf hereinlassen. Er ist auf der Flucht vor dem Jäger, der ihn erschießen will. Rumpelstilzchen muss nicht mehr so wild herumhopsen und seinen Namen verschweigen. Den hat die BILD-Zeitung schon längst verraten. Schneewittchen soll nicht in diesen roten Apfel beißen, den ihr die Stiefmutter reicht. Er ist von Bayer in Leverkusen mit einem tödlichen Gift besprüht. Hänsel und Gretel sollen die Hexe nicht in den Ofen schieben und verbrennen. Die Hexe ist eine Kommunistin und hat sich im Wald in einer Bretterbude versteckt, um nicht verhaftet zu werden. Sie hat die beiden ausgesetzten Kinder aufgenommen und gut ernährt.

Schräge Märchen nennt er sie und hat davon auch schon ein paar in den Düsseldorfer Nachrichten und in der Rheinischen Post veröffentlichen können. Nicht aber die Geschichte vom Schneewittchen, weil darin Bayer mit seinem Gift vorkommt. Bayer würde die Zeitung verklagen. Auch nicht sein Hänsel und Gretel, weil darin die Hexe eine gute Kommunistin ist. So was geht heute nicht. Gedruckt wurde auch nicht sein Text über Kain und Abel, weil da nicht der böse Kain den guten Abel erschlägt, sondern umgekehrt der Abel den Kain. Die Kirche würde mächtig Ärger machen.

Einmal, als Ludwig Florian ein Stück nach Hause begleitet zur Werkstättenstraße auf der anderen Seite der Bahn, gehen sie durch die Unterführung. Florian bleibt stehen und nimmt Ludwig an der Hand.

Hör mal, die Akustik, sagt er. Wie das hallt. Hier hab ich mal Straßenmusiker gehört. Zwei Akkordeonspieler. Die spielten den Winter aus Vivaldis Jahreszeiten. Die schnellen zitternden Stakkatoläufe. Das war toll. Ich musste stehen bleiben und zuhören. Ein anderes Mal spielten sie diesen langsamen Walzer von Schostakowitsch. So traurig. So schön. Mir stiegen die Tränen in die Augen. Und dann saß da mal ein Afrikaner in seiner bunten Tracht. Auf dem Kopf eine Art Turban, an seinen nackten Füßen Schellen und vor sich eine kleine Trommel. Er schlug darauf einen rasenden Takt, schellte dazu mit seinen Glöckchen an den Füßen und sang laut etwas Afrikanisches. Das konnte ich natürlich nicht verstehen. War aber faszinierend. Ein Afrikaner in Opladen. Wie kommt der aus Afrika nach Opladen? Stell dir vor: weite Savanne, Sahara, flirrende Hitze und dazu diese Musik. Oder ein Urwald am Kongo oder Packeis am Nordpol oder ein spießiges Wohnzimmer und dazu diese afrikanische Musik.

Oder an meinem Packtisch, stellt sich Ludwig vor. Diese Trommeln und Schellen anstatt der sausenden Rotationsmaschinen. Da würde er gern eintüten.

***

Ludwig tütet weiter ein bei Middelhauve. Seit Februar auch die »Deutsche Zukunft«, die rechte illustrierte Wochenzeitung für Politik, Wirtschaft, Kultur und Unterhaltung, die Middelhauve jetzt herausbringt. Preis: dreißig Pfennige. Chefredakteur ist der ehemalige Waffen-SS-Mann und SS-Obersturmführer Siegfried Zoglmann, parlamentarischer Geschäftsführer der FDP-Fraktion im Bundestag. Der Verlag befindet sich in Düsseldorf in der Landeszentrale der Partei. Finanziert wird die Deutsche Zukunft vom großzügigen Mäzen Stinnes junior, dem Erben des Stinnes-Konzerns. Gesellschafter ist neben Middelhauve auch Willy Weyer, bis 1945 NSDAP-Mitglied, dann stellvertretender FDP-Landesvorsitzender.

Wenn Ludwig einen Moment Zeit hat, schaut er auf die Seiten und liest da einiges. Immer wieder ein Artikel von Middelhauve. Sein Chef schreibt unter der Überschrift »Das Reich lebt als Idee und Wirklichkeit«, dass man nach der Niederlegung der Waffen nicht der Treuepflicht zum Reich entbunden sei. Dass man das Deutsche Reich als Großdeutschland wieder errichten müsse.

Und dann sein Beitrag über die Ehre des deutschen Soldaten. Er habe seine Ehre nie verloren, keiner könne sie ihm streitig machen. Er sei ein ehrlicher, anständiger Soldat gewesen. Wir würden diese Helden mit ihren soldatischen Tugenden brauchen und müssten ihnen weit unsere Arme öffnen.

Ludwig sieht den Artikel »Darum Generalamnestie!«, in dem beklagt wird, dass immer noch ehrenhafte deutsche Soldaten in den Zuchthäusern Werl, Landsberg und Wittlich gefangen gehalten werden. Man fordert sofortige Generalamnestie. In einem anderen Beitrag wird der Sieg des Generalfeldmarschalls Erich von Manstein gefeiert. Er hatte vor zehn Jahren Sewastopol erobert, die stärkste Festung Europas. Man erinnert daran, dass dieser erfolgreichste Heerführer im heldenhaften Kampf Sewastopol der kommunistischen Faust Stalins entriss. Man gedenkt seiner, der im Zuchthaus Werl seiner Freiheit beraubt ist, und lobt das FDP-Mitglied Dr. Erich Mende für seine Forderung nach Freilassung der immer noch zu Unrecht Inhaftierten.

In der Deutschen Zukunft findet Ludwig auch eine Verdammung der Widerstandsgruppe Rote Kapelle. Sie wird neben Stauffenberg als die größte Verräterclique bezeichnet. Und immer wieder Porträts verdienstvoller Generale. Auch über Albert Kesselring wird berichtet, den genialen Generalfeldmarschall der Luftwaffe, Huldigungen seiner Bombardierung Polens und Warschaus, seiner Vernichtung von Rotterdam, seiner erfolgreichen Luftkämpfe in Russland, bei der Schlacht um England und Nordafrika, seiner Tapferkeit, ausgezeichnet mit Brillanten, Eichenlaub und Schwertern des Ritterkreuzes zum Eisernen Kreuz. Dazu immer wieder Angriffe auf die SPD-Politiker Kurt Schumacher, Erich Ollenhauer, Herbert Wehner. Sie werden als Kommunisten beschimpft, die die Bundesrepublik an Stalin ausliefern wollen.

Mehr darf Ludwig nicht lesen, sonst kommt er mit seiner Eintüterei für die Abonnenten nicht hinterher. Also schnell wieder eintüten, eintüten in die Umschläge mit den Empfängern Friedrich Bossmann, Gottlieb Brenner, Erich Mende, Edmund Rauschenberg. Wer sind diese Leute? Wohnen laut Adresse alle in feinen Gegenden.

Dann liest er den Namen Rudi Heger. Den kennt er, den Rudi, der immer bei ihnen sitzt. Und den Namen Hubert Dörner. Auch den kennt er. Und wie er ihn kennt, diesen Dörner, seinen Geschichtslehrer, diesen Quasselkopp. Auch ein Ewald Wasmuth bekommt die Deutsche Zukunft. Der Inhaber der Goethe-Buchhandlung, wo Luise arbeitet. Der Empfänger Hannes Stadler ist nicht dabei. Sonst hätte Ludwig schon längst ein Exemplar der Zeitung im Briefkasten gefunden.

Bald hat er seine heutige Arbeit geschafft. Bald ist Wochenende. Da wird er mit Florian nach Schloss Burg radeln.

Im Radio und auf Schallplatten singen Friedel Hensch und Die Cyprys:

Ansonsten, Herr Lutter,
ist alles in Butter,
ansonsten ist hier alles okay.
Ansonsten, Herr Lutter,
ist alles in Butter,
geht hier alles im alten Dreh.

***

Schloss Burg. Schloss oder Burg? Was denn nun? Eher Burg als Schloss. Eine Festung oben an der Wupper. Eineinhalb Stunden sind Ludwig auf seinem roten Pegasus und Florian auf seinem Damenfahrrad an diesem Sonntag unterwegs gewesen, um hierherzukommen. Zuerst bis Leichlingen, dann über Pattscheid, Burscheid, Höhscheid. Schon von Weitem konnten sie die Burg auf einer Anhöhe sehen.

Vom Tal in Serpentinen hinauf, über eine Zugbrücke über eine Schlucht, dann durch ein Gittertor, ein altes Fallgatter, und durch ein zweites Tor hinein in die Burganlage. Nun stehen sie im Burghof. In der Mitte das bronzene Reiterstandbild Engelberts des Zweiten, des Kölner Erzbischofs und Gründers der Burg, hoch auf seinem Ross. Hinter ihm der Rittersaal mit seinen hohen Spitzbogenfenstern und ein mächtiger aufragender Turm mit Erkern. Seitlich des Burgplatzes ein niedriger Rundturm, der Batterieturm, in den man die Diebe, Wegelagerer und sonstige Verurteilte warf, damit sie darin verhungern, verdursten, und daneben ein hölzerner Glockenturm. Die ganze Anlage dicht bebaut und verwinkelt.

Durch die engen Gassen drängen sich die Touristen, die Sonntagsausflügler, über ihnen an den Mauern die kleinen Holzhäuschen mit den Löchern im Boden, aus denen die Abortler ihre Scheiße auf das Pflaster klatschen ließen. Die Besucher schauen prüfend hinauf und kauen Burger Brezeln, Mütter schieben ihre Kinderwagen, Väter erklären ihren gelangweilten Kindern die Bedeutung der Bauwerke. Rentner mit gelben Strohhüten und Stöcken stehen schnaufend im Gedränge, schnappen nach Luft, schlurfen weiter, suchen die nächste Toilette.

Die Terrasse des Burgcafés neben dem Reiterstandbild ist voll besetzt. Die Gäste schlabbern Kaffee, schieben Sahnetorten, Obstkuchen, Windbeutel in ihre Münder. Manche nippen aus dünnen Gläsern Prosecco, tragen Sonnenbrillen, strecken die Beine aus. Unten am Fuß der Burgmauer ein Parkplatz. Auf ihm stehen keine gesattelten Pferde, stehen der neueste VW, Mercedes und Opel Kapitän.

Hier lasse ich meinen Robin Hood spielen, sagt Florian und zeigt in die Runde, als sei er der Burgherr.

Was für einen Robin Hood?, fragt Ludwig.

Mein Theaterstück. Irre spannend.

Hier in dieser Burg?

Natürlich. Der ideale Ort.

Und was zeigst du da?

Der Sherwood Forest ist bei mir das Bergische Land. Und der Sheriff von Nottingham ist Adenauer. Meine Robin-Hood-Männer überfallen Märkte, rauben Lebensmittel, überfallen die Läden von Neckermann, Otto-Versand und Quelle, rauben Kleider und Schuhe, überfallen Sparkassen und Banken, rauben Geld. Und alles das verteilen sie an die Armen. Sie kämpfen gegen die Wiederbewaffnung, gegen die Gründung der Bundeswehr, werfen Stinkbomben in die neuen Kasernen.

Natürlich ist der Bonner Geheimdienst hinter ihnen her, Sheriff Adenauer lässt sie verfolgen. Doch Sympathisanten warnen sie. Sie können sich in den Wäldern verstecken. Ist die Gefahr vorüber, stürmen sie hier die Burg und machen sie zu ihrem Stammsitz. Den bronzenen Engelbert auf seinem Ross verkleiden sie als Robin Hood und hängen ihm Pfeil und Bogen über. Rückt die Polizei heran, ziehen sie die Zugbrücke über der Schlucht hoch, lassen das Fallgatter im Tor nieder. Sheriff Adenauer flucht und wettert gegen sie im Bonner Parlament.

Sie kidnappen Adenauer im Garten seiner Rhöndorf-Villa, während er seine Rosen schneidet, und den Chef der Deutschen Bank, Adenauers Finanzberater Josef Abs in Düsseldorf. Mit ihren Wurfnetzen fangen sie die Nazibosse und Kriegsverbrecher ein, nehmen in Opladen Middelhauve fest. Alle werfen sie in die Kerker des Batterieturms und lassen sie darin schmoren, während vom Holzturm die Glocken läuten.

Ist dein Stück schon fertig?

Ich muss endlich damit anfangen. Ich muss noch mit der Rüstkammer der Burg reden, ob sie mir als Requisiten Speere, Spieße und Äxte leiht. Harnische, Schilde und Kettenhemden. Und dann führe ich das Ganze hier in Schloss Burg auf. Publikum dafür hätte ich genug. Schau dich nur um. So viele Besucher.

* * *

Die Besucher gehen ein und aus bei Middelhauve. Sein Opladener Büro ist ein beliebter Treffpunkt. Hier hat sich Werner Naumann komfortabel eingerichtet, hier organisiert er sein Netzwerk aus alten Kameraden, seinen Nazikomplizen, und knüpft eifrig Kontakte mit einstigen Soldaten der Wehrmacht, mit ehemaligen Angehörigen der Waffen-SS, der SS, des Sicherheitsdienstes und der Sicherheitspolizei. Günstig für Middelhauve. Von ihnen sind so manche in seine FDP eingetreten und wurden Geschäftsführer in den Bezirks-, Kreis- und Gemeindeverbänden. Gut bezahlt durch Spenden der Ruhrindustrie. Auch Achenbach, Grimm und Diewerge beschaffen Naumann neue Anhänger. Sein Telefon steht nicht still. Er lotet aus, welche Erfolgschancen ein wiederauferstandener Nationalsozialismus hat. Man bestätigt ihm, dass dafür die Stimmung im Lande günstig sei und nur er allein der Anführer sein könne.

Nun gibt es für ihn kein Halten mehr. Rastlos wirft er sein Netz im gesamten Bundesgebiet aus, reist in der Republik herum, um für sein Ziel zu werben, nimmt Verbindungen auf. Die Anzahl seiner Komplizen wächst und wächst. Bald hat er ehemalige SS-Brigadeführer, Standartenführer, Oberstgruppenführer, Wehrwirtschafsführer beisammen. Darunter auch Paul Zimmermann, den SS- und Polizeiführer und SS-Brigadeführer, und Karl Florian und Josef Grohé, die beiden Gauleiter von Köln. Alle gute Freunde aus alter Zeit, die sich als Elite fühlen.

Teile seines Naumann-Kreises treffen sich regelmäßig in Düsseldorfer Luxushotels, immer in einem anderen. Immer am ersten Mittwoch eines jeden Monats. Heimlich und unter Decknamen. Angeblich ganz privat. Hier besprechen sie ihre Pläne und stimmen sich ab. Die Gesinnungsgenossen betreiben Firmen, sind Unternehmer, sitzen in Aufsichtsräten und Vorständen der Ruhrindustrie, schieben sich gegenseitig Aufträge zu. Sie arbeiten als Journalisten für Zeitungen und Magazine, sind Verleger rechtsextremen Schrifttums, wie der Deutschen Soldaten-Zeitung, sind Oberregierungsräte am Bundesverfassungsgericht, Anwälte und Richter am Bundesgerichtshof, sind Mitbegründer und Vorsitzende der HIAG, der Hilfsgemeinschaft auf Gegenseitigkeit der Angehörigen der ehemaligen Waffen-SS. Man leugnet die deutsche Kriegsschuld, hält Reden, die Naumann streng kontrolliert und genehmigt, und ist sich einig über das Ziel: die Schaffung einer rechtsradikalen Regierung unter der Parole »Neuer Anfang«.

Zur Erreichung des Ziels ist sich Naumann der Unterstützung der Bevölkerung sicher. Er weiß, Millionen des Volkes fühlen sich politisch verunsichert und heimatlos. Sie warten auf eine autoritäre Führungskraft. Er ist davon überzeugt: Wir schaffen einen Kern, der als Magnet alle eisenhaltigen Kräfte an sich zieht. Uns Nationalsozialisten vereint das starke Bewusstsein, dass wir am Aufbau einer großen Sache mitwirken. Dieses Mal ohne Badenweiler Marsch und ohne eine neue Fahne. Wir brauchen einen neuen Stil, neue Schlagworte, neue Werte und eine neue Sprache, wenn wir unser Volk wieder politisch formen wollen.

Naumann bestimmt: Die neue Kraft soll nicht als eine neue Partei auftreten, sondern die vorhandenen Parteien unterwandern und dort Machtpositionen übernehmen. Zur Infiltrierung ist die FDP nur eine Übergangspartei. Ihr nordrhein-westfälischer Landesverband bietet dazu die beste Möglichkeit. Dann sollen nach und nach die anderen Parteien unterwandert werden. Außer der SPD.

Nach Naumanns Plan soll bei der nächsten Bundestagswahl im kommenden Jahr der FDP-Landesvorsitzende Middelhauve Kanzler werden, zumindest Vizekanzler. Dann hätte sein Kreis direkten Einfluss auf die Bundesregierung.

Der Männerchor der Bergischen Heimatvereine singt das Bergische Heimatlied:

Wo den Hammer man schwinget mit mächtiger Kraft,
da schwingt man die Schwerter auch heldenhaft.
Wenn das Vaterland ruft, wenn das Kriegswetter braust,
hebt kühn sich zum Streite die bergische Faust.
Dem Freunde zum Schutze, dem Feinde zur Schand
mit stolzem Trotze fürs Bergische Land!

***

Lutz Linde lässt seine Schüler, abweichend vom Lehrplan, bis zur nächsten Unterrichtsstunde einen Aufsatz schreiben über ein Thema, das sie privat interessiert. Ludwig schreibt über die Ermordung Anselms, die ihn nicht loslässt. In der folgenden Deutschstunde bittet Linde Freiwillige, vorzulesen. Ludwig meldet sich nicht. Er will seine Gefühle nicht zur Schau stellen. Als Erster nimmt Ulli sein Heft in die Hand und liest über seine Leidenschaft für den neuen Ford M14 und Opel Kapitän. Freudige Zustimmung in der Klasse.

Linde nickt zufrieden. Weiter. Wer noch?

Keiner meldet sich. Da öffnet Florian sein Heft und trägt laut vor: Günther Weisenborn. Er wächst in Opladen auf und ist Mitte der zwanziger Jahre Mitarbeiter der Opladener Zeitung. Er geht nach Berlin und wird ein berühmter Schriftsteller. Bis die Nazis seine Bücher verbieten. Darauf wird er ein entschiedener Widerstandskämpfer gegen die Nazis.

Ein Raunen geht durch die Klasse, Linde lächelt.

Weiter Florian: Weisenborn wird Mitglied der Berliner Widerstandsgruppe Die Rote Kapelle. Er telegrafiert Berichte nach Moskau. Er und seine Gruppe informieren Stalin über den bevorstehenden Angriff der Wehrmacht auf die Sowjetunion.

Linde unterbricht ihn. Lies das mit der Roten Kapelle und Stalin noch mal. Da hab ich was nicht verstanden.

Florian liest die Stelle erneut, aber anstatt des Textes zuvor trägt er nun vor: Als Mitglied der Widerstandsgruppe nimmt Weisenborn Kontakt mit dem Kreml auf und warnt Stalin vor einem deutschen Überfall auf sein Land.

Linde stutzt. Davor hast du was anderes gelesen. Hast du da verschiedene Fassungen?

Hab ich, sagt Florian.

Na gut, dann weiter.

Florian weiter: Weisenborn wird mit den anderen 1942 von der Gestapo verhaftet und zum Tode verurteilt. Sein Urteil wird in eine Zuchthausstrafe umgewandelt. 1945 wird Günther Weisenborn von der Roten Armee aus dem Zuchthaus befreit.

Wieder unterbricht ihn Linde: Wie war das mit der Zuchthausstrafe? Bitte noch mal die Stelle.

Florian setzt ein weiteres Mal an und liest wieder etwas anderes: Seine Todesstrafe ändern die Nazis erstaunlicherweise um in eine Zuchthausstrafe. Die Russen befreien ihn aus dem Gefängnis.

Linde wird skeptisch. So viele Versionen?

Florian nickt und endet mit: Heute ist Weisenborn Chefdramaturg der Kammerspiele in Hamburg. Er engagiert sich gegen die Wiederbewaffnung der Bundesrepublik und warnt vor der atomaren Bedrohung.

Lass mal sehen, sagt Linde, geht zu Florian und nimmt ihm sein Heft aus der Hand.

Die Seiten sind ja leer! Linde ist völlig perplex. Hast du das auswendig vorgetragen?

Florian nickt.

Alles auswendig?

Na klar, sagt Florian ruhig und wie selbstverständlich.

In der Klasse Gemurmel, Gekicher, Verblüffung, auch Ablehnung.

Respekt. Respekt, sagt Linde, grinst und gibt ihm das Heft zurück.

Und woher weißt du das alles?

Von meinem Vater.

Der hat dir das erzählt?

Natürlich. Der hat den Weisenborn noch persönlich gekannt. In Opladen. Und später über ihn gelesen.

Bald darauf wird Linde wieder zum Rex vorgeladen, zum Schulrektor Wimmer. Wieder erhält er einen Rüffel.

Ihr Individualismus in Ehren, beginnt Wimmer und schränkt ein: Aber der hat in unserer Schule auch seine Grenzen. Sie lassen private Aufsätze anfertigen völlig außerhalb Ihres Lehrplans. Das ist unerträglich. Besonders dieser Aufsatz von dem Hübner über einen gewissen Günther Weisenborn. Völlig inkompetent, dieser Schüler!

Linde rechtfertigt sich: Aber Weisenborn war doch ein Opladener. Einer von uns!

Umso schlimmer!, fährt ihn Wimmer zornig an. Kein Ruhmesblatt für unsere Stadt. Ein Vaterlandsverräter! Und das lassen Sie auch noch vorlesen.

Wir müssten stolz auf ihn sein, ihn würdigen.

Wimmer schneidet ihm das Wort ab. Lassen Sie Ihre Eskapaden. Wir werden im Kollegium entscheiden, wie wir gegen Sie vorgehen.

Linde will weitermachen, er lässt es darauf ankommen.

***

Middelhauve lässt es darauf ankommen. Ohne Absprache mit seinem Landesverband lässt er sein Manifest, das Deutsche Programm, für seine Nationale Sammlung in seiner Opladener Druckerei in der Ophovener Straße drucken. In hoher Auflage und auf kostbarem Büttenpapier, umrahmt mit den Farben Schwarz, Weiß, Rot, den Farben der Naziflagge.

Beim folgenden FDP-Landesparteitag in Bielefeld verteilt er seinen Wegweiser. Alle sollen wissen, in welche Richtung es nun gehen soll. Die Delegierten sind überrascht, als sie dieses Papier auf ihren Plätzen finden. Sie staunen über Middelhauves Aufruf nach rechts, die meisten begrüßen ihn, sind damit einverstanden. Bevor er das Rednerpult betritt, erklingt feierlich Les Préludes von Franz Liszt mit den Posaunenstößen und den dröhnenden Paukenschlägen. Die Fanfaren des Sieges. Damit hat das Oberkommando der Wehrmacht im Radio und in den Wochenschauen ihre Erfolgsmeldungen eröffnet.

In seiner Rede betont Middelhauve wieder einmal, dass er mit diesem neuen Programm auch die große Gruppe der ehemaligen Wehrmachtssoldaten und Angehörigen der NSDAP gewinnen will, dass er damit auf einen starken Zuwachs dieser wertvollen Kräfte hofft, wiederholt seine Forderung einer Generalamnestie und lädt auch Antikommunisten zur Mitarbeit an seiner Nationalen Sammlung ein. Über das Programm gibt es keine Diskussion. Zustimmung für diesen neuen Kurs nur durch Akklamation, und das mit einer überwiegenden Mehrheit der Delegierten. Den wenigen Kritikern wirft Middelhauve Verrat an der FDP vor, bügelt sie ab, nennt sie Lumpen, macht sie mundtot und wischt ihre Einwände vom Tisch. Erneut allgemeine Zustimmung.

Bei der Vorstandswahl wird Middelhauve wieder zum Landesvorsitzenden gewählt. Durch die Wiederwahl gestärkt verkündet er sein Ziel: Wir gründen einen Block deutlich rechts von der CDU. Wir schaffen die neue Macht. Wir schaffen ein neues Deutschland.

✳✳✳

Ludwigs Mutter schafft neu an. Für das Wohnzimmer ein modernes Möbelstück nach dem anderen. Anstelle des alten gemütlichen Sofas mit den Fransen ein mächtiges bärenhaftes Polsterungetüm mit einem Schonbezug aus grauem Plastik und anstelle des wuchtigen Holztisches, auf dem sein Vater immer bequem seine Kreuzworträtsel lösen konnte, ein niedriges Tischlein aus Metall mit schräg stehenden dünnen Beinchen, an die er ständig stößt und beinahe stolpert. Es ist so niedrig, dass er sich beim Lösen seiner Kreuzworträtsel nun darüber bücken muss. Das aber hält ihn nicht davon ab, weiter seine alten Eintragungen in den Karos auszuradieren und dasselbe neu einzutragen. Jedes Mal muss er, bevor er anfängt, das neue Spitzendeckchen aus weißem Plastik über der Resopalplatte wegschieben, ärgert sich darüber und wird fuchsteufelswild.

Ludwigs Mutter gefällt die neue Kunststoffplatte.

Kann ich besser abwischen, sagt sie.

Ihr gefällt auch das neue Plastikdeckchen.

Kann ich besser waschen, sagt sie.

Bald darauf stehen im Wohnzimmer Schalensessel mit cremefarbenem Plastikbezug, ebenfalls mit schräg stehenden dünnen

Beinchen. Beim Sitzen in diesen Schalen bekommen sie feuchte Hintern, und die Unterhosen bleiben an den Backen kleben. Kurz darauf eine dürre Stehlampe mit drei Plastiktüten als Lampenschirme in Gelb, Sandfarben und Rosa.

Kann ich leichter abstauben, sagt seine Mutter.

Wo der Gummibaum am Fenster auf einem Hocker stand, nun ein abgestufter Blumenständer mit goldenen Stellflächen für die bunten Plastiktöpfchen mit Gewächsen, die ihre schmalen Blätter hängen lassen. So ein Grünzeug hat Ludwig bei Anselms Beerdigung auf den Gräbern gesehen. Der Gummibaum steht nun in einer Ecke im Treppenhaus, wo es zu den Schupos hinabgeht, angestrahlt von beißendem Neonlicht. Wenn die Hausmeisterin die Stufen wischt, fährt sie mit ihrem Lappen über die dicken dunkelgrünen Blätter.

Tage später steht neben dem Polsterbär ein wackeliges Drahtgestell für die Kataloge von Neckermann, Quelle und dem Otto-Versand.

Ist praktisch für die Sonderangebote, sagt seine Mutter.

Ludwig gefällt das alles gar nicht. Immer mehr Gauting verschwindet, immer mehr Opladen macht sich breit.

Ist doch schön, sagt sie. So sauber und ordentlich. Schöner als vorher unser alter Kram.

Und dann auch noch neue Bilder an den Wänden. Ein eingerahmter Kunstdruck mit farbigen Segelbooten, zusammengestückelt und ineinandergeschoben. Eine junge Zigeunerin in weiten roten und blauen Kleidern und mit verführerischem Blick. Sonnenblumen, die Farben dick aufgetragen wie gespachtelt.

Ich will auch neue Vorhänge, sagt seine Mutter. Mit Kreisen, Dreiecken und Zacken. So was Modernes. Hab aber dazu noch nicht das Geld. Das kommt später.

Auch sein Zimmer will sie neu einrichten. Er protestiert.

Nicht bei mir, sagt Ludwig. Ich will das neue Zeug nicht. Ich will, dass alles so bleibt, wie es ist.

Seine Filmplakate müssen hängen bleiben. Vor allem der »Orphée«, wo der Marais durch einen großen Spiegel ins Jenseits geht, und »Kinder des Olymp«, wo der Barrault als Pantomime Pierrot eine bittere Liebesgeschichte erlebt. Anselm hatte ihm damals gewünscht, dass er nicht so eine bittere Enttäuschung erlebt.

Als er ein paar Tage später von der Schule kommt, ist sein kleines altes Holzregal weg. Da steht nun ein weißes Drahtgestell. Abscheulich. Hineingestellt hat seine Mutter seine alten Bücher vom Boden, die er nicht mehr will.

Ich will mein altes Holzregal wiederhaben.

Das hab ich weggeworfen.

Weggeworfen?

Das war nicht schön. Du musst was Neues haben.

Ludwig ist wütend. Er will nicht, dass sie über ihn bestimmt. Eingeengt fühlt er sich. Widerstand, Rebellion glühen in ihm auf. Er denkt an Linde und seinen Günter Eich. Die Ordner der Welt sind geschäftig. Wollen ihre Macht über ihn ausüben. Er will nicht das Öl im Getriebe der Welt sein, er will der knirschende Sand sein. Er muss sich Luft verschaffen, seine Gedanken frei fliegen lassen. Muss aus der Wohnung raus.

Er geht zu Florian. Schon vor Tagen hat er ihn eingeladen, ihn bei seinem Vater Max in der Werkstättenstraße zu besuchen.

Stör dich nicht daran, wie's bei uns ausschaut, hat Florian gesagt. Seit Langem nicht mehr aufgeräumt.

***

Seit Langem nicht mehr rasiert, seine graue Strickjacke voller Ascheflecken, vor ihm auf einem klobigen Holztisch eine Flasche Kölsch, eine aufgerissene Packung Rössli, eine gesprungene Kompottschale als Aschenbecher, schon über den Rand gefüllt. So sitzt Max da in seinem altmodischen Wohnzimmer und raucht seinen Stumpen. Als sich Ludwig auf einen Stuhl setzen will, muss er auf dem Boden über verstreute Zeitungen steigen und eine zerschlissene Cordhose und ein zerknittertes graues Unterhemd beiseiteschieben.

Florian hockt auf der Kante eines durchgesessenen Sofas, neben ihm die ölbefleckte Schlosserkluft seines Vaters. Die Wände sind vollgehängt mit großen Fotos alter Dampflokomotiven. Dampfloks von vorne, Dampfloks von der Seite. Bei einigen steigt Rauch aus den Kaminen. Mit seinem qualmenden Stumpen zeigt Max stolz auf die Loks.

Die hab ich alle repariert, sagt er mit einer Reibeisenstimme.

Zwischen den Loks hängen drei Porträtfotos.

Wer ist das?, fragt Ludwig.

Mensch, die kennst du nicht? Die Luxemburg, der Liebknecht und der Thälmann von unserer KPD, sagt Max. Willst du auch ein Bier?

Höflich lehnt Ludwig ab.

Quatsch, sagt Max. Ein Kerl wie du muss ein Kölsch schlucken.

Florian holt vom Fensterbrett draußen eine Flasche. Max beißt den Kronkorken mit den Zähnen auf, reicht sie Ludwig und stößt mit seiner Flasche an.

Prost, Junge. Schön, dass du hier bist.

Ludwig trinkt ungeschickt, muss darauf achten, dass das schäumende Bier nicht überquillt in seinem Mund, muss husten.

Ich hab von Florian gehört, dass auch ein Ulli Melzer in eurer Klasse ist, sagt Max, nimmt einen kräftigen Schluck aus seiner Pulle und wischt sich den Bierschaum von den Lippen. Der Sohn vom Aral-Melzer. Seinen Vater kenn ich gut. Den Eugen. Der war mit mir hier in der Volksschule in derselben Klasse. Zusammen mit dem Günther Weisenborn.

Ludwig muss daran denken, wie Florian in der Klasse seinen erfundenen Aufsatz über ihn vortrug.

Gleich nach der Volksschule musste ich als Lehrling in das Ausbesserungswerk, in das AW, erzählt Max und zieht an seinem Stumpen, hustet, dass es in seiner Kehle kracht und gurgelt. Geld verdienen. Keine Realschule. So weit hab ich's nicht gebracht wie mein Florian. Der soll's mal besser haben als ich. Der soll's noch zu was bringen. Dann der Krieg '14. Für die Front war ich mit meinen fünfzehn noch zu jung. Außerdem brauchte man im AW jede Hand für den Bau neuer Loks und Waggons für die Front. Die Räder mussten rollen für den Sieg. Jahre nach dem Krieg dann die Gründung der Deutschen Reichsbahn, das AW umbenannt in RAW, in Reichsbahn-Ausbesserungswerk. Dann die braune Dusche. Unsere KPD von den Nazis verboten und verfolgt. Viele sind in den Untergrund gegangen, leisteten geheim Widerstand. Ich nicht. War wohl zu feige. Ich bin auch nicht in die Sowjetunion geflohen wie so viele unserer deutschen Genossen. Gott sei Dank. Da hätte mich der Stalin gleich erschießen lassen. Wie all die anderen. Ich bin in Opladen geblieben. Der Melzer, der Eugen, ging zur SA, und der Günther Weisenborn ging nach Berlin und wurde Widerstandskämpfer. Ist interessant, die beiden Richtungen.

Max pult mit seinen dicken, von schwarzen Rissen durchzogenen Fingern aus seiner Packung einen neuen Rössli hervor, reißt ein Streichholz an, zieht die Flamme in seinen Stumpen, saugt kräftig und hustet wieder krachend.

Ende Februar '33, kurz nach dem Reichstagsbrand, konnte ich nicht mehr in das Rote Buch gehen. In meine kommunistische Buchhandlung am Goetheplatz. So oft hatte ich da meine Bücher gekauft. Immer gut beraten vom Otto Plaschke. Kommunist wie ich. Der Plaschke, ein toller Mann. Der kannte sich aus, der hatte alles. Da war das Rote Buch plötzlich weg und mit ihm der Plaschke. Günstig für den neuen Besitzer Wasmuth. Na ja, man kannte das. Der hat dann Plaschkes Bestand gesäubert, wie man sagt. Hat nur anständige, deutsche Bücher in seine Regale gestellt. Bald darauf wurde auch ich als KPD-Mann verhaftet und nach Kemna verschleppt. Meine Frau konnte sich verstecken.

Kemna? Was ist das?, fragt Ludwig.

Mensch, das kennst du nicht? Erstaunt stellt Max sein Bier auf den Tisch. Das KZ Kemna in Wuppertal.

Dachau. Die vielen Menschen, die sich in Gauting vor seinem Küchenfenster den ganzen Tag lang vorbeischleppten. Diese

Halbtoten. Wer niedersackte, wurde erschossen. Ludwig erinnert sich noch genau daran.

In Wuppertal?

Das KZ in der ehemaligen Putzwollfabrik, direkt an der Wupper. Betrieben von der Düsseldorfer SA. Da haben sie mich reingesteckt. Zusammen mit über viertausend Häftlingen. Vor allem politische. Bewachung auch durch die SA aus den umliegenden Orten. Auch aus Opladen. Da hat so mancher seinen Nachbar wiedererkannt. Dreistöckige Eisenbetten mit Strohsäcken auf engstem Raum. Aber die Wanzen und Flöhe fanden überall Platz. Zweihundert Häftlinge in jedem Raum. Die schmalen Oberlichter mit Teer überschmiert. Als Klo Speisekübel. Quollen über. Katastrophale Zustände. Da traf ich den Otto Plaschke wieder. Meinen Buchhändler. Habe ihn fast nicht wiedererkannt. Sah entsetzlich zugerichtet aus. Durch die Folter in Kemna.

Max wischt sich mit der Hand übers Gesicht, als wolle er das Erlebte abstreichen, schweigt einen Moment und erzählt dann stockend weiter: Zur sogenannten Vernehmung mussten wir uns nackt auf die Prügelbänke legen, wurden festgehalten. Dann schlugen sie mit Peitschen, Knüppeln und Eisenstangen auf uns ein. Auch auf mich. Dann im Keller in enge Verschläge gesteckt. So eng, dass wir uns nicht hinlegen konnten, stehen mussten. Im Winter mit unseren offenen Wunden in die eiskalte Wupper gejagt. Mussten aus der Wupper Steine holen, sie zum Ufer schleppen, aufschichten, danach wieder zur Wupper schleppen, ins Wasser werfen, wieder herausholen, aufschichten, wieder ins Wasser werfen. Und das tagelang. Dabei sind ein paar Häftlinge krepiert. Die nicht mehr einsatzfähig waren, wurden in die Irrenanstalt Galkhausen gebracht. Zwischen Opladen und Langenfeld. Die wurden später mit sogenannten nicht lebenswerten Inhaftierten in andere Anstalten zum Vergasen abtransportiert. Als Folter zwang man uns auch, ungewässerte Salzheringe zu essen, die sie mit Kot beschmiert hatten. Als wir uns erbrachen, mussten wir unsere Kotze aufschlecken.

Ludwig schüttelt es vor Ekel.

Einer meiner Folterer, der auf der Prügelbank auf mich einschlug und mir befahl, meine Kotze aufzuschlecken, war der SA-Mann Eugen Melzer. Hat jetzt die Aral-Tankstelle, wo die niedergebrannte Synagoge stand.

Der Vater vom Ulli?

Genau der. Hat dicke Freunde. Sonst hätte er nicht nebenan das jüdische Gemeindehaus abreißen lassen können, um darauf was zu bauen. Hat auch das Haus in der Birkenbergstraße niedergerissen für sein Autohaus. Hat sicher einen guten Tauschhandel gemacht mit einem neuen Mercedes. Geb ich dir, gibst du mir.

Die lange Asche seines Rössli biegt sich, droht auf seine Strickjacke zu fallen. Florian schiebt ihm schnell die überquellende Kompottschale hin. Max achtet nicht darauf. Die Asche seines Stumpens fällt auf seine Strickjacke. Max wischt darüber, neuer großer Aschefleck.

Im Januar '34 wurde das KZ aufgelöst, sagt Max. Die Gefangenen wurden abtransportiert nach Oranienburg und Dachau. Da war auch plötzlich der Melzer weg. Man sagte, er sei befördert worden, nach Oranienburg oder Dachau versetzt worden, um dort weiterzumachen. Keine Ahnung. Wollte es auch nicht wissen. Auch der Otto Plaschke war plötzlich weg. Hoffentlich lebt er noch. Ich konnte fliehen. Eine andere Geschichte. Bin abgehauen nach Opladen zu meiner Frau. Konnten uns verstecken in meiner Hütte im Schrebergarten. Eine schlimme Zeit. Im Frühjahr und Sommer vom Garten gelebt. '36 wurde Florian in meinem Gartenhäuschen geboren. Haben uns irgendwie durchgeschlagen. Frag nicht, wie. Ich wundere mich noch heute, dass wir das überlebt haben.

Wieder schweigt er für einen Moment, hängt seinen Erinnerungen nach, seufzt, atmet kurz auf.

Dann die Bombenangriffe auf Opladen. Ende Dezember '44 und Anfang März '45. Auch das RAW bombardiert, schwer getroffen. So viele ausländische Zwangsarbeiter sind dabei ums Leben gekommen. Nach den Bombenangriffen war ich so verrückt und bin nachts heimlich zum Werk. Musste das zerstörte Werk sehen. Eine Kapuze übergezogen, damit mich keiner erkennt. Schon von Weitem schlug mir der Rauch entgegen. Obwohl ich mich abseits hielt, konnte ich sehen, wie die Lokschuppen und Wagenrichthallen lichterloh brannten, wie sich die Loks in den Flammen verbogen, wie die Güterwagen zu Asche zerfielen, nur noch Eisengerippe übrig blieben. Als Kriegsgegner hätte ich froh sein müssen, dass alles abbrannte. Hätte mich darüber freuen müssen, dass der Rüstungsbetrieb in Flammen stand und kein Nachschub mehr an die Front rollen konnte. Trotzdem tat es mir im Herzen weh zu sehen, wie der ganze Betrieb abbrannte. Es war doch auch mein Werk, in dem ich so lange gearbeitet hatte, mein Leben, das sich in Asche auflöste.

Traurig schaut er Ludwig an, der das alles nicht fassen kann.

Ja, so war das, mein Junge. Nach dem Krieg wurde das RAW wieder nach und nach aufgebaut. Da konnte ich wieder als Schlosser und Schweißer arbeiten. Später wurde das RAW umbenannt in Bundesbahn-Ausbesserungswerk. Jetzt bauen wir keine Dampfloks mehr, nur Dieselloks, Elektroloks und so 'n modernes Zeug. Das gefällt mir gar nicht. Mein Herz hängt immer noch an den alten Dampfrössern. An die war ich gewöhnt, die mochte ich. Florian, bring mir noch 'ne Pulle. Auch für den Jungschen.

Wieder wehrt Ludwig ab. Seine Flasche ist noch halb voll.

Mensch, wie willst du das Leben packen, wenn du nicht ordentlich schluckst?, sagt Max.

Florian holt für seinen Vater ein neues Kölsch vom Fensterbrett draußen. Wieder knackt Max den Verschluss mit den Zähnen auf, nimmt einen kräftigen Schluck, zündet sich einen neuen Rössli an und sieht dem aufsteigenden Rauch nach.

Mein Folterer Melzer läuft heute noch in Opladen frei herum, sagt er nach einer Weile. Als ich einmal nach dem Krieg in der Aral-Tankstelle Stumpen kaufte, stand er an der Theke, der

Melzer, und bediente mich. Hab ihn sofort wiedererkannt. Hab ihn aber nicht angesprochen wegen Kemna. Konfrontier ihn auch jetzt nicht damit. Ich will nicht, dass es mir so geht wie dem Koberling, dem armen Schwein. Ist mir eine Warnung. Wer weiß, was der Melzer mit mir gemacht hätte. Den Koberling kannte ich gut. Schon vor dem Krieg. Da hat er bei uns im Ausbesserungswerk eine neue Halle hochgezogen. Zuletzt trafen wir uns im vergangenen Jahr in einer Kneipe. Kurz nachdem er bei Brenner anfing. Da hat er mir erzählt, dass er bei seiner Einstellung den Brenner wiedererkannt hat. Er wollte ihn zur Rede stellen wegen seinen Erschießungen in Smolensk. Ich hab zu ihm gesagt: Lass das sein. Halt den Mund. Das kann nur schlimm enden mit dir. Aber nein, er hat's wohl doch gemacht. Und jetzt ist er tot. Auch der Melzer wird nicht verurteilt werden, wenn ich ihn anzeig. Der nicht. Und ich will nicht plötzlich tot sein. Mein Leben ist mir was wert. Solang noch mein Stumpen raucht. Und wenn du wiederkommst, erzähl ich dir was über Dampfloks. Wie man sie kräftig feuert, wie sie stampfen, qualmen, wie sie laufen und laufen.

**

Bei Leonhard läuft der Laden gut. Er verkauft Radios, Schallplatten, meistens Fotoapparate. Besonders im Sommer, wenn die Opladener in Urlaub fahren. Vor allem muss er dann Passbilder machen für den neuen bundesdeutschen Pass und das Visum für Italien. Es kommen auch Männer in feinen Anzügen, schön zurechtgemacht. Sie wünschen Fotos, auf denen sie möglichst sympathisch aussehen. Vielleicht für Bewerbungen oder für Kontaktanzeigen. Und manchmal ulken auch Jugendliche, Mädchen und Jungen, in der Kabine herum und machen Juxfotos.

Eines Tages stürmt ein junger Mann in den Laden, abgetragener Anzug, offenes kariertes Hemd, lange Haare, grüßt nicht, blafft Leonhard an: Ich brauch ein Foto!

Bitte schön. Gern.

Und zwar sofort!, verlangt der Mann.

Was für ein Foto?

Na, ein Foto eben.

Vollbild? Brustbild? Nur Kopf? Weitwinkel oder Nahaufnahme?

Bin ich hier bei der Stasi?

Da müssen Sie weiter nach Osten.

Da komm ich her. Also, was ist? Foto oder nicht?

Er knallt seinen Pass auf den Tisch. Ein Pass in dunkelblauem Kunststoff und mit Hammer und Zirkel.

So was!, fordert er. Ein neues Passfoto. Für meinen neuen Bundesdeutschen.

Leonhard öffnet den DDR-Pass, liest: Wido Wiegand. 1927 geboren in Pöhla.

Pöhla. Wo liegt denn das?

Sachsen. Da kann man mal sehen. Keine Ahnung von Ihrem Ostdeutschland.

Leonhard tut so, als habe er das überhört, blättert weiter und sieht die Visastempel: Bulgarien, Rumänien, Ungarn, Kuba.

Geschenkte Urlaube. Bruderländer. Waffenbrüderschaft. Völkerfreundschaft. Vorgegaukelter Sozialismus.

Da waren Sie überall?

Sie waren wohl noch nie im Ausland. Sie müssen auch mal ins Ausland fahren. Da sehen Sie, was los ist in der Welt.

Leonhard schweigt, zieht den Vorhang seiner Kabine beiseite und bittet den Mann, auf dem Hocker Platz zu nehmen.

Wie viele Bilder brauchen Sie?

Machen Sie drei. Aber nicht so Verbrecherfotos.

Leonhard versteht nicht.

Wie in den Karteien der Stasi. Linkes Profil, rechtes Profil, von vorne.

Leonhard schweigt.

Und sagen Sie nicht: Linkes Ohr frei. Das hab ich oft genug gehört.

Der Kerl hält nicht still. Immer wieder ruckelt er auf seinem Sitz herum, zupft an seinem Anzug, an seinem Hemd, fährt mit der Hand durch sein Haar. Immer wieder muss Leonhard ihn neu ablichten, das Blitzlicht aufflammen lassen.

Sind Sie bald fertig?, mault der Bursche.

Leonhard hat keine Lust, auch nur ein Wort mit ihm zu wechseln. Er reicht ihm seine drei nicht verwackelten Aufnahmen und verlangt drei Mark.

Auch das noch, murrt der aus Pöhla, wirft das Geld auf den Tisch, rennt hinaus und lässt die Tür hinter sich offen stehen.

Leonhard schließt die Tür. Gut, dass er weg ist.

**

Das ganze Haus ist weg. Auch Anselms Antiquariat weg. Durch ein Astloch im Bauzaun kann Ludwig hindurchspähen. Der Keller liegt frei, die Wände zwischen den Räumen eingerissen, nur die Fundamente verraten noch, wo es von einem Raum zum anderen ging. Da standen früher die Regale, vollgestopft mit Büchern. Solche Mauerfundamente hat er einmal auf Ansichtskarten gesehen, die seine Schulkameraden aus Italien mitbrachten. Herculaneum, Pompeji oder so etwas. Ausgrabungen, kleine Reste der Vergangenheit. Die Holztreppe in den Keller steht noch. Auf ihr stapfen jetzt Bauarbeiter hinab, auf den Schultern Zementsäcke, stapfen wieder hoch, um neue Säcke zu holen.

Unter dieser Treppe hatte er Anselm gefunden. Da lag er über der Kiste, den Kopf voller Blut, die Bücher in der Kiste überflossen von Blut, schwarz, halb getrocknet. Die Schläfen durchschossen. Er hört Anselm: Zum Raum wird hier die Zeit. Die Zeit wird hier zum Raum. Nun kein Raum mehr. Keine Zeit mehr.

Neben der Treppe dreht krachend ein Betonmischer seine Trommel, füttert sie ein Bauarbeiter mit Sand und Zement, kippt einen Eimer Wasser dazu. Wo die Räume waren, schieben Arbeiter Schubkarren mit Ziegeln, sägen Verschalungsbretter, schichten sie übereinander, nageln Balken, gießen Beton über den Kellerboden. Auch wo die Kiste stand, wo Anselm über ihr lag, gießen sie Beton, stoßen ihn mit Pressluftstampfern fest. Überdecken die Stelle, überdecken die Vergangenheit, löschen die Erinnerung an den Mord, an das Verbrechen. Weg damit. Keiner soll wissen, was hier geschah. Keiner soll wissen, wer Anselm erschossen hat und warum. Hier ist nie etwas geschehen. Bald wird hier Melzers Autohaus stehen, ein repräsentatives Glashaus, hinter den großen Scheiben die neuesten Modelle von Mercedes, Opel und Volkswagen.

Balzacs »Menschliche Komödie« hat er immer noch nicht gelesen.

**

Gelesen hat er in der Zeitung die Ankündigung: Kirmes und Volksfest zum Anlass des siebenhundertdreißigjährigen Bestehens Opladens, einst Upladhin. Auf der Aue also, hinter dem Berliner Platz, ganz nah seiner Wohnung. Da muss er hin.

Dann endlich ist es so weit. An einem sonnigen Samstagnachmittag schwingen Schiffschaukeln hoch hinauf und hinab, wirbeln Kettenkarussells, drehen sich Kinderkarussells mit Schwan, Feuerwehrauto, Mondrakete, rattert ein Autoskooter, heult eine Raupe, eine Gespensterbahn, reiten Kinder auf Ponys in einer kleinen Arena. Schießbuden, Losbuden, Eisstände, Bierstände und Wurstbuden, vor denen die Opladener Schlange stehen. Sogar ein Riesenrad dreht sich im Lichterkranz. Und über allem viel Musik. Laut plärrend und verzerrt.

Ludwig schiebt sich durch einen Schwarm Erstklässler, durch eine Gruppe Rentner, durch eine Horde lärmender Jugendlicher, vorbei an Kindern, die an ihrer riesigen rosafarbenen Zuckerwatte knabbern. Er bleibt vor einer Schiffschaukel stehen inmitten von Jungen, die den Mädchen in den Gondeln zurufen: Höher! Höher! Einige schaffen es sogar, sich ganz nach oben, kurz vor dem Überschlag, hinaufzuschwingen, bleiben eine Sekunde kopfüber stehen. Ihre Kleider stülpen sich über sie, ihre weißen und geblümten Höschen liegen für einen Augenblick frei, die Jungen johlen, schreien begeistert: Noch mal! Noch mal!

Ludwig geht weiter zu einer Schießbude. Da schießt man mit einem Luftdruckgewehr auf Pappfiguren. Ludwig will nicht schießen, sieht sich nur das Geballere an. Neben ihn tritt ein junger Mann in einem abgetragenen Anzug, offenem karierten Hemd und mit langen Haaren.

Lächerlich, spottet er. Da müsste man auf Ulbricht schießen, auf Mielke, auf Lenin und Stalin.

Ludwig schaut ihn erstaunt an. Von Ulbricht, Lenin und Stalin hat er schon gehört, aber noch nicht von einem Mielke.

Der Mann lässt sich ein Gewehr geben, zahlt, legt an, zielt und knallt eine Pappfigur nach der anderen ab.

So macht man das, sagt er.

Beim Kettenkarussell fliegen die Menschen jauchzend über Ludwigs Kopf, drehen sich in ihren Sitzen, verwickeln sich in den Ketten. Da kommt Lotte auf ihn zu, Lotte vom Zeitungsladen. Sie strahlt, als sie vor ihm steht. Begleitet wird sie von einem dicken Mädchen, Vollmondgesicht, Beine wie Kartoffelstampfer, ihr Oberkörper eingepackt in einer hochgeschlossenen Bluse mit breiten Querstreifen, die sie noch breiter machen.

Ludwig ist froh, Lotte zu sehen. Endlich kann er mit ihr sprechen. Im Laden sah sie immer so blass und eingeschüchtert aus, jetzt aber ist ihr Gesicht erhitzt und glänzt, ihre hellen Augen blitzen unternehmungslustig. Als die Dicke feststellt, dass er sich nur für Lotte interessiert und nicht für sie, verabschiedet sie sich abrupt und verschwindet in der Menge. Ludwig ist erleichtert, auch Lotte. Gemeinsam ziehen sie nun los. Sie ist etwas kleiner als er, er kann seinen Arm um ihre Schultern legen, sie schmiegt sich an ihn. Ihm gefällt, wie gut sie unter seine Achsel passt, wie gut er sie im Arm halten kann. Er kauft für sie und für sich eine große Zuckerwatte, und während sie genüsslich an dem aufgeschäumten rosa Bausch knabbern, sagt Lotte: Ich kenn deinen Vater.

Ludwig ist platt, vergisst seine Zuckerwatte.

Wieso kennst du meinen Vater?

Der hat bei uns gewohnt. Bei meiner Mutter. In Untermiete. Ein Jahr lang. Bis ihr gekommen seid.

Bei euch?

Klar. In der Neuenheuser. Und unter uns wohnt sein Freund. Der Heger. Der Reviervorsteher. Er hat mit meiner Mutter gesprochen, und sie nahm deinen Vater als Untermieter auf. Die saßen oft bei uns zusammen. Sehr sympathisch, der Heger und dein Vater. Besonders dein Vater. Ich hab keinen Papa. Er ist in Russland geblieben. Der Heger und dein Vater kannten sich gut. Haben sich immer über den Krieg unterhalten.

Mein Vater mit dem Heger im Krieg? Was hat er da erzählt?

Weiß nicht. Hörte nur so Worte wie Polen, Serbien, Griechenland, Belgien. Das musst du doch besser wissen.

Ich weiß darüber nichts. Würde mich interessieren.

Dann frag ihn mal.

Hab ich gemacht. Aber er hat nie was gesagt. Hab früher nur mal Fotos von ihm gesehen, wo er war. Manche sehr lustig.

Bei uns hat er mit dem Heger viel erzählt. Bis meine Mutter sagte: Nun lasst mal den Krieg. Das ist vorbei. Sie schwiegen eine Weile, fingen aber immer wieder damit an.

Ludwig und Lotte ziehen weiter und fahren mit dem Riesenrad. Als sie ganz oben ankommen, drückt sich Lotte an ihn.

Ich kann da nicht runterschauen. Da wird mir schwindelig.

Ludwig hält sie fest, fühlt sich als Beschützer, obwohl auch ihm schwindlig wird, wenn er nach unten sieht. Das aber darf er sich nicht anmerken lassen. Nur verstohlen blinzelt er kurz auf die Dächer, ahnt, wo in der Düsseldorfer Straße das Polizeigebäude ist, seine Wohnung und gegenüber Lottes Zeitungsladen, ahnt, wo in der Birkenbergstraße Anselms Antiquariat stand und jetzt der Neubau errichtet wird. Zu den Dünnedahls geht er nicht mehr, seit sie ihn so reingerissen haben. Er hat einen anderen Laden gefunden.

Lotte ist froh, und heimlich auch Ludwig, wieder festen Boden unter den Füßen zu haben.

Sie stehen vor dem Autoskooter. Aus dem Kassenhäuschen dröhnt eine Stimme, die mit betont englischem Akzent Chris Howland nachahmt: Auf zur neuen Runde! Rums, wie das kracht! Das macht Spaß! Scheppernd dröhnt ein Schlager, den Ludwig nicht kennt.

Lotte will Autoskooter fahren. Als er sich im engen Wägelchen ans Steuer setzen will, wehrt sie ab. Sie will ans Steuer, und schon geht's los. Eine Kollision nach der andern. Dazwischen springen junge Kerle tollkühn auf die sausenden Wagen, Burschen in eng anliegenden Unterhemden, unter denen ihre Muskeln hervortreten, reißen die Billets ab, springen elegant auf den nächsten Skooter, immer kurz bevor ihre Knöchel zwischen den Gummiplanken zerquetscht werden. Wild kurvt Lotte umher, stößt fröhlich die anderen Wagen an, dass die Insassen von ihren Sitzen rutschen, den Mädchen die Haarspangen aus den Frisuren fliegen, ihr Haar über ihre Gesichter weht. Auch Lottes rötlicher Pferdeschwanz saust hin und her. Mit Wucht rumst sie ein Wägelchen nach dem anderen an, von hinten, von der Seite, von vorne.

Ludwig hat Mühe, sich am Griff festzuhalten, während über ihnen an den hohen Stangen die Funken aus den elektrischen Kontakten sprühen. Ihre plötzliche Wildheit überrascht ihn, ihm gefällt seine flotte Lotte. Das hat er ihr nicht zugetraut, die sonst immer so schüchtern hinter der Theke steht, bis ihr Chef sie wegscheucht. Jetzt kann es ihr nicht wild genug zugehen.

Danach ziehen sie weiter zur Raupe. Die Lautsprecherstimme lockt die Jungen und Mädchen: Und wieder eine Tour! Wagt das Abenteuer! Steigt ein in das Traumboot der Liebe! Nur fünfzig Pfennige! Und wieder eine Tour!

Lotte will auch mit der Raupe fahren. Zu spät, schon beginnt sie sich zu drehen. Immer schneller im hügeligen Kreis, immer schneller hinauf und hinab. Eine Sirene heult auf, das schwarze Verdeck senkt sich über die Wagen. Ziemlich lange. Geknutsche, Geknutsche, kichern die umstehenden Mädchen. Und als sich das Verdeck wieder hebt, knüpfen Mädchen auf den Bänken hastig ihre Blusen zu, ziehen ihre bis zu den Knien hochgeschobenen Kleider eilig herab, bringen Jungen ihre offenen Hemden schnell in Ordnung.

Und wieder eine Tour!, feuert die Stimme aus dem Kassenhäuschen an. Wagt das Abenteuer! Steigt ein in das Traumboot der Liebe! Es ertönt »*Botch-a-me, tease me tender*«. Ludwig weiß nicht, was das heißt. Lotte lächelt ihn an. Sie scheint es zu wissen. Dann sitzen auch sie in einem der Wagen, drehen sich immer schneller. Lotte presst sich eng an ihn, umarmt ihn. Wieder die aufheulende Sirene. Jetzt schließt sich auch über ihnen das schwarze Verdeck. Nun ist es dunkel um sie. Da wagt Ludwig, sie an sich zu drücken, zuerst zögernd, dann kräftiger, spürt ihren weichen Busen unter der Bluse. Ihr gefällt das, schmiegt sich noch enger an ihn.

Gewonnen, geht durch seinen Kopf, gewonnen, wagt aber keinen Kuss, hat Angst, dass in diesem Moment das Verdeck aufklappt und alle ihn sehen. Da geht es hoch, schnell rücken sie auseinander. Beide mit knallroten Köpfen.

Bevor sie an diesem Nachmittag auseinandergehen, bleiben sie noch eine Weile beisammenstehen.

Ludwig schlägt vor: Hast du Lust, mit mir ins Germania zu gehen?

Lotte hat Lust. Was wird denn gespielt?

»Tausend rote Rosen blüh'n«. Mit O. W. Fischer.

Gern sieht sie sich diesen Film mit ihm an. Auch sie schwärmt für den O. W.

Wird aber erst nächste Woche gespielt.

Können wir uns nicht früher sehen?, fragt Lotte.

Dann komm zu mir nach Haus. Meine Mutter wird sich freuen, dich kennenzulernen.

Schön, sagt sie und strahlt. Dann bei dir.

Zum Abschied umarmt er Lotte, hat wieder Lust, sie zu küssen, traut sich aber nicht. Da drückt sie ihm einen heftigen Kuss auf die Wange. Ludwig ist glücklich.

Im Radio und auf Schallplatten singt Joseph Schmidt:

Heut ist der schönste Tag in meinem Leben,
ich fühl zum ersten Mal, ich bin verliebt.
Ich möchte diesen Tag für keinen geben,
es ist ein Wunder, dass es so was gibt!

***

Wasmuth kündigt der Arnold, dem Eichhorn und Luise einen neuen Lehrling an. Wido Wiegand. Mitten in der Saison, im August. Sonst werden neue Lehrlinge immer im April eingestellt. Wasmuth sagt nur, dass er aus der Zone kommt, sagt nicht, dass er ihn nur aufgenommen hat, weil er ihm kein Lehrgeld zahlen muss. Das Bonner Amt für Flüchtlings-Eingliederung zahlt seinen Lohn. Günstig für Wasmuth.

Alle sind auf diesen neuen Lehrling gespannt. Da kommt er herein: groß, schäbiger Anzug, offenes kariertes Hemd, lange Haare. Sieht abgerissen aus, ungepflegt, als hätte er die vergangenen Nächte in einer Scheune geschlafen. Die Arnold und der Eichhorn munkeln, hat drüben wohl einiges angestellt, sicher kriminell, vorbestraft, ist abgehauen in den Westen, hat Frau und Kinder im Stich gelassen. Kennt man ja aus der BILD-Zeitung. Ein Stasispitzel kann es nicht sein. Die sehen immer sehr gepflegt aus, wie sie von Zeitungsfotos einiger Spione wissen, enttarnt vom Verfassungsschutz. Und jetzt haben sie diesen Wiegand hier.

Gleich am ersten Tag gibt es Krach. Der neue Lehrling beanstandet, dass neben der Kasse Stapel von Heusinger, Speidel, Kesselring, Guderian und von Salomon liegen. Terroristische Ganoven und Kriegsverherrlicher, spottet er. Er sieht sich um, braust auf: Goethe, Schiller, Herder, Lessing! Das liest doch keine Sau!

Die Arnold und der Eichhorn sind entrüstet, empört. Anstatt dankbar zu sein, dass sie ihn aus seiner Diktatur in ihre Demokratie aufgenommen haben, motzt er hier herum. Das kann nicht gut gehen. Sie überlegen, wie sie ihn wieder loswerden können.

Doch Wasmuth hält zu ihm. Einen so kostenlosen Lehrling bekommt er so schnell nicht wieder.

Noch am selben Tag muss Wiegand im Keller Luise helfen, Anselms Bücherberge, die im Laden keinen Platz gefunden haben, nach Themen und Verfasseralphabet zu ordnen und in die Regale zu stellen. Er weigert sich, auch nur ein Buch anzufassen.

Alles Unsinn hier die Bücher, mault er. Bücher sind gefährlich, streuen Sand in die Augen und ins Gehirn.

Luise ist fassungslos. Warum haben Sie sich dann hier beworben?

Brauchte eine Arbeitsbescheinigung. Damit ich von Bonn Geld bekomme, meine Moneten für die Umsiedlung. Wenn ich die hab, verschwinde ich hier.

Sie hätten auch bei Neckermann arbeiten können. Bei der Schusterinsel oder bei einem Bauunternehmer.

Hab ich versucht. War alles belegt.

Er setzt sich auf einen Bücherstapel und zündet sich eine Zigarette an.

Rauchen ist hier verboten, ermahnt ihn Luise. Brandgefahr.

Pfeif drauf. Soll doch alles abbrennen.

Wie versteinert steht Luise da. Er amüsiert sich über ihr Entsetzen, grinst und raucht weiter.

Sag einfach Wido zu mir. Und wie heißt du?

Luise will ihren Namen nicht nennen.

Na schön, dann nicht, sagt er, grinst wieder und zieht an seiner Zigarette.

Luise sieht seine glühende Zigarettenspitze, sieht schon, wie er seine brennende Zigarette auf die Bücher am Boden wirft, wie alles in Flammen aufgeht wie damals der Fotoladen ihres Vaters.

Bücher sind schädlich, sagt Wido. Wuchernde Phantasie. Sie benebeln. Versperren den Blick auf die Wirklichkeit. Sie machen dumm. Machen blind für das wahre Leben. Bücher sind gefährlich! Sind Gift. Verwirren die Gehirne. Sie müssen vernichtet werden. Weg mit ihnen. Ich hasse Bücher. Buch ist Fluch. Bei mir zu Hause steht kein einziges Buch. Kommt keines rein.

Kein Buch?

Kein Buch! Alle Bücher verbrennen! Höchstens Fahrenheit 451 von Bradbury. Kennst du das?

Luise kennt den Titel durch ihr Ausklopfen der Bücher, weiß aber nicht, wovon er handelt.

Das weißt du nicht? Dieser Feuerwehrmann, der mit seinem Flammenwerfer im staatlichen Auftrag alle Bücher verbrennt, damit sie keinen Schaden anrichten. Mein Vater war im Krieg Flammenwerfer. Da hat er Menschen und auch Bücher verbrannt. Musste sein. Weg mit ihnen. Da hat er seinen Flammenwerfer in die russischen Bibliotheken gehalten, auch in die Häuser. Anders kriegst du sie nicht weg. Bücher müssen verbrannt werden. Sie sind der Keim des Bösen, sagt mein Vater. Auch hier muss man alle Bücher vernichten. In Bibliotheken, Buchhandlungen, Antiquariaten, Schulen! Die Gedanken der Menschen müssen entseucht werden vom Irrsinn der Bücher! Müssen gesäubert werden. Der Teufel hole die Bücher! Er soll die Verlage in die Luft sprengen, die immer neue Bücher produzieren. Ich liebe Luzifer, den Lichtbringer.

Wido hat sich so in Rage geredet, dass er kaum noch atmen kann.

Der Brand der großen Bibliothek von Ninive, als die Tontafeln wegschmolzen, sie soll angeblich durch einen Blitzschlag in Flammen aufgegangen sein. Unsinn! Sie wurde niedergebrannt. Recht so. Auch die Bibliothek von Alexandrien. Und die Bibliothek von Babylon, von Ephesos, alle niedergebrannt. Absichtlich. Gut so. Auch gut, dass das Antiquariat dieses Anselm weg ist. Aber jetzt ist es hier. Vielleicht geht mal die Goethe-Buchhandlung in Flammen auf. Dann wär Ruhe mit dem ganzen Zeug. Auch in der Zone der ganze Kram, Marx und Engels und all die Bücher, die die Sowjetunion verherrlichen.

Weg mit ihnen! Man wollte auch mir diesen Quark eintrichtern.
Bin auch deshalb dort abgehauen.

Was der neue Lehrling da von sich gibt, ist für Luise unbegreiflich.

Wenn der Chef Ihre Einstellung erfährt, schmeißt er Sie raus.

Soll er nur. Irgendwas ohne Bücher find ich immer. Hab auch drüben geschuftet ohne dieses Zeug.

Luise will weiterarbeiten, doch Wido redet weiter, hält sie von ihrer Arbeit ab.

Wismut. Sagt dir das was? Wismut? Da hab ich geschuftet. Scheißmaloche. Eingesetzt im Bergbau der Wismut. Uranabbau für die sowjetischen Atombomben. Eines Tages von zu Hause verschleppt nach Niederschlema. Freiwilliger Zwang. Zwangsarbeit bei der Wismut. An der tschechischen Grenze. Im Objekt 09. Der größte Bergbau der Wismut. Über tausend Arbeiter. Über zwanzig Objekte gibt es im Gebiet Niederschlema. Da werden immer wieder Arbeiter von den Russen festgenommen. Angeblich wegen Spionage. Ist natürlich Quatsch. Werden nach Sibirien verschleppt und dort hingerichtet. So ist das. In meinem Objekt 09 gab es einundzwanzig Schächte mit zehn Stollen. Mit der Seilfahrt hinab.

Luise sieht auf die Uhr. Sie muss ihre Arbeit heute noch schaffen, muss Überstunden machen, wenn dieser Typ sie weiter aufhält.

Tausend Meter tief. Im Förderkorb. Ein enger Eisenkäfig. Drei Tragböden übereinander. In der Sohle unten eine Affenhitze. Konnten nur halb nackt arbeiten. Oft nur im Liegen. Mit Presslufthämmern das Uranerz rausgebrochen. Tausende von Tonnen. Überall radioaktiver Staub. Dass wir fast nichts sehen konnten. Radon in den Lungen. Soll ja nicht gerade gesund sein. Im Stollen auf Schmalspurgleisen die Hunte, Kipperwägelchen. Mussten sie befüllen mit Schaufeln, auch mit den bloßen Händen. Dann zu den Aufzügen schieben. Oben die Halden. Die Auswürfe aus den Gruben, von den Maulwürfen. Eine Landschaft voller Halden. Der Wind wehte den radioaktiven

Staub in die Gegend. So war das. Und ist es heute noch. Alles für die russischen Atombomben. Nach dem Krieg holten die Russen meinen Vater ab. Weil er ein Nazi war. Sie steckten ihn in Sachsenhausen in ihr Sonderlager. Ist dort elend krepiert. Auch sie wäre beinahe krepiert im Lager und hört ihm nicht mehr zu. Doch Wido redet weiter.

'49 Gründung der DDR. Meine Mutter, mein Bruder und ich erhofften uns einen Neuanfang, ein anderes Deutschland, ein neues, besseres, ein sozialistisches, antifaschistisches Deutschland. Aber nichts. Von wegen antifaschistische DDR. Antifaschistisch nur mit dem Maul, nicht aber im Kopf. Scheiß-DDR. Da hocken genauso viele alte Nazis wie hier. Klar, sind doch nicht plötzlich alle vom Erdboden verschwunden. Mich wollten sie auch schnappen, weil ich laut sagte, was mir an ihrem Sozialismus nicht passte. Da bin ich abgehauen, hierher in den Westen. Meine Mutter und mein Bruder sind drüben geblieben. Mein Bruder ist fünf Jahre älter als ich. Hat jetzt in Berlin, Hauptstadt der DDR, einen tollen Job. Ist bei der Stasi. Sammelt für die staatliche Archivverwaltung Material über die Nazis in der BRD. Nicht in seiner DDR. Davon muss er die Finger lassen. Nur BRD.

Da wird Luise hellhörig. Über die Nazis hier? Warum? Wofür?

Die DDR will eine Dokumentation herausbringen, wie die Nazis hier wieder Karriere machen. Soll Braunbuch heißen.

Dein Bruder verbrennt also keine Bücher.

Im Gegenteil. Er sammelt hier, was er kriegen kann.

Wie das?

Er pendelt zwischen Berlin und hier hin und her.

Ist gefährlich für ihn.

Nicht für ihn. Bei der Ausreise zeigt er seinen Stasiausweis vor und hier bei der Einreise seinen gefälschten Pass. Kommt immer durch.

Luise hat eine Idee. Sie denkt an den Gestapo-Wipperfürth in der Dokumentation der Brüsseler Sicherheitspolizei, an den

Rudi Heger und Hannes Stadler in diesem Kriegstagebuch und an Edmund Rauschenberg.

Deinen Bruder will ich mal kennenlernen. Ich hätte da was für ihn.

Kein Problem. Ich sag ihm Bescheid. Er wird sich freuen.

***

Ludwig freut sich, dass Lotte bei ihm ist. Sie sitzen auf der Ausziehcouch, er schenkt ihr und sich eine Cola ein, sie nippen daran, sind verlegen, wissen im ersten Moment nicht, worüber sie sprechen sollen.

Wo ist denn dein Vater?, fragt Lotte.

Der ist noch unten in der Dienststelle. Kommt später.

Und deine Mutter?

Die putzt nebenan die Kriporäume.

Wir sind also allein?

Ganz allein.

Als ich kam, hab ich unten im Eingang den Heger getroffen. Er war erstaunt, dass ich zu dir gehe.

Wieder Nippen an der Cola. Lotte schaut sich im Zimmer um.

Hast du keinen Plattenspieler?

Ludwig hat keinen Plattenspieler. Nicht mal einen kleinen in einem Plastikköfferchen.

Schade, bedauert Lotte. Ich hör so gern den Bully Buhlan, den Peter Alexander, die Conny Froboess und die Lys Assia.

Er schenkt ihr Cola nach, obwohl ihr Glas noch fast voll ist.

Ich hätte gern »Die Sünderin« gesehen, sagt sie plötzlich. Aber allein habe ich mich da nicht reingetraut. Soll ein wilder Sexfilm gewesen sein. Den hätte ihn gern mit dir zusammen gesehen. Ich finde so was aufregend.

Ludwig ist nahe daran, ihr zu gestehen, ihn gesehen zu haben. Verkneift es sich aber im letzten Moment. Blöd, nun kann er ihr nicht sagen, dass er diesen Film langweilig fand, enttäuscht war.

Zärtlich legt er seinen Arm um sie und drückt sie an sich. Sie riecht nach frischem Brot und Rübenkraut, diesem Aufstrich, den er immer von Quettingen holen muss. Oder nach Vanille. Oder nach allem zusammen.

Sie lehnt ihren Kopf zurück, lehnt ihn an seine Schulter. Ihr weißer Hals schimmert so verlockend, ihre Lippen glänzen so feucht. Er ist drauf und dran, sie zu küssen, wagt es aber wieder nicht. Riskiert aber, ihr mit der Hand über ihren Rücken zu streichen, spürt unter ihrer dünnen Bluse den Verschluss ihres BH, den Haken, der die Bänder zusammenhält. Riskiert noch mehr. Schiebt sachte ihre Bluse am Rücken ein wenig hoch, greift behutsam hinein, gleitet mit seiner Hand sanft über ihre Haut nach oben, seine Finger berühren den Haken, ertasten, wie er ihn öffnen kann. Lotte scheint es zu gefallen, hält ihren Kopf immer noch zurückgelehnt, drückt ihre Schultern etwas zusammen, damit sich die Bänder ihres BH lockern, blickt ihm mit weit geöffneten Augen ins Gesicht, ihre Augen verschwimmen. Er stellt sich vor, wie er den Haken löst, wie die Fesseln abfallen, stellt sich vor, wie ihre weißen Brüste frei liegen, stellt sich vor, wie er mit seiner Hand zuerst die eine Brust, dann die andere Brust umfasst, sie zärtlich streichelt und drückt. Lotte scheint seine Liebkosungen zu erwarten, hält immer noch den Kopf weit zurückgelehnt an seiner Schulter, atmet schwer, blickt ihn immer noch mit großen verschwommenen Augen an. In dem Moment sehen sie durch das Fenster seinen Vater auf den Balkon treten. Mist.

Da ist er ja, dein Vater. Lotte schreckt hoch.

Schnell zieht Ludwig seine Hand unter ihrer Bluse zurück, rückt von ihr ab. Eilig streift Lotte sie glatt. Die Lust in ihren Augen ist verschwunden.

Sein Vater dreht sich um, sieht herein, ist irritiert, dass sie bei ihm ist und beide zusammen auf der Couch sitzen. Er kommt ins Zimmer.

Du hier?, staunt er. Was machst du denn hier?

Es passt ihm gar nicht, dass sie bei ihm ist, mit ihm befreundet ist. Was erzählt sie ihm da von seinen Gesprächen mit Rudi bei ihrer Mutter, darüber, was sie im Krieg gemacht haben?

Es ist schon spät. Du musst sicher nach Hause.

Lotte ist verstört, will aufstehen, doch Ludwig drückt sie nieder.

Du bleibst.

Aber nicht mehr lange, sagt sein Vater und geht.

Sie hören, wie nebenan seine Mutter in die Küche kommt.

Sie ist vom Putzen zurück, sagt Ludwig.

Sie hören, wie sein Vater mit ihr spricht, können aber nicht verstehen, was er zu ihr sagt.

Sie platzt herein, im Arm Ludwigs Bettzeug für seine Schlafcouch. Zornig wirft sie es auf ihn.

Es ist neun!, beißt sie Lotte weg.

Lotte springt auf, stürmt hinaus. Er ihr nach, durch die Küche.

Lotte, bleib doch! Bleib doch!

Er hastet hinter ihr her hinaus auf den langen Flur, vorbei an den Holzbänken, sieht sie im Treppenhaus die Stufen hinabeilen.

Lotte! Lotte!

Er ruft so laut, dass es durch das Treppenhaus hallt, hört unten die Flügeltür zuknallen. Als er in die Küche zurückkehrt, sieht ihn seine Mutter böse an.

Das Mädchen von der Klitsche gegenüber! Das ist kein Umgang für dich, nicht für dich!

Bestimmst du, mit wem ich mich treffe?

Ich bin deine Mutter! Muss für dich sorgen! Muss auf deinen Umgang achten.

Nicht auf meine Freundin!

Auf die besonders!

Darüber bestimme ich und sonst niemand! Ich bin fünfzehn!

So ein Flitscherl in diesem Ramschladen. Wo man Laufmaschen annimmt. Kommt nicht in Frage.

Ludwig beginnt, seine Mutter zu hassen. Sein Vater steht daneben, sagt nichts.

An diesem Abend wirft sich Ludwig wütend auf sein ungemachtes Bettzeug. Lange kann er nicht einschlafen.

Am nächsten Tag geht er nach der Schule sofort zu Lotte in den Zeitungsladen, will sich für seine Mutter entschuldigen.

Es tut mir leid, das mit gestern, stottert er.

In ihrem Blick Wut, Trauer, Enttäuschung. Ich lass mich nicht so vertreiben.

Ich kann nichts dafür. Entschuldige.

Sie schweigt. Er spürt, wie sie ihn verachtet.

Sehen wir uns nächste Woche im Germania?

Glaub nicht.

Komm. Bitte komm.

Weiß noch nicht.

Da eilt wieder das Aktengesicht heran und schickt sie in den Keller, um etwas zu holen.

Ludwig sieht ihr an, dass sie erleichtert ist, von ihm wegzukommen. Wie ein geschlagener Hund steht er da. Im Gesicht des Gnoms ein schiefes Grinsen. Nichts wie weg aus diesem Laden.

✳✳✳

Im Laden tritt der Wiegand groß auf. Prahlend schlägt er Wasmuth vor, Ernst von Salomon zu einer Lesung aus seinem »Fragebogen« einzuladen. Die Arnold und der Eichhorn stehen starr vor Schreck. Luise weiß nicht, was sie davon halten soll. Als sie Eichhorn damals fragte, wer dieser Salomon ist, wollte er es nicht sagen. Sie sah ihm an, dass er es wusste, aber damit nicht herausrücken wollte. Nun gut, wenn dieser Autor zu einer Lesung kommt, wird sie erfahren, was es mit ihm auf sich hat.

Wasmuth wehrt heftig ab: Salomon hier? Sind Sie verrückt?

Doch Wiegand beharrt darauf: Warum nicht? Das wird die Sensation in Opladen. Die Menschen werden herbeiströmen. In Massen. Sie werden ein Riesengeschäft machen.

Das beeindruckt Wasmuth nicht. Er macht jetzt schon ein Riesengeschäft mit seinem »Fragebogen«. Die Leute kaufen, kaufen, kaufen. Der Bestseller des Jahres. Er finanziert damit die Gehälter der Arnold, des Eichhorn und so nebenbei auch Luises. Außerdem streicht er durch den Verkauf eine Menge für sich selbst ein.

Wiegand bleibt hartnäckig: Und ich werde nach der Lesung einen Vortrag halten über diesen Salomon. Ich werde den Leuten, die so gierig sind auf seinen »Fragebogen«, die Augen öffnen, wer dieser Herr in Wahrheit ist. Dieser Hetzer gegen die Entnazifizierung, dieser Prediger für Persilscheine und Weißwäscher der Nazis! Dass alle nichts dafürkonnten in der Nazizeit! Dieser rechtsradikale Terrorist!

Die Arnold und der Eichhorn kreidebleich im Gesicht. In Luise tickt es. Wasmuth schnappt nach Luft, kann Wiegands Redeschwall nicht stoppen.

Wiegand hämmert weiter: Dieser Ernst von Salomon, durch den Sie so profitieren, kämpfte nach dem Ersten Weltkrieg bei den rechtsradikalen Freikorps. Er half mit, den Spartakusaufstand niederzuschlagen, war beteiligt am Kapp-Putsch zum Sturz der Weimarer Republik, war beteiligt an der Ermordung Rathenaus. Kämpfte in der antisemitischen Organisation Consul. Schrieb eifrig für Goebbels' Hetzblatt »Angriff«.

Jetzt weiß Luise, warum Eichhorn nichts über diesen Salomon sagen wollte.

Schweigen Sie!, befiehlt Wasmuth. Schweigen Sie! Wollen Sie meinen Laden ruinieren?

Im Gegenteil! Im Gegenteil!, ereifert sich Wiegand. Wenn Sie ihn zu einer Lesung einladen und ich halte meinen Vortrag, wird Ihre Buchhandlung weit über Opladen hinaus bekannt werden. Die Zeitungen werden über Sie berichten. Sie werden berühmt in der ganzen Gegend. Überall wird man über Sie reden. Es wird ein Paukenschlag! Die Menschen werden zu Ihnen strömen. Aus Köln, Bonn, Düsseldorf, Aachen. Und Sie können gar nicht genug von dem Nazikram verkaufen, den Sie hier haben.

Sie sind wahnsinnig! Wahnsinnig!

Mehr fällt dem aufgebrachten Wasmuth im Moment nicht ein. Bisher hat er sich nicht in die Beschwerden der Arnold und des Eichhorns über das rüpelhafte Verhalten dieses neuen Lehrlings eingemischt. Jetzt weiß er, es war ein Fehler, diesen Zonen-Mensch einzustellen. Nur weil er ihm kein Lehrgeld, keinen Lohn zahlen muss.

Wiegand kräht: Und nach meinem Vortrag werde ich alle Ihre Bücher von Salomon, von Speidel, Guderian, Heusinger und Kesselring vor Ihrer Buchhandlung verbrennen! Auf einem großen Scheiterhaufen! Ein Freudenfeuer!

Jetzt reicht es Wasmuth. Sein Gesicht schwillt an zu einem roten Schwamm, droht zu platzen.

Sie sind entlassen!, schreit er. Sofort entlassen! Raus!

Er schmeißt ihn raus. Erleichtert nicken die Arnold und der Eichhorn. Luise zittert am ganzen Leib.

Wiegand holt nicht seine Klamotten aus dem Blechspind im Keller, dreht sich nur um, geht wie ein Sieger vom Platz und lässt die Tür hinter sich offen stehen.

Das war's mit dem neuen Lehrling.

***

Das war's mit Lotte, fürchtet Ludwig. Er wartet vor dem Germania immer noch auf sie. Hinter ihm das große Filmplakat zu »Tausend rote Rosen blüh'n« mit O. W. Fischer. In der Hand hält er die beiden Karten, eine für sie, die andere für sich.

Die Besucher drängen sich am Eingang, strömen in das Kino, Pärchen, Jugendliche in seinem Alter, viele Mädchen allein oder zu zweit, Mädchen mit ihren Freunden, immer wieder Mädchen mit ihren Freunden, und sie kommt nicht. Sie lachen, freuen sich auf diesen O. W. Fischer. Ludwig starrt auf die Besucher, guckt sich die Augen aus, Lotte zu erspähen. Er sieht sie nicht. Im Laden hat sie gesagt: Weiß nicht. Vielleicht kommt sie doch. Immer wieder blickt er auf die Uhr. Schon fünf nach acht. Im

Saal läuft wahrscheinlich die Reklame. Darauf kann er verzichten. Die muss er nicht sehen. Es kommen immer weniger Zuschauer. Er tritt weit hinaus auf die Straße, schaut die Kölner Straße hinauf und hinab. Keine Lotte eilt herbei. Auch wenn sie zu spät kommt, macht nichts, Hauptsache, sie kommt. Es ist Viertel nach acht. Innen jetzt sicher ein langweiliger Kulturfilm oder die blöde Wochenschau. Auch darauf kann er verzichten. Er wartet, wartet. Noch ein paar Nachzügler huschen ins Kino. Wieder junge Pärchen. Dann niemand mehr. Sie kann sich nicht mit der Uhrzeit geirrt haben. Sie weiß, die Vorstellung beginnt um acht. Es ist halb neun. Durch den Saal gehen jetzt die Mädchen in ihren weißen Spitzenschürzen und mit den kecken Hauben und bieten aus ihren Bauchläden Eis am Stiel an. Auch er wollte für Lotte so eine Schleckerei kaufen.

Er wartet, wartet. Keine Lotte. Es ist Viertel vor neun. Der Film hat schon längst begonnen. In seiner schweißnassen Hand verbiegen sich seine beiden Karten, kleben an den Fingern. Sie kommt nicht mehr. Nichts ist mit den tausend blühenden Rosen. Aus der Traum.

Wütend zerknüllt er die beiden Karten und wirft sie weg. Er weiß, wo Lotte wohnt. Nicht weit von hier. Er muss zu ihr. Er muss mit ihr reden.

Ihre Mutter öffnet. Schroff blafft sie ihn an: Du hier? Was willst du?

Ich will zu Lotte.

Die ist nicht da.

Ist sie zum Kino gegangen? Zum Germania?

Nein.

Wo ist sie denn?

Das geht dich nichts an. Und nach einer Pause: Wieso willst du sie wiedersehen?

Ludwig druckst herum.

Sie fertigt ihn ab: Deine Mutter hat mir einen Brief geschrieben. Sie schrieb mir, du willst Lotte nicht mehr sehen. Sie soll dich nicht mehr treffen.

Ludwig glaubt, nicht richtig gehört zu haben.

Willst du den Brief sehen?

Nein, will er nicht. Wut und Zorn steigen in ihm hoch. Füllen seine Augen mit Tränen. Er hasst seine Mutter. Sie hat seine Liebschaft zerstört.

Stumm dreht er sich um und geht. Was jetzt? Er will nicht nach Hause. Will seine Mutter nicht mehr sehen. Aber wohin soll er denn jetzt? Mit seinem Fahrrad in der Gegend herumfahren geht nicht. Es ist schon dunkel. Also ziellos in Opladen umherlaufen. Es beginnt zu regnen. Nun muss er doch nach Hause.

Seine Mutter ist erstaunt, dass er so früh zurückkommt.

Ist der Film schon zu Ende?, fragt sie.

Für ihn ist etwas anderes zu Ende. Einen Moment überlegt er, ob er sie anschreien soll, weil sie diesen unverschämten Brief an Lottes Mutter geschrieben hat. Aber dann würde es wieder einen Krach mit ihr geben. Er mag keine Kräche. Sie würde doch wieder recht behalten. Wie immer. Er schweigt, geht verbittert in sein Zimmer, will sie nicht mehr sehen.

Tagelang redet er nicht mehr mit seiner Mutter. Antwortet nicht auf ihre Fragen. Eisige Kälte in der Küche. Er ist froh, dass sie nicht fragt: Was ist denn los? Warum sagst du nichts? Was machst du für ein Gesicht? Er isst sein Essen in seinem Zimmer, spült nur danach seinen Teller in der Küche ab und geht wieder. Er geht auch nicht mehr in den Zeitungsladen. Er hat Angst, Lotte wiederzusehen. Er schämt sich für seine Mutter. Es ist aus mit Lotte. Seine tausend blühenden roten Rosen sind verwelkt, verdorrt, sind schwarz geworden.

Er will allein sein. Atmet auf, wenn seine Mutter am Abend die Kriporäume putzt und sein Vater auf ein Bier mit Kollegen weg ist. Oder beide wie an diesem Abend beim Rudi Heger auf einer Geburtstagsfeier sind. Da bleiben sie lange weg. Ludwig ist froh, dass sie erst spät zurückkommen.

***

Sind wir schon lange weg von zu Hause? Tage und Nächte. Kommen wir wieder zurück? Wo sind wir jetzt? In einem fremden Land. Bleiben wir da? Wir fahren weiter. Wohin? In ein anderes fremdes Land. Was machen sie da mit uns? Das haben sie uns nichts gesagt.

Das Magische Auge leuchtet gelb, wenn er am Klangregler dreht, dunkelgrün. Da ist der Ton am besten. Ein Zug rollt, ein Güterzug. Er rollt dahin, dahin. Das Taktak, Taktak, Taktak der Räder über den Schienenstößen. Der Ton kommt aus dem großen Loewe-Opta, Ludwig kauert davor, vor der Wohnzimmerkommode. Er hört das Hörspiel »Träume« von Günter Eich. Hört die eingeschlossenen Menschen. Ihre Stimmen sind müde und hoffnungslos. Und immer wieder das eintönige Rattern eines Güterzuges.

Es war vier Uhr nachts, als sie uns aus den Betten holten. Was ist das, was da über uns huscht? Ein Sonnenfleck. Nein, der Mond. Woher kommt das? Durch das Loch im Dach. Ein Kind weint. Bald sind wir angekommen. Wo? Irgendwo. Es gab einmal etwas, was wir Himmel nannten und Bäume. Und Löwenzahn. Was ist das, Löwenzahn? Wo ist mein blauer guter Anzug? Zu Hause, im Schrank. Wo ist meine Uhr? Bei denen, die sie genommen haben.

Das Taktak der Schienenstöße wird schneller. Der Güterzug beschleunigt seine Fahrt, das Rattern schwillt an, wird immer lauter, der Zug rast. Dann plötzlich Stille.

Eine Stimme sagt: »Denke daran, dass der Mensch des Menschen Feind ist und dass er sinnt auf Vernichtung. Denke daran immer, denke daran jetzt, unter diesem verhangenen Himmel, während du das Wachstum als feines Knistern zu hören glaubst. Denke daran, dass nach den großen Vernichtungen jedermann beweisen will, dass er unschuldig war. Alles, was geschieht geht dich an.«

Ludwig hört:

Bei einem alten Reisbauer in Tientsin, China. Eltern bringen dem Alten ihr Kind.

Hier ist das Haus.

Eine Glocke ertönt.

Müssen wir da rein? Ja, Tschang-di. Was wollen wir da? Nichts Besonderes. Ich will draußen bleiben. Dich brauchen wir. Wozu? Ich habe Angst. Unsinn.

Eine Tür wird geöffnet.

Ist das das Kind? Hoffentlich haben Sie noch Bedarf. Es sieht bleich aus. Ist es blutarm? Wenn es blutarm ist, kann ich es nicht brauchen. Ich will weg von hier. Weiß es etwas? Nein. Welches Alter? Tschang-di ist sechs. Ein gutes Alter für meine Therapie. Wir liefern nur gesunde Kinder von erstklassiger Zucht. Kommen Sie rein.

Man tritt in einen Raum.

Ich muss seinen Arm abtasten. Der Mann hat so kalte Finger. Stell dich nicht so an. Das ist seine Krankheit. Ich will weg. Zeig dem Herrn deinen Hals. Eine gute Schlagader. Das Mädchen wird es machen und Ihnen den Scheck ausstellen. Wollen Sie die Kleider gleich mitnehmen? Mit dem Geld können Sie von meinem Reis kaufen.

Stille.

Eine Stimme sagt: »Ich werde dennoch denken, dass die Erde schön war. Ich werde an die Freunde denken, an die Güte, die ein hässliches Gesicht schön macht. Ich werde an den Hund denken, meinen Spielgefährten, als ich ein Kind war. Ich werde noch einmal die langen Schatten der Tannen sehen. Ich werde mich erinnern an Holunder, Raps, Mohn, flüchtig gesehen von einem Zugfenster aus. Ich werde denken an den Herzschlag der Eidechse, die mich erblickt hat.«

Ludwig hört: Ein seltsames andauerndes nagendes Geräusch. Wie ein hohes Sirren. Ein Amerikaner sitzt mit seiner Frau in seiner neuen Wohnung im Wohnzimmer im dreißigsten Stock eines New Yorker Wolkenkratzers. Nachdem sie ihr Heim eingerichtet haben und es sich gemütlich machen wollen, hören sie dieses fortwährende leise Sirren. Tag und Nacht. Sie können sich dieses eindringliche schabende Geräusch nicht erklären. Anfangs denken sie, das sei der Lift. Doch der Lift gleitet nicht die ganze Nacht auf und ab. Der Amerikaner geht hinaus auf den Flur und sieht nach. Der Lift steht still. Trotzdem dieser andauernde schabende Ton. Er weiß, dass Termiten in ihrem unersättlichen Hunger von innen heraus alles zernagen, Bäume, Wälder, Häuser, Städte, alles aushöhlen. Und nur eine dünne Hülle übrig lassen. Auch vom Beton, von Wolkenkratzern in New York und von den Menschen. Er weiß auch, dass man ihr zerstörerisches Werk erst erkennt, wenn es zu spät ist. Wenn man das Ausgehöhlte berührt und es zu Staub zerfällt.

Er erinnert sich, dass er vor seinem Einzug gelesen hat, dass man dieses leise Geräusch schon überall gehört hat. Von New York bis Kalifornien, sogar in den Untergrundbahnen, auch in Mexiko und Kanada. Er nahm das nicht ernst. Jetzt fürchtet er, dass die Termiten auch unter der Erde nagen. Dass die Erde hohl ist und er und seine Frau nur auf einer dünnen Hülle stehen. Eine kleine Erschütterung genügt, vielleicht ein Gewitter, und alles bricht zusammen. Der Wolkenkratzer, in dem sie wohnen, alle Wolkenkratzer der Stadt und des Landes und die ganze Erde. Er fürchtet, dass auch er und seine Frau nun hohl sind. Er kehrt zurück ins Wohnzimmer und umarmt seine Frau. Da zerfällt sie zu Staub. Vor seinen Füßen liegt ein Häufchen Staub. Nun hört er auch in sich dieses schabende Sirren, spürt auch in sich dieses Nagen. Lange wird es nicht mehr dauern. Stille.

Eine Stimme sagt: »Bleibt wach, weil das Entsetzliche näher kommt. Auch zu dir kommt es. Wenn es heute nicht kommt, kommt es morgen, aber sei gewiss. Schlaft nicht, während die Ordner der Welt geschäftig sind. Tut das Unnütze, singt die Lieder, die man aus eurem Mund nicht erwartet. Seid unbequem. Seid Sand, nicht das Öl im Getriebe der Welt.«

Diese letzten Sätze kennt Ludwig. Lutz Linde hat sie einmal in der Klasse vorgelesen. Sie haben ihm gefallen. Nur langsam kann er sich vom Radio lösen. Das Rollen der Menschen ins

Ungewisse, das Blutsaugen aus dem Kind, das Aushöhlen der Termiten von Wolkenkratzern und Menschen, das beunruhigt ihn, ängstigt ihn.

Gilt das auch für ihn? Die Stimme mahnte, wachsam zu sein.

***

Der britische Geheimdienst ist wachsam. Schon seit November vergangenen Jahres hat er den Naumann-Kreis im Visier. Er hört seine Telefongespräche ab, kontrolliert die Post, observiert die geheimen Treffen in verschiedenen Düsseldorfer Luxushotels. Für die Briten sind die Ziele dieser Konspiration offenkundig: staatsgefährdende Umtriebe, Geheimbündelei, Unterwanderung der nordrhein-westfälischen FDP durch ehemalige Nationalsozialisten, Verbreitung der NS-Ideologie, Destabilisierung der neuen Demokratie, Sturz der Bonner Regierung, nationalsozialistische Wiederergreifung der Macht, Bedrohung der Sicherheit der alliierten Streitkräfte.

Immer wieder macht der britische Hohe Kommissar Kirkpatrick die deutsche Regierung auf diesen nationalsozialistischen Naumann-Kreis aufmerksam und fordert, energisch dagegen durchzugreifen. Ohne Erfolg. Auch der nordrhein-westfälische Verfassungsschutz beobachtet die Treffen, findet es aber nicht nötig, gegen das Netzwerk vorzugehen. Die Briten teilen Bundeskanzler Adenauer die Ermittlungsergebnisse ihres Geheimdienstes über die Verschwörergruppe mit. Auch Adenauer will nichts gegen sie unternehmen.

Die Briten wundern sich über die Dickfelligkeit der Regierung, verschärfen ihre Observationen und beginnen mit ihren Vorbereitungen, möglichst alle Verdächtigen gleichzeitig festzunehmen. Nun hat man genügend Material gesammelt. In der Nacht vom 14. zum 15. Januar 1953 sollen die Verschwörer in ihren Wohnungen festgenommen werden. Am Vorabend informiert der Hohe Kommissar den Kanzler über den Beginn ihrer Aktion. Adenauer bedankt sich, gibt seine Zustimmung und wünscht viel Glück.

Unter dem Code »Terminus« schlägt der britische Geheimdienst zu. Doch nur sieben Komplizen der Konspiration können in ihren Wohnungen verhaftet werden: ihr Anführer Werner Naumann, Paul Zimmermann, Heinrich Haselmayer, Paul Hausser, Gustav Adolf Scheel, Heinz Siepen und Karl Scharping. Alle einst hohe Ränge bei der SS, der Waffen-SS, einige auch Mitarbeiter in Goebbels' Propagandaministerium. Die anderen haben vermutlich von der bevorstehen Aktion Wind bekommen und sich verdrückt. Auch Achenbach, Diewerge und Best können entkommen. Die Wohnungen der Verhafteten werden durchsucht, die vorgefundenen umfangreichen Akten beschlagnahmt. Naumann trickst bei der Dokumentensuche und führt die Ermittler immer wieder auf falsche Fährten. Trotzdem findet man bei ihm eine Menge Material, darunter auch sein Tagebuch. Die Festgenommenen werden einzeln in Wagen, eskortiert von je zwei Offizieren, in das britische Militärgefängnis nach Werl gebracht und in getrennte Zellen gesperrt. Kontakt miteinander nicht möglich.

Middelhauve ist über die Verhaftung seiner getreuen FDP-Mitarbeiter empört, wütet, die britische Besatzungsmacht mische sich in innere Angelegenheiten ein, das sei illegal. Er spricht von »alliierter Willkürjustiz«.

Sofort übernimmt Achenbach die Verteidigung von Naumann, und Grimm verteidigt Zimmermann. Sein Credo: Wenn ein anständiger Nationalsozialist verhaftet wird und die rechtsstaatlichen Prinzipien missachtet werden, sorgt er dafür, dass er zu seinem Recht kommt.

Middelhauve geht vor die Presse und behauptet, weder Dr. Naumann noch eine andere Persönlichkeit der Inhaftierten stünde in irgendeiner Beziehung zur FDP oder zu ihm. Die Gefahr einer Unterwanderung seiner Partei habe es zu keinem Zeitpunkt gegeben.

Die Presse recherchiert und veröffentlicht ihr Ergebnis: Im

FDP-Landesverband und in den Bezirks- und Ortsverbänden sind zahlreiche ehemalige höchste Nazifunktionäre aktiv und beeinflussen Middelhauves Politik.

Middelhauve ist erbost über diese Verleumdungen und Denunziationen und weist alle Vorwürfe vehement zurück: Der Verdacht, in seiner Partei würde es eine nazistische Unterwanderung geben, sei ein Versuch, die sich stärkende FDP zu zerschlagen.

Jetzt wird die Naumann-Affäre zu einer Middelhauve-Affäre. In Bonn fordert der FDP-Bundesvorstand Middelhauve auf, Achenbach wegen Parteischädigung aus dem Landesverband auszuschließen. Middelhauve weigert sich. Er hält an Achenbach fest. Sein Ausschluss aus der Partei ist für ihn undenkbar. Das würde einen massiven Verlust von rechten Wählerstimmen bedeuten. Er ist auf den renommierten Anwalt Achenbach angewiesen. Und auf seine Weiterleitung der großzügigen Spenden der Ruhrindustriellen an seine FDP. Spenden, die Alfried Krupp von Bohlen und Halbach und Stinnes junior ihm zum Dank für seine erfolgreiche Verteidigung beim Nürnberger Prozess überweisen. Auf diese Weiterleitung kann der Landesverband nicht verzichten. Ein Ausscheiden Achenbachs würde den finanziellen Ruin der Partei bedeuten. Außerdem finanziert sein Freund Stinnes junior Middelhauves rechte Zeitung »Die Deutsche Zukunft«. Ein Ausschluss Achenbachs aus seiner Partei kommt also grundsätzlich nicht in Frage.

Der FDP-Bundesvorstand wirft Middelhauve Nibelungentreue vor. Das kratzt ihn nicht. Der Vorstand fordert den Rücktritt Achenbachs. Achenbach verweigert den Rücktritt, unterstützt von seinem Landesverband.

Middelhauve bezeichnet Achenbach als absolut anständigen Mann.

Achenbach schlägt zurück und kritisiert die britische Besatzungsmacht für ihre illegalen Verhaftungen und bestreitet, mit Naumann Kontakt zu haben.

Die Auseinandersetzung endet mit einem Triumph für

Achenbach. Der Landesverband hält an ihm fest, rehabilitiert ihn, zeichnet ihn für seine politische Tätigkeit aus und wählt ihn in die Geschäftsführung des Landesverbandes. Ein Affront gegen den Bundesvorstand der FDP. Große Empörung in Bonn. Der Bundesvorstand fordert Middelhauve auf, Diewerge wegen seiner NS-Vergangenheit zu entlassen. Auch diese Forderung weist er schroff zurück. Wolfgang Diewerge sei in seinem Opladener Pflichtenkreis ein so wertvolles Mitglied im politischen Leben, dass es töricht wäre, auf ihn zu verzichten.

Die Bonner fordern Middelhauve dringend auf, auch Grimm und Naumann wegen ihrer Nazivergangenheit umgehend zu entlassen.

Wieder empörte Zurückweisung. Kommt gar nicht in Frage. Ihre Entlassung würde seine Nationale Sammlung und sein Deutsches Programm gefährden, seine politische Linie auflösen. Das darf er nicht zulassen. Von ihrer Richtigkeit und Notwendigkeit ist er fest überzeugt. Würde er sie aufgeben, würde dies einen empfindlichen Stimmenverlust bedeuten.

Schließlich fordert der Bundesvorstand Middelhauve ultimativ auf, selbst zurückzutreten. Auch das lässt ihn kalt, er verweigert einen Rücktritt. Zur Abwiegelung der Streitereien setzt der Landesverband eine Untersuchungskommission ein. Sie soll die Verwicklungen Middelhauves mit ehemaligen Nationalsozialisten aufklären.

Die Kommission kommt zu dem Ergebnis: Die in der Landesgeschäftsstelle, in den Bezirken und Kreisen tätigen ehemaligen NS-Funktionäre und Mitglieder der Waffen-SS geben zu keinerlei Beanstandungen Anlass.

Der parteiinterne Freispruch wäscht Middelhauve und seine NS-Komplizen rein. Doch damit kehrt keine Ruhe ein. Der Bundesvorstand lässt nicht locker und verstärkt seinen Druck auf Middelhauve. Am Ende wird er gezwungen, wenigstens Diewerge zu entlassen.

Die Festnahmen in jener Nacht Mitte Januar jagen Rauschenberg, Bossmann und Brenner einen Schreck ein. Auch sie sind mit Naumann und Middelhauve befreundet. Sehr gut sogar. Sofort telefonieren sie miteinander. Verhaftet man jetzt auch sie? Dann fliegt ihre Nazivergangenheit auf. Das darf auf keinen Fall geschehen. Acht Jahre lang haben sie alles getan, sie geheim zu halten. Das muss auch so bleiben. Wenn ihre Vergangenheit ans Licht kommt, haben sie ein Problem. Vielleicht aber werden sie verschont. Vielleicht haben sie Glück.

***

Ludwig versucht sein Glück in der Tanzschule. Schon oft hat er in der Kölner Straße über dem Café Hürtgen den großen Hinweis auf die Tanzschule Hofreiter gesehen. Er hat keine Lust, tanzen zu lernen. Ludwig ist sechzehn und findet Tanzen blöd. Doch nach seinem Desaster mit Lotte wärc das vielleicht eine gute Gelegenheit, ein Mädchen kennenzulernen.

Allein wagt er nicht, zu so einem Anfängerkurs zu gehen. Er fragt Florian: Kommst du mit?

Florian schüttelt den Kopf. Nee, danke. Das ist nichts für mich.

Ludwig muss allein ins Fegefeuer. Vor dem Café Hürtgen stellt er sein Fahrrad ab, nimmt seine Hosenklammern ab, will sein zerstrubbeltes Haar kämmen. Er hat seinen Kamm vergessen. Bei der Anmeldung im ersten Stock sieht er die Plakate für Anfängerkurse, für Fortgeschrittene, für Turniertanz.

Turniertanz, was ist das denn? Er muss an Ritterspiele denken. An Pferde, umhängt mit bunten Decken und schwarzen Hauben über den Köpfen mit Löchern für die Augen, an mittelalterliche tollkühne Reiter, die mit Lanzen aufeinander zugaloppieren, die anderen aus dem Sattel stoßen. Hier wird man nicht mit Lanzen aufeinander zugaloppieren, aber sicher Anfänger aus dem Sattel stoßen. Die Kurse sind einmal die Woche, drei Monate lang. Das hält er nicht aus. Dazu die horrenden Preise für die Kursteilnehmer. Er erschrickt. So teuer! Von seinem Packergeld kann er sich höchstens einen Monat leisten.

Ein Aushang schreibt die Kleiderordnung vor. Beim Abschlussball ist dunkler Anzug Pflicht! Ludwig liest Abschussball. Er denkt an Abschüsse, an die erlegte Beute. Er hat keinen dunklen Anzug, überhaupt keinen Anzug. Noch nie gehabt. Er wird es auch nicht bis zu so einem Abschussball schaffen. Er wird vorher aussteigen, sobald er ein liebes Mädchen gefunden hat.

Er unterschreibt ein Papier, macht eine kleine Anzahlung, geht zu seiner ersten Tanzstunde, in seiner zerknitterten Hose, seiner verstaubten Radlerjacke, aber in einem weißen Nylonhemd. Er betritt einen großen Saal mit Parkettboden. Die hohen Fenster sind mit weißen bauschigen Wolkenstores verdeckt. Von der Stuckdecke hängen riesige Kronleuchter mit Glühbirnen, die wie Kerzen aussehen.

An einer Seite des Saals sitzt in einer Stuhlreihe Mädchen an Mädchen. Wie Hühner auf der Stange. Alle mit winzigen Handtäschchen, an den Arm gehängt oder auf dem Schoß gehalten. Was haben sie dadrin? Viele in gestärkten Spitzenblusen, gebauschten Petticoats unter den langen Glockenröcken. Viele mit hochgetürmten besprühten Frisuren, als kämen sie gerade vom Friseur. Ein paar tragen einen Pony, andere einen Pferdeschwanz. Lotte hat auch so einen Pferdeschwanz.

Und an der Saalseite gegenüber auf einer Stuhlreihe die Jungens in seinem Alter. Alle in feinen Anzügen, sogar mit Krawatte. Windsorknoten. Ludwig weiß, die gibt es schon vorgeknotet an einem Gummiband. Man muss nur das Gummiband unter den Hemdkragen schieben.

Wenige Sitze sind noch frei. Er hängt seine Radlerjacke über die Stuhllehne und setzt sich. Vor ihm das glänzende glitschige Parkett, der Exerzierplatz, der Kampfplatz. Das Herz klopft ihm bis zum Hals.

Ludwig sieht sich die Mädchen an, eines nach dem anderen. Auf den ersten Blick ist keines darunter, das ihm gefällt. Er ist enttäuscht. Er vermisst Lotte. Wie schön wäre es, wenn auch sie hier wäre. Dann könnte er mit ihr tanzen, sie in den Arm nehmen, mit ihr reden, den Bruch kitten, sie zurückgewinnen.

Zum Glück ist kein Mädchen aus seiner Klasse dabei. Er braucht keine Angst haben, als Blödian, als Tollpatsch dazustehen. Sonst wäre er in der Klasse untendurch. Dann ein Schock: Da sitzt tatsächlich doch die Doris. Die Doris Gutbrot, die Tochter des verfluchten Kripos von nebenan. Sie hat eine ganz andere Frisur, ist in ihrem Tüllkostüm ganz anders gekleidet, er hat sie auf den ersten Blick gar nicht erkannt. Die hat ihm gerade noch gefehlt. Sie wird ihrem Vater alles über ihn erzählen und der seinem Vater und der seiner Mutter. Ein Horror. Unmöglich. Spontan überlegt er, ob er gleich abhauen soll. Dann noch ein Schreck: Ludwig entdeckt in der Stuhlreihe dieses pralle Mädchen mit den pummeligen Wangen, mit den Kartoffelstampferbeinen, das Lotte auf der Kirmes begleitet hat und schnell verschwunden ist, als sie merkte, dass er sich nur für Lotte interessiert und nicht für sie. Die also auch hier. Lotte nicht, aber sie. Ein Grund mehr, schleunigst abzuhauen und sich vielleicht zum nächsten Kurs anzumelden.

Beschwingt trippelt der Tanzlehrer in den Saal, der Tanzmeister Hofreiter. Er ist klein, dick, in einen viel zu engen grauen Anzug gezwängt. Über seinem gewölbten Bauch drohen die Knöpfe aufzuspringen und er aus seinem gespannten Jackett zu platzen. Die wenigen Haare mit Pomade eingeschmiert und straff nach hinten gekämmt. Sein glänzendes Gesicht mit einem Kunstlächeln überzogen, wobei er seine bleckenden Zähne zeigt. Hinter ihm stelzt mit steifen Beinen eine dürre Frau herein in einem eng anliegenden grauen Kostüm. Auch ihr Gesicht zu einem gespreizten Lächeln verzerrt. Ungelenk klappt sie den Deckel eines wuchtigen Plattenspielers hoch.

Der Tanzmeister baut sich in der Mitte des Saales auf, wippt auf seinen Füßchen auf und nieder und begrüßt die Kursteilnehmer mit einem schrillen Kommando wie auf einem Kasernenhof. Er wendet sich zuerst zu den Mädchen, dann zu den Jungen und verkündet: Meine verehrten Damen, meine geschätzten Herren, zur Einführung ein paar Grundbegriffe.

Er spricht von Grundstellung, Ausgangsstellung, Standbein, Schreitbein, spricht von Schwerpunkt verlagern auf den Standbeinfußballen, gleichzeitig kontrolliertes Abdrücken des Körpers durch das Standbeinfußgelenk, Vorwärtsschwingen des Schreitbeins aus der Hüfte, Lösen der Standbeinferse vom Boden, Aufsetzen des Schreitbeinfußes auf die Ferse. Auch von Verteilung des Gewichtes zwischen Ferse des vorderen und Ballen des hinteren Fußes, von vollständiger Übertragung des Gewichtes auf den vorderen Fuß, Absenkung auf den flachen Fuß und Lockern des Standbeinknies.

Ludwig stöhnt. Wie soll er sich das alles merken? Ein paar Mädchen flüstern sich etwas zu.

Keine Privatunterhaltung!, fährt der Tanzmeister sie an.

Erschreckt zucken ihre Köpfe auseinander.

Der lackierte Affe tönt: Der Tanz ist die stützende Säule der Gesellschaft. Wie Paare tanzen, zeigt den Zustand der Gesellschaft. Wildes, ungezügeltes Herumhopsen zeigt ihre Verrohung, gesittete Tanzschritte beweisen ihre hohe Zivilisation. Machen wir uns das bewusst, wenn wir uns mit einer Partnerin auf dem Parkett bewegen. Zu Beginn eines Tanzes fragt der Herr: Darf ich bitten? Grundsätzlich: Der Herr führt die Dame, er ist sozusagen der Führer, und die Dame folgt ihm elegant. Am Ende des Tanzes begleitet der Herr die Dame wieder zu ihrem Platz. Dabei hängt sich die Dame leicht bei ihm ein. Die Dame lässt sich nieder, der Herr dankt ihr für den Tanz mit einer angedeuteten Verbeugung.

Das ist nichts für mich, geht es Ludwig durch den Kopf. Nichts für mich. Er versteht, warum Florian nicht mitkommen wollte. Dieser dressierte Lackaffe und kein Mädchen für ihn. Dafür diese Doris und diese Dicke von der Kirmes. Hier ist er schnell wieder weg.

Nun wagen wir den ersten Tanz.

Sofort rennen die Jungen auf die Mädchen zu, um die Schönste den anderen wegzuschnappen.

Stürzen Sie sich nicht so wild auf die Damen, rügt sie der Tanzmeister. Sie erstürmen keine Bastion! Kein Sturmangriff!

Ludwig rennt nicht mit. Er bleibt sitzen. Er denkt an die Ritterspiele, wo die Reiter sich gegenseitig aus dem Sattel stoßen. Sollen sich doch die anderen die Doris und die Dicke erbeuten. Erst als er sieht, dass drei Mädchen übrig bleiben, steht er auf und geht auf die Sitzengebliebenen zu. Als er sich ihnen nähert, überlegt er, welche von den dreien er zum Tanz bitten soll. Da ist eine magere Große in einem langen Plisseerock und mit einem Haarknoten am Hinterkopf, eine Kleine mit einem Spitzmausgesicht in einem weiten Glockenrock und einem schwarzen Pony und eine mit einem rötlichen Pferdeschwanz, die Lotte sehr ähnlich sieht, ein bisschen blass, aber mit neugierigen Augen und zwei kleinen Hügeln unter der dünnen pfirsichfarbenen Bluse. Wie Lotte. Da steht für ihn fest: Die nehm ich.

Darf ich bitten?

Er darf. Er reicht ihr den Arm, sie hakt sich leicht unter. So macht man das, das haben sie eben gehört und sehen es bei den anderen, die ihre Auserwählten zur Tanzfläche führen.

Da stehen sie nun ein Paar neben dem anderen. Vor ihnen der kleine dicke Tanzmeister.

Zuerst, meine Damen und Herren, kommandiert er: Die Haltung ist das Wichtigste. Keine schlaffe Haltung. Ohne Haltung hat die Gesellschaft keinen Stil. Stellen Sie sich auf wie zum Tanz.

Nun steht jeder vor seiner Partnerin. Mal gespielt lässig, mal stramm wie Aufziehpuppen. Auch Ludwig hat sein Lotte-Double vor sich. Der Zeremonienmeister rückt die Paare mit entschiedenen Korrekturen zurecht. Die Körper sollen sich mit sittlichem Abstand gegenüberstehen, nicht zu eng, nicht zu weit, der rechte Ellbogen des Herrn waagerecht ausgerichtet, die rechte Hand locker auf dem Rücken der Dame. Mit der linken Hand fasst der Herr die rechte Hand der Dame.

Auch Ludwig wird zurechtgerückt. Mal ist sein rechter Ellbogen nicht waagerecht genug, mal liegt seine rechte Hand zu tief unten auf ihrer Hüfte, wo die Rundung ihres Pos beginnt, mal hält er mit seiner linken feuchten Handfläche die Hand des

Mädchens zu hoch über ihrer Schulter. Sie scheint von ihm etwas genervt zu sein, nimmt sich aber zusammen. Ludwig sieht sich um. Die anderen können es besser.

Kommen wir nun zum Rhythmus, ordnet der Tanzmeister an. Vier Rhythmen müssen Sie sich einprägen. Für den Foxtrott und Boogie: langsam, langsam, schnell, schnell. Für die Rumba: langsam, schnell, schnell. Für den langsamen Walzer: eins, zwei, drei, eins, zwei, drei. Für den Tango und Cha-Cha-Cha: langsam, langsam, schnell, schnell, langsam. Das ist ganz einfach.

Ludwig bringt alles durcheinander. Der kleine Hopser gibt der Dürren im Kostüm am Plattenspieler ein Zeichen, sie legt auf, die dunkle Stimme Bruce Lows mit seinem alten Pferde-halfter an der Wand hallt durch den Saal. Das Lied kennen alle, auch Ludwig. Also gut, jetzt danach tanzen.

Das ist ein Foxtrott, verkündet der Tanzlehrer. Ein Foxtrott! Vier-Viertel-Takt. Der Grundschritt: linker Fuß vor, rechter Fuß vor, linker Fuß seitwärts, rechter Fuß heran, linker Fuß rück-wärts, rechter Fuß rückwärts, linker Fuß seitwärts, rechter Fuß heran. Ganz einfach. Dann folgt die Promenade. Und darauf die Achse. Also los! Eins, zwei, drei, vier, eins, zwei, drei vier! Linker Fuß vor, rechter Fuß vor, linker Fuß seitwärts, rechter Fuß heran!

Der Tanzmeister klatscht jedes Mal zum Takt in die Hände und betont beim Zählen immer wieder die Eins. Wie bei einem Drill. Für Ludwig sind die Schritte viel zu kompliziert. Ständig verwechselt er das Vor und Zurück, das Seitwärts und Nach-ziehen. Das lernt er nie.

Beim Tanz schwenkt er ihren Arm wie einen Pumpen-schwengel auf und nieder, seine Kreppsohlen kleben auf dem Parkett, quietschen beim Schleifen über das Holz. Er versucht, wenigstens im Takt zu quietschen, vergeblich. Seine Auserko-rene verzieht das Gesicht. Sie hat genug von ihm, muss aber durchhalten. Sie kann alles von Anfang an perfekt.

Das wiederholen wir nun so lange, bis es klappt.

Es klappt auch bei den anderen Jungen nicht.

Nun gut, dann üben wir beim nächsten Mal weiter. Jetzt ein Boogie. Ein Boogie! Wieder Vier-Viertel-Takt. Die Grundschritte: linker Fuß am Platz, rechter Fuß am Platz, linker Fuß rückwärts, rechter Fuß vor. Dann das Damensolo, der Damenschritt: rechter Fuß zwei Schritte im Rechtsdrehen, rechter Fuß rückwärts, linker Fuß vor, linker Fuß zwei Schritte im Linksdrehen, rechter Fuß zurück, linker Fuß vor. Wieder ganz einfach.

Ludwig hat nichts kapiert, sie hat sofort verstanden. Vom Plattenspieler kommt der Mäcki-Boogie. Ludwig graust es. Das wird er nie schaffen. Er schafft es nicht. Im Kino hat er mal einen Ausschnitt von »Tanzende Sterne« gesehen. Da tanzten alle diesen Mäcki-Boogie so flott, so hinreißend, so einfach. Jetzt stolpert er ständig über seine Füße, schwitzt in seinem Nylonhemd unter den Achseln, das ihm auf der Haut klebt, will mit seinem Taschentuch unters Hemd greifen, die Achseln auswischen, doch das kann er nicht, während er mit ihr hoppelt. Sie aber tanzt ihre Schritte so geschickt, als hätte sie nie was anderes gemacht.

Endlich ist die Platte abgespielt. Wie ein Blödian steht er da. Sie löst sich von ihm, wendet sich ab. Was für eine Blamage! Er hat versagt. Beim Zurückbegleiten auf ihren Platz hängt sie sich nicht leicht bei ihm ein, sie hängt sich überhaupt nicht ein, eilt ihm voraus zu ihrem Stuhl, Ludwig hinterher. Er will wie geboten sich bei ihr mit einer angedeuteten Verbeugung für den Tanz bedanken, doch sie wendet den Kopf von ihm ab. Das war's also.

Schnell schnappt er seine Windjacke, eilt aus dem Saal, steht auf der Straße. Da geht er nicht mehr hin. Einmal und nie wieder. Sein restliches Geld kann er nicht zurückverlangen. Sein Geld ist futsch. Er holt seine Hosenklammern aus der Jacke, klemmt sie an die Umschläge, steigt auf seinen roten Pegasus und radelt davon.

***

Florian radelt zu dem kleinen Haus in der Nähe der Realschule, in dem der berühmte Filmregisseur und Filmstar René Deltgen wohnt. In der Tasche hat er ein Bündel Seiten über Günther Weisenborn, den Widerstandskämpfer. Er hat alles aufgeschrieben, was er von seinem Vater weiß, und noch viel mehr, was er in der Klasse nicht vorgetragen hat. Auf den Seiten hat er auch Weisenborns Antikriegsbücher und Theaterstücke notiert, die ab 1933 verboten wurden. Allen voran seine umfassende Dokumentation über den deutschen Widerstand, »Der lautlose Aufstand«.

Seine Notizen will er nun René Deltgen bringen. Er soll das Leben dieses Widerstandskämpfers verfilmen. Deltgen als Regisseur und in der Hauptrolle. Und Florian bei den Dreharbeiten als Regieassistent. Dann ist er beim Film! Das wär doch was! Durch seinen Vater kennt er auch Deltgens Arbeiten aus der Nazizeit. Vor allem seinen spannenden Abenteuerfilm »Kautschuk«, wo Deltgen im brasilianischen Dschungel, bedroht von Schlangen, Krokodilen und den Giftpfeilen der Indios, für die Engländer Kautschuksamen sammelt, für ihre Kriegsindustrie, zur Herstellung von Gummi, um das brasilianische Monopol zu brechen. Er hat durch seinen Vater auch von seinen Filmen nach dem Krieg gehört. Besonders aber kennt er ihn durch seine markante Stimme in den Krimifolgen der Paul-Temple-Serie. Die hört er fasziniert fast jede Woche.

Florian klingelt an Deltgens Tür. Er öffnet nicht. Florian klingelt noch einmal. Da hört er Schritte, eine Frau mit umgebundener Küchenschürze öffnet. Vielleicht seine Frau, vielleicht auch nur seine Haushälterin.

Ja?

Ich möchte zu René Deltgen.

Was willst du von ihm?

Ich möchte mit ihm reden.

Worum geht's?

Ich habe einen Film für ihn.

Herr Deltgen ist nicht da.

Die Frau lässt ihn nicht rein, schließt die Tür vor seiner Nase. Deprimiert zieht Florian mit seinem Weisenborn davon. Er muss es noch einmal versuchen, wenn der Deltgen da ist. Er hat da noch eine spannende Geschichte. Die hat er auch schon angefangen. Seine »Verteidigung des Judas«, wo er den Judas Ischariot freispricht von seinem angeblichen Verrat an diesem Jesus. Das muss er verfilmen. Mit ihm als Judas in der Hauptrolle. Das nimmt er bestimmt, wenn er ihn das nächste Mal erreicht. Und dann kommt sein Stück sogar ins Fernsehen!

***

Fernsehen! Jetzt haben sogar auch Ludwigs Eltern Fernsehen! Ein großer dunkler Kasten mit vergoldeten Kunststoffzierleisten und einem kleinen gewölbten Bildschirm. Die neue Bilderkiste thront im Wohnzimmer auf der Kommode, wo zuvor der schöne Loewe-Opta stand. Der Radio wird in die Küche verbannt neben den Brotkasten. Jetzt hören sie nicht mehr den Jack Königstein mit seinem »Idealen Brautpaar«, nicht mehr den René Deltgen mit seinem Paul Temple, nicht mehr den sympathischen Just Scheu mit seiner Funklotterie, jetzt gucken sie fern.

Vom grauen Plastikbezug des Polsterbärs aus können sie alles genau sehen. Punkt acht Uhr abends kommt die Tagesschau. Gong. Es erscheint ein seriöser Herr mit korrekt sitzender Frisur, der Nachrichtensprecher.

Hier ist das Deutsche Fernsehen mit der Tagesschau. Guten Abend, meine Damen und Herren.

Seine Stimme klingt ernst, erweckt Vertrauen. Man kann ihm glauben, was er sagt. Und dann geht's los. Sie sehen Bilder von Bayer Leverkusen. Das Chemiewerk arbeitet wieder. Man zeigt, wie es Medikamente, Plastik und Reinigungsmittel herstellt. Sie sehen Bilder von Thyssen und Krupp. Man zeigt, wie Stahl gegossen wird für den Wiederaufbau und für die Wiederaufrüstung. Dann die Fließbänder vom VW-Werk in Wolfsburg.

Bald läuft der fünfhunderttausendste Volkswagen vom Band. Die Fließbänder von Opel in Rüsselsheim. VW und Opel liegen an der Spitze der deutschen Autoproduktion. Es boomt! Es boomt! Sie sehen die lachenden Politiker in Bonn, als wären sie bei ihnen im Wohnzimmer. Wie sie sich fröhlich die Hände schütteln. Immer in bester Laune. Wieder werden ihre Diäten kräftig erhöht.

Diät?, fragt Ludwigs Vater. Erhöht? Das ist doch was zum Abnehmen.

Die Politiker werden zu ihren schwarzen, glänzenden Limousinen begleitet, ihre Chauffeure ziehen ihre Dienstmützen vom Kopf, reißen die Wagentüren auf, brausen mit ihren Chefs davon. Wohin eilen sie? Zu einem wichtigen Termin? Zu einem Galaessen? Sie sehen, wie auf dem Flughafen Wahnheide Köfferchen tragende Referenten die eiligen Politiker zu einem Flugzeug begleiten. Wie der Wind der rotierenden Propeller an ihren Mänteln zerrt und ihnen beinahe die Hüte vom Kopf weht, wie die Politiker die Gangway hinaufsteigen, oben noch einmal winken, wie das Flugzeug startet und davonfliegt. Wohin fliegen sie? Wie eine Maschine bei Regen in Paris landet, wie die Politiker von schwarz gekleideten Männern mit großen schwarzen Regenschirmen empfangen werden. Wie ein Flugzeug bei Sonnenschein in Rom landet, wie die Bonner Minister von einer Delegation feierlich empfangen werden, zu mächtigen Limousinen geführt werden. Alles so aufregend und doch langweilig. Immer dieselben Bilder. Machen die Politiker sonst nichts anderes den ganzen Tag?

Sie sehen auch Bilder aus Moskau. Stalin ist gestorben! Über den Roten Platz zieht ein endloser Trauerzug. Abordnungen von Parteizentralen, von Schulen, Fabriken, Verwaltungen, Betrieben. Dazu Uniformen, Uniformen, Uniformen. Auch Veteranen, alte Russen auf Krücken, junge Russen, Männer, Frauen und Kinder. Und alle mit verweinten Gesichtern, halten riesige Stalin-Porträts hoch. Ganz Moskau in Tränen aufgelöst. Ihr Väterchen Stalin ist gestorben. Haben nun kein Väterchen mehr.

Endlose Trauermärsche auch in Stalingrad, Leningrad und anderen Städten der Sowjetunion. Trauermärsche, Trauermärsche. Die ganze Sowjetunion ist nun ein Waisenkind. Alle trauern um Stalin, den größten Massenmörder neben Hitler. Verziehen, vergessen seine Millionen und Millionen Tote durch seine zahllosen Gulags vom Polarkreis bis zum Schwarzen Meer, durch seine irrsinnigen Kanalbauten, durch seine Zwangskollektivierungen, bei denen fast alle Bauern verhungerten, durch seine Massenerschießungen bei den sogenannten Säuberungsprozessen in Moskau. Und jetzt diese Trauer um ihr geliebtes Väterchen Stalin.

Anschließend die Bilder eines Atompilzes, neue Wasserstoffbombentests der Sowjets. Dann kommt Kuhlenkampff, der beliebte Kuli, mit seinem fröhlichen Quiz »Wer gegen wen?«.

***

Der britische Geheimdienst gegen die Bonner Regierung. Drei Monate lang geht das hin und her. Die Briten wollen die sieben Verhafteten des Naumann-Kreises loswerden, die Regierung will sie nicht haben. Drei Monate lang hat der Geheimdienst die Verschwörer immer wieder verhört und das umfangreiche beschlagnahmte Belastungsmaterial ausgewertet. Dann überstellt er die Gefangenen dem Bundesgerichtshof in Karlsruhe. Nun befinden sie sich trotz allen Bonner Widerstandes in deutscher Hand. Nun sollen die Bundesstaatsanwälte, Verteidiger und Bundesrichter die Gerichtsverfahren leiten und der Bundesgerichtshof seine Urteile fällen.

Da schaltet sich Hans Josef Maria Globke ein, der Mitverfasser und Kommentator der Nürnberger Rassegesetze gegen die Juden 1935, nach Kriegsende bei seiner Entnazifizierung als unbelastet eingestuft, da angeblich im Widerstand, jetzt im Bundeskanzleramt geschätzter Ministerialdirektor Adenauers und sein wichtigster Ratgeber. Globke, der maßgebliche Vertraute des Kanzlers, bedrängt den Bundesgerichtshof, die Prozesse gegen die Verschwörer einzustellen. Seine Begründung: Die Treffen seien nur ein privater Stammtisch harmloser Freunde gewesen.

Globkes Eingreifen zeigt Wirkung. Der Bundesgerichtshof verzögert die Verfahren, verschleppt sie. Auch Ritterkreuzträger und FDP-Mitglied Erich Mende setzt sich für die Freilassung der Beschuldigten ein und behauptet, dass von einer Konspiration, von einer drohenden nationalsozialistischen Unterwanderung der FDP und dem Versuch einer Machtergreifung keine Rede sein kann.

Immer wieder werden Gerichtstermine angesetzt und wieder abgesetzt. Das öffentliche Interesse an den hinausgeschobenen Urteilen schwindet. Da war doch mal was?, fragen sich einige. Für die meisten kein Thema mehr.

Ruhig und gemächlich fließt der Rhein. Er fließt vorbei an Bonn, vorbei am Parlament und auf der anderen Seite vorbei an Rhöndorf, wo auf einer Anhöhe die Villa Adenauers steht. Wo der alte Kanzler in seinem Rosengarten die Sträucher beschneidet, aufblühenden Rosen Namen gibt, Ännchen von Tharau, Ambassador, Comtessa, Gloria. Hinter ihm der Weinberg und das Siebengebirge mit den sieben Bergen und den sieben Zwergen. Der Kanzler schaut auf den Drachenfels und auf die Burgruine, in der der Drache schläft. Zufrieden schaut er auf seine Rosen und hinab auf den Rhein. Die Stinnes-Dampfer rauchen stromab, stromauf, ziehen hinter sich die schweren Schleppkähne her, beladen mit Kohle aus den Zechen, mit Stahl von Krupp und Thyssen. Der Rhein trägt ihre Last, er fließt dahin, breit und ruhig.

Im Radio und auf Schallplatten singt Rudi Schuricke:

Wenn bei Capri die rote Sonne im Meer versinkt
und vom Himmel die bleiche Sichel des Mondes blinkt,
zieh'n die Fischer mit ihren Booten aufs Meer hinaus,
und sie legen im weiten Bogen die Netze aus.

Nur die Sterne, sie zeigen ihnen am Firmament
ihren Weg mit den Bildern, die jeder Fischer kennt,
und von Boot zu Boot das alte Lied erklingt,
hör von fern, wie es singt:
Bella, bella, bella Marie,
bleib mir treu,
ich komm zurück morgen früh.
Bella, bella, bella Marie,
vergiss mich nie.

***

Fahren wir zum Altenberger Dom, schlägt Florian vor. Radeln wir nach Odenthal.

Ludwig ist sofort einverstanden. Sind nur zwanzig Kilometer. An einem Nachmittag leicht zu schaffen.

Nun stehen sie auf der Anhöhe und schauen hinab ins Tal auf den Altenberger Dom. Er hat sich ein mächtiges Ding mit zwei hohen Türmen vorgestellt. Aber das hier ist überhaupt kein Dom, keine Türme, kein mächtiges Bauwerk. Kein wuchtiger Dom. Nur ein Dömchen. Nur eine zierliche gotische Bischofskirche. Idyllisch gelegen im Tal der Dhünn, umgeben von dicht bewaldeten Hügeln, hübsch anzusehen dieses Schmuckkästchen. Daneben grasen Kühe gemächlich auf einer Weide, liegen schläfrig im Sonnenschein.

Beim Abstellen ihrer Räder neben einem Souvenirladen zeigt Florian auf das Bauwerk und erklärt Ludwig die kräftigen steinernen Schwibbogen, das Strebewerk und das kleine Glockentürmchen auf der Vierung.

Auch als sie innen durch das Kirchenschiff gehen, staunt Ludwig. Hoch ragen die Pfeiler, hoch und schmal die Kirchenfenster mit ihren bunten Glasmalereien, ihren Weinreben und Pflanzenmustern. Auf dem Steinboden vor ihnen breitet die durchscheinende Sonne ein wechselndes Farbenspiel aus, je nachdem, wie gerade eine Wolke vorüberzieht. Nur wenige

Besucher gehen umher, über die Grabplatten der Grafen, der Herzöge von Berg, der Bischöfe, fotografieren die Fenster und die weißen Heiligenstatuen an den Wänden.

Hier fehlt ein Triptychon, sagt Florian und deutet auf den Altar. Hier müsste ein großes Triptychon stehen. In der Mitte an einem langen Tisch Jesus, der Jude Jeschua, der Anführer der Widerstandskämpfer, um ihn seine zwölf Aufständischen beim Abendessen. Ein großes Gruppenbild mit Anführer. Jeder einen Dolch im Gewand. Langstielig, mit scharfen, spitzen Klingen. Sie beugen sich zu ihm, machen ihm Vorschläge für ihren nächsten Angriff auf die römischen Okkupanten. So was würde ich gern malen und aufstellen lassen.

Erstaunt sieht Ludwig ihn an.

Na klar, sagt Florian. Die Römer haben Palästina, Judäa, Galiläa besetzt, um es auszubeuten. Die Juden wehren sich, leisten Widerstand, die Römer schlagen zurück. Auf dem linken Flügel des Triptychons, was vor diesem Abendessen geschah. Alles genau gemalt. Die Juden führen ihren Guerillakrieg. Sie stürmen an diesem sogenannten Palmsonntag den Tempel mit dem Waffenlager der Römer, überfallen das Arsenal, rauben es aus für ihren Kampf, stechen mit ihren Dolchen römische Soldaten nieder, sind wieder so schnell verschwunden, wie sie auftauchen. Und alles unter dem Jubel der Bevölkerung.

Ludwig starrt Florian an. Wie kommst du auf so was?

Ist doch Geschichte. So war's damals. Und auf dem rechten Flügel des Triptychons, was nach diesem Abendessen geschah. Auf keinen Fall dieser Jesus am Kreuz. Kein Kreuz. Das sieht man überall. Die Kirchen sind voll davon. Auch die Schulen. Auch in unserem Klassenzimmer hängt dieser Jesus am Kreuz. Rechts also die jüdischen Widerstandskämpfer am Abend auf dem Olivenberg, dem Ölberg, gegenüber der Stadt. Von hier haben sie einen guten Überblick über Jerusalem, können am besten sehen, wo sie die nächste Attacke unternehmen. Um sie herum auf den Hügeln Zehntausende Kreuze. An denen hängen schon Massen von Guerillas. Gekreuzigt von den Römern. Nicht angenagelt, wie man es auf unseren Kruzifixen sieht. Die eisernen Nägel sind den Römern zu wertvoll. Die brauchen sie für ihre Bauten. Nur die ausgetreckten Arme der Hingerichteten mit Seilen angebunden, damit ihnen beim Hängen das Herz abgequetscht wird. Die Hügel sind völlig kahl. Bis heute. Abgeholzt von den Römern für ihre Kreuze. Kleine Kreuze aus zwei Balken, einer senkrecht, der andere darüber quer. Nur anderthalb Meter hoch, um Holz zu sparen für neue Kreuze. Da treten römische Soldaten hervor, packen Jeschua und zerren ihn davon. Der Unsinn mit Judas als Verräter – alles Quatsch, alles Schwindel. Judas war kein Verräter. Der Name Judas war damals normal. Unter Jeschuas Kombattanten gab es mehrere, die Judas hießen. Sogar einer seiner Brüder hieß Judas. Aber diesen Judas Iskariot hat die Kirche ausgesucht und ihn zum Verräter gemacht. Wieder ein Beispiel für den Antisemitismus des Christentums.

Ludwig schlackern die Ohren. So was hat er noch nie gehört. Woher weißt du das alles?, fragt er verwirrt.

Von meinem Vater.

Und woher weiß der das?

Man braucht nur in alten Geschichtsbüchern lesen. Da steht alles.

Ludwig kennt die Büchlein über das Leben Jesu, die sein Religionslehrer Schimmel jede Woche austeilt und wieder einsammelt. Gelangweilt hat er darin kurz geblättert. Da stand nichts von all dem, was Florian erzählt.

Auch das Neue Testament, sagt Florian. Eine verlogene Propagandaschrift der Kirche. Der Jude Jeschua hat nichts hinterlassen. Nichts stammt von ihm. Den Text haben vier seiner sogenannten Jünger geschrieben, Jahrzehnte nach der Kreuzigung ihres Anführers. Und wenn sie angebliche Worte ihres Meisters zitieren, sind sie erfunden. Kein Mensch kann sich daran erinnern, was einer mal Jahrzehnte zuvor wörtlich gesagt hat. Alles erfunden. Aber die Leute sollen es glauben.

Wer's glaubt, wird selig, kommt in den Himmel und hört die Engel jubeln.

**

Die Engländer jubeln auf den Straßen Londons. Ludwigs Mutter sitzt stundenlang vor dem Bilderkasten. Direktübertragung von der Krönung Elisabeth II.!

Auf dem kleinen krummen Fernsehschirm flackern die Bilder zwar, aber das macht nichts. Sie ist ganz hingerissen von dem endlosen Krönungszug, der in die Westminster Abbey einzieht. Sie ist begeistert, wie die feierliche Karawane dahinschreitet, die königlichen Geheimsiegelwahrer, die Lordkämmerer, Zeremonienmeister, Oberzeremonienmeister, die Erzbischöfe, Bischöfe, Edelleute, der Hochadel, der Niedrigadel, Herzöge, Grafen, Hofdamen. Auf Pferden Herolde mit Fanfaren, zu Fuß der Träger der königlichen Krone, die auf einem Samtkissen liegt. Dahinter die achtspännige goldene Prunkkarosse. Und in der Kutsche die junge Elisabeth, noch ohne Krone.

Ludwig findet das Ganze langweilig und blöd. Er muss an den endlosen Trauerzug in Moskau denken, an den Tod des Massenmörders Stalin, an die verweinten Gesichter. Hier jubeln die Menschen und werfen Blumensträuße auf die Kutsche.

Bald darauf werfen Arbeiter Steine, Pflastersteine auf russische Panzer. Direktübertragung aus Ostberlin. Auf der Stalinallee, auf dem Alexanderplatz, auf dem Potsdamer Platz demonstrieren Zehntausende. Arbeiter stürmen Parteibüros. Revolte nicht nur in Ostberlin, auch in Halle, Leipzig, Karl-Marx-Stadt, Eisenhüttenstadt. Aufstand in der Zone!

Ludwig muss an das Gedicht von Günter Eich denken. »Singt die Lieder, die man aus eurem Mund nicht erwartet! Seid unbequem, seid Sand, nicht das Öl im Getriebe der Welt!«

Und jetzt machen die das in Ostberlin und in anderen Städten der DDR.

Jetzt geben sie's ihnen, sagt sein Vater. Stalin ist tot, jetzt können sie sich von Ulbricht und seiner Diktatur befreien. Ludwigs Mutter will das nicht sehen. Schrecklich, sagt sie, schrecklich. Wohin soll das führen? Jetzt kommen noch mehr aus der Zone zu uns. Auch das noch!

Aber Ludwig will das sehen, obwohl er keine Ahnung davon hat, was da in diesem fremden Land geschieht. Er findet die Bilder wahnsinnig aufregend. Ludwig schaut und schaut. Unbegreiflich für ihn, was er da sieht. Gigantische Protestmärsche, Massenkundgebungen, überall werden DDR-Fahnen mit Hammer und Zirkel und Fahnen mit dem Sowjetstern verbrannt. Arbeiter marschieren singend mit der schwarz-rot-goldenen Bundesflagge durchs Brandenburger Tor.

Umsturz! Umsturz! Das Politbüro kann den Aufruhr nicht mehr zügeln. Ulbricht ruft die Russen zu Hilfe. Ihre Panzer rollen an, drohen auf die Aufständischen zu feuern. Die Menschen schlagen mit Stöcken auf die Russenpanzer ein. Sowjetsoldaten schießen mit Kalaschnikows in die Menge. Tote stürzen nieder. Ein russischer Panzer brennt, schwarzer Rauch steigt auf. Was passiert jetzt? Adenauer und sein Kabinett im Bonner Bundeskanzleramt Palais Schaumburg ratlos. Die Alliierten in Westberlin schalten auf höchste Alarmstufe, erteilen Befehle, postieren amerikanische Panzer an der Sektorengrenze, stehen am Checkpoint Charly mit nur wenigen Metern Abstand den russischen Panzern gegenüber. Kanonenrohr gegen Kanonenrohr. Wer feuert zuerst?

In Ostberlin und im Land wird der Aufstand mit Hilfe der Russen niedergeschlagen. Der Aufstand ist gescheitert. Ulbricht ist gerettet.

***

Auch Klaus Jungbluth ist gerettet. Gut, dass die russischen Freunde dem Spuk ein Ende gemacht haben. Sonst wäre es auch mit ihm zu Ende gewesen. Wäre die DDR zusammengebrochen, hätte sich auch sein Auftraggeber aufgelöst, er könnte hier nicht mehr recherchieren, seine Mission an den Nagel hängen. Er könnte nicht mehr zurückkehren in seine Hauptstadt, müsste in dieser BRD bleiben, sich hier niederlassen. Unvorstellbar für ihn. Der westdeutsche Verfassungsschutz hätte ihn aufgespürt, er wäre in einem Gefängnis gelandet, seine Genossen drüben hätten ihn nicht freikaufen, nicht herausholen können.

Der Stasi-Klaus ist froh, dass drüben vorerst mal wieder Ruhe ist. Ganz im Gegensatz zu seinem Bruder Wido. Er hatte ihn über die abhörsichere Telefonleitung angerufen, er jubelte über den Aufstand, freute sich, dass die Bevölkerung drüben endlich auf den Putz haut, dem Ulbricht einen vor den Latz knallt. Nun ja, er kennt seinen Wido. Er war immer schon ein Rebell. Jetzt war er deprimiert, weil der Aufstand gescheitert ist. Danach hat er nichts mehr von ihm gehört. Wer weiß, wo er sich herumtreibt.

Klaus Jungbluth, vom DDR-Ministerium für Staatssicherheit mit Tarnnamen ausgestattet, mit einem gefälschten Pass und einem Mercedes mit Bonner Kennzeichen, kann weitermachen. Er kann weiter Material für sein Braunbuch sammeln, für eine Dokumentation über Kriegs- und Naziverbrecher in der BRD, muss nur immer wieder sein Bonner Hotel wechseln, um nicht aufzufliegen.

Vor ihm ein Stapel der Wochenschrift »Die Deutsche Zukunft«, herausgegeben von Middelhauve. Er blättert sie durch und stößt auf einen Artikel über den Bundesleiter ehemaliger deutscher Fallschirmspringer, einst Kommandeur mehrerer Fallschirmspringereinheiten, General Ramcke, liest über sein Auftreten vor seinen Grünen Teufeln im Saalbau Essen. Ihm fällt auf, dass nicht gesagt wird, dass dieser Ramcke bei seinen Luftlandeaktionen auf Kreta, in der Ukraine, in Italien und in der Bretagne mehrere tausend Widerstandskämpfer und Zivilisten erschießen ließ. In einem Bericht über das Attentat auf Reinhard Heydrich fällt ihm auf, dass nicht gesagt wird, dass die Gestapo, der Sicherheitsdienst und die Polizisten als Rache die hundertdreiundsiebzig Bewohner von Lidice erschossen, das Dorf niederbrannten und einebneten und auch die Bewohner umliegender Dörfer liquidierten und ihre Häuser ebenfalls niederbrannten.

In einem Beitrag zu Ehren des Generalfeldmarschalls Erich von Manstein, der als sogenannter Unschuldiger im Zuchthaus Werl festgehalten wird, fällt ihm auf, dass nicht gesagt wird, dass dieser Generalfeldmarschall auf der Krim ein Massaker mit vielen tausend Toten befahl. Und in einem Artikel über Generalfeldmarschall Albert Kesselring stellt er fest, dass nichts über seine Bombardierung von Warschau und London gesagt wird, über seine Einäscherung von Rotterdam, auch nichts über seine Geiselerschießungen in Italien.

Er entdeckt ein langes Interview mit Hasso von Manteuffel, ehemaliger Kommandeur einer Panzerdivision an der Ostfront, Oberbefehlshaber einer Panzerarmee an der Westfront, ausgezeichnet mit dem Ritterkreuz des Eisernen Kreuzes mit Eichenlaub, Schwertern und Brillanten. 1947 aus amerikanischer Gefangenschaft entlassen, leitender Angestellter des Kölner Bankhauses Pferdmenges, Adenauers Hausbank, seit 1949 Mitglied der FDP. In seinem Interview fordert General von Manteuffel eine grundsätzliche Wehrbereitschaft gegen den Ostblock, eine wesentlich größere Aufrüstung der geplanten Bundeswehr, um die Gefahr eines Überraschungsangriffs der Sowjetunion abzuwehren und eine Besitznahme der bundesdeutschen Industriezentren durch die Russen zu verhindern, und fordert die energische Bereitschaft des deutschen Volkes zu einem neuen Krieg.

Jungbluth notiert:

1946 gründen die Amerikaner bei München die Organisation Gehlen, finanziert von der CIA. Ihr Auftrag: Gegenspionage, Spionageabwehr, Kampf gegen den Kommunismus, Unterstützung von Antikommunisten und Ermittlung von Antifaschisten. Ihr Leiter: Reinhard Gehlen, einst Generalleutnant der Wehrmacht und Chef der Nazi-Spionageabteilung Fremde Heere Ost. Gehlen war am Überfall auf Polen und auf die Sowjetunion beteiligt. In seiner Gefangenschaft bietet er sich 1946 den Amerikanern an, als erfahrener Spionagechef gemeinsam mit ihnen weiter gegen die Sowjetunion zu kämpfen. Verrät der CIA Teile seines in Bayern in fünfzig Stahlkisten versteckten Archivmaterials über die Abteilung Fremde Heere Ost. Die Amerikaner nehmen ihn in ihren Geheimdienst auf. Zusammen mit vielen seiner hochrangigen nationalsozialistischen Freunde aus der SS, dem SD, dem Reichssicherheitshauptamt und der Gestapo.

1947 Niederlassung der Organisation Gehlen in der ehemaligen Reichssiedlung Rudolf Heß in Pullach bei München. Ab 1949 liefert Gehlen mit Zustimmung der Amerikaner seine Ermittlungen auch an die neu gegründete Bundesrepublik. 1950 enger Kontakt Gehlens mit Adenauer, Kampf gegen den Kommunismus, Ausspionieren der BRD und DDR. Mit Manteuffel, Heusinger und Speidel Planungen für die Wiederbewaffnung. 1951 Beratungen bei Adenauer mit Gehlen und Hans Globke über die Gründung eines eigenen Bundesnachrichtendienstes. 1953 Finanzierung der Organisation Gehlen von Bonn und der deutschen Wirtschaft.

So weit seine Notizen zur Organisation Gehlen. Zwischen seinen Unterlagen findet Jungbluth einen Zettel. Die Notiz eines Anrufs von Wido. Er schaut auf das Datum. Ist schon lange her. Wido nannte ihm eine gewisse Luise Birnbaum, Lehrling in der Opladener Goethe-Buchhandlung. Sie habe interessante Dokumente für ihn. Er riet ihm, mit ihr Kontakt aufzunehmen. Dieser Tipp ist ihm zwischen die Seiten der Deutschen Zukunft geraten, er hatte ihn ganz vergessen, hatte so viel anderes zu tun.

Jetzt ruft er sie in der Buchhandlung an, darf seinen Namen nicht nennen, doch als er einen schönen Gruß von Wido sagt, weiß sie Bescheid. Sie verabreden sich für den nächsten Tag in der Milchbar Palermo, Kölner Straße, gegenüber dem Kino

Germania, als Erkennungszeichen in der Hand den Neuen Vorwärts der SPD, unverdächtig.

∗

Als Luise nach Geschäftsschluss vor dem Palermo steht, ist ihr schummrig vor Aufregung, sie spürt ihren Herzschlag in der Kehle. Sie muss schlucken, ist nicht sicher, ob sie wirklich eintreten soll. Da wird die Tür aufgerissen, junge Leute toben heraus, einen Moment steht die Tür offen. Wenn er sie jetzt hier sieht, kann sie nicht mehr zurück, muss hinein. Wie verabredet hält sie den Neuen Vorwärts in der Hand, laut schlägt ihr René Carol entgegen mit »Rote Rosen, rote Lippen, roter Wein«.

Die Milchbar ist rappelvoll. Auf den Tischen in bauchigen Körben Weinflaschen mit abgebrannten Kerzen, umflossen von getropftem Wachs. Die Wände mit Gondoliererudern dekoriert, Fischernetze mit kleinen Fängen hängen von der Decke. Und in den vier Ecken der Milchbar je eine Grotte wie eine Tropfsteinhöhle. Die lärmende Musikbox schimmert violett, orange, rosa, immer in wechselnden Farben. Davor stehen zwei Mädchen, drücken Tasten. Noch immer schmeichelt der Carol mit »Rote Rosen, rote Lippen, roter Wein und Italiens blaues Meer im Sonnenschein laden uns ein, laden uns ein«. Sie fühlt sich nicht eingeladen.

In dem Moment steht in einer der Grotten ein Herr auf, mittleres Alter, gepflegtes Äußeres, gut geschnittenes Haar, modernes Jackett, weißes Hemd mit schwarzer Fliege. Höflich deutet er mit seinem Neuen Vorwärts auf den kleinen Tisch vor ihm.

Jetzt ist sie gefangen wie in einem der herabhängenden Fischernetze. Sie muss zu ihm. Er begrüßt sie galant, sie reichen sich die Hände. Er hat warme Hände. Sie setzen sich.

Was darf ich Ihnen bestellen? Einen Eisbecher mit Früchten? Einen Milkshake? Kaffee mit Torte? Einen Piccolo?

Luise ist verwirrt, sie will bescheiden sein. Ein Glas Orangensaft bitte.

Nur?

Luise nickt.

Jungbluth gibt der jungen Kellnerin ein Zeichen. Sie tritt heran, weißes Spitzenschürzchen, niedliches weißes Häubchen, er bestellt für Luise den gewünschten Orangensaft und für sich einen Cappuccino. Luise ist verlegen, weiß nicht, wie sie das Gespräch beginnen soll. Er hilft ihr und beginnt selbst.

Sie wissen, warum ich Sie treffen will. Ich spiele immer mit offenen Karten.

Luise hat von Wido erfahren, dass er für die Stasi arbeitet, ist misstrauisch.

Ich arbeite in der Hauptstadt der DDR für die staatliche Archivverwaltung der DDR, flüstert er. Nationalrat der Nationalen Front. Unsere Dokumentation –

In dem Moment serviert die hübsche Kellnerin den Orangensaft mit einer Scheibe Zitrone, an den Glasrand gesteckt, und den Cappuccino mit einem aufgestreuten dekorativen Kakaoherz und einem Keks. Während sie beides auf dem kleinen Tisch zurechtrückt, schweigt Jungbluth. Erst als sie weg ist, raunt er weiter. Nun plärrt aus der Musikbox Schurickes Metallbürstenstimme »Wenn bei Capri die rote Sonne im Meer versinkt«, übertönt seine »Rote Sonne« den Stasi-Klaus. Er darf nicht zu laut sprechen, muss sich zu Luise beugen.

Unsere Dokumentation soll alle Kriegs- und Naziverbrecher in der BRD und in Westberlin mit Namen nennen. Erscheinen soll dieses Braunbuch im Staatsverlag der DDR. Und ich bitte Sie, bei diesem Unternehmen mitzuarbeiten, uns zu helfen.

Luise wird es mulmig. Natürlich will sie mithelfen, die alten Nazis hier aufzudecken. Davon kennt sie mittlerweile einige. Ihre Namen sollen bekannt werden. Aber Mitarbeiterin der Stasi? Komplizin der DDR? Sie denkt an den Verfassungsschutz, der hat sie gleich am Wickel. Was dann?

Der feine Herr mit der schwarzen Fliege nippt an seinem Cappuccino und knabbert seinen Keks.

Nun, überraschen Sie mich, sagt er dann leise. Was haben Sie mitgebracht?

Damals im Keller der Buchhandlung, als Wido von seinem Bruder und seiner Arbeit sprach, dachte sie spontan, ihm die Dokumentation der Brüsseler Sicherheitspolizei und Hegers Kriegstagebuch zu übergeben. Da waren Täter genannt. Doch auf ihrem Weg zum Palermo, Dokumentation und Kriegstagebuch in ihrer Tasche, kamen ihr Zweifel. Sie hatte Angst, mit der Stasi zusammenzuarbeiten, entschied, ihm die Unterlagen nicht zu geben. Sie will ihre Funde in ihrer Tasche stecken lassen. Sie muss das alles Ludwig geben. Er soll wissen, was sein Vater Hannes im Krieg gemacht hat. Egal, wie er darauf reagiert, er muss das lesen.

Ich habe nichts mitgebracht, sagt sie leise.

Nichts mitgebracht? Jungbluth ist enttäuscht. Wido sagte mir, Sie hätten da einiges.

Luise druckst herum, vergisst ihren Orangensaft, nennt ihm dann aber den Namen Edmund Rauschenberg, früher und heute wieder Richter am hiesigen Amtsgericht.

Wie haben Sie ihn entdeckt?

Er war ein Freund meines Vaters.

Und dann liefern Sie ihn ans Messer?

Das macht sie gern. Rache muss sein. Sie erzählt ihm, dass er Ende '38, Anfang '39 ihr Geschäft und ihre Wohnung wegnahm, Arisierung, dass sie nach Brüssel fliehen mussten und dass er ihnen nun nach ihrer Rückkehr Entschädigung verweigerte. Das sagt sie fest und entschlossen. Dieser Kerl muss bekannt werden.

Jungbluth ist zufrieden.

Und sonst? Noch andere Namen?

Luise nennt ihm Erwin Wipperfürth, Gestapo in Brüssel, heute hier Kripoleiter. Und Rudi Heger, Kompanieführer eines SS-Polizeibataillons, heute hier Leiter des Polizeireviers.

Woher wissen Sie das?, fragt Jungbluth.

Ich hab mich über die beiden erkundigt.

Nun durstig geworden trinkt sie in großen Schlucken ihren Orangensaft aus. Jungbluth ist sehr zufrieden, notiert die Namen. Den Hannes Stadler aber verrät Luise nicht. Sie will Ludwig schützen. Das macht sie mit ihm persönlich aus. Einmal wird sie ihm ihre Dokumente zu lesen geben und mit ihm darüber reden.

***

Über die Verhafteten des Naumann-Kreises redet man nicht mehr. Drei Monate nach der Überstellung der Verschwörer an den Bundesgerichtshof ist es immer noch fraglich, ob gegen sie ein Verfahren wegen der Gründung einer verfassungsfeindlichen Vereinigung und Konspiration eröffnet wird. Die Bundesstaatsanwälte stellen fest: Die Beweise gegen die Beschuldigten, auch gegen Naumann, sind nicht stichhaltig genug, das vorliegende Material reicht nicht zur Erhebung einer Anklage aus. Es besteht kein dringender Tatverdacht.

Nach und nach heben die Bundesrichter die Haftbefehle auf und entlassen die Festgenommenen. Die Kosten ihrer ergebnislosen Ermittlungen trägt die Staatskasse.

Die Freigelassenen können weiter ungestört ihre Berufe ausüben. Auch Werner Naumann. Nach seiner Haftentlassung setzt er sich in Achenbachs Essener Kanzlei wieder für die Rehabilitierung und Freilassung von NS-Kriegsverbrechern ein. Auch alle anderen einstigen NS-Funktionäre dürfen weiter in den FDP-Geschäftsstellen ihre Ämter ausüben. Middelhauve ist zufrieden. Zur Durchsetzung seiner Ziele weist er sie sogar an, die Liberalen in seiner Partei systematisch auszuschalten und sie durch anzuwerbende ehemalige Nationalsozialisten zu ersetzen.

Über die Entscheidung des Bundesgerichtshofs sind die Briten höchst verärgert. Der Hohe Kommissar Kirkpatrick lässt dem Kanzler ausrichten, ihm sei völlig unverständlich, dass die deutsche Justiz einen derartigen Fall von dieser Tragweite im Sande verlaufen lässt.

Adenauer beruft sich kühl auf die demokratische Unabhängigkeit der Justiz. Dabei weiß er genau, dass in seiner Regierung, in der FDP und auch in den Gerichten ehemalige Nationalsozialisten sitzen. Doch nie wurden sie angeklagt und verurteilt. Keine Krähe hackt der anderen ein Auge aus.

Im Radio und auf Schallplatten singen Caterina Valente und Silvio Francesco:

Es geht besser, besser, besser,
immer besser, besser, besser,
denn wir haben viel geschafft in kurzer Zeit.
Wir schaffen wahre Wunder,
und die kann jeder seh'n.
Es geht besser, besser, besser,
immer besser, besser, besser,
und das Leben wird als Leben wieder schön.

**

Immer wieder fasst sich Ludwig ein Herz und geht in ihre Buchhandlung. Nicht um ein Buch zu kaufen, nur um Luise wiederzusehen und mit ihr zu reden. Doch ein Gespräch mit ihr – unmöglich. Entweder ist sie unten im Keller oder gerade zur Post, Pakete wegbringen. Und wenn er sie tatsächlich im Laden sieht, ist sie wahnsinnig beschäftigt, wird hin und her gejagt, ihr dies und das angeschafft, muss stapelweise Bücher schleppen. Sie kann ihm nur im Vorübergehen kurz zulächeln und bedauernd die Schultern zucken. Keine Chance für ein persönliches Wort. Immer stehen zu viele Leute im Laden herum. Und jedes Mal kommt die ältere dickliche Arnold auf ihn zu oder der Eichhorn-Knochen und fragen ihn nach seinen Wünschen. Da kann er nicht sagen, er möchte mit Luise reden, und kauft verlegen ein Reclam-Bändchen für die Schule. Schillers »Wallenstein«, Goethes »Egmont« oder Stifters »Hochwald«.

Wenn er enttäuscht geht, winkt sie ihm zu. Das macht ihm Mut, sein Glück später noch einmal zu versuchen. Aber dann wird er immer wieder davon abgehalten. Für Lilos Erdkundeunterricht in der Landesbildstelle Leverkusen Filme holen, in diesen silbernen Blechdosen, bei Middelhauve den FDP-Kram eintüten, Aufsätze schreiben für Linde, Mathe büffeln für die Klassenarbeit.

Jetzt versucht er es noch einmal. Jetzt hat er Glück, sie ist gerade frei für einen Moment. Er erzählt ihr, dass er im Altenberger Dom war.

Den möchte ich auch gern mal sehen, sagt sie.

Ludwig hüpft das Herz in der Brust. So bald wie möglich radelt er mit ihr dahin. Er erzählt ihr, was Florian dort über diesen Jeschua berichtet hat und wie er darüber staunte.

Für Luise nichts Neues.

Er hat doch recht. So war das, sagt sie und verschweigt ihm, dass sie mit dem Stasimann Jungbluth im Palermo war.

Ohne Buch kann Ludwig nicht aus der Buchhandlung gehen und fragt sie, welches Buch sie ihm empfiehlt. Sie drückt ihm Alfred Andersch in die Hand, »Die Kirschen der Freiheit«. Diesen Andersch hat er schon in Anselms Krabbelkiste in den Fingern gehabt, als er bei seinem ersten Besuch im Antiquariat darin stöberte, stellte es wieder zurück, weil es ihn nicht interessierte. Jetzt empfiehlt ihm Luise den Andersch. Er kann sich zwar unter »Kirschen der Freiheit« nichts vorstellen, aber wenn Luise sie ihm empfiehlt, müssen sie was Besonderes sein.

Wenn du es gelesen hast, sag mir, wie es dir gefallen hat.

Ihm wird warm ums Herz. Ihr Lächeln, ihre vollen roten Lippen, ihre grünlich schimmernden Augen. Sie ist so hübsch. Er fühlt, er hat sich in sie verliebt. Das fühlt er ganz deutlich und hört Anselm: Mach nur. Mach nur weiter. Wird gut sein für dich. Du wirst schon sehen.

Er kratzt sein letztes Middelhauve-Geld zusammen, es reicht gerade für die Freiheitskirschen. Jetzt hat er kein Geld mehr für seinen Fahrradkram. Egal, jetzt hat er etwas von Luise.

Er möchte noch mehr haben von ihr und schlägt ihr vor, am nächsten Sonntag mit ihm zum See der Dhünntalsperre zu radeln, mit ihr dort zu schwimmen. Da soll es wieder heiß werden. Und er den ganzen Nachmittag mit ihr allein. Sonne, Wasser, auf der Wiese liegen, ihren Körper sehen, ihre Stimme hören, mehr von ihr erfahren. Er weiß fast nichts über sie. Vielleicht anschließend noch etwas unternehmen. Das wäre schön.

Sofort sagt sie zu, ist einverstanden. Sie freut sich, mal raus aus der Buchhandlung, weg von den Büchern zu kommen. Ihr Körper braucht Licht, braucht Sonne, muss umspült werden vom See. Sie will mit Ludwig den Nachmittag genießen, vielleicht auch den Abend, mehr von ihm erfahren. Sie weiß kaum etwas über ihn.

Die Arnold schiebt sich heran, nimmt ihm den Andersch aus der Hand, runzelt die Stirn, sieht ihn schräg an.

Dafür bist du zu jung.

Er besteht auf den Kauf.

Wenn du unbedingt willst.

Er will, bezahlt, winkt Luise zu und geht froh aus dem Laden.

Im Radio und auf Schallplatten singen die Comedian Harmonists:

Wochenend und Sonnenschein
und dann mit dir im Wald allein.
Weiter brauch ich nichts zum Glücklichsein.
Wochenend und Sonnenschein.
Über uns die Lerche zieht,
sie singt genau wie wir ein Lied.

Alle Vöglein stimmen fröhlich ein.
Wochenend und Sonnenschein.

***

In seinem Zimmer baut Ludwig ein neues Bücherregal. Er stapelt links und rechts von einer Baustelle geklaute Ziegelsteine aufeinander, legt dazwischen alte Bretter, ebenfalls geklaut von einer Baustelle, fertig war sein Bücherregal. Das weiß lackierte Drahtgestell seiner Mutter schmeißt er in den Keller. Den Andersch stellt er auf das erste Brett. Dazu Balzacs »Menschliche Komödie«. Es sieht gut aus, wie die beiden Bücher da stehen. Davor legt er schöne große Steine, die er bei seinen Radtouren gefunden und sauber geputzt hat.

Die Mutter ist empört, als ihr Drahtgestell weg ist.

Was soll das denn!, entrüstet sie sich. Ziegeln und Bretter vom Bau? Wie sieht das denn aus! Sind wir eine Rumpelkammer? Die wirfst du weg und stellst wieder hin, was ich dir geschenkt hab.

Er wirft nichts weg. In sein neues Regal müssen noch mehr Bücher, es muss voll werden von all den Büchern, die ihm Luise empfiehlt. Ludwig öffnet »Die Kirschen der Freiheit«, beginnt zu lesen. Vieles versteht er nicht. Er versteht nicht die Worte Marxismus, Sozialismus, Dialektik, Defätismus, Proletariat, Internationale. Versteht auch nicht, was der Andersch da über den befohlenen Eid der Soldaten schreibt, über Verantwortung und Humanität. Aber er versteht gut, was der Andersch über seine Radtouren schreibt. Wie er entlang der hellen Isar radelt, bis ins Alpenvorland, nach Mittenwald, zum Walchensee hinauf, und über das Land schaut, unter ihm das Tal sieht und gegenüber das Karwendelgebirge. Wie er da die Möglichkeiten des Lebens ahnt, weiß, dass hinter dem Leben, das er bisher führt, noch tausend andere Leben auf ihn warten. Wie er da denkt: weiterradeln, weiterradeln, fortgehen, alles hinter sich lassen, unabhängig sein, ein neues Leben anfangen.

Das alles kann Ludwig gut nachfühlen, obwohl er nur entlang der gelb schäumenden Wupper geradelt ist, durch die sumpfige Fixheide, durch das Bergische Land, immerhin bis Schloss Burg und zum Altenberger Dom.

Auch Ludwig ahnt bei seinen Touren, dass es für ihn noch andere Leben gibt, die er noch nicht kennt. Sieht vor sich eine Weggabelung mit einem zugewachsen Feldweg, den er noch nicht gefahren ist, von dem er nicht weiß, wohin er führt. Auf ihm weiterfahren, das könnte sein Leben ändern. In diese Richtung weiterradeln, weiterradeln, einfach abhauen, die Schule verlassen, die Eltern verlassen, raus aus Opladen. Nichts wie weg. Am besten mit Luise. Aber dann fährt er wie der Andersch doch wieder auf seinem gewohnten Weg zurück zu seinen Eltern. Es geht nicht anders. Noch ist Ludwig gefangen. Da ist die Schule, da sind seine Eltern. Außerdem ist er noch nicht volljährig. Noch keine achtzehn. Vorerst unmöglich. Aber dann haut er ab.

In »Kirschen der Freiheit« liest er, wie Andersch im Krieg in Süditalien auf Feinde schießen soll, die nicht seine Feinde sind. Sein Feind ist Hitler, dieser Scharlatan mit seinem weißlichen, schwammigen Gesicht, mit dem schwarzen Haarstriemen auf der Stirn und dem feigen Gaunerblick. Das Gesicht einer bleichen, abgewetzten Kanalratte. Auf diese Kanalratte kann Andersch nicht schießen. Sein Feind ist auch seine eigene Schwadron um ihn. Auf sie kann er auch nicht schießen. Aus ihr muss er sich befreien. Da bleibt ihm nur ein Ausweg: desertieren. Aber wie?

Auch Ludwig fühlt deutlich: Er ist auf dem falschen Dampfer. Er sitzt im falschen Zug. Fährt die falsche Strecke. Reitet auf dem falschen Pferd. Abspringen, abspringen, abspringen, bevor es zu spät ist. Wo ist sein richtiger Dampfer, sein richtiger Zug, sein richtiges Pferd? Nichts in Sicht. Kein Richtig nirgendwo.

Vielleicht findet er einen Ausweg in einem der nächsten Bücher von Luise, die sie ihm empfiehlt. Er muss wieder zu ihr. Aber erst mal liest er weiter.

Andersch muss desertieren, nicht mehr beim Haufen bleiben, Fahnenflucht, Freiheit, muss davonlaufen in die Freiheit. Aber noch marschiert er mit in seiner Schwadron zum nächsten aussichtslosen Kampfeinsatz. Dann entschließt er sich. Ein Ruck fährt durch seinen Kopf, durch seinen Körper. Die Entscheidung steht wie ein Kristall vor ihm. Er schert aus seiner Schwadron aus, unter irgendeinem Vorwand, bleibt am Straßenrad stehen, lässt die Kolonne vorbeiziehen, bis der letzte Mann hinter einer Biegung verschwunden ist. Er steht allein auf der Straße. Er fühlt sich frei. Zum ersten Mal frei. Süßer Akazienduft umweht ihn und der Duft von Lavendel. Jetzt nichts wie weg von der Straße, auf der man ihn entdecken könnte.

Er schlägt sich seitwärts in die Büsche, in die Macchia, in das dichte Dornengestrüpp. Beim Durchdringen der Wildnis reißen die Dornen seine Hände auf und sein Gesicht. Weiter, nur weiter. Er wirft seinen Karabiner in die Büsche, löst seine Patronentaschen vom Koppel, wirft sie und seinen Stahlhelm hinterher. Er ist frei, fühlt sich aufgenommen und geschützt in der Wildnis der Freiheit. In einer Talmulde findet er einen wilden Kirschbaum. An seinen Zweigen hängen dicht an dicht die roten reifen Früchte. Mit seinen zerkratzten Fingern greift er nach den Kirschen, isst gierig ein paar Hände voll von diesen frischen und herben Kirschen der neuen Freiheit. Sie schmecken ihm, wie ihm noch nie zuvor Kirschen geschmeckt haben.

Ludwig legt das Buch zur Seite. Er muss sich erst bewusst werden, was er da gelesen hat.

Sein Vater ist nicht desertiert. Er ist nach seinem Heimaturlaub immer wieder zurückgekehrt an die Front. Aber er selbst muss desertieren aus der Familie, muss raus aus Opladen, sobald er kann.

Sein Vater kommt ins Zimmer. Er, der sonst kaum ein Buch in die Hand nimmt, greift sich den Andersch, liest darin auf der ersten Seite das Zitat von André Gide: »Ich baue nur noch auf Deserteure.«

Was soll das denn?, fragt er Ludwig. Weißt du, was das ist,

ein Deserteur? Ein Drückeberger, ein Feigling, ein Verräter. Und so was liest du?

Ludwig ist schnuppe, was sein Vater sagt. Er muss noch mehr solcher Bücher lesen, empfohlen von Luise. Und am Sonntag breitet er für sie am See der Dhünntalsperre auf der Wiese die Decke aus.

***

An diesem heißen Sonntag breitet Ludwig auf der Wiese nicht für Luise die Decke aus, sondern für Florian. Die »Kirschen der Freiheit« hat er von ihr, aber sie hat er jetzt nicht.

Kann nicht, hat sie bedauernd gesagt, als er wieder bei ihr war. Möchte gern mit dir schwimmen, aber es geht nicht.

Warum nicht?

Ach, Frauengeschichten. Jeden Monat diese unangenehme Sache.

Was für eine unangenehme Sache? Was Schlimmes?

Nicht schlimm, aber blöd.

Was denn?

Sag ich dir später.

Die Wiese ist dicht belegt mit Familien, mit Jungen in engen Badehosen, mit Mädchen in knappen einteiligen Badeanzügen, oft auch in gewagten Bikinis. Während die Jungen den großen Zampano mimen, die Mädchen um sie herum beeindrucken wollen und ihre kleinen Radios voll aufdrehen, schielen die Mädchen verstohlen zu den Jungen hinüber, feixen über sie. Dazwischen Paare, die Federball spielen und ihre Bälle immer wieder aus den Gruppen der Sonnenbadenden herausholen müssen.

Als Florian aus Hemd und Hose schlüpft, stellt sich Ludwig vor, wie Luise ihr dünnes luftiges Sommerkleid abstreift und im Bikini vor ihm steht. Florian bewundert Ludwigs gut sitzende karierte Badehose und schämt sich für sein ärmliches Schlapperzeug. Sie stürzen sich in den See. Warm umspült das Wasser ihre Körper. Ludwig stellt sich vor, wie Luise neben ihm schwimmt, so leicht und grazil. Doch jetzt muss er aufpassen, dass er nicht die glitschigen Algen schluckt, muss sie von der Haut abstreifen. Florians weite Hose rutscht immer wieder herunter, muss sie dauernd hochziehen.

Sie steigen aus dem Wasser, lassen es von ihren Körpern abtropfen, legen sich auf die Decke, sonnen sich.

Ludwig sieht Luise neben ihm liegen, ganz eng neben ihm. Da spürt er auf seinem Knie eine Hand. Luises Hand. Es ist die Hand von Florian. Ludwig erschrickt, weiß nicht, wie er sich verhalten soll. Florian streichelt seinen Oberschenkel. Immer näher rückt seine Hand an Ludwigs Johannes heran. Das gefällt ihm gar nicht, und er dreht sich um, legt sich auf den Bauch. Schon fürchtet er, seine Hand auf seinem Po zu spüren, da dreht sich auch Florian um.

Jetzt ist er gekränkt, fürchtet Ludwig. Das will er nicht. Er will ihn nicht verletzen. Aber so eine Tätschelei in aller Öffentlichkeit, das ist Ludwig zu peinlich. Außerdem, Schwulsein ist verboten, ist strafbar. Wird mit Zuchthaus bestraft. Das weiß Ludwig und auch Florian.

Ich hätte so gern einen Freund, sagt er plötzlich in die Decke hinein.

Ludwig wendet sich zu ihm. Freund ja, aber nicht so.

Da küsst ihn Florian leicht auf den Hals. Auch das noch. Und all die Leute um ihn herum. Unmöglich. Was müssen die von ihm denken? Nun legt er auch noch seinen Arm um seine Schultern.

Abrupt richtet sich Ludwig auf. Hoffentlich hat keiner den Kuss und diese Zärtlichkeit gesehen. Mit knallroter Birne sitzt er nun da auf der Wiese. Ein Federball fliegt vor seine Füße, ein Junge holt ihn, entschuldigt sich. Ludwig wendet sich ab, damit er seinen roten Ballon nicht sieht.

Während sie wieder schwimmen, sich wieder auf der Decke sonnen, kein Wort über diese Annäherung. Ludwig weiß nicht, wie er ihm erklären soll, dass er ihn nicht als Freund verlieren will.

Florian hat trotzdem verstanden, er muss sich einen anderen Jungen suchen. Wo aber finden? Nicht in der Klasse. Da schon gar nicht. Er ist verzweifelt, möchte, dass ihn Ludwig tröstet. Doch Ludwig bleibt starr liegen. Florian weiß nicht, was er tun soll.

***

Klaus Jungbluth hat viel zu tun. Am 6. September ist Bundestagswahl, die zweite in dieser neuen Republik. Schon seit Wochen werden die Städte zugekleistert mit Wahlplakaten. Er fotografiert für sein Braunbuch alle Wahlplakate, die ihm vor die Linse kommen: Steuer herum! Rechts ran! Wählt Middelhauve!, fordert die FDP und verkündet ihre Nationale Sammlung. Die CDU droht: Alle Wege des Marxismus führen nach Moskau! Im Hintergrund ein gefährlich starrender Rotarmist.

Schon seit Monaten sitzt Jungbluth in verschiedenen Gaststätten vor den Fernsehgeräten, sieht die Politiker mit ihren strahlenden Gesichtern, hört, wie sie das Blaue vom Himmel herunterlügen. Am Wahlabend notiert er die Prognosen und am nächsten Tag das Wahlergebnis: Adenauer mit seiner christlichen CDU bleibt mit der FDP in der Regierung. Der Kanzler auf dem Gipfel seiner Beliebtheit, bleibt zugleich sein eigener Außenminister. Middelhauve als Galionsfigur des rechten Flügels seiner nationalen Partei ist nun stellvertretender FDP-Bundesvorsitzender. Die meisten Minister des ersten Kabinetts bleiben auch in der neuen Regierung. Darunter die alten Nazis Ludwig Erhard als Wirtschaftsminister, Christoph Seebohm als Verkehrsminister und der Finanzminister Fritz Schäffer, der sich vehement dafür einsetzte, dass Hitler 1933 an die Macht kam, und Hitler als Segen für Deutschland pries.

Doch da sind auch einige neue alte Nazis. Jungbluth notiert: Heinrich Lübke, Minister für Ernährung, Landwirtschaft und Forsten, baute als stellvertretender Leiter der Baugruppe Schlempp für die Produktion von V-Waffen in Peenemünde und in den Außenlagern der KZs Buchenwald Leau und Neu Staßfurt KZ-Baracken. Dort mussten unter seinem Kommando zweitausend KZ-Häftlinge schwerste Bauarbeiten unter Tage verrichten. Seine Arbeitsbefehle haben fünfhundert Häftlinge nicht überlebt.

Und Theodor Oberländer, Vertriebenenminister, im Oberkommando der Wehrmacht als Spionageoffizier Vortäuschung des polnischen Überfalls auf den Sender Gleiwitz, um den Nationalsozialisten einen Vorwand für den Einmarsch in Polen zu geben. Stellt sein Bataillon Nachtigall auf, das unter seinem Kommando Anfang Juli 1941 in Lwow (Lemberg) dreitausend bis fünftausend Frauen, Kinder und Greise erschießt. Weitere Massaker an der Zivilbevölkerung durch sein Bataillon in Tarnopol, Schitomir und Winniza. 1944 beteiligt an der Niederschlagung des Warschauer Aufstandes.

Und Hans Maria Globke, 1935 Mitverfasser und Kommentator der Nürnberger Rassegesetze zum Schutze des deutschen Blutes und der deutschen Ehre, schon in der ersten Regierung Adenauers Ministerialdirigent, nun Staatssekretär und Chef des Bundeskanzleramtes, dazu Adenauers engster Vertrauter und Berater.

Das sind nur die Spitzen des Eisbergs, die man im Fernsehen sieht, in der Presse. Die jeder sieht. Doch die unter der Wasseroberfläche, die sieht man nicht. Die Staatssekretäre, die Ministerialdirigenten, Ministerialdirektoren, diese alten Nazis im Außenministerium, in den Ministerien des Innern, der Justiz, der Finanzen, der Wirtschaft, des Verkehrs, die sieht man nicht, die bleiben im Dunkeln. Sie formulieren die neuen Gesetzentwürfe, schreiben die Reden für die Minister, beraten sie bei ihren Entscheidungen. Dazu das Heer der braunen Politiker in den Bundesländern, in den Landkreisen, in den Bezirken, in den Ortsverbänden. Kurz tauchen sie auf in den Lokalzeitungen. Keiner weiß, was sie bis Kriegsende trieben.

Doch Klaus Jungbluth forscht nach, notiert für seine Dokumentation. Sein Braunbuch wächst und wächst. Ein schönes

Braunbuch, sagt sich der Stasi-Klaus, als er seine Sammlung vor sich sieht.

***

Ein schönes Modell, sagt Max, als er seine alte Dampflok vor sich auf dem Wohnzimmertisch sieht. In der einen Hand hält er seinen qualmenden Stumpen, mit der anderen streicht er zärtlich über ihren eisernen Leib. Florian hockt auf der Kante des durchgesessenen Sofas. Er kennt das mit der Dampflok. Ludwig kennt das nicht.

Ein Leib, gefüllt mit Feuer, Wasser und Dampf, sagt Max und nimmt einen Schluck Kölsch aus seiner Pulle. Ludwig hört es in seinem Bauch blubbern.

Liebevoll betrachtet er seine alte Lok, ist ganz verliebt in sein Eisenungetüm.

Das Modell hab ich mir nach dem ersten Bombenangriff auf Opladen und auf das RAW im Dezember 1944 geschnappt, erzählt er. Aus einem eingestürzten Büro. Musste es unbedingt retten, bevor alles in Trümmer zerfiel. Die Lok war natürlich völlig verdreckt, versaut. Aber sonst noch gut in Ordnung. Sie aus dem Büro rauszuholen war natürlich gefährlich. Durfte mich keiner sehen. War ja ein entflohener KZler. Aber ich konnte nicht anders. Versteckt unter meinem Mantel trug ich das Modell in mein Schreberhäuschen, befreite es vom Staub, putzte es behutsam bis aufs letzte Fusselchen, bis es wieder glänzte.

Max zieht lange an seinem Stumpen. Florian achtet wieder darauf, dass die Asche in die überquellende Kompottschale fällt und nicht auf seine Strickjacke.

Eine G 81, sagt Max. War ab '19 die meistgebaute Güterzuglok. Mit Kohle- und Wassertender. Brachte es sogar bis auf fünfundsiebzig Stundenkilometer.

Ludwig bestaunt dieses kleine polierte Wunderwerk.

Da vor dem Führerstand ist die Feuerbüchse, in die der Heizer die Kohlen reinschippt. Ein gigantisches Feuer darin. Das ist der Dampfkessel, der Rohrkessel mit Dutzenden Heizröhren, gefüllt mit Wasser. Der heiße Rauch um die Röhren erhitzt das Wasser. Bis zu vierhundert Grad. Das Wasser verdampft, der Dampf wird in den Kasten da an der Seite gepresst, in die Dampfmaschine. Von oben wird der Dampf nach unten in die Zylinderkammer mit dem Kolben gestoßen. Der heiße Dampf dehnt sich aus und presst den Kolben zur Seite. Diese dicken Stangen da an der Lok sind die Kuppelstangen, die Treibstangen. Die verbinden den Kolben mit den Rädern. Wenn also der Kolben zur Seite gedrückt wird, schieben die Stangen die Räder ein Stück an. Jetzt wird neuer Dampf in die Dampfmaschine gepresst, und der Kolben schlägt zurück. Wieder bewegen sich die Räder durch die Stangen ein Stück weiter. Immer wieder derselbe Vorgang. Kolben hin, Kolben her. Mal kräftiger, mal schwächer. Das steuert der Lokführer an seinem Stand mit seinem Handrad. Die ganze Mechanik ist natürlich viel komplizierter, aber genial. Hitze verwandelt sich in mechanische Bewegung. Genial.

Max zieht an seinem Stumpen und merkt nicht, wie sich die lange Asche biegt. Wieder schiebt ihm Florian schnell die Kompottschale hin. Max achtet nicht darauf, die Asche fällt auf seine Strickjacke. Er lässt sie auf der Wolle liegen.

Wieder greift Max nach seiner Flasche, lässt das Bier in seinen Körper fließen. Ludwig muss an den Rohrkessel der Lok denken und wie sich sein Bier im Leib verteilt.

Alles arbeitet zusammen, sagt Max. Wie im Leben. Mein Junge, lass das Feuer in dir nie ausgehen. Sonst gibt's keine Bewegung mehr. Das Feuer in der Büchse ist unsere Begeisterung. Das Wasser in den Röhren unser Blut in den Adern. Der Dampf unsere Kraft. Der Kolben in der Dampfmaschine unser Herz. Die Kuppelstangen unsere Bewegung. Wir sind Dampfloks. Wird mehr gefeuert, gibt's mehr Begeisterung, mehr Dampf im Kessel.

**

In seinen Beinen Bewegung, in seinen Muskeln Kraft, in ihm das Feuer der Begeisterung, damit schaffte es unser heutiger lieber Gast, um die Welt zu radeln.

So stellt der Schuldirektor Wimmer, der Rex, den berühmten Reiseschriftsteller Heinz Helfgen vor. Das große Ereignis. Die Aula ist bis auf den letzten Platz besetzt. Alle Schulklassen sind da. Von der untersten bis zu Ludwigs Klasse, die in diesem Frühjahr entlassen wird. Spannung liegt im Saal.

Ludwig und Florian sehen sich um, entdecken in den hinteren Reihen Linde, die Lilo, den Dörner und den Hammer.

Am Pult der Helfgen, um die vierzig, sportlicher Typ, schlank, durchtrainiert, wie man sich so einen Weltumradler vorstellt, in einem lockeren hellen Straßenanzug mit gelbem Sakko. Neben ihm sein poliertes Fahrrad und daneben eine aufgestellte Leinwand.

Der Rex freut sich, Helfgen in seiner Schule empfangen zu dürfen, lobt, dass dieser heute so berühmte Mann Kriegsberichterstatter der Wehrmacht war, bedauert, dass er nicht auch Schüler seiner Schule war. Betont, dass er seit 1947 Reiseschriftsteller ist, zeigt auf Helfgens Fahrrad, weist darauf hin, dass er sein Abenteuer von 1951 bis 1953 mit drei D-Mark achtzig Startkapital begann. Er hält Helfgens Buch hoch, »Ich radle um die Welt. Von Düsseldorf bis Burma«, und bittet ihn: Herr Helfgen, Sie haben das Wort.

Applaus.

Gut gelaunt beginnt der Held: Danke. Auch für den Applaus für mein Reiserad Fabrikat Patria WKC mit Dreigangschaltung.

Auf einer Leinwand erscheint ein Farbfoto nach dem anderen, und Helfgen erzählt: Gebirge in Österreich, in Jugoslawien, in Griechenland. Erste Radpanne in einer Ödnis in der Türkei. Kein Mensch weit und breit. Wüste in Syrien und im Irak. Kein Wasser mehr in den Flaschen. Ein Elendsdorf in Pakistan. Verhaftung durch das Militär. Drei Tage und Nächte in einem Keller.

Neue Farbfotos: Indien. Von einem Elefanten vom Rad gestoßen. Dschungel in Birma. Wieder Fahrradpanne. Die Affen schauen bei der Reparatur neugierig zu. Märkte in Thailand, Kambodscha. Kauf von unappetitlichem Essen. Gebratene Würmer und Hundeschenkel. Fieber. Vier Tage in einem schmutzigen Zelt. Vietnam. Krieg. Verhaftung, weil angeblich westlicher Spion. Endlich Japan. Mit dem Schiff nach Kalifornien. Durch die USA. Wieder mit Schiff nach Jamaika, von dort nach Kuba. Fotos von Helfgen mit Hemingway. Drei Tage Gast bei Hemingway auf Kuba. Rum getrunken aus großen Gläsern. Dann Venezuela. Wieder Fahrradpanne auf einer kahlen Hochebene. Nur Gestrüpp, Schlangen und Skorpione. Brasilien. Im Dschungel in eine Schlucht gestürzt.

Am Ende stürmischer Applaus. Ritschi klatscht wie wild. Er ist begeistert, kauft Helfgens Buch. Ludwig nicht. Dafür hat er kein Geld. Auch Ritschi will mit dem Fahrrad um die Welt radeln. Sofort, wenn er aus der Schule raus ist.

Fahr mit mir um die Welt, fordert er Ludwig auf.

Um die ganze Welt?

Durch Belutschistan, Karatschi, Afghanistan, Asturien!

Wo liegt denn das alles?

Weiß ich auch nicht. Muss im Atlas nachsehen. Aber soll toll dort sein.

Ludwig überlegt. Auch er will raus aus Opladen. Aber muss es gleich um die ganze Welt sein? Durch alle diese merkwürdigen Länder? Bis nach Köln würde ihm genügen. Da wäre er dann immer noch in der Nähe von Luise.

Zwei Wochen darauf: Felix Graf von Luckner ist da! Der Seeteufel, der mit seinen Schiffen die Welt umsegelte. Wieder ein großes Ereignis, wieder die Aula mit allen Klassen voll besetzt. In den hinteren Reihen die Lehrer und in der ersten Reihe der Rex.

Der Seeteufel Luckner steht an dem Pult, an dem Helfgen stand. Ein stämmiger Mann, breite Schultern, über siebzig, in einem blauen Anzug, behängt mit Orden, Kapitänsmütze auf dem Kopf, rauchende Pfeife im Mund, wie ein echter Weltumsegler. Neben ihm wieder eine aufgezogene Leinwand.

Stolz stellt der Rex den Seeteufel vor, sagt, dass er mit dreizehn sein Elternhaus verließ, auf einem russischen Segler unter falschem Namen anheuerte, als Sechsundzwanzigjähriger sein Kapitänspatent erhielt. Er lobt, dass er im Ersten Weltkrieg 1916 als Artillerieoffizier auf der Kronprinz der Kaiserlichen Marine tapfer an der Schlacht am Skagerrak teilnahm, auf dem Hilfskreuzer Seeadler ruhmreich die englische Seeblockade durchbrach und zahlreiche feindliche Schiffe versenkte. Der Rex hebt Luckners Buch »Seeteufels Weltfahrt« hoch, empfiehlt es dringend allen Schülern.

Graf von Luckner bedankt sich für die Huldigung, zündet sich seine Pfeife neu an und beginnt: Bitte die ersten Bilder.

Die Schwarz-Weiß-Fotos sind atemberaubend. 1917, sein Seeadler vor einer Insel an einem Riff im Südpazifik zerschellt. Ein offenes Boot auf stürmischer See, darin zweitausenddreihundert Seemeilen gesegelt bis zu der neuseeländischen Insel Motuihe. Der schöne Schoner Moa. Ihn geentert und weitergekämpft bis Kriegsende. Ein prächtiger Viermast-Gaffelschoner. Mit ihm 1926 seine Weltumsegelung begonnen. Dann Fotos von Luckner mit Hitler und Nazipromis. Fotos von seinen Propagandareden für Hitler und das Dritte Reich.

Ludwig und Florian sehen diese Fotos ihres kühnen Seefahrerhelden. Verwirrt schauen sie sich an.

Es folgt Schiff auf Schiff, Seekampf auf Seekampf. Stürme, aufgepeitschtes Meer, wild flatternde Segel von Viermastern, Achtmastern. Am Ende ein Bild: Graf von Luckner wird von Bundespräsident Theodor Heuss mit dem Großen Verdienstkreuz der Bundesrepublik Deutschland ausgezeichnet.

Wieder ist Ritschi begeistert, kauft »Seeteufels Weltfahrt«. Wieder kennt er nur eines: Er muss zur See. Die Weltmeere umsegeln!

Komm mit zur See, muntert er Ludwig auf.

Ludwig überlegt. Auch er will raus aus seinem Kaff, raus aus diesem Mief hier. Aber dann gleich über den riesigen Ozean schippern? Das ist ihm zu riskant.

Da geh ich unter. Da sauf ich ab.

Quatsch! Ein Segelschiff geht nicht unter. Kann gar nicht.

Ich heuere auf der Pamir an. Auf dem Schulschiff. Viermaster.

Sofort, wenn ich mein Zeugnis hab. Dann bin ich weg.

Ludwig bewundert Ritschi. Er ist so entschieden, so mutig.

Im Radio und auf Schallplatten singt Vico Torriani:

Bravo, bravo, beinah wie Caruso,
ja, so singt Filippo.
Tra-la-la-la-la-la-la.
Bravo, bravo, der muss nach Milano,
das wird ein Bajazzo!
Tra-la-la-la-la-la-la.

***

Gong. Wieder erscheint im Wohnzimmer wie Kai aus der Kiste der seriös gekleidete Herr mit der korrekt sitzenden Frisur.

Guten Abend, meine Damen und Herren. Hier ist das Deutsche Fernsehen mit der Tagesschau.

Auf der Bilderkiste mit den goldenen Zierleisten vibrieren durch den mächtigen Ton die Vase aus dünnem Glas und die Blumen aus Kunstseide und Plastik. Würdig und mit weißem Haar flackert der großväterliche Bundespräsident auf dem für ihn viel zu engen Bildschirm. Der Nachrichtensprecher verkündet: Abgeordnete des Deutschen Bundestages schlagen dem Bundespräsidenten Professor Theodor Heuss vor, eine Amnestie zu erlassen für die noch einsitzenden nationalsozialistischen Täter, die zu geringen Haftstrafen verurteilt wurden.

Ludwigs Vater nickt. Seine Mutter springt auf und rückt die Blumenvase auf der Bilderkiste zurecht.

Dann Bilder aus dem Bonner Parlament und die vertrauenerweckende Stimme: Mit einer Zwei-Drittel-Mehrheit verab-schiedeten die Parlamentarier ein Gesetz zur Einführung einer allgemeinen Wehrpflicht.

Ludwigs Vater nickt, seine Mutter springt auf und ordnet in der Vase die Plastikblumen. Ist praktisch, sagt sie. Muss ich nicht jeden Tag gießen. Kann kein Wasser auf den schönen Apparat tropfen.

Psst!, fährt sein Vater dazwischen. Hör sonst nichts.

Auf dem Bikini-Atoll zünden die Amerikaner im Atlantik ihre neueste Wasserstoffbombe, mit einer Wirkkraft sechsmal stärker als Hiroshima. Mit der Unterzeichnung des Gesetzes zur Wehrverfassung durch Bundespräsident Theodor Heuss kann die Bundesrepublik mit dem Aufbau der Bundeswehr beginnen. Die zuständige Dienststelle Blank plant die Einberufung von hundertvierzigtausend Freiwilligen zur Bundeswehr.

Ludwigs Vater nickt, seine Mutter springt wieder auf und ordnet das bunte Kunststoffzeug neu.

Bleib doch mal sitzen, nörgelt sein Vater.

Muss anständig aussehen, gibt sie zurück.

Weiß jetzt nicht, was er gesagt.

Ist doch immer dasselbe.

Will es aber wissen.

***

Die anderen Jungen wissen, was sie machen werden, wenn sie aus der Schule sind, in welche Lehre, in welchen Beruf sie ein-steigen werden. Für sie ist die Zukunft klar, ganz selbstverständ-lich. Sie wissen genau, wo's danach langgeht. Alles paletti. Die Mädchen sagen nichts. Komisch. Wollen sie zu Hause bleiben, den Haushalt machen, später mal heiraten, den Mann versor-gen und Kinder kriegen? Soll das alles sein für sie? Ein ganzes Leben lang?

Ulli, der Autofan, den seine Mutter jeden Tag im neuesten Mercedes in die Schule bringt und im neuesten Opel abholt, wird nach Schulabschluss in der Aral-Tankstelle und im Autohaus seines Vaters arbeiten und später beides übernehmen. Er schlägt Ludwig vor: Komm zu uns. Mein Vater kann dich sicher brauchen. Wir haben immer mehr zu tun. Mach 'ne Lehre als Kfz-Mechaniker wie ich. Kannst bei uns Autos reparieren.

Bernie, der fixe Rechner, der Börsennachrichten hört, ganz aufgeregt ist, wenn die Kurse fallen, und sich freut, wenn sie steigen, will in der Stadtsparkasse eine Lehre machen, will Bankkaufmann werden, wird da später Filialleiter, Sparkassendirektor. Komm mit, schlägt Bernie Ludwig vor. Du musst auch Bankkaufmann werden. Da verdienste gleich im ersten Jahr 'ne Menge Geld. Da hast du ausgesorgt.

Geld verdienen will auch Ludwig. Aber dafür sein ganzes Leben in einer Sparkasse, in einer Bank verbringen? Immer nur Zahlen, Zahlen.

Volker schwärmt von einer neuen Bundeswehr. Er will sich als einer der ersten Freiwilligen bei der Dienststelle Blank melden. Für ihn steht fest: Volker muss ans Gewehr. Volk ans Gewehr!, schreit er herum und schlägt Ludwig vor: Komm mit. Die suchen Leute. Bei uns wirst du Spaß haben. Tolle Weiber.

Sein Vater, der Geschichtslehrer, ehemaliger Offizier der Wehrmacht, bei Entnazifizierung als Entlasteter eingestuft, ist stolz auf seinen Sohn. Er zeigt ihm die Deutschlandkarte von 1938 und betont: Königsberg, Pommern, Schlesien sind auch weiterhin deutsch. Diese Länder hat man uns geraubt. Die müssen wir wiederhaben. Deutschland dreigeteilt? Niemals! Niemals Sowjetzone. Alles von den Russen geklaut.

Den Werner bringt sein Vater bei Bayer unter. Da macht er eine Chemikerlehre, arbeitet dort und hat mit einer Stelle bei dem Konzern ausgesorgt.

Der ernste Helmut wird vom Düsseldorfer Henkel zum Schah nach Persien geschickt, soll dort mithelfen, in Teheran ein Henkel-Werk aufzubauen. Da staunen alle. Bei den Krawallen, bei den Umsturzversuchen zufällig erschossen zu werden, davor hat er keine Angst.

Der Streber Hubert, der Schweißfurt, will unbedingt Lehrer werden. Man bedauert jetzt schon seine Schüler. Ritschi geht zur See. Möglichst auf das Segelschulschiff Pamir. Für ihn gibt es nichts anderes. Und Schidan zieht ab nach Indochina als Fremdenlegionär. Das steht fest.

Florian hat viele Pläne, große Pläne. Er möchte zum Theater. Irgendwas dort machen. Oder Clown beim Zirkus werden. Oder ein großer Zauberer wie der geniale Kalanag. Oder ein berühmter Schriftsteller. Schreiben kann er ja. Er kann sich nicht entscheiden. Sein Vater Max rät ihm: Lern was Anständiges, werde Schlosser. Wie ich. Ich kann dich dann im Werk unterbringen.

Das will Florian nicht. Das auf keinen Fall. Entweder Theater oder Clown oder Zauberer oder Schriftsteller. Was anderes kommt für ihn nicht in Frage.

Ludwig weiß gar nicht, was er machen soll, wie es mit ihm weitergehen soll. Keine Ahnung, welcher Beruf für ihn der richtige wäre. Er will nicht Kfz-Mechaniker werden, nicht Bankkaufmann, nicht zur Bundeswehr, nicht als Chemiker zu Bayer, nicht zu Henkel und für die Firma nach Teheran, will nicht Lehrer werden, auch nicht auf der Pamir zur See, schon gar nicht als Fremdenlegionär nach Indochina, vielleicht wie Florian zum Theater oder Schriftsteller, aber nicht als Clown zum Zirkus, auch nicht Zauberer werden. Was dann?

Sein Vater ordnet an: Das Beste für dich ist, du gehst zur Polizei. Wie ich. Da hast du dein festes Gehalt, brauchst dich um nichts mehr kümmern, wirst zwischendurch befördert wie ich. Hast später deine Rente. Bist abgesichert bis zu deinem Lebensende.

Zur Polizei zu gehen, damit kann man Ludwig jagen. Sein Leben abgesteckt in einer festen Bahn bis zur Pensionierung, bis zur Rente. Das macht er auf keinen Fall. Grundsätzlich nicht.

Sein Vater ist enttäuscht, bitter enttäuscht. Sein Sohn will nicht zur Polizei. Er lockt ihn: Ich kann dir beim Einstieg helfen. Ich mach's dir leicht. Wenn du bei uns bist, können wir uns über die Polizei unterhalten.

Es hilft nichts. Ludwig bockt, ist störrisch, lehnt ab.

Sein Vater versteht ihn nicht, redet auf ihn ein.

Immer wieder fragen meine Kollegen: Kommt dein Ludwig zu uns? Er hat's schön bei uns. Ist bei uns gut aufgehoben. Und immer wieder muss ich ihnen sagen: Der will nichts von uns wissen.

Am Ende steht für seinen Vater fest: Er ist für ihn kein ebenbürtiger Sohn.

Da rät ihm sein Deutschlehrer Lutz Linde: Du wirst Buchhändler. Das ist das Richtige für dich. Bücher, nur Bücher. Nichts anderes für dich.

Buchhändler, das kennt er von Luise. Immer wenn er bei ihr war, da hat er erlebt, wie's da zugeht. Und als er in Anselms Antiquariat war, kam er aus dem Staunen nicht mehr heraus, was es da für Bücher gab.

Du wirst Buchhändler, bestimmt Lutz Linde. Da taucht in Ludwig wieder dieses Wort aus seinem Traum auf. Luzinde oder so ähnlich. Luzinde und Lutz Linde klingen sehr ähnlich. Sollte er den Namen Lutz Linde gehört haben, der ihm nun rät, Buchhändler zu werden?

Jetzt weiß er, was er will. Dann ist er mit Luise zusammen.

***

Zusammen mit Luise sitzt Ludwig im Palermo. Die Milchbar kennt er nicht. Da war er noch nie. Wie auf einem Präsentierteller sitzen sie an einem Tisch am Fenster zur Straße. Gegenüber sieht er das Kino Germania. Da hat er auf Lotte gewartet. Das sagt er Luise nicht. Auch Luise sagt ihm nicht, dass sie hier schon einmal war. Mit diesem Stasi-Jungbluth, mit ihm in einer der Grotten in einer Ecke saß und ihm die Dokumentation der Brüsseler Sicherheitspolizei und Hegers Kriegstagebuch geben wollte, sie aber dann doch für Ludwig zurückhielt.

Entschuldige, sagt Luise. Ich wollte hier nicht sitzen. Doch alle Tische waren besetzt. Hab diesen Platz schnell belegt, als ein Pärchen aufstand und ging. Ich wollte mich mit dir lieber in einer der Grotten da in den Ecken treffen. Aber da saßen andere.

Luise trinkt von ihrem Orangensaft, an den Glasrand ist eine Zitronenscheibe gesteckt, und Ludwig nimmt einen Schluck von seinem Cappuccino mit einem aufgestreuten Kakaoherz und beißt ein Stück vom beigelegten Keks ab. Er schaut sie an. Ihre langen blonden Haare, ihre grünlichen Augen, ihr leuchtender Mund. Wie schön sie ist. Schade, dass sie in ihrem hübschen Gesicht auf der Wange diese Narbe hat. Was hat sie da gemacht?

Die Farben der Musikbox schimmern violett, orange, rot, fließen ineinander. Caterina Valente verführt nach Paris: »Ganz Paris träumt von der Liebe. Denn dort ist sie ja zu Haus.« Paris, da war doch was in Paris. Er hört Anselm: Marcel Proust in Paris auf seiner Suche nach der verlorenen Zeit. Um ihn herum an den Tischen die Mädchen, die Jungen, die Paare, saugen an Trinkhalmen aus hochstieligen Gläsern Coca, Fruchtsaft und anderes Farbiges. Die Valente schwelgt: »Ganz Paris träumt dieses Märchen, wenn es wahr wird. Ganz Paris grüßt dann das Pärchen, das ein Paar wird.«

Freudig teilt er Luise seine Entscheidung mit: Ich werde Buchhändler. Ich komm zu dir in die Lehre.

Wie schön!, stößt sie hervor und hätte sich beim Trinken ihres Orangensaftes beinahe verschluckt. Das ist schön! Komm zu uns!

Sie reicht ihm die Hand, drückt sie fest.

Im April ist meine Lehrzeit beendet, dann sucht der Chef einen neuen Lehrling. Bewirb dich bei ihm. Er sucht immer jemanden. Ich bin dann Buchhändlerin, und du bist mein Lehrling! Kann dir einiges beibringen.

Ludwig weiß, wie sie rackern, sich abplagen muss, wie sie schikaniert und getriezt wird. So wird man es auch mit ihm treiben. Egal, er will bei Luise Lehrling werden. Das stellt er sich wunderbar vor.

Ich hab dir was mitgebracht, sagt Luise.

Was denn?

Wirst schon sehen.

Sie greift in ihre Tasche. In den Fingern hat sie die Dokumentation der Sicherheitspolizei mit dem Gestapo-Mensch Wipperfürth. In den Fingern hat sie auch das Kriegstagebuch des Rudi Heger, der darin Ludwigs Vater so besonders lobt und jetzt Revierleiter ist. Das muss er lesen, das muss er wissen. Sie ist gespannt, wie er darauf reagiert. Vielleicht ist er ihr dankbar, weil sie ihm die Augen öffnet.

Sicher kracht es gewaltig zwischen Ludwig und seinem Vater, wenn er ihm vorhält, was er alles über ihn weiß. Er wird fragen, woher er die Informationen hat. Ludwig wird sagen: Aus einer Dokumentation und dem Kriegstagebuch deines Freundes Rudi. Ludwig wird nicht sagen, dass er diesen Sprengstoff von ihr hat. Das wird er verschweigen, um sie zu schützen. Sein Vater wird von Ludwig fordern, das Zeug herauszurücken, wird sein Zimmer auf den Kopf stellen, bis er die gefährlichen Beweise gefunden hat. Sicher wird es auch zwischen seinen Eltern krachen. Seine Mutter wird wissen wollen, ob das wirklich stimmt, was da über ihren Hannes steht. Am Ende wird sein Vater die Beweise in eine Mülltonne stopfen. Tief nach unten. Schnell weg damit. Hat es nie gegeben. Doch das Zerwürfnis, die Feindschaft zwischen Vater und Sohn, wird bleiben.

Noch immer hält sie dieses Dynamit zwischen ihren Fingern. Sie zögert. Sie fürchtet, dass auch ihre Freundschaft auseinanderbricht, wenn Ludwig das gelesen hat. Dass sie dann nicht mehr zusammenarbeiten können, wenn er bei ihr in der Lehre ist. Das will sie nicht. Davor schreckt sie zurück. Jetzt will sie ihn noch nicht schockieren. Jetzt noch nicht. Aber später, später auf jeden Fall. Der Moment wird kommen. Dann lässt sie es darauf ankommen. Er muss es wissen. Sie lässt ihre Dokumente stecken und holt von Böll »Wo warst du, Adam?« hervor, legt das Buch auf den Tisch.

Schenk ich dir.

Auch diesen Böll hat Ludwig in Anselms Krabbelkiste gesehen, als er bei seinem ersten Besuch in diesem Antiquariat darin herumsuchte, ihn aber wieder zurückgestellt, weil er ihn nicht interessierte. Jetzt schenkt ihm Luise »Wo warst du, Adam?«.

Worum geht's da?

Kriegsgeschichten von 1944.

Ludwig fragt sich, wo er 1944 war. Da sausten auf seinem Heimweg von der Schule die amerikanischen Tiefflieger über ihn und bombardierten den Munitionszug im Wald. 1944 hockte er auch mit seiner Mutter, mit Opa und Oma im Keller, weil Gauting bombardiert wurde. Ludwig weiß, dass Luise im Krieg in Brüssel war. Das hat sie ihm auf dem Friedhof bei Anselms Beerdigung gesagt, aber nicht, was sie da gemacht hat.

Was hast du 1944 in Brüssel gemacht?, fragt er nun.

Lies das siebte Kapitel, übertragen auf Mechelen. Nicht alles war so, vor allem nicht diese Chorsingerei. Überschlag das. Aber vieles ist wie in Mechelen. Besonders das Ende.

Was war da?

Luise lenkt ab und sagt schnell: Vor drei Jahren hat der Middelhauve diesen ersten Roman von Böll in seinem Verlag herausgebracht. Da hat er noch so was verlegt. Sehr mutig von ihm damals. Und heute? Was macht der Middelhauve heute? Wie ein Mensch sich so ändern kann. In so kurzer Zeit. Unglaublich.

Heute tütet Ludwig für Middelhauve seine »Deutsche Zukunft« ein und sein Deutsches Programm. Das darf er Luise nicht sagen. Da wäre er bei ihr unten durch.

Luise greift noch mal in ihre Tasche und holt von Wolfgang Koeppen »Das Treibhaus« hervor.

Schenk ich dir. Eben erschienen.

Worum geht's da?

Spielt in Bonn. Da beschreibt er, wie diese Herren Politik machen. Musst du lesen. Du musst noch viel mehr lesen. Lesen, lesen. Hesses »Unterm Rad«, »Steppenwolf«, Kafka, Arno Schmidt, Camus' »Der Fremde«. Du musst Hildesheimer lesen.

Ludwig schwirrt der Kopf. Die Namen hat er noch nie gehört, kennt keines der Bücher.

Siehst du gern Filme?, fragt sie.

Er darf ihr jetzt nicht sagen, dass er von »Schwarzwaldmädel« und »Grün ist die Heide« so begeistert war. Er beißt sich auf die Lippen. Auch über »Die Sünderin« kein Wort. Da würde er sich vor ihr total blamieren.

Du musst mit mir nach Leverkusen fahren, schlägt sie vor. Da gibt es ein kleines Kino, ein Studio, die zeigen immer besondere Filme. »Fahrraddiebe«, »Die Mörder sind unter uns«. Das wär was für dich.

Auch »Orphée« und »Kinder des Olymp«?

Hab ich noch nicht angezeigt geseh'n. Kommt aber sicher. Hier in Opladen läuft doch nur Blödsinn. Vernebelt die Hirne.

Ludwig ist glücklich. Nächste Woche wird er sich bei Wasmuth als Lehrling bewerben, dann wird er bei Luise im Laden sein. Und dann wird er mit ihr in Leverkusen neue Filme sehen.

***

Hannes sieht ihn im Palermo. Bei seiner Streife kommt er in der Kölner Straße an dieser Milchbar vorbei und schaut kurz durch das Fenster. Er stutzt. Da sitzt sein Luggi, zwar mit dem Rücken zu ihm, doch er erkennt ihn deutlich. Und ihm gegenüber dieses Judenmädel. Sie beugt sich gerade über ihre Tasche und kramt darin herum, bemerkt ihn nicht.

Zuletzt hat er sie gesehen, als sie bei der Eröffnung des Fotoladens ihres Vaters ausgeholfen hat. Da wusste er, dass die Birnbaums Juden sind. Er wusste es von Rudi. Trotzdem ging er hin, wollte gucken, wie er seinen Laden eingerichtet hat. Eigentlich ganz ordentlich. Als der Birnbaum sein Zeug ausgeladen hat und seine Karre einen halben Meter über der Parkplatzmarkierung stand, wusste er noch nicht, dass er Jude ist. Sonst hätte er ihn aufgeschrieben.

Der Rudi konnte sich noch daran erinnern, dass der Birnbaum in der Altstadtstraße einen Laden für Foto und Radio hatte, dass sein Laden '33 von der SA boykottiert wurde, '38 von der SA aufgelöst wurde und die Birnbaums dann plötzlich verschwunden waren. Mit ihrer kleinen Tochter. Wo sie geblieben sind, wusste der Rudi nicht. Hannes kam erst 1950 nach Opladen, hat das alles nicht mitbekommen.

Jetzt ist der Birnbaum mit seiner Tochter wieder da. Jetzt sitzt das Judenmädel mit seinem Luggi im Palermo. Das gefällt ihm gar nicht. Was treiben die beiden da? Vielleicht haben sie sich schon öfters getroffen und er weiß nichts davon.

Von Rudi hat er auch erfahren, dass die junge Birnbaum in der Goethe-Buchhandlung arbeitet. Er hat sie da gesehen, als er ein paarmal dort war und Bücher kaufte. Vielleicht war sein Luggi auch da bei ihr und hat mit ihr ein Techtelmechtel angefangen. Das gefällt ihm gar nicht. Welchen Unsinn pflanzt sie ihm in den Kopf? Wahrscheinlich hat er dieses Buch von dem Andersch von ihr, mit dem er ihn erwischt hat. Übers Desertieren. Sie versaut seinen Luggi. Das darf er nicht zulassen.

Als Ludwig am Abend nach Hause kommt, fährt ihn seine Mutter an: Wo warst du so lange?

Ludwig muss an den Böll denken, den er in der Tasche hat: »Wo warst du, Adam?«

Im Palermo.

Mit diesem Judenmädel!

Was für ein Judenmädel?

Mit dieser Birnbaum.

Luise ist keine Jüdin.

Ich weiß es.

Woher?

Von deinem Vater.

Sie ist keine Jüdin.

Der Heger hat es ihm gesagt.

In Ludwig rumort es. Der Heger, der ihn immer so freundlich grüßt, wenn er im Hof sein Fahrrad putzt, der oft so fröhlich bei ihnen im Wohnzimmer sitzt und sein Bier trinkt, das ihm seine Mutter hinstellt, der auf dem Karnevalswagen so lustig auf die Tauben schoss, der Heger, bei dem sein Vater in Untermiete wohnte, bevor sie kamen. Dieser Heger sagt nun, dass seine Luise eine Jüdin ist. Na und? Na wenn schon? Was ist dabei? Und jetzt poussierst du mit der herum, blafft ihn seine Mutter an.

Sein Vater kläfft: Findest du kein anständiges deutsches Mädchen?

Diese Jüdin kommt mir nichts ins Haus!, bekräftigt sie.

Wieder hasst er seine Mutter. Wie schon damals, als sie seine Lotte wegbiss. Was hat sie gegen Juden? Was haben sie ihr getan? Zum ersten Mal hat er Juden gesehen in dem elenden Marsch aus Dachau. Kurz vor Kriegsende zogen sie an seinem Küchenfenster vorbei. Den ganzen Tag lang schleppten sie sich dahin bei strömendem Regen. Eingehüllt in Decken oder nur diese merkwürdigen Jacken und Hosen am Leib, wie gestreifte Schlafanzüge. Fast schon Skelette. Ihre nackten Füße in Holzpantinen, aus denen Blut schwappte. So also sahen Juden aus. Sein Biologielehrer Herweg behauptet, dass es bei Menschen Rassen gibt. Zum Beispiel die Juden. Ist seine Luise eine andere Rasse als er? Versteht er nicht.

Und außerdem ist sie Jahre älter als du!

Woher weißt du das?

Von deinem Vater. Unanständig, etwas mit einer älteren Frau zu haben! Was willst du von dieser Jüdin? Du hast ja keine Ahnung. Du lebst ja hinterm Mond. Du weißt nichts!, wirft ihm seine Mutter vor.

Ludwig will es wissen. Aus dem Wohnzimmerbuffet nimmt er den alten Volksbrockhaus aus dem Krieg, sucht das Wort Jude. Da steht: Ethnische und rassische Volksgruppe mit ererbten negativen Charaktereigenschaften. Ludwig stutzt. Luise negative Charaktereigenschaften?

Da sind auch Juden abgebildet. Die Frauen tragen lange schwarze Kleider, ihre Frisuren durch Tücher verdeckt. Luise trägt keine langen schwarzen Kleider, nur kurze Röcke. Ihre langen blonden Haare trägt sie offen. Auch die Männer in langen schwarzen Kleidern, über die Schultern Gebetsschale gehängt, an den Ohren baumeln Schläfenlocken herab. Luises Vater trug bei Anselms Beerdigung einen normalen Anzug, über seine Schultern hing kein Gebetsschal, an seinen Ohren baumelten keine Schläfenlocken.

Sie kann keine Jüdin sein. Und wenn doch, na und? Luise ist Luise. Basta. Warum aber war sie in Mechelen?

Ludwig öffnet den Böll, »Wo warst du, Adam?«, sucht das siebte Kapitel, von dem sie sprach, findet es, überschlägt, wie sie ihm riet, die Seiten mit der Chorsingerei und findet die Zeilen, die er lesen soll:

Der Lastwagen hält vor dem Lagertor, dicht vor den Balken und dem Stacheldraht. Seitlich dahinter ragt ein Wachturm hoch, auf ihm steht ein Posten mit Stahlhelm hinter einem Maschinengewehr. Der Fahrer des Lastwagens hupt, und aus einem Bretterverschlag tritt ein Uniformierter, grüßt den Fahrer freundlich und öffnet das Tor. Langsam fährt der Wagen in die Lagerstraße hinein bis zum quadratischen Appellplatz, der von Holzbaracken umgeben ist, an den Ecken des Platzes je ein Wachturm. Vor jeder Baracke steht ein Lastwagen, die Pritsche mit einer Plane verdeckt. Der Fahrer hält vor einem Steingebäude, geht in die Schreibstube, meldet dem Oberscharführer die Anlieferung und legt ihm seine Papiere auf den Tisch. Der Oberscharführer schaut auf die Liste, liest die Zahl Siebenundsechzig und befielt das Ausladen.

Aus dem Lastwagen taumelt als Erste eine dunkelhaarige Frau in einem zerrissenem Mantel. Ängstlich hält sie ihren Mantel vor ihr verschmutztes Kleid. An der Hand führt sie ein etwa zehnjähriges Mädchen. Nach und nach torkeln die anderen heraus. Männer, Frauen, Kinder, Alte. Alle in zerschlissenen Kleidern. Sie müssen sich auf dem Appellplatz aufstellen, zu fünft in jeder Reihe. Die Posten auf den Wachtürmen rings um sie herum halten ihre MGs schussbereit.

So oder so ähnlich soll es also auch in Mechelen gewesen sein. Ludwig sieht im Atlas seines Vaters nach, wo Mechelen liegt. In dem Atlas, wo noch Schlesien und Pommern, Königsberg und Danzig zum Deutschen Reich gehören. Auf der Karte von Belgien findet er Mechelen zwischen Brüssel und Antwerpen. Da also war Luise mit ihrem Vater und ihrer Mutter. Nie hat sie über ihre Mutter gesprochen. Sobald er sie wiedersieht, muss er sie nach ihrer Mutter fragen. Muss er sie fragen, was sie in Mechelen erlebt haben.

⁂

Ludwig erlebt bei der Abschlussfeier in der Aula einen ganz anderen Florian. Kurz zuvor hat Florian ihm verraten, dass er ein Stück von Ionesco gelesen hat. »Die Unterrichtsstunde«. Ein wahnsinniger Text. Er ist ganz hingerissen davon und will ihn nun bei der Abschlussfeier vorspielen. Genau die richtige Bombe für seinen Abgang von der Schule.

Wie beim Helfgen und Graf Luckner ist die Aula bis auf den letzten Platz gefüllt. Alle sind sie da. In der ersten Reihe wie immer der Direktor Wimmer, der Rex, links und rechts von ihm die Lehrer Hammer, Döring, Herweg, Linde, die Lilo, hinter ihnen seine Abschlussklasse und dahinter die Lehrer und Schüler der unteren Klassen. Auch Florians Vater Max ist im Saal.

Zu Beginn der Feier salbadert der Rex: Eine stolze Generation wächst hier heran. Schauen wir auf diese Klasse, die nun ins Leben tritt. Einer von ihnen steigt ins Bankgeschäft ein, ein anderer in den Autohandel, einer reiht sich sogar in unsere neue Bundeswehr ein. Wir können stolz sein auf unsere Zöglinge. Sie werden ihren Weg machen. Davon bin ich überzeugt. Sie werden für den Wiederaufbau unseres Landes Großartiges leisten. Unsere Schule mit ihren Grundwerten Tradition, Ehre, Disziplin und Leistung und unser Unterricht haben ihnen für ihren Lebens- und Berufsweg das nötige Rüstzeug mitgegeben.

Den Rest lässt Ludwig vorüberrauschen, achtet nicht mehr darauf. Bis er den letzten Satz seines Rex hört: Nun die Bühne frei für einen würdigen Beitrag eines unserer Absolventen. Alle sind wahnsinnig gespannt. Auf dem Podium nur ein Tisch und ein Stuhl. Florian betritt die Bühne, kostümiert in einem schwarzen Frack, auf dem Kopf einen Zylinder und auf der Nase eine riesige Brille. Im Arm trägt er eine menschengroße Puppe, seine Schülerin, setzt sie auf den Stuhl, schreitet mit fuchtelnden Armen um den Tisch herum und beginnt seinen Text:

Jetzt lernen, lernen, die Sprachen lernen. Vor allem die deutsche Sprache und alle anderen. Alle Sprachen in allen Ländern. Was sagst du?

Er wendet sich zur Puppe auf dem Stuhl.

Was sagst du? Zahnweh? Schweig! – Weiter, weiter. Alle Sprachen in allen Ländern klingen gleich. Haben alle dieselbe Wurzel. – Was ist? Zur Puppe auf dem Stuhl: Zahnwurzel? Zahnweh? Unsinn!

Die Wurzel aus Zahn ist wie viel?, ruft der Mathelehrer Hammer dazwischen. Gelächter im Saal.

Florian lässt sich nicht irritieren: Weiter, weiter. Nehmen wir zum Beispiel das Wort Herz. Das Wort Herz ist auch die Wurzel von den Worten Herzklopfen und Herzanfall. Ist auch die Wurzel von engherzig, weitherzig. Ob Vorsilbe oder Nachsilbe, immer dieselbe Wurzel.

Zur Puppe: Was? Was sagst du? Wurzelweh? Zahnweh? Keine Unterbrechung! Jetzt weiter, weiter, rasch. Diese Vor- und Nachsilben sind chinesischen Ursprungs. Du weißt, dass sie sich im Deutschen nicht geändert haben. Auch nicht im Westfriesischen, nicht im Ostfalischen, nicht im Polnischen, nicht im Politischen, nicht im Neugotischen, selbst nicht im Bayrischen: Herz, Herzklopfen, Herzanfall, engherzig, weitherzig, warmherzig, kaltherzig: immer dasselbe Wort in allen Sprachen mit derselben Wurzel. Auch mit denselben Vorsilben und Nachsilben in allen Sprachen unverändert.

Nicht auf Langenfelderisch!, ruft Deutschlehrer Linde dazwischen. Da ist vieles anders!

Gelächter im Saal.

Florian weiter im Text: Immer dasselbe. Immer dieselbe Bedeutung, derselbe Sinn. In allen Sprachen der Welt. Was ist jetzt schon wieder?

Er beugt sich über die Puppe: Zahnweh? Jetzt werde ich aber böse. Mach mich nicht rasend, sonst weiß ich nicht, was ich tue. Weiter, weiter. Wie sagst du zum Beispiel auf Deutsch: Die grünen Gurken meiner Großmutter sind genauso braun wie das grönländische Gesicht meines Großvaters. Nun? Wie heißt Großmutter auf Grönländisch? Wie heißt braun auf Deutsch? Nun? Nun? Wie? Das weißt du nicht? Und im Chinesischen heißt derselbe Satz: Die grünen Gurken meiner Großmutter sind genauso braun wie das grönländische Gesicht meines Großvaters. Und im Kaladenischen heißt er: Die grünen Gurken meiner Großmutter sind genauso braun wie das grönländische Gesicht meines Großvaters. Merkst du die große Ähnlichkeit? Das sind völlig gleichlautende Ähnlichkeiten. Und jetzt übersetze den Satz ins Sardanapalische. Nun? Wie heißt er auf Sardanapalisch? – Wie? Was ist jetzt schon wieder? Zahnweh? Jetzt werde ich aber ganz, ganz böse. Ich werde dir den Zahn ausreißen! Herausbrechen mit meinen eigenen Händen!

Er fuchtelt mit seinen Händen vor ihrem Gesicht herum, bohrt seine Finger in ihren Mund.

Mit diesen eigenen Fingern herausbrechen!, schreit er. Herausreißen! So und so und so!

Unruhe im Saal.

Also: Wie heißt Zahnweh auf Sardanapalisch? Wird's bald?!

Wo liegt denn Sardanapalien?, ruft die Erdkundelehrerin Lilo.

Wieder schallendes Gelächter im Saal.

Das ist doch ganz einfach, belehrt Florian seine Puppe. Ganz einfach! Das fühlt man doch! – Was?

Er stellt sich vor die Puppe: Was? Ich habe kein Gefühl

für Zahnweh? Um dieses Gefühl zu bekommen, muss man in die Schule gehen, dem Unterricht lauschen, den Lehrern gut zuhören und lernen, lernen und nochmals lernen! Um diese verschiedenen Sprachen deutlich und klar voneinander unterscheiden zu können! Um dir das beizubringen, habe ich ein Mittel.

Aus der Schublade des Tisches holt Florian eine riesige blitzende Schere heraus, schwingt sie hoch und schreit: Praxis mit der Schere! Durch das Wort Schere! Wenn ich Schere sage, welche Sprache ist das? Ist das Deutsch? Portugiesisch, Französisch, Rumänisch, Orientalisch? Nun? – Was? Immer noch Zahnweh? Zahnweh ist keine Sprache! Ich schneide dir dein Zahnweh ab, dann ist dein Zahnweh keine Sprache mehr! Ich schneide dir ratsch dein Zahnweh ab!

Er tanzt um sie herum, schwingt die Schere um ihren Kopf, um ihren Körper. Kommt ihr immer näher, immer gefährlicher. Sein Zylinder auf dem Kopf verrutscht, steht schief. Seine dicke Brille verrutscht, hängt nur noch an der Nase. Im Saal stehen einige auf, um besser sehen zu können.

Nun? Wird's bald?

Er setzt die Schere an ihre Kehle.

Das Wort Kehle, was für eine Sprache ist das? Ist das Wort Kehle Hydroglyptisch oder gar Kandelkafisch, Alfadymisch, Zyklomanisch? Nun, was für eine Sprache? Wenn du es nicht weißt, schneid ich dir die Kehle durch! Schwuppdiwupp, schnuppdischneid!

Er drückt die Schere kräftiger auf ihre Kehle, immer kräftiger. Jetzt stehen noch mehr auf, um alles genau zu sehen.

Der Rex schreit: Aufhören! Aufhören! Das ist unmöglich! Nicht an meiner Schule!

Florian lässt sich nicht beirren, bedroht die Puppe immer mehr. Mit heiserer Stimme rast er weiter: Unterrichtsstunde! Unterrichtsstunde! Welche Sprache ist das?! Pandämonisch? Algorithmisch? Arithmetisch? Geografisch? Biologisch? Zoologisch? Nun, was? Was? Ich hör nichts. Wird's bald! Ich schneid dir mit der Schere die Unterrichtsstunde ab! Einfach ratschdischnupp, ritscheratsche!

Jetzt springen auch einige Lehrer auf, rufen: Das ist kein Unterricht! Schluss jetzt!

Aber Florian macht weiter: Jetzt das Wort Bauch.

Er packt die Puppe und wirft sie auf den Tisch. Mit dem Bauch nach oben.

Bauch. Bauch. Was heißt Bauch auf Bauchisch? Auf Leibisch? Auf Oberleibisch? Und auf Unterleibisch? Nun, was?

Er wirft sich über die Puppe, sticht mit der Schere drei-, vier-, fünfmal in ihren Bauch hinein, keucht: Patsch! Patsch! Patsch! Zack! Er schlitzt ihr mit der Schere den Bauch auf: Ratsch! Ratsch! Ratsch! Da hast du's! Da hast du's!

Sägespäne und Stroh fallen heraus. Die meisten um Ludwig herum stehen, stellen sich auf die Zehenspitzen, damit ihnen nichts entgeht.

Ludwig bleibt sitzen. Er ist gelähmt, starr vor Schreck. Er will das nicht sehen.

Florian schleudert die Sägespäne und das Stroh hoch, jauchzt: Juchhu! Die Unterrichtsstunde ist zu Ende! Die Späne und das Stroh rieseln herab, bedecken ihn.

Stürmischer Applaus im Saal, die Schüler jubeln. Der Rex steht versteinert da, die Lehrer wissen nicht, ob sie applaudieren dürfen angesichts der Ratlosigkeit ihres Rektors. Nur die Lilo und der Linde klatschen. Die anderen Lehrer sehen sie entsetzt an, schütteln den Kopf.

Ludwig ist völlig perplex über seinen Florian. Er hat ihm schon viel zugetraut, aber so was nicht. Da hat er seinen Lehrern ein Ding vor den Latz geknallt.

Florians Vater Max kommt auf Ludwig zu.

Ich hab zwar nichts verstanden, gesteht er ihm verwirrt, aber da war Dampf im Kessel. Kräftig Feuer in der Büchse. Ich weiß nicht, woher der Junge diese verrückte Phantasie hat. Von mir nicht. Er schlägt ganz aus der Art. Er ist ein Fußgänger der Luft. Wird sich seine Hörner schon abstoßen an der Welt voller Schurken. Ich mach mir Sorgen um ihn. Was soll aus ihm nur werden? Na gut, na schön, er ist mal sitzen geblieben. Na wenn schon. Macht nichts. Ich bin auch mal sitzen geblieben. Ist trotzdem was aus mir was geworden. Schlosser, Schweißer. Der Rektor und die Lehrer finden Florians Auftritt skandalös, der Institution unwürdig. Die Lilo und der Linde finden ihn genial, die Schüler grandios. Hätte er noch ein Jahr machen müssen, man hätte ihn von der Schule verwiesen, rausgeschmissen. Aber das geht jetzt nicht mehr. Er hat sein Abgangszeugnis in der Tasche, auch wenn seine Noten im Keller sind.

***

Im Keller sind auch einige von Ludwigs Noten. Am Desaster ist er nur knapp vorbeigeschrammt, aber er hat nun die Mittlere Reife. Ist noch nicht vollreif, aber immerhin mittel. Na und? Es gibt Früchte, die brauchen eben ihre Zeit, bis sie vollreif werden.

In Deutsch hat er zwar ein Gut, aber von Linde hat er sich eine Eins erhofft. In Erdkunde ein Befriedigend. Er ist enttäuscht von der Lilo. Für sie hat er doch immer die Filme von der Landesbildstelle geholt. Und in Rechnen und Geschichte ein Ausreichend. Das war zu erwarten. Doch in Betragen ein Sehr gut. Scheiß auf Betragen. Er ist kein devoter Streber wie der Schweißfurt. Aber in Heimatkunde ein Mangelhaft! Peng!

Heftig engagiert setzt sich Linde in der Lehrerkonferenz für ihn ein. Das lernt der Ludwig noch, wenn er sich hier mal umsieht, argumentiert Linde. Da wird ihm schon ein Licht aufgehen über seine Heimat. Im Kollegium lange Debatten hin und her, bis es schließlich zögernd seinen Schulabschluss gewährt.

Sein Vater zürnt: Mangelhaft in Heimatkunde! Eine Schande! Du hast keine Ahnung von deiner Heimat!

Ist nicht meine Heimat, gibt Ludwig zurück.

Trotzdem, du musst wissen, wie das hier ist. Was hier geschieht.

Was hat er in der Schule über seine Heimat gelernt? In Heimatkunde nicht gelernt, dass es in Wuppertal das KZ Kemna gab. Nicht, dass dort Ullis Vater gefoltert hat. Nicht, dass, wo er heute seine Aral-Tankstelle hat, früher eine Synagoge stand und niedergebrannt wurde. Nicht, dass es mal am Goetheplatz die Buchhandlung Das Rote Buch gab, die dem Wasmuth zugeschoben wurde und jetzt Goethe-Buchhandlung heißt. Nicht, wie das in der Nazizeit mit diesem Galkhausen war. Nicht, dass in Opladen ein Günther Weisenborn aufgewachsen ist, der spätere Widerstandskämpfer. Das alles weiß er von Max und von Florian. Nicht, dass der Maurer Koberling vom Brenner vom Dach des Neubaus gestoßen wurde, weil er von seinen Erschießungen in Russland wusste. Das weiß er von Klingbeil.

Aber er weiß immer noch nicht, wer vor drei Jahren diesen Radfahrer auf der Wupperbrücke mit einem Wagen ohne Kennzeichen getötet hat und warum. Er weiß immer noch nicht, wer Anselm erschossen hat und warum. Und er weiß nicht, was sein Vater im Krieg gemacht hat, weiß nicht, was Luise in Brüssel erlebt hat, ahnt nur, was sie in den KZs Breendonk und Mechelen erlebt hat. Aber er weiß durch seine Eintüterei, dass Middelhauve seine Nationale Sammlung und das Deutsche Programm verschickt und seine »Deutsche Zukunft« in die Welt hinausposaunt.

Sein Vater stöhnt: Was soll aus dir bloß werden? Wie stellst du dir deine Zukunft vor?

Ich werde Buchhändler.

Einer, der nur Bücher verkauft? Sein Vater sieht ihn missbilligend an. Papier, Papier. So was Langweiliges!

Ich geh in die Goethe-Buchhandlung als Lehrling.

Kommt gar nicht in Frage, protestiert seine Mutter. Nicht zu dieser Jüdin!

Ich geh zu Luise in die Lehre.

Nicht zu ihr! Auf keinen Fall!, ordnet sie an. Schlag dir diese Flausen aus dem Kopf! Du gehst nach Leverkusen zu Middel-

hauve. Eine sehr berühmte Buchhandlung. Und dann in die Staatsbibliothek nach Köln. Empfohlen durch Middelhauve. Dann bist du Staatsbibliothekar!
Ich will kein Staatsbibliothekar werden.
Und morgen zum Friseur, damit du manierlich aussiehst. Nicht wie ein Struwwelpeter.
Er will nicht zum Friseur. Die Suppe isst er nicht.
Und dann mit mir zu Budde. Da wirst du endlich mal anständig eingekleidet.
Er will nicht zu Budde. Nein, diese Suppe isst er nicht.
Doch seine Mutter will.

***

Auch der Friseur will. Ludwig nicht. Er sträubt sich. Er will nicht so aussehen wie sein Vater. So kurz geschoren.

Jeden Freitag geht der zum Friseur. Nicht in seiner Freizeit, in seiner Dienstzeit. Sagt: Meine Haare wachsen auch während meines Dienstes. Lässt jeden Freitag seine wenigen Haare bis auf vier Zentimeter stutzen. Exakte Streichholzlänge. Sagt: Das muss ordentlich aussehen. Dazu den Nacken ausrasiert. Stiernacken. So einen Kopf will Ludwig nicht haben. Nicht so einen Kopf, nicht so einen Schädel. Wie der Heger, Freese, Dannhoff. Schuposchädel. Wie der Wipperfürth, Schönlein, Gutbrot. Kriposchädel. Ludwig will seine Haare wachsen lassen, wehrt sich gegen die Schere.

Stillhalten, du Zappelphilipp!, schimpft der Friseur und wirft das graue Umhängetuch über ihn, die Zwangsjacke, schnürt sie eng und fest um seinen Hals, würgt Ludwig die Luft ab.

Er setzt seine Schere an den Kopf. Florians Schere blitzt, als er damit den Bauch der Puppe aufschlitzt. Die Schere schneidet und schnippelt, stutzt, kappt, rodet. Wie mit einem Rasenmäher fährt der Friseur über Ludwigs Kopf. Seine schönen Haare fallen nieder, bedecken seine Zwangsjacke, bedecken den Boden rings um den Sessel. Der Friseur kehrt alles zusammen, wirft seine Pracht in den Mülleimer. Fast kahl sieht er nun aus, so geschoren wie sein Vater, wie seine Schupos und Kripos. So sieht er nun aus. Zum Kotzen.

Am Ende schmiert der Friseur den verbliebenen Rest mit glänzender Brillantine ein. Mit Brisk, diesem klebrigen Zeug. Neben dem Spiegel die Werbung: BRISK-Männer haben Erfolg! Mit BRISK gepflegt macht Ihre Frisur den besten Eindruck. BRISK-Frisiercreme in der Normaltube 0,90 DM. Jetzt siehst du wieder ordentlich aus, zivilisiert, rühmt sich der Friseur.

Ekelhaft sieht er aus. Nicht wiederzuerkennen.

Noch am selben Tag zum Herrenausstatter Budde. Ludwig protestiert.

Du musst ordentlich aussehen.

Er will nicht ordentlich aussehen.

Weg mit deiner ausgebeulten Hose, ordnet seine Mutter an. Weg mit deiner zerknautschten Windjacke. Wie steh ich sonst da mit dir? In deinen alten Klamotten bekommst du nie eine Lehrstelle bei Middelhauve.

Er will nicht zu Middelhauve. Er will zu Luise.

Der vornehme Verkäufer empfiehlt freundlich einen Anzug aus Schurwolle, aus feinstem Merino-Wollkammgarn mit Pfeffer-und-Salz-Muster.

Ludwig muss seinen ersten Anzug in einer Kabine anprobieren. Elend fühlt er sich in dieser neuen Hülle, wie in einem Taucheranzug, und betrachtet sich in einem Spiegel. Nie und nimmer trägt er diesen Firlefanz. Gesprenkelt und idiotisch sieht er aus. Nichts für ihn.

Den nehmen wir, entscheidet seine Mutter. Jetzt neue Hemden. Weg mit deinen bunten Baumwollhemden.

Der Verkäufer legt sechs weiße Nylonhemden vor. Nicht wieder dieses Zeug. Er hat schon so ein weißes Kunststoffhemd, in dem er schwitzt. Nun sechs von solchen Dingern. Da kommt er aus dem Schwitzen nicht mehr raus.

Er muss sich fügen, muss sauber aussehen.

Und jetzt noch Krawatten. Noch nie hat er eine Krawatte getragen.

Der Verkäufer bietet sieben Perlonkrawatten an. Zum Wechseln für jeden Tag in der Woche, trichtert er ihm ein. Nie dieselbe Krawatte auch am nächsten Tag. Sieht nicht vorteilhaft aus.

Er will nicht vorteilhaft aussehen. Seine Mutter kauft die sieben glänzenden Perlonkrawatten in Grau, Anthrazit, Dunkelblau und Silber. Ludwig hasst diese Stofffetzen.

Da steht er nun mit seiner Pampe im kurzen Haar, kostümiert mit seinem Pfeffer-und-Salz-Anzug, seinen sechs Nylonhemden und sieben Perlonkrawatten. Anständig zurechtgemacht, sauber und korrekt, wie es sich gehört in dieser Gesellschaft, die nicht seine Gesellschaft ist. So zugerichtet, um etwas zu leisten, und sei es nur als Lehrling.

Nach seiner Schule wollte er ein neues Leben beginnen, ein anderes Leben, wollte weiterradeln, weiterradeln, zusammen mit Luise quer durch ihre Goethe-Buchhandlung, durch alle Bücher hindurch, durch alle neuen Filme mit ihr, Neues entdecken, seine Gedanken fliegen lassen. Nun sieht er aus wie ein dressierter Affe, der über Stöckchen springen muss, die nicht seine Stöckchen sind. Zurückgestoßen von seinen Plänen, gezwängt in eine Welt, die nicht seine Welt ist.

Verzweifelt hält er an seinen Träumen fest.

***

Seine Jugendträume will Keetenheuve nicht aufgeben. Auch nicht als Abgeordneter des Bundestags in der Opposition. Nach dem Ende des Krieges hoffte er auf einen Neubeginn, hoffte auf eine neue Gesinnung der Bundesrepublikaner. Doch bald erkennt er, dass die Menschen dieselben geblieben sind. Sie wollen nicht andere werden, nur weil sie jetzt eine neue Regierung haben. Trotz all seiner Mühen, sie über die Vergangenheit aufzuklären, scheitert er. Er scheitert in den Ausschüssen, scheitert im Parlament, auch in seiner eigenen Partei.

Keetenheuve ist der Pfeffer in der Sahne, der Unruhestifter, das Ärgernis. Ludwig muss bei Keetenheuve an Nettelbeck denken, an Koberling und Anselm. Er blättert weiter im »Treibhaus«, liest weiter im Koeppen, den ihm Luise im Palermo geschenkt hat. Keetenheuve schwimmt gegen den Strom. Er wird vom Strudel abgetrieben. Er kommt nicht voran. Doch er will sich nicht treiben lassen.

Es wird abgestimmt. Die CDU ist dafür, die SPD dagegen, auch die Kommunisten, die FDP enthält sich, weil ihr die ganze Richtung nicht passt. Die Deutsche Partei, das Zentrum, der Gesamtdeutsche Block der Heimatvertriebenen und Entrechteten, die Bayernpartei mal so, mal anders. Jede Abstimmung ein Heckmeck. Oder-Neiße-Grenze, Siegfriedlinie, Ostwall gegen den Kommunismus, Westwall gegen die Amerikanisierung, Nordwall gegen die Polarfront, Südwall gegen die Gastarbeiter. Die Parlamentarier ereifern sich. Alles Unsinn für Keetenheuve. Schließlich Abstimmung durch Hammelsprung. Ungültig, weil einer falsch gesprungen ist. Wiederholung. Neuer Hammelsprung. Die Politiker blökende Hammel. Sie sollen jetzt höher springen, weiter springen, unten durchschlüpfen. In der Presse steht später: Die Volksvertreter haben sich bis tief in die Nacht abgemüht.

Der dicke Parlamentspräsident läutet sein Glöcklein. Eine neue Sitzung ist eröffnet. Der Kanzler hält starr an seinen Grundsätzen fest, die meisten Parlamentarier kuschen, die Kommunisten protestieren. Der dicke Präsident klingelt wieder, fordert Ruhe, sonst lasse er den Saal von den Störern räumen. Auch Keetenheuve will dem Kanzler widersprechen, darf aber nicht reden, muss schweigen, weil sonst dem Kanzler alles aus dem Ruder läuft. Außerdem hat die Opposition ihre Redezeit ausgeschöpft. Keetenheuve ist davon überzeugt, es wäre das Beste, alle Parteien abzuschaffen und nur Unparteiische regieren zu lassen.

Dunst über dem Bonner Kessel. Wieder mal. Höchste Luftfeuchtigkeit. Keine Frischluft. Stickluft. Ganz Bonn ein Treibhaus. Auch im Parlament keine Frischluft. Dunst über den Politikern. Auch der Sitzungssaal ein Treibhaus. Hoch über den Regierenden und dem Präsidenten hängt die Fette Henne, der übergewichtige Bundesadler, der Adler, ein Raubvogel. Welche Beute wird er als Nächstes holen? Für Ludwig ist der Text in Koeppens »Treibhaus« verwirrend. Keine richtigen Sätze. Oft nur Wörter aneinandergereiht. Keine durchgehende Handlung. Immer diese Sprünge von einem zum anderen. Er hat Schwierigkeiten beim Lesen. So was hat er noch nie gelesen. Aber interessant, sagt er sich, interessant, bohrt sich weiter durch den Text und liest die letzten Sätze.

Keetenheuve steht auf der Rheinbrücke, fasst das Geländer und spürt sein Beben, spürt das Vibrieren des Stahls, als würde der Stahl leben. Auf der einen Seite das Bundeshaus und das Parlament, auf der anderen Seite die Lichter mit der Leuchtschrift RHEINLUST. Keetenheuve fühlt sich als gescheitert. Ein Sprung von der Brücke befreit ihn von seiner Last.

Fasziniert und zugleich irritiert legt Ludwig den Koeppen beiseite. Er fühlt, dass auch er in einem Treibhaus lebt. Dunst und Schwüle liegen auch über Opladen, nehmen ihm den Atem, lähmen ihn. Von diesem Koeppen muss er noch mehr lesen. Er muss Luise fragen, was dieser Koeppen sonst noch geschrieben hat. So viel muss er noch lesen. Sie wird ihm neues Futter beschaffen, wenn er bei ihr ist.

***

Seine Mutter will ihm eine Lehrstelle beschaffen, als sie mit ihm in Middelhauves Buchhandlung in Leverkusen steht. Ein Herr kommt auf sie zu. Ludwig schwitzt in seinem eingezwängten Anzug, in seinem weißen Nylonhemd mit seiner silbernen Perlonkrawatte. Wie ein Affe auf dem Schleifstein kommt er sich vor. Am liebsten würde er sofort abhauen.

Sie wünschen?

Ich suche eine Lehrstelle für meinen Sohn, sagt seine Mutter und stößt ihn an. Begrüß den Mann.

Wie ein Automat streckt Ludwig ihm die Hand hin, ärgert sich über seine Folgsamkeit und macht auch noch einen Diener. Er hätte sich ohrfeigen können.

Sie zupft an seinem neuen Anzug herum.

Eigentlich will er in die Staatsbibliothek, sagt sie. Aber bei Ihnen gibt's ja auch Bücher.

Bedauere sehr, gnädige Frau, erklärt der vornehme Mann sehr höflich, Doktor Middelhauve ist zurzeit außer Haus.

Können Sie ihn nicht einstellen?

Das entscheidet nur der Chef.

Wann kommt denn der Doktor Middelhauve zurück?

Er ist nur selten hier.

Wo ist denn der Doktor Middelhauve? Können Sie nicht mit ihm telefonieren? Ist er in Opladen in seiner Druckerei? Mein Sohn arbeitet nämlich dort.

Auch das noch. Wie peinlich. Vielleicht sagt sie auch noch, dass er da seine FDP-Werbung eintütet und seine »Deutsche Zukunft«. Er will sich den Pfeffer-und-Salz-Anzug vom Leib reißen, die Perlonkrawatte, das durchschwitzte Nylonhemd und im Erdboden verschwinden.

Der Mann stellt noch einmal klar: Einstellungen entscheidet nur der Chef.

Ludwig atmet auf. Das wär geschafft. Glückliche Pleite. Jetzt nichts wie raus hier. Der Weg zu seiner Luise ist frei.

Kaum draußen auf der Straße streitet er mit seiner Mutter herum. Beschimpft sie, so was mit ihm zu machen. Das lässt er sich nicht noch einmal gefallen.

Ich bin nicht dein Hampelmann!

Ohne mich findest du nie etwas.

Du mischst dich nicht mehr ein. Ich such mir meine Stelle selber.

Ich will dir doch nur helfen, mein Luggi.

***

Ludwig hilft sich selbst. Er sitzt Wasmuth gegenüber in seinem Büro. Den kennt er von seinen Besuchen bei Luise, den großen gebückten Mann mit dem aufgeschwemmten Gesicht, mit den weißen Wimpern wie bei einer Kuh, den glasigen Augen und dem pissgelben Haar. Wasmuth sagt immer noch nicht, ob er ihn als Lehrling einstellt. Stattdessen Fragen, Fragen. Warum möchten Sie Buchhändler werden? Warum gerade bei uns? Was wissen Sie über Literatur?

Stolz nennt Ludwig Andersch, Böll und Koeppen und sieht ihm an, dass er davon beeindruckt ist. Den Balzac, »Die menschliche Komödie«, erwähnt er nicht. Er hat ihn immer noch nicht gelesen. Zu peinlich, wenn Wasmuth mehr darüber wissen will und er ins Stottern gerät.

Und sonst?

Er verschweigt seinen Karl May, »Via Mala« von Knittel, die HÖRZU-Romane »Die Toteninsel«, »Der Engel mit dem Flammenschwert«, »Wie ein Sturmwind« und nennt schnell, was sie in der Klasse gelesen haben: Goethes »Faust«.

Immerhin. Immerhin. Was ist Ihr Vater von Beruf?

Er ist Polizist.

Wasmuth nickt.

Mit welchem Rang?

Polizeimeister.

Wasmuth nickt.

Wo war Ihr Vater im Krieg?

Ludwig zählt die Länder auf, die er von seinen Fotos kennt.

Wasmuth nickt zufrieden und erklärt ihm ausführlich, welche Ränge es bei der Polizei in der Nazizeit gab und welchen sie bei der Wehrmacht entsprachen. Dass der Wachtmeister dem Gefreiten entsprach, der Oberwachtmeister dem Obergefreiten, der Hauptwachtmeister dem Unterfeldwebel und der Polizeimeister dem Feldwebel. Ludwig wundert sich, was der für ein Interesse an polizeilichen Diensträngen hat. Dann holt Wasmuth aus seiner Schublade ein Vertragsformular, setzt ein paar Zahlen ein und überreicht ihm den Lehrvertrag. Ludwig ist noch nicht volljährig, sein Vater muss mit ihm unterschreiben.

Geschafft! Ludwig hat eine Lehrstelle. Er hat es geschafft. Er ist bei Luise. Ab sofort. Ab 1. April. Die Arbeitszeit: Montag bis Freitag von neun Uhr bis zwanzig Uhr abends. Am Samstag bis sechzehn Uhr. Das kennt er von Luise. Doch wann nun Eintüten bei Middelhauve? Geht nicht mehr. Sein wöchentliches Taschengeld ist futsch. Pfeif darauf. Er hat jetzt seinen Lohn. Im ersten Lehrjahr pro Monat fünfundvierzig Mark, im zweiten sechzig und um dritten fünfundsiebzig Mark. Jedes Jahr fünfzehn Mark mehr. Bei den fünfundvierzig Mark im ersten Jahr macht das eins fünfzig pro Tag. Ziemlich angeschissen. Egal, er ist bei Luise.

Zum Abschied gibt ihm Wasmuth seine schwammige Hand. Ludwig erschrickt, lässt die Qualle schnell los, wischt seine Hand an der Schurwollhose seines Anzugs ab.

Beim Verlassen seiner neuen Arbeitsstelle zwinkert ihm Luise ermutigend zu, und die Arnold und der Eichhorn raunen: Wieder ein neuer Lehrling. Hoffentlich geht das diesmal gut.

Zu Hause schiebt er seinem Vater den Vertrag zur Unterschrift hin. Der Vater zögert, ob er unterschreiben soll. Sein Luggi verloren für die Polizei. Und dann noch bei dieser Jüdin. Da hocken sie noch mehr zusammen. Wer weiß, was sie ihm noch alles einimpft. Erstaunlich, dass der Wasmuth sie eingestellt hat. Versteht er nicht. Schließlich befeuchtet er mit der Zunge seinen Tintenstift und setzt missbilligend seinen »Hannes Stadler« darunter.

Ludwigs Mutter verzieht säuerlich den Mund. Ihr Luggi verloren für die Staatsbibliothek und jetzt bei diesem Judenmädel. Sie wird ihn versauen. Das gefällt ihr gar nicht.

Jetzt ist nichts mehr beim Middelhauve, bedauert sein Vater. Schade, so ein feiner Mann. Hättest bei ihm was werden können.

Morgen wird Ludwig bei ihm kündigen. Knall auf Fall. Dann kann er seine »Deutsche Zukunft« selber eintüten.

Ludwig hört nicht mehr hin, was sein Vater über Middelhauve und über seine Polizei erzählt.

***

Die Kinder hören nicht mehr hin, was ihre Väter über die Müngstener Brücke erzählen. Dass sie sich einhundertsieben Meter hoch über das Tal der Wupper spannt, haben sie schon das letzte Mal gehört. Und dass die Stahlkonstruktion eine großartige Ingenieurleistung ist und wie man das Ding vor über fünfzig Jahren unter größten Schwierigkeiten gebaut hat. Das alles kennen sie schon von ihren Ausflügen zu diesem beliebten Ort nahe Opladen. Auch heute bummeln die Sonntagsmenschen unter dem gigantischen Bogen, kaufen am Kiosk Ansichtskarten, machen Fotos von diesem sensationellen Eisenmonstrum, schieben Mütter ihre Kinderwagen.

Auch Ludwig und Florian sehen sich das Eisenwunder an. Hoch oben fährt ein Zug über die Brücke. Man hört nur sein Rauschen. Ludwig glaubt, das Beben des Stahls zu fühlen, sein Vibrieren, sein Zittern, als würde der Stahl leben.

Ist eine schöne Selbermörderbrücke, sagt Florian ruhig. Du hast Glück. Hast eine Lehrstelle. Ich häng in der Luft. Da stürz ich mich mal runter.

Ludwig ist entsetzt. Bist du verrückt?

Besser schnell sterben als langsam verderben. Wer dieses Jahr stirbt, ist für das nächste quitt.

Mach keinen Quatsch.

Was soll ich denn sonst machen?

Hör auf damit!

Haben auch schon andere gemacht. Ist ganz einfach. Beim Fall wird man bewusstlos. Und wenn man unten aufklatscht, spürt man nichts mehr.

Ludwig schüttelt es.

Ist doch so.

Das machst du nicht!

Man hat meinen Robin Hood abgelehnt. Keine Aufführung in Schloss Burg. René Deltgen wollte meinen Günther Weisenborn nicht haben. Auch nicht meine Judas-Geschichte. Gustav Gründgens hat meine Bewerbung für eine Regieassistenz in Düsseldorf abgelehnt. Scheitern, scheitern, immer scheitern. Es gibt auch noch was anderes. Nicht für mich.

Eine Weile schweigt Florian. Dann fängt er wieder an: Ich stell mir vor, wenn ich tot bin, seh ich dich an der Wupper stehen, und ich stehe auf dem anderen Ufer gegenüber. Ich winke dir zu, aber du siehst mich nicht. Kannst mich nicht sehen. Bin ja tot. Ich rufe dir zu. Aber du hörst mich nicht. Kannst mich nicht hören.

Ludwig will weg von dieser Müngstener Brücke, weg von diesem Ort.

***

Weg ist Luise! Am Morgen seines ersten Lehrlingstages vermisst er Luise. Im Laden ist sie nirgends zu sehen, auch im Keller ist sie nicht. Vielleicht kommt sie später oder liegt krank zu Hause im Bett. Ludwig erkundigt sich bei der Arnold.

Der Chef hat ihr gekündigt, weil nun Sie hier sind.

Wo ist sie jetzt?

Arbeitet seit heute bei Middelhauve in Leverkusen. Als Buchhändlerin.

Seine Luise ist weg. Genau an dem Tag, an dem er hier anfängt. Ist jetzt in der Buchhandlung, in die ihn seine Mutter schleppte. Verflucht. Mist, verdammter! Ihm ist schlecht, kotzelend vor Enttäuschung. Jetzt macht ihm seine Lehre keinen Spaß mehr. Ohne Luise.

Bei seiner Kündigung bei Middelhauve hat er seinen grauen Eintüterei-Kittel abgegeben, nun muss er einen anderen grauen Kittel überziehen. Kittel folgt auf Kittel. Muss im Hinterhof Bücher ausklopfen, muss die Fächer sauber auswischen, ein

Fach nach dem anderen, muss bei jedem Zurückstellen der Bücher exakt auf das Autorenalphabet achten. Das weiß er. Weiß es von Luise. Sie hat es ihm vorausgesagt. Er wollte es auf sich nehmen, um bei ihr zu sein. Eine Stunde lang Schwitzen in seinem Pfeffer und Salz, in seinem weißen bügelfreien Nylonhemd, oben zugebunden mit der blauen Perlonkrawatte. Alles klebt an ihm.

Plötzlich steht seine Mutter im Laden. Ludwig erstarrt. Ist verärgert, dass sie hier auftaucht.

Was willst du denn hier?

Will nur sehen, was du hier so machst. Ob du anständig aussiehst.

Sie schaut auf seinen grauen Kittel.

Wo ist dein schöner Anzug?

Dadrunter.

Unter diesem Kittel! Dafür hab ich dir den Anzug gekauft? Mein Geld ausgegeben? Der ganze Aufwand umsonst!

Von einer Ecke linsen die Arnold und der Eichhorn herüber. Er schämt sich, vor ihnen von seiner Mutter so heruntergeputzt zu werden.

Bücher ausklopfen und Staub wischen!, empört sie sich. Warum machen die da nicht diese Drecksarbeit?

Er windet sich vor Peinlichkeit. So einen Ärger macht sie ihm hier.

Ich wusste von Anfang an, dass dieser Laden nichts für dich ist. Hier lernst du nichts.

Der Eichhorn kommt auf sie zu.

Was kann ich für Sie tun? Unser Lehrling ist nicht für Beratung und Verkauf zuständig.

Auch das noch. Ist wohl nur Putzkuli bei Ihnen.

Mit wem habe ich die Ehre?

Ich bin seine Mutter. Wollte nur mal sehen, ob er sich hier anständig benimmt.

Gnädige Frau, wir können uns über Ihren Herrn Sohn nicht beklagen. Er verrichtet seine Aufgaben sehr ordentlich.

Sie dreht sich auf dem Absatz um und stürmt aus den Laden.

Und jetzt machen Sie weiter, ordnet Eichhorn an.

Aufgewühlt greift Ludwig in das nächste Fach.

Das da ist dran, weist ihn Eichhorn zurecht.

Das hab ich eben ausgeklopft.

Haben Sie nicht.

Hab ich eben ausgeklopft, beharrt Ludwig.

Eichhorn kann keinen Widerspruch ertragen, er schnappt nach Luft, sein Adamsapfel, sein dicker Knorpel, wippt auf und nieder. Er zittert vor Wut, fährt ihn an: Tun Sie, was ich sage. Lehrjahre sind keine Herrenjahre.

Er tut, was ihm dieser Knochen befiehlt, ist wütend auf ihn und seine Mutter.

Der Chef trifft ein. Sofort mit ihm im Wagen Pakete bei der Post abholen, die schweren Ballen in den Keller auf seinen Packtisch schleppen, Streit zwischen der Arnold und dem Eichhorn, welche Pakete er zuerst öffnen soll. Sie lassen ihm keine Zeit, die Lieferscheine zu kontrollieren, die Stückzahl, den Rabatt, die Nettopreise, die Subskriptionspreise. Hastig mit Bleistift den Preis der Bücher vorne notieren. Keine Zeit, bei den Loseblattsammlungen, bei Gesetzestexten Lieferung und Blattzahl zu kontrollieren. Dann die Bestseller nach oben schaffen neben die Kasse. Mehrere Stapel von Hans Hellmut Kirsts »08/15 in der Kaserne« und »08/15 im Krieg«. Die Barras-Scharteken gehen weg wie frische Brötchen. Immer wieder muss nachbestellt werden. Ludwig rechnet nach: Sein monatlicher Lohn von fünfundvierzig Mark ist mit sieben verkauften »08/15« gedeckt.

Wer ist dieser Kirst?, fragt Ludwig den Eichhorn.

Das kann Ihnen egal sein!

Wieder hopst sein Knorpel auf und nieder, sein faltiger Hals schlottert, seine dünnen Haare zittern auf dem Schädel.

Ich dachte, ich sollte das wissen.

Überlassen Sie das Denken den Pferden, sagt Eichhorn. Die haben größere Köpfe.

Neben den Kirst-Bestsellern liegen da auch die beiden Gedichtbändchen von Forestier, »Ich schreibe mein Herz in den Staub der Straße« mit diesem auffallenden Schriftzug, als sei der Titel auf den Staub des Buchumschlags geschrieben, und »Stark wie der Tod ist die Nacht ist die Liebe«. Das erste Bändchen erschien schon vor zwei Jahren, wird immer noch gekauft wie verrückt. Auch das zweite ist der absolute Renner. So mysteriös, rätselhaft und dunkel wie die Gedichte, so mysteriös, rätselhaft und dunkel ist auch der Autor George Forestier. Im Vorwort steht: Geboren 1921 im Elsass, mit zwanzig freiwillig zur Waffen-SS, Einsatz in Russland, amerikanische Kriegsgefangenschaft, daraus geflohen, 1948 in die französische Fremdenlegion, Einsatz in Indochina, seit 1951 vermisst. Keiner weiß, wie seine Gedichte von Indochina an den deutschen Verlag gekommen sind.

Die Arnold ist begeistert von seiner romantischen, ergreifenden Lyrik. Der deutsche Rimaud!, schwärmt sie. Der Jurist Eichhorn schätzt zwar seinen Kriegseinsatz, kann aber mit diesen Versen nichts anfangen. Sind nicht sein Ding.

Auf eine andere Neuerscheinung stürzen sich die Kunden nicht, lassen sie liegen. Thomas Manns »Die Bekenntnisse des Hochstaplers Felix Krull«. Beim Lesen dieser ironischen Bekenntnisse kichert die Arnold in sich hinein. Der Eichhorn verzieht sein Gesicht, als hätte er in eine saure Zitrone gebissen. Humorloser Typ, wie eine Distel.

Am Mittag muss Ludwig im Betonkabuff im Keller das Essen für die beiden warm machen, ihre Aluminiumtöpfchen in heißes Wasser stellen. Während sie aus ihren Henkelmännern löffeln, reden sie darüber, dass Dien Bien Phu gefallen ist und die Franzosen aus Indochina flüchten mussten, dass der Verfassungsschutzpräsident Otto John plötzlich in die Zone verschwunden ist, vielleicht verschleppt. Dass in Berlin das Kuratorium Unteilbares Deutschland gegründet wurde, um die Wiedervereinigung zu erreichen, dass Bundespräsident Heuss eine Amnestie für untergetauchte ehemalige Nazis vorschlägt und für alle, die immer noch in Gefängnissen hocken. Eichhorn bedauert, dass der verdienstvolle Panzergeneral Heinz Guderian gestorben ist, der im Krieg so tapfer gegen die Russen kämpfte. Schade um so einen Mann.

Ludwig darf erst essen, wenn die beiden fertig sind. Da sitzt er dann allein und kaut und schluckt, was ihm seine Mutter vorbereitet hat. Specknudeln, die er nicht mag. Oder Spaghetti in Tomatensoße, das schon eher. Manchmal auch Linseneintopf, der ihm schmeckt.

Er darf sich aus dem Laden zum Lesen ein Buch mit nach Hause nehmen. Ludwig greift nach dem rororo-Band »Die ehrbare Dirne« von Sartre.

Die Arnold nimmt es ihm aus der Hand.

Das ist nichts für Sie.

Dafür darf er die beiden Gedichtbändchen von Forestier mitnehmen, von denen die Arnold so begeistert ist. Was dieser Dichter im Krieg und danach gemacht hat, interessiert ihn nicht, er will seine genialen Gedichte lesen. Schon beim ersten Blättern ist er von ihnen fasziniert. Zu Hause wird er sie verschlingen.

Spätestens um fünf muss er in den Keller, die bereitliegenden Bücher einpacken, sendefertig machen. In einer Stunde muss er den ganzen Schwung zur Post schleppen. In der Schublade seines Packtisches liegt die Mappe mit den Briefmarken. Die wöchentliche Abrechnung seiner Portokasse stimmt nie. Immer wieder nehmen die Arnold, der Eichhorn und der Chef in seiner Abwesenheit Briefmarken für ihre Privatpost aus der Mappe. Jede Woche muss er die Bilanz kunstvoll frisieren. Bei seinen Kontrollen entdeckt der Chef die Mankos. Ludwig steht als permanenter Wiederholungstäter da, der ständig in die Portokasse greift.

Zu ihm in die Buchhandlung kommen auch frühere Schulfreunde. Sie wollen sehen, was er da macht. Lange kann er nicht mit ihnen reden, zu sehr wird er herumgescheucht. Sieht aber, wie Bernie von Eichhorn beraten und bedient wird und Fachliteratur übers Bankwesen kauft. Der Volker kauft bei ihm Guderian, alles, was er kriegen kann. Ritschi, der schon Luckners »Seeteufels Weltfahrt« hat, kauft einiges über Segelschiffe.

Und immer wieder kommt Florian. Auch mit ihm kann er kaum reden, bemerkt aber, wie er klaut. Florian weiß, dass er ihn nicht verrät. Oft stellt Ludwig sich so vor ihn hin, dass keiner sehen kann, wie er wieder etwas in seiner Tasche verschwinden lässt. Diesmal hat es Florian auf den Forestier »Stark wie der Tod« abgesehen, und schon hat er ihn gemopst. Der Chef glaubt, es gesehen zu haben, schickt Ludwig auf der Straße hinter dem Dieb her, bleibt an der Ladentür stehen und beobachtet, wie er Florians Tasche kontrolliert. Ludwig entdeckt seine Beute, tut so, als hätte er nichts gefunden, und lässt den erleichterten Florian laufen.

Und?, fragt der Chef, als Ludwig zurückkehrt.

Nichts. Nichts geklaut.

Versteh ich nicht. Ich bin sicher, er hat den Forestier in seiner Tasche verschwinden lassen.

Hat er nicht, bekräftigt Ludwig.

Hin und wieder kommt ein Gespenst in den Laden. Eine etwas ältere Frau in einem weiten schwarzen Mantel, ihr gräuliches Haar onduliert, nach oben toupiert. Ihre schlaffen, faltigen Lippen grellrot geschminkt, breit und verschmiert, um ihren verschrumpelten Hals eine gezackte Korallenkette, ihre langen Fingernägel wie Krallen knallrot lackiert. Dorothea Bettina von Lutschinski. Eine zahlkräftige Kundin, die üppig einkauft. Der Chef kennt sie gut und bedient sie ehrerbietig.

Jedes Mal, wenn sie kommt, tritt sie dicht an Ludwig heran, will von ihm bedient werden. Doch schnell ist der Chef da. Gnädige Frau, Sie wünschen? Ludwig soll abhauen.

Bedauernd sieht sie ihm nach, wie er zum Keller verschwindet. Hinter dem Vorhang bleibt Ludwig stehen und sieht durch einen Spalt, wie die Lutschinski einkauft und Wasmuth ihr die Hand küsst.

Erica Pappritz, stellvertretende Protokollchefin in Adenauers Auswärtigem Amt, inzwischen befördert zur Legationsrätin, plant ein Buch mit dem Titel »Das Buch der Etikette«, in dem sie vorschreibt, wie sich die Gesellschaft der neuen Bundesrepublik zu benehmen hat. Über den Handkuss notiert sie:

»Ein korrekter Handkuss ist kein Kuss auf die Hand, sondern nur die Andeutung eines solchen. Wenn der Herr die Hand der Dame zu heben beginnt, folgt sie ihm. Der Herr neigt sich über die Hand der Dame, ohne die Lippen auf den Handrücken zu drücken. Die Neigung als solche endet also einige Millimeter oder sogar Zentimeter über der Hand. Nur verheirateten oder älteren Damen gebührt der Handkuss. Schließlich ist er in erster Linie eine Andeutung der Verehrung.«

***

»Ich schreibe mein Herz / in den Staub der Straße / vom Ural bis zur Sierra Nevada / von Yokohama bis zum Kilimandscharo / eine Harfe aus Telegraphendrähten. / Ich sage Gobi und ich sage Sahara / ich sage Eismeer und sage Hawai. / Katarakte der Sehnsucht, / die nie verstummen. / Schweflige Blüte trockner Kakteen.«

So also dichtet dieser Forestier. Ludwig ist hingerissen von diesem mysteriösen verschollenen Genie. Er liest seine Lyrik auch, weil Florian so versessen darauf war und seine beiden Bändchen geklaut hat, froh war, dass er ihn laufen ließ.

»Turbine und Dynamo, / Motor der Schenkel. / Ich lege die Hand / in die Spur meiner Füße. / Die Erde – zu klein / für ein wanderndes Herz. / Der Himmel – zu hoch / für ein grübelndes Hirn.«

Tor! Scheißtor!

Nebenan im Wohnzimmer das Gefluche von Wipperfürth, Schönlein, Heger, Gutbrot. Auch die Stimme seines Vaters, deprimiert. Fußballweltmeisterschaft in Bern.

Das ist Ludwig schnuppe. Ihn interessiert der Forestier. Taucht ein in sein zweites Gedichtbändchen »Stark wie der Tod ist die Nacht ist die Liebe«, liest: »Die Kerbe deiner Brauen / spricht

Vergangenheit. / Wimpernfächer, Dolche, / glatt und stoßbereit. / Tief im Ypsilon des Schoßes / lustverspielte Hand. / Herz, Gesicht und Hände: / ausgebranntes Land. / Sonne hebt die Röcke / setzt den Arsch ins Meer, / geile Wolkenböcke / stürzen hinterher.«

Wieder Tor! Wieder die Stimmen niedergedrückt. Anscheinend das zweite Tor der Gegner. Sollen die Deutschen doch verlieren. Sollen doch die Ungarn ihnen die Hucke vollhauen. Obwohl er die Ungarn nicht mag, die Kommunisten, die den Russen im vergangenen Jahr halfen, den Aufstand in der Zone niederzuschlagen.

»Nacht wird abgeladen, / Kohle, Kahn für Kahn. / Hoch am Spinnwebfaden / klebt die Drahtseilbahn. / Dampfsirenen, Katzen / Kreischen: letzte Schicht. / Aus den Wolkenfratzen / wächst ein Faunsgesicht.«

Die Tür wird aufgerissen, sein Vater schaut herein: Komm rüber. Ist gerade Halbzeit. Musst du sehen.

Ludwig hat keine Lust dazu. Er will sich nicht anschauen, wie zwanzig Männer hinter einem Ball herrennen. Seit seiner Schusseligkeit, als er in Gauting den Ball ins eigene Tor trat, seit seiner Pleite bei der Wach- und Schließgesellschaft am Birkenberg interessiert er sich nicht mehr für Fußball.

Dann hockt er doch auf dem Schonbezug des Polsterbärs, absichtlich weit entfernt von Wipperfürth, Schönlein, Gutbrot und Heger, die in den cremefarbenen Schalensesseln um das niedrige Metalltischchen sitzen. Vor ihnen Bierflaschen. Klingbeil ist wie immer nicht dabei.

Seine Mutter kauert auf der Ecke eines Hockers, sein Vater holt vom Balkon einen neuen Kasten Wicküler, verteilt neue Flaschen auf dem Tisch. Die Kronen werden geknackt, den Flaschenöffner mit dem Schaft aus Hirschgeweih fest im Griff. Man prostet sich zu, schluckt aus den Flaschen, rülpst, der Schiedsrichter pfeift an, die zweite Halbzeit beginnt.

Gutbrot stöhnt: Eine Schande. Zwei zu null für die Ungarn. Wenn das so weitergeht, verlieren wir.

Unsere Jungs holen das auf, tröstet Wipperfürth. Wir gewinnen.

Dein Wort in Herbergers Ohr, säuselt Schönlein.

Alle starren auf den dunklen Kasten mit den vergoldeten Zierleisten auf der Kommode. Über den kleinen Bildschirm flackern die Schwarz-Weiß-Bilder aus dem überfüllten Stadion. In Bern regnet es. Der Rasen, die Spieler klatschnass. Sie rutschen aus, fallen nieder, Hemden und Hosen total verschmiert.

Ludwig fragt: Wer ist wer?

Kopfschütteln über den Ahnungslosen. Vom Tisch kommt die Aufklärung: Die Deutschen in den weißen Hemden und schwarzen Hosen, die Ungarn in schwarzen Hemden und weißen Hosen. Ludwig verwechselt immer, wer wer ist.

Aufgedreht, aufgekratzt, atemlos nennt der Reporter die deutschen Namen und die ungarischen Namen Grosics, Puskás, Kocsis, Bozsik, Hidegkuti, Czibor. Auch die kann Ludwig sich nicht merken. Sie klingen so komisch. Bei Czibor muss er an Tchibo denken.

Ludwig fragt: Wer ist wer?

Genervtes Abwinken aus Richtung des Tischs.

Da, zehn Minuten nach dem Anpfiff, Hereingabe von Rahn, abgefälscht von einem ungarischen Abwehrspieler, Morlock schießt. Tor! Die Stimme des Reporters überschlägt sich. Eins zu zwei für Deutschland! Anschlusstor für Deutschland! Durch Schuss von Morlock!

Wipperfürth, Schönlein, Gutbrot, Heger, Ludwigs Vater jubeln, prosten sich mit den Flaschen scheppernd zu.

Hab's dir doch gesagt, kräht Wipperfürth. Unsere Jungs holen das auf! Wir gewinnen!

Die Mutter auf ihrem Hocker schaut überrascht, sagt nichts.

Dann hin und her. Abseits! – Kein Abseits! – Abseits, hab's doch gesehen. – Kannst du gar nicht sehen. Da stand der Rahn davor. – Nein, der stand beim Walter. Dann: Linie! – Quatsch, keine Linie! – Doch. – Keine Fahne vom Linienrichter. – Der pennt, der pennt!

Der Reporter: Die Magyaren stürmen, stürmen.
Ludwig: Wer sind die Magyaren?
Heger: Die Ungarn.
Warum Magyaren?
Weiß ich auch nicht.

Dann, acht Minuten später, Ecke von Fritz Walter, der ungarische Torwart rennt heraus, der Ball über ihn hinweg, Rahn stürmt heran, Flachschuss: zwei zu zwei! Ausgleich durch Rahn.

Wieder Jubel am wackelnden Tischchen, es droht umzukippen. Wieder klirrende Bierflaschen.

Die Ungarn ein aufgescheuchter Hornissenschwarm, bedrängen das deutsche Tor. Gefahr! Gefahr! Die Deutschen dazwischen. Ein Tohuwabohu.

Ludwig verwechselt den Rahn mit dem Eckel, den Eckel mit dem Liebrich, den Liebrich mit dem Posipal, den Posipal mit dem Schäfer, den Schäfer mit dem Kohlmeyer, den Kohlmeyer mit dem Mai, den Mai mit dem Morlock. Nur den Toni Turek, den Torwart, verwechselt er nicht. Weil der nicht hin und herrennt und immer im Tor steht.

Für Klärung sorgt Ottmar Walter.
Ludwig: Nicht Fritz Walter?
Ist sein Bruder.

Da soll sich einer auskennen. Wieder Kopfschütteln über den Dämelack. Dann ein Schuss von den Ungarn. Entsetzen am Tisch. Jetzt kein Schluck aus der Flasche. Angst vor der neuen Führung der Drecksungarn. Der Ball prallt am Pfosten ab. Die Flaschen sinken erleichtert nieder. Uff!

Wieder Schüsse der Ungarn, hart, knochenhart, kurz vor dem Tor. Doch der Turek, der Toni, hechtet, hechtet, hält, hält. Der Toni hält.

Man tankt wieder, knallt die Flaschen auf das Tischchen. Die Mutter schreckt hoch. Ihre schöne Resopalplatte!

Das Spielende naht. Noch sechs Minuten und immer noch kein Sieg, immer noch unentschieden, zwei zu zwei. Da muss etwas geschehen.

Deutschland im Ballbesitz, die Ungarn im Ballbesitz. Die Deutschen stürmen, die Ungarn stürmen. Abgewehrt. Nachschuss. Abgewehrt. Wieder rollt die deutsche Angriffsmaschine. Dynamit in den Füßen.

Dann in der vierundachtzigsten Minute: Die Stimme des Reporters kreischt, überschlägt sich. Die Deutschen vor dem ungarischen Tor, Schäfer flankt nach innen, Kopfball, abgewehrt, doch da: Aus dem Hintergrund schießt Rahn, Linksschuss blitzschnell, so schnell kann keiner gucken, ballert mit Wucht die Kugel in den Kasten! Tooor! Tor für die Deutschen. Drei zu zwei für Deutschland! Sepp Herberger springt hoch von seiner Bank, reißt sie Arme hoch, rennt aufs Spielfeld. Das darf er nicht. Tut's trotzdem.

Die Ungarn eine Horde wild gewordener Büffel, stürmen, schießen, flanken, schießen, aber der Turek hält, hält, hält. Unser Toni! Unser Goldjunge! Schlusspfiff. Drei zu zwei! Die Drecksungarn besiegt. Der Reporter am Ende seiner Kräfte, von ihm nur noch ein Krächzen: Aus! Aus! Aus! Weltmeister! Weltmeister!

Wipperfürth, Schönlein, Gutbrot, Heger und Ludwigs Vater johlen, kriegen sich nicht mehr ein. Triumph! Triumph! Wir sind Weltmeister!

Ludwig und seine Mutter staunen. Na und? Was ändert sich jetzt?

Sein Vater holt einen neuen Kasten vom Balkon, sie können die Flaschen nicht schnell genug öffnen, schlagen die Pullen aneinander, schlucken. Den Krieg verloren, scheißegal, jetzt Weltmeister! Sieg! Sieg! Endsieg!

Jubel bei den Deutschen auf den Stadionrängen. Schwarz-rot-golden wogen riesige Fahnen auf den Tribünen. Verzerrt die Hymne. Von den Deutschen kommt von den Rängen mehr gebrüllt als gesungen »Deutschland, Deutschland über alles! Über alles in der Welt«. Es kann auch »Einigkeit und Recht und Freiheit für das deutsche Vaterland« heißen. Die erste verbotene Strophe von der dritten erlaubten nicht zu unterscheiden.

Vielleicht erklingen beide zugleich. Deutlich aber kann Ludwig das Gedröhne hören: »über alles in der Welt«.

* * *

Alles in Antonios Leben ändert sich jetzt. Er wird gefeuert von seinem Arbeitgeber. Er findet eine neue Arbeit als Plakatkleber. Auf seinem Fahrrad strampelt er durch Rom, klebt Plakate. Da wird sein Rad gestohlen. Ohne Rad wieder keine Arbeit. Er muss den Dieb finden, gerät dabei in das Netz der Mafia, die den Dieb schützt. Er findet ihn, stellt fest, dass er ein ebenso armes Schwein ist wie er, überlässt ihm sein Rad. Jetzt muss er als Plakatkleber wieder ein neues haben, um seine Familie zu ernähren. Zu arm, ein neues Rad zu kaufen, ist er gezwungen, selbst ein Fahrrad zu stehlen.

Ludwig sieht den Film mit Luise im Leverkusener Studiokino. »Fahrraddiebe« von de Sica.

So einen Film hat er noch nie gesehen. So realistisch, diese faszinierenden Bilder, diese harten Szenen. So rau und brutal. So ganz anders, als er sich sein Italien vorstellt. Er ist geschockt und berauscht zugleich. Der Film ist so ganz anders als sein »Schwarzwaldmädel« und sein »Grün ist die Heide«.

Er überlegt, ob er seine bunten Wimpel vom Gardasee und Capri am Vorderrad abschrauben und wegwerfen soll. Damit will er nicht mehr herumradeln, nachdem er gesehen hat, wie es in Rom zugeht. In diesem Ewigen Rom mit dem so Heiligen Vater. Erbarmungslos, rücksichtslos, herzlos. Diese großartigen Paläste, aber die Menschen müssen sich gegenseitig die Fahrräder stehlen, um überleben zu können.

Eine Woche später ist er wieder vor Middelhauves Buchhandlung in Leverkusen mit Luise verabredet, um mit ihr einen neuen Film zu sehen. Er wartet, bis sie nach Geschäftsschluss herauskommt. Diesen Laden betritt er nicht, nicht mehr. Einmal reicht.

Durch das Schaufenster sieht er wieder den feinen Mann,

der vor ihm und seiner Mutter stand, sieht wieder, wie seine Mutter ihn zwingt, ihm zur Begrüßung die Hand hinzustrecken, er wie ein Automat auch noch einen Diener macht. Ludwig schüttelt es, als er daran denkt, wie seine Mutter da mit ihm umgesprungen ist, wie sie ihn blamiert hat. Gott sei Dank gab es keine Lehrstelle, sein Weg zu Luise war frei. Jetzt bedauert er, dass er da nicht genommen wurde. Jetzt wäre er dort mit ihr zusammen. Verdammt, wie das alles gelaufen ist.

Er tröstet sich damit, dass sie jetzt wieder zusammen in das kleine Kino gehen. Diesmal in »Die Mörder sind unter uns« von Staudte. Spielt im zerbombten Berlin 1945 zwischen Ruinen und Bombentrichtern. Ein Kriegsheimkehrer kommt zurück, findet Unterkunft bei einer jungen Frau in ihrer halb weggebombten Wohnung eines Mietshauses. Ludwig erkennt die junge Frau sofort wieder. Die Hildegard Knef, die er schon in der »Sünderin« gesehen hat. Jetzt keine Sünderin, sondern eine Rückkehrerin aus einem KZ. Auch Luise kehrte aus einem KZ zurück. Das weiß er, mehr nicht.

Der Heimkehrer trifft im Film auf seinen ehemaligen Hauptmann im Krieg. Dem geht es jetzt wieder gut, ist ein beliebter, angesehener Mann und ein sehr erfolgreicher Unternehmer. Aus alten Stahlhelmen macht er nun Kochtöpfe. Der Heimkehrer erkennt ihn wieder. Sein Hauptmann hat in Polen hunderteinundzwanzig Zivilisten erschossen. Männer, Frauen und Kinder. Einfach so, abgeknallt mit seiner Pistole. Der Heimkehrer stand daneben, hat alles gesehen, wagte aber nicht, ihn zur Rede zu stellen. Er hatte Angst, dass er auch ihn erschießt. Jetzt nach dem Krieg kann er ihn mit seinen Morden konfrontieren. Jetzt kann er ihn nicht erschießen. Aber er kann nun diesen Mörder abknallen mit seiner Pistole, die er aus dem Krieg mitgebracht hat. Die Toten rächen, die dieser Mann auf dem Gewissen hat. Sie stehen sich gegenüber. Sein Hauptmann lächelt, als wäre damals nichts geschehen. Der Heimkehrer greift in seine Manteltasche, hat die Pistole in der Hand. Er zögert, erschießt ihn nicht.

Ludwig versteht das nicht. Er hätte ihn wegputzen sollen, diesen Mörder umlegen sollen, der jetzt wieder frei herumläuft. Ludwig muss an den Mörder denken, der den Stadtarchivar Nettelbeck auf der Wupperbrücke mit seinem Auto getötet hat, muss an den Brenner denken, der den Koberling vom Dach gestürzt, und an diesen Unbekannten, der seinen Anselm im Keller erschossen hat. Sie alle laufen noch frei herum. Und wie ist das mit Wipperfürth, Schönlein, Gutbrot, Heger und seinem Vater, die zuletzt in seinem Wohnzimmer beim Endsieg dieser Fußballweltmeisterschaft jubelten? Die haben doch auch alle was im Krieg gemacht. Was sie da gemacht haben, das wüsste er gern.

In seinem Zimmer pinnt Ludwig seine neuen Filmplakate an die Wand. »Fahrraddiebe« und »Die Mörder sind unter uns«.

Die Mutter ist entsetzt: Jetzt spinnst du komplett!

Sein Vater ist empört: Die Mörder sind unter uns. Was soll das denn? So ein Quatsch! Den Unsinn hast du wohl von deiner Jüdin. Das muss weg.

Ludwig sagt nichts. Er will mit Luise noch mehr solcher Filme sehen.

Als er am nächsten Abend von seiner Goethe-Buchhandlung zurückkehrt, ist sein Plakat von »Die Mörder sind unter uns« verschwunden.

Wo ist es?, fährt er seine Mutter an.

Das hat dein Vater weggenommen.

Er schreit seinen Vater an: Wo ist mein Plakat?

Weg ist es. Weg.

Warum?

Nicht in meiner Wohnung!

Warum?

Frag nicht so blöd.

***

Fragen Sie nicht, machen Sie, was ich sage, ordnet Wasmuth an.

Dabei will Ludwig nur wissen, warum er der Lutschinski die

drei Bücher nach Hause bringen soll. Sie hätte sie beim Kauf selbst mitnehmen können. Aber Anordnung vom Chef, da kann man nichts machen. Lehrjahre sind keine Herrenjahre.

Schon von Weitem sieht er die schöne alte Villa am Weiher mit ihren imitierten römischen Säulen am Portal. So oft ist er daran vorbeigegangen, nun muss er da hinein. Zu diesem Gespenst, das sich im Laden jedes Mal dicht an ihn herandrängt, das sein Chef dann so untertänig bedient. Jetzt muss er zu ihr. Auf dem goldenen Klingelschild liest er: Dorothea Bettina von Lutschinski. Er drückt den Knopf, innen ertönt ein dunkler Gong. Nach einer Weile Schritte, die Eichentür wird geöffnet, die Lutschinski steht vor ihm. Diesmal nicht wie im Laden in Schwarz, sondern in einem weiten weißen Kleid. Auch keine gezackte Korallenkette. Ihr faltiger Hals liegt frei. Auch ihr angegrautes Haar diesmal nicht onduliert, nicht nach oben toupiert, es hängt gelöst bis zu ihren Schultern herab. Aber ihre schlaffen Lippen sind wieder grellrot geschminkt und etwas verschmiert.

Wie schön, dass Sie da sind, sagt sie vergnügt. Kommen Sie herein.

Sie nimmt ihn an die Hand und führt ihn in den Salon. Aus einem Ledersessel erhebt sich Mende. Der schöne Erich im dunklen Maßanzug, seine gepflegte Frisur eingeschmiert mit Brillantine, um den Hals sein strahlendes Ritterkreuz.

Da will ich nicht stören, sagt er höflich, lässt dabei sein schlesisches R rollen und verabschiedet sich von der Lutschinski mit einem galanten Handkuss.

Beschwingt begleitet sie den Herrn Major hinaus in die Diele. Ludwig hört, wie sie draußen etwas besprechen, kann aber nicht verstehen, was sie sagen.

Er sieht sich im Salon um. Ein zierliches Teetischchen, darauf ein klobiger Aschenbecher aus Kristall. Neben dem Kristallklotz die »Deutsche Zukunft«. Und die Deutsche Soldaten-Zeitung. Auf dem Titelblatt liest Ludwig:
Bau von neuen Luftschutzkellern zum Schutz gegen Atom-

bombenangriffe. Bundesrepublik tritt der NATO bei. Bundesverfassungsgericht berät über das Verbot der Kommunistischen Partei Deutschlands, KPD.

In einem Bücherschrank aus massiver Eiche hinter Glas ein Band »Ewiges Deutschland«, Rosenbergs »Der Mythus des 20. Jahrhunderts«, Goebbels' »Michael – Ein deutsches Schicksal«, »Reitet für Deutschland«, das »Jahrbuch des deutschen Heeres«. In einem großen Topf eine Zimmerpalme, seitlich an der Wand eine Ledercouch. Darüber hängt in einem Silberrahmen das Foto eines Mannes mit strengem Blick. An seiner Uniform mehrere Auszeichnungen, am Kragen Eichenlaub und um den Hals ein großes schwarzes, weiß umrandetes Kreuz.

Umweht von ihrem weiten weißen Kleid kehrt die Lutschinski zurück.

Nun, mein Freund, zeigen Sie, was Sie gebracht haben.

Aus seiner Aktentasche packt Ludwig aus: den Kirst »08/15 in der Kaserne«, den Kirst »08/15 im Krieg« und den Böll »Haus ohne Hüter«, stapelt alles auf das Teetischchen, muss die »Deutsche Zukunft« beiseiteschieben, damit seine Bücher Platz haben.

Sehr schön, sagt sie genussvoll. Sehr schön. Bitte nehmen Sie doch Platz.

Sie zeigt auf den breiten Ledersessel, in dem Mende gesessen hat. Als Ludwig sich niederlässt, spürt er die verbliebene Körperwärme des schönen Erich, will spontan wieder hoch, doch sie drückt ihn an den Schultern nieder in das angewärmte Leder. Er versinkt darin. Lang darf er nicht bleiben, er muss zurück zu Wasmuth.

Sie nimmt den Böll, »Haus ohne Hüter«, in die Hand.

Ach ja, klagt sie, auch ich habe ein Haus ohne Hüter. Keiner hütet mich mehr. Was kann ich Ihnen anbieten? Einen Cognac? Einen Likör?

Höflich lehnt Ludwig ab. Nicht schon mitten am Tag Alkohol. Das schmeißt ihn um, und er dann mit einer Fahne im Laden. Unmöglich.

Gar nichts?

Nein danke.

Für mich schon, sagt sie, nimmt aus ihrem Buffet einen großen Schwenker, füllt ihn halb mit Cointreau und hebt das Glas zum eingerahmten Foto.

Auf meinen seligen Alwin.

Im Stehen nimmt sie einen kräftigen Schluck und lässt sich auf der Ledercouch gegenüber Ludwig nieder. Sehr nah bei ihm. Aus einem silbernen Döschen fingert sie mit ihren Krallen eine Zigarette hervor, steckt sie in eine lange Zigarettenspitze, zündet sie mit einem Feuerzeug an und inhaliert einen tiefen Zug.

Ich muss Ihnen etwas zeigen.

Mit einem silbernen Scherchen schneidet sie die angerauchte Zigarette kurz hinter der Glut ab, lässt die Asche in den Kristallaschenbecher fallen und schwingt hoch. Aus einer Barockkommode holt sie eine lange Schatulle hervor, legt sie sorgfältig auf die »Deutsche Zukunft«, öffnet sie. Auf rotem Samt liegt eine schwarze, glänzende Lederscheide. Aus der Scheide zieht sie einen großen Dolch heraus, hebt ihn vor Ludwig hoch, sagt: In herzlicher Kameradschaft von Himmler persönlich verliehen. Als Auszeichnung für seine Verdienste.

Lächelnd legt sie den Dolch in seine Hände. Schwer ist das Ding, das er nun vor sich hat.

Der SS-Ehrendolch meines Alwin.

Ludwig weiß nicht, was er mit dem Monstrum anfangen soll. Auf der blinkenden Klinge eingraviert: Unsere Ehre heißt Treue. Auf dem schwarzen Griff ein leuchtender Adler mit Hakenkreuz.

Den trug er immer als Seitenwaffe an seiner Uniform. Auch an seiner Ausgehuniform. Darauf war er sehr stolz. Mit Recht. Er war sogar verpflichtet, ihn einzusetzen, wenn jemand die Ehre seiner SS beleidigte. Ihn niederzustechen. Auch innerhalb der Familie. Das war Pflicht. Aber dazu kam es bei uns natürlich nicht. Dazu bestand bei uns kein Grund. Gott bewahre.

Ludwig gibt ihr den Ramsch zurück, ist erleichtert, ihn loszuwerden.

Wieder füllt sie ihren Schwenker mit Cointreau, hebt ihr Glas, streckt es ihrem Alwin entgegen. Versonnen schaut sie auf sein Porträt.

Ich trinke auf ihn und auf Sie, junger Mann. Sie nimmt einen kräftigen Schluck. Sie haben Ihr blühendes Leben noch vor sich.

Er war Standartenführer, schwärmt sie. Gott hab ihn selig. Mein tapferer Alwin liegt jetzt irgendwo in Serbien.

Serbien. Sein Vater war auch in Serbien. Schwamm mit anderen in einem Fluss.

Er wurde erschossen von hinterhältigen feigen Partisanen. Hoffentlich ruht er auf einem deutschen Heldenfriedhof in einem Ehrengrab. Ach, Sie können ja nicht ahnen, wie schwer es für eine Frau ist, allein ohne Mann leben zu müssen.

Im Radio und auf Schallplatten singt Bruce Low:

Es hängt ein Pferdehalfter an der Wand,
und der Sattel liegt gleich nebenan.
Fragt ihr mich, warum ich traurig bin,
schau ich nur zum Pferdehalfter hin.
Ich seh das Eisen, das mein Pony trug,
dieses Eisen, das ich selbst ihm schlug.
Sein Zaumzeug rostet jetzt im Stall,
doch ich seh mein Pony überall.
Es war mein Freund.
Ich habe niemals einen andern so verehrt.
Nur ich allein kenn seinen Wert.

***

Manche fragen sich, warum die von den Briten verhafteten Mitglieder des Naumann-Kreises seit August des vergangenen Jahres wieder frei herumlaufen. Für andere ist es normal. Der Bundesgerichtshof hat sie aus der Untersuchungshaft entlassen. Unter dem Vorbehalt, dass noch ein Hauptverfahren eröffnet werden könnte. Die Beschuldigten, darunter auch Werner Naumann, können weiter ihren Geschäften nachgehen.

Nun, im Dezember 1954, lehnen die Richter eine Eröffnung des Hauptverfahrens gegen die Beschuldigten ab. Das Verfahren wird eingestellt mit der Begründung, in ihren Äußerungen sei nicht zu erkennen, dass sie einen Nazi-Führerstaat angestrebt haben. Das Beweismaterial gegen sie sei nicht ausreichend. Von einem Komplott könne keine Rede sein. Es bestehe kein dringender Verdacht auf Geheimbündelei und Sturz der Regierung. Zudem seien die Beschuldigten noch nicht umstürzlerisch tätig gewesen. Nach Ansicht des Bundesgerichtshofs sind sie keine Mitglieder einer verfassungsfeindlichen Vereinigung, keine Konspiranten, keine Verschwörer. Sind vogelfrei, können weitermachen wie bisher.

Naumann fällt weich. Goebbels' Stiefsohn Harald Quandt nimmt ihn als Direktor in seiner Lüdenscheider Firma auf. In der BILD-Zeitung erklärt Quandt, er habe Naumann eingestellt, weil er ein kluger Kopf und kein Nazi gewesen sei.

Achenbach arbeitet weiter für seinen Freund Middelhauve. Dank seiner guten Verbindungen zur Wirtschaft sammelt er wie bisher üppige Spendengelder für die FDP, gewinnt dadurch wieder entscheidenden Einfluss in der Partei. Middelhauve bleibt der führende Mann in seiner nordrhein-westfälischen FDP. Er steigt sogar auf zum stellvertretenden Ministerpräsidenten des Landes und zum Minister für Wirtschaft und Verkehr.

Im Radio und auf Schallplatten singen Caterina Valente, Silvio Francesco und Peter Alexander:

Es geht schneller, schneller, schneller,
immer schneller, schneller, schneller,
doch noch schneller, als es geht, geht's leider nicht.
Es wird heller, heller, heller,
immer heller, heller, heller,

und wir steh'n wieder mal im vollen Licht.
Die Welt soll uns bestaunen,
wir lieben den Applaus.

***

Ein Mann liegt in seinen Kleidern auf dem Bett am ebenerdigen Fenster, besorgt um seine Zukunft. Er ist Tiermaler, hat immer gut bezahlte Aufträge. Pferde im Sprung, röhrende Hirsche, Füchse treten aus der Schonung. Dann kaufen die Leute lieber farbige Kunstdrucke. Keine Aufträge mehr, kein Geld mehr. Sein Fenster ist einen Spalt geöffnet, er sieht den dichten Schnee fallen. Draußen geht schwankend ein Paar vorüber. Die beiden sind angetrunken, lachen, plaudern vergnügt Unverständliches.

Ludwig hockt am Silvesterabend in der Küche vor dem Radio, seinem Loewe-Opta, der auf dem Geschirrschrank neben dem Brotkasten steht. Seine Mutter und sein Vater sind zu einer Silvesterfeier beim Heger, bei Lottes Mutter. Ludwig ist froh, dass sie weg sind, er kann ungestört das neue Hörspiel von Günter Eich hören. »Das Jahr Lazertis«. Dicht kauert er vor dem Radio, dreht am Klangregler, das Magische Auge leuchtet gelb, rot, dunkelgrün, bis er den richtigen Ton trifft.

Der Mann am Fenster hört im Gespräch der Vorübergehenden das Wort Lazertis. Ein seltsames Wort, das er noch nie gehört hat. Er springt auf, eilt ihnen nach, will von ihnen hören, was das für ein Wort ist. Doch ihre Spuren sind vom fallenden Schnee bedeckt. Auf dem Rückweg trifft er ein buckliges Männlein in einem zerschlissenen Mantel. Er fragt es, ob es wisse, was Lazertis bedeutet.

Lazertis? Noch nie gehört. Ich kenne nur Lazerten. Das sind Eidechsen.

Zuerst Lazertis, nun Lazerten. War das sein gesuchtes Wort?

Als Tiermaler hat er schon so manches gemalt. Aber noch keine Eidechsen.

Der Bucklige ist begeistert. Er bereitet eine Expedition zum

Amazonas vor. Ist Spezialist für Eidechsen. Sein Team sucht noch einen Tiermaler. Er schlägt ihm vor, mitzukommen zum Amazonas und die Eidechsen zu malen, die sie entdecken. Der Tiermaler ohne Aufträge hat Zeit. Er weiß nicht, wie es mit ihm weitergehen soll. Er nimmt das plötzliche Angebot an und lässt sich in Antwerpen mit dem Team einschiffen nach Pernambuco.

Sie durchstreifen den Dschungel des Amazonas, entdecken seltene Eidechsen, und er malt die Lazerten. Wenn es zu heiß ist, badet er in einem der trägen Nebenflüsse des Amazonas. Nach ein paar Wochen wird seine Haut an einigen Stellen rot, am Oberschenkel und am Bauch. Die Flecken verschwinden, kommen an anderen Stellen wieder. Rote Flecken an den Hüften, dann am ganzen Körper. Sein Gesicht schwillt an, fällt ein, ist entstellt. Das Team muss weiter, neue Eidechsen suchen. Den Kranken können sie nicht mitnehmen, haben Angst vor Ansteckung. Sie lassen ihn liegen. Indianer bringen ihn auf einem Ruderboot zurück nach Pernambuco, in ein Krankenhaus. Der dunkelhäutige Arzt stellt sich vor: Laertes. Jetzt das Wort Laertes. Wie der Vater des heimgekehrten Odysseus.

Zuerst Lazertis, dann Lazerten, nun Laertes. War Laertes sein gesuchtes Wort?

Auch Sie sind heimgekehrt, sagt der Arzt.

Warum heimgekehrt?

Der Arzt weiß, warum er kommt. Das Expeditionsteam hatte ihn angemeldet. Es ist schon alles vorbereitet. Er hat ein wirksames Mittel aus Schlangengift und Orchideensaft. Er untersucht ihn: Lepra. Aussatz. Ziemlich schlimm. Weit fortgeschrittener Aussatz. Da helfen kein Schlangengift und auch kein Orchideensaft mehr. Nichts mehr. Bei diesem Aussatz.

Er wird ausgesetzt in ein Leprosenheim. In der Nähe von Pernambuco. Das Heim war früher ein Kloster, erbaut von italienischen Mönchen. Sie nannten es Kartause, La Certosa.

Zuerst Lazertis, dann Lazerten, dann Laertes und jetzt La Certosa. War das sein gesuchtes Wort?

Da liegt er nun in einer Zelle. In den Gewölben um ihn die von der Lepra Zerfressenen, die Verwesenden. Einmal am Tag muss er seinen Blechteller vor die Tür stellen, dann wird Suppe ausgeteilt. Einmal in der Woche eilt flüchtig ein Arzt durch die Gänge, schaut kurz zu ihm herein, geht dann wieder. Wer einmal nach La Certosa kommt, ist sich selbst überlassen. Immer wieder schleift man Tote aus den Zellen. Auch er beginnt langsam zu verfaulen.

Lazertis, dann Lazerten, Laertes, La Certosa. Doch kein Lazarus, der auferstehen wird. Er weiß nicht, wie lange er dahinsiecht, zerfällt, bis er das Bewusstsein verliert.

Ludwig muss an das Wort Luzinde denken, das er einmal im Traum gehört hat. Luzinde oder so ähnlich. Es könnte auch anders geklungen haben. Zum Beispiel Luise oder Lutz Linde oder Lutschinski. Vielleicht fällt ihm sein gesuchtes Wort morgen ein, am Neujahrstag.

**

Der Neujahrstag beginnt beschissen. Beim Frühstück redet seine Mutter nicht mit seinem Vater, sein Vater nicht mit seiner Mutter. Totales Schweigen. Sie schenkt ihm nicht wie sonst seinen Kaffee ein, bereitet ihm nicht wie sonst die Wurst, den Käse, die Marmelade, schneidet ihm nicht die Brötchen. Sein Vater muss alles selber machen.

Für Ludwig ist klar, ihre Silvesterfeier bei Heger und Lottes Mutter war nicht lustig. Anstatt Fröhlichkeit offensichtlich Krach.

Zögernd Ludwig: War Lotte da?

Seine Mutter, zwischen den Lippen gepresst: Nein.

Dann wieder Schweigen. Kalt ist es zwischen ihr und seinem Vater in der Küche. Wortlos schmiert jeder seine Brötchen, kaut verbissen, schluckt seinen Kaffee. Kein Wort von ihr, kein Wort von ihm. Um wenigstens ein Geräusch in der Küche zu haben, schaltet sein Vater das Radio ein.

Übertragung der Neujahrmesse im Kölner Dom. Der Chor singt begeistert ein hallendes Hosianna, Agnus Dei, Kyrie Eleison. Er wechselt den Sender. Neujahrsansprache von Bundespräsident Theodor Heuss. In gemütlichem Schwäbisch wünscht er dem deutschen Volk Glück für das neue Jahr. Er wechselt den Sender. Bundeskanzler Adenauer lobt seine bisherige Regierungsarbeit und verbreitet eisern Zuversicht für die Zukunft.

Nach diesem schwarzen Frühstück verzieht sich Ludwig und geht zur Wupper. Er hasst Kräche. Sie tun ihm weh in der Brust, nehmen ihm den Atem. Es schmerzt ihn, wenn die beiden so streiten. Er möchte Ruhe, Frieden. Der Krach mit seiner Mutter in ihrem Schlafzimmer, als sie ihn, das Kind, überrascht mit dem Buch, darin die komischen Stellungen, und mit den aufgeblasenen grauen Gummis. Später zweimal ihr Krach mit dem Vater wegen dieser Diana. Einmal in Gauting, dann hier. Der Krach mit ihr, als sie seine Lotte vertreibt. Der Krach mit ihr, als sie ihn so blamiert in dieser Buchhandlung in Leverkusen. Der Krach mit ihr, als sie sich in der Goethe-Buchhandlung so unmöglich benimmt.

Er geht vorbei an der Bielertkirche, ihr Glockengeläute dröhnt ihm die Ohren voll, vorbei am Weiher mit den Enten und Schwänen. Die Wupper schäumt wieder so gelb, dass sie es darin nicht aushalten und in den Weiher geflüchtet sind. Er sieht beim Park die Villa der Lutschinski, aus der er geflüchtet ist, zu der er nicht mehr will, sieht den längst fertigen Neubau, von dem dieser Maurer herabgestoßen wurde, von dem ihm Klingbeil erzählt hat. Er steht an der schäumenden Wupper, sieht die eiserne Bogenbrücke, auf der dieser Radfahrer überfahren wurde. Diesmal kein dichter Nebel über der Wupper, über dem Park, über dem Weiher, wie damals, als er nicht mehr gewusst hat, wo er sich befindet. Diesmal alles eingetaucht in Sonnenschein. Trotzdem ist ihm düster zumute, wenn er an zu Hause denkt.

Auch beim Mittagessen hängt immer noch die schwarze Gewitterwolke schwer über dem Tisch. Droht zu zerplatzen.

Jeder löffelt seine Leberknödelsuppe, schneidet sein Stück vom Schweinebraten ab, lädt es auf den Teller, gibt seine Portion Rotkohl dazu, gießt aus der Flasche Wicküler in sein Glas. Da platzt die Gewitterwolke, aus seiner Mutter bricht es heraus: Nicht ein Mal hast du mit mir getanzt!, faucht sie Hannes an. Immer nur mit der Frau von Heger und mit deiner damaligen Wirtin! Mich hast du einfach sitzen lassen. Wie blöd saß ich da! Mit mir hast du um zwölf nicht angestoßen. Nur mit der Hegerin und dieser Frau.

Sein Vater sagt nichts, sitzt nur da und kaut seinen Schweinebraten, trinkt einen großen Schluck Bier. Dann strömt der Platzregen auf ihn nieder. Sie wirft ihm vor, nie einen Führerschein gemacht zu haben. Kein Auto zu haben.

Fast alle haben jetzt ein Auto. Nur wir nicht. Wir können keine Ausflüge machen wie die anderen. Schloss Burg, Altenberger Dom, Müngstener Brücke. Nichts davon! Von deinen Kollegen muss ich mir jedes Mal erzählen lassen, wie schön es dort ist. Wir können nicht nach Italien fahren, zum Gardasee, nach Venedig, Florenz, Rom. Muss mir immer nur anhören, wie schön es dort ist. Und ich hocke hier, koche, wasche, putze. Ich hätte in Gauting bleiben sollen bei meinen Eltern. Da war ich noch glücklich. Aber ich musste mit dir ziehen in dieses Opladen. Klar, die Frau zieht mit dem Mann. Egal wohin. Ich hab mir das anders vorgestellt, mit dir hier zu leben. Und was hab ich jetzt in diesem Loch? Von dir nichts. Du triffst dich mit deinen alten Kameraden im Pinnchen. Und ich sitze allein hier und gucke Fernsehen. Du kümmerst dich um nichts. Sitzt nur immer an deinem Tisch und löst Kreuzworträtsel und trinkst dein Bier. Ich musste allein die neuen Möbel aussuchen und bestellen. Dir war das egal. Hast nur über den neuen Tisch gemeckert, weil du dich jetzt bücken musst. Ich musste mit Luggi allein losziehen zu Budde, ihn anständig einkleiden. Ich musste mit ihm allein nach Leverkusen zu Middelhauve für seine Lehrstelle. Du hast auch mal freie Tage, da hättest du als Vater dich auch darum kümmern können. Aber nichts.

Ludwig mag keinen Streit. Er kriecht in sich zusammen und lässt den Platzregen auf seinen Vater niedergehen, wird aber hellhörig, als sie ihm vorwirft:

Nie gehst du mit mir ins Kino wie andere Ehemänner auch. So schöne Filme laufen hier. Mit der Leuwerik, mit der Maria Schell, mit dem Dieter Borsche, mit dem Rudolf Prack. Aber du sitzt immer nur da mit deinen Kreuzworträtseln und deinem Bier.

Kannst doch mit Luggi ins Kino, wendet er ein.

Das fehlt grad noch!, schreit sie. Mutter mit Sohn ins Kino! Als hätte ich keinen Mann! Hab ich auch anscheinend nicht! Und was war da eigentlich mit dieser Diana? Du hattest doch was mit ihr im Krieg. Hast du ihr ein Kind gemacht? Müsste jetzt schon groß sein. Steht am Ende auch noch vor der Tür. Und ich hätte den Ärger am Hals mit deinem Nachwuchs.

Als Ludwig seinen Teller leer gegessen hat, haut er ab aus der Küche. Er holt seinen roten Pegasus aus dem Keller hervor und radelt los. Ohne Ziel. Egal wohin, nur weg von zu Hause.

Er überlegt, ob er zu Luise fahren soll. Schlecht am Neujahrstag. Da ist sie mit ihrem Vater zusammen. Da will er nicht stören.

Er weiß nicht, wohin er gehen soll.

***

Es geht ein General durch Deutschland. Ein Fliegergeneral. Er geht durch München und Hamburg, er geht durch Köln und Berlin, durch Stuttgart und Helmstedt, durch Memmingen, Osnabrück und Wanne-Eickel über die Kinoleinwände. Er geht auch in Opladen über die Leinwand der Scala. Er heißt Harras. Gespielt von Curd Jürgens. Auch Ludwig, sein Vater und Max haben diesen Film gesehen, Käutners »Des Teufels General«.

Der General ist ein stattlicher Mann. Er ist fröhlich, ist ein Bomberpilot. Er liebt das Dröhnen seiner Propeller. Er liebt das Fliegen. Fliegen ist seine Leidenschaft. Ein uriger, humorvoller

Kerl, der das Leben liebt, die doppelten Cognacs und die vielen Frauen, die ihn umschwärmen. Mit den hohen Herren geht er burschikos um, mit seinen Freunden kameradschaftlich und mit den Damen liebevoll. Die Frauen sind vernarrt in ihn. Er wickelt sie alle um den Finger. Sie lassen sich gern einwickeln von so einem tollen Kerl. So kernig dieser Typ, so menschlich, so richtig aus dem Leben. Aus jedem Satz spritzt nur so der Lebenssaft. Ein sympathischer Bursche, dieser Harras. Damit hat er schon die Sympathien des Kinopublikums auf seiner Seite.

Im amüsierten Kreis seiner Nazikollegen, alle in ihren schicken Uniformen, gibt er offen zu, dass er als Kampfbomber kein Nazi sei. Nie gewesen. Immer nur ein Flieger. Ein Flieger und sonst nichts. Und wem's nicht passt, der kann ihn mal. Die Nazis brauchen ihn, und er macht seine Arbeit. Als die Nazis die Herrschaft übernehmen, weiß er, dass sie einen Weltkrieg anzetteln werden. Aber er steigt nicht aus. Er bleibt. Ein Luftkrieg ohne ihn, das kommt für ihn nicht in Frage. Da muss er mitmachen. Ist für ihn selbstverständlich. Er fragt nicht nach seinem Auftrag, wenn er in seinen Bomber klettert, fragt nicht, zu welchem Zweck. Hauptsache, fliegen.

Offen spottet er über die Nazis, macht Witze über sie. Irgendwie haben seine Bewunderer im Saal damals natürlich auch Witze über die Nazis gemacht, heimlich, sehr heimlich. Selbstverständlich ist dieser Harras auch im Widerstand, kämpfte gegen die Nazis. Irgendwie waren die im Saal damals natürlich auch alle im Widerstand, heimlich, sehr heimlich. Er ist einer von ihnen. Ist beliebt, ist ihr Held.

Harras ist zuständig für die Luftwaffe. Da betreibt einer Sabotage, damit die Bomber abstürzen, bevor sie ihre Last abwerfen. Er deckt den Saboteur. Die im Saal waren nicht in der Flugzeugproduktion, konnten nicht sabotieren.

Und selbstverständlich versteckt dieser Harras auch Juden. Das Kinopublikum ist sich einig: Das haben sie natürlich auch gemacht. Oder hätten es gern getan, wenn es nicht so gefährlich gewesen wäre. Dem Harras kommt Heydrichs SS-Sicherheitsdienst auf die Schliche. Das hätte ihnen auch passieren können. Aber dem Harras passiert nichts. Er hat eine zu hohe Position. Die hatten die im Saal nicht. Sie waren nur kleine Rädchen in der Kriegsmaschinerie. Man war dabei, hatte keine Wahl. Was hätten sie tun können? Nichts. Wie hätten sie sich gegen diese Lawine stemmen können, gegen diese Sturmflut? Man konnte nichts machen gegen diesen Krieg. Man war froh, dass man überlebt hat.

Harras überlebt nicht. Als der SS-Sicherheitsdienst seine Sabotage aufdeckt, steigt er in einen Bomber und stürzt sich in die Tiefe.

Ludwigs Vater sagt: Hätte ich nicht gemacht. Schade um ihn. So ein großartiger Flieger. Er bewundert ihn, weil er es so weit gebracht hat. Bis in die höchsten Kreise.

Max sagt: Zum Kotzen. Fliegen, fliegen, von Polen über Russland bis in die Ukraine. Warschau bombardieren, Minsk, Stalingrad, Sewastopol und Rotterdam, Covent Garden. Sprengbomben abwerfen, Phosphor, Brandbomben, Streubomben.

Ludwigs Vater sagt: Ein großartiger Film!

Max fragt: Gibt es auch heute bei uns in der neuen Luftwaffe Saboteure?

Ludwig ist hin- und hergerissen. Er findet gut, was Max sagt, findet aber den Film trotzdem spannend.

Hast du Saint-Exupéry gelesen?, fragt Luise Ludwig, als er ihr von dem Film erzählt. »Nachtflug«, »Flug nach Arras«, »Wind, Sand und Sterne«. Der fliegt anders.

**

Klaus Jungbluth überfliegt den Stapel Zeitungen vor ihm und sieht im Fernsehen die aktuellen Meldungen der Tagesschau. In seinem Bonner Hotel notiert er für sein Braunbuch Aktuelles aus dem Mai 1955:

Durch die Pariser Verträge endet das Besatzungsstatut in der Bundesrepublik Deutschland. Die BRD ist nun ein souveräner Staat. Die Hohen Kommissare ziehen ab.

Nach seiner Rückkehr aus Argentinien unternimmt der ehemalige Generalleutnant der Luftwaffe Adolf Galland über dem Flughafen Düsseldorf Probeflüge mit Testflugzeugen für die neue deutsche Luftwaffe.

Jungbluth ergänzt zu Adolf Galland:

1937 Teilnahme am Spanischen Bürgerkrieg als Jagdflieger aufseiten von Franco. Bombardierung von Guernica. 1939 Kommandant einer Jagdstaffel beim Überfall auf Polen. Bombardierung von Warschau. 1940 Kommandant eines Jagdgeschwaders beim Überfall auf Frankreich. Teilnahme bei der Luftschlacht um England. Bombardierung von London und Covent Garden. Während des Krieges hundertvier feindliche Abschüsse. Auszeichnung mit Ritterkreuz des Eisernen Kreuzes mit Eichenlaub, Schwertern und Brillanten. 1945 Gefangenschaft in England. Freigelassen. 1948 Berater der argentinischen Luftwaffe unter Präsident Peron. 1954 Rückkehr nach Deutschland. Industrieberater bei Unternehmen für Flugzeugbau. Galland soll im Amt Blank für die künftige deutsche Luftwaffe eingesetzt werden.

Weiter notiert Jungbluth für den Monat Mai: In Paris wird auf einer Tagung des Nordatlantikrates der NATO in Anwesenheit von Bundeskanzler Konrad Adenauer die Bundesrepublik als fünfzehntes Mitglied in den Nordatlantikpakt aufgenommen.

Mit der Wiederherstellung der Souveränität wird auch die Nachrichtenorganisation des Generals Reinhard Gehlen in die Bundesdienste eingegliedert. Die Organisation Gehlen wird jedoch nicht der Dienststelle Blank, sondern direkt dem Bundeskanzler unterstellt und damit dem Staatssekretär im Bundeskanzleramt Hans Globke.

In mehreren Großstädten der Bundesrepublik fordern auf Massenkundgebungen Vertreter der Vertriebenenverbände die

Rückgabe der früheren deutschen Ostgebiete. Sie fordern die Rückgliederung von Pommern und Schlesien in ein ungeteiltes Deutschland und die Annullierung der Oder-Neiße-Grenze. Bundeskanzler Adenauer versichert in einem Telegramm an die Landsmannschaften, die Bundesregierung werde sich auch in Zukunft mit aller Kraft dafür einsetzen, dass das Recht auf Heimat gewahrt werde.

Das Bundesverfassungsgericht Karlsruhe berät wieder über die Verfassungstreue der KPD – ob sie mit dem Grundgesetz vereinbar ist –, das Parlament diskutiert wieder über ein Verbot der KPD und ihrer Kommunisten.

∗

Kommunisten raus aus Opladen! Brecht raus aus Opladen!, schreien Demonstranten vor der Stadthalle, stoßen in ihre schrillen Trillerpfeifen, schreien immer wieder: Kein Kommunist in Opladen! Halten Schilder hoch: Kein Machwerk des Kommunisten Brecht! Das rote Gift gefährdet unser Geistesleben!

Ludwig, Florian und Max müssen sich durch das enge Spalier der wütenden Protestierer zwängen. Sie wollen das Gastspiel der Kölner Bühnen sehen. »Das Leben des Galilei«.

Auch in Köln gibt es solche Idioten, schimpft Max. Wenn die schreien: Kommunisten raus!, schreit dieses Pack auch gegen mich. Mich kriegen sie aber nicht raus aus Opladen.

Ein Demonstrant hält Florian am Ärmel fest, zerrt an seiner Jacke, bellt ihn an: Wer zu Brecht geht, ist selbst ein Kommunist!

Erschreckt reißt sich Florian los.

Wenn mich da einer anfasst, zürnt Max, dem schlag ich in die Fresse. Dieses Gekläff kenn ich. Das hab ich schon einmal gehört, '33. Dann hat man mich ins KZ Kemna gesteckt.

Im großen Saal nur wenige Zuschauer.

Erstaunlich, dass ein paar gekommen sind, sagt Max. Die meisten von der Presse. Natürlich ist Brecht Kommunist. Und

Antifaschist. Immer schon gewesen. Musste '33 vor den Nazis fliehen. Über mehrere Länder bis nach Amerika, kehrte nach dem Krieg zurück, die Bundesrepublik nahm ihn nicht auf, ging nach Ost-Berlin. Hatte massiven Ärger mit dem Ulbricht.

Brecht musst du lesen, sagt Florian zu Ludwig. Da lernst du was.

Das würde er gern, aber in den Regalen der Goethe-Buchhandlung steht kein Brecht. Besonders seit diesen Debatten im Bundestag.

Was machst du, wenn sie deine KPD verbieten?, fragt Florian seinen Vater.

Dann spreng ich Bonn in die Luft, sagt Max und lacht herzhaft.

Ludwig findet das Stück aufregend. So direkt, so kräftig, so deftig. Und der berühmte Kölner Schauspieler Kaspar Brüninghaus als Galilei. Urig spielt er den italienischen Wissenschaftler. Er entdeckt, dass sich die Erde um die Sonne dreht und nicht die Sonne um die Erde. Das passt der Kirche gar nicht. Er wird hundsgemein von der Inquisition verhört. Ludwig muss an sein hinterhältiges Verhör bei diesem Gutbrot denken.

Galilei muss zum Papst, soll seine neue Entdeckung widerrufen. Die Sonne soll weiter um die Erde kreisen. Der Papst fordert, Galilei soll seinen Irrtum eingestehen. Die Inquisition und der Papst befehlen, er soll sich den heiligen Gesetzen der Kirche unterwerfen. Galilei widerruft nicht, verteidigt seine Erkenntnis. Die Wahrheit muss raus! Er muss die Wahrheit sagen, darf sie nicht verschweigen. Die Inquisitoren und der Papst drohen, ihn in den Kerker zu werfen, wenn er bei seiner Erkenntnis bleibt. Galilei widerruft, unterwirft sich dem Papst und seiner Kirche. Das versteht Ludwig nicht. Er hätte bei seiner Überzeugung bleiben sollen.

Max sagt: Die Inquisition ist die Gestapo, die Kirche die Nazis, der Papst Hitler und Galilei ein Widerstandskämpfer, der am Ende umfällt. Es gab bei uns auch einige, die nicht widerriefen, die nicht umfielen, die an ihrer Überzeugung festhielten

und beseitigt wurden. Übrigens, der Brecht in Ost-Berlin ist
schwer krank. Der wird nicht mehr.

***

Marianne wird eine Sängerin. Eine große Sängerin. In Rom singt
sie die Tosca, muss zusehen, wie ihr geliebter Mario auf der
Engelsburg von Polizisten erschossen wird, alle in Stahlhelmen
und ihre Maschinenpistolen im Anschlag. Verzweifelt stürzt sie
sich von der Engelsburg in den Tiber. In Madrid singt sie die
Carmen, wird in der Stierkampfarena von ihrem eifersüchtigen
Liebhaber José tollwütig erstochen. In New York singt sie die
Manon Lescaut und verdurstet in der Wüste von Louisiana,
während ihr Geliebter Des Grieux vergebens Wasser sucht. In
Paris singt sie die Mimi in einem eiskalten Atelier. Während sie
dahinstirbt, feiern die Maler eine Etage darunter fröhlich ein
verkauftes Bild.

In Auschwitz singt sie die hinabgestiegene Eurydike in Of-
fenbachs »Orpheus in der Unterwelt«, wo Pluto, der Herr der
Unterwelt, scharf auf sie ist, sich gierig auf sie wirft. Zugleich
muss sie in Auschwitz die angelieferten Koffer der Deportier-
ten auspacken. Alle ihre Hinterlassenschaften. Sie packt den
Koffer von DeDonder aus, seine Flugblätter, seine Aufrufe zum
Widerstand fallen ihr entgegen. Sie packt den Koffer von Felix
Nussbaum aus, seine düsteren Gemälde fallen ihr entgegen.
Und sie packt ihren eigenen Koffer aus. Ihre Illustrierte fällt
ihr entgegen. Aus dem Jahr 1955.

Die Revue berichtet über den Filmball des Gloria-Verleihs,
über die Nacht der schönen Frauen. Da sind um Mitternacht
alle Stars zu sehen. Die Zarah Leander, die Maria Schell, die
Romy Schneider, die Sonja Ziemann.

Es fallen ihr die Quick entgegen, die Neue Illustrierte, der
Stern und wieder die Revue. Groß berichten sie über den Besuch der dreiundzwanzigjährigen deutschen Kaiserin Soraya
und ihres Gatten, den Kaiser von Persien Schah Reza Pahlavi.

Bei ihrer Ankunft betonen sie: Wir sind gekommen, um das tapfere und fleißige deutsche Volk zu bewundern. Dabei wischt sich Soraya Tränen aus den Augen.

Die junge Kaiserin bekommt als Gastgeschenk einen deutschen Schäferhund, der Harras heißt. Der Schah kniet vor ihm nieder, streichelt den Schäferhund und sagt: Guter Harras.

Das Kaiserpaar speist bei einem Galaempfang zwischen Bundeskanzler Adenauer und Bundespräsident Heuss, um Sorayas Hals ein kostbares Kollier und das verliehene Ordensband mit dem Bundesverdienstkreuz, die Sonderstufe des Großkreuzes.

So blau der Himmel über Auschwitz. So blau, während Marianne ihren Koffer auspackt. Schwarz steigt der Rauch aus den Kaminen in die Lüfte.

Leonhard schreckt hoch aus seinem Traum, hat Mühe zu erkennen, wo er sich befindet. Nur langsam rücken die Möbel des Schlafzimmers näher. Er war bei Marianne in Auschwitz.

Noch hat er den süßlichen Brandgeruch aus seinem Traum in der Nase. Er kann jetzt nicht weiterschlafen. Er muss seine Bilder im Kopf sortieren und setzt sich auf die Bettkante.

* * *

Ludwig sitzt auf dem Klo, ganz am Ende des langen Flurs, da wird die Tür zum Flur aufgerissen, zwei Männer treten ein. Seine Tür ist verriegelt, besetzt. Kommt niemand rein. Sie bleiben bei den Pinkelbecken stehen, pissen mit erleichtertem Stöhnen, grunzen behaglich. An ihren Stimmen erkennt er seinen Vater und den Wipperfürth, den Erwin, den Kripoleiter.

Musste heute Vormittag hin, sagt Wipperfürth. Den ganzen Vormittag unterwegs nach Düsseldorf.

Mich hat man für nächste Woche bestellt, sagt sein Vater.

Waren schnell zufrieden, brabbelt Wipperfürth. Brauchten nur ein paar Aussagen.

Nichts Genaues?

Haben doch selbst Schiss, dass über sie was herauskommt.

Nichts Gefährliches?

Nur Routine. Nur der Nachweis, dass sie befragt haben.

Trotzdem, halt bloß die Schnauze.

Klar.

Kein Wort.

Von mir nicht.

Den Hubert und Willi haben sie auch bestellt. Und den Rudi.

Auch den Rudi?

Kein Wort über euch beide.

Kein Wort.

Auch nichts über die anderen.

Versteht sich.

Sie dürfen nicht wissen, dass er hier hockt, sie hört. Kein Geräusch darf ihn verraten. Keine Bewegung auf der Brille. Nicht atmen. Angestrengt hält er sich zurück. Jetzt nicht furzen!

Ihre Spülung rauscht, sie verschließen ihre Hosen.

Alles paletti, sagt Wipperfürth. Na gut, dann will ich mal wieder. Draußen hocken noch etliche, die ich mir vorknöpfen muss.

Die Tür zum Flur knallt zu. Sie sind weg. Ludwig kann wieder atmen, sich wieder bewegen, kann sein Geschäft erledigen und wischt sich den Hintern ab. Er betrachtet sein Klopapier und fragt sich, warum Scheiße braun ist. Nicht blau, nicht gelb oder gar weiß. Warum braun? Er zieht seine Hose hoch, zieht den Porzellanknauf an der Kette, betätigt die Spülung, bleibt kurz stehen.

Warum musste der Wipperfürth nach Düsseldorf? Zu wem? Worüber wurde er befragt? Warum muss auch sein Vater dahin? Er und Rudi. Sie waren zusammen im Krieg. Warum soll er die Schnauze halten? Merkwürdig. Auch der Schönlein und Gutbrot müssen nach Düsseldorf.

Im Radio und auf Schallplatten singt Lale Andersen:

Es geht alles vorüber,
es geht alles vorbei.
Auf jeden Dezember
folgt wieder ein Mai.
Es geht alles vorüber,
es geht alles vorbei.

***

A ist ein sonderbarer Kauz. Auf seinem Kopf wächst roter Klatschmohn. Über ihm wölbt sich der Himmel, unter ihm krümmt sich die Erde, und er steht dazwischen. An der rechten Hand hat er einen zweiten kleinen Finger. Ein sechster Finger ist herausgewachsen. Die Zwillinge streiten miteinander und machen allerhand Unfug. Sie bleiben an Dingen hängen, stoßen Sachen um.

Manchmal verwechselt A den Tag mit der Nacht und die Nacht mit dem Tag. Wenn er am Tag hinaustritt, wundert er sich, dass es dunkel ist, und wenn er sich in der Nacht schlafen legt, staunt er, dass die Sonne scheint. Von Zeit zu Zeit vergisst er seinen Namen. Er weiß nicht mehr, ob er Anton heißt oder Albert, Alfred, Arthur, Achim, Arnim, Andrew, Alphonse, Adriano oder Alexej. Es ist irgendwas mit A. Da nennt er sich einfach A, das kann er sich leicht merken.

Florian schreibt einen Roman. In seiner Laube am Stadtrand schreibt er seinen Roman über A, eine Person, die er genau kennt.

A lebt am Rande einer Stadt, die zwischen dem Meer und einem steilen Gebirge liegt. Sie dehnt sich aus, schrumpft zusammen, dehnt sich aus, schrumpft zusammen, als würde sie atmen. Sie ist wie eine große Lunge, die beim Einatmen ihre Millionen Bläschen füllt und beim Ausatmen zusammenfällt. Manchmal überflutet das Meer die ganze Stadt, dann wieder ist es so weit weg, dass man es kaum sieht. Manchmal stehen die Felshänge des Gebirges so dicht vor den Haustüren, dass die

Bewohner kaum herauskönnen, dann wieder sind sie so weit weggerückt, dass die Berge wie kleine Hügel scheinen.

Für A ist das normal, er kennt es nicht anders. Die Bewohner sind Phynocken, eine Art Warzenschwein, fett und schwerbäuchig, und Illmitzen, eine Art Lemuren, großäugig, können trotzdem nichts richtig sehen, geschäftig, spitzmäulig und trickreich. Sie sind nicht klug, aber schlau. Oder sie bestehen aus einer Kreuzung zwischen Phynocken und Illmitzen. Da vermengt sich alles. Alle sind freundlich und stechen anderen hinterrücks das Messer zwischen die Rippen.

Früher gab es in der Stadt Spiegel. Doch als die Bewohner sich in den Spiegeln sahen, zerschlugen sie alle Gläser, sie erschlugen auch alle Spiegelmacher, damit keine Spiegel mehr hergestellt werden konnten. Nun sind sie erleichtert, sich nicht mehr zu sehen.

Wenn das Meer die Stadt überspült, kippen sie den angeschwemmten Sand und die Steine mit Eimern in das Gebirge, und wenn die Felsen in der Stadt stehen, schleudern sie den Sand und die Steine ins Meer.

A weiß, wie er aussieht. Wenn er an sich denkt, sieht er sich vor sich stehen. Er hat die besondere Gabe, seine Gedanken, seine Vorstellungen und Ideen körperlich werden zu lassen. Er kann sie anfassen, mit ihnen sprechen, und sie antworten ihm. Er kann sie dahin oder dorthin stellen. Manchmal stehen seine Gedanken ihm in der Wohnung gegenüber oder draußen im Weg, er stolpert darüber und schiebt sie beiseite. Sie beklagen sich nicht, sind duldsam. Sie folgen ihm, wohin er auch geht, geben ihm deutlich zu verstehen, dass sie da sind, erinnern ihn daran, was er plant.

Er will mit einem U-Boot die Sahara durchqueren. Er will den Wind kämmen. Will, dass die Wasserfälle nach oben fließen. Will seinen Hinterkopf sehen. Will eine verlorene Socke wiederfinden, einen Löffel, der verschwunden ist, einen Zettel mit einer wichtigen Notiz. Sie erinnern ihn an seine Taschenlampe. Er nimmt sie, leuchtet damit zu den Sternen hinauf und ordnet beim Anblick der Sterne seinen Löffel, seine Gabel und sein Messer. Er weiß, dass er im Kosmos nur ein Schwebeteilchen ist, und wundert sich, dass er bei der Erdumdrehung sich nicht am Tisch festhalten muss.

Florian schreibt seinen eigenen Roman. Er hat keine Lust mehr, Bücher zu klauen, bei denen er nie weiß, ob das stimmt, was diese Autoren schreiben. Er muss etwas schreiben, von dem er weiß, dass es nicht erfunden ist, dass es wahrhaftig und wirklich ist.

Am Stadtrand hat A einen Garten. Da wuchert es, blüht es, treibt, wächst und wächst. Er lässt alles wachsen, wie es will. Da wachsen wunderliche Dinge. Er ernährt sich vom Fallobst seines Baumes Phantasia, von den Gedanken, die ihm der Wind auf den Tisch weht. Er spricht mit den Vögeln auf dem Fensterbrett, denen er Futter hinstreut. Sie erzählen ihm, was sie den ganzen Tag machen, wie es ihnen geht. Er spricht mit dem Igel, der in sein Zimmer kommt. Der Igel rät ihm, sich auch solche Stacheln anzuschaffen gegen seine Feinde. Er spricht mit dem Fuchs, der in seiner Hütte Schutz sucht, weil er Angst hat, draußen abgeschossen zu werden.

Manchmal hat A das Gefühl, der Garten überwuchert auch ihn. Die Büsche, die Sträucher, die Hecken. Das stört ihn nicht. Sollen sie ihn bedecken. Unter ihnen fühlt er sich wohl, ist er geborgen.

A versteckt sein absonderliches Verhalten, wo er nur kann. Doch vergebens. Es ist zu offensichtlich. Alle in der Stadt wissen und sehen es. A hat Angst, von der Polizei verhört zu werden, Fragen beantworten zu müssen. Doch da wird ihm schon was einfallen, mit dem er sich herausreden kann.

✳✳✳

Hannes wird beim Landeskriminalamt Düsseldorf vernommen, er soll Fragen beantworten. Da werden ihm schon Ausflüchte einfallen.

Ein Kripo bittet ihn, Platz zu nehmen, serviert ihm eine Tasse Nescafé, nimmt seine Unterlagen hervor und beginnt.

Sind Sie Polizeimeister Herr Hannes Stadler aus Opladen?

Ja.

Sie gehörten ab Kriegsbeginn zur zweiten Kompanie des Polizeibataillons 64.

Weiß ich nicht mehr.

Das wissen Sie nicht mehr?

Hab ich vergessen.

Sie haben Ihre Einheit vergessen?

Ach Gott, das wechselte so oft.

Nach meinen Unterlagen nur ein Mal. In Belgrad zum SS-Polizeibataillon 1.

Kann sein.

Sorgfältig notiert der Kripo Hannes' Aussagen auf einem Blatt und fährt fort: Zuerst Anfang Oktober '39 in Gotenhafen und Danzig eingesetzt.

Kann sein.

So steht es hier. Worin bestand Ihre Tätigkeit bei diesem Einsatz?

Was soll da gewesen sein?

Das will ich von Ihnen hören.

Daran kann ich mich nicht mehr erinnern.

Nicht mehr erinnern?

Ist so lange her.

Danach waren Sie in Polen in Leslau und Lipno eingesetzt.

Nein.

Steht hier.

Kann sein.

Was haben Sie da gemacht?

Ach, es geschah dies und jenes.

Was denn?

Ich habe darüber gesprächsweise nichts gehört.

Dann weiter mit Ihrer zweiten Kompanie nach Graudenz.

Weiß ich nicht mehr.

Dann nach Belgrad verlegt.

Kann mich nicht mehr erinnern.

In Serbien Einsätze in Valjevo und Užice.

Daran war ich nicht beteiligt.

Dann Bewachung des Lagers Šabac bei Belgrad. Was war da Ihre Aufgabe?

Ist mir nicht mehr erinnerlich.

In Serbien wurde Ihr Polizeibataillon dem Befehlshaber der Sicherheitspolizei unterstellt und in SS-Polizeibataillon 1 umbenannt.

Kann sein.

Sie wurden vom Polizeihauptmeister zum Polizeimeister befördert.

Hab ich vergessen.

So eine Beförderung vergisst man doch nicht.

Ich schon.

Dann Bewachung des Lagers Sajmište in Belgrad. Was war da Ihre Tätigkeit?

Da war ich auf Heimaturlaub.

Sie haben dort die Gefangenen zum Gaswagen geführt.

Darüber ist mir nichts bekannt.

Dann Einsatz in Avala nahe Belgrad. Bewachung beim Ausladen der Toten aus dem Gaswagen und Erschießung neuer Gefangener an den Gruben.

Ich will nicht sagen, dass meine Kompanie daran nicht beteiligt war. Nur weiß ich davon nichts.

Dann Verlegung Ihres SS-Polizeibataillons 1 mit Ihrer zweiten Kompanie nach Griechenland, nach Saloniki. Dort Erschießung von Juden und Partisanen.

Daran habe ich nicht teilgenommen.

Warum nicht?

Da war ich auf Heimaturlaub.

Schon wieder?

Ja.

Verlegung Ihres SS-Polizeibataillons nach Belgien.

Nein.

Nein?

Muss ich vergessen haben.

Nach meinen Papieren waren Sie mit Ihrem Kompaniechef Rudi Heger in Polen, Serbien und Griechenland und auch in Belgien.

Das ist falsch.

Rudi Heger ist jetzt Ihr Vorgesetzter in Opladen. Sprechen Sie nie mit ihm über Ihre gemeinsame Zeit?

Nein. Nie.

In Belgien war auch Erwin Wipperfürth von der Gestapo. Mit ihm haben Sie zusammen mit Rudi Heger Razzien in Brüssel durchgeführt, Juden festgenommen, sie in die Lager Breendonk und Mechelen transportiert.

Kann nicht sein.

Nein?

Daran kann ich mich nicht mehr erinnern.

Was geschah mit den Juden?

Ihr Schicksal ist mir unbekannt.

Oberkommissar Wipperfürth hat als Kripoleiter seine Dienststelle im selben Haus wie Sie. Da redet man doch miteinander über die Zeit früher.

Ich habe keinen Kontakt mit ihm.

Das wär's.

Der Kripo schiebt Hannes das Blatt mit seinen Aussagen hin.

Bitte unterschreiben Sie.

Hannes unterschreibt und ist erleichtert. Sie verabschieden sich und wünschen sich gegenseitig noch einen schönen Tag.

Als Hannes aus dem Gebäude heraustritt, atmet er auf.

Im Radio und auf Schallplatten singt Lys Assia:

O mein Papa war eine wunderbare Clown.
O mein Papa war eine grosse Kinstler.

Hoch auf die Seil, wie war er herrlich anzuschau'n.
O mein Papa war eine schöne Mann.
Hei, wie er lacht, sein Mund, sie sein so breit und rot,
und seine Aug' wie Diamanten strahlen.
O mein Papa war eine wunderbare Clown.
O mein Papa war eine schöne Mann.

***

In der Scala läuft »Die Faust im Nacken«, sagt Luise. Nur sehr kurz. Den Film musst du sehen, bevor er weg ist. Von Kazan, mit Marlon Brando. Das ist etwas für dich.

Luise hat den Film schon gesehen. Ohne ihn. Warum nicht mit ihm zusammen? Ludwig fühlt einen kleinen Stich. Will sie sich von ihm lösen?

Er also allein. Im Saal nur ein paar Zuschauer. Auch wenn der Brando mitspielt. Als Nächstes läuft »Der Förster vom Silberwald« in Farbe. Da ist wieder alles voll besetzt. »Die Faust im Nacken« ist nur ein Schwarz-Weiß-Film, spielt in einem Hafen bei New York. So brutal und realistisch wie seine »Fahrraddiebe«.

Der Hafenarbeiter Brando ist Mitglied der Gewerkschaft, einer korrupten Bande. Wer gegen dieses verschwörerische Syndikat ist, wer ihre Verbrechen ans Licht bringt, ist erledigt. Bekommt keine Arbeit mehr, wird beseitigt, umgebracht. Auch Brando ist abhängig von diesen Ganoven. Er hat die Faust im Nacken. Ein Arbeiter will ihre Machenschaften aufdecken. Er wird vom Dach eines Hochhauses gestürzt, seine Leiche schnell weggeschafft. Trotzdem will Brando diesen Mord bekannt machen. Das darf nicht sein. Gewerkschaftler schlagen ihn im Auftrag des Bosses entsetzlich zusammen. Doch Brando gibt nicht auf, streckt den Boss mit ein paar K.-o.-Schlägen nieder. Die korrupte Bande hat verloren, er hat gewonnen.

Der Film ist eine Wucht. Und dieser Brando! So einer möchte

auch Ludwig sein. So ein Kerl, der zurückschlägt, der sich durchsetzt. Neuer Treibstoff für ihn.

Er denkt an die Clique in seinem Haus, in der er mit drinsteckt. Auch er hat die Faust im Nacken. Er denkt an Nettelbeck, an Koberling, an Anselm, die sicher diese Bande auf dem Gewissen hat. Auch er möchte die Täter aufdecken, diese verschworene Gemeinschaft, die wie Pech und Schwefel zusammenhält. Ganz Opladen möchte er mit der Faust ins Gesicht schlagen. Aber wie? Er ist kein Schläger. Irgendwie wird er zurückschlagen.

Am Ende der Vorstellung kauft er das Filmplakat. Das kommt dahin, wo sein Vater »Die Mörder sind unter uns« abgerissen hat. Diese leere Stelle muss er wieder füllen. Nachdem er »Fahrraddiebe«, »Die Mörder sind unter uns« und »Die Faust im Nacken« gesehen hat, nimmt Ludwig seine alten Plakate mit diesem O. W. Fischer und diesen bonbonfarbenen Zuckerguss »Schwarzwaldmädel« und »Grün ist die Heide« von der Wand, zerknüllt sie und wirft sie in den Papierkorb. Die Zeit ist vorbei. Das war mal. Jetzt ist für ihn etwas anderes wichtig.

***

Für Jungbluth und für sein Braunbuch ist wichtig, was im Juni 1955 geschieht. Er notiert:

Die Dienststelle Blank wird umgebildet zum Bundesministerium für Verteidigung. Damit ist Theodor Blank der erste Verteidigungsminister. Theodor Heuss ernennt Heinrich von Brentano (CDU) zum Außenminister der BRD. Bis dahin war Adenauer sein eigener Außenminister. In Goslar veranstaltet der Stahlhelm, Bund der Frontsoldaten, unter dem Vorsitz des ehemaligen Generalfeldmarschalls der Luftwaffe Albert Kesselring ein Jahrestreffen.

Jungbluth ergänzt über Kesselring:

Bombardierung der überfallenen Länder, Erschießung von Hunderten italienischen Zivilisten in den Ardeatinischen Höhlen, Verurteilung zum Tod durch die Briten, begnadigt und 1952 freigelassen aus dem Militärgefängnis Werl.

Er notiert weiter:
Die NATO beginnt ein achttägiges Manöver, bei dem das Verhalten der Soldaten im Falle eines Atomangriffs geübt wird. Im Bundesministerium für Verteidigung melden sich täglich tausend Freiwillige. Die Bundesregierung beschließt im Juli das Freiwilligengesetz. Damit übernehmen sechstausend Freiwillige das Führungspersonal und die Ausbildung der künftigen Bundeswehr. Bis Anfang August haben sich über hundertfünfzigtausend Freiwillige für die neue Bundeswehr gemeldet.

Die Organisation Gehlen, der Nachrichtendienst des ehemaligen Generalleutnants Reinhard Gehlen, wird nicht dem Bundesministerium für Verteidigung unterstellt, sondern direkt dem Bundeskanzleramt. Und damit dem Staatssekretär im Bundeskanzleramt Hans Globke. Im nächsten Jahr will man die Organisation Gehlen zum Bundesnachrichtendienst BND ausbauen.

Erica Pappritz, stellvertretende Protokollchefin in Adenauers Auswärtigem Amt und Legationsrätin, notiert für ihr »Buch der Etikette«, das sie gemeinsam mit Karlheinz Graudenz im nächsten Jahr herausgeben wird, über das Gehen auf der Straße:

»Das Leben in der Gemeinschaft ist ohne die Innehaltung bestimmter Regeln nicht möglich, und jeder tut gut daran, sich an diese Regeln zu halten. Das gilt sogar für einen harmlosen Gang durch die Stadt. Auf dem Bürgersteig gilt das Gebot des Rechtsverkehrs. Man geht rechts und überholt links. Ist ein Fußweg so schmal, dass ein Passieren nicht möglich wird, so macht der Herr der Dame, der Jüngere dem Älteren Platz. Das Ausspielen körperlicher Überlegenheit ist eine grobe Flegelei. Ist man zu zweit, gilt die rechte Seite als Ehrenplatz. Normalerweise wird also der Herr die Dame, der Jüngere den Älteren rechts gehen lassen. Wenn die rechte Seite die gefährdete ist, muss der Herr rechts von der Dame gehen.«

✳✳✳

Rein in das Schaufenster! Thomas Mann gestorben! In Zürich. 12. August. Im Alter von achtzig Jahren. Ein Schock für alle Thomas-Mann-Verehrer.

Vom Börsenverein des Deutschen Buchhandels trifft auch in der Goethe-Buchhandlung Dekorationsmaterial zur Gestaltung des Fensters ein. Ein großes schwarz umrandetes Porträtfoto, auf dem Mann sehr nachdenklich dreinschaut, ein Druck mit seinen wichtigsten Lebensdaten, ein anderer Druck mit allen seinen Ehrungen und Literaturpreisen und eine Riesenliste mit den Büchern, die andere über ihn geschrieben haben, Sekundärliteratur, die man auch ausstellen könnte.

Wasmuth, die Arnold und der Eichhorn diskutieren, was ins Fenster soll. Wasmuth betont, dass Mann den Nobelpreis für Literatur erhalten hat und auch den Goethe-Preis und sie die Goethe-Buchhandlung sind. Das sind sie dem Mann schuldig.

Die Arnold lobt seine amüsanten »Bekenntnisse des Hochstaplers Felix Krull« und seine märchenhafte »Königliche Hoheit«, inspiriert durch seine eigene Heirat. So eine Hochzeit hat sich die ledige Arnold immer gewünscht.

Der Eichhorn ist grundsätzlich gegen ein Fenster für Mann. Er zählt auf: Ist '34 abgehauen aus Deutschland nach Amerika, hetzte dort gegen uns, der Landesverräter, bekam von den Amis Ehrendoktorhüte aufgesetzt, auch noch von einer jüdischen Universität. Und jetzt hat er die Frechheit und kommt zurück nach Deutschland. Wie die Dietrich, die Marlene, die Amischickse. Er hielt eine Rede in der Zone, in Weimar. Wurde sogar Ehrenbürger von Weimar und Jena und Lübeck. Außerdem ist er kein Deutscher, Mann ist amerikanischer Staatsbürger!

Wasmuth und die Arnold entscheiden: trotzdem ein Fenster für Mann.

Ludwig muss die Werke des Nobelpreisträgers heranschleppen. Zuerst die »Buddenbrooks« und den »Zauberberg«. Das lesen die Abiturienten im Gymnasium. Dann die Ladenhüter »Doktor Faustus« und die vier Bände »Joseph und seine Brüder«. Vielleicht können sie diese Monster jetzt verkaufen. Und zum Schluss »Lotte in Weimar«. Ludwigs Lotte war nicht in Weimar, war auch nicht beim Germania, als er auf sie wartete, die Karten in der Hand, um mit ihr den O. W. Fischer in »Tausend rote Rosen blüh'n« zu sehen.

Raus aus dem Schaufenster!, heißt es bald darauf. Die Gedichte von George Forestier sind Schwindel. Skandal um Forestier, große Aufregung in der Buchhandlung. Der Forestier ist ein übler Betrug. Die Bestseller ein Bluff.

Alle kauften und lasen begeistert »Ich schreibe mein Herz in den Staub der Straße« und »Stark wie der Tod ist die Nacht ist die Liebe«, und alle sind darauf hereingefallen. Auch Ludwig und Florian und die Arnold. Sie hatte beide Bändchen groß ins Schaufenster gestellt mit der Empfehlung: Der deutsche Rimbaud! Jetzt stellt sich heraus: Das Ganze war ein mieser Trick.

Der seriöse Verlag Diederichs muss nach heftigen Kontroversen eingestehen: Dieser George Forestier ist in Wirklichkeit Karl Emerich Krämer, ist der Herstellungsleiter und Lektor des Verlages. Er war schon früh Nationalsozialist, schrieb völkische, rassistische Gedichte und Prosa, war Freiwilliger bei der Waffen-SS, kämpfte in Russland, war Sonderbeauftragter des Oberkommandos der Wehrmacht, geriet in amerikanische Gefangenschaft, schrieb nach seiner Entlassung weiter unter mehreren Pseudonymen, war nie ein französischer Fremdenlegionär in Indochina. Alles erfunden. Alles Schwindel.

Florian und Ludwig können es nicht fassen, dass sie sich von ihrem Forestier so täuschen ließen.

Ludwig muss den gesamten Forestier einpacken und an den Verlag zurückschicken. Dafür muss er einen Stapel von Bauers »So weit die Füße tragen« ins Fenster stellen. Die Leiden eines Heimkehrers. Ein deutscher Soldat kämpft sich qualvoll durch

Sibiriens Eis und Schnee, nichts wie weg von den Russen, hin in Richtung Heimat, unerschütterlich.

Wieder ein Bestseller. Keiner fragt, ob das auch ein Schwindel ist. Auch nicht die Lutschinski und kauft. Sie kauft auch von der Sagan »Bonjour tristesse«. Diese unzüchtigen Liebesgeschichten einer jungen Französin, die ständig mit wechselnden Männern schläft. Soll sehr obszön sein, säuisch, unmoralisch. So was also liest die Lutschinski.

Die unsittliche Sagan will Ludwig auch lesen, will das Buch mit nach Hause nehmen, doch die Arnold nimmt es ihm aus der Hand, wie damals »Die ehrbare Dirne« von Sartre, sagt: Das lassen Sie mal schön hier. Dafür sind Sie noch zu jung. Ist nichts für Sie.

Ist doch was für ihn. Irgendwie muss er da rankommen, möchte wissen, was die Sagan da beschreibt, auf was die Lutschinski so scharf ist.

Beim Kauf besteht sie darauf, dass dieser Lehrling ihr die beiden Bücher nach Hause bringt. Auch das noch. Das gefällt Ludwig gar nicht. Nicht schon wieder zu ihr. Die Bücher hätte sie auch selber mitnehmen können. Aber ihr Wunsch ist seinem Chef Befehl.

***

Befehlsgemäß steht Ludwig wieder zwischen den beiden imitierten römischen Säulen vor ihrer Eichentür. Er holt tief Luft und drückt den goldenen Klingelknopf. Innen ertönt wieder der dunkle Gong. Dorothea Bettina von Lutschinski, die Kriegerwitwe, öffnet ihm diesmal umweht von einem weiten violetten Kleid. Ihre Lippen wieder knallrot geschminkt, über die Ränder verschmiert, ihr angegrautes Haar lose bis zu den Schultern, ihr lockeres Seidenkleid bis zur Hälfte offen.

Wie schön, dass Sie da sind, sagt sie lächelnd. Kommen Sie herein.

Fest nimmt sie ihn an der Hand und zieht ihn in den Salon.

Kein Mende, sie ist allein. Auf dem Teetischchen steht wieder eine Flasche Cointreau. Schon halb geleert. Und daneben liegt das Eiserne Kreuz mit Eichenlaub und Schwertern von ihrem Alwin.

Dicht tritt sie an ihn heran, sie riecht stark nach diesem süßlichen Likör, haucht ihm ins Gesicht: Ich bin gespannt, was Sie mir diesmal bringen.

Als ob sie das nicht wüsste.

Nun, mein Freund, zeigen Sie mal, was Sie haben. Ich kann es kaum erwarten.

Ludwig öffnet seine Tasche und packt aus.

»So weit die Füße tragen«, seufzt sie. Dieses Leiden unserer Soldaten. Gott sei Dank musste mein Alwin nicht solche Qualen ertragen. Er blieb in Serbien und schlummert dort. Und dieses »Bonjour tristesse«. Sicher eine Delikatesse. So sind sie, die Franzosen. Amour, amour. Diese Sagan wäre doch auch etwas für Sie, mein Lieber. Aber das werden Sie noch alles erleben. Was kann ich Ihnen anbieten? Einen Cognac? Einen Likör? Einen Whisky?

Wieder lehnt Ludwig höflich ab. Kein Alkohol mitten am Tag. Das wirft ihn aus der Bahn. Nicht mit einer Fahne zurück in die Buchhandlung.

Dann muss ich für Sie mittrinken, doppelt trinken, säuselt die Lutschinski und füllt ihren großen Schwenker, schluckt gierig den Likör. Dann noch einen Schluck. Ihr Teil, gurrt sie dunkel. Sie wollten ja nicht. Schade. Sie wissen nicht, was schmeckt. Die Köstlichkeiten des Lebens. Die Lust zu leben. Sie sind noch jung, so jung. Haben das Leben noch vor sich. Es wird Ihnen noch so viel bieten. Sie müssen zugreifen, müssen das Leben und die Liebe packen, müssen es verschlingen. Man kann nicht genug davon haben.

Eng steht sie vor ihm, dicht vor ihm ihre grellrot verschmierten Lippen, ihre verschrumpelten Lippen, Falten und Kerben auf der Oberlippe. Sie greift nach dem Eisernen Kreuz mit Eichenlaub und Schwertern ihres Alwins und hängt ihm den Klimbim um den Hals, presst ihr Becken an seinen Unterleib.

Steht dir gut, mein Standartenführer.

Sie drückt ihn fest an sich, schiebt ihn rückwärts zur breiten Ledercouch, haucht ihm ihren Likördunst ins Gesicht: Sag Dora zu mir. Ich bin deine Dora. Ich muss deine Dora sein. Deine Thea. Deine Göttin.

Hart greift sie ihm zwischen die Beine, keucht: Öffne, pack aus, zeig, was du mir mitgebracht hast.

Mit einem Ratsch reißt sie ihm die Hose herunter, öffnet weit ihr violettes Seidenkleid, kein Schlüpfer. Ludwig starrt auf ihren wilden grauen Busch. Sie drückt ihn in die weichen Polster der Couch, wirft sich mit weit gespreizten Beinen auf ihn. Das Eiserne Kreuz mit Eichenlaub und Schwertern scheppert. Mit ihren knöchernen Fingern, ihren langen knallrot lackierten Fingernägeln, ihren Krallen packt sie seinen steifen Penis, presst ihn gierig in ihre nasse Scheide.

Das Buch in Gauting im Wäscheschrank, der dicke Knüppel des Mannes, die weite Muschi der Frau, Mann und Frau verrenkt umklammert.

Sie schreit: Sei mein Ehrendolch! Stoß zu! Schreit, stöhnt, brüllt: Stoß kräftig zu!

Florians blitzende Schere stößt in den Bauch der Puppe hinein.

Sie keucht, kreischt: Tief hinein deinen Dolch! Tief hinein deinen Ehrendolch! Ficke mich! Ficke mich! Ich muss meine Glocken hören! Sollen mich betäuben!

Sie quetscht ihre schlaffen, verschmierten Lippen auf sein Gesicht, schleckt es ab.

Da hört Ludwig wieder dieses Wort, Luzinde oder so ähnlich. Luzinde oder Lutschinski. War Lutschinski sein gesuchtes Wort? Das darf nicht sein.

Schnell zieht er seinen dicken Johannes aus ihr heraus, sein Samen spritzt in mehreren Schüben auf ihren Bauch, auf seinen Bauch, wischt seine nach Weißdorn riechende Soße mit ihrem Seidenkleid ab. Er stößt sie von sich, befreit sich von ihr, springt auf, reißt sich das Eiserne Kreuz mit Eichenlaub und Schwertern vom Hals, schleudert es auf den Boden, zieht hastig seine Hose hoch, schnappt seine Tasche, rennt aus dem Salon, rennt aus der Villa hinaus auf die Straße, knöpft im Laufen seine Hose zu.

Verstört tappt er zurück zur Buchhandlung, sucht unterwegs immer wieder in Schaufenstern sein Spiegelbild, prüft, ob sein Gesicht rot verschmiert ist, wischt sich immer wieder mit seinem Taschentuch über die Wangen, über die Stirn, um den Hals. Sein Taschentuch, sein Taschentuch, das Gutbrot hochhob, rot von Anselms Blut.

Im Laden gibt er sich alle Mühe, normal zu erscheinen.

Wasmuth fragt: Wieder gut abgegeben? Hoffentlich waren Sie anständig zu ihr. Dass mir da keine Klagen kommen. Eine meiner besten Kundinnen.

**

Verärgert wischt die Lutschinski ihren Bauch ab, wäscht ihre Hände, wirft ihr violettes Seidenkleid mit dem Samenflecken in eine Ecke für die Reinigung, zieht ein neues Kleid an, schminkt ihre Lippen, nimmt von ihrem Briefpapier und schreibt mit einem Füller auf den gehämmerten Bogen:

Hoch verehrter Herr Wasmuth,
der Anlass meines Schreibens ist das unverschämte Benehmen Ihres widerlichen Lehrlings bei mir zu Hause. Kaum hatte er meine bei Ihnen gekauften Bücher überbracht, riss er mir die Kleider vom Leib, stürzte sich wild auf mich und wollte mich vergewaltigen! Ich wehrte mich heftig dagegen. Doch dieser schändliche Kerl war stärker als ich arme schwache Frau. Wenn Sie diesen unmöglichen Lümmel nicht sofort entlassen, betrete ich nie wieder Ihren Laden!

Mit noch zitternder Hand
Dorothea Bettina von Lutschinski

***

Lutschinski als Absender auf dem vornehmen Kuvert aus Büttenpapier. Das liest Ludwig ganz deutlich. Adressiert an Wasmuth. Ihm wird schlecht. Was schreibt sie ihm da? Wie üblich muss er vor dem Eintreffen des Chefs ihm die eingegangene Post auf den Schreibtisch legen. Der Brief brennt zwischen seinen Fingern. Sein erster Gedanke: den Brief zerreißen, die Fetzen in die Hosentasche stopfen. Doch sie wird Wasmuth anrufen, ihn fragen, ob er ihren Brief erhalten hat. Dann geht es richtig los. Er wird ihm vorwerfen, in den zwei Jahren noch anderes an wichtiger Post unterschlagen zu haben. Seine Wut nicht auszudenken.

Es hilft nichts, er muss den Brief auf den Cheftisch legen und die Explosion abwarten. In seiner Angst schiebt er ihr Kuvert ganz unten in den Stapel.

Erst eine Stunde Bücher ausklopfen. Da kann noch nichts passieren. Da geht noch alles seinen gewohnten Gang. Galgenfrist. Doch wenn sein Henker kommt, Beil und Strick in der Hand. Ludwig muss sich zusammenreißen. Muss sich Mühe geben, sich zu konzentrieren, die Bücher exakt alphabetisch in die Regale zurückzustellen. Irgendwie schafft er es.

Dann trifft Wasmuth ein, gut gelaunt, grüßt alle freundlich. Grüßt auch Ludwig freundlich. Noch, noch grüßt er ihn freundlich. Ludwig zittert am ganzen Leib.

Sofort muss er mit ihm wieder los, mit dem Wagen die Pakete bei der Post abholen, sie in den Keller schleppen, auspacken, während die Arnold und der Eichhorn drängen, zuerst dieses und jenes Paket aufzureißen. Dabei sieht er seinen Chef am Schreibtisch sitzen und die Briefe öffnen, einen Umschlag nach dem anderen. Auch wenn die Lutschinski ganz unten liegt, jeden Moment wird der Blitz einschlagen, der Donner wird fürchterlich sein. Noch passiert nichts. Aber bald, bald wird es krachen.

Da steht der Chef neben ihm am Packtisch. Sein schwammiges Gesicht rot aufgedunsen, droht zu platzen, seine gelblichen Augen flackern, seine weißen Wimpern zittern. Er sagt nur: Mitkommen. Jetzt geht's los.

Kalkweiß, schwankend folgt Ludwig ihm durch den Laden ins Büro. Erstaunt lassen die Arnold und der Eichhorn ihre Arbeit liegen und sehen den beiden hinterher. Angekommen, sagt der Chef nicht: Bitte setzen Sie sich. Ludwig muss stehen bleiben vor seinem Richter.

Wütend wirft sich Wasmuth auf seinen Sessel, fuchtelt mit dem Lutschinski-Brief in der Luft herum, tobt: Eine unserer besten Kundinnen! Sind Sie wahnsinnig?!

Was schreibt sie denn?

Das wissen Sie genau! Tun Sie nicht so scheinheilig!

Ludwig will ihm erklären, wie es war, kommt gar nicht zu Wort.

Der Chef rast: Sie sind entlassen! Sofort entlassen! Raus!

Die Arnold und der Eichhorn haben Wasmuths Geschrei gehört, sehen, wie Ludwig stumm an ihnen vorbeiwankt zum Keller.

Er wirft seinen grauen Kittel auf den Packtisch, holt seine Aktentasche mit seinem Henkelmann aus dem Blechspind, steigt nach oben. Wie ein geschlagener Hund taumelt er wortlos aus dem Laden.

Die Arnold und der Eichhorn raunen: Das war's mit dem neuen Lehrling.

**

Ludwig steht auf der Straße. Rausgeworfen. Alles in Scherben. Mitten am Tag kann er nicht nach Hause. Wie soll er diese Katastrophe erklären? Was jetzt? Was machen bis zum Abend? Er muss den Rest des Tages irgendwie totschlagen. Zu Luise kann er jetzt noch nicht gehen. Heute kommt sie um sieben zurück aus Leverkusen, hat früher frei, hat am Abend davor Überstunden gemacht für eine Autorenlesung. Wie die Zeit vertreiben bis sieben? Er kann nicht im Keller zu Hause seinen Pegasus herausholen, um ziellos umherzuradeln. Da sieht ihn seine Mutter, auch die Schupos und Kripos, erzählen ihr, dass sie ihn mitten am Tag im Haus gesehen haben. Schon gar nicht zum Weiher. Da trifft er womöglich diese Lutschinski. Und die ganze Zeit in der Stadt herumstreunen ist auch gefährlich. Trifft seinen Vater auf Streife. Verflucht, verflucht. Er ist gefangen in Opladen.

Er kommt an der Aral-Tankstelle vorbei. Ulli macht da jetzt seine Lehre als Kfz-Mechaniker. Er geht durch die Birkenbergstraße, drückt sich an Dünnedahls Fahrradladen vorbei, bleibt vor dem neuen Autohaus Melzer stehen, das Ulli übernehmen wird. Ein glänzender Bau aus Stahl und Glas, darin die neuesten Automodelle. Da war mal Anselms Antiquariat.

Er kommt an der Sparkasse vorbei. Da macht jetzt Bernie seine Bankkaufmannslehre, wird später mal Filialleiter und noch höher aufsteigen in seiner Karriere.

Ludwig streunt herum, streunt herum durch Opladen, immer in Gefahr, seinem Vater zu begegnen. Die Zeit will nicht vergehen. Er kommt an der Milchbar Palermo vorbei. Sieht, wie er da sitzt mit Luise, ihr froh verkündet, Buchhändler zu werden, sich bei Wasmuth zu bewerben, bei ihr zu sein, sieht, wie sie ihm den Andersch schenkt. Was ist nun mit seinen Kirschen der Freiheit?

Er kommt am Germania vorbei. Sieht, wie er da vergebens auf seine Lotte wartet. Er steht vor der Scala. Sieht, wie er da »Die Faust im Nacken« mit dem Marlon Brando bestaunt. Der Brando gefällt ihm. Der hat's geschafft. Jetzt zeigt man den »Förster vom Silberwald«. Ekelhaft. Diese süße Sahne will er nach der Faust im Nacken nicht mehr sehen. Nicht mehr diesen Schwachsinn. Und in der Vorschau wird die Musikkomödie »Bonjour Kathrin« mit der Caterina Valente angekündigt.

Er strolcht über den großen leeren Platz In der Aue. Sieht, wie er da mit Lotte auf der Kirmes ist, so verliebt in sie, rosa Zuckerwatte knabbert. Er hat noch immer seinen Henkelmann in der Aktentasche, hat Hunger, doch seine kalten Ravioli mag er nicht essen. Hat keinen Löffel. Und mit den Fingern – Sauerei. Jetzt wehen alte Zeitungen über den Platz, liegen leere Bierdosen herum und Pappschalen mit Ketchupresten. Er schleppt sich zurück zur Kölner Straße. Sieht, wie er da mit Luise den Karnevalszug anschaut, sie plötzlich verschwindet. Er kommt an einer Litfaßsäule vorbei. Das wohlgenährte Gesicht, das Vollmondgesicht eines Mannes mit großer Hornbrille lacht ihn an. Simsalabim! Da bin ich wieder! Der geniale Zauberer Kalanag wieder in Köln im großen Williamsbau!

Er kommt an der Stadthalle vorbei. Auf einem großen Plakat wird ein Gastspiel der Caterina Valente angekündigt, die Werbung macht für ihre musikalische Filmkomödie »Bonjour Kathrin«. Demnächst in der Scala. Wird Schlager aus dem Lustspiel singen.

Es ist erst vier. Was machen bis sieben, bis er zu Luise kann? Wie die Zeit totschlagen und vergessen, was geschehen ist? Er setzt sich auf eine Bank und füttert die Möwen von der Wupper und dem Weiher, schüttet ihnen ein paar der kalten Ravioli aus seinem Henkelmann hin, die sie gierig schlucken. Nach einer Weile rafft er sich hoch, schleppt sich zum Friedhof am Birkenberg, möchte sich an seine erste Begegnung mit Luise dort erinnern, bleibt vor dem Friedhofstor stehen, geht doch nicht hinein.

Im Radio und auf Schallplatten singen Caterina Valente, Silvio Francesco und Peter Alexander:

Es geht leichter, leichter, leichter,
immer leichter, leichter, leichter.
Es geht leichter auf der Lebensleiter 'rauf.
Es geht höher, höher, höher,

immer höher, höher, höher,
und das Höhergehen, das hört gar nicht auf.

***

Du siehst krank aus, sagt Luise.
Schlimmer als krank.
Was ist passiert? Komm rein.
Sie führt ihn in ihr Zimmer. Ludwig sieht hochragende Regale, vollgestopft mit Büchern.
Ich mach dir Tee, damit du wieder Farbe bekommst.
Wo ist dein Vater?
Er entwickelt unten noch Filme.
Und deine Mutter?
Luise schweigt.
Wo ist sie?
Auschwitz, sagt sie leise.
Diesen Ort hat er schon gehört, weiß aber nichts Genaues darüber. Nur, dass es dort sehr schlimm war. Im Nebenzimmer schlägt dunkel eine Uhr.
Die alte Pendeluhr, sagt Luise. Konnten das schöne Ding von den Küppers übernehmen.
Luise verschwindet, kommt mit einer Kanne und einer Tasse zurück, gießt ihm ein.
Ingwer. Wird dir guttun. Also, was ist passiert?
Er mag nicht davon reden, nachdem er weiß, wo ihre Mutter geblieben ist. Sein Unglück scheint ihm viel zu gering im Vergleich zu dem ihrer Mutter. Erst als sie noch mal fragt, berichtet er. Luise ist nicht erstaunt.
Das hat die Lutschinski schon mal gemacht. Genau so. Mit Konrad, der vor diesem Wido Lehrling war.
Wie geht es jetzt mit mir weiter?
Du bist doch achtzehn. Kannst tun, was du willst. Nur nicht zu mir zum Middelhauve nach Leverkusen.
Warum nicht?

Nicht zu mir.

Ludwig stutzt. Will sie ihn nicht mehr? Jagt sie ihn weg? Ihr Ingwertee schmeckt ihm plötzlich nicht mehr, er stellt die Tasse beiseite.

Wohin dann?

Geh nach Köln.

Da war ich noch nie.

Dann nichts wie hin. Fang da neu an. Fang ein neues Leben an. Geh deinen eigenen Weg. Du musst weg von zu Hause. Weg von deinen Eltern. Raus aus Opladen. Geh nach Köln.

Dann bin ich weg von dir.

Lern dort eine tolle Frau kennen.

Ich will keine andere Frau kennenlernen.

Er hat sie. Will bei ihr bleiben.

Du musst eine neue Frau erleben.

Er fühlt, sie will ihn loswerden. Das tut ihm weh. Sie will mit ihm nichts mehr zu tun haben. Wahrscheinlich ist er zu jung für sie, noch nicht erwachsen genug. Nur mittelreif.

Ludwig schweigt, schaut auf ihre Bücherwand, auf die hohen Regale voller Bücher, dass sich die Bretter biegen. Er sieht von Potocki »Die Handschrift von Saragossa«, von Sterne »Tristram Shandy«, von Friederich »Vierzig Jahre aus dem Leben eines Toten« und seine »Dämonische Reisen«, von Feuchtwanger »Die Geschwister Oppermann«, von Döblin »Berge, Meere und Giganten«. Er sieht den Musil, Jean Paul, Joyce, Proust, den Grimmelshausen. Sie alle standen in Anselms Regalen.

Hab ich mir geschnappt, sagt Luise. Als Wasmuth im Keller stöberte, hab ich sie für mich beiseitegeschafft. Die wollte ich unbedingt haben. Und jetzt stehen sie hier. Ich habe sie gerettet.

Ludwig muss an sein kleines Bücherregal denken, für das er von Baustellen Ziegelsteine und Verschalungsbretter geklaut hat. Da wollte er noch all die Bücher reinstellen, die sie ihm empfehlen würde. Nun geht das nicht mehr, wenn sie ihn loswerden will.

Hast du die alle gelesen?

Natürlich nicht. Aber es beruhigt mich, sie zu haben.

Ludwig sieht »Die Schiffbrüchigen« von Jean Améry.

Auch den Améry hab ich noch nicht gelesen. Hab genug Schiffbruch selbst erlebt.

Was für Schiffbrüche?

Unsere Flucht aus Opladen nach Brüssel. Alles zurücklassen. Im selben Jahr, als der Améry aus Wien nach Brüssel floh. Er hieß ursprünglich Hans Mayer, war Jude, musste wie wir weg aus seiner Heimatstadt. In Brüssel wurde er in die KZs Breendonk und Mechelen geschafft. Wie wir.

Wie sie. Da also war sie. Deshalb sollte er den Böll lesen, »Wo warst du, Adam?«. Jetzt weiß er etwas über sie, aber sie hat er nicht mehr, wenn er in Köln ist. Zum Abschied nur Bruchstücke aus ihrer Vergangenheit.

Mit meiner Mutter wurde Améry nach Auschwitz deportiert, dann in andere KZs, wurde von den Briten befreit, kehrte 1945 zurück nach Brüssel, nannte sich nun Jean Améry. Aus Hans macht er Jean und aus Mayer bildete er mit den Buchstaben Améry. Er wohnte nur eine Straße entfernt von meinem Vater und mir, fast um die Ecke. Mein Vater ist nie zu ihm gegangen. Er hat nicht mit ihm geredet. Ich weiß nicht, warum. Hat es mir nie gesagt. Meinem Vater tut es heute noch in der Seele weh, ihn nicht besucht zu haben, es versäumt zu haben.

Wieder im Nebenzimmer die dunklen Schläge der alten Penderluhr.

Eine Weile schweigt Luise, sagt dann: Ich hab was für dich zum Lesen.

Sie geht zu ihrem Schreibsekretär, zieht die unterste Schublade auf und holt etwas heraus, drückt es ihm in die Hand. Eine Kladde mit einer schwarz-weiß-roten Kordel, darauf zwei Hälften einer grauen Pappe, mit Tintenstift steht dort: Meine 2. Kompanie des Polizeibataillons 64 – Mein Kriegstagebuch, und einen Band mit dem Titel »Die Sicherheitspolizei in Belgien 1940–1944«.

Kannst du haben, sagt sie. Ich will die Dinger nicht mehr. Darin kommt auch dein Vater vor.

Mein Vater?

Ja. Und der Heger und der Wipperfürth.

Woher hast du das?

Aus Anselms Geheimfach unter der Platte seines Schreibtischs.

Und woher hat er das?

Weiß ich nicht. Nicht schön, was da steht, aber wichtig für dich. Wirst deinen Vater dann anders sehen und die ganze Bande. Musst es gut verstecken. Darfst ihm auf keinen Fall sagen, dass du das hast. Sonst reißt er es dir aus der Hand, und die Kripo nimmt dich in die Zange und quetscht dich aus, woher du das hast.

Gutbrot, durchzuckt es Ludwig. Gutbrot.

Auf keinen Fall darfst du sagen, dass du es von mir hast. Sonst nehmen sie sich mich und meinen Vater vor. Als Juden sind wir sowieso verdächtig. Da kennen die nichts.

Für Ludwig ist klar: Er muss sie schützen. Auch wenn er nicht mehr bei ihr ist.

Abschied, Abschied von ihr. Unvorstellbar für ihn. Ohne sie, ohne sie. Unmöglich. Vielleicht bleiben sie doch noch zusammen. Vielleicht in Köln. Er weiß, dass er sich da was vormacht. Trotzdem klammert er sich an die Hoffnung, sie nicht zu verlieren.

Wieder schlägt dunkel die alte Pendeluhr. So lange ist er schon bei Luise.

***

Wo warst du so lang?, fragt seine Mutter.

Hat länger gedauert im Laden.

So lange?

Mussten noch umräumen.

Was habt ihr denn umgeräumt?, fragt sein Vater.

Ein paar Regale versetzt.

Warum das?

Weiß nicht.

Das musst du doch wissen.

Im Fernsehen läuft die Quizsendung mit Robert Lembke, »Was bin ich? Das heitere Beruferaten«. Welches Schweinderl hätt'n 'S denn gern?, fragt Lembke den Gast, dessen Beruf man raten soll. Auf dem Studiotisch sitzt Lembkes weißer Foxterrier Struppi und langweilt sich. Daneben vier Sparschweinchen aus Porzellan in Blau, Gelb, Grün und Violett. Der Kandidat wählt das violette.

Violett! Violett!, durchfährt es Ludwig.

Du siehst verwirrt aus, sagt seine Mutter.

Gar nicht.

Was ist los?

Nichts. Nichts los.

Ist was passiert?

Nee.

Da stimmt doch was nicht. Da ist doch was.

Es ist nichts.

Zuerst zeigt der Gast nur mit typischen Handbewegungen, welchen Beruf er ausübt. Dann fragen vier Rätsellöser Näheres, pirschen sich an seinen Beruf heran. Gehe ich recht in der Annahme, dass –? Stimmen Sie zu, dass –? Kann ich vermuten, dass –? Der Gast darf nur mit Ja oder Nein antworten. Bei jedem Nein lässt Lembke eine Fünf-Mark-Münze in sein violettes Sparschwein plumpsen.

Versteh ich nicht, so lange umräumen, wundert sich seine Mutter. In deinem Anzug oder wieder in dem schäbigen Kittel?

Du bekommst hoffentlich die Überstunden von Wasmuth bezahlt, fordert sein Vater. Oder machst du das umsonst?

Weiß ich nicht.

Das musst du doch wissen.

Ludwig verzieht sich in sein Zimmer, wagt nicht, aus seiner Aktentasche zu nehmen, was ihm Luise gegeben hat, und die ersten Seiten zu lesen, so sehr es ihn drängt zu erfahren, was da über seinen Vater steht. Zu gefährlich. Jeden Augenblick kann er hereinplatzen. Was liest du denn da? Gib mal her.

Er schiebt seine Tasche unter die Ausziehcouch. Zu gefährlich. Beim Bettbeziehen könnte seine Mutter mit dem Fuß daran stoßen. Was macht deine Tasche unter der Couch?

Verdammt, wohin damit? Er stopft die Kladde und die Sicherheitspolizei in seinen Schrank zwischen seine Unterwäsche. Bis morgen früh wird seine Mutter nichts frisch Gewaschenes in die Fächer legen.

Und morgen früh wird er Normalität vortäuschen, wird so tun, als würde er wie üblich zur Buchhandlung gehen, wird zu Florians Laube im Schrebergarten schleichen. Da kann er ungestört lesen. Den Henkelmann mit den Ravioli bringt er seiner Mutter.

Nichts gegessen? Du magst das doch sonst.

Keine Zeit gehabt.

Versteh ich nicht.

Zu viel zu tun gewesen.

Den ganzen Tag nichts gegessen!

Die Gäste beim heiteren Beruferaten sind Postboten, Zugschaffner, Apotheker, Filmvorführer.

Was bin ich?, fragt sich Ludwig. Was ist sein Beruf? Alle haben einen Beruf. Nur er nicht. Jetzt nicht mehr.

Im Radio und auf Schallplatten singen Caterina Valente, Silvio Francesco und Peter Alexander:

Es geht glatter, glatter, glatter,
immer glatter, glatter, glatter.
Wenn's noch glatter geht, dann rutschen wir mal aus.
Doch kommt dann eines Tages die große Inventur,
dann geht's runter, runter, runter,
wieder runter, runter, runter,
denn das ist nun mal der Lauf der Konjunktur.

***

Efeu umwuchert Florians Hütte. Über Ludwig hängt quer durchs Zimmer eine Girlande aus Knoblauch und Zwiebeln. Im Nebenraum schreibt Florian seinen Roman über A.

Ludwig schaut durchs Fenster zwischen dem Efeu hindurch. Hoch und wild steht die Wiese. Astern und Krokusse blühen. Die Büsche, Sträucher, Stauden und Hecken wuchern. Rote Beeren spähen daraus hervor. Die Laubbäume glühen. Fallobst plumpst auf den Boden.

Mit heißem Kopf öffnet Ludwig die Kladde mit dem Kriegstagebuch. Wer hat das geschrieben? Oft ist die Tintenschrift verwischt, doch trotzdem gut zu lesen.

Man ist in Polen. In Leslau, in Lipno, in Graudenz. Erschießungen von Juden und Nichtjuden, von polnischen Kriegsgefangenen, Kommunisten, Zigeunern, von Männern, Frauen und Kindern, auch Kranken auf Krücken.

Nach dem Krieg zeigt ihm sein Vater auf Fotos, was er in Polen gemacht hat. Da steht er mit seinen Kameraden vor einer Ruine, halten Bierflaschen in der Hand und prosten sich zu.

Man ist in Serbien. Mit weit geöffneten Augen liest Ludwig den Namen Hannes Stadler, sein Vater. Zugwachtmeister der 2. Kompanie. Er wird gelobt, weil er die vierzig Mann seines Zuges gut zusammenhält. Valjevo. Partisanen erschossen und aufgehängt. Užice. Juden, Kommunisten und als Partisanen Verdächtige erschossen und aufgehängt.

Da stößt er auf den Namen Rudi Heger, Kompanieführer. Dieses Kriegstagebuch hat also dieser Rudi Heger geschrieben. Er wird befördert zum Polizeimeister. Und zugleich wird sein Vater zum Hauptwachtmeister befördert. Beide für ihre Verdienste.

Weiter nach Skela, nach Dubitza. Weitere Erschießungen von Partisanen, Juden und Kommunisten. Die Häuser der Dörfer niedergebrannt. Wieder Beförderung von Heger zum Polizeiobermeister und seines Vaters zum Polizeimeister. Wieder für ihre Verdienste. Bewachung des KZs Šabac.

Belgrad. Umbenennung seines Polizeibataillons in ein SS-Bataillon. Bewachung des KZs Semlin an der Save. Jede

Woche dreimal Juden in einen Gaswagen getrieben, im Kastenwagen durch die eingeleiteten Autoabgase vergast, erstickt.

Auf einem Kriegsfoto zeigt sein Vater ihm, wie er mit seinen Kameraden in der Save schwimmt, wie sie sich lachend nass spritzen. War lustig damals.

Dann Avala bei Belgrad. Bewachung eines Häftlingskommandos beim Ausheben der Gruben, beim Ausladen des Gaswagens, beim Hineinwerfen der Leichen in die Gruben. Erschießen neu herangekarrter Menschen. Zuschütten und Planieren der Gruben. Umsiedlungsgelände. Dann Verlegung seiner 2. Kompanie nach Griechenland, nach Saloniki. Zusammentreiben der ersten tausend Juden der Stadt, ihre Erschießung.

Auf einem Kriegsfoto sieht er, wie sein Vater in Saloniki in einem Park mit Palmen steht, lächelnd eine Weintraube hochhebt und daran knabbert. Aus Griechenland bringt er ihm eine schöne Schildkröte mit, die er auf seiner Fahrt nach Gauting fürsorglich mit Salatblättern füttert.

Verlegung seiner 2. Kompanie nach Belgien, nach Brüssel. Luise in Brüssel, auch in den beiden KZs. Seine Luise. Da endet plötzlich Hegers Kriegstagebuch.

Ludwig schaut durchs Fenster, zwischen dem Efeu hindurch, sieht die hoch stehende, wilde Wiese, sieht die Astern und Krokusse blühen, sieht die wuchernden Büsche, Sträucher, Stauden und Hecken, die glühenden Laubbäume, das Fallobst auf dem Boden.

Warum hat sein Vater da mitgemacht?, fragt sich Ludwig. Warum hat er nicht seine Knarre weggeworfen, ist weggerannt, abgehauen von dieser Mörderei. Ludwig hat über andere gelesen, die nicht mitgemacht haben, dass sie nicht befördert, in eine Schreibstube strafversetzt wurden, keinen Heimaturlaub bekamen, auch weniger bei der Zigarettenzuteilung. Sonst ist ihnen nichts passiert. Ludwig ist sich sicher: Er hat nicht aus Mordlust die Menschen erschossen. Er war gutmütig, liebte die Natur, liebte die Tiere auf seinem Hof. Warum hat er trotzdem da mitgemacht?

Ludwig weiß, man hat ihm eine Uniform übergestülpt wie allen anderen. Er wurde gedrillt auf dem Kasernenhof wie alle anderen. Er musste schießen lernen auf Pappfiguren, musste beim Handgranatenwerfen wie alle anderen ein Ziel treffen. Er wurde nach Polen verfrachtet, nach Serbien, nach Griechenland, nach Belgien wie alle anderen, musste dort Menschen erschießen. Wenn es alle machen, wird es wohl seine Richtigkeit haben. Warum ist ihm nicht klar geworden, was er da tut? Warum ist er nicht desertiert wie der Andersch und so manch anderer?

Ludwig öffnet den Band über die Sicherheitspolizei in Belgien, liest. Er ist geschockt von dem, was da steht.

Ludwig schaut noch einmal auf den Namen. Wipperfürth, der hier die Kripo leitet. Und daneben steht: Gemeinsam mit der aus Griechenland neu eingetroffenen 2. Kompanie des SS-Polizeibataillons unter der Leitung des Kompanieführers Heger.

In dieser 2. Kompanie ist auch sein Vater. Er zusammen mit Heger, zusammen mit Wipperfürth, die Großrazzien, die Einweisung der Juden in die KZs Breendonk und Mechelen. Dann liest er: Ende Juli 1944 der letzte Transport von Mechelen nach Auschwitz. Insgesamt fast fünfundzwanzigtausend Juden, darunter fünftausend Kinder unter sechzehn Jahren, nach Auschwitz deportiert.

Auf einem Kriegsfoto sieht er, wie sein Vater in Brüssel grinsend vor dem Männeken Pis steht und stolz posiert auf dem Grand-Place vor hohen mittelalterlichen Häusern.

Luise, ihre Mutter und ihr Vater waren in Brüssel, in den KZs Breendonk und Mechelen. Was mit ihrer Mutter geschah, weiß Ludwig nun. Auch sie, seine Luise, und ihr Vater hätten in einem der Transporte sein können, haben nur durch Zufall überlebt.

Er muss sie wiedersehen, muss mit ihr darüber reden.

In Belgien bei der Gestapo also auch der Wipperfürth, der immer so gut gelaunte Erwin, der Präsident der Altstadtfunken auf dem Karnevalswagen. In Belgien auch der Rudi Heger, der ihn so freundlich grüßt, wenn er im Hof seinen Pegasus putzt, der Schütze beim Tontaubenschießen auf dem Karnevalszug, bei dem seine Eltern seinen Geburtstag und Silvester feiern. Und sein Vater, der sein Filmplakat »Die Mörder sind unter uns« von der Wand reißt. Das muss weg! Nicht in meiner Wohnung!

Jetzt weiß er auch, warum der Wipperfürth am Pinkelbecken zu seinem Vater gesagt hat: Halt bloß die Schnauze, und sein Vater versichert hat: Versteht sich. Kein Wort.

Jetzt wird ihm alles klar. Eine Bombe hält er da in der Hand. Seinem Vater darf er darüber nichts sagen. Das hat er Luise versprochen. Auch seiner Mutter nicht. Wenn sie das weiß, läuft sie von ihm weg. Er will ihre Ehe nicht platzen lassen. Also schweigen, verschweigen, verheimlichen, geheim halten. Jetzt muss er die Schnauze halten wie die anderen.

Wie lange er seinen Rauswurf verheimlichen kann, weiß er noch nicht.

***

Er weiß nicht, ob er am Morgen sagen soll: Ich hab heute frei. Wegen Überstunden. Oder: Ich bin krank. Fühl mich nicht wohl. Kann heute nicht in die Buchhandlung gehen.

Da hält er es nicht mehr aus und gesteht beim Frühstück: Ich wurde rausgeschmissen.

Seine Eltern verstehen nicht. Rausgeschmissen?

Von Wasmuth. Aus der Buchhandlung.

Entsetzen! Warum?

Die Lutschinski ist über mich hergefallen. Wollte mich vögeln.

Beide empört über seinen vulgären Ausdruck. Sie glauben ihm nicht.

Immer wieder beteuert er, dass er nicht schuld ist, dass er abgehauen ist vor ihr, dass sie an Wasmuth einen gemeinen Brief geschrieben hat. Dass die Lutschinski behauptet hat, er wollte sie vergewaltigen, woraufhin er fristlos entlassen wurde.

Sie glauben ihm nicht.

Wo Rauch, da ist auch Feuer.

Sein Vater wütet: Mein Sohn rausgeschmissen! So einen missratenen Sohn hab ich. Eine Schande! Für die ganze Familie eine Riesenschande! Wie steh ich jetzt da vor den Kollegen? Ich hab dir immer schon gesagt, komm zu mir zur Polizei. Da kann dir so was nicht passieren.

Seine Mutter klagt: Luggi, mein Luggi, was soll aus dir nur werden? Was soll aus dir nur werden?

Für Ludwig ist der Fall klar: Ich hau ab aus Opladen. Ich geh nach Köln.

Die beiden bestimmen: Das machst du nicht. Du bleibst hier!

Ich bin volljährig. Ich kann machen, was ich will.

***

A sitzt in seiner Laube am Stadtrand, in der Laube, in der er geboren und aufgewachsen ist. A geht nicht mehr in die Stadt. Er hat Angst vor den Menschen. Ihr Fett lagert träg unter der Haut. Die Würdenträger brechen unter ihrer Last zusammen. Die Männer träumen vom Krieg, die Katzen träumen von Mäusen. Es wird weitergeschossen, mit Kinderköpfen. Sie sagen, jetzt wird in die Hände gespuckt, und spucken anderen ins Gesicht. Er will nicht ihre Ausdünstungen einatmen.

Florian schreibt und schreibt in der Laube seinen Roman. Die Sätze fließen aus ihm heraus.

Als A den Kälbern sagt, was im Schlachthaus mit ihnen geschieht, gehen sie zögerlicher aus den Ställen. Er geht nicht mehr aus dem Stall. Durch das Knopfloch seines Hemdes schaut er draußen auf die Welt. Sie ist so groß, so unfassbar groß. So unbegreiflich weit. Bestens geeignet, sich darin zu verirren, sich zu verlieren. Auf dem Gelände stehen so viele Wegweiser, die alle in eine andere Richtung zeigen. Hin und wieder umgestürzte Schilder. Am Ziel blühen die Irrtümer. Der Rettungstunnel ist eine Sackgasse. Er stößt sich an seinem eigenen Schatten wund, versucht es nicht noch einmal, sich zurechtzufinden in der Welt, und schließt sein Knopfloch mit seinem Hemdenknopf.

An seinem Tisch hat er Angst, dass eine Mistgabel durch seinen Kopf saust. Er hat Angst vor den im Zimmer umher-fliegenden Tauben. Sie picken ihm in die Augen. Er hält die Hände vors Gesicht. Mit welcher Farbe soll er seine Zukunft anstreichen? Alle seine Farben sind eingetrocknet. Herr, gib jedem seinen eigenen Tod. Was ist sein Tod? A spielt mit dem Gedanken, von seiner schwarzen Hutkrempe in den Abgrund zu springen. Er hat kein Visum für die Ewigkeit. A hat sich sein Leben lang bemüht, ein A in eine Granitplatte zu meißeln. Nach seinem Tod wirft man die Platte weg. Das Bleibende aber schaffen die Dichtungen. Da tropft kein Wasserhahn mehr.

A hört ein Geräusch in seiner Laube, direkt neben ihm. A schaut auf, da sieht Florian an seinem Tisch Ludwig stehen.

Ludwig verabschiedet sich von ihm.

Florian unterbricht seinen Roman und tritt mit ihm hinaus vor die Hütte. Er zeigt auf seinen verwilderten Garten. Rund-herum mähen die Nachbarn den Rasen, mähen, mähen, scheren jeden Tag den Rasen, wenn er einen Zentimeter gewachsen ist. Machen alles platt. Schneiden, schnippeln, stutzen die Gebü-sche, Sträucher, stutzen die Hecken, bis nur noch Astgerippe übrig bleibt. Die Vögel haben keine Wohnungen mehr in den Büschen, in den Hecken, dafür nun Plastikvögel vor Wasser-schalen. Bunt bemalte Gartenzwerge mit Schaufeln, Spaten und Rechen lächeln zufrieden. Fleißig, fleißig. Gartenzwerge in Bundeswehruniform mit ausgestrecktem Arm zum Deut-schen Gruß. An den Gartentoren: Vorsicht! Scharfer Hund! Vorsicht! Bissiger Hund! Hund kann schneller rennen als du! Dazu Fotos mit aufgerissenen Hundemäulern, fletschenden Zähnen. Vorsicht, Kamera!

Die Laubenpieper beschweren sich über das Gekreisch der Krähen. Sind alle bewaffnet. Schießen die Krähen ab. Jetzt kein Gekrächze mehr. Knallen einen Fuchs ab. Freies Schussfeld. Am Sonntag gibt es frischen Fuchsbraten. Die Frau trägt einen neuen schönen Pelz um den Hals. Nun ein Plastikfuchs auf der Planierung der Kolonie Gartenfrieden. Sie streuen Pulver, versprühen Nebel zur Schädlingsbekämpfung auf alles, was grünt. Vernichtung. Vernichtung. Die Schädlinge kriegt man nur mit den stärksten Mitteln weg. Alles ausrotten. Die Nachbarn drohen Florian, seinen Efeu abzusägen. Ordnung zu schaffen. Ordnung muss sein. Alles sauber. Seine Laube eine Sauerei. Da muss durchgegriffen werden. Florian hat Angst, dass sie nachts, wenn er weg ist, seinen Garten niedermachen. Übernachtet nun in seiner Laube, um seine Wildnis zu schützen.

Sie grillen Würstchen und Steaks. Dazwischen wird immer wieder Doornkaat geschluckt. Sie grüßen herüber, prosten Florian und Ludwig zu. Kommt rüber! Willkommen bei uns, junge Freunde!

Am liebsten würden sie alles betonieren, sagt Florian, um ihre Autos darauf zu parken. Bei mir tschilpen noch die Spatzen in den Büschen, fliegen durchs offene Fenster, durch die offene Tür herein. Von meinem Tisch holen sich die Eichhörnchen die ausgelegten Nüsse. Ein Elsterpaar holt sich vom Fensterbrett sein Futter, das ich ihm hingestreut habe. Ein Jammer, dass ich ihre Sprache nicht verstehe, dass sie mich nicht verstehen, wenn ich mit ihnen spreche. Eine totale Fehlkonstruktion der Schöpfung. Wie schön wäre es, wenn wir miteinander sprechen könnten. Wenn sie mir sagen könnten, worüber sie sich freuen, was sie bedrückt, worunter sie leiden. Es ginge anders zu in dieser Welt. Ich lass alles wachsen, wie es wächst. Ich mähe nicht die Wiese, säge kein Ästchen ab, keinen Zweig, schneide nicht die Hecken. Kehre nicht das Laub zusammen. Soll es da liegen und dahingammeln. Die Würmer freuen sich im Fallobst, den Schnecken schmeckt der Salat. Die Natur hat das letzte Wort.

Es ist Zeit zu gehen. Zum Abschied umarmt Ludwig ihn und drückt ihn an sich. Florian freut sich, dass er endlich umarmt wird. Für ihn der erste und letzte Körperkontakt mit seinem Freund. Ein Freund weniger.

Ludwig geht weg, und Florian sieht ihm nach. Als er hinter

den Hecken verschwunden ist, packt Florian das Bündel seiner Romanseiten und stopft es in eine Tüte.

***

Ludwig packt seinen Koffer, stopft seine Wäsche und Kleider hinein. Zuunterst seinen Pfeffer-und-Salz-Anzug und seine weißen Nylonhemden, wirft seine Perlonkrawatten dazu. Sorgfältig faltet er seine alte zerbeulte Hose, seine Windjacke und seine bunten Baumwollhemden und legt sie hinein. Obendrauf Bölls »Wo warst du Adam?« und Koeppens »Treibhaus«.

Er ist froh, aus dem Treibhaus, aus der Stickluft Opladen zu fliehen. Morgen ist er in Köln. Er legt Anderschs »Die Kirschen der Freiheit« dazu. Diese Kirschen haben ihm geschmeckt. Und Balzacs »Menschliche Komödie«. Herrgott, das muss doch mal zu schaffen sein, das Ding endlich zu lesen. Und seine heiß geliebten Filmplakate. Vielleicht kann er den »Orphée« und die »Kinder des Olymp« endlich in Köln sehen.

Er packt seine unklaren Vorstellungen über seine Zukunft in den Koffer, seine Wünsche, Hoffnungen, Befürchtungen und Ängste.

Seine Mutter betrachtet seine gepackten Sachen.

In zwei Wochen bist du wieder da. Da bist du froh, wieder zu Hause zu sein.

Trotz ballt sich in ihm. Er wird nicht zurückkehren. Zum Verrecken nicht. Und wenn er in der Gosse landet.

Im Keller steht sein schöner roter Pegasus. Zärtlich streicht er ihm über den Sattel, sagt ihm Adieu. Die Zeit mit ihm ist vorbei. Die Epoche ist abgeschlossen. In einer Ecke liegen seine beiden Wimpel vom Gardasee und von Capri. Sie liegen da, seit er sie nach dem Film »Fahrraddiebe« vom Vorderrad abgeschraubt hat.

Ludwigs letzte Nacht in Opladen. Unter seiner Decke liegt er auf der Schlafcouch, seine Mutter hockt auf der Kante des Bettes.

Die Sache mit der Lutschinski, mein Luggi, sagt sie, ich glaub dir. So was hättest du nie getan. Das war hässlich von ihr. Das macht man nicht. Und zum Wasmuth, da geh ich nicht mehr hin. Vielleicht wärst du glücklich geworden mit deiner Lotte. Es tut mir leid, dass ich mich so benommen habe, dass ich ihrer Mutter diesen bösen Brief geschrieben habe. Das war schlimm von mir. Entschuldige. Ich hab dir damit sehr wehgetan. Es tut mir leid. Es war auch dumm von mir, dass ich gegen Luise war, nur weil sie Jüdin ist. Na und? Sind doch auch liebe Menschen. Das mit den Juden wurde mir in der Nazizeit so eingetrichtet, dass es mir noch heute herausrutscht. Ich würde mich freuen, wenn ihr irgendwann doch noch zusammenkommt und du mit ihr glücklich wirst.

Ich bin traurig, dass du gehst, sagt seine Mutter. Dann wird es hier sehr still sein. Mit dir war immer Leben bei uns. Wenn du weggehst, bin ich ganz allein. Was hab ich denn hier? Hannes hat sich so verändert, seit er aus dem Krieg zurück ist. Oft streite ich mich mit ihm. Hast unseren Krach miterlebt. Er war früher ganz anders. Früher konnte er lustig sein. Er hat mich oft so zum Lachen gebracht, dass ich davon Bauchweh bekam. Früher hat er in Gesellschaft so lustige Witze erzählt, dass alle vor Lachen unter die Tische kugelten. Da war er fröhlich. Das gefiel mir an ihm. In Gauting sind wir oft spazieren gegangen. Über die Felder, über die Wiesen. Hand in Hand.

In Gauting haben wir oft getanzt. Ich junges Mädchen tanzte gern und er auch. Davor habe ich mit Xaver verliebt getanzt, diesem Ortsgruppenleiter. Das war auch so ein fröhlicher Kerl. Deshalb bin ich auf ihn reingefallen. War so verknallt in ihn. Dass er ein Judenhasser war, störte mich nicht. Das war damals so. Ich war blind. Ein Glück, dass ich ihn nicht geheiratet habe. Ob es ein Glück war, dass ich deinen Vater geheiratet habe, weiß ich nicht. Nach dem Krieg kein Lachen mehr bei ihm, kein Tanzen mehr, kein Spazierengehen, keine Witze mehr von ihm. Und wenn mal ein Witz, dann eine Zote, dass es allen peinlich war.

Als er auf Heimaturlaub war, hab ich ihn gefragt, was er im Krieg macht. Er hat nichts gemacht, sagte er. Nur Wache gestanden. Ich wusste, dass er mich anlügt. Bin doch nicht blöd. Hab ihn dann nicht weiter gefragt. Bis er mit dieser gebrauchten Ledertasche aus Belgrad ankam. Da wusste ich sofort, woher sie stammte. Von Menschen, die er erschossen hatte. Da brauchte er mir nichts vormachen. Ich warf die Tasche weg, wollte sie nicht in der Wohnung haben. Aber er war in meiner Wohnung. Es ekelte mich vor ihm. Wollte weg von ihm. Konnte aber nicht abhauen, ihn nicht verlassen. Unmöglich. Er war mein Mann und ich seine Frau. Ich schob die Töpfe auf dem Herd hin und her, griff nach den Kartoffeln, legte sie weg, griff nach dem Fleisch, stellte es zurück. Ich wusste nicht mehr, was ich machen sollte. Dachte, besser nichts wissen, keine Gräber öffnen. Was da alles herauskommt. Besser die Leichen in der Erde liegen lassen. Ich war froh, als er wieder weg war an der Front. Ich ahnte, was sie da sonst noch alles trieben. Und nach dem Krieg kein Wort von ihm darüber. Nur ein paar lächerliche Fotos. Und seine Aufschreie in seinen Träumen.

Ich habe ausgeharrt bei ihm. Was sollte ich anderes machen? So blieb alles beim Alten, blieb, wie es war, ging alles weiter wie bisher. Aus mir hätte etwas anderes werden können mit einem anderen Mann. Ich mag die Musik. Aber dafür hat er kein Verständnis. Trotz allem, ich will mich nicht beklagen. Kann zufrieden sein mit ihm. Er säuft nicht, trocknet ab beim Geschirrspülen, hat nichts mit Weibern. Was will ich mehr? Na gut, im Krieg hatte er etwas mit dieser Diana, dieser Serbin. Haben damals wohl alle gemacht. Während er weg war, hatte ich nie etwas mit einem anderen Mann. Das ging gar nicht. Da waren meine Eltern. Unmöglich, eine Liebschaft mit einem anderen Mann. Die hatten ein scharfes Auge darauf. Außerdem hatten wir während des Krieges was anderes zu tun. Hamstern fahren, Essen beschaffen, irgendwie überleben.

Wenn ich heute wüsste, was er mit seinem Rudi und mit den anderen alles gemacht hat im Krieg, ich könnte nicht mehr mit ihm im Ehebett liegen, könnte es nicht mehr aushalten mit ihm. Dann müsste ich endgültig abhauen von ihm, mich scheiden lassen. Was dann? Ich hab nichts gelernt. Soll ich woanders Büros putzen? Unmöglich, mich von ihm zu trennen. Was sollen da die anderen von mir denken? Das macht man nicht. Scheidung ist unmöglich. So ist das, mein Luggi.

Jetzt überleg ich mir, ob ich meine Plastikblumen wegwerfe und wieder echte Blumen hinstelle, die schön blühen. Wie damals in Gauting. Da habe ich mit meinen Blumen gesprochen. Da freuten sie sich und blühten schön. Ich überleg mir auch, ob ich den neuen Plunder rauswerfe und alte Möbel kaufe. Da gibt es in der Kanalstraße diesen Laden vom Mai mit schönen alten Möbeln. Da muss ich mal hin und mir alte Stücke aussuchen. So wie wir sie früher hatten. Da würde ich mich wohler fühlen.

Mach du deinen Weg, Luggi. Auch wenn es mich schmerzt, dass du mich verlässt. Sicher besuch ich dich in Köln. Will doch sehen, was aus dir geworden ist.

Sie deckt ihn zu, gibt ihm einen Kuss auf die Stirn und sagt: Ich hätte gern einen geheiratet wie dich.

Ludwig zuckt zusammen.

Im Radio und auf Schallplatten singen Johanna Matz und Johannes Heesters:

Es ist nun mal im Leben so.
Allen geht es ebenso.
Was man möcht so gern,
liegt so fern.
Wenn man alles haben könnt,
wenn man ohne Mühe fänd,
was man nie erreicht,
ja, dann wär's leicht.
Doch man sieht allmählich ein,
man muss hübsch bescheiden sein.
Schweige und begnüge dich,

lächle und füge dich.
Denn auch der schönste Traum
bleibt nur Schaum.

***

Sein Abschied von den Eltern ist schnell erledigt, schneller als erhofft. Es gibt nichts mehr zu sagen.

Seine Mutter hat gestern Nacht alles gesagt. Und sein Vater sagt nur: Mach nicht noch mal so was wie mit der Lutschinski. In Köln gibt es ein Polizeipräsidium. Nicht, dass sie dich da mal vorladen. Trotzdem alles Gute. Dann geht er runter zur Dienststelle.

Seine Mutter drückt Ludwig ein Päckchen in die Hand. Reiseproviant.

Damit du nicht verhungerst während der Fahrt. Ein paar Wurstbrote und Äpfel. Und Fleischpflanzerl. Die hab ich gestern noch gemacht. Die magst du doch so gern.

Und sie steckt ihm ein paar dicke Geldscheine zu. Ein hübsches Sümmchen.

Damit du nicht verhungerst, bis du eine neue Arbeit gefunden hast. Ist von meinem Putzgeld.

Dann umarmt sie ihn stürmisch.

Als Ludwig das Polizeigebäude verlässt, stopft er Hegers Kriegstagebuch und die Dokumentation über die Sicherheitspolizei Brüssel nicht in den Postkasten der Dienststelle. Sie würden die Papiere verschwinden lassen und Schwamm drüber. Er stopft sie auf seinem Weg zum Bahnhof in den Briefkasten des Amtsgerichts. Sollen die lesen, was sein Vater, der Heger und der Wipperfürth im Krieg gemacht haben und sie in die Zange nehmen. Dabei hofft er, dass seine Dokumente nicht auch dort klanglos verschwinden. Das ist seine Faust, gelöst vom Nacken, die er diesen Polizisten ins Gesicht schlägt. Der Brando machte das mit den Fäusten, Ludwig macht das mit diesen Papieren.

Als das Bündel im Blechkasten aufschlägt, fällt ihm ein: seine

Fingerabdrücke! Seine Fingerabdrücke auf den Dokumenten! Man wird herausfinden, von wem sie stammen. Pfeif drauf. Er weiß jetzt, was er will, und ist heute noch in Köln. Sollen sie nur kommen.

Er geht weiter zum Bahnhof. Entgegengesetzt zur Wupper. Er geht nicht über die Wupper wie die anderen.

Im Radio und auf Schallplatten singt Hans Albers:

Nimm mich mit, Kapitän, auf die Reise.
Nimm mich mit in die weite, weite Welt.
Wohin geht, Kapitän, deine Reise?
Bis zum Südpol, da langt mein Geld.
Nimm mich mit, Kapitän, in die Ferne.
Nimm mich mit in die weite, weite Welt hinaus.

***

Im Gedränge steht Ludwig vor dem Bahnhof. Menschen kommen von den Zügen, Menschen hasten zu den Bahnsteigen. So früh am Morgen schon so ein Betrieb. Auf der anderen Seite des Bahngeländes sieht er die beiden großen Verlagsgebäude von Middelhauve mit seiner Druckerei. Da hat er mal die »Deutsche Zukunft« eingetütet. Wie sieht seine Zukunft aus?

Und nicht weit davon hinterm Bahnhof die Werkstätten-straße, wo er bei Max war, der ihm von Kemna erzählte und wie eine Dampflok funktioniert.

Er sieht das gelbe Telefonhäuschen. Er fragt sich, ob er Luise in Leverkusen anrufen soll. Sicher stört er sie bei ihrer Arbeit. Er will sie trotzdem anrufen. Vom Apparat hängt das abgeschnittene Kabel herab, ohne Hörer. Er liegt nicht auf dem Boden, wurde geklaut. So ein Ding braucht jeder. Er kann nicht noch einmal mit Luise sprechen.

Er sieht den Kiosk. Das Büdchen mit den Wäscheklammern, vollgehängt mit Zeitungen wie ein Lebkuchenhäuschen. Die

Zeitungen melden: Die 37. Internationale Automobil-Ausstellung schließt in Frankfurt ihre Pforten. Siebenhundertfünfzigtausend Besucher informierten sich über die neuesten Entwicklungen im Automobilbau. Sicher ist da auch Ulli mit seinem Vater gewesen, haben sich die neuesten Modelle angesehen. Der Bundesminister für besondere Aufgaben, Franz Josef Strauß, wird zum Minister für das neu gegründete Ressort für Atomfragen ernannt. Der ehemalige Kommandeur der Leibstandarte SS Adolf Hitler, der Generaloberst der Waffen-SS Sepp Dietrich, wird aus dem Gefängnis in Landsberg entlassen. Prinzessin Margaret, die Schwester der britischen Königin Elisabeth II., gibt von Schmerz gezeichnet ihren Verzicht auf die geplante Heirat mit Peter Townsend bekannt. In Versailles heiratet der Tennisbaron Gottfried von Cramm die US-Amerikanerin und Erbin des Woolworth-Konzerns Barbara Hutton.

Auf einer Litfaßsäule lacht ihn das dicke Gesicht eines Mannes mit großer Hornbrille an: Simsalabim! Da bin ich wieder! Der geniale Zauberer Kalanag wieder in Köln im großen Williamsbau!

Ludwig geht durch die Sperre zum Bahnsteig, hinter einem Holzgatter locht ein blau uniformierter Kontrolleur seine Fahrkarte, ein braunes Stück Pappe. Im Zug setzt er sich mit seinem Koffer nicht auf eine Holzbank, er bleibt während der kurzen Fahrt an der Tür stehen. Ein kurzer Pfiff des Zugabfertigers mit einer roten Mütze, Hochheben seiner roten Kelle. Der Zug setzt sich in Bewegung, gezogen nicht von einer von Max reparierten Dampflok, gezogen von einer neuen Elektrolok.

Ludwig fährt durch Schlebusch. Dahinten irgendwo ist er in der Fixheide mit seinem Pegasus im Morast stecken geblieben. Nur die Karte von Anselm half ihm wieder heraus. Er fährt durch Leverkusen. Sieht die Buchhandlung Middelhauve. An seine Demütigung durch seine Mutter damals will er nicht denken, gern aber an sein Warten vor dem Laden, bis Luise herauskam und mit ihm ins Kino ging. Er fährt am Bayerwerk vorbei, aus den Schloten raucht und qualmt es kräftig gelb, hat in der Nase den Gestank von faulen Eiern. So rochen Werners Fürze, der nun bei Bayer seine Chemikerlehre macht.

Er fährt weiter durch Mülheim, das er nicht kennt. Durch Köln-Kalk, das er nicht kennt. Alles schäbig. Durch Köln-Deutz, das er nicht kennt. Schon besser. Der Zug rattert über die eiserne Hohenzollernbrücke, unter ihm der Rhein, so groß, so breit. Ludwig erschrickt. So mächtig hat er sich ihn nicht vorgestellt. Er kennt nur die kleine schäumende Wupper. Langsam rollt der Zug in die gigantischen Hallen des Hauptbahnhofs ein. Ludwig kommt an in Köln.

✳✳✳

Zum ersten Mal in Köln und da gleich im Bahnhof die Buchhandlung Ludwig. Sein Name. Das fängt ja gut an. Gerade angekommen und schon eine eigene Buchhandlung. Am Schaufenster klebt ein Plakat: Mittwochgespräche. Freier Eintritt, freie Fragen, freie Antworten. Heute Abend: Wiederbewaffnung.

Das interessiert ihn. Da würde er gern hingehen, aber erst mal ein Zimmer suchen.

Ludwig tritt hinaus auf den Bahnhofsplatz. Links der gewaltige Dom, fast schwarz. Von ihm hat er schon oft gehört, dass er aber so mächtig dasteht, hat er sich nicht vorgestellt. Die Domglocken dröhnen dunkel und gewaltig. Ein Gemisch aus vielsagenden Tönen. Ausgebreitete Arme oder Warnung, Drohung. Er spürt das Vibrieren auf seiner Haut.

Mitten auf dem Platz dampft es aus einer Bratbude. Der Geruch von frischen Reibekuchen sticht ihm in die Nase. Daneben eine Litfaßsäule. Wieder lacht ihn wie in Opladen das runde, gut genährte Gesicht mit der Hornbrille an: Simsalabim! Da bin ich wieder! Der geniale Zauberer Kalanag im großen Williamsbau.

Soll er doch zaubern, hexen, das Blaue vom Himmel herunterholen, ein X für ein U vormachen, er muss weiter.

Ein junger Rekrut drückt ihm ein Werbeblatt der neuen Bundeswehr in die Hand: Schon über tausend Freiwillige! Sei auch

Du dabei! Große Zukunft bei Heer, Luftwaffe und Marine! Ausbildung in technischen Berufen. Günstige Aufstiegsmöglichkeiten. Auskunft erteilen die Beratungsstellen der Arbeitsämter und die Leiter der Annahme in den Wehrbereichen.

Der junge Bursche schwärmt vom Aufbau der neuen Bundeswehr, von den alten hochdekorierten Wehrmachtsgeneralen, die mithelfen, die Bundeswehr zu gründen. Er schwärmt von Speidel, Heusinger, Trettner, Manstein, Steinhoff, Manteuffel, Kielmansegg, de Maizière, von der Bundesregierung mit Orden behängt, einige dienen auch schon in der NATO.

Nun, mein junger Freund, was ist?

Nichts ist. Soll der Volker jetzt in seiner neuen Uniform herumstolzieren. Volker ans Gewehr!, posaunte er. Volk ans Gewehr! Nein danke. Nicht er.

Hab was anderes vor, sagt Ludwig.

Was denn?

Das weiß er selbst noch nicht. Schnell weg von diesem Typ. In eine schmale Straße hinein. Da kommt er an einer katholischen Buchhandlung vorbei. Im Schaufenster Kruzifixe, Kreuzchen zum Umhängen, Marienbilder, Rosenkränze, Bibeln. Schnell weg von diesen Devotionalien. Die Domglocken dröhnen noch immer. Er biegt in die Hohe Straße ein. Keine Autos, nur Fußgänger, viele Geschäfte, viele Menschen, schleppen pralle Einkaufstüten. Links und rechts noch Ruinen, daneben prächtige Neubauten. Hinter den Bretterzäunen Betonmischer, gestapelte Ziegelsteine, hohe Kräne. Überall Wiederaufbau.

Vor dem Kino Lux bleibt er stehen. Da läuft Cocteaus »Orphée« mit Jean Marais, der durch den Spiegel ins Jenseits eintaucht, im Totenreich in den Ruinen einer Stadt umherwandert. Den muss er jetzt endlich sehen. Und demnächst läuft hier auch Carnés »Kinder des Olymp« mit Barrault, diese bittere Liebesgeschichte. Auch den Film muss er endlich sehen. Jetzt kann er es. Aber jetzt nicht. Er muss weiter.

Er geht über den Neumarkt. Ein ausgedehnter Platz mit Bäumen, viel Betrieb, viele Menschen. Straßenbahnen umrunden den Platz, quietschen in den Kurven. Ludwig bleibt vor der großen Buchhandlung Gonski stehen. Die Schaufenster voller Bücher, die er von Anselm und der Goethe-Buchhandlung kennt. Nur »Leviathan« von Arno Schmidt und Koeppens »Tauben im Gras« sind ihm neu. Er überlegt, ob er da reingehen soll mit seinem Koffer, sich da bewerben soll. Doch als was? Aussichtslos mit seiner abgebrochenen Lehre ohne Zeugnis. Gonski wird bei Wasmuth anrufen. Und wenn er dann von ihm erfährt, warum er rausgeschmissen worden ist, wird er der Lüge glauben. Keine Chance, da seine Lehre abzuschließen. Gottverdammter Mist.

In der Nähe steht eine stabile romanische Kirche. Kein Glockengeläute. Ludwig geht weiter durch die schmale Mittelstraße. Wieder keine Autos, nur Fußgänger. Er bleibt vor einem unscheinbaren Häuschen stehen, nur Erdgeschoss, darüber ein Flachdach. Sieht nach schnell wiederhergerichtetem Bau aus. Dürftig instand gesetzt.

»Antiquariat Luzenis« steht über dem Ladenfenster. Durch das Glas sieht er eine mit Büchern vollgestopfte Bude. Er hört Anselm: Geh da rein, bewirb dich. Wirst es nicht bereuen.

Er will in eine ordentliche Buchhandlung, um seinen Abschluss zu machen, erst mal Buchhändlergehilfe werden. Und dann richtiger Buchhändler. Er hört Anselm: Trotzdem, geh da rein. Wirst schon sehen.

Er geht durch das wuchtige steinerne Hahnentor. Stammt wohl aus dem Mittelalter. Seitlich ein großes Kino. Man spielt »Des Teufels General« mit Curd Jürgens. Nein danke. Kennt er.

Er geht über den Hohenzollerndamm. Ein breiter Boulevard, in der Mitte klingeln Straßenbahnen. Auch hier viel Betrieb. Er bleibt vor der Ringbuchhandlung stehen. Auch hier in den Schaufenstern viel Bekanntes. Nur den Peter Bamm, »Die unsichtbare Flagge«, kennt er noch nicht. Auch nicht Plieviers »Moskau« und Hemingways »Der alte Mann und das Meer«. Der Hemingway wurde mal mit dem Nobelpreis ausgezeichnet.

»Bestseller« steht über den drei Büchern. Er überlegt, ob er da reingehen soll mit seinem Koffer, sich da bewerben soll. Doch als was? Aussichtslos mit seiner abgebrochenen Lehre ohne Zeugnis. Der Chef wird bei Wasmuth anrufen. Und wenn er erfährt, warum er rausgeschmissen worden ist, wird auch er der Lüge glauben. Keine Chance, hier seine Lehre abzuschließen. Verfluchter Scheiß.

Gegenüber leuchtet das große Kino Capitol. Auch in Opladen gab es ein Capitol, wo Volker ihm für diesen Kriegsfilm das Geld aus der Tasche luchste. Auf einem riesigen Transparent wird »Sissi« mit Romy Schneider angezeigt. Auch in Opladen war die Romy in »Mädchenjahre einer Königin« zu sehen. In solche Filme ging er nicht mehr rein, seit er »Fahrraddiebe« und die »Mörder sind unter uns« gesehen hat. Jetzt hier immer noch »Sissi«. Hört denn das gar nicht mehr auf?

Er schaut sich die Filmfotos an, da kommt lachend eine kleine Jugendliche heran, in einem braunen Dufflecoat mit Hirschhornknöpfen. Mit ihr eine noble Dame in einem feinen Pelzmantel und ein dicker älterer Mann. Das Mädchen neben ihm sieht der Romy auf den Fotos sehr ähnlich. Immer wieder vergleicht er ihr Gesicht mit den Gesichtern auf den Bildern. Es ist sie, die Romy Schneider, die neben ihm steht, die Romy!

Die Gefeierte, die Bewunderte schaut ihn nicht an. Sie mit ihren siebzehn Jahren schon so berühmt, ein Jahr jünger als er, gibt Interviews, umdrängt von den Blitzlichtern der Fotografen. Logiert nur in Luxushotels. Und er? Ein Nichts. Hat noch nicht mal eine billige Unterkunft für seine erste Nacht in Köln.

Die noble Dame im feinen Pelz und der dicke ältere Mann drängen ihn beiseite, schubsen ihn weg. Ludwig zieht davon.

An einer Straße kommt er an einer glatten, trostlosen Fassade vorbei. Mehrere Etagen hoch, viele Fenster. Sieht nach Hotel aus. Über der gläsernen Flügeltür in großen schwarzen Blockbuchstaben: KOLPINGHAUS. Was ist denn das? Nie gehört. Im Empfangsraum junge und alte Männer, Bauarbeiter in ihrer Kluft, Monteure in ihrem Blaumann, auch abgerissene Männer, heruntergekommen, anscheinend Obdachlose. Auch er ist obdachlos, fragt nach einem Zimmer. Er hat Glück. Ein Zimmer ist noch frei, sehr billig, einschließlich Frühstück. Auch tagsüber billiges Essen, gutes Essen. Sein Zimmer ist klein und sauber. Alles da. Frisch bezogenes echtes Bett, nicht wie seine Schlafcouch, Tisch, Stuhl, Schrank, sogar Dusche. Und Toilette. Nicht am Ende eines langen Flurs, sondern im Zimmer. Alles da, was er braucht. An der Wand ein kleines schwarzes Kreuz. Das braucht er nicht. Will es nicht sehen, nachdem ihm Florian im Altenberger Dom erzählt hat, wie das war mit den Kreuzigungen. Er überlegt, ob er es von der Wand nehmen soll. Vielleicht bekommt er dann Ärger, und man schmeißt ihn raus. Nur das nicht, er ist froh, erst mal untergebracht zu sein. Seine Filmplakate hängt er noch nicht auf. Weiß nicht, ob das hier erwünscht ist.

Er duscht sich, spült seine Zugfahrt, die Erlebnisse in der Stadt vom Leib und verzehrt in dem hellen Restaurant ein Schnitzel mit Stampfkartoffeln. Es schmeckt ihm. Dazu ein Gaffel. Es kann losgehen. Er kauft zwei Ansichtskarten. Vom Rhein mit der Hohenzollernbrücke für seine Mutter und vom Kölner Dom für Florian. An seine Mutter schreibt er: Alles gut, und an Florian: Weißt Du noch, damals in Schloss Burg?, schreibt seine neue Adresse vom Kolpinghaus als Absender darauf, klebt Marken darauf und wirft die Karten in den Kasten, ist gespannt, was die beiden antworten.

Am nächsten Tag macht er sich auf den Weg zur Arbeitssuche. Er streicht in der Stadt umher, muss mit irgendetwas Geld verdienen. Geschirr spülen in einer der vielen Kneipen, bei der Müllabfuhr den hinterlassenen Dreck der Nachtschwärmer wegräumen, in aller Früh die Kölnische Rundschau, den Stadt-Anzeiger austragen. Liest in diesen Zeitungen: Aus Italien kommen immer mehr Gastarbeiter nach Deutschland! Zweihundertfünfzigtausend aus der Zone in die Bundesrepublik geflüchtet! Die kölsche Aap boxt wieder!

Bierfässer schrubben bei den Brauereien Gaffel, Sünner,

Früh. Das alles ist keine Arbeit für ihn. Das nicht. Das will er nicht. Zwar hat er noch das Geld seiner Mutter in der Tasche, doch damit will er vorsorglich umgehen, es als eiserne Reserve behalten.

Er hört seinen Vater sagen: Du wirst in der Gosse landen. Das wird er nicht. Aus Trotz nicht. Wo aber Arbeit finden in dieser Stadt, die viel größer ist, als er dachte? In der er sich nicht zurechtfindet, in diesem Tumult.

Er geht durch die Cäcilienstraße, liest: Belgisches Haus. Belgien! Sein Vater, der Heger, der Wipperfürth in Belgien. Und Luise, ihr Vater, ihre Mutter. Daneben das British Center. Da werden alte Filme gezeigt. Orson Welles' »Citizen Kane«. Was ist das? Billy Wilders »Boulevard der Dämmerung«. Sein Boulevard darf noch nicht dämmern. Wolfgang Staudtes »Rotation«. Sicher interessante Filme. Die muss er alle sehen. Er hat noch viel vor. Er muss noch viel sehen.

✳✳✳

Er will auch den Simsalabim im Williamsbau sehen. Diesen Kalanag mit seiner sensationellen Hokuspokusshow.

Das riesige Rund ist bis auf den letzten Platz gefüllt. Lärmender Tusch, das Vollmondgesicht tritt auf. Fröhlich, beschwingt, lachend. Er sieht genau so aus wie auf den Plakaten. Tosender Applaus. An seiner Seite seine Assistentin Gloria, eine junge sexy Frau in einem glitzernden Bikini, ein enger, sehr knapper Bikini. Lüstern wiegt sie ihre Hüften. Munter plaudernd lässt Kalanag aus einem dünnen Spazierstock einen großen Strauß roter Rosen hervorplatzen, lässt aus einer kleinen Schachtel eine Schar weißer Tauben herausflattern, lässt aus seinen leeren Händen immer wieder Geldscheine fallen, bis der Boden um ihn herum bedeckt ist. Alles wie aus dem Ärmel geschüttelt. Das Publikum tobt vor Begeisterung.

Auf der Bühne zwei weit voneinander entfernte schmale silberne Schränke. Die sexy Gloria stellt sich in einen der beiden

Schränke, Kalanag verriegelt ihn. In derselben Sekunde kommt sie lächelnd aus dem anderen hervor. Gloria klettert in eine Kiste, Kalanag sägt die Kiste entzwei, strahlend springt sie aus einer Kistenhälfte. Kalanag geht zwischen die Stuhlreihen der Zuschauer, fragt sie, was sie trinken möchten. Sie wünschen Sekt, heiße Schokolade, Cognac und Whisky. Aus seiner Karaffe, gefüllt mit Wasser, gießt er in die Gläser der Zuschauer den gewünschten sprudelnden Sekt, die heiße dampfende Schokolade, den Cognac und Whisky. Das Publikum ist platt, hingerissen, kriegt sich nicht mehr ein.

Ludwig kennt den Trick mit den Getränken von Werner, seinem Klassenkameraden. Er hat mal durchblicken lassen, dass sein Vater bei Bayer in Leverkusen als Chemiker arbeitet und immer mit Kalanag unterwegs ist. Für ihn bereitet er eine Substanz, durch die, mit Wasser gemischt, etwas entsteht, was so aussieht wie das, was sich die Leute wünschen. Sie trinken das auch nicht, sie tun nur so. Sie sind auch kein zufälliges Publikum, sie gehören zum Team.

Blaff, Schwindel, Betrug. Für Ludwig eine Gaunerei wie damals die Gedichte dieses Forestier.

Kalanag bittet eine Gruppe Menschen auf die Bühne. Ein paar Zaubersprüche, Blitz, die Menschen sind weg, die Bühne ist leer, wieder Hokuspokussprüche, wieder Blitz, die Menschen sind wieder da. Alle im Saal vor Erstaunen stumm, dann ein Begeisterungssturm.

Der Mann neben ihm sagt: Ich kenne alle seine Tricks. Hab mal als Bühnenarbeiter bei ihm gearbeitet. Die Sache mit den beiden Schränken ist ganz einfach. Die Gloria hat ein Double, das ihr täuschend ähnlich sieht. Die steht schon vorher in dem anderen Kasten und kommt dann raus. Und das mit dem Zersägen ist auch simpel. Die Gloria hat Platz, sich in die andere Hälfte der Kiste zu verkriechen. Und das Verschwinden der Menschen macht er mit Spiegeln. Die hab ich selber montiert. Sehr kompliziert. Aber es klappt.

Seine Frau sagt: Alle schwindeln uns was vor. Wir dürfen

überhaupt nichts mehr glauben. Und wir sind so dumm und fallen darauf rein.

Klar, bestätigt ihr Mann, alles Tricks. Ohne Trick geht das nicht. Er ist ein Trickser.

Ludwig denkt an Florian, der auch mal so ein genialer Zauberer wie Kalanag werden wollte. Dafür aber ist er nicht kaltblütig, nicht raffiniert genug. Er kann die Menschen nicht täuschen, sie nicht hinters Licht führen. Er ist kein Trickser. Dazu ist er zu ehrlich. Er wäre auch da gescheitert.

**

Ludwig darf heute nicht scheitern bei seiner Arbeitssuche.

Beim Frühstück legt man ihm Post auf den Tisch. Einen Brief seiner Mutter und einen dicken Umschlag. Er streicht seine Brötchen nicht weiter, belegt sie nicht weiter mit Wurst und Käse, lässt seinen Kaffee stehen und öffnet den Brief seiner Mutter, liest:

Seit Du weg bist, ist bei Hannes, bei seinen Kollegen und bei der Kripo enorme Unruhe. Sie haben ein Schreiben vom Landeskriminalamt Düsseldorf bekommen und sollen noch einmal genau vernommen werden. Jetzt beraten sie, was sie machen sollen. Sie sind alle sehr aufgeregt. Dein Vater ist ganz konfus. Wenn ich ihn frage, was los ist, sagt er nichts. Auch die anderen sagen mir nichts. Ich bin sehr beunruhigt.

Küsse
Deine Mutter

Ludwig ist zufrieden. Seine Bombe ist explodiert. Genüsslich legt er ihren Brief beiseite und sieht sich den dicken Umschlag an, sieht den Absender: Max Hübner, Werkstättenstraße, Opladen. Nicht von Florian, von Max. Er öffnet den Umschlag. Ein Bündel zerknitterter Blätter fällt ihm entgegen, die meisten zerfasert, zur Hälfte aufgelöst, oft nur Fetzen. Die Bleistiftschrift kaum noch lesbar. Ludwig erkennt die Schrift. Florians Schrift. Im Umschlag auch ein Brief von Max. Max schreibt:

Florian hat sich von der Müngstener Brücke gestürzt. In der Nacht davor, als er hier schlief, hat man seinen Efeu abgeschnitten. Alles heruntergerissen. Alle seine Sträucher, Büsche plattgemacht. Und seine Laube angekokelt. Ausflügler fanden seine angeschwemmte Leiche am Ufer der Wupper. Sie riefen die Polizei. Sein Körper war völlig zerschlagen. In seiner Jackentasche fand man ein Bündel aufgeweichter Blätter. Die schicke ich Dir hier. Die Polizei fand bei ihm auch ein aufgeweichtes Foto unserer überwucherten Laube. Sie ermittelte seine Identität und rief mich an, ich solle meinen Sohn in der Leichenhalle des Friedhofs Birkenberg identifizieren. Ich habe Florian nicht wiedererkannt. Er war völlig entstellt. Jetzt liegt er in einem geschlossenen Sarg in der Aussegnungshalle. Ich habe ein altes Porträtfoto von ihm rahmen lassen und auf den Sarg gestellt. In fünf Tagen wird er beerdigt.

Ludwig wird es kotzübel. Er muss sich an der Tischkante festhalten. In ihm würgt es, als müsse er sich erbrechen. Alles dreht sich um ihn herum, die Tische und Stühle, der Frühstücksraum, das ganze Haus. Alles dreht sich hin und zurück, schaukelt. Er nimmt einen Schluck Wasser, um wieder zu sich zu kommen.

Er sieht, wie er mit Florian unter der Müngstener Brücke steht, dem hohen, gigantischen Eisenmonstrum. Er sieht, wie die Sonntagsausflügler darunter spazieren, die Rentner, die Familien, wie die Väter ihren gelangweilten Kindern die Stahlkonstruktion erklären, die Mütter ihre Kinderwagen schieben, und er hört, wie Florian zu ihm sagt: Da spring ich mal runter.

Nun hat er es gemacht.

Zu seiner Beerdigung wird Ludwig nicht fahren. Obwohl sein Florian in die Erde gesenkt wird. Er hasst Beerdigungen. Müsste dabei an den Tod von Anselm denken. Das will er nicht.

Ludwig lässt sein Frühstück stehen, er geht zum Rhein, geht auf die Hohenzollernbrücke. Hinter ihm fahren die Züge aus dem Bahnhof aus Köln heraus, in den Bahnhof hinein. Er fasst das Brückengeländer an und spürt das Beben des Stahls, das Zittern des Stahls, als würde er leben. Unter sich sieht er den breiten mächtigen Strom vorüberziehen. Der Rhein fließt und fließt. Er fließt vorbei an Köln, fließt vorbei an Duisburg, fließt durch Holland, fließt ins Meer. Und mit ihm fließen Nettelbeck und Koberling und Anselm und nun auch Florian. Sie treiben im Meer dahin, versinken, sinken auf den Meeresgrund, umspielt von Fischen, lösen sich auf, zerfallen, vermischen sich mit dem Schlamm.

Ludwig muss sich am Geländer festhalten, um nicht mitgetrieben zu werden. Er hört Florian: Wenn ich tot bin, seh ich dich an der Wupper stehen, und ich stehe auf dem anderen Ufer. Ich winke dir. Aber du siehst mich nicht. Ich rufe dir zu. Aber du hörst mich nicht.

Jetzt sieht Ludwig Florian am anderen Ufer der Wupper stehen, auch er ist über die Wupper gegangen. Ludwig winkt ihm, Florian sieht ihn nicht. Ludwig ruft ihn, Florian hört ihn nicht.

Heute kann er nicht Arbeit suchen, sucht in Gedanken seinen Florian. Der Tag strömt dahin und mit ihm die Fluten des Rheins. Morgen, morgen wird er sich wieder auf den Weg machen.

***

Auf dem Weg kommt er wieder am alten Hahnentor vorbei, schaut nicht hin zu dem großen Kino, zum »General des Teufels«, biegt in die Mittelstraße ein, weiß nicht, warum, da wieder dieses provisorisch hergerichtete niedrige Häuschen mit dem Flachdach, an dem er schon einmal vorbeigegangen ist, Antiquariat Luzenis. Sieht ein bisschen schäbig aus.

Vor dem Laden steht eine Krabbelkiste wie damals bei Anselm. Ludwig kramt darin herum, hat ein Buch von Koeppen in der Hand. »Der Tod in Rom«. Das kennt er nicht. Er war noch nie in Rom. Nicht mal bis zum Gardasee, auch nicht bis Capri. Er kam nur bis Schloss Burg, bis zum Altenberger Dom, zum See der Dhünntalsperre und zur Müngstener Brücke. Er hört Anselm: Geh nicht wieder vorbei. Bewirbt dich bei Luzenis. Ich kenn ihn von früher. Fang bei ihm an, starte neu bei Luzenis. Da wieder das Wort, Luzinde. Dieses Wort aus seinem Traum. Luzinde oder so ähnlich. Luzinde, Luzenis klingen sehr ähnlich. Auch Luise und Lutz Linde und Lutschinski klangen sehr ähnlich. Nun Luzenis.

An der Ladentür hängt das Schild: Geöffnet. Ludwig tritt ein, die Glocken der Ladenbimmel klingeln hell. Nun gut, irgendeine Arbeit wird man für ihn wohl haben. Ludwig bleibt einen Moment stehen. Ringsum die Regale vollgestopft mit Büchern, dass sich die Bretter biegen unter der Last und zu brechen drohen. Alles kreuz und quer durcheinander auf den Tischen, auf den Böden. Wieder so ein Bücherchaos wie bei Anselm.

Ein alter Mann kommt langsam auf ihn zu. So um die achtzig. Eine kleine dürre Gestalt, ein Männlein, in einem viel zu großen Anzug. Er scheint seinen Körper nur mit Mühe aufrecht halten zu können. Wild wuchert seine weiße Haarmähne. Dann steht der Alte vor ihm. Buschige graue Augenbrauen drängen sich über die oberen Ränder seiner Brillengläser, die so dick sind, dass Ludwig den Eindruck hat, er sei halb blind.

Was wünschst du?, fragt er mit brüchiger Stimme.

Ludwig fragt nach Arbeit. Der Alte schweigt. Schlecht, schlecht für Ludwig.

Dann kommt von ihm: Bist du neu in Köln?

Ja.

Woher kommst du denn?

Aus Opladen.

Soso, aus Opladen. Aus diesem Opladen. Interessant.

Ludwig staunt. Was soll daran interessant sein?

Dann weißt du auch, wer Anselm umgebracht hat.

Sie wissen, dass er umgebracht wurde?

Natürlich.

Sie kennen Anselm?

Und ob ich ihn kenne. Er war mein Freund.

Ihr Freund?

Natürlich. Wir kannten uns sehr gut.

Er kennt Anselm! Seinen antiquarischen Anselm! Seine seltene Ausgabe. Seine Rara.

Haben oft telefoniert, sagt der Alte. Trafen uns auch bei der Bücherverbrennung. Da warst du noch nicht geboren. Da ist er extra aus Opladen hierhergekommen, wollte sehen, wie man unsere Bücher verbrennt. Wer hat ihn erschossen? Wer war das?

Weiß ich nicht.

Schade. Kein Verdacht? Wer könnte das gewesen sein?

Das wüsste ich auch gern.

Ludwig überlegt, ob er ihm sagen soll, dass er ihn im Keller über seiner Kiste fand. Dann sagt er es ihm doch.

Luzenis hat Tränen in den Augen. Ludwig fühlt, dass er ihn am liebsten umarmen möchte.

Ich war auf seiner Beerdigung, sagt Ludwig.

Ich nicht. Ich hasse Beerdigungen. Bin nicht hingefahren, obwohl mein Freund da unter die Erde kam. Hätte doch hinfahren sollen, dann hätten wir uns da getroffen.

Eine Weile schweigt Luzenis, hängt seinen Gedanken nach, bringt dann hervor: Kurz vor seinem Tod fühlte er sich bedroht. Hat er mir am Telefon gesagt. Er hatte nach dem Krieg zwei brisante Sachen aus einem Mülleimer gefischt und erst jetzt abgetippt. Weißt du, was das für Sachen waren?

Ludwig weiß es. Er hat sie gelesen und in den Postkasten des Amtsgerichts gestopft. Da ist jetzt was los, hofft er.

Du kannst bei mir anfangen, sagt Luzenis. Sie reichen sich die Hände.

Ludwig hat es geschafft in Köln. Schnell arbeitet er sich ein, hilft beim Sichten und Sortieren der Ankäufe, beim Stapeln, Ordnen und Einstellen der neuen Bücher. Ordnen in diesem Chaos – ein Witz.

Das Antiquariat läuft gut, nicht so miserabel wie bei Anselm. Viele Kunden, die kräftig einkaufen. Viele Studenten von der Kölner Uni, die Germanistik und Theaterwissenschaft studieren und immer etwas finden.

Ludwig darf bedienen, findet immer neue Schätze. Er ist glücklich.

Schon nach einem Monat tippt er die aktuellen Kataloge. Und wenn er etwas nicht kann, eilt der alte Luzenis heran und hilft ihm. Luzenis wuselt hin, wuselt her, stolpert über einen Bücherstapel am Boden, bricht sich ein Bein und wird in ein Krankenhaus eingeliefert. Komplizierter Bruch, sagen die Ärzte. Man weiß nicht, wie lange er bleiben muss, ob er in seinem Alter jemals wieder lebendig herauskommt.

Nun steht Ludwig allein in dem Wirrwarr von Büchern und weiß nicht, wie er seine Arbeiten schaffen soll.

***

Luise steht vor dem Schaufenster des Antiquariats Luzenis und weiß nicht, ob sie sich da bewerben soll. Sie hat bei Middelhauve in Leverkusen gekündigt. Seit sie erfahren hat, dass er die »Deutsche Zukunft« herausbringt, die alten Nazis unterstützt und für sie wirbt, will sie mit so einem Mann nichts mehr zu tun haben. Sie musste weg von ihm und wollte ihr Glück in Köln versuchen, wohnt jetzt in einem kleinen Hotel am Römerturm in einem winzigen Zimmer und ist seit drei Tagen auf Arbeitssuche. Bei Gonski war schon alles besetzt, auch in der Ringbuchhandlung alles besetzt. Durch Zufall gerät sie nun zu diesem Antiquariat. Soll sie sich da bewerben? Sie zögert, will in eine ordentliche Buchhandlung. Im dämmrigen Laden hantiert ein junger Mann, fast noch ein Jugendlicher, ist im Halbdunkel nicht deutlich zu erkennen.

Vor ihr in der Auslage dösen eine Menge verstaubter, vergilbter Bücher. Ihr Blick bleibt an zwei Büchern hängen. »Sternenschaukel« von Oxana. Auf dem Umschlag ist an zwei der vielen Sterne mit einem Strick eine Schaukel gebunden, die leere Schaukel schwingt zwischen den Sternen hin und her. Und »Im Labyrinth des Lebens« von Rebus. Zwischen dem Gemäuer des Labyrinths irrt eine junge Frau umher, wirft die Arme hoch. Sie ist viel größer als die Mauern um sie herum. Sie könnte leicht darübersteigen. Warum macht sie es nicht?

Die beiden Bücher machen Luise neugierig. Sie überlegt, ob sie in den Laden gehen und die Bücher kaufen soll. Später mal. Jetzt muss sie weiter, will am Abend zu diesem Mittwochgespräch in der Bahnhofsbuchhandlung Ludwig. Diesmal ein Thema, das sie besonders interessiert. Die neue Bundeswehr. Geht das wieder los? Wieder Militär? Mal sehen, was man darüber sagt. Luise wendet sich ab und geht in Richtung Bahnhof.

Ludwig sieht vor dem Schaufenster eine junge Frau stehen. Sie schaut sich die ausgelegten Bücher an und sieht immer wieder zu ihm herein. Er kann sie nicht genau erkennen. Die Spiegelungen im Glas verwischen ihr Gesicht. Ihre Gestalt, vor allem ihre blonden Haare, ihre Frisur, erinnern ihn an Luise. Sie in Köln? Das kann nicht sein. Und wenn doch?

Da wendet sie sich ab, geht. Er eilt hinaus, will sie sehen. Sie ist verschwunden. Auf der Mittelstraße drängen sich die Menschen, keine Luise zu sehen, wenn sie es wirklich war. Wieder mal weg.

Kurz darauf schließt er seinen Laden. Er will heute zu diesem Mittwochgespräch gehen, in der Bahnhofsbuchhandlung Ludwig. Diesmal ein Streitthema mit Zoff. Da muss er dabei sein.

Quellenverzeichnis

Literatur:

Andersch, Alfred: »Kirschen der Freiheit«, Zürich 1952, Diogenes. S. 315 ff.

Baldow, Beate: »Episode oder Gefahr? Die Naumann-Affäre«, Diss. phil., Freie Universität Berlin, 2012. S. 284 ff.

Balzac, Honoré de: »Die Menschliche Komödie«, Bd. 1, Gütersloh, ohne Jahr, Bertelsmann. S. 207

Böll, Heinrich: »Wo warst du, Adam?«, Köln 1954, Kiepenheuer & Witsch. S. 338

Bradbury, Ray: »Fahrenheit 451«, englische Ausgabe: New York 1953, Ballantine Books; deutsche Ausgabe: Zürich 1955, Diogenes. S. 179, S. 270

Brecht, Bertolt: »Leben des Galilei«, Frankfurt a. M. 1963, Suhrkamp. S. 383 f.

Buchna, Kristian: »Nationale Sammlung an Rhein und Ruhr. Friedrich Middelhauve und die nordrhein-westfälische FDP 1943–1953«, Schriftenreihe der Vierteljahreshefte für Zeitgeschichte, Bd. 101, München 2010, R. Oldenbourg. S. 236 ff.

Eich, Günter: »Träume«, Frankfurt a. M. 1953, Suhrkamp. S. 281 ff.

Eich, Günter: »Das Jahr Lazertis«, Frankfurt a. M. 1958, Suhrkamp. S. 374 ff.

Eich, Günter: »Sämtliche Gedichte«, Frankfurt a. M. 2006, Suhrkamp. S. 153

Forestier, George: »Ich schreibe mein Herz in den Staub der Straße«, Düsseldorf 1952, Diederichs. S. 360

Forestier, George: »Stark wie der Tod ist die Nacht ist die Liebe«, Düsseldorf 1954, Diederichs. S. 360 f.

Frei, Norbert: »Vergangenheitspolitik. Die Anfänge der Bundesrepublik und die NS-Vergangenheit«, München 1996, C. H. Beck. S. 92 ff.

Goethe, Johann Wolfgang von: »Faust. Erster Teil«, Stuttgart, ohne Jahr, Alfred Kröner. Zensierte Textstellen ergänzt via www.faustedition.net. S. 149

Ionesco, Eugène: »Die Unterrichtsstunde«, Stuttgart 1989, Reclam. S. 339 ff.

Jenke, Manfred: »Verschwörung von rechts?«, Berlin 1961, Colloquium. S. 284 ff.

Koeppen, Wolfgang: »Das Treibhaus«, Stuttgart 1953, Scherz & Goverts. S. 348 ff.

Meinen, Insa: »Die Shoah in Belgien«, Darmstadt 2009, Wissenschaftliche Buchgesellschaft. S. 210 ff.

Meinen, Insa: »Die Endlösung der Judenfrage in Belgien«, hrsg. von Serge Klarsfeld und Maxime Steinberg, New York, ohne Jahr, The Beate Klarsfeld Foundation. S. 210 ff.

Papke, Gerhard: »Liberale Ordnungskraft, nationale Sammlungsbewegung oder Mittelstandspartei? Die FDP-Landtagsfraktion in Nordrhein-Westfalen 1946–1966«, Düsseldorf 1998, Droste. S. 236 ff.

Pappritz, Erica: »Das Buch der Etikette«, Marbach, ohne Jahr, Perlen. S. 12, S. 38 f., S. 138 f., S. 361, S. 396 f.

Salomon, Ernst von: »Der Fragebogen«, Hamburg 1951, Rowohlt. S. 277

Scheu, Just: »Die Stunde X – Mit Panzern in Polen und Flandern«, Berlin 1941, Verlag Die Wehrmacht. S. 164

Schiller, Friedrich: »An die Freude«, in: »Gedichte«, Stuttgart 2019, Reclam. S. 60

Trittel, Günter J.: »Man kann ein Ideal nicht verraten. Werner Naumann – NS-Ideologie und politische Praxis in der frühen Bundesrepublik«, Göttingen 2013, Wallstein. S. 92 ff.

Zeitschriften:

»Die Deutsche Zukunft. Illustrierte Wochenzeitung für Politik, Wirtschaft, Kultur und Unterhaltung«, Düsseldorf 1952–1957. S. 242 f.

Film:

Hans Deppe: »Schwarzwaldmädel«, 1950, Deutschland, Berolina Filmproduktion Kurt Ulrich, Berlin. S. 165 f.

Hans Deppe: »Grün ist die Heide«, 1951, Deutschland, Berolina Filmproduktion Kurt Ulrich, Berlin. S. 217 f.

Willi Forst: »Die Sünderin«, 1951, Deutschland, Produktion: Rolf Meyer und Helmuth Volmer. S. 194 f.

Helmut Käutner: »Des Teufels General«, 1955, Deutschland, Produktion: Gyula Trebitsch, Walter Koppel und Realfilm. Nach dem gleichnamigen Bühnenstück von Carl Zuckmayer. S. 379 ff.

Elia Kazan: »Die Faust im Nacken«, 1954, USA, Horizon Pictures. S. 394

Vittorio de Sica: »Fahrraddiebe«, 1948, Italien, Produktion: Giuseppe Amato und Vittorio de Sica. S. 366

Wolfgang Staudte: »Die Mörder sind unter uns«, 1946, Deutschland, Produktion: Herbert Uhlich. S. 367

Musik:

Hans Albers, Heinz Rühmann: »Jawohl, meine Herr'n«, 1937, Komponist: Hans Sommer, Texter: Richard Busch. Im Film

»Der Mann, der Sherlock Holmes war«, Regie: Karl Hartl, UFA Potsdam-Babelsberg. S. 77

Hans Albers: »Nimm mich mit, Kapitän, auf die Reise«, 1953, Komponist: Norbert Schultze, Texter: Fritz Graßhoff. Im Film »Käpt'n Bay-Bay«, Regie: Helmut Käutner, Meteor-Film Wiesbaden. S. 425

Hans Albers: »Komm auf die Schaukel, Luise«, 1954, Komponist: Theo Mackeben, Texter: Alfred Polgar /Hans Herbert. Im Film »Auf der Reeperbahn nachts um halb eins«, Regie: Wolfgang Liebeneiner, Deutschland, Produktion: Kurt Ulrich. S. 216

Peter Alexander, Silvio Francesco, Caterina Valente: »Es geht besser, immer besser«, 1956, Komponist: Heinz Gietz, Texter: Kurt Feltz. Im Film »Bonjour Kathrin«, Regie: Karl Anton, Deutschland, Produktion: Alfred Greven Film. S. 312, S. 373, S. 406 f., S. 412

Lale Andersen: »Es geht alles vorüber«, 1941, Komponist: Fred Raymond, Texter: Max Wallner und Kurt Feltz. S. 387 f.

Lys Assia: »O mein Papa war eine wunderbare Clown«, 1950, Komponist: Paul Burkhard, Texter: Jürg Amstein, Ed. Musbu Zürich. S. 393 f.

Karl Berbuer: »Wir sind die Eingeborenen von Trizonesien«, 1948, Komponist und Texter: Karl Berbuer, Karl Berbuer Musikverlag. S. 233

René Carol: »Rote Rosen, rote Lippen, roter Wein«, 1952, Komponist: Michael Harden, Texter: André Hoff, Musikverlage Hans Gerig. S. 308

Comedian Harmonists: »Wochenend und Sonnenschein«, 1930, Komponist: Milton Anger, Texter: Charles Amberg. S. 314 f.

Die 3 Travellers: »Pst, pst, hinter Ihnen geht einer«, Komponist: Lotar Olias, Texter: Kurt Schwabach. S. 131

Hertha Feiler, Heinz Rühmann: »Mir geht's gut, ich bin froh«, 1940, Musik und Text: Werner Bochmann, Bruno Balz. Aus dem Film »Lauter Liebe«, Regie: Heinz Rühmann, Deutschland, Heinz Rühmann (Herstellungsgruppe). S. 238

Willy Fritsch, Oskar Karlweis, Heinz Rühmann: »Ein Freund, ein guter Freund«, 1930, Komponist: Werner Richard Heymann, Texter: Robert Gilbert. Im Film »Die Drei von der Tankstelle«, Regie: Wilhelm Thiele, Produktion: Erich Pommer. S. 224 f.

Conny Froboess: »Pack die Badehose ein«, 1951, Komponist: Gerhard Froboess, Texter: Hans Bradtke, Edition Metronom und Musikverlag Melodie. S. 24

Lilian Harvey: »Irgendwo auf der Welt«, 1932, Komponist: Werner Richard Heymann, Texter: Robert Gilbert. Im Film »Ein blonder Traum«, Regie: Paul Martin, UFA Potsdam-Babelsberg. S. 61 f.

Johannes Heesters, Johanna Matz: »Es ist nun mal im Leben so«, 1952, Komponist: Ralph Benatzky, Texter: Johannes Fehring. Im Film »Im Weißen Rössl«, Regie: Willi Forst. S. 423 f.

Friedel Hensch und Die Cyprys: »Ansonsten, Herr Lutter«, 1951, Komponist: Ralf Arnie. Texter: Peter Lach. S. 244

Friedel Hensch und Die Cyprys: »Die Fischerin vom Bodensee«, 1951, Komponist und Texter: Franz Winkler, Musikvertrieb/Peermusic. S. 127

Brigitte Horney: »So oder so ist das Leben«, 1934, Komponist: Theo Mackeben, Texter: Hans Fritz Beckmann. Im Film »Liebe, Tod und Teufel«, Regie: Heinz Hilpert, UFA Potsdam-Babelsberg. S. 113 f.

Theo Lingen: »Der Theodor, der Theodor«, 1948, Komponist: Werner Bochmann, Texter: Kurt Feltz, Produktion: Ralph Maria Siegel Musik Edition. S. 90

Bruce Low: »Es hängt ein Pferdehalfter an der Wand«, 1952, Komponist: Carson J. Robinson, Texter: Rolf Winn. S. 372

Ohne Interpret: »Bergisches Heimatlied«, 1892, Komponist: Caspar Joseph Brambach, Texter: Rudolf Hartkopf. Quelle: Internet. Der Liedtext wurde an einigen Stellen an die Handlung angepasst. S. 7, S. 9, S. 15, S. 49, S. 91, S. 248

Ohne Interpret: »Es zittern die morschen Knochen«, 1934, Komponist und Texter: Hans Baumann, Potsdam, Voggenreiter. S. 8

Hazy Osterwald-Sextett: »Kriminaltango«, 1959, Komponist: Heinz Gietz, Texter: Kurt Feltz, Produktion: Heinz Gietz und Kurt Feltz, Köln. S. 205

Hazy Osterwald-Sextett: »Konjunktur-Cha-Cha«, 1960, Komponist: Paul Durand, Texter: Kurt Feltz. S. 175 f.

Joseph Schmidt: »Heut ist der schönste Tag in meinem Leben«, 1936, Komponist: Hans May, Texter: Ernst Neubach. Im Film »Heut ist der schönste Tag in meinem Leben«, Regie: Richard Oswald, Styria-Film Wien. S. 268

Jupp Schmitz: »Wir kommen alle, alle in den Himmel«, 1952, Komponist: Jupp Schmitz, Texter: Kurt Feltz, Musikverlag Jupp Schmitz. S. 232

Willy Schneider: »Schütt die Sorgen in ein Gläschen Wein«, 1951, Komponist: Gerhard Winkler, Texter: Erich Meder, Musikverlage Hans Gerig. S. 31

Rudi Schuricke: »Wenn bei Capri die rote Sonne im Meer versinkt«, 1943, Komponist: Gerhard Winkler, Texter: Ralph Maria Siegel. S. 239 f., S. 299 f., S. 309

Kurt Seifert: »Wer sich die Welt mir einem Donnerschlag erobern will«, Komponist: Fred Raymond, Texter: Günther Schwenn. S. 145

Vico Torriani: »Bravo, bravo! Beinah wie Caruso!«, 1953, Komponist: Benny de Weille, Texter: Hans Bradtke, Arcadia Verlag. S. 327

Unbekannter Interpret: »Erklingen zum Tanze die Geigen«, 1950, Komponist: Léon Jessel, Texter: August Neidhart. Im Film »Schwarzwaldmädel«, Regie: Hans Deppe, Berolina-Filmproduktion Berlin. S. 167

Unbekannter Interpret: »Ja, grün ist die Heide«, 1951, Komponist: Karl Blume, Texter: Hermann Löns. Im Film »Grün ist die Heide«, Regie: Hans Deppe, Berolina-Filmproduktion Berlin, Kurt Ulrich. S. 218

Unbekannter Interpret: »Mädle aus dem schwarzen Wald«, 1950, Komponist: Léon Jessel, Texter: August Neidhart. Im Film »Schwarzwaldmädel«, Regie: Hans Deppe, Berolina-Filmproduktion Berlin. S. 166

Unbekannter Interpret: »Riesengebirgslied«, 1951, Komponist: Vinzenz Hampel, Texter: Othmar Fiebiger. Im Film »Grün ist die Heide«, Regie: Hans Deppe, Berolina-Filmproduktion Berlin, Kurt Ulrich. S. 218

Caterina Valente: »Ganz Paris träumt von der Liebe«, 1954, Komponist: Cole Porter, deutscher Texter: Kurt Feltz, Produktion Chappell. S. 332

Gerhard Wendland: »Das machen nur die Beine von Dolores«, 1951, Komponist: Michael Jary, Texter: Bruno Balz, Produktion: Michael Jary. S. 181

Alle Bücher von Paul Kohl:
Auch als eBook erhältlich

Nacht über Köln
ISBN 978-3-89705-832-3

Nazigold
ISBN 978-3-95451-033-7

Goethes Leichen
ISBN 978-3-95451-716-9

Hitlers Prophet
ISBN 978-3-7408-0189-2

Der Jude, der Nazi und seine Mörderin
ISBN 978-3-7408-0307-0

111-Orte-Reihe

111 Orte in Berlin auf den Spuren der Nazi-Zeit
ISBN 978-3-95451-220-1

111 Places in Berlin – On the Trail of the Nazis
Englische Ausgabe
ISBN 978-3-95451-323-9

www.emons-verlag.de